Knaur.

Knaur.

Über den Autor:

Thomas Kastura wurde 1966 in Bamberg geboren. Mit sechzehn übersetzte er »Das Tolkien-Mittelerde-Quizbuch« – seine erste literarische Tätigkeit. Er studierte Germanistik und Geschichte und arbeitete im Anschluss als Journalist. Eine kurze Karriere als Multimedia-Performance-Künstler brach er wegen drohenden Bankrotts ab. 1998 wandte er sich neben seinen journalistischen Arbeiten dem Schreiben von Büchern zu. Außerdem verfasst Kastura das wöchentliche Literaturrätsel für den Bayerischen Rundfunk. Er lebt mit seiner Frau und seinen zwei Töchtern in Bamberg, verbringt aber auch regelmäßig Zeit in Köln, um für seine Raupach-Romane zu recherchieren.

Thomas Kastura

Der vierte Mörder

Klemens Raupachs erster Fall

Knaur Taschenbuch Verlag

Besuchen Sie uns im Internet:
www.knaur.de

Vollständige Taschenbuchausgabe Dezember 2008
Knaur Taschenbuch.

Ein Unternehmen der Droemerschen Verlagsanstalt
Th. Knaur Nachf. GmbH & Co. KG, München.

Redaktion: Ilka Heinemann
Umschlaggestaltung: ZERO Werbeagentur, München
Umschlagabbildung: Bilderberg / Joern Sackermann
Satz: Adobe InDesign im Verlag
Druck und Bindung: Norhaven A/S
Printed in Denmark
ISBN 978-3-426-63649-7

2 4 5 3 1

Keine der Personen in diesem Buch hat einen realen Menschen zum Vorbild. Die Geschichte ist frei erfunden, wenngleich die Orte, an denen sie spielt, zum größten Teil wirklich existieren.

Für Philipp

Vae soli

8. Dezember

ENDSTATION. Zuerst bemerkte er den Geruch. Der Mann schaute ungläubig. Er fühlte sich schläfrig. Dann begriff er.

Er zuckte auf seinem Sitz herum, verschüttete dabei seine volle Kaffeetasse, wand sich mit ungelenken Bewegungen. Er wollte hinaus.

Bleib drin.

Der Sekundenkleber auf der Polsterung hielt. Eine ganze Tube davon. Die Tür der Fahrerkabine war von außen verriegelt, der Druckknopf zum Öffnen des Schiebefensters blockiert. Rauch stieg vom Fußraum nach oben.

In der Zentrale meldete sich niemand. Die Kabel des Funkgeräts waren durchtrennt worden, während sich der Mann im Gebüsch hinter dem Wartehäuschen entleert hatte. Die letzten Fahrgäste befanden sich längst auf dem Weg nach Hause, das Reinigungspersonal war nach einer kurzen Kontrolle abgezogen. Der Triebwagen mit den beiden angehängten Waggons stand allein auf weiter Flur.

Panisch versuchte er, seine an der Sitzfläche klebende Hose abzustreifen. Als es ihm in der engen Kabine endlich gelang, war er bereits von Flammen umgeben.

Seine Kleidung fing schnell Feuer. Das Innenfutter der Jacke bestand aus Kunstfaser. Brennende Hemdzipfel. Darunter die nackten Beine, bedeckt von einer seltsamen Schmutzschicht. Nein, keine Schmutzschicht. Es waren verkohlte Härchen.

Nichts da, um den Brand zu löschen, kein Feuerlöscher, kein Eimer mit Sand. Sein Pferdeschwanz loderte auf, während er gegen die Scheiben trommelte. Auf dem Bahnsteig sah er die Umrisse einer Gestalt. Dann verwandelten sich seine Augenbrauen in zwei qualmende Striche.

Die Tür war von außen zusätzlich mit Klebeband verschlossen. Es war robustes Material aus einem Armeeladen, für alle erdenklichen Zwecke.

Der Mann glich einer Fackel. Er suchte nach einem Ausweg. Der Sicherheitshammer zum Einschlagen der Scheiben fehlte. Keine Hilfe.

Wehr dich nicht.

Brechende Fingernägel, Kratzspuren an den Scheiben, schwarz und rot. Der Sitz war mit einer geruchlosen, leicht entzündlichen Flüssigkeit getränkt. Man konnte sie in jedem Supermarkt kaufen. Sie brannte besser als erwartet.

Auf seiner Stirn bildeten sich Blasen, ebenso auf den blau rasierten Wangen, auf der Nase, am Kinn. Sein Gesicht schmolz.

Dann knickte er ein. Er schlug noch ein paar Mal mit der Faust gegen die Tür, entkräftet jetzt, ein letzter Reflex.

Die Erschöpfung kurz vor dem Ende.

Schließlich brach er zusammen.

Niemand stieg mehr zu.

30. November

DER STEIN besaß annähernd die Form eines Würfels, nur dass die abgerundeten Kanten eine unterschiedliche Länge hatten, mit schiefen Winkeln wie bei einer misslungenen Bastelarbeit. Seine Farbe war grau.

Mausgrau, präzisierte Raupach. Außerdem war der Stein von weißlichen Sprenkeln bedeckt. Er besaß keine auffällige Maserung, keine Einschlüsse, soweit das zu erkennen war. Vielleicht stammte er aus einem Flussbett oder von einem Strand. Ein Kiesel, etwa fünfzehn Zentimeter breit, lang und hoch. Wie alt mochte er sein? Raupach war kein Geologe. Er stellte sich vor, dass der Stein schon vor hundert Jahren existiert hatte. Oder vor tausend? Wahrscheinlich eher vor zehntausend, hunderttausend, Steine wuchsen nicht wie Bäume, es gab sie seit einer Ewigkeit.

Vorsichtig nahm er ihn hoch. Ein gutes Kilo, schätzte er. Damit konnte man einen Menschen erschlagen. Stumpfer Gegenstand, unhandlich, ein kräftiger Mann wäre in der Lage, damit umzugehen. Auf der ansonsten glatten Oberfläche befanden sich ein paar Risse und Schründe. Dort würden Blutreste, Haare, Knochensplitter und Hautpartikel hängen bleiben, Hinweise auf das Opfer. Oder den Täter.

Den Jogger am Niederländer Ufer hatte er auf diese Weise überführen können. Das war schon eine ganze Weile her. Wie hieß er noch gleich? Sunde? Sünkel? Ein Wollfaden von seinem Handschuh war an dem Stein hängen geblieben, nachdem er damit die Schädeldecke eines Obdachlosen unter der Mülheimer Brücke zertrümmert hatte. Raupach war das Rheinufer bis zum Molenkopf entlanggegangen, immer wieder. Die Kollegen hatten sich über ihn lustig gemacht. Er solle die Fußarbeit doch der Suchmannschaft überlassen, warum stapfte er selber umher?

Nach ein paar Tagen fand er ihn. Er lag im Gebüsch unter einer ganzen Sammlung ähnlicher Brocken. Es war, als habe der Stein auf ihn gewartet.

Wenn der Jogger ihn einfach in den Fluss geworfen hätte, wäre Raupachs Ermittlung aussichtslos gewesen. Aber die Menschen gingen manchmal merkwürdige Beziehungen ein zu Dingen, mit denen sie etwas verbanden, zu Objekten, die ihnen den Eindruck vermittelten, etwas Außergewöhnliches geleistet zu haben. Das wusste Raupach. Deswegen fand er meist, was er suchte, auch wenn es länger dauerte. Viele Leute schleppten einen Stein mit sich herum oder hatten ihn irgendwo versteckt. Es kam darauf an, diesen Stein zu finden. Der Rest war Routine.

Er schüttelte den Kopf und vertrieb die unerwünschten Gedanken. Ihm fiel ein, worauf er bei dieser Übung achten sollte. Den Dingen ein bestimmtes Wort zuweisen, sie mit einem Begriff markieren.

Molenkopf, prägte er sich ein und legte den Stein auf die Terrakottafliesen zurück. Er ging einen Schritt weiter und nahm den nächsten Gegenstand in Augenschein. Eine Packung Papiertaschentücher, 4-lagig und durchschnupfsicher. So stand es in mehreren Sprachen auf der Verpackung.

»Die Zeit ist abgelaufen. Bitte geh wieder in den Übungsraum.«

Raupach erschrak. Er warf einen Blick auf die lange Reihe von Gegenständen, die noch vor ihm lag. Ein Lampion mit einem Mickymaus-Aufdruck. Eine karierte Decke. Eine Teekanne. Die anderen Teilnehmer des Seminars murmelten diese Worte vor sich hin, während sie die Terrasse durch eine Flügeltür verließen und ins Innere des Gebäudes gingen.

»Das war's«, sagte der Dozent und zog ihn sanft am Ärmel.

Raupach trat beiseite und spähte über die Schulter des Mannes. Ein Geigenkasten. Ein Schaumgummiwürfel. Ein …

Aus dem Lächeln des Dozenten sprach jahrelange Erfahrung mit Menschen, die ungern eine Niederlage akzeptierten. Und ein gewisser Überdruss, es ihnen schonend beizubringen. »Fünf Minuten sind vorüber. Du willst doch nicht schummeln?«

Widerstrebend drehte sich Raupach um. Der Dozent dirigierte ihn zurück in die Jugendstilvilla und schloss die Flügeltür. Sie durchquerten ein lichtdurchflutetes Zimmer mit kreisförmig angeordneten Sitzkissen. Dort hatte am Morgen eine Vorstellungsrunde stattgefunden. Raupach waren Zweifel gekommen, ob er diesen Sonntag – und die folgenden Sonntage bis Weihnachten – sinnvoll verbringen würde.

Er fühlte sich unwohl in dem Seminar. Schon das unverblümte Duzen ließ ihn jedes Mal zusammenzucken. Es fiel ihm schwer, sich an diese aufgesetzte Vertrautheit zu gewöhnen. Er zog mehr Abstand vor. Aber irgendetwas musste er tun, um aus seiner jahrelangen Betäubung zu erwachen.

Raupach kam als Letzter in den Übungsraum. Alle anderen saßen mit gezückten Kugelschreibern an den Tischen. Er nahm neben einer attraktiven Kunsterzieherin Platz. Das halbe Seminar bestand aus mehr oder weniger zwangsverpflichteten Lehrern. Die rötlichen Locken der Frau standen kunstvoll in alle Richtungen ab. Sie musste Stunden vor dem Spiegel verbracht haben, um ihre Frisur so hinzubekommen. Er starrte auf ein leeres Blatt Papier.

»Beginnt … jetzt!«

Raupach nahm den Stift und notierte alle Begriffe, die er sich gemerkt hatte. Dinge im Gedächtnis zu behalten, war nicht sein Problem. Auch ihre Reihenfolge konnte er korrekt wiedergeben. Den großen Kieselstein hatte er zum Beispiel mit der Nummer fünf belegt. Selbst die Gegenstände, die er sich noch schnell im Weggehen eingeprägt hatte, konnte er sich mühelos in Erinnerung rufen. Aber nach dem Schaumgummiwürfel musste er passen. Er hatte elf. Von dreißig.

Während der Dozent die nächste Übung beschrieb, ein Konzentrationstraining mit Zahlenreihen, wertete sein Assistent die Bögen aus. Das Seminar lief wie ein Wettbewerb ab, das sollte die Motivation erhöhen. Es war der erstbeste Kurs, den der Fortbildungsbeauftragte Raupach vorgeschlagen hatte. Warum nicht mit Gedächtnistraining anfangen? Den Geist schärfen, das war eine solide Basis. Danach konnte er den nächsten Schritt tun.

Mit seinen elf Richtigen landete er auf dem letzten Platz.

»Du bist zu langsam«, tadelte ihn der Dozent und schüttelte den Kopf. »Hast du nicht auf die Uhr gesehen?«

Das hatte Raupach schon oft gehört. Er betrachtete die Rangliste auf der Tafel. Die Kunsterzieherin hatte 25 Treffer. Sie hieß Katharina.

»Diese verdammte Teekanne«, ärgerte sie sich. »So eine hab ich zu Hause. Hat mich total aus dem Konzept gebracht.«

»Das war schon sehr gut.« Der Dozent legte Katharina eine Hand auf die Schulter und beugte sich zu ihr hinab. »Vertraute Gegenstände können wir uns oft am schwierigsten merken. Wir schenken ihnen zu wenig Beachtung. Unsere Aufmerksamkeit richtet sich leichter auf ungewöhnliche Dinge. Zum Beispiel auf den Lampion. Den haben alle.«

Die anderen Teilnehmer nickten.

Der Dozent ging zu einem Laptop und tippte darauf herum. Daraufhin warf der Beamer eine Zahlenfolge an die Wand. Es war die Zahl π, bis zur vierzigsten Stelle hinter dem Komma.

»Beginnen wir bei der Drei.«

Raupach dachte wieder an die Steine. Manchmal kam es vor, dass die Menschen sie nur zum Schein mit sich herumschleppten. Manchmal beabsichtigten sie sogar, dass man sie findet. Auch daraus ließen sich Schlussfolgerungen ziehen, Zusammenhänge erschließen.

Aber manchmal war ein Stein nur ein Stein.

VALERIE KONNTE NICHT GLAUBEN, was ihr Dr. Joos am Telefon erzählte. All ihre Bemühungen waren im vergangenen Jahr darauf gerichtet gewesen, die Verdachtsmomente gegen sie zu entkräften. Das Gutachten der Gerichtsmedizin, das Polizeiprotokoll, der Bericht des Drogendezernats – all dies kannte sie auswendig. Bis zuletzt hatte sie damit gerechnet, dass es zumindest einen Prozess geben würde. Dass sie ihre Aussage vor einem Richter wiederholen musste. Dann wäre Sheila vermutlich auch gehört worden – was sie ihrer Tochter unbedingt ersparen wollte.

Und jetzt das: Das Verfahren wurde eingestellt.

»Gehen Sie auf keinen Fall mehr auf die Wache!«, wies Joos sie an. »Die Polizei hat mehr als genug von Ihren Beteuerungen. Die müssen sich um andere Fälle kümmern, das Leben geht weiter.«

»Ich habe nur noch mal erklärt, was damals passiert ist«, entgegnete Valerie. »Damit es zu keinen Missverständnissen kommt.«

»Machen Sie eine Therapie, wenn Sie Redebedarf haben, fahren Sie in Kur, das wird Ihnen wegen der psychischen Belastung unter Garantie bewilligt. Aber lassen Sie die Beamten um Gottes willen ihre Arbeit machen. Sonst kommen die noch auf falsche Gedanken.«

»Ich dachte –«

»Sie brauchen nicht mehr zu denken, Frau Braq. Es ist vorbei.«

Sie konnte ein Schluchzen nicht unterdrücken, so sehr hatte sie diesen Augenblick herbeigesehnt. Etwas in ihrem Körper löste sich, ein Knoten dicht unter ihrem Kehlkopf. Wegen dieses Knotens konnte sie seit Monaten nur mit gepresster Stimme sprechen. Jetzt stiegen die Worte langsam empor wie der Pegel bei einem überraschenden Regenfall. Doch Valerie hielt sie zurück.

»Tut mir Leid«, sagte Joos. »Es war nicht so gemeint.«

Wenn er mit Valerie sprach, wurde er schnell ungehalten. Sie hatte einen leiernden Tonfall, der einen viel beschäftigten Mann wie ihn ungeduldig werden ließ. In Gedanken war er stets schon beim nächsten Fall, wenn er mit ihr sprach. Er konnte den Polizisten gut nachfühlen, dass sie ihnen auf die Nerven fiel.

»Das Jahr muss schrecklich für Sie gewesen sein.« Er heuchelte Verständnis. Vermutlich war dieses Gespräch das letzte, das er mit ihr führen musste.

»O ja, das war es«, hauchte sie.

Sie hätte es gerne in den Hörer geschrien. Was wusste dieser Anwalt schon von diesem Jahr? Wie oft hatten sie telefoniert? Viermal, fünfmal? Höchstens. Die Gespräche dauerten niemals länger als eine halbe Stunde. Jedes kostete eine Summe, für die sie im Callcenter zwei Tage schuften musste. Ein halbe Stunde Dr.-Joos-Worte für zwanzig Stunden Valerie-Worte. Und das war nur die juristische Beratung. Den Rest seiner so genannten Verteidigung, all die Briefe, den Anhörungstermin, das Hin und Her mit der Staatsanwaltsschaft, berechnete er gesondert.

»Wie geht es ... Ihrer Tochter?« Er blätterte in seinen Unterlagen. »Sheila, nicht wahr? Hat sie es verkraftet?«

Ihr Blick fiel auf die Tür zu Sheilas Zimmer. Sie war seit einiger Zeit abgesperrt, wenn sie mit ihren Freunden in der Stadt unterwegs war. Ein abwesender Gast in einem Etagenhotel, nur dass sie ihren Zimmerschlüssel mitnahm. Heimat auf Zeit, kein Zuhause.

Doch Sheila war ein pflegeleichter Gast. Sie stellte wenig Ansprüche und versorgte sich selbst, wenn ihre Mutter nicht da war. Meistens kümmerte sie sich auch noch um die Wäsche. Valerie hätte es mit dem Mädchen nicht besser treffen können. Die beginnende Pubertät ihrer Tochter entlockte ihr ein wissendes Lächeln. Ein neues, exotisches Land lag vor Sheila. Valerie kannte das Gefühl, obwohl es lange zurücklag.

Kurz nach Jefs Tod hatten sie sich mehrere Tage lang intensiv unterhalten. Sheila war damals zwölf gewesen. Sie hatte nicht ganz begriffen, dass ihr Vater unwiderruflich weg war. Dass die Plage ein Ende hatte und er niemals zurückkehren würde. Andere Dinge schienen ihre Aufmerksamkeit in Anspruch zu nehmen. Jungs, Mode, Musik. Valerie beneidete sie darum und ließ das Thema ruhen. Je weniger Gedanken sich Sheila machte, umso besser. Valerie war es immer gelungen, ihre Tochter aus dem Schlimmsten herauszuhalten. Das sollte so bleiben.

Dann dachte sie daran, dass Sonntag war. Dr. Joos hatte seit zwei Tagen versucht, mit ihr zu sprechen. Aber da sie seit Mitte November Doppelschichten schob und private Telefonate während der Arbeit verboten waren, hatte er sie erst jetzt erreicht. Bestimmt berechnete er einen erhöhten Wochenendtarif.

»Sie ist jung«, sagte Valerie schließlich. »Sie kommt schon klar.«

»Na dann.« Joos klappte den schmalen Aktenordner zu. Er enthielt einen unappetitlichen, aber einfachen Fall. Viel brachte er nicht ein. Aber der Aufwand war minimal gewesen, das Kosten-

Nutzen-Verhältnis stimmte. »Alles Gute. Ich wünsche Ihnen einen geruhsamen Advent.«

»Das wünsche ich Ihnen auch«, antwortete Valerie reflexhaft, »Ihnen und Ihrer Familie.« Sie schaute aus dem Fenster. Der Wind blies ein paar Schneeflocken vom Fensterbrett, eine geisterhafte Hand, die sich anschickte, alles, was vergangen war, zu entfernen.

Valerie hatte das Gefühl, noch etwas zum Abschluss sagen zu mussen. Wie oft hatte sie die Ereignisse aus jener Nacht im Geiste durchgespielt? Monatelang war ihr Kopf damit angefüllt gewesen. Die eine, die gültige Version hatte sich schnell herausgebildet. Sie gegen alle Fragen, Einwände und Spekulationen zu verteidigen erwies sich als schwieriger. Es erforderte Disziplin und Beharrlichkeit. Immer wieder brachte sie ihre Aussage mit ihren Erinnerungen in Einklang, sagte sich die Worte vor. Auf ähnlich sture Weise hatte sie sich Gesprächsszenarien beim Telefonmarketing eingeprägt. Inzwischen kamen ihr die einzelnen Abschnitte des Skripts, das sie bei ihrer Einstellung erhalten hatte, ohne Nachdenken über die Lippen. Solch ein Automatismus ließ sich nicht so einfach abstellen. Deswegen war sie es auch nicht mehr gewohnt, kommentarlos aufzulegen. Sie spulte einfach nur ab, was sie einstudiert hatte, an ihrem Headset ebenso wie auf der Polizeidienststelle. Reden und Schweigen wurden eins.

»Danke«, sagte sie schließlich. Der Anwalt hatte nur getan, wofür sie ihn bezahlte. Trotzdem empfand sie plötzlich eine Verbundenheit für diesen nüchternen Menschen. Seine Anteilnahme hielt sich in berufsmäßigen Grenzen, aber er vertrat ihre Interessen. Er war einen kleinen Teil der Strecke mit ihr gegangen. Das war eine seltsame Erfahrung für Valerie. Sie wusste nicht, ob überhaupt einmal irgendjemand auf ihrer Seite gestanden hatte. Wie bewegt man einen anderen dazu, einem zu helfen? Sie wünschte, sie hätte sich früher an Dr. Joos gewandt.

»Danke für alles«, wiederholte sie.

Er hatte längst aufgelegt.

RAUPACH NAHM sein Abendessen ein. Es bestand aus einem Brathering mit Graubrot und Butter. Dazu trank er schwarzen Tee mit einem Löffel Zucker. Er mochte Heringe. Sie schmeckten richtig salzig im Gegensatz zu den meisten anderen Fischen. Er musste an die Normandie denken. Dort hatte er seinen letzten Urlaub verbracht und als Vorspeise *hareng saur* gegessen, Bückling. Vor drei Jahren war das gewesen. Raupach hatte die Reise allein gemacht. Er fuhr nicht oft weg.

Nachdem er Teller und Besteck abgewaschen hatte, räumte er seine Wohnung auf. Er machte das jetzt jeden Sonntag in der Hoffnung, dass er dadurch ordentlicher würde. Als Photini ihn zum ersten Mal besucht hatte, wollte sie erst gar nicht hereinkommen. »Wie sieht's denn bei dir aus?«, hatte sie gesagt und sich geweigert, einen Fuß über seine Schwelle zu setzen, bevor er nicht zumindest die Teller mit den festgetrockneten Essensresten entsorgt hatte.

Raupach legte Zeitungen und Magazine auf einen Stapel. Er ordnete herumliegende CDs ein und räumte seine Schuhe in ein Schränkchen, das er extra für diesen Zweck angeschafft hatte. Er faltete seine graue Fleecedecke zusammen. Letzte Nacht hatte er sich darin eingewickelt und im Fernsehen einen Malkurs auf Englisch angeschaut. Er konnte nicht malen und würde vermutlich auch niemals damit anfangen. Aber es entspannte ihn, dem fröhlichen, immer gut gelaunten Mallehrer dabei zuzusehen, wie er in einer halben Stunde ein fertiges Gemälde auf der Leinwand entstehen ließ. Die Bilder waren scheußlich, Landschaften in grellen, kitschigen Farben. Der Mann stammte aus Florida, da waren die Farben intensiver. Doch deswegen musste er nicht jeden Sonnenuntergang in eine Orgie aus Gelb, Pink und Violett verwandeln.

Was Raupach faszinierte, war die Auffassung, dass man bei der Ölmalerei keine Fehler begehen könne. Die Devise des Fernsehmalers lautete: »We don't make mistakes. We only have happy accidents.« Damit machte er den Zuschauern Mut, es einmal selbst zu probieren. Am Ende wünschte er immer »Happy Painting«. Der Mann war ein Relikt aus den Siebzigern, darauf deutete schon seine Afrofrisur hin. Wenn die Kamera näher heranging, waren auf seinen Handrücken Altersflecken zu erkennen. Bestimmt fanden ihn viele Zuschauer lächerlich.

Aber Raupach mochte ihn. An der Hand, mit der er die Palette hielt, fehlte ihm ein Glied des Zeigefingers. Sie kam so gut wie nie ins Bild. Außerdem besaß er auf seiner linken Wange eine tiefe, senkrecht verlaufende Narbe. Diese Seite war der Kamera fast immer abgewandt. Der Mann versteckte seine Verletzungen. Man merkte ihm an, dass er vor seinen Fernsehkursen etwas vollkommen anderes gemacht hatte, etwas, das unauslöschliche Spuren an seinem Körper hinterlassen hatte. Sicher hatte er einen guten Grund, Fehler als glückliche Zufälle oder Unfälle anzusehen.

Raupach warf den Staubsauger an und machte sauber. Mit dem Parkettboden und den Teppichen war er schnell fertig. Dann wechselte er den Aufsatz und entfernte Staub und Spinnweben von den Wänden. Dabei achtete er darauf, die Fotografien nicht zu berühren. Er hatte sie mit Wäscheklammern an eine Leine geklemmt wie ein Fotograf, der frische Abzüge zum Trocknen aufhängt. Sie zeigten ein sechzehnjähriges Mädchen aus verschiedenen Entfernungen und Perspektiven. Auf weiteren Bildern waren Holzpflöcke mit Markierungen zu sehen, im Hintergrund befand sich ein Betonpfeiler. Schließlich gab es noch eine Fotostrecke von einer Eisenbahnbrücke. Von dieser Brücke war das Mädchen angeblich heruntergesprungen.

Raupach glaubte nicht an Selbstmord. Alle Zeugenaussagen und die düstere Vorgeschichte des Mädchens deuteten darauf hin. Aber wenn sie sich in den Tod gestürzt hatte, konnte sie nicht einige Meter von den Brückenpfeilern entfernt aufgekommen sein. Das Gelände war eben, man fand keine Roll- oder Schleifspuren, und in der fraglichen Nacht hatte es keinen Sturm oder so etwas gegeben. Dies ging aus dem Bericht zweifelsfrei hervor. Die einzige Erklärung war, dass jemand sie gestoßen hatte.

Er stellte den Staubsauger zurück in einen kleinen Abstellraum und nahm sich die Akte des Falls noch einmal vor. Während er so dasaß und über dem gerichtsmedizinischen Gutachten brütete, klingelte die Türglocke. Er sprang auf, durchquerte den Wohnraum, der gleichzeitig sein Schlafzimmer war, und stolperte über den Wäschekorb. Herrje, den hatte er vergessen. Ratlos schaute er sich um. Es klingelte wieder. Er schob den Korb mit dem Fuß beiseite, nahm seine Jacke im Vorbeigehen von einer Stuhllehne und hängte sie an die Garderobe.

Photini sah, dass Raupach versucht hatte aufzuräumen – auf den letzten Drücker, wie sie vermutete. Selbst wenn Raupach den ganzen Tag über geputzt und gewienert, wenn er die gesamte Einrichtung auf den Kopf gestellt hätte, würde immer noch vieles verraten, dass er ein hoffnungsloser Schlamper war. Wie er seinen Fernseher und den Videorekorder angeschlossen hatte: achtlos ineinander geschlungene Kabel. Seine CD-Sammlung in dem billigen Wandregal, ohne System: Klassik, Popmusik, Hörbücher, alles völlig durcheinander. Die Position des Adventskranzes, den sie ihm geschenkt hatte, obwohl sie sich nichts aus Weihnachtsbräuchen machte, weder aus deutschen noch aus griechischen: Er stand auf dem neuen Schuhschränkchen und ragte ein gutes Stück über den Rand hinaus. Man musste Angst haben, dass er jeden Augenblick herunterfiel.

Raupach konnte sie nicht täuschen. Niemand konnte das so leicht. Immerhin gab er sich Mühe, dachte sie und verkniff sich eine Bemerkung, um ihn nicht zu entmutigen. Sie unterdrückte auch den Impuls, ihm zur Hand zu gehen und den Wäschekorb in den kleinen Abstellraum neben der Küche zu stellen. Erstens kannten sie sich noch nicht gut genug für derlei Vertraulichkeiten, und zweitens sollte er das selber machen, schließlich verfolgte er damit einen bestimmten Zweck. Und ein ordentlicher Raupach, auch wenn er sich dazu zwingen musste, war ihr allemal lieber als der zerstreute Wirrkopf, als den sie ihn kennen gelernt hatte.

Dann entdeckte sie die Fotografien. Sie behielt ihre schwarze Daunenjacke an und durchquerte den Raum.

»Von wann sind diese Aufnahmen?«

Raupach murmelte eine Begrüßung und folgte ihr.

Photini schaute auf die Rückseite eines Fotos. »1999. Seit wann nimmst du das Zeug mit nach Hause?«

»Eigentlich schon immer«, antwortete er. »Das vertreibt mir die Zeit.«

Es verunsicherte ihn, dass sie so direkt nach den Fotografien fragte. Seine Berufsauffassung musste ihr doch bekannt sein. Es gefiel ihm nicht, darüber Rechenschaft abzulegen.

»Würde mir nicht im Traum einfallen.« Photini schüttelte den Kopf. Er war unverbesserlich. Dieses Pflichtbewusstsein über den Dienst hinaus – dort, wo sie beide arbeiteten, wurde das nicht honoriert. »Los, zieh dir was über. Wir gehen Eis laufen.«

Raupach überlegte, ob er widersprechen sollte. Immerhin war er ihr Vorgesetzter, etwas respektvoller konnte ihr Umgangston schon sein. Es gab niemanden, der so mit ihm sprach, nicht einmal Woytas, der vor drei Jahren seinen Platz eingenommen hatte. Und Präsident Himmerich, der um seine Verdienste wusste und ihm stets den Rücken gestärkt hatte, erst recht nicht. Alle waren ihm gegenüber zuvorkommend und höflich. Nach seiner Versetzung waren sie sogar noch eine Spur höflicher. An die Stelle von Respekt war Mitgefühl getreten.

Photini behandelte ihn dagegen wie einen störrischen Großvater. Dabei war er 41, gerade mal fünfzehn Jahre älter als sie. Er wusste nicht, warum er ihr dieses Benehmen durchgehen ließ. Vielleicht weil sie aus Griechenland stammte und er annahm, dass ihr die deutsche Zurückhaltung nicht lag. Sie war zwar in Bonn aufgewachsen, aber Höflichkeitsfloskeln wendet man meist nur in der eigenen Muttersprache an. Er vermutete, dass sein Griechisch auch etwas schroff klingen würde, wenn ihm all die kleinen beiläufigen Worte fehlten, die ein Gespräch glätteten.

Er holte ein Paar zerknautschte Halbschuhe aus dem Schränkchen, schlüpfte hinein und nahm seine Jacke vom Haken. Vor wenigen Minuten hatte er die Sachen erst weggeräumt. Es war nicht einfach, darin einen Sinn zu erkennen.

EINE BEWEGUNG aus dem Handgelenk. Das Kratzen über die Reibfläche. Zischen, als der Sauerstoff freigesetzt wurde. Mit einem Rascheln verbanden sich die Chemikalien der Zündkopfmasse und lösten sich auf. Ohne Rückstände, wie es die Sicherheitsbestimmungen vorsahen.

Johan Land liebte dieses Rascheln. Wenn er ein Streichholz entzündete, war er voller Erwartungen. Das Geräusch rief Erinnerungen an lang zurückliegende Winter wach. Dagegen konnte er das scharfe Klicken eines Einwegfeuerzeugs nicht leiden. Streichhölzer waren intimer. Er mochte ihre Schlichtheit. In Feuerzeuge verirrten sich Stofffusen. Oder das Gas ging zur Neige. Streichhölzer zündeten zuverlässig, selbst bei Nässe oder starkem Wind. Das wurde oft unterschätzt.

Er hielt die Flamme an den unbenutzten Docht und ließ ihr durchsichtiges Inneres an der wächsernen Umhüllung lecken. Geduldig sah er zu, wie das Wachs schmolz und der Docht Feuer fing. Die Kerzenflamme schlug hoch. Dann duckte sie sich, als wollte sie gleich wieder verlöschen, wie ein Neugeborenes, das ins Leben gleitet und sich nach einer ersten Streckung wieder zusammenkrümmt.

Er hielt den Atem an. Für einen Moment schien die Flamme vor seinen Augen zu verwischen. Sie bewegte sich mit rasender Geschwindigkeit von links nach rechts, als stände die Kerze in einem fahrenden Zug. Instinktiv folgte er der Flamme, indem er sie fixierte und dabei den Kopf blitzschnell drehte. Er verlor sie nicht aus dem Blick, konnte verhindern, dass sie unscharf wurde. Sie flackerte ein wenig. Aber sie verlosch nicht.

Johan schloss die Augen. Er zwang sich dazu. Sonst würde die Flamme und alles, was sie umgab, nicht zum Stillstand kommen. Er wartete eine Sekunde, zwei Sekunden, drei, zählte in Gedanken mit. Dann öffnete er die Augen wieder.

Die Kerze befand sich an ihrem festen Platz. Die Flamme richtete sich auf. Ruhig und gleichmäßig brannte sie weiter.

Erster Advent. Er legte die Streichholzschachtel auf den dafür vorgesehenen Platz in der Mitte des Kranzes und wedelte den

Geruch von verbranntem Holz beiseite. Der erste Advent war immer aufregend. Und schmerzlich. *Er wird der letzte dieser Art sein,* klang es in seinem Ohr. Martas Stimme war heute ruhig und fest. Sie meldete sich selten zu Wort, wie immer, wenn sie beide übereinstimmten.

Er betrachtete seine Unterarme. Die Narben wiesen die vertraute Schraffur auf. Er lehnte sich zurück und las zum wiederholten Mal seine Reinschrift. Sie war perfekt. Dann hielt er den Zettel in die Flamme. Er hatte lange daran gefeilt, die Formulierungen genau bedacht. Es kam auf jedes Wort an, der Text durfte keines zu viel enthalten. Schwätzer, das wusste er, wurden nicht ernst genommen. Aber es sollte auch nicht zu abgehackt wirken, unbeholfen oder mehrdeutig, sonst schriebe man es irgendeinem Verrückten zu, der nur ein wenig Aufmerksamkeit erregen wollte. Man musste die Mühe erkennen, die dahinter steckte, eine unerbittliche Präzision. Dass an seinen zur Reife gelangten Absichten nicht zu rütteln war.

Es würde keine weiteren Ankündigungen geben. Er hatte nicht vor, ein Spiel zu beginnen. Er wollte nur ausschließen, dass sie den Zufall verantwortlich machten oder alles auf eine Art von Verirrung schoben. Er ging nicht in die Irre, im Gegenteil, alles lag so klar vor ihm wie noch nie.

Er hielt den Zettel so, dass er von allen Seiten gleichmäßig abbrannte. Als die Flammen fast seine Fingerspitzen berührten, machte er zwei Schritte zum Ausguss, ließ die brüchigen Überreste hineinfallen und spülte sie sorgfältig hinunter.

Genauso hatte er es mit der Mitteilung gemacht, die er nach diesem mehrfach überarbeiteten Entwurf angefertigt hatte, das Original aus erster Hand, wenn man so wollte. Er hatte es mehrmals fotokopiert, ein Prozess, der keine Hinweise auf den Urheber hinterließ. Einen Computer benutzte er für sein Vorhaben nicht, das war ihm zu unsicher. Bestimmte Dinge sollte man ohne die Hilfe moderner Speichermedien erledigen, fand er. Es machte sie einzigartig. Dann hatte er die Fotokopien in neutrale Umschläge gesteckt, sie ausreichend frankiert und in einen Briefkasten in der

Nähe des Doms geworfen, fern von seiner Wohnung und seiner Arbeitsstelle.

Johan fragte sich, mit wem er diesen Abend verbringen konnte, wem sollte er einen Besuch abstatten? Im Geiste ging er die Namensliste durch. Mattes und Thierry vergnügten sich bestimmt in einer Kneipe, ohne Rücksicht darauf, dass sie am nächsten Tag wieder in ihrer Webagentur antreten mussten. Valerie würde früh zu Bett gehen, wie es am Sonntag ihre Gewohnheit war. Vielleicht ließ sie das Licht für Sheila an, die manchmal länger ausblieb – obwohl das Mädchen noch zu jung war, um sich auf der Straße herumzutreiben. Bei der alten Güsgen liefe das Abendprogramm. Sie schaltete oft um. Die Bilder hatten kaum Gelegenheit, jenes gleichmäßige, bläuliche Flimmern zu verströmen, das Johan nicht selten beruhigte und ein Stück weit Anteil nehmen ließ am Geschehen der Welt. Bei seinem eigenen Fernsehgerät fehlte das Empfangsteil. Er hatte es ausgebaut und konnte keine Programme mehr empfangen.

Es war sein Lieblingshaus. Viersener Straße Nummer sieben. Mehrere Leute von der Liste wohnten darin. Er konnte die Hinterfront bequem durch sein Schlafzimmerfenster beobachten. Oft warf er noch einen letzten Blick darauf, bevor er das Laken glatt strich und in seine Träume hinabstieg. Er ging um Punkt zehn zu Bett. Dann hatte er vor der Arbeit am nächsten Morgen genug Zeit, seine drei Runden in der Flora zu laufen.

Jedem sein eigener Rhythmus. Immer, wenn Johan sich schlafen legte, holte Luzius Goodens sein Fahrrad aus einem Schuppen im Hinterhof und verließ Nummer sieben durch die Toreinfahrt. Die einen betteten sich zur Ruhe, die anderen erwachten, so war der Gang der Welt.

Goodens stand nicht auf der Liste. Johan hatte ihn noch nie in der U-Bahn gesehen. Streng genommen existierte er deshalb gar nicht. Das war sein Glück.

Johan beschloss, das Haus nicht mehr zu verlassen. In seiner Straße gab es zwar noch ein paar viel versprechende Wohnungen, aber er war sehr mit sich zufrieden heute Abend und hatte keine

Lust, in die Kälte hinauszugehen. Er lehnte sich zurück und sah der Kerzenflamme zu. Jeder seiner Atemzüge brachte sie zum Flackern.

MIT DER BAHN war es nur eine Viertelstunde bis zum Neumarkt. Als sie eingestiegen waren, fragte Photini ihn nach dem Seminar. Raupach zögerte. Die junge Frau hatte eine erstaunliche Einschätzungsgabe. Er konnte darauf verzichten, von ihr veralbert zu werden. Damit übertrieb sie es meistens: Sie sagte den Menschen auf den Kopf zu, was in ihnen vorging. Aus diesem Grund war sie Raupach zugeteilt worden. Keiner der Kollegen kam mit ihr zurecht.

»Du hast versagt, stimmt's?« Sie sah ihn an und lachte. »Jetzt redest du dir ein, dass es keine Bedeutung hat. Aber es wurmt dich trotzdem. Nun sag schon, wie schlecht warst du?«

Raupach schwieg und starrte auf die Fensterscheibe an der gegenüberliegenden Seite des Wagens. Die Tunnelpfeiler flogen vorbei. Sein Spiegelbild wackelte bei jeder Erschütterung des Wagens. Er sah einen Mann in der Mitte des Lebens. Zurückweichender Haaransatz, darunter eine zerfurchte Stirn, Augen, die selten still standen, eine auffallend lange Nase. Die Mundwinkel wiesen nach unten, woran auch ein gezwungenes Lächeln nichts ändern konnte. Kein Anblick zum Verlieben, doch mit so ungleichen Ausprägungen, dass Raupach sich gelegentlich selber Rätsel aufgab.

Er würde kein Wort über seine Niederlage verlieren. Sie war vernichtend gewesen: Gerade mal in einer Übung war es ihm gelungen, so gut wie der Durchschnitt zu sein. Eine Aufgabe zur Kreativitätsförderung. Sie bestand darin, einen Berg zu zeichnen. Ohne Zeitlimit.

Er hatte nur einen Bleistift benutzt, keine Farben. Mit ein paar Strichen hatte er den Stromboli skizziert. Er kannte den Vulkan von einer Gruppenreise in den Süden. Seine Zeichnung zeigte nicht nur den Krater, sondern den ganzen Berg samt Fuß, einzelnen Hängen und dem Meer. Die Größenverhältnisse waren genau so wie in Wirklichkeit, darauf legte Raupach besonderen Wert.

Nach Einschätzung des Dozenten und der anderen Teilnehmer war sein Bild »ganz gut«, nicht »umwerfend« wie das von Katharina, aber immerhin. In der Gesamtwertung hatte er dennoch den letzten Platz belegt. Er war sich wie ein Dorftrottel vorgekommen.

»Dein Glück, dass es nur Gedächtnistraining ist. IQ-Quatsch und so was.« Photini hatte den Prospekt des Training-Centers *MemPower* auf seinem Schreibtisch liegen sehen und aus Neugier darin geblättert. »Wenn du deine emotionale Intelligenz unter Beweis stellen müsstest, würden sie dich sofort rauswerfen«, setzte sie hinzu.

Er umklammerte die Haltestange neben dem Sitz. »Und was ist mit sozialer Intelligenz?«, fragte er. »Bist du darin auch Expertin?«

»Autsch, das hat gesessen.« Sie lachte so herzlich, dass auch Raupach schmunzeln musste.

Über ihre zwischenmenschlichen Defizite erzählte er ihr nichts Neues. Sie kannte ihre Fehler, unternahm aber nichts, sie zu beheben. Zum Beispiel sah sie nicht ein, warum sie ihre Persönlichkeit mit Dienstantritt verleugnen sollte.

»Vielleicht hast du Recht«, räumte sie ein. »Für Fortbildung ist es nie zu spät. Auf der Polizeischule bringen sie einem nicht alles bei.«

Ihre guten Vorsätze waren noch schlechter als seine, fand er. Photini war viel zu stolz für eine freiwillige Fortbildung. Sie würde nie so einen Kurs belegen.

»Lass dich nicht beirren«, sagte er. »Deine Zeit kommt noch. Mit mir als Vorbild weißt du wenigstens, wie man stilvollendet auf dem Bauch landet.«

Er spielte es herunter. Photini erkannte, dass sie zu weit gegangen war. »Mach dir nichts daraus«, sagte sie. »Solche Seminare haben keine Bedeutung. Von diesen verkrachten Psychologen hat doch keiner eine Ahnung, worauf es wirklich ankommt. Wenn es darum geht, Spuren zu lesen, steckst du jeden in die Tasche.«

Raupach war gerührt. Sie versuchte, ihm zu schmeicheln.

»Wie sagst du immer?«, fragte sie.

Jetzt war es offensichtlich, dass sie ihn aufmuntern wollte.

Glücklicherweise wurden sie von der Ankündigung der nächsten Haltestelle unterbrochen. Er stand auf und stellte sich vor die Wagentür. Das machte er immer ein bisschen zu früh, wie jemand, der selten in die Großstadt kommt.

Sie wartete neben ihm. Ihr Pony befand sich auf der Höhe seiner Achseln.

»Na los, ich kann mir den Spruch einfach nicht merken.«

Die Bahn fuhr in die Station »Neumarkt« ein. Photini stupste ihn an.

»Spuren sind in, zwischen und hinter den Dingen«, sagte er langsam. Dann lächelte er. Photini sah es in der Scheibe, bevor sich die Tür mit einem Rumpeln öffnete.

DIE WAHL fiel auf Valerie. Johan zog den Vorhang beiseite und machte es sich mit einer Schale Keksen und einem Glas Milch am Fenster gemütlich. Marta hatte diese Kombination geliebt. Für Johan war es nur ein Ritual. Essen und Trinken besaß für ihn keinerlei Reiz. Das Teleskop stand an seinem angestammten Platz. Sein Notizbuch lag auf seinem Oberschenkel. Es konnte losgehen.

Irgendetwas in Valeries Leben war heute anders. Er stellte die Linse scharf – ein Augenblick, den er immer aufs Neue genoss. Das Okular war ein Teil von ihm. Wenn er hindurchsah, trat er zugleich in Vergangenheit und Zukunft ein. Sein Brief kam ihm in den Sinn. *So laßt uns jetzt mit Fleiß betrachten, was durch schwache Kraft entspringt.* Er war gespannt, ob jemand die Verse erkennen würde.

Valerie tanzte. Das sah er ganz deutlich. Sie hielt ein Glas Wein in der Hand und wirbelte damit durchs Wohnzimmer. Es schwappte über. Sie achtete nicht darauf. Inzwischen konnte sie das ungestraft tun, dachte Johan. Aber bisher hatte sie es nicht getan, das ganze Jahr über nicht.

Was hörte sie wohl? Sie hatte einen Stapel CDs in der Hand. In regelmäßigen Abständen nahm sie eine und warf sie in einen Müllsack.

Johan machte eine Notiz. Anfangs hatte er Martas alte Videokamera benutzt. Die hatte sich schnell als ungeeignet erwiesen. Wenn er sie bediente, entstanden nur banale technische Reproduktionen, die genau das abbildeten, worauf das Objektiv gerichtet war. Er wollte aber Aufzeichnungen anfertigen, die durch seine eigene Hand und seinen Kopf gegangen waren. Das war wichtig. Eine Kamera wurde zwar von Hand geführt, aber sie tat zu viel von alleine, zu viel, was seinem Einfluss entzogen war. Ein handschriftliches Protokoll trug dagegen einzig und allein den Stempel seines Urhebers.

Marta hatte mit der Kamera virtuos umgehen können, sie war eine große Künstlerin gewesen, vielleicht die beste auf ihrem Gebiet. Ihre Aufnahmen hätten es verdient gehabt, im Museum Ludwig gezeigt zu werden. Dagegen war sein Geschreibsel nur das Werk eines Dilettanten.

Als Valerie alle CDs weggeworfen hatte, ging der Wein in der Flasche zur Neige. Sie holte eine neue aus einem Karton mit der Aufschrift »Pavillon Royal«. Johan schraubte an der Linse. Auf der leeren Flasche war der Zusatz »Doux« verzeichnet. Sie trank Süßwein. Er schrieb es auf. Das sollte wohl alles überdecken, was ihr widerfahren war. Als ob das mit Alkohol so einfach ginge. Sie hatte nichts dazugelernt. Nachdem sie Hölle und Fegefeuer durchschritten hatte, meinte sie wohl, jetzt winke ihr das Paradies.

Betrunken taumelte sie gegen eine Box. Inzwischen trug sie nur noch ihren Slip und ein Spitzenhemdchen. Johan hatte ihrer Unterwäsche noch nie viel abgewinnen können. Da war ihm schon Aufregenderes vor Augen gekommen.

Erstaunlich viele Menschen dachten gar nicht daran, die Rollläden herunterzulassen, wenn sie im Badezimmer an ihren Körpern herumfuhrwerkten. War es Unbedarftheit oder ein Hang zum Exhibitionismus, der sie dazu anstiftete? Welche Art von Freiheit drückte sich darin aus?

Wenn Johan wollte, konnte er jeden Tag Zeuge von Peepshows werden, die in nur dreißig, vierzig Metern Luftlinie von ihm entfernt abliefen. Judy, 22, Schuhverkäuferin. Cora, 25, Sportstudentin. Iris, 42, Hausfrau. Sie waren ihm gleichgültig. Solange sie nicht die U-Bahn zu einer bestimmten Tageszeit benutzten, konnten sie von ihm aus auf einem anderen Erdteil wohnen.

Jetzt machte sich Valerie über Jefs E-Gitarre her. Es sah aus wie bei einem Rockkonzert. Sie ergriff das Instrument am Hals, holte weit aus und zertrümmerte es, als wollte sie mit einer Axt Wurzelholz spalten. Immer wieder schlug sie zu. Der gläserne Couchtisch, die Weinflasche, alles ging dabei zu Bruch.

Johan konnte die Fülle der Ereignisse nicht fassen, die unverhoffte Dramatik. Er war hin- und hergerissen zwischen dem Teleskop und seinen Notizen.

Schließlich sank sie vor den Trümmern zu Boden.

Wie oft hatte Johan sie so daliegen gesehen? Die Arme schlaff am Körper, die Beine gespreizt, als würde sie ihr Schicksal selbst gebären. Nur vor einem Jahr war es anders gewesen, in einem verlockenden Augenblick. Selbst durch die Linse der Videokamera, die er damals noch benutzte, war zu spüren gewesen, wie die Situation auf einen Punkt zugesteuert war, von dem es keine Rückkehr gab. Valerie hatte bis zuletzt gezögert. Dann hatte sie sich aufgerichtet und ihr Leben in die Hand genommen.

Sollen wir sie von der Liste streichen? Der Gedanke gefiel ihm, auch wenn Marta ihn nur zähneknirschend duldete. Johan wog ihn ab, spielte damit, als stände sein Vorhaben nicht schon längst unverrückbar fest.

Einmal hatte er Valerie in der U-Bahn beinahe angesprochen. Station für Station hatte er sich die Worte zurechtgelegt. Ein unverfänglicher Versuch, Konversation zu machen. Dass sie immer denselben Wagen wie er nähme, was das für eine schöne Gemeinsamkeit sei.

Auf diese Weise hatte er einst Marta kennen gelernt. Manchmal, kurz vor dem Einschlafen, stand ihm ihr Bild so klar vor Augen, als säße sie neben ihm auf der Bettkante. Damals in der Linie 18 am Hauptbahnhof war es ihm gelungen, den ersten Schritt zu tun. Marta blickte von ihrem Buch auf und rezitierte einfach das, was sie gerade gelesen hatte. *Denn wo das Strenge mit dem Zarten, wo Starkes sich und Mildes paarten, da gibt es einen guten Klang.* Friedrich Schillers *Lied von der Glocke,* ihr Bindeglied, Anfang und Ende. Später hatte Marta ihm gestanden, dass sie die Zeilen als Wink des Schicksals aufgefasst hatte. Als Vorausdeutung ihrer Unzertrennlichkeit.

Doch Valerie war nicht Marta. Sie hatte genau in dem Moment weggeschaut, als Johan den Mund öffnete, machte sich unerreichbar. Er starrte auf ihren Hinterkopf und brachte keine Silbe heraus. Seither zog er solche Annäherungsversuche nicht mehr in Betracht. Wenn die Menschen lieber schwiegen als redeten, war ihnen nicht zu helfen.

Johan durfte sich keine Willkür erlauben. Valerie blieb auf der Liste, punktum. *Mit des Geschickes Mächten ist kein ew'ger Bund zu flechten,* ergänzte Marta.

Und das Unglück schreitet schnell, setzte Johan hinzu.

NACHDEM SIE den Eisläufern eine Weile zugesehen hatten, tranken sie an einer Bude einen Becher Glühwein. Dann liehen sie sich Schlittschuhe. Es war so ein Novemberabend, an dem man die Dunkelheit nach einem endlos trüben Tag herbeisehnte, ein Abend, wo die Konturen im Licht der Weihnachtsdekoration verschwammen. Die Stadt platzte aus allen Nähten. Ihre Bewohner schienen sich alle zugleich ihre Dosis Advent einverleiben zu wollen. Es herrschte eine Spannung, die trotz des dicht gedrängten Passantenstroms nicht gehetzt wirkte. Die Menschen bummelten ein wenig und nahmen dabei all die anheimelnden Eindrücke in sich auf, die sie seit ihrer Kindheit regelmäßig heraufbeschworen. Es würde nicht lange dauern, bis sie genug davon hatten. Bis dahin genossen sie es nach Kräften.

Raupach war froh, dass Photini ihn mitgenommen hatte. Früher hatte er den künstlichen Trubel an sich vorüberziehen lassen. Jetzt begab er sich bewusst hinein. Es blieben mehr als vier Wochen, das Jahr zu beschließen. Er wollte ihm noch einige positive Seiten abgewinnen.

Die Eisfläche war voller Leute. Photini kurvte vor ihm her, vollführte eine elegante Drehung, lief rückwärts. Sie amüsierte sich über sein erstauntes Gesicht. Das hatte er ihr wohl nicht zugetraut.

Er folgte ihr, so gut er konnte. Seine Knöchel knickten immer wieder nach innen. Als er mit einer Kufe wegrutschte, war sie neben ihm und half ihm auf die Beine.

»Du kannst aber gut Eis laufen«, sagte er. »Ich dachte, die Winter in Griechenland sind dafür zu warm.«

Er konnte diesen Anspielungen auf Photinis Herkunft einfach nicht widerstehen. Dabei wusste er genau, dass sie ihr gesamtes Leben in Bonn und Köln verbracht hatte und nur einmal im Jahr nach Griechenland fuhr, um ihre Großeltern auf dem Peloponnes zu besuchen. Sie kannte den deutschen Winter, seit sie denken konnte. Und sie konnte es nicht leiden, wie eine Ausländerin behandelt zu werden.

»In welchem Jahrhundert lebst du eigentlich, Raupach? Haben sie in deiner kleinen Welt schon den Kühlschrank erfunden?«

»1881 wurde die erste Kunsteisbahn in Deutschland gebaut. Das ist so ungefähr meine Zeit.«

»Viel zu hektisch. Du wärst niemals klargekommen. Stell dir vor, damals fuhren schon Straßenbahnen.«

»In Köln nicht, da gab es 1881 noch Pferdebahnen. Wahrscheinlich hatten sie in Athen eine Eselbahn.«

»Du bist politisch unkorrekt«, stellte Photini fest.

»Stört dich das?«

»Das zeigt nur, dass du ziemlich –«

Ihre Schulter wurde herumgerissen. Sie schlug der Länge nach hin. Offenbar hatte sie jemand angerempelt. Raupach sah eine Gruppe feixender Teenager an der Bande stehen. Ein Junge mit einer dicken Pudelmütze entfernte sich mit ein paar schnellen Schritten und fuhr mit hoher Geschwindigkeit auf die Jugendlichen zu. Er bremste scharf ab. Eine Wolke aus Eis stob hoch. Dann gesellte er sich zu ihnen. Es waren drei Jungen, fünfzehn oder sechzehn Jahre alt, und drei deutlich jüngere Mädchen.

Photini rappelte sich hoch und rieb sich den Ellenbogen. Sie rief dem Jungen zu, ob er nicht aufpassen könne. Er grinste breit, die

Mädchen kicherten albern. »Sind eure Spatzenhirne auf Betriebstemperatur?«, fragte Photini und tippte sich an die Stirn. »Oder herrscht da oben Eiszeit?« Daraufhin lösten sich die Jungen aus der Gruppe und kamen auf Photini zu.

Sie stellte sich breitbeinig hin und stemmte die Kufen ihrer Schlittschuhe ins Eis. Eines der Mädchen rief: »Pass doch selber auf, dumme Pute!« Der Junge mit der Pudelmütze gab dem Mädchen einen Wink, still zu sein. Dann baute er sich vor Photini auf. Er war einen halben Kopf größer als Raupach, wirkte aber ungelenk und seltsam unproportioniert, wie das Teenager häufig tun.

»Was hast du eben gesagt?« Er versuchte, bedrohlich zu klingen. Seine Freunde nahmen neben ihm Aufstellung. Die übrigen Eisläufer machten einen Bogen um die Jungen.

»Bist du schwer von Begriff?«, fragte Photini. »Soll ich's über die Lautsprecheranlage ausrufen lassen?«

»Du hast 'ne große Klappe.« Sein Atem roch nach Glühwein.

»Und dir gehört der Hintern versohlt. Ich würd's ja gerne selber machen, aber dann kriegen sie mich wegen Kindesmissbrauchs dran.«

Das konnte der Junge nicht auf sich sitzen lassen, befürchtete Raupach. Photini überspannte den Bogen mal wieder. Jetzt legte sie sich schon mit Halbwüchsigen an.

Der Junge steckte den Mittelfinger in den Mund, lutschte genüsslich daran, zog ihn heraus und hielt ihn Photini vors Gesicht. »Fang lieber damit an.« Die beiden anderen lachten.

»Mach das nicht noch mal«, entgegnete Photini leise.

Raupach kannte den drohenden Unterton in ihrer Stimme. Wenn sie die Beherrschung verlor, würde es Verletzte geben, das Eis war hart. Er legte eine Hand auf ihre Schulter. »Komm weiter«, raunte er ihr zu. Er versuchte, sich möglichst vorsichtig zu bewegen, damit er nicht wieder ausrutschte.

»Was geht den alten Sack das an? Der soll sich verpissen!«

»Hast du einen Namen?«, fragte Raupach.

»Halt's Maul!«

»Warum sagst du ihn mir nicht? Ich würde gerne wissen, mit wem ich es zu tun habe.«

Normalerweise beruhigte seine feste Stimme die Menschen. Sie war nicht einschüchternd. Das half ihm, wenn er mit jemandem ins Gespräch kommen wollte.

»Mio«, sagte einer der anderen Jungen. »Er heißt Mio.«

Mio bedachte seinen Freund mit einem strafenden Blick. Photini schaute Raupach ungläubig an und wollte etwas sagen. Er nahm sie in den Arm.

»Dann hast du sicher nichts dagegen, Mio, wenn wir an diesem wunderbaren ersten Advent noch ein paar Runden drehen.« Raupach veränderte die Position eines Schlittschuhs, kam aus dem Gleichgewicht und fing sich dann wieder. »Ohne auszurutschen, verstehst du?« Er lächelte. »Wie kriegt ihr das eigentlich hin? Seid ihr jeden Tag hier?«

In Mio arbeitete es. Was hatte dieser Clown vor? Er zögerte, wusste nichts zu entgegnen. Hilfe suchend schaute er zu seinen Freunden.

Eines der Mädchen kam hinzu. Sie trug Ohrwärmer aus rosa Plüsch, ein kurzes Röckchen, wie Raupach verwundert registrierte, und eine Netzstrumpfhose. Ihre dick aufgetragene Schminke und die schwarz lackierten Fingernägel konnten nicht darüber hinwegtäuschen, dass sie noch ein Kind war.

»Die Frau ist hingefallen, Mio. Sie ist wütend. Das wärst du auch.« Das Mädchen nahm ihn an der Hand und zog ihn mit. »Lass uns was trinken.«

Mio setzte sich widerstebend in Bewegung. »Komm mir bloß nicht in die Quere«, sagte er zu Photini. Dann machte er eine wegwerfende Handbewegung und fuhr davon.

Raupach gab Photini einen Knuff. Sie knuffte zurück, sagte aber nichts. Ihr Gesichtsausdruck hätte den Rhein zum Gefrieren gebracht.

Als sich die Teenager entfernten, drehte sich das Mädchen noch einmal um. Raupach erwiderte ihren Blick. Er sah eine Mischung aus Triumph – und Angst.

LUZIUS STAND an seinem Platz neben der Säule. Es war ein guter Platz. Er konnte die meisten Gäste schon von weitem sehen und die wichtigsten Faktoren mit einem einzigen Blick erfassen. Er registrierte: Zustand, Benehmen, Alter, Kleidung, Nutzen. In dieser Reihenfolge.

Zwei Mädchen. Zustand: leicht angetrunken. Benehmen: von oben herab. Alter: Anfang zwanzig. Kleidung: Designermode aus zweiter Hand. Nutzen für den Club: dekorativ.

Während er die Kordel aufhakte und die beiden durchließ, hatte er seine Entscheidung über die nächsten Gäste in der Reihe bereits getroffen. Er bezeichnete alle Menschen, die in den Bass Club wollten, als Gäste. Einige von ihnen waren unerwünscht, manche nur für einen Abend, andere auf längere Sicht. Aber sie waren und blieben Gäste.

Luzius hakte die Kordel wieder zu. Er kannte keine Vorurteile. Der Club stand jedermann offen. Am Wochenende kostete der Eintritt zehn Euro, unter der Woche sechs. Nestor saß hinter der Empfangstheke und kassierte das Geld. Daneben lag die Garderobe, um die sich Dina kümmerte. Es passierte selten, dass jemand bis zu Nestor vordrang und Ärger machte. Luzius sonderte die Gäste mit einer Zuverlässigkeit aus, für die er bekannt war. An ihm kam keiner vorbei, wenn er es nicht zuließ. Unter der Theke befanden sich: Pfefferspray, ein Elektroschocker, ein Baseballschläger und Schlimmeres. Es diente dazu, Nestor und Dina zu beruhigen. Luzius brauchte keine Waffen.

Die Sonntagsschlange war länger als gewöhnlich. Das lag am ersten Advent. Die Gäste spürten, dass sich das Jahr dem Ende zuneigte. Sie wollten nachholen, was sie verpasst hatten, suchten Anschluss, weil es draußen kälter wurde und ihr Alleinsein sie zunehmend bedrückte. So redete Nestor. Er hatte immer eine Erklärung parat, aus welchen Gründen die Gäste kamen oder fernblieben. Nestor war der Neffe von Mark Seedorf, dem Clubbesitzer. Er musste sich über so etwas Gedanken machen. Das Wie und Warum. Er traf die Entscheidungen. Welche Musik aufgelegt wurde, welche Live-Acts stattfanden, wann es eine Happy Hour gab. Dauernd dachte er darüber nach, in welcher Beziehung die Dinge und die Menschen zueinander standen.

Luzius konnte nichts damit anfangen. Er sah und urteilte. Das ging von selbst. Unnötig, es jemandem begreiflich zu machen. Es gab keine Anweisungen, nach denen er sich richtete. Mark hatte keine Regeln aufgestellt. Er vertraute seinem Türsteher, seinem Selector, wie es jetzt hieß. Wenn ein Clubbesitzer das nicht tat, war er bald aus dem Geschäft.

Zwei Pärchen. Luzius bedeutete einer der beiden Frauen, ihren halb gerauchten Joint wegzuwerfen. Sie hatten Schlagseite, alberten herum. Die Männer versuchten, Souveränität auszustrahlen. Mit Anfang vierzig waren sie zu alt für das Bass. Overdressed. Sie trugen Abendgarderobe, vielleicht kamen sie von einem Konzert. Ein eleganter Tupfer an der Bar, teure Drinks.

Er hakte die Kordel auf und deutete eine Verbeugung an. Das tat er immer. Jeder Gast hatte eine Verbeugung verdient. Manchmal wurde ihm ein Trinkgeld angeboten. Luzius nahm es nicht an. Trinkgeld verpflichtete.

JOHAN VERMERKTE jedes Detail. Er ging systematisch vor. Stundenlang konnte er sich in Körperstudien vertiefen. Nach und nach erkundete er Valeries glänzende Gesichtshaut bis zu den dunkelbraunen Haarwurzeln. Beobachtete, wie sich ihre Brust hob und senkte. Stellte fest, dass ihre Zehen einer Pediküre bedurften. Ihre Lider flatterten im Halbschlaf. Sie focht ihre Kämpfe noch einmal aus.

Plötzlich öffnete sich die Tür. Sheila betrat das Wohnzimmer. Wendungen innerhalb einer Szene schätzte Johan besonders. Das brachte Leben in die Sache.

Das Mädchen erstarrte und ließ ihre Schlittschuhe fallen. Sie klaubte die Glassplitter von Valeries Haut, richtete ihren Körper auf und zerrte sie auf die Couch. Dabei kam Valerie zu sich. Sheila lief in die Küche, kehrte kurz darauf mit einem Glas Wasser zurück und führte es an Valeries Lippen.

Die Konturen des Bildes gerieten in Bewegung und begannen sich aufzulösen. Johan konnte den Anblick eines Kindes, das sich über seine betrunkene Mutter beugte, nicht ertragen. Er nahm das Auge von der Linse. Wie konnte er dem Mädchen helfen? Manchmal kam ihm diese Frage in den Sinn. Dann wies er sie sofort von sich. Er durfte sich nicht einmischen. Die Menschen waren für sich selbst verantwortlich. Niemand von ihnen nahm auch nur den geringsten Anteil. Sie sahen einfach zu, wenn es die Schwachen erwischte. Er hatte es erlebt.

Nicht mehr lange, und sie würden in Flammen stehen.

Johan zog den Vorhang zu. Er räumte die Kekse weg und stellte die Milch in den Kühlschrank. Dann putzte er seine Zähne, ging auf die Toilette und schlüpfte in seinen Pyjama. Er legte sich auf seine Seite des Bettes und löschte das Licht. Zeit zu schlafen.

DER GESTRIGE SAMSTAG war schwierig gewesen. Viele Gäste, aufgedreht und fest entschlossen, sich zu vergnügen. Das Jahr war schlecht für sie gelaufen, sagte Nestor. Ihre Ersparnisse hatten sich endgültig in Luft aufgelöst. Die meisten hielten sich mit Mühe und Not über Wasser. Selbst die Studenten waren wieder gezwungen, schlecht bezahlten Aushilfsjobs nachzugehen. Natürlich gab das niemand zu, sagte Nestor. Im nächsten Jahr würde alles besser werden, hofften sie, und bis dahin taten sie wenigstens so, als ginge es aufwärts. In einer solchen Situation wollten sie sich von einem Türsteher nicht sagen lassen, dass sie ein anderes Mal wiederkommen sollten. Das wäre wie der letzte Tritt, der sie in den Rinnstein beförderte.

Luzius hatte des Öfteren Hand anlegen müssen. Es war ihm nicht unangenehmer, als welkes Laub von seinem Balkon zu entfernen. Es wehte von der Linde herein, die direkt vor seiner Wohnung stand. Vor einigen Stunden hatte er die letzten Blätter zusammengekehrt. Seine Balkonpflanzen standen längst an einem Ort, wo sie vor dem Frost geschützt waren. Er hatte den Oleander zurückgeschnitten. Das tat ihm jedes Mal ein bisschen weh. Die Pflanzen hatten das ganze Jahr darauf verwandt, Zweige und

Blätter herauszubilden. Aber sie würden neue Triebe ansetzen und umso stärker blühen, wenn er sie stutzte.

Ein Junge mit einer Pudelmütze. Seit ein paar Wochen kam er an jedem Wochenende ins Bass. Inzwischen hielt er sich für einen Stammgast.

Mit Stammgästen war das so eine Sache. Manche ließ Luzius nach zwei, drei Besuchen kommentarlos ein. Andere brauchten Jahre, um seine Billigung zu erlangen.

Der Junge tat so, als sei er ein guter Bekannter. Er klopfte Luzius auf die Schulter und fing ein Gespräch an. Das sollte seine beiden Freunde beeindrucken. Sie traten von einem Bein aufs andere und warfen neugierige Blicke auf den Vorhang, hinter dem Nestor auf Einnahmen wartete. Der Kleinere war besonders zappelig. Luzius sah es aus dem Winkel seines gesunden Auges. Kein Grund, den Kopf zu drehen.

Er wog ab. Die drei waren betrunken, hatten schon eine Pille oder so etwas genommen, viel zu früh, anscheinend hatten sie die Wartezeit in der Schlange falsch eingeschätzt. Noch führten sie sich anständig auf. Von dem Jungen mit der Pudelmütze wusste Luzius, dass er über sechzehn war. Von den anderen wollte er jetzt die Ausweise sehen.

Sie protestierten. Das war unklug. Luzius blieb freundlich. Er wies sie mit einer Äußerung des Bedauerns ab. Dann wandte er sich dem Jungen mit der Pudelmütze zu. Er dürfe zwar allein hinein, aber mit Rücksicht auf seine Freunde sollte er es lieber woanders probieren.

»Ich lasse mich nicht wie ein Kind behandeln«, sagte der Kleine, worauf ihn der Ältere zur Seite nahm. Sie gingen ein paar Schritte weg und berieten sich leise.

Luzius ließ zwei Männer Anfang dreißig ein, Köche vom Il Mulino, dem italienischen Restaurant gegenüber. Sie hatten ihren Dienst beendet und würden im Bass so lange tanzen und trinken, bis es schloss. Sie waren Nachbarn. Manchmal schickten sie einen Lehrling mit einer Leckerei aus der Küche vorbei, wenn im Club noch nichts los war. Luzius verbeugte sich und sagte ihnen, dass

Mattes und Thierry schon unten seien. Den aktuellen Stand diverser Liebschaften zu kennen, gehörte zu seiner Arbeit. Die Köche bedankten sich lachend und verschwanden hinter dem Vorhang.

Bevor er sich mit den nächsten Gästen befassen konnte, trat der ältere Junge an ihn heran. Er wollte jetzt doch allein hineingehen. Seine beiden Freunde waren noch in der Nähe. Sie standen unter einer Straßenlaterne und rauchten.

Luzius zuckte mit den Schultern und ließ ihn mit einer leichten Verbeugung passieren. Er hatte kein gutes Gefühl dabei, aber er hatte auch keinen Grund, es dem Jungen zu verbieten.

Die Schlange wurde nicht kürzer. Luzius nahm einen Schluck Kaffee aus einem Thermobecher und stellte ihn zurück hinter einen Pfeiler neben dem Eingang. Er bat weitere Gäste herein. Unterdessen beobachtete er die beiden Jungen unter der Laterne. Sie warteten auf etwas, das war nicht zu übersehen.

Dann kam der Ältere zurück. »Ich hab mit Nestor gesprochen«, sagte er herablassend. »Meine Freunde dürfen auch rein.« Er winkte sie heran. Sie setzten sich in Bewegung.

»Moment.« Luzius hob die Hand. »Ohne gültigen Ausweis –«

»Frag doch deinen Chef, wenn du mir nicht glaubst.«

Luzius benutzte sein Walkie-Talkie, um seinen Posten nicht zu verlassen. »Wir machen eine Ausnahme«, teilte ihm Nestor auf seine Frage mit. »Heute gibt es bestimmt keine Kontrollen, Sonntagabend, da haben die Bullen was anderes zu tun. Wie sind die Kids drauf?«

»Passabel«, antwortete Luzius wahrheitsgemäß.

»Dann lass sie durch. Das sind die Gäste von morgen.«

Er wusste nicht, was er erwidern sollte. Nestor setzte sich so gut wie nie über seine Entscheidungen hinweg. Vielleicht kannte er diesen Jungen persönlich.

»Was ist? Hast du nicht gehört?«

Luzius legte dem Jungen eine Hand auf die Schulter. Er drückte zu. »Um zwölf seid ihr verschwunden. Sonst komm ich runter und hol euch.«

»Klar, alles klar«, stotterte der Junge, der unter Luzius' Hand eingeknickt war.

Luzius gab den Weg frei. Keine Verbeugung. Die Jungs drückten sich vorbei.

Er nahm seine Position wieder ein. Wenn sich herumsprach, dass er am Einlass nicht das letzte Wort hatte, würden es bald alle möglichen Leute auf diese Weise versuchen. Er musste das Nestor klarmachen. Der Bass Club hatte einen Ruf zu verlieren. Mark würde das ganz und gar nicht gefallen.

Er spürte das Wummern der Musik. Der Club war nahezu schalldicht. Trotzdem drangen die Bässe durch Wände und Decken herauf. Das Kribbeln in seinen Fußsohlen gefiel ihm. Die rhythmischen Vibrationen gaben ihm das Gefühl, ein Teil von alledem hier zu sein, obwohl er draußen in der Kälte stand. Unten vergnügten sich die Menschen. Sie tanzten, lachten, feierten. Luzius sorgte dafür, dass sie dabei nicht gestört wurden. Die Gäste verließen sich auf ihn. Das war wichtig. Manche von ihnen wussten es durchaus zu schätzen. Die beiden Köche zum Beispiel. Selbst wenn sie sturzbetrunken waren, hatten sie noch ein respektvolles Nicken für ihn. Er hielt Wache, damit sie das Leben genießen konnten.

Unten legten sie ein schnelleres Stück auf. Bestimmt strömten die Gäste jetzt auf die Tanzfläche. Er sah sie vor sich. Sie vergaßen alles, gaben sich der Musik hin. So sollte es sein.

Als er sich zur Arbeit aufgemacht hatte, waren aus der Wohnung über ihm ähnliche Geräusche gedrungen. Der dritte Stock. Da oben war es fast ein ganzes Jahr still gewesen. Und davor … Musik hatte er jedenfalls selten gehört, obwohl Jef in einer Band gespielt hatte. Einmal war Luzius nach oben gegangen, um nach dem Rechten zu sehen. Jef hatte ihm mit der Polizei gedroht. Das hatte gewirkt. Luzius war wieder in seine Wohnung gegangen. Am nächsten Tag hatte er die Frau an der Haustür abgepasst. Sie hieß Valerie, er hatte seine Frage wiederholt. Ob alles in Ordnung sei. Sie hatte ihn verständnislos angeschaut – und ihn dann stehen gelassen.

Vielleicht, hatte er gedacht, war er zu weit gegangen. Er konnte nicht davon ausgehen, dass Valerie seine Qualitäten zu würdigen verstand und ihm, einem Fremden, Vertrauen schenkte. In dem Haus wusste niemand, dass er die Dinge gern ins Reine brachte.

Der Mann war inzwischen gestorben. Ein Unfall. Luzius hatte es mit Erleichterung zur Kenntnis genommen.

Ein Ellenbogen landete mit voller Wucht an seiner Schläfe. Er ging zu Boden.

»Was ist los mit dir? Hinterher!«

Nestor stand neben ihm und versuchte ihn, auf die Beine zu zerren. »Die beiden haben die Kasse geklaut!«

Luzius brauchte ein paar Sekunden, um den Kopf klar zu bekommen. Dann erfasste er die Situation. Die Jungen, die ihre Ausweise nicht vorzeigen wollten. Er nahm die Verfolgung auf.

Sie waren noch nicht weit gekommen. Luzius sah, wie sie etwa fünfzig Meter vor ihm in eine Querstraße einbogen. Er war schnell, wenn er einmal in Fahrt kam und die Wut in ihm hochstieg wie Säure. Seine langen Beine flogen über den Asphalt. Die schwarzen Sneakers, die er auf der Arbeit immer trug, krallten sich in den Straßenbelag. Im Rennen war er gut. Das hatte ihn schon früher ausgezeichnet, als er noch jünger gewesen war als die beiden da vor ihm und sein alter Herr ihm mit einem Spazierstock Beine gemacht hatte.

Er benutzte die parkenden Autos so gut es ging als Deckung. Als er um die Ecke bog, verschwanden die Jungs gerade in einer Seitengasse. Er blieb an ihnen dran, machte kaum ein Geräusch. Sich lautlos zu bewegen, hatte ihn schon als Kind der Wahrheit näher gebracht.

Kurz darauf sah er sie wieder vor sich. Sie waren vor einem Schaufenster stehen geblieben. Die beiden hatten wohl nicht damit gerechnet, dass er ihnen gefolgt war. Es musste mehr passieren als ein Stoß mit dem Ellenbogen, um ihn zu stoppen.

Sie hatten Fahrräder. Auf die schwangen sie sich jetzt. Wahrscheinlich gehörte das zu ihrem Fluchtplan. Luzius beschleunigte und holte das Letzte aus sich heraus. Seine Arme pumpten wie die Kolben eines Dieselmotors.

Jetzt bemerkten sie, dass er hinter ihnen war. Sie traten wie verrückt in die Pedale. Derjenige, der die Geldkassette auf den Gepäckträger geschnallt hatte, kam langsamer in Tritt. Luzius fixierte den Hinterreifen und sprang.

Zu kurz. Er griff daneben und landete auf der Straße. Der Junge stieß einen höhnischen Schrei aus, schaltete einen Gang höher und raste davon. Luzius konnte ihm nur hinterhersehen.

Langsam richtete er sich auf und rieb sich die Schulter. Er hatte versagt. Die beiden waren verschwunden. Er dachte an den älteren Jungen, der die Diebe eingeschleust hatte. Vielleicht war aus ihm etwas herauszubekommen. Die drei schienen unter einer Decke zu stecken.

Und wenn der dritte Junge auch getürmt war?

Luzius hätte sie kriegen müssen. Er kam sich schrecklich nutzlos vor. Die Höhle, in der sein Glasauge saß, schmerzte. Mit den Handflächen wischte er Jacke und Hose sauber. Es blieb ihm nichts anderes übrig, als unverrichteter Dinge zurück zum Bass Club zu gehen.

Dann bemerkte er den Lieferwagen.

Er stand auf dem Parkplatz eines Bürogebäudes, etwas abseits von der schlecht beleuchteten Seitengasse. Der Laderaum besaß keine Scheiben. Dumpfe Geräusche drangen aus dem Inneren. Ein klatschender Laut war zu hören, dann nichts mehr.

Luzius trat näher. Er horchte.

Jemand wiederholte immer wieder denselben Satz. Es waren drei oder vier Worte, die durch die Blechwand nicht zu verstehen waren. Es klang, als flehte jemand um Hilfe. Die Stimme war hell und hoch. Sie schien von einem Kind zu stammen.

Plötzlich ertönte ein rauer Schrei. Schmerz, vermutete Luzius, gepaart mit Wut.

Die Tür wurde einen Spaltbreit geöffnet. Eine Hand versuchte, die Tür aufzustoßen. Dann verschwand sie wieder im Inneren. Die Tür schlug zu.

Die Hand hatte einem Mädchen gehört. Die Fingernägel waren lackiert. Jetzt schwankte der Wagen. Ein Rumpeln, wie wenn ein Körper hinschlug.

Luzius streifte Latexhandschuhe über. Er trug sie für alle Fälle immer bei sich, damit er sich nicht mit wer weiß was ansteckte, wenn er jemandem eine offene Verletzung zufügte. Dann riss er die Tür auf.

Das Mädchen kauerte neben einem Radkasten und hielt die Hände vors Gesicht. Ihr nackter Rücken war mit roten Flecken bedeckt.

Neben ihr stand ein Mann. Er starrte Luzius einen Moment lang fassungslos an. Außer einem weißen Trägerhemd, das sich über seinen muskulösen Oberkörper spannte, war auch er nackt. Auf dem Boden lag eine Matratze, im Hintergrund waren eine große Lautsprecheranlage und die Trommeln eines Schlagzeugs zu erkennen.

Der Tritt des Mannes zielte auf die Kehle. Luzius wich aus, zu spät, seine Schulter wurde herumgerissen. Er taumelte zurück auf die Straße. Der Mann sprang aus dem Laderaum, hob etwas vom Boden auf und setzte ihm durch die Hecktür des Wagens nach. Luzius wehrte den Angriff mit seinem linken Unterarm ab. Die Klinge drang durch den Stoff seiner Jacke und biss ihm ins Fleisch. Er hatte sie nicht kommen gesehen. Auf der linken Seite war er blind.

Luzius kannte sich mit Messern aus. Das Überraschungsmoment des Mannes war verbraucht. Er hätte besser daran getan, sich auf seine Kraft und seine Füße zu verlassen.

Ein gezielter Schlag, und das Messer schlitterte unter den Wagen. Jetzt wurde Luzius böse, ein Gefühl, das er lange nicht mehr empfunden hatte. Es quoll in ihm empor wie Magma, glühend heiß und dickflüssig. Zuletzt hatte es sein Vater zu spüren bekommen. Karl Goodens.

Sein angespannter Körper steckte eine Serie von Hieben weg. Er wischte die Arme des Mannes beiseite, bekam seinen Hals zu fassen und umarmte ihn. Es war eine Bewegung, die wie selbstverständlich aussah, Luzius hatte Jahre gebraucht, bis er sie automatisch beherrschte. Im Fallen drehte er den Körper seines Gegners zurecht, half mit seinem Gewicht nach. Als sie auf dem Boden aufschlugen, hatte er ihn da, wo er ihn haben wollte. Luzius setzte einen Griff an. Der Mann wehrte sich. Das machte es leichter.

Jemandem das Genick zu brechen ist ein zähes Geschäft. Oft gelingt es nicht auf Anhieb, Muskeln und Sehnen sind im Weg. Der Geruch des Mannes stieg Luzius in die Nase. Davon durfte er sich nicht ablenken lassen. Jeder Mensch besaß einen letzten intensiven Geruch. Dieser Mann roch nach altem Leder, nicht unangenehm, registrierte Luzius, als die Wirbel ein lautes Knacken von sich gaben. Er wandte Gewalt an, um Gewalt zu verhindern. Es war das Prinzip seines Lebens.

Der Wagen stand so, dass man ihn von der Straße nicht sehen konnte. Von fern war das Bullern eines Motors zu hören, ansonsten kein Laut. Luzius wartete, bis die Reflexe des Mannes erstarben. Dann warf er sich den schlaffen Körper über die Schulter, schmiss ihn in den Lieferwagen und schloss die Tür.

Das Mädchen hatte sich notdürftig angezogen und war aus dem Laderaum geklettert. Es dauerte eine Weile, bis Luzius sie erkannte.

Sheila schien keine Angst vor ihm zu haben. Auf einen solchen Augenblick hatte sie seit langem gewartet. Jetzt war er da. Sie empfand nichts. Nur Scham, dass Luzius sie so gesehen hatte. Entblößt.

Stumm betrachtete sie das verschlossene Heck des Lieferwagens. Der Schriftzug »Barbarossa« stand in martialischen Buchstaben darauf. Wie eine Grabinschrift. Sie knöpfte ihre Jeansjacke zu. Ihre verschwitzten blonden Haarsträhnen fielen ihr ins Gesicht. Schließlich wandte sie sich ab. Sie begann zu zittern.

1. Dezember

MIT EINER VERSPÄTUNG von nur einer Bahn traf Raupach in Köln-Kalk ein. Er besserte sich. Der neue Wecker, den er um eine halbe Stunde vorgestellt hatte, kam gar nicht mehr zum Läuten. Die Weckfunktion kurz vor dem Klingeln zu deaktivieren stellte einen kleinen Sieg dar. Außerdem war der Hering, den er zum Frühstück gegessen hatte, in Sherry eingelegt gewesen. Süßsauer. Das hob seine Laune.

Bevor er mit dem Aufzug ins Archiv hinunterfuhr, machte er seine übliche Runde. Zuerst durchquerte er die öffentlichen Räume der Dienststelle. Dort wucherte der Alltag. Verkehrssünder protestierten gegen unverschämte Kontrollen und die daraus resultierenden Strafzettel und Vorladungen. Anhänger einer Bürgerbewegung meldeten eine Demonstration an, waren sich aber noch uneins über den genauen Ablauf. Tatsächliche und vermeintliche Misshandlungen, Körperverletzungen, Diebstähle und sonstige Rechtsbrüche der vergangenen Nacht wurden zur Anzeige gebracht, ausgenüchterte Randalierer in die Freiheit entlassen, Drogendealer dem Untersuchungsrichter vorgeführt.

Raupach bahnte sich einen Weg durch all diese Menschen, die sich vom Gesetz schikaniert fühlten – oder Beistand von ihm erwarteten. Es gab ihm die Gewissheit, dass sich die Welt weiter drehte, während er unten in seinen Kellerräumen hockte wie ein Astronaut in seiner Raumkapsel. Zwei streitbare Rentner bezichtigten sich gegenseitig des Rufmords und warfen sich veraltete Schimpfworte an den Kopf. Sie mussten getrennt werden. Ein Taxifahrer meldete seine orientierungslose Großmutter als vermisst. Die Personenbeschreibung wurde aufgenommen und an die entsprechenden Streifenwagen weitergegeben. Eine Frau verließ die Ausgabestelle der Asservatenkammer mit einem Plastiksack. Sie war etwas wacklig auf den Beinen und rückte ihre Sonnenbrille zurecht. Raupach wich ihr gerade noch aus und lächelte Onkel Osterloh zu, der beschlagnahmte Gegenstände an Freigesprochene oder deren Angehörige zurückgab.

Osterloh hieß Peter mit Vornamen, »Pitter« auf Kölsch. Viele Polizisten trugen diesen Namen, aber Osterloh hatte besondere Qualitäten. Wenn er ein Beweisstück heraussuchte und es einem Kollegen übergab, tat er das stets mit den Worten: »Besser ein Onkel, der wat mitbringt, als eine Tante, die Klavier spielt.« Das hatte ihm seinen Beinamen eingebracht. Er besaß einen reichen Fundus an Redewendungen.

Ein paar jüngere Kollegen kannten Raupach nicht mehr. Ein paar ältere wollten ihn nicht mehr kennen. Aber die meisten nickten ihm kurz zu oder hatten einen aufmunternden Spruch für ihn übrig.

Seit Raupach im Archiv angefangen hatte, trug er wieder Anzug und Krawatte, wie zu der Zeit, als er noch Kommissaranwärter gewesen war. Damals wollte er möglichst seriös wirken, besaß aber noch nicht die dazugehörige Autorität – was ihm das Aussehen eines Banklehrlings verliehen hatte. Kurz darauf tauschte er den Anzug gegen Alltagskleidung und lief wie die meisten seiner Kollegen herum, denen man den Polizisten nur mit einem geübten Blick ansah.

Die Versetzung ins Archiv hatte Raupach wieder mehr Wert auf Äußerlichkeiten legen lassen. Seine Krawatte, auch wenn sie schief saß, und sein dunkles Jackett gaben ihm ein Minimum an Selbstwertgefühl zurück. Schließlich war seine Arbeit nicht völlig nutzlos. Im August hatte er die Wiederaufnahme eines Mordprozesses erreicht. Eine verzweifelte Mutter hatte sich unschuldig verurteilen lassen. In Wahrheit hatte ihr Sohn den Vater erschlagen. Mit einer Bratpfanne. Den Richter hatte das allerdings herzlich wenig interessiert. Und da gerade Ferienzeit gewesen war, hatte es Raupach auch bei der Staatsanwaltschaft wenig Sympathien eingebracht. Die Repräsentanten der Justiz hatten sich so verhalten, als sei er ein lästiger Bittsteller und habe ihnen noch nie einen Tatverdächtigen zugeführt. Als sei der Raupach, den sie persönlich gekannt und geschätzt und mit dem sie mehr oder weniger am selben Strick gezogen hatten, spurlos verschwunden. Ihr Gedächtnis war kurz.

In der Mordkommission begrüßte ihn Heide Thum. Hin und wieder fragte sie Raupach nach dessen Meinung. Sie wusste, dass er sich dadurch geehrt fühlte. Sein Ego, so angeschlagen es inzwischen war, barg für Heide keine Geheimnisse. Sie kannte Raupach vermutlich besser, als er für möglich hielt. Seit er in Ungnade gefallen war, hatte sie ihn etwas aus den Augen verloren. Da seine Analysen aber nach wie vor Gold wert waren, hielt sie ihn darüber auf dem Laufenden, was auf der Erdoberfläche passierte.

Sie biss genüsslich in den Berliner, den er ihr mitgebracht hatte. Er hatte eine Vanillefüllung. Ungewöhnlich, aber ideal für einen Mord, fand sie. Vanille überdeckte so gut wie jeden anderen Geschmack.

Raupach bemerkte einen Zettel an der Pinnwand. »Hat's dich in diesem Jahr erwischt?«, fragte er. »Die alljährliche Ode an den Chef?«

Sie tippte sich an die Stirn und kaute.

»Warum lasst ihr euch für die Weihnachtsfeier nicht mal etwas anderes einfallen?«

Heide wischte Zuckerreste von ihrer Oberlippe. »Von wegen. Das kam heute mit der Post.«

Sie kannten sich, seit Raupach in den Dienst eingetreten war. Nach einer heftigen und für beide Seiten äußerst lehrreichen Affäre hatten sie beschlossen, die Finger voneinander zu lassen. Eine Zeit lang schien das Raupach besser zu bekommen als ihr. Während Heide sich in die kriminologische Forschung mit Schwerpunkt Toxikologie verbiss, stieg er zu Kölns erfolgreichstem Ermittler auf. An seine Aufklärungsrate kam bis heute keiner von den Jüngeren heran. Sie scherte sich nicht darum, dass er untragbar geworden war, wie es hieß. Die Dienstaufsichtsbeschwerde gegen ihn war abgewiesen worden. Was hatte Himmerich erwartet? Dass er zu Kreuze kroch? Unterwerfungsgesten und Anbiederei lagen Raupach fern. Nicht aus Arroganz. Sie kamen ihm einfach nicht in den Sinn. Er hatte noch nie ein Gespür für Hierarchien besessen.

»Ein Absender stand nicht drauf«, fügte sie hinzu. »Bin gespannt, ob du weißt, von wem das Gedicht ist.«

Raupach fragte, ob er den Zettel von der Pinnwand lösen dürfe. Er steckte in einer Klarsichthülle.

»Der Erkennungsdienst war schon dran. Nicht das Geringste. Typen, die so was verschicken, hinterlassen keine Spuren.«

Keine *sichtbaren*, ergänzte Raupach in Gedanken. Er nahm die Klarsichthülle in die Hand und las:

Wohltätig ist des Feuers Macht,
Wenn sie der Mensch bezähmt, bewacht,
Und was er bildet, was er schafft,
Das dankt er dieser Himmelskraft;
Doch furchtbar wird die Himmelskraft,
Wenn sie der Fessel sich entrafft,
Einhertritt auf der eignen Spur
Die freie Tochter der Natur.

»Ein Dichter?«, fragte Raupach. Er konnte mit den Zeilen nichts anfangen.

»Aber hallo. Und was für ein großer.« Heide spannte ihn gern auf die Folter. »Lies mal das Kleingedruckte.«

Unter dem Gedicht stand noch mehr, in einer kleineren Schriftgröße: »Am Tag vor der Geburt des Erlösers werden die Menschen brennen. Es wird unter der Erde geschehen. Die Strafe wird furchtbar sein.«

»Im Gegensatz zu dem Gedicht ist der Verfasser ein bisschen aus dem Takt gekommen«, sagte Raupach mit einem gequälten Lächeln. »Der Stil ist anders. Aber er weiß, was er will.«

»Schiller.« Heide lehnte sich in ihrem Sessel zurück. »*Das Lied von der Glocke*. Schon mal gehört?«

»Hm.«

»Du kennst die Klassiker nicht, Raupach.«

»Welche meinst du? Jede Epoche hat ihre eigenen.«

»Die *Glocke* gehört zur Allgemeinbildung.«

»Zu deiner Zeit vielleicht.« Heide war ein paar Jahre älter als er. In ihrer Schulzeit musste sie so etwas noch auswendig lernen. Raupach verließ sich lieber auf Recherchen. So gut wie jede sachdienliche Information war mit mehr oder weniger großem Aufwand herauszufinden, sobald man sie benötigte. Seine Bildung beschränkte sich auf Jahreszahlen, die an bestimmte Ereignisse geknüpft waren. Er hatte ein Datengedächtnis.

»1799«, sagte er. »In diesem Jahr ist die *Glocke* erschienen.«

Heide legte den Berliner auf die Papiertüte von der Bäckerei und klatschte. »Damit könntest du in einer Quizshow auftreten. Da kommt es auch nur auf oberflächliches Wissen an.« Sie wurde nicht müde, Raupachs Art zu denken als typisch männlich zu verspotten. 1799. Als ob die Welt aus Daten bestände.

»Was hältst du davon?«, fragte sie. Raupach war wie ein hungriger Hund. Wenn man ihm einen frischen Knochen vorwarf, stürzte er sich darauf, als ob es nichts anderes gäbe. Und er hatte schon lange nichts mehr gehabt, worauf er herumkauen konnte. Alte, vergammelte Knochen auszugraben, an denen kein Stückchen Fleisch mehr war, befriedigte auf Dauer nicht.

»Gibt es auch einen Umschlag?«

Heide reichte ihm eine Plastikhülle. Das Kuvert hatte das Format einer Postkarte, die Briefmarke zeigte Hildegard Knef, die Adresse war aufgeklebt. Keine handschriftlichen Spuren.

»Wo wurde der Brief aufgegeben?«

»Genau lässt sich das nicht mehr feststellen. Irgendwo im Stadtzentrum.«

Er las den Text noch einmal Wort für Wort durch. Vor drei Jahren wäre dieses Schreiben noch auf seinem Schreibtisch gelandet.

Heide ließ den Rest des Berliners in ihrem Mund verschwinden und wischte die Finger mit einem Kleenex ab. »Ohne diese Dinger wäre ich schon längst reif für die Klapse.«

Raupach dachte nach. Wenn er das tat, nahm sein Gesicht eine

Härte an, die auf manche mitleidlos, auf andere unnachgiebig wirkte. Heide zog die Unnachgiebigkeit vor, eine penetrante, aber nützliche Eigenschaft. Seit einiger Zeit fiel es Raupach schwer, sie beizubehalten. Unten im Archiv lief er Gefahr, seinen Biss zu verlieren, dachte sie. Das erste Jahr hatte er noch unbeeindruckt überstanden und die neuen Aufgaben freudig begrüßt. Im zweiten half ihm sein Starrsinn. Jetzt, am Ende des dritten Jahres, mehrten sich Anzeichen von Zermürbung. Er war langsamer geworden, ganz bewusst, wie er sich einredete. Bedachtsam nannte er dieses Verhalten. Aber Heide hatte bemerkt, dass sein Interesse gelegentlich nachließ. Ungenauigkeiten schlichen sich ein. Sie kannte sein privates Chaos. Sein Beruf war dazu immer ein Gegengewicht gewesen. Raupach wurde immer mehr zu einem Hund, der zwar zuverlässig anschlug, sich dann aber ablenken ließ und herumzustreunen begann.

»Ich glaube, wir haben es mit einem Einzelnen zu tun«, sagte er schließlich. »Eine terroristische Gruppierung beruft sich nicht auf Schiller, das wäre denen viel zu abgehoben.«

»Einverstanden. Wir können mehrere Täter zwar nicht ausschließen, aber gehen wir zunächst von einer einzelnen Person aus.«

»Er redet nicht herum. Das Gedicht soll seiner Drohung Nachdruck verleihen. Das heißt –« Er zögerte. Dann korrigierte er sich. »Nein, das Gedicht steht am Anfang. Die Schrift ist größer als der Rest. Sein eigener Text – falls das nicht ebenfalls ein Zitat ist –, sein eigener Text wirkt wie ein Kommentar. Er fügt den allgemeinen Aussagen des Gedichts etwas Individuelles hinzu.«

»Und weiter?«

»Das Gedicht hat eine übergeordnete Bedeutung. Es soll wie eine unumstößliche Wahrheit wirken, verstärkt durch die gereimte Form. Es beschwört das Schicksal, die Kraft des Feuers. Der Zusatz stellt einen konkreten Zusammenhang her. Er ist eine Ankündigung, eine Prophezeiung. Und der letzte Satz deutet auf das Motiv hin: Strafe. Das ist ihm sehr wichtig, deswegen der biblische Tonfall.«

»Sodom und Gomorrha«, setzte Heide hinzu. »Darauf bin ich auch schon gekommen.« In Wirklichkeit war sie beeindruckt. Raupach hatte Witterung aufgenommen.

»Feuer kann Leben erschaffen und zerstören. In vielen Kulturen ist es ein Bild für Läuterung und Sühne. Es steht niemals für sich allein. Feuer ist … Wandlung.«

»Du meinst, dieser Typ will uns mitteilen, dass er gerade einen Schritt weiter gekommen ist in seinem armseligen Leben?«

»Einen radikalen Schritt. Er ist bereit, eine Schwelle zu überschreiten. Zumindest versucht er das mitzuteilen.«

»Zweifelst du daran?«, fragte Heide.

»Von der Entscheidung, eine Tat zu begehen, ist es noch ein großer Schritt zu der Bereitschaft, sie auszuführen«, erklärte Raupach. »Das Gedicht macht mich stutzig. Im Verhältnis zu den anderen drei Sätzen nimmt es mehr Raum ein, auch optisch, die Schrift ist größer.«

»In Wirklichkeit ist die *Glocke* noch viel länger. Fest gemauert in der Erden und so weiter. Seitenlang geht das dahin. Diese Zeilen stammen ungefähr aus der Mitte.«

»Der Rest des Gedichts schwingt ungesagt mit, er braucht es nicht eigens hinzuschreiben. Gut möglich, dass sich darin noch weitere Andeutungen finden.«

»Na, reizend.«

»Wie auch immer: Jemand, der sich als strafende Hand des Schicksals fühlt, sollte es nicht nötig haben, so einen üppigen Rahmen zu konstruieren. Es sollte andersherum sein: Das Gedicht sollte nur als Motto dienen, als Parole, während die Drohung als die eigentliche Botschaft ausführlicher ausfallen müsste.«

»Lies nicht zu viel zwischen den Zeilen, Raupach, sonst wachsen sie dir über den Kopf.« Für Heides Geschmack war in Raupachs Argumentation jetzt zu viel »sollte« und »müsste« enthalten, als gäbe es eine Art Standard-Drohbrief. Wenn man einen Standard setzte, war man geneigt, alles, was darüber hinausging, als Abweichung zu verstehen. So zu denken engte ein.

»Wir haben nicht mehr als die Zeilen und was dazwischen steht«, sagte er. »Zwischen diesen Zeilen steht das, was der Verfasser dem Leser überlässt. Die anderen sollen sich gefälligst anstrengen und herumrätseln, während er sich zurücklehnt und alles aus sicherem Abstand verfolgt.«

»Also noch mal. Du meinst, die Drohung sei leer, weil sie im Vergleich zu dem Gedicht so kurz ist?«

»Ausgehend von diesem Brief: ja. Aber vielleicht ist das nur ein Teil seiner Drohung. Gab es irgendwelche ... Brände im Vorfeld?«

»Massenhaft«, gab Heide zurück, froh, wieder festen Boden unter den Füßen zu spüren. Sie machte sich an ihrem Computer zu schaffen. »Leider deutet nichts auf einen gezielten Anschlag hin. In diesem Jahr hat uns die Feuerwehr nur ein paar Mal eingeschaltet. Im März brannte ein Asylbewerberheim ab. Das würde wohl am ehesten ins Bild passen. Als Ursache des Brandes stellte sich heißes Öl heraus, ein paar Vietnamesen wollten ihr Abendessen frittieren. Dann gab es einen Zimmerbrand in einem Mehrfamilienhaus. Der Mann, der die Mansardenwohnung bewohnte, kam dabei ums Leben. Es war ein Kabelbrand, die Leitungen waren veraltet. Und zu guter Letzt brach im Lagerraum eines Restaurants Feuer aus. Der Wirt hat es selbst gelegt, ein Fall von Versicherungsbetrug.«

Sie klickte die Datei weg und wandte sich ihren Notizen zu. »Ich habe auch bei der Feuerwehr nachgefragt. Die hatten in letzter Zeit nur das Übliche: Dachstuhlbrände, ein Feuer in einer Seniorenwohnanlage, ein Brand in einer Buchhandlung. Alles aufgeklärt, keine Unstimmigkeiten.«

»Du hast deine Hausaufgaben gemacht.« Raupach spielte die Floskel mit einem schiefen Lächeln herunter. Er bewunderte die Geschwindigkeit, mit der Heide diese Informationen eingeholt hatte. Sie trat eine Stunde früher als er zum Dienst an und musste dies alles in dieser kurzen Zeit herausgefunden haben. Bei der Telefonrecherche war sie unschlagbar.

»Wir können noch weiter in die Vergangenheit zurückgehen«,

schlug sie vor. »Oder wir weiten den Kreis der Ermittlung aus. Ich kann das LKA hinzuziehen.«

»Das wird vorerst nicht nötig sein«, sagte Raupach.

»Warum?«

»Im Archiv haben wir eine ganze Klassikersammlung. Du kannst dir nicht vorstellen, wer sich alles auf Goethe oder Schiller beruft, um ernst genommen zu werden.«

»In einem Brief an die Polizei?«

»Wenn sie es nicht mit ihren eigenen Worten ausdrücken können, sind sie meistens harmlos. Ein Bildungsschnipsel, mehr ist es nicht. Er will uns zeigen, dass er könnte – wenn er wollte.«

Das leuchtete Heide ein. »Du denkst, er traut sich nicht.«

»Er kann nicht. Er würde gerne, aber er wird es nicht in die Tat umsetzen. Hast du dir das Schriftbild angesehen?«

»Professionell, wie aus einem Buch. Vielleicht hat er einen Laserdrucker benutzt.«

»Dann wäre es gestochen scharf.« Raupach deutete auf eine Zeile, die ihm besonders aufgefallen war. »Siehst du? Die Buchstaben sind an den Rändern ein wenig ausgefranst. Das kommt beim Fotokopieren vor.«

»Lässt sich nicht vermeiden, oder?«

»Je häufiger eine Vorlage kopiert wird, desto unschärfer wird das Schriftbild. Ich denke, er hat das Gedicht von einem Buch abkopiert, es dann auf einen Zettel geklebt und erneut vervielfältigt. Mit dem Zusatz ist er genauso verfahren. Es würde mich nicht wundern, wenn er den auch einem Buch entnommen hat.«

»Warum hat er das Ganze nicht einfach abgetippt? Ein Drucker, selbst ein Tintenstrahler, verrät nicht seinen Benutzer.«

»Möglicherweise misstraut er Computern«, mutmaßte Raupach. »Oder Tastaturen. Bei einer Schreibmaschine kann man im Nachhinein feststellen, ob ein bestimmter Brief darauf geschrieben wurde, jedenfalls bei älteren Modellen, bei denen immer ein paar Typen verbogen sind.«

»Ich schau mir auch alte Filme an.«

»Dieses Kopierverfahren passt viel besser zu unserem Mann. Er bedient sich der Worte anderer. Dadurch weist er die Verantwortung von sich – und beglaubigt zugleich die Bedeutung des Textes. Seht her, soll das heißen: Es steht geschrieben.«

»Also wird es auch geschehen«, ergänzte Heide.

»In seiner Phantasie vielleicht. Die Vorstellung, diese ... – wie heißt es bei Schiller? – Himmelskraft zu entfesseln, verleiht ihm ein Gefühl von Macht.«

»Und indem er es uns mitteilt, fühlt er sich bedeutsam.« Sie rollte mit ihrem Sessel ein Stück zurück und stemmte einen Stiefel gegen die Schreibtischkante. »Warum gehst du eigentlich davon aus, dass es ein Mann ist? Meinst du, Frauen lesen keinen Schiller?«

»Höchstens, um es einem Mann in die Schuhe zu schieben«, erwiderte Raupach. Er liebte es, Heides Gefühl für Gleichberechtigung zu kitzeln. Bevor sie in Rage geriet, setzte er hinzu: »Du hast Recht, wir müssen auch diese Möglichkeit in Betracht ziehen.«

»Eine extrem unwahrscheinliche Möglichkeit«, räumte sie ein und fragte sich, ob er sie noch immer für eine unverbesserliche Emanze hielt. Sollte sie ihm mal wieder ein paar Knöpfe annähen, damit er seine Meinung revidierte? Er kümmerte sich zwar um seine Wäsche, aber Handarbeiten waren nicht sein Fall. »Manchmal halten einen Prinzipien nur unnötig auf.«

»Solange sie einen nicht blind machen.«

Von ihr aus konnte er gern das letzte Wort haben. Sie dachte an Potenzanwandlungen und kam auf die »Himmelskraft« in dem Gedicht zurück. Die Götter hatten den Menschen das Feuer vorenthalten. Prometheus lehnte sich dagegen auf und brachte es den Menschen heimlich. Prometheus war eine Erlösergestalt. Der Verfasser des Briefes schien sich auch für jemanden zu halten, der über mehr Wissen und Fähigkeiten verfügte als alle anderen. Herrschaftswissen. Er brüstete sich damit, wollte wahrgenommen werden, zumindest klang das durch.

»Warum sind die Leute so versessen darauf, in der Öffentlichkeit zu stehen?« Heide schüttelte den Kopf. »Kannst du mir das verraten? Warum sind sie nicht zufrieden mit dem, was sie sind?«

»Wem reicht das schon?«, fragte Raupach. »Abgesehen davon gibt es Leute, die überhaupt nicht wissen, wer oder was sie sind.«

»Jugendliche zum Beispiel. Brandstifter sind im Durchschnitt relativ jung.«

»Oder Menschen mit psychischen Problemen.« Raupach fühlte sich leer, weil er so viel geredet hatte. Das tat er ungern. Er wollte Heide keine Vorträge halten, niemandem, wie er sich vorgenommen hatte. Worte, Argumente, kluge Erklärungen, all dies kam ihm seit einiger Zeit zunehmend überflüssig vor. Es bereitete ihm ein gewisses Vergnügen, sich mit einem aktuellen Fall zu beschäftigen, das konnte er nicht leugnen. Aber es führte zu nichts. Was für ein gefährlicher Zustand: zu verstehen glauben.

»Vermutlich fühlt er sich zurückgesetzt, vom Leben benachteiligt.« Heide dachte an das, was sie sich im Laufe der Jahre über Täterpsychologie angeeignet und aus eigener Anschauung zusammengereimt hatte. »Ein Mann mit Bildung. Er kann mit anderen Menschen nicht in Kontakt treten, zumindest nicht auf herkömmliche Weise. Aus seiner Sicht interessiert sich niemand dafür, dass ihm ein Unrecht widerfahren ist. Stattdessen wird er ignoriert, abgelehnt, auf Distanz gehalten. Zuerst gibt er sich selber die Schuld für seine Niederlage, empfindet sich als minderwertig, inakzeptabel. Aus dieser Situation kommt er nur heraus, indem er das Gefühl seines Versagens nach außen richtet. Die anderen sind schuld, alle wollen ihm übel. Seine Selbstachtung wächst wieder. Und da er recht intelligent ist, steigert sich das zu der Überzeugung, allen anderen überlegen zu sein.«

»Ich hoffe, ich störe nicht.« Woytas war an Heides Schreibtisch herangetreten. »Was ist das hier? Konfrontationstherapie? Machen Sie Fortschritte?«

Heide wurde klar, dass man einen Teil ihrer Analyse auch auf Raupach beziehen konnte. Sie biss sich auf die Lippe und setzte sich gerade hin. Woytas schaffte es immer wieder, sie in Verlegenheit zu bringen. Der Teufel sollte ihn holen, falls in der Hölle der Selbstgerechten noch ein Platz frei war.

»Es geht mir schon viel besser«, entgegnete Raupach. »Ich lerne, mich selbst zu akzeptieren. Das ist eine interessante Erfahrung.«

»Übertreiben Sie es nicht. Wenn wir uns selbst uneingeschränkt achten, hören wir auf, uns in Frage zu stellen. Lassen Sie den Zweifel zu.« Woytas deutete ein Lächeln an. Dann nahm er sich den Brief vor.

Raupach hatte es gelegentlich versucht, aber er konnte seinem Nachfolger beim besten Willen nicht böse sein. Woytas hatte sich weder um den Posten gerissen noch sich dagegen gewehrt. Er hatte die Gelegenheit einfach ergriffen, wie es von einem Polizisten zu erwarten war, der seine Fähigkeiten richtig einzuschätzen wusste und eine gesunde Portion Ehrgeiz besaß. Woytas war gut, seine Arbeitsweise effektiv. Er ging Risiken ein, wenn es erforderlich war, und schreckte auch vor unorthodoxen Methoden nicht zurück. Den Kollegen gegenüber verstand er es, seine Ironie mit charmanter Offenheit wettzumachen. Vor allem aber konzentrierte er sich aufs Wesentliche. Raupach hatte der Mordkommission keinen besseren Leiter wünschen können. Woytas stand sogar kurz davor, zum Ersten Kriminalhauptkommissar aufzusteigen.

Heide gewann ihre Fassung zurück. »Seit wann schleichen Sie sich von hinten an?«

Woytas betrachtete die Stiefel seiner Stellvertreterin. »Was Ihnen wie Schleichen vorkommt, geht lediglich auf das Fehlen unschöner Fortbewegungsgeräusche zurück.« Er hielt den Brief hoch. »Warum ist das nicht bei der Gefahrenabwehr?«

»Weil es hier gelandet ist. Es hat mir den Morgen versüßt. Aber wenn Sie möchten, leite ich den Brief weiter. Raupach und ich haben eine Lagebesprechung abgehalten.«

»So?«

»Wir sind der Meinung, dass er nicht ernst zu nehmen ist.« Sie nickte Raupach zu. »Allerdings sollte man ein Auge auf die Sache haben«, ergänzte sie. Raupach hatte sie zwar überzeugt, aber er konnte sich irren. Er war nicht mehr so dicht am Geschehen wie sie.

Woytas gab Heide die Klarsichthülle zurück. »Das beruhigt mich. Ich verlasse mich auf Ihr Urteil.« Bewusst bezog er Raupach ein. »Ihrer beider Urteil. Jeder Spinner, den wir zu den Akten legen können, spart Zeit.«

»Hast du was dagegen, wenn ich mir eine Kopie mache?«, fragte Raupach.

»Mal sehen, ob die neue Kiste mit mir klarkommt.« Heide stand auf und öffnete den Deckel des Geräts, das unter der Pinnwand stand. Es war erst letzte Woche aufgestellt worden.

»Ich fürchte, Sie werden mich für einen Spießer halten«, fuhr Woytas fort. Der Kopierer sprang an. Aus dem Schlitz unter der Deckelklappe blitzte ein Lichtstrahl hervor, und an der Seite kam ein Blatt heraus. »Aber ich bitte Sie, den Dienstweg einzuhalten. Ihn wiederherzustellen, um genau zu sein. Heide, leiten Sie den Brief an die Gefahrenabwehr weiter. Und geben Sie den Kollegen alles, was Sie darüber haben. Wie ich Sie kenne, ist das trotz der frühen Stunde eine ganze Menge.«

Sie schaute ihn ungläubig an. »Spießer ist das falsche Wort«, sagte sie schließlich und wollte noch etwas hinzufügen. Dann winkte sie ab.

Raupach schmunzelte über Woytas' Ausdruckweise. Er hätte es anders formuliert. Aber unterm Strich wäre er genauso vorgegangen.

DER INHALT des Plastiksacks roch selbst nach einem Jahr noch entsetzlich. Am schlimmsten war das Kissen. Der ganze Bezug war mit Erbrochenem besudelt gewesen. Jefs Mageninhalt war durch den Stoff in die Daunenfüllung gedrungen.

Valerie hatte das Kissen auf sein Gesicht gepresst und sich mit ihrem ganzen Gewicht dagegengestemmt. Das war ihr nur gelungen, weil sie auf seiner Brust gesessen hatte. Nach einem ersten, furchtbaren Aufbäumen hatte er sich verschluckt. Das hatte die Sache beschleunigt, obwohl sie dabei fast heruntergefallen wäre und die Kontrolle über ihre Blase verloren hätte. Danach hatte er sich nicht mehr gewehrt.

Da waren noch andere, mehr oder weniger vertraute Gegenstände. Sein Gürtel. Valerie erinnerte sich gut an die breite eckige Schnalle. Wie sie durch die Luft pfiff, ein Geräusch, bei dem sich ihr Rücken versteifte.

Dann die abgewetzte Jeans. Jef hatte sich selten die Mühe gemacht, sie auszuziehen. Sie besaß Knöpfe anstelle eines Reißverschlusses. Das war umständlich, aber sie hatte gelernt, damit klarzukommen, wenn er dazu nicht mehr in der Lage gewesen war.

Seine Schnürstiefel mit verstärkter Kappe. Original aus Kanada. Sie hatten Valerie an den Rand des Todes gebracht. Als sie wegen eines Milzrisses ins Krankenhaus musste, hatte Jef die klobigen Dinger eine Weile nicht mehr getragen. Nachdem sie entlassen worden war, hatte sie das Leder mit einem Pflegemittel behandelt und versucht, die Kratzer auf der Kappe mit einer Wurzelbürste zu entfernen. Jef war mit ihren Bemühungen zufrieden gewesen. Sie sahen immer noch aus wie neu.

Valerie stopfte den Sack in den nächsten Müllcontainer. Jetzt hatte sie es hinter sich. Sie nahm eine weitere Schmerztablette gegen den Kater und ging zur nächsten U-Bahn-Station. Die kalte Luft tat ihr gut. Ihre Lungen weiteten sich. Sie fühlten sich an, als könne sie den ganzen Weg zum Callcenter im Agnesviertel rennen. Rasch ging sie die Treppe hinunter. Plötzlich wurde ihr schwindelig. Sie hielt sich an dem Geländer fest und zwang sich, gleichmäßig zu atmen.

Ohne die Sonnenbrille auf ihrer Nase hätte sie die Blicke der Polizisten nicht ertragen. Mit Valeries Notruf vor einem Jahr hatte es begonnen. Sanitäter, Abtransport, ein Kommissar. Das stumme Nicken seines Kollegen, während er auf der Wache ihre Aussage aufnahm. Das Stirnrunzeln beim Durchblättern der Akte. Die versteckten Andeutungen: Sie konnte froh sein. Vermutlich habe er nichts gespürt.

Jef war bei der Polizei kein Unbekannter gewesen. Sein Vorstrafenregister umfasste so gut wie alles, was einem gescheiterten

Rockmusiker zuzutrauen war. Führen eines Kraftfahrzeugs unter Alkoholeinfluss, unerlaubtes Entfernen vom Unfallort, Drogenbesitz, Widerstand gegen die Staatsgewalt, Diebstahl, Hehlerei, Körperverletzung. Wenn so einer starb, rief das nur ein Schulterzucken hervor.

Als ausschlaggebend hatten sich mehrere Umstände erwiesen. Zum einen profitierte Valerie nicht von Jefs Tod. Außer einem Stapel selbst produzierter CDs hatte er nur Schulden hinterlassen. Hinzu kam, dass es keinerlei Spuren von Fremdeinwirkung gab. Jef war an seinem Erbrochenen erstickt. So etwas kam vor, wenn jemand Unmengen von Alkohol und Drogen zu sich nahm. Außerdem hatte Gunter zu Valeries Gunsten ausgesagt. Er war mit Jef noch bis kurz vor dessen Tod um die Häuser gezogen und hatte den Eindruck bestätigt, der sich auf den ersten Blick aufdrängte: Jef sei am Ende gewesen. Es sei nur eine Frage der Zeit gewesen. Er habe sich sein eigenes Grab geschaufelt.

Sie hatten es geahnt. Jedes Mal, wenn sie auf der Wache gewesen war, hatten die Polizisten ihr wortlos zu verstehen gegeben, dass sie wussten, was sich wirklich zugetragen hatte. Es kam ihr so vor, als hätten sie nur der Form halber ermittelt. Weil sie das Richtige getan hatte. Und es keine Beweise dafür gab.

Vielleicht wäre sie zusammengebrochen, wenn Woytas sie richtig in die Mangel genommen hätte. Der Kommissar hätte sie zum Reden bringen können. Seine Nachforschungen hatten jedoch nie einen gewissen Punkt überschritten. Einen Punkt, an dem es für ihn ein Leichtes gewesen wäre, sie mit Fangfragen in Bedrängnis zu bringen. Was für ein Mensch Jef gewesen war. Ob sie Probleme hatten. Was er tat, wenn er nachts nach Hause kam. Wie er sich in der fraglichen Nacht verhalten hatte. Warum Valerie das wusste, angeblich hatte sie doch tief und fest geschlafen.

Stattdessen war Woytas stets bei einer unverfänglichen Routine geblieben. Ein einziges Mal hatte er anklingen lassen, dass die Polizei ihr in jeder Lage geholfen hätte. Darauf wusste sie immer noch keine Entgegnung.

Der Mann von der Wohnung unter ihr hatte sie einmal gefragt, ob alles in Ordnung war. Lukas, oder so ähnlich, seit sie im Callcenter arbeitete, merkte sie sich keine Namen mehr, es gab zu viele davon. Damals hatte Jef noch gelebt. Valerie hatte keine Reaktion gezeigt. Dazu war sie nicht in der Lage gewesen. Wie hätte sie einem Unbekannten zwischen Tür und Angel mitteilen können, dass manche blauen Flecke nicht mehr heilten, sondern ein gelbliches Serum absonderten? Dass Jef sie ins Badezimmer einsperrte, wenn er Bier und Zigaretten kaufen ging? Dass er sie zu einer festgesetzten Zeit von der U Bahn abholte, damit sie nach der Arbeit nichts ohne sein Beisein tun konnte? Sollte sie sagen, dass sie in solchen Momenten an ihren gemeinsamen Trip durch Nordamerika gedacht hatte, als sie noch jung und voller Pläne gewesen waren? Dass sie von diesen Erinnerungen zehrte wie eine Verhungernde von einem längst abgetragenen Menü? Dies alles überstieg, was sie mit Worten auszudrücken vermochte. Sie hatte ihren Mund gehalten und Jef vertraut. Sie hatten einander geschworen zusammenzuhalten, komme, was wolle. Es hatte sich als einseitiges Versprechen erwiesen, aber sie konnte ihn weder verraten noch verlassen. Nicht, solange er lebte.

Mit einem Seufzer ließ sich Valerie in dem U-Bahn-Wagen nieder. Die Rushhour war vorbei. Sie hatte jede Menge Platz, streckte die Beine aus, damit es ihr nicht eng wurde um die Brust.

Werbeflächen huschten vorüber. All diese Aufforderungen im Schlund der Erde. Sei klug! Sei stark! Sei, wie du bist! Wer fühlte sich da nicht angesprochen?

Sie schämte sich. Der Anblick, den sie Sheila geboten haben musste. Ihre Tochter wusste besser über sie Bescheid, als ihr lieb war. Sheila hatte ihr oft genug vorgehalten, wie schwach sie war. Das Mädchen war schon immer ungehorsam gewesen, auf eine störrische, naive Art. Das hatte sie bewahrt vor den Dingen, die Valerie zu feige war zuzugeben.

UM VIERTEL NACH ACHT ging Sheila in ihre Klasse. Sie behielt ihre Ohrwärmer auf. Keiner lachte. Ihre Mitschüler kannten diese Angewohnheit. Sie hatte eine ganze Reihe verrückter Ticks. Manche galten als trendy und wurden blitzschnell kopiert. Die Ohrwärmer sollten wahrscheinlich provozieren. Sie hatte schon bessere Einfälle gehabt.

Sheila schlurfte zu ihrer Bank und ließ ihre Tasche zu Boden fallen. Vorsichtig nahm sie auf dem Rand der Sitzfläche Platz. Lili begrüßte sie mit einem Grinsen und schob das Arbeitsblatt in die Mitte. Es ging um den Treibhauseffekt, das Lieblingsthema von Andreas Hellwig, ihrem Klassenlehrer. Er unterrichtete Deutsch und Erdkunde mit wechselnder Begeisterung.

Hellwig rief Sheila auf. In welchem Ausmaß die Eisdecke des Polarmeers schmolz. Ob das dazu beitrug, dass der Meeresspiegel anstieg.

Durch die Ohrwärmer verstand sie ihn gut. Sie hielten nur die Kälte ab, der Schall drang problemlos hindurch. Sheila wusste nicht, welches Polarmeer gemeint war, das im Norden oder Süden.

Normalerweise ignorierte Hellwig ihre Launen. Seinen Schülern fiel jeden Tag etwas anderes ein, um ihn und die anderen Lehrer auf die Palme zu bringen. Im Vergleich zu den meisten Dummheiten waren Ohrwärmer ein harmloser Witz. Sie konnten aber auch höhnisch gemeint sein, mutmaßte er. Bei Sheila war er sich nie sicher.

Aus dem Arbeitsblatt wurde sie auf die Schnelle nicht schlau. Sie überlegte. »Wenn ein Eiswürfel in einem Glas Wasser schmilzt«, begann sie, »läuft das Glas nicht über. Das Wasser bleibt gleich viel. Das heißt, der Meeresspiegel steigt nicht an.« Es erschien ihr logisch. Doch so, wie Hellwig die Frage gestellt hatte und wie er jetzt schaute, nahm sie an, dass sie falsch lag. Er hatte sich so angehört, als stände der gesamte Planet bald unter Wasser.

»Im Prinzip hast du Recht«, sagte der Lehrer. »Aber …«

»Vielleicht verdunstet Eis nicht so schnell wie Wasser«, setzte sie rasch hinzu und verfolgte einen neuen Gedanken. »Wenn es also weniger Eis gibt, müsste … mehr Wasser verdunsten. Das heißt, der Meeresspiegel – sinkt!« Obwohl ihr auch das einleuchtete, merkte sie, dass sie sich verfranst hatte. Der Meeresspiegel sollte steigen, verdammt! Sie wusste doch, worauf Hellwig hinauswollte. Ihr fehlte nur ein Fingerzeig, wie sie dorthin kam.

»Eine interessante Theorie.« Er lächelte nachsichtig. »Aber das verdunstete Wasser verschwindet nicht einfach. Es fällt als Regen oder Schnee wieder auf die Erde.«

Lili stupste sie an und deutete mit dem Finger auf das Arbeitsblatt. Da stand etwas von schwindendem Inlandeis, von Gletschern, die ins Meer mündeten, »kalbten«, wie es hieß. Dadurch wurde die Wassermenge in den Ozeanen größer, und der Meerespiegel stieg an. Aber fiel das wirklich ins Gewicht?

Immer dachte Sheila um eine Ecke zu viel. Oder sie verließ sich auf ihren gesunden Menschenverstand. Die vorgestanzten Lösungen, die von ihr erwartet wurden, lagen irgendwo dazwischen. Als sie sich korrigieren wollte, hatte Hellwig die Frage bereits an einen anderen Schüler weitergegeben.

Sheila hörte nicht hin. Hellwig hatte sie vorgeführt. Ihr Vergleich mit den Eiswürfeln stimmte, davon war sie überzeugt, auch wenn er nicht ins Schema passte. Weil sie zu spät gekommen war und ihr die Informationen von dem Arbeitsblatt fehlten, hatte sie die schmelzenden Gletscher nicht berücksichtigt. Aber nach den Gletschern hatte Hellwig gar nicht gefragt. Er hätte anders fragen müssen.

Damit er nicht weiter auf ihr herumhackte, nahm sie die Ohrwärmer ab. Mit einem Schlag verschwand das angenehm wattige Gefühl. Alles, was sie gehört hatte, war in weiter Ferne passiert. Jetzt drangen die Geräusche im Klassenzimmer ungefiltert an sie heran. Es kam ihr viel zu laut vor.

Mit der Handfläche beschirmte sie ihre Augen und tat so, als vertiefe sie sich in das Arbeitsblatt. Dann schloss sie die Augen. Das brachte nicht viel, aber es war besser als nichts. Es half ihr, an die vergangene Nacht zu denken. Der Schock, als sie nach Hause gekommen war und ihre besinnungslose Mutter im Wohnzimmer gefunden hatte, zwischen all den Glasscherben und den Resten von Jefs Gitarre. Er war vorübergegangen, als sie sich davon überzeugt hatte, dass Valerie nichts fehlte. Sheila fand es nicht so schlimm, dass Valerie sich betrunken hatte. Das kam selten vor, sie hatte Verständnis dafür. Dieses Mal hatte Valerie sogar richtig glücklich gewirkt, nachdem sie langsam wieder ansprechbar geworden war und ihre Tochter erkannt hatte. Das hatte den Schock aufgewogen.

Sheila hatte ihrer Mutter eine heiße Tütensuppe gemacht und ihr ins Bett geholfen. Was danach passiert war, als sie wieder auf die Straße hinuntergegangen war und zur verabredeten Zeit am Baudriplatz gestanden hatte, war ihr nur nebulös in Erinnerung. Es gehörte zu einem Teil von ihr, den sie nicht wahrnahm. Sie wollte sich nicht daran erinnern, an welchen Stellen der Tourbus auf sie gewartet hatte. Irgendwann hatte sie das für sich so beschlossen. Was nicht in ihrem Kopf war, konnte auch nicht ihr Herz berühren.

Seit gestern hatte sich das jedoch geändert. Ihr Kopf füllte sich, und die Nebel begannen sich zu lichten.

DAS ARCHIV erstreckte sich über die gesamte Grundfläche des Präsidiums. Auf dem Übersichtsplan an der Pforte war es nicht eingezeichnet. Als existierte es gar nicht, dachte Raupach zum wiederholten Mal, während er den endlosen Mittelgang entlangschritt. Zahlreiche Seitengänge zweigten im rechten Winkel ab. Schwere Schiebetüren unterteilten die einzelnen Sektionen. Sie waren mit Kurbeln verschließbar, die aussahen wie das Steuerrad an Bord eines Schiffes. Die Tür des Büros, das er mit Photini teilte, stand offen.

Sie arbeitete am Computer und war noch etwas schläfrig, weil sie ihrer Cousine Rula bis in die Nacht hinein beim Verpacken von Olivenölkanistern geholfen hatte. Die Familie verkaufte extra natives Speiseöl und Kalamata-Oliven im Direktvertrieb. Da Weihnachten vor der Tür stand, waren jede Menge Bestellungen hereingekommen. Photini kümmerte sich um die Auslieferung. Mit der Post führte sie erbitterte Auseinandersetzungen um das zulässige Höchstgewicht der Paketsendungen, da die Kanister etwas zu schwer für einen günstigen Tarif waren. Meistens gewann sie.

Geistesabwesend hob sie die Hand. Der Bildschirm warf einen fahlen Lichtschein auf ihr Gesicht. Das ließ sie noch strenger aussehen, als sie ohnehin schon wirkte. Sie hatte diesen Zug um die Lippen, den man bekommt, wenn man zu lange und zu intensiv an etwas festhält. Photini war hart zu sich selbst, fand Raupach, mit einer Leidenschaft, die ihm bedenklich erschien. Wer allzu verbissen die Kontrolle über sich behalten wollte, erreichte damit oft das Gegenteil.

Er befestigte die Kopie des Briefs an der Pinnwand und hängte seine Jacke über die Stuhllehne. Dann holte er die Akte aus seiner Tasche und verteilte die Fotografien auf dem Schreibtisch. Seine Wohnung sauber zu halten war eine Sache. Aber er konnte sich nicht dazu durchringen, seinen Arbeitsplatz am Ende jeden Arbeitstages aufzuräumen, wie Photini es machte, die ihm direkt gegenübersaß. Unzählige Notizen, Memos, Aktenauszüge und aufgeschlagene Fachbücher lagen herum. Mit jedem Schriftstück verband er bestimmte Gedanken. Wenn er alles säuberlich einordnete und abheftete, befürchtete er, dass alle Gedanken dadurch in der Ablage verschwänden und unwiderruflich verloren gingen. Er hatte es bereits ausprobiert und einen ganzen Tag damit verbracht, das ursprüngliche Chaos wiederherzustellen. »Fuzzy logic«, hatte er Photini belehrt. Er wusste nicht genau, was das bedeutete, den Ausdruck hatte er bei Heide aufgeschnappt. Er hörte sich plausibel und fortschrittlich an. Man muss manchen Entdeckungen ihr Eigenleben lassen und daran seine Instinkte schärfen, überlegte er. Eine Spur zu finden ist nichts. Schwierig ist es, sich das Gefundene anzuverwandeln.

Als er gestern vom Eislaufen nach Hause gekommen war, hatte er an das Mädchen gedacht, das den Streit zwischen Photini und diesem Jungen geschlichtet hatte. Ihr Aufzug war für die Jahreszeit viel zu dünn gewesen. Teenager schienen die Witterung absichtlich zu ignorieren. In der größten Kälte liefen sie mit Netzstrümpfen und Minirock herum, als könne ihnen nichts in der

Welt etwas anhaben. Und sie trugen dazu Ohrwärmer, wie um sich selbst auf den Arm zu nehmen. Das Mädchen kokettierte mit dieser lasziven Aufmachung. Vermutlich war es nur eine Kostümierung, sie wusste gar nicht, was sie damit bei manchen Männern auslöste. Irgendeine Reaktion hielt sie vermutlich für besser als gar keine. Raupach hatte eine Menge solcher Mädchen gesehen, an Tatorten, die oft nur ein paar Meter von belebten Straßenzügen und Plätzen entfernt waren. Er war froh, dass er keine Tochter hatte.

Auf den Fotos war die Kleidung der Leiche gut zu erkennen. Die Akte enthielt eine genaue Auflistung der Sachen, die sie angehabt und bei sich getragen hatte. Das Mädchen hieß Babette. Er stellte sich vor, wie sie auf der Brücke gestanden und nach unten gesehen hatte, mit einer Mischung aus Triumph und Angst, wie der Blick des Mädchens auf der Eisbahn. Das Gefühl, Herr über das eigene Leben und den eigenen Tod zu sein – das war der Triumph. Die Wucht, mit der sich diese Erkenntnis einstellte – das war die Angst.

Sie hatte einen schwarzen Ledermantel getragen, darunter ein schwarzes T-Shirt. Eine schwarze Lederhose mit Schnürung an der Seite, schwarze Schnallenschuhe. »Gothic« nannte man das. Es kam ihm nicht exzentrischer vor als andere Moden. Wenn die Menschen sich nicht darüber im Klaren waren, welchen Platz sie einnehmen wollten in der Welt, trugen sie Schwarz. Das bedeutete alles und nichts. Eher nichts.

Babette hatte sich im Internet an einem Suizid-Forum beteiligt. »Ich gehe«, waren die letzten Worte, die sie in den Chat eingegeben hatte. Raupach studierte die farbigen Ausdrucke aus dem Internet. Rote Schrift auf schwarzem Grund. Das Forum war auf Druck der Öffentlichkeit geschlossen worden. Unter einem anderen Namen existierte es vermutlich weiter.

»Sie hat ihren Selbstmord geplant und bewusst in Szene gesetzt«, murmelte er.

»Ihr Freund hat etwas anderes ausgesagt.« Photini trat neben ihn und stellte ihm eine dampfende Tasse hin. Sie legte Wert auf diese kleinen Gesten. Sie erleichterten die Zusammenarbeit, ohne viel Worte zu machen. Im Grunde hielt sie sich für einen umgänglichen Menschen. Das täten viele Leute, die in Wahrheit alles andere als umgänglich sind, hatte Raupach gesagt, als sie einmal mit der 18 nach Schloss Augustusburg gefahren waren, um sich über Photinis Probleme mit den Kollegen zu unterhalten. Der Ausflug war recht einsilbig verlaufen.

»Danke.« Er nahm einen Schluck und verzog das Gesicht. Warum machte sie den Kaffee immer so stark?

»Sie wollten zusammen durchbrennen. Aber das weißt du ja sicher.« Photini hatte sich die digitalisierte Version der Akte auf den Bildschirm geholt, als sie zum Dienst gekommen war. Wenn Raupach einen alten Fall ohne offiziellen Auftrag rekonstruierte, unterstützte sie ihn ohne Vorbehalte.

»Ursprünglich wollten sie gemeinsam springen«, sagte er, »Hand in Hand. Das geht aus dem Chat-Protokoll hervor. Und dann dieser angebliche Sinneswandel. Deswegen wurde ihr Freund als unglaubwürdig eingestuft.«

Photini verschränkte die Arme hinter ihrem Nacken. Sie tastete nach dem Verschluss ihres Kettchens. Nach einer Weile gelang es ihr, ihn zu öffnen. Sie krempelte den Kragen ihres Rollkragenpullovers herunter und nahm die Kette ab. »Vielleicht hilft dir das.«

An dem Goldkettchen, das sie hochhielt, baumelte ein orthodoxes Kreuz. Sie ließ es auf eines der Fotos fallen. »So etwas Ähnliches hatte sie in ihrer Hosentasche.«

Er betrachtete das Schmuckstück. Die Balken des Kreuzes waren ungewöhnlich dick. Es sah kostbar aus.

»Das hab ich seit meiner Taufe. Meine Eltern haben es kurz nach meiner Geburt gekauft.« Sie nahm die Akte und blätterte darin. Dann zog sie ein Blatt hervor und legte es Raupach hin. »Die Kette war 22 Zentimeter lang. Das reicht gerade mal einem Baby um den Hals.«

»Babette war doch nicht schwanger«, wunderte er sich. Nachdenklich ließ er die Kette durch die Finger gleiten. »Wenn sie von ihrem Freund ein Kind erwartet hätte, wäre das ein Grund gewesen, ihre Selbstmordpläne fallen zu lassen. Aber die Gerichtsmedizin konnte nichts dergleichen feststellen.«

»Sie hatte einen dreijährigen Bruder namens Frederik. Auffällig jung in Hinblick auf das Alter ihrer Mutter. Das Kreuz könnte ihm gehört haben.«

»Eine schwache Prämisse. Mach weiter.«

»Die Familie wohnte in Juntersdorf, einem Ort bei Zülpich. Kurz nach der Geburt von Frederik zogen sie nach Köln. Babette hatte Probleme in der Schule, schon in Zülpich, wo sie wegen einer Drüsenkrankheit längere Zeit gefehlt hat. Weißt du, was mit ihrem Vater passiert ist?«

Raupach schob ein paar Fotografien beiseite und suchte nach den Notizen, die er vor dem Wochenende gemacht hatte. Wie ein Kind beim Ostereiersuchen. Photini wusste, wo der Zettel lag, sagte aber nichts. Schließlich fand er ihn. Er klemmte unter dem Mousepad.

»Hat sich mit einer Leuchtpistole umgebracht«, las er vor. »Ein Jahr nachdem Babette von der Brücke gesprungen war. Ein scheußlicher Tod.« Wenn diese Waffen aus nächster Nähe abgefeuert wurden, riefen sie furchtbare Verbrennungen hervor. Raupach hatte es dem Kummer über den Selbstmord der Tochter zugeschrieben. Aber um aus Kummer mit dem Leben abzuschließen, fügte man sich nicht derartige Verletzungen zu. Allmählich begriff er, worauf Photini hinauswollte. Er holte sich noch einen Kaffee. Wenn er ausreichend Zucker hineintat, würde er nicht so bitter schmecken.

»SIE KOMMEN ZU SPÄT, Valerie.«

Fast hätte sie es geschafft, zu ihrem Arbeitsplatz zu eilen, ihren Mantel abzustreifen, den Computer zu starten und gleichzeitig das Headset aufzusetzen, ohne dass Machinek eine Gelegenheit bekommen hätte, sie abzupassen. Aber er war aus seinem Büro geschossen, als sei der Zentralrechner abgestürzt. Jetzt stand er neben ihr und wartete auf eine Erklärung. Seine Unterlippe stülpte sich nach oben.

Valerie war elend zumute. Sie bemerkte die Blicke der Kolleginnen neben ihrem Arbeitsplatz und in der Reihe hinter ihr. Sie sahen an ihren Bildschirmen vorbei oder taten so, als justierten sie ihr Mikro.

»Ich war bei der Polizei«, antwortete sie. »Musste die Sachen von meinem Mann abholen.«

»Und weiter?«

»Es kommt nicht wieder vor.«

»Das sagen Sie jedes Mal«, beharrte Machinek. Er konnte sich das nicht länger bieten lassen. Das sollte ruhig jeder mitbekommen.

»Dieses Mal ist es endgültig. Die Ermittlungen sind abgeschlossen, ich muss da nicht noch mal hin.«

»Hoffentlich.«

»Er ist tot, was wollen Sie noch?«

»Seien Sie nicht geschmacklos. Ich wüsste nicht, was Ihre Unpünktlichkeit mit dem Ableben Ihres Mannes zu tun hat.«

Valerie senkte den Kopf. Was war der Grund, dass die Männer Gefallen daran fanden, sie herumzukommandieren? Unentwegt geriet sie an solche Kerle. Irgendetwas musste sie an sich haben. Seit Jef unter der Erde war, zog sie sich nicht mehr auffällig an. Sie band ihre dunkelbraunen Haare zu einem Pferdeschwanz, schminkte sich nur noch dezent. Ihre Stimme klang tiefer, nachdem sie im Verlauf der Callcenter-Schulung ein Sprechtraining absolviert hatte. Sie stand finanziell auf eigenen Beinen, tat es schon immer, da von Jef keine regelmäßigen Einkünfte zu erwarten gewesen waren. Das wenige, was er bei Auftritten mit der Band verdient hatte, wenn sie von einem schäbigen Vorstadtclub für einen einzigen Abend engagiert worden waren, hatte er mit seinen Kumpels unverzüglich auf den Kopf gehauen. »Barbarossa« hatten sie sich genannt. Der Name war Gunters Einfall gewesen, keiner hatte ihm widersprochen. Obwohl er nur Bassist und Jef der eigentliche Frontmann gewesen war, hatte er stets den Ton angegeben.

»Wie soll es weitergehen?«, fuhr Machinek fort. »Geben Sie

mir ein Zeichen, Valerie, irgendetwas, woran ich sehe, dass Sie es ernst meinen.« Jetzt war er sicher, dass ihm die gesamte Belegschaft zuhörte. Hin und wieder mussten diese öffentlichen Maßregelungen sein. Er verstand es als Mitarbeitermotivation.

»Ihr Weihnachtsbonus steht auf dem Spiel«, setzte er hinzu. »Ich hoffe, das ist Ihnen klar.«

Sie wollte nur, dass er verschwand. Er befand sich dicht neben ihr. Sein Eau de Toilette drang in ihre Nase, ein süßliches Zeug, bestimmt sündhaft teuer. Seit dem ersten Arbeitstag bereitete es ihr Übelkeit. Wie hatte sie diese Typen satt, die »New Economy« nur als beschönigenden Begriff benutzt hatten für eine andere Form von Sklavenhalterei. Das große Rennen Ende der Neunziger, als sich die Machineks dieser Welt selbstständig machten und kräftig absahnten. Valerie hatte davon nur ein paar Brotkrumen abbekommen.

»Ich werd's mir merken«, sagte sie leise.

»Heißt das, Sie wollen ab jetzt pünktlich zur Arbeit kommen? Das wäre ein Fortschritt.«

Sie sehnte sich nach einer Zigarette. Aber wenn sie jetzt in den Raucherraum ginge, könnte sie sich endgültig von ihrem Job verabschieden.

»Versprochen.« Das Wort rutschte ihr heraus. Eigentlich war es für besondere Anlässe reserviert. Für eine besondere Person: ihre Tochter. Wenn Valerie es benutzte, hielt sie sich daran, auf Biegen und Brechen. Sie hatte früh gelernt zu lügen. Da, wo sie aufgewachsen war, gehörte es zum Alltag, den Nachbarn etwas vorzugaukeln. Jef hatte sie aus diesem Gespinst herausgeholt – und ein neues undurchdringliches um sie gewoben. Es gab nur einen Menschen, dem sie etwas versprach. Sheila konnte ihr niemand nehmen.

»Dann wollen wir mal sehen, ob es klappt.« Machinek sah ihr in die Augen. Seine Autorität gegenüber seinen Angestellten gründete sich allein auf seine Position als Geschäftsführer, was er ahnte, sich aber nicht eingestand. Valerie ließ es nicht auf eine Machtprobe ankommen. Sie schaute weg.

»Halten Sie sich ran«, bellte er. »Versuchen Sie, die fehlende Zeit hereinzuholen.« Er stolzierte davon.

Sie wandte sich ihrer Auftragsliste zu – und konnte nicht fassen, wofür sie heute eingeteilt war. Das Callcenter übernahm das Marketing für eine ganze Reihe von Firmen. Eine Menge dubioser Angebote waren darunter. Hotelgutscheine, Weinproben, Gewinnspiele – alles nur Methoden für die örtlichen Vertreter, einen Fuß in die Tür zu kriegen. Aber sie priesen auch seriöse Produkte an. Ausbildungsversicherungen zum Beispiel. Und Inkontinenzwindeln.

»INZEST ZU VERTUSCHEN ist nichts Ungewöhnliches.« Photini nahm das Goldkettchen mit dem Kreuz wieder an sich. »Das Schlimme daran ist, dass alle Beteiligten dichthalten. Das Schweigen überträgt sich wie ein Virus. Ein Netz gegenseitiger Abhängigkeiten entsteht. Dabei ist die gesellschaftliche Ächtung noch das geringste Übel. Man kann den Wohnort wechseln, nichts einfacher als das. Viel schwerer wiegen die Ängste. Niemand spricht darüber, aber sie wachsen, immer weiter, bis der letzte Rest Vertrauen aufgezehrt ist.«

»Könnte es der Freund des Mädchens gewusst haben? Oder zumindest geahnt?«

»Dann hätte er entsprechend ausgesagt. Am meisten hatte Babette vermutlich Angst vor sich selbst. Als sie das Kind bekam, war sie noch zu jung, um ihre Schuldgefühle richtig einzuschätzen und auszudrücken. Sie weigerte sich, darüber zu reden oder nur daran zu denken. Dem Vater ging es möglicherweise ähnlich. Blutschande erzeugt eine unsichtbare Schranke.«

Das Wort »Blutschande« kam Raupach archaisch vor. Aber Eifersucht, Demütigung, Angst, Lust an Gewalt und all die anderen Gründe, aus denen Morde begangen wurden, waren es nicht minder. Er versetzte sich in die Lage von Babettes Mutter. Mit anzusehen, wie der Ehemann die eigene Tochter belauerte. Wie er sich davonstahl in der Nacht, von einem Zimmer ins nächste. Die verständnislosen Blicke des Mädchens, das nicht wusste, wie ihm geschah, wem es trauen konnte, was ihm zu fühlen gestattet war. Dann beobachten, wie die verbotene Frucht in Babettes Leib heranwuchs. Es als den eigenen Sohn ausgeben, nachdem das Kind unter Geheimhaltung geboren worden war. Den Jungen tagtäglich sehen, ihn aufziehen und sich vormachen, das sei eine Art Buße. All das wäre noch erträglich gewesen bis zu dem Zeitpunkt, an dem Babette sich entschlossen hatte, das falsche Spiel nicht mehr mitzumachen. Und damit eine Schwelle zu überschreiten. Das musste die Mutter verhindern bei allem, was sie zuvor zugelassen hatte.

»Warum weißt du so viel darüber?«, fragte Raupach. Er konnte nur seine Vorstellungskraft bemühen. Inzest war ihm so fremd wie eine primitive Kultur am Rand der Welt. Und selbst dort gab es Inzesttabus.

»Wahrscheinlich denkst du, in Griechenland wäre das gang und gäbe, zumindest auf dem Land.« Er nickte unwillkürlich. Photini hob hilflos die Arme. »Das, was ich dir gerade beschrieben habe, kenne ich von der Straße in Bonn, in der ich aufgewachsen bin. Von unseren Nachbarn, um genau zu sein. Sie wohnten zwei Häuser weiter. Keiner hat etwas geahnt.«

»Ich habe so etwas befürchtet«, pflichtete Raupach ihr bei. »Mir fehlte nur der entscheidende Hinweis.« Er deutete auf das Goldkettchen, das auf Photinis Handfläche lag. »Spuren haben ein zähes Leben. Die Wahrheit nagt ständig an ihnen. Du hast etwas davon freigelegt.«

»Und was machen wir jetzt?«, fragte Photini, dankbar für das Lob, auch wenn es gestelzt klang. Sie legte die Kette wieder an und hakte den Verschluss zu.

Er schob die Unterlagen zusammen, wodurch sie sich nur noch mehr vermischten. »Lieverscheidt hat die Ermittlungen damals geleitet. Einer von denen, die ständig glauben, sie würden woanders dringender gebraucht, ein Zwei-Handy-Mann. Er legte sich sofort auf Selbstmord fest und hielt es nicht einmal für nötig, die Alibis der Eltern zu überprüfen. Um deine Frage zu beantworten: Ich würde gern Babettes Mutter einbestellen.«

Photini sah sie schon vor sich. Stiernackig, argwöhnisch, gepanzert bis ans Herz. Aber dazu hatten sie nicht die Befugnis. Raupach würde Woytas und einen Staatsanwalt davon überzeugen müssen, ein neues Ermittlungsverfahren einzuleiten. Das konnte er sich aus dem Kopf schlagen, dafür hatten sie zu wenig in der Hand. Woytas würde ihn auf seine taktvolle Art abwimmeln, wie er es meistens tat.

»Wenn es sein muss, ordnen wir einen DNS-Test bei dem Jungen an«, fuhr er fort. »Oder wir drohen der Mutter damit.«

Er wollte es immer noch nicht wahrhaben. Inzest als Motiv wofür? Dass Babettes Mutter ihre Tochter von der Brücke gestoßen hatte? Photini befühlte das Kreuz unter ihrem Pullover. In diese Spur ließ sich alles Mögliche hineininterpretieren. Kein Richter würde ihnen das abkaufen.

Anders als Raupach war Photini schon nach ihrem ersten Arbeitstag im Archiv klar gewesen, dass sie auf einem Abstellgleis standen. Sie hatten es zu tun mit alten Fällen, vergessenen Fällen, Fällen, bei denen sie keinen Schaden mehr anrichten konnten. Die interessanten Delikte bearbeitete eine andere Abteilung. Raupach und Photini kriegten ab, was niemand mehr haben wollte: gelöste Fälle, die *möglicherweise* Ungereimtheiten aufwiesen.

Raupachs Exil ging auf eine politische Entscheidung zurück. Aufgrund einer Aufsehen erregenden Studie über die hohe Zahl unerkannter Morde in der Republik waren die Innenminister der Bundesländer unter Druck geraten. Der Innenminister von Nordrhein-Westfalen hatte reagiert, indem er die Polizeipräsidenten der großen Städte anwies, Rechercheabteilungen ins Leben zu rufen, um unklare Fälle der Vergangenheit zu überprüfen. Damit hatte er dem Medieninteresse, das schnell wieder abflauen würde, Genüge getan und konnte wieder zur Tagesordnung übergehen. Raupach und Photini waren so etwas wie das Alibi des Ministers. Viel änderte sich durch ihre Arbeit nicht. Meistens wurde Raupachs Empfehlung, einen Fall wieder aufzurollen, aus Kostengründen ignoriert. Sie durften die Akten zwar nach Herzenslust durchforsten, nicht aber selber in Aktion treten, um einen begründeten Verdacht weiterzuverfolgen. Wenn Photini es recht bedachte, standen sie nicht auf einem Abstellgleis. Sie taten Dienst auf einer stillgelegten Strecke, steuerten einen Geisterzug.

Um trotzdem in Form zu bleiben, ging sie auf Raupachs Überlegungen ein. Sie stellte sich die Vernehmung vor. »Lass sie eine Weile warten, bevor die erste Runde beginnt. Sie wird überlegen, wo ihr ein Fehler unterlaufen sein könnte. Es ist nicht einfach, sich nach sechs Jahren alle Lügen in Erinnerung zu rufen. Dann schieben wir einen aktuellen Fall vor. Wir tun so, als bräuchten wir dabei ihre Hilfe. Wir sagen ihr, dass wir nach Analogien zu Babettes Fall suchen, nach einem Erklärungsmuster. Ob sie uns die tragische Geschichte noch einmal erzählen könnte. Wenn sie fertig ist, soll sie noch einmal von vorn anfangen, weil wir ein technisches Problem mit der Aufzeichnung hatten. Wir stellen keine direkten Fragen, erkundigen uns aber wiederholt nach ihrem Sohn. Inzwischen müsste Frederik neun sein. Babette erwähnen wir mit keinem Wort.«

Raupach spann das Szenario fort. »Dann müsstest du die Verständnisvolle mimen und vorgeben, dass es dir Leid täte, sie nach all den Jahren noch einmal zu belästigen. Ihre Wahrnehmung der Geschehnisse sei aber von unschätzbarem Wert für eine laufende Ermittlung.«

»Genau, ich gewinne ihr Vertrauen, während du Kommissar Gnadenlos spielst. Sobald sie sich in Widersprüche verstrickt, hakst du ein. Die klassische Tour.«

»Das wird nicht einfach sein. Diese Vorgehensweise zieht bei solchen Leuten nicht. Dafür sind die viel zu misstrauisch.« Und geheuchelt wäre es obendrein, dachte Raupach. Solche Scharaden erschienen ihm erbärmlich. Die meisten Fälle aus dem Archiv liefen darauf hinaus, sich eine einfallsreiche Manipulation auszudenken. Sie mussten die Menschen in heillose Verwirrung stürzen, um ihren wunden Punkt zu finden, ihren Knackpunkt, wie Woytas sich ausdrückte. Woher nahmen sie das Recht dazu? Wenn es nun doch so gewesen war, wie es den Anschein hatte? Teenager sind unberechenbar. Sie bilden sich eine Menge ein, um sich besonders und einzigartig zu fühlen. »Wir haben nur eine Theorie, vergiss das nicht. Wenn sie falsch ist, richten wir einen Schaden an, der sich nie wieder gutmachen lässt.«

Photini konnte dabei zusehen, wie seine Bedenken wuchsen. Es würde nicht mehr lange dauern, bis er die Sache fallen ließ. Sie kannte den Ablauf. Am Anfang entwickelte Raupach eine Energie, mit der er früher an seine Fälle herangegangen war. Wäre Babettes Tod erst vor ein paar Tagen passiert und wären sie ordentliche Ermittler, dann säßen sie längst in einem Dienstwagen – der ihnen derzeit nicht zustand – und befänden sich auf dem Weg zu einer neuerlichen Vernehmung der Mutter. Aber Raupach verlor schon jetzt das Interesse an dem Fall. Bald würde er sich irgendeine Ersatzhandlung suchen, bis ihn das nächste Rätsel in den Bann zog und sich die ganze Prozedur wiederholte. Manisch-depressiv nannte man das, glücklicherweise in einer halbwegs erträglichen Ausprägung. Photini konnte eine Menge von Raupach lernen, das wusste sie. Aber immer häufiger war es nur von akademischem Wert.

Ihr Blick fiel auf die Pinnwand. Sie entdeckte das Gedicht. »Schiller«, sagte sie. »Willst du dem Chef imponieren?«

VALERIE STRENGTE sich an. Als Erstes versuchte sie es mit der Geburtstagsmasche. Es beeindruckte die alten Leute, wenn eine Fremde ihnen zum Sechsundsiebzigsten gratulierte. Die meisten bekamen nicht oft Anrufe, das hörte Valerie schnell heraus. Sie waren froh, dass überhaupt jemand an sie dachte. Valerie wurde für eine Tochter oder Enkelin gehalten – bis sie den Irrtum aufklärte und ihre Kunden zum Plaudern animierte. Über nichts verbreiteten sich Rentner lieber als über ihre Krankheiten, weil diese nun mal einen bedeutenden Teil ihres Lebens einnahmen. Da viele alte Leute nicht mehr gut zu Fuß waren, besorgten sie sich Inkontinenzbinden, Betteinlagen und Ähnliches in der nächsten Apotheke – zu horrenden Preisen, wie Valerie immer wieder feststellte. Das Unternehmen, das sie vertrat, lieferte die Artikel frei Haus, falls eine entsprechende Menge geordert wurde.

Es war Knochenarbeit. Die Rentner verwechselten sie mit Angehörigen, die längst das Weite gesucht hatten. Während sie intime Dinge preisgaben, sprachen sie Valerie mit allen möglichen fremden Vornamen an. Außer diesen Namen und ein paar Fotografien war ihnen nichts geblieben. Valerie stimmte in die Klagen über lieblose Pflegedienste und arrogante Ärzte ein. Wenn ich mal so alt bin, dachte sie, ist Sheila hoffentlich weit weg, vielleicht in Amerika oder Kanada. Dahin wollte sie mit ihr reisen, wenn sie genug Geld zusammengekratzt hatte. Dort hätte sie mit Jef bleiben sollen, als er noch an sich geglaubt hatte. Stattdessen waren sie nach Deutschland zurückgekehrt in dem Glauben, es auf heimischem Boden leichter zu schaffen. Das hatte sich als Trugschluss erwiesen. Der heimische Boden war ausgelaugt.

Dann geriet Valerie an eine alte Frau, die noch ziemlich rüstig war. Sie litt nicht unter Inkontinenz, verbat sich alle Vertraulichkeiten und stauchte Valerie richtig zusammen. Vermutlich hatte sie nur auf eine solche Gelegenheit gewartet und sich an einsamen, nicht enden wollenden Nachmittagen alles genau zurechtgelegt. Es war ihr nicht zu verübeln, schließlich gab es Callcenter wie Sand am Meer, und da Senioren häufig an Preisausschreiben teilnahmen, befanden sich ihre Daten in unzähligen Adressenpools. Es kam immer wieder vor, dass Valerie jemanden in der Leitung hatte, der seinem Ärger über derartige Belästigungen Luft machte. Ab und zu kriegte sie jahrelang aufgestauten Unmut ab, das war eine Frage der Wahrscheinlichkeit. Aber so schlimm wie jetzt erwischte es sie selten.

»Was bilden Sie sich eigentlich ein?«, ging es los. »So alt bin ich noch nicht, dass ich mir das von Ihnen gefallen lassen muss. Das ist doch reine Geschäftemacherei. Schämen Sie sich nicht, für so eine Klitsche zu arbeiten? Sie sind sich wohl für gar nichts zu schade. Haben Sie Kinder? Wissen die, was Sie da tun?«

Valerie durfte nicht auflegen, auf keinen Fall, das war ihr immer wieder eingeimpft worden. Das Gespräch durfte einzig und allein vom Kunden abgebrochen werden, niemals von ihr selbst.

»Mein Sohn weiß, wie mit Leuten wie Ihnen umzugehen ist. Er ist Anwalt. Er wird den Anruf zurückverfolgen lassen.«

Machinek konnte sich von seinem Büro auf einzelne Arbeitsplätze zuschalten, das wusste Valerie. Bestimmt hörte er gerade mit, er hatte sie ja auf dem Kieker. Ihr blieb keine andere Wahl, als die Tirade über sich ergehen zu lassen.

»Sie meinen wohl, alte Menschen hätten keinen Verstand?«, ereiferte sich die Frau weiter. »Ich kenne Sie und Ihresgleichen. Erst schmeicheln Sie sich ein, und später präsentieren Sie die Rechnung. Man darf es ja nicht mehr laut sagen, wer an alledem schuld ist. Haben Sie eine Ahnung, was unsereins durchgemacht hat?«

Valerie wartete auf das Stichwort. Bei Beleidigungen und politischen Äußerungen war es ihr gestattet aufzulegen. Ihr Finger schwebte über der Maustaste, mit der sie das Gespräch abbrechen konnte.

»Natürlich wissen Sie es nicht. Ihr seid inzwischen ja wieder überall. Und jetzt wollt ihr uns einreden, dass wir nichts mehr taugen. So weit kommt es noch. Von euch hat es noch viel zu wenige erwischt.«

Das Stichwort blieb aus. War das nun Antisemitismus oder nur sein undeutlicher, seniler Widerhall? Aber Valerie hatte sich lange genug zurückgehalten. So nicht. Heute nicht. Sie hatte sich oft überlegt, was auf so ein Geschwafel zu erwidern sei. Ohne Vorwarnung fuhr sie ihr schwerstes Geschütz auf: »Wegen Leuten wie Ihnen haben wir den Krieg verloren.«

Stille in der Leitung. Valerie wollte die Antwort nicht mehr hören. Es tat gut, ungerecht zu sein, doch an Schadenfreude hatte sie keinen Bedarf. Sie brach die Verbindung ab.

Ein Blick in Machineks Büro sagte ihr, dass er jedes Wort mitbekommen hatte. Sie riss ihr Headset herunter, stand auf und schlüpfte in ihren Mantel. Sie beeilte sich nicht, genoss die ungeteilte Aufmerksamkeit ihrer Kolleginnen. Ungläubige Blicke. Als Valerie den obersten Knopf schloss, hatte sie mit diesem Job abgeschlossen. Sie nahm einen Briefbeschwerer vom Schreibtisch, den Sheila einst im Kindergarten gebastelt hatte. Es war ein bunt bemalter Stein mit dem Schriftzug »Für meine Mami«, der einzige persönliche Gegenstand, den sie ins Büro mitgebracht hatte.

Machinek kam ihr entgegen. Sie holte tief Luft. Es gab eine Menge, was sie loswerden wollte. Der Stein in ihrer Hand fühlte sich massiv an.

Er blieb vor ihr stehen und schien zu einer weiteren Strafpredigt anzuheben. »Was war denn das für eine Vorstellung?«, begann er und verstummte, als sie dicht an ihn herantrat. Sie beugte sich vor und zischte ihm ins Ohr: »Ich pfeif auf Ihren Hungerlohn!«

Valerie achtete nicht darauf, wie ihre Kolleginnen reagierten. Sie gelangte zum Aufzug und wartete, dass sich die Türen öffneten. Es war ihr egal, was Machinek von ihrem Verhalten hielt. Vielleicht hatte er ihr gar keine Vorwürfe machen wollen, sondern billigte ihre Reaktion? Das wäre ungewöhnlich, aber nicht gänzlich unwahrscheinlich. Jedenfalls kam er ihr nicht hinterher. *Never burn bridges* war eine der Regeln, an die sie sich ein Leben lang gehalten hatte. Der Weg hinter ihr stand in Flammen.

Sie betrat die Kabine und drückte auf die Taste fürs Erdgeschoss. Die Türen schlossen sich. Der Aufzug setzte sich in Bewegung.

»WENN SIE DIESES BUCH anfangen, werden Sie es nicht mehr aus der Hand legen.«

»Meinen Sie nicht, das ist etwas zu … ausgefallen?«

»Es passt in keine Schublade. Die Autorin ist einzig in ihrer Art.« Johan forderte die Kundin mit einer Geste auf, in den Roman hineinzuschauen. Das war wichtig: Lass sie den Umschlag anfassen. Sie sollen die Seiten zwischen den Fingern spüren, das druckfrische Papier riechen. »Machen Sie sich selbst ein Bild. Es wird Sie von der ersten Seite an packen.«

Er selbst vermied es, ein Buch allzu lange in der Hand zu behalten. Das war nicht nötig.

Die Frau vertiefte sich in den Anfang des Romans. Johan hätte ihr den ersten Absatz aufsagen können. Sätze, die er einmal gelesen hatte, vergaß er nicht.

Aber er war kein wandelndes Zitatenlexikon. Für gewöhnlich las er nur, was für seinen Beruf notwendig war: vollmundige Ankündigungen der Verlage, marktschreierische Klappentexte, verkürzte Autorenbiografien und hin und wieder eine Kritik. Alles mehr oder weniger Produktbeschreibungen. Er konnte unzählige auswendig. Wenn er sie herunterbetete, legte er ein wenig Begeisterung in seine Stimme, damit es glaubhaft wirkte. Er verkaufte Literatur. Das war sein Beruf.

»Sie haben schon einen Roman dieser Autorin gelesen?«, fragte er, als die Kundin das Buch mit einer entsprechenden Bemerkung zurücklegte. Sie nickte.

Eine leichte Verzerrung legte sich über das Bild der Frau. Ihre Umrisse schienen an einen anderen Ort zu wollen. Johan kannte den Ausdruck dafür: Halluzination. Menschen, die halluzinieren, sind sich dessen nicht bewusst, dachte er. Aber diesmal bemerkte er es, daher war er imstande, es zu unterdrücken. Er schloss die Augen. Die Hand in seiner Hosentasche kniff in seinen Oberschenkel, bis der Schmerz unerträglich wurde. Dann schlug er die Augen wieder auf. Das Bild stand still.

»Dann könnte Ihnen diese Erzählung gefallen.« Er dirigierte die Frau zum nächsten Büchertisch. Diesen Trick hatte er sich aus dem Internet abgeschaut: Querverweise. Kunden, die dieses Buch gekauft haben, haben auch jenes gekauft. Inzwischen hatte er eine regelrechte Datenbank im Kopf. Bei einem Verkaufsgespräch war er imstande, sie komplett abzurufen. Es war ein simples, leicht einprägsames System, mit dem sich Ordnung in das unüberschaubare Sortiment bringen ließ. Was zwischen den Buchdeckeln stand, interessierte Johan nicht. Zur Not konnte er es sich und den Kunden ausmalen.

Die Frau mit den abstehenden roten Locken legte einen weiteren Band auf den Stapel, den sie im Arm hielt. Sie bedankte sich und ging zur Kasse. Johan bemerkte den neidischen Blick eines Kollegen von der Bestellabteilung. Der Mann konnte ihn nicht leiden, seit sie vor ein paar Monaten eine Unternehmensberatung im Haus gehabt hatten. Johans Erfolgsrate war beängstigend.

Nach einer Situationsanalyse war er zum Topseller gekürt worden. Für die zum großen Teil idealistische Belegschaft war das niederschmetternd. Einer, der Bücher wie ein x-beliebiges Konsumgut behandelte, steckte seine engagierten Kollegen mit links in die Tasche. Dieser seelenlose Krämer schien nicht einmal stolz darauf zu sein, was das Ganze noch schlimmer machte. Ihm lag nichts daran, besser als die anderen zu sein. Merkte er denn nicht, welchen Druck er dadurch auf die Kollegen ausübte?

Johan verkaufte so viele Bücher, wie er konnte. Das gelang ihm zu seiner vollen Zufriedenheit. Er ging das Taschenbuchregal mit der Belletristik entlang, stellte liegen gelassene Bücher zurück, rückte Stapel mit Neuerscheinungen gerade. Der Stoß mit einer skandalösen Promi-Biographie war schon wieder bedenklich geschrumpft. Johan kannte den Mann nicht, der ihm von dem Umschlag entgegengrinste, braun gebrannt wie ein Brathuhn. Bei solchen Büchern war glücklicherweise keine Beratung vonnöten. Er füllte den Bestand auf.

Valerie hatte heute in der Bahn gefehlt, kam es ihm in den Sinn. Nach der letzten Nacht war sie bestimmt zu spät zur Arbeit gekommen. Das machte keinen guten Eindruck.

Johan hatte sich vorgenommen, die Leute auf der Liste noch genauer als sonst zu beobachten. Es war nicht mehr lange hin. Mit den künftigen Ereignissen vor Augen gewannen seine Beobachtungen an Bedeutung. Wie verhielten sich Menschen, die in 22 Tagen sterben würden und es nicht wussten? Warf das Schicksal einen Schatten voraus? Gab es kleine Zeichen, die nur er zu erkennen imstande war? Die letzten Tage. Das klang nach einem guten, aber reichlich abgenutzten Romantitel.

Durch die Presse würde sich die Situation ohne Zweifel verändern. Wenn die Zeitungen den Brief, den er an sie geschickt hatte, morgen veröffentlichten, gäbe es zwar keine Massenpanik, dafür hatte Johan das Schreiben zu allgemein gehalten. Aber Beunruhigung würde es auf jeden Fall auslösen, die Anschläge in London lagen noch nicht lange zurück. Er war neugierig, was passierte. Ob es den Menschen anzumerken war, dass sie mit anderen Gefühlen als zuvor in die U-Bahn stiegen? Schauten sie sich ausnahmsweise einmal um, bevor sie sich auf den verschlissenen Bezügen der Schalensitze niederließen? Nahmen sie mehr von ihrer Umgebung wahr als sonst? Betrachteten sie einander misstrauisch, um herauszufinden, von wem ihnen Gefahr drohte? Sahen sie unter die Sitze, um Sprengsätze ausfindig zu machen? Oder machte sein Brief sie zu einer stillen Gemeinschaft, die sich durch die angekündigte Katastrophe verbunden fühlte?

Höchstwahrscheinlich würden die Sicherheitsvorkehrungen verschärft werden. Johan stellte sich auf zusätzliche Polizeipatrouillen ein. Nicht, dass sie etwas ausrichten konnten in dem weit verzweigten, knapp dreihundert Kilometer langen Bahnnetz. Die Schienen verliefen unter- und oberirdisch, sie führten durch mehr als zweihundert Haltestellen, die S-Bahnen gar nicht eingerechnet. Eine solche Strecke ließ sich niemals flächendeckend, sondern höchstens an ein paar neuralgischen Punkten überwachen. Das weiche Ziel der Zivilisation.

Verdächtige gab es en masse. Johan fragte sich, wie viele Fahrgäste an einem normalen Tag in der Bahn leicht entflammbares Material mit sich herumtrugen. Feuerzeugbenzin, Lack, Klebstoff, Spraydosen. Eine Flasche Brennspiritus für den Fonduetopf. Grillanzünder. Terpentin, um Pinsel auszuwaschen. Oder Bleichpulver, das im Kontakt mit Wasser brennbare Gase freisetzt. Schon mit ein paar Haushaltswaren lässt sich ein Brand entfachen, der leicht auf Textilien und Handgepäck übergreift. In dem geschlossenen Raum eines voll besetzten Wagens läuft er ungleich schneller und heftiger ab als im Freien, dachte Johan. Die engen, schwer zugänglichen Tunnel, durch welche die Luft wie durch einen Kaminabzug fuhr, taten ein Übriges. Dank fortgesetzter Fachlektüre war er zu einem Experten geworden. Wegen der stark ansteigenden Temperatur kommt es zu erheblichen Drucksteigerungen. Gase, die normalerweise nicht brennen, heizen sich durch die Strahlungswärme und den erhöhten Druck auf, ihre Reaktionsgeschwindigkeit nimmt schlagartig zu. So kann aus einem Brand eine Explosion mit verheerenden Folgen entstehen.

Johan rechnete fest damit. Schon als Kind hatte er direkt in die Sonne gesehen, fasziniert von der Kraft dieses fernen Himmelspunktes. Das verdarb die Augen, hieß es. Er hatte sich nicht darum gekümmert.

MUTTERS HAAR musste wieder gewaschen werden. Luzius wollte es tun, wenn sie ins Altenheim zurückkehrten. Eigentlich waren die Pflegerinnen dafür zuständig. Schwester Gudrun und Schwester Simona begrüßten ihn mit einer Wärme, die bei Gudrun, der älteren, Ausdruck einer stillschweigenden Komplizenschaft war, während Simona, frisch verheiratet und schwanger, ein professionelles Pflichtbewusstsein an den Tag legte. Beide freuten sich immer, ihn zu sehen. Sie hielten Luzius für einen Sohn, wie sie ihn ungeachtet ihres unterschiedlichen Alters selbst gerne hätten. Oder gerne einmal haben würden.

Aber die Schwestern hatten wenig Zeit, die Station war unterbelegt. Also wusch er selbst seiner Mutter den Kopf. Das dauerte lange. Es war mühselig. Ihr Haar hatte eine beachtliche Länge. Sie trug es in einem Zopf, der ringförmig um ihren kleinen Schädel gewunden war, ein Kinderschädel, geschrumpft im Laufe der letzten Jahrzehnte, mit allem, was er einst enthalten hatte.

»Schieb die Decke nicht weg!«

Er zog den karierten Stoff wieder über ihre Beine.

Sie nahm Finger an ihr wahr, die an ihr herumnestelten. Das konnte sie nicht leiden. »Mir ist nicht kalt!«, erwiderte Berta Goodens herrisch und stieß ihn weg.

Er betastete seinen Unterarm. Dina hatte ihn mit einem Klammerpflaster verarztet, nachdem er in den Bass Club zurückgekommen war. Die Stelle, wo ihn das Messer erwischt hatte, schmerzte, als habe er sich an einer glühenden Herdplatte versengt.

Er schlug die Zipfel der Decke unter Bertas Oberschenkel und schob den Rollstuhl weiter. Es war ein altes, robustes Modell, das Gestänge bestand aus Edelstahl. Luzius ölte die Naben regelmäßig, sorgte dafür, dass in den Reifen genügend Luft war, und schrubbte die herausnehmbaren Sitzbezüge mehrmals in der Woche mit einem Sanitärreiniger ab. Dadurch blieb das Gefährt in Schuss. Es verdross ihn, wenn er daran dachte, dass es die verbleibende Lebensspanne seiner Mutter mit Sicherheit überdauern würde.

»Pinus rotundata«, sagte er, als sie eine Anpflanzung neben einem Kinderspielplatz passierten. »Eine Moorkiefer. Kommt hauptsächlich im Schwarzwald vor.«

Obwohl ihr Gehör noch gut funktionierte, konnte seine Mutter mit den botanischen Bezeichnungen und den Herkunftsangaben auf den Metallschildern nichts anfangen. »Du musst das nicht tun, Junge«, sagte sie. »All diese Namen. Wozu soll das gut sein?« Früher hatte sie Gefallen daran gefunden. Sie war eine hingebungsvolle Gärtnerin gewesen, erinnerte sich Luzius. Sie hatte ein nie erlahmendes Interesse an allen Gewächsen gezeigt.

In einiger Entfernung sah er auf einer Parkbank ein junges Mädchen mit Ohrwärmern sitzen. Er wunderte sich, zu nah erschienen ihm die Ereignisse der vergangenen Nacht. War sie es wirklich?

Moorkiefer, dachte Berta. Nie gehört. Der Baum sah verkümmert aus. Mit der Bitterorange, der Sumpfzypresse und der gewaltigen Blutbuche ging es ihr nicht anders. Wie kam er darauf, dass sie so etwas aufmunterte?

Es war anstrengend für sie, von ihrem Sohn durch die Gegend kutschiert zu werden. Aber wenigstens kam sie dadurch an die frische Luft. Es schien ihm nichts auszumachen, sie mitten am Tag in die Flora und den Botanischen Garten zu begleiten. Was für eine Arbeit hatte er eigentlich? Sie konnte sich nicht erinnern. War er Pfarrer? Das würde erklären, warum er so viel Zeit für sie hatte. Aber nein, sie verwechselte ihn mit dem Kaplan aus dem Heim. Womöglich war er ein Pfleger wie der junge Mann mit dem Ohrring, der sie zweimal die Woche badete. Oder er war Arzt, das war ebenso gut vorstellbar, da er sich immer so fürsorglich nach ihrem Befinden erkundigte. Sie hatte sich immer einen respektablen Beruf für Ludwig gewünscht.

Ein Schmutzspritzer landete auf ihrer Wange. Luzius wischte ihn mit einem Papiertaschentuch ab und rangierte den Rollstuhl neben die Parkbank, auf der Sheila saß.

Von diesem Platz aus konnte seine Mutter die Rosenbeete sehen, die sie so sehr liebte. Im Sommer standen sie in voller Blüte. Jetzt waren die Pflanzen nur trockene Stümpfe. Nachdem Luzius die Bremse arretiert hatte, setzte er sich und holte eine Tüte mit gebrannten Mandeln vom Weihnachtsmarkt hervor. Das Papier war noch warm. Er verbarg die Tüte vor Mutters Adlerblick und steckte verstohlen eine Mandel in den Mund. Die Zuckerumhüllung schmolz auf seiner Zunge.

»Paeonia lactiflora« stand auf einem Schild. »Milchweiße Pfingstrose. China«. Er behielt es für sich.

Luzius sah auf seine Armbanduhr, ein schwerer Chronometer mit vielen Zeigern und Zifferblättern. Nestor hatte sie ihm besorgt. Es war halb elf.

Sheila zählte die Kieselsteine in ihrer Hand. Ab und zu warf sie einen davon auf das mit Brettern abgedeckte Bassin des Springbrunnens. Die Steine erzeugten einen trostlosen Laut und blieben liegen.

Er vermied es, sie anzusehen. Sheila schaute auch gar nicht zu ihm herüber. Sie war ganz in Gedanken versunken. Er hatte all die kleinen Veränderungen an ihrem Körper registriert, seit ihr Vater Jef gestorben war. Ihr Brüste wuchsen, das war gestern Nacht nicht zu übersehen gewesen. So, wie sie sich anzog, betonte sie es auch noch.

»Schwänzt du die Schule?«, fragte Luzius schließlich.

Sheila drehte den Kopf in seine Richtung. »Was denn sonst?«

Luzius steckte die Mandeln wieder ein und nahm eine Schachtel mit Blätterteiggebäck aus seiner Jackentasche. Gennaro vom Il Mulino hatte sie ihm geschenkt. Wahrscheinlich stand er schon wieder am Herd, obwohl er gestern Nacht sternhagelvoll gewesen war und gestützt werden musste, als er aus dem Club getorkelt kam. Er kannte Luzius' Vorliebe für Knabbereien.

Berta konnte das Gebäck ohne Schwierigkeiten kauen. Er hielt ihr eine kleine Blätterteigbrezel hin. Sie machte eine unwirsche Handbewegung, und die Brezel landete auf der Abdeckung des Springbrunnens. Zwei Meisen machten sich darüber her.

»Ich komme oft hierher«, fuhr Sheila fort. »Was meinst du? Soll ich lieber in die Schule gehen? Damit sie mir da was Vernünftiges beibringen?«

Luzius zuckte mit den Schultern. Von der Schule hielt er nicht allzu viel. Er hatte sie immer gemieden. Aber das konnte er Sheila natürlich nicht sagen. Was in aller Welt sollte er ihr sagen? Er überlegte, wollte das Thema nicht von sich aus anschneiden. »Manchmal muss man sich durchbeißen«, sagte er. Die Kohlmeisen rissen die Blätterteigbrezel in Fetzen und schlangen die Stücke hinunter.

»Das hab ich lange genug getan«, gab Sheila zurück.

Luzius betrachtete seine Mutter. Sie starrte ins Leere. Als er begonnen hatte, in die Schule zu gehen, war sie seiner müde geworden. Damals hatten sie noch in Verviers gewohnt. Sein Vater war gerade auf Nimmerwiedersehen nach Südtirol verschwunden, an einen Ort, den Luzius später ausfindig gemacht hatte. Berta hatte halbherzig versucht, ihrem Mann zu folgen, aber sie schaffte es nur nach Aachen und später nach Köln, was ganz beachtlich gewesen war für ihre eingeschränkten Verhältnisse. Luzius konnte den Augenblick genau benennen, an dem sie beschlossen hatte, ihre erzieherischen Pflichten niederzulegen, wie sie sich ausgedrückt hatte. Stein des Anstoßes war eine Tüte Mandeln gewesen. Er hatte sie auf dem Jahrmarkt gekauft, als er eigentlich Medikamente für seine Mutter besorgen sollte. Dann hatte er das mitgenommene Geld in allerlei Fahrbetrieben ausgegeben und war erst Stunden später zurückgekommen, mit Süßigkeiten anstelle von Schmerzmitteln.

Der Jahrmarkt. Nachdem er die Schule verlassen hatte, war Luzius lange Zeit mit Schaustellern und Budenbesitzern durch ganz Europa gezogen. Diese Zeit hielt er für die schönste in seinem Leben. Sie war zu einem Tagtraum geworden, dem er gelegentlich nachhing, wie man ein lieb gewonnenes Hemd immer wieder anzog, auch wenn es am Kragen schon durchgescheuert war. Es erschien ihm altmodisch, aber so war das wohl bei Tagträumen, die in der Vergangenheit spielten.

»Sind deine Lehrer so schlimm?«, fragte er Sheila und schaute dabei immer noch zu Boden.

»Ach, die sind ganz in Ordnung«, sagte das Mädchen. »Sie geben sich Mühe.«

»Warum bist du dann hier? Es wäre besser …«

»Kann ich nicht einfach auf einer Parkbank sitzen und nachdenken? Ist das verboten?«

»Was sagt deine Mutter dazu?«

»Die weiß gar nichts. Überhaupt nichts.«

Berta Goodens horchte auf. Sie bemerkte Sheila erst jetzt. »Warum trägst du Ohrwärmer, mein Kind? Verstehst du damit überhaupt etwas?«

Sheila nahm die Ohrwärmer ab. »Jedes Wort. Ich bin nicht taub. Und ich bin nicht Ihr Kind.«

Luzius hob den Kopf. Sheilas Augen schwammen in einem See schwarzer Schminke.

»Na-na!«, entrüstete sich Berta. »Nicht so vorlaut!«

»Hört mal, ihr beiden. Wenn ihr mich nervt, gehe ich.«

Die beiden Kohlmeisen wurden zutraulich. Sie hatten Gesellschaft bekommen und verlangten nach mehr. Luzius warf ihnen ein paar Brezeln zu.

»Der Park ist groß genug«, sagte seine Mutter.

»Okay, das reicht.« Sheila stand auf.

»Geh nicht!«, flehte Luzius und fuhr seine Mutter an: »Sei mal für einen Augenblick still! Deine Meinung ist nicht gefragt.« Er löste die Bremse des Rollstuhls und machte Anstalten, Berta ein Stück weiter weg zu schieben.

»Was soll das, Ludwig? Willst du mit dem Mädchen allein sein? Sag das doch gleich. Ich störe euch nicht. Meine Lippen sind versiegelt.« Sie zog mit dem Finger eine Linie über ihren Mund. Wenn es einen Spezialklebstoff für solche Zwecke gab, würde Luzius sofort einen Eimer kaufen.

»Ludwig?«, fragte Sheila verwundert.

Er seufzte und schloss die Augen.

»Wie heißt du, Liebes?«, fragte Berta.

Sheila erwiderte nichts. Sie holte eine Packung Zigaretten aus ihrer Jeansjacke und zündete sich eine an.

»So stell uns doch vor«, nörgelte seine Mutter. »Mit den Umgangsformen hat er sich schon immer schwer getan«, fügte sie zu Sheila gewandt hinzu.

Luzius räusperte sich und drehte den Rollstuhl in Sheilas Richtung. »Also, das ist Mutt…, ach, Blödsinn, Berta Goodens.« Wie peinlich, dachte er und machte sich an der Decke zu schaffen. Sie war schon wieder verrutscht.

»Sheila Braq.« Sie ergriff die Hand der alten Frau. Sie fühlte sich an wie Butterbrotpapier.

Berta richtete sich in ihrem Rollstuhl auf. Sie erwiderte den Händedruck. »Nur Berta«, sagte sie. Täuschte sich Luzius, oder grub sich da ein Lächeln in die Runzeln ihres Gesichts?

Sheilas Handflächen waren klamm und feucht, Bertas warm und trocken.

»Ihr Sohn heißt Luzius, nicht Ludwig«, sagte das Mädchen und zog an ihrer Zigarette.

Berta lächelte unverdrossen und tätschelte Luzius' Arm. »Sie haben ein hübsches Gesicht.«

Sheila schaute sie entgeistert an. Sie setzte sich wieder auf die Parkbank und befühlte den Pickel, den sie nach dem Aufstehen an ihrem Kinn bemerkt hatte. Sie schlugen sie nie ins Gesicht. Ein blaues Auge würde Verdacht erregen. Sie schlugen immer nur dahin, wo es später nicht zu sehen war. Deswegen trug Sheila auch im Winter möglichst knappe Sachen. Je mehr Haut sie entblößte, desto weniger Angriffsfläche bot sie.

Luzius wollte seiner Mutter zustimmen, besann sich aber eines Besseren. Er riskierte einen Seitenblick zu Sheila. Das Mädchen war völlig durcheinander.

Sie schwiegen eine Weile. Die Sekunden verstrichen. Luzius studierte die Schilder an den winterfest gemachten Päonienstrünken. Auf die Schule würde er nicht mehr zu sprechen kommen, das nahm er sich vor. Wie konnte er Sheila zum Reden bringen, ohne sie zu bedrängen? Es gab eine Menge zu klären.

Mutters rührseliger Gesichtsausdruck war wie eingemeißelt. Luzius fragte sich, was in ihrem verwüsteten Hirn vor sich ging. Vermutete Berta, dass er etwas mit Sheila hatte?

Die Meisen wurden aufdringlich. Er holte aus und wollte den Rest des Blätterteiggebäcks ins Gebüsch werfen. Sheila fiel ihm in den Arm. »Lass sie doch!«

Verdutzt gab er ihr die Packung.

Sie warf ihre Zigarettenkippe weg, zerkrümelte das Gebäck und streute es in weitem Bogen um sich herum. Es dauerte nicht lange, und sie waren umringt von aufgeregtem Gezwitscher. Ein paar größere Brocken behielt Sheila zurück, um die Meisen einzeln anzulocken. Die Vögel hatten alle Scheu abgelegt und fraßen ihr aus der Hand. »Kommt, ihr Süßen. Habt keine Angst. Ich tue euch nichts.«

Eine Kohlmeise sprang auf ihre Fingerspitzen. Sheila rührte sich nicht. Die Meise wagte sich weiter vor. In der Kuhle ihrer Handfläche befand sich ein großes Stück Blätterteig. Die Krallen des Vogels gruben sich in ihre Haut. Er pickte nach dem Gebäck und verfehlte es. Ein Tropfen Blut erschien auf Sheilas Zeigefinger. Sie zog ihre Hand nicht zurück.

Der Vogel zögerte. Dann schoss sein Kopf ein weiteres Mal vor. Er bekam den Teig mit dem Schnabel zu fassen und flog davon. Sheila reagierte immer noch nicht.

Berta Goodens hatte zugesehen. Eine Erinnerung schlich durch die Trümmer ihres Geistes. Ihre Lippen zitterten. »Warum hast du stillgehalten?«, fragte sie schließlich. »Das muss doch wehtun.«

Sheila konnte nichts erwidern. Sie versuchte etwas zu sagen, ihre Stimme erstarb. Sie hob noch einmal an. Aber die Worte wollten nicht heraus. Unvermittelt sprang sie auf. Die Vögel stoben in alle Richtungen davon. Ihre Kehle fühlte sich an, als würde sie von einem dünnen Draht abgeschnürt. Sie starrte auf ihre

Verletzung. Ein einzelner Blutstropfen kullerte an ihrem Finger herab und rann über ihre Handfläche.

Der Tropfen löste sich und fiel auf den Kies. Sheila sah, wie das Blut in die raue Oberfläche der Steinchen eindrang. Es ging ganz schnell, wie bei einem Schwamm. Dann rannte sie weg.

Vorbei an den Wegweisern zu den Gewächshäusern. An der Tafel mit dem Grundriss des Parks, auf dem ein roter Punkt ihren Standort angab. An Bäumen aus weit entfernten Ländern, Nordamerika, Japan und dem Libanon. An einer Zierkirsche, einer Sommerlinde und einem Götterbaum. An von Grünspan überzogenen Bronzeskulpturen jugendlicher Tänzer. An vereinzelten Joggern, Müttern mit Kinderwagen und Rentnerpaaren. Die Profilsohlen ihrer Schnürstiefel gruben sich in Rindenmulch, der den Kies ablöste. Sie passierte das Hauptgebäude der Flora, einen heruntergekommenen Festsaal. Durchmaß eine nicht enden wollende Gerade und stand schließlich vor dem schmiedeeisernen Gittertor am Eingang. Die Spitzen der einzelnen Stäbe waren golden angestrichen.

Luzius holte sie ein. Er atmete ein paar Mal durch und schöpfte Mut. »Willst du darüber sprechen?«, fragte er.

Sheila drehte sich um. Ihre Augen lagen hinter einem Schleier.

Er breitete die Arme aus, ein Reflex. Das hätte er schon gestern tun müssen, dachte er.

Sie senkte den Kopf und trat einen Schritt vor. Es fiel ihr schwer, sich einem baumstarken Mann wie Luzius zu nähern. Sein Körper hatte eine Präsenz, die den meisten Menschen Angst machte. Aber sie hatte ihn genau beobachtet. Die Art, wie er gestern Nacht mit Ray fertig geworden war. Die Entschlossenheit, die er dabei an den Tag gelegt hatte. Und jetzt diese unbeholfene Frage. Sie presste sich an ihn. Erst jetzt kamen ihr endlich die Tränen.

Luzius hielt sie fest. Daran war nichts verkehrt, fand er. Viele Frauen hielten sich an ihm fest, wenn sie aus dem Bass Club kamen. Er löste ihre Arme und setzte sie in ein Taxi, Standardprozedur. Nestor schüttelte darüber nur den Kopf und witzelte über die Gelegenheiten, die er ausließ.

Er blieb stehen. Sheila rotzte in seinen Ärmel. Sie nuschelte etwas in den Stoff seiner Jacke. Nach einer Weile hob sie den Kopf und sprach deutlicher. Es fiel ihm nicht leicht, ihr zu folgen. Sheilas Erklärungen waren unzusammenhängend, er musste sie erst in eine Reihenfolge bringen, die er verstand. Reihenfolgen waren wichtig, sonst geriet alles aus den Fugen.

Das Bild, das sich langsam abzeichnete, entsetzte ihn. Es war noch grässlicher, als er aufgrund ihrer Andeutungen von gestern Abend angenommen hatte. Er war nicht dumm. Er begriff. Es gab eine Reihenfolge. Sheilas Reihenfolge. Der Mann in dem Lieferwagen war nicht der Einzige gewesen.

Nein, er würde niemandem etwas sagen.

Nein, sie brauchte keine Angst mehr zu haben.

Ja, sie dürfe jederzeit zu ihm kommen.

Ja, er glaube ihr jedes Wort.

Man könne Notwehr dazu sagen. Jeder Mensch habe ein Recht auf Notwehr. Er hatte oft davon Gebrauch gemacht. Sonst stände er nicht hier.

Sie erzählte ihm alles. Was war und was ist. Er hatte einiges davon geahnt. Auch gewusst. Aber er hatte nichts unternommen. Dann erklärte sie ihm ihren Plan.

Er stutzte, staunte, hatte Einwände, schluckte sie aber vorerst hinunter. Schließlich nickte er. Unter diesen Umständen gebe es noch viel zu tun. Er müsse einiges in Erfahrung bringen.

Natürlich werde er vorsichtig sein. Seine größten Bedenken hätten sich bereits zerstreut. Der Lieferwagen stehe nicht mehr auf dem Parkplatz. Jemand habe ihn entfernt. Es sehe nicht danach aus, dass es die Polizei gewesen war. Jetzt verstehe er auch, warum.

Nachdem sich Sheila wieder gefangen hatte, verabredeten sie ihr nächstes Treffen. Als sie ihn auf die Wange küsste, war Luzius nicht wohl dabei. Künftig mussten sie Acht geben, dass man sie nicht zusammen sah. Sie mussten auf der Hut sein. »Darin bin ich sehr gut«, sagte er.

»Das glaube ich«, erwiderte sie, ging durch das schmiedeeiserne Tor und verschwand Richtung U-Bahn-Station.

»Gut« reichte nicht, dachte er und schaute ihr durchs Gitter hinterher. Von nun an musste er besser werden. Die Gewalt kehrte zurück.

Als Luzius wieder bei seiner Mutter war, nannte Berta ihn wieder Ludwig. Sie kam nicht mehr auf das Mädchen zu sprechen. Vermutlich hatte sie Sheila sofort vergessen, als sie aus ihrem Gesichtskreis verschwunden war. Er schob den Rollstuhl weiter. Die Meisen folgten ihnen. Er scheuchte sie weg. Es war ein Tag, an dem die Wolken ständig ihre Form veränderten. Sie türmten sich bedrohlich auf – und zogen mit hoher Geschwindigkeit weiter. Kein Tropfen fiel.

Sheila machte sich auf den Weg zurück in die Schule. Ihr Körper kribbelte auf eine Art, die sie nicht kannte. Und die sie niemals für möglich gehalten hätte. Sie spannte jeden Muskel an, wollte das Gefühl in die Länge ziehen. Undeutlich spürte sie, dass sie Arme, Schultern und Lippen besaß. Für diese Teile ihres Körpers war ihr die Wahrnehmung verloren gegangen. Durch seine Berührung hatte Luzius sie zum Leben erweckt. Er würde Sheila an einen Ort bringen, von dem sie bislang nur eine vage Vorstellung hatte. An einen Ort, an dem vieles wahr, wichtig und richtig wurde und das Kribbeln nicht abebbte wie jetzt, als sie die Treppe zur Haltestelle Zoo/Flora hinunterstieg.

In der Bahn war nicht viel los. Sie setzte sich direkt hinter die Fahrerkabine und sah aus Gewohnheit in den Rückspiegel, um herauszufinden, wer am Gashebel saß. Chris fuhr nicht die 17, aber es war besser, sich zu vergewissern.

In den letzten beiden Stunden hatte Sheila Musik. Das lag ihr, trotz allem.

RAUPACH BETRACHTETE Heides Adamsapfel. Er hob und senkte sich bei jedem Schluck. Für eine Frau war er ziemlich stark ausgebildet. Heide gab vor, diesen Teil ihrer Anatomie zu ignorieren. Schließlich besäße jeder Mensch so einen Knorpel. Nur in der kalten Jahreszeit verhüllte sie ihn mit Seidentüchern, die sie von einer Reise nach Indien mitgebracht hatte. Wenn sie trank und dabei den Kopf in den Nacken legte, trat er so deutlich wie ein Pingpongball hervor.

Das Kölsch rann durch ihre Kehle, als würde es von einem verborgenen Mechanismus im Magen angesaugt. Heide war ein ernährungsphysiologisches Wunder. Sie trank schon mittags ein Bier, stopfte Berliner, Streuselkuchen, Mohnstollen und was an Süßem sonst noch zu kriegen war in sich hinein und blieb trotzdem so dünn wie eine Reisstrohmatte. Das konnte an einer Fehlfunktion der Schilddrüse liegen, hatte Raupach gehört. Doch bei Heide lag es daran, dass sie außer Bier und Gebäck nichts anderes zu sich nahm, da war sie eisern. Und wenn sie kein Bier trank, soff sie eimerweise Wasser, vielleicht war das ihr Geheimnis.

Sie setzte das leere Glas ab, wischte sich den Schaum von den Lippen und stieß einen Seufzer aus, verrucht wie die Sünde.

»Geht's wieder?«, fragte er und schob das Tablett beiseite. Ein Königsberger Klops war übrig geblieben und rutschte an den Tellerrand. Er gab Zucker in seinen Kaffee und rührte um. Die Kantine war noch relativ leer. Ein paar Tische weiter saß eine Gruppe von Polizisten in Lederkombis. Die Motorradstreifen stellten ihre Maschinen immer direkt vor dem Eingang ab. Wenn man durch die Fensterfront der Kantine nach draußen sah, waren die schweren BMWs der einzige erfreuliche Anblick weit und breit. Das Präsidium stand mitten in einem Industriegelände, das erst eines werden wollte. Ringsumher ragten Betonskelette in den Himmel.

»Du ruinierst dir die Eingeweide, Raupach. Verzichte auf das Zeug und trink was Gesundes, sonst übersäuerst du. Außerdem zerstört weißer Zucker die Gehirnzellen.«

»Das sagt die Richtige! Dann bringe ich dir zum Frühstück mal eine Karotte mit. Vielleicht können wir das Schlimmste noch verhindern.«

»Bloß nicht. Wenn ich genug Teilchen gegessen habe, lasse ich mir Berufsunfähigkeit bescheinigen und gehe in Frührente.«

»Im Dienst verdummt. Das nehmen sie dir bestimmt ab«, sagte Raupach und lehnte sich lachend zurück.

»Schön, dass du so leicht in Heiterkeit zu versetzen bist.« Heide warf den Motorradstreifen einen Blick zu. Dann betrachtete sie eine Weile ihr Bierglas. »Mir liegt dieser Drohbrief im Magen.«

»Das Schiller-Gedicht?«

»Das Fernsehen und die Presse haben angerufen, unter anderem Küchler vom *Express*, du weißt schon, dieser Scharfmacher, der deinen Fall damals aufgebauscht hat. Sie wollen wissen, was wir unternehmen.«

Raupach erinnerte sich genau an Küchler, einen Skandaljournalisten, ohne dessen Kolumnen seine Dienstaufsichtsbeschwerde bei weitem nicht so hohe Wellen geschlagen hätte. Küchler hatte nicht direkt die Unwahrheit berichtet, aber sein Ton und seine ganze Gesinnung waren scheinheilig. Er war einer, der sofort einen stärkeren Staat forderte, wenn Fahndungserfolge auf sich warten ließen. Im Gegenzug prangerte er polizeiliche Übergriffe an, wenn eine Festnahme einmal aus dem Ruder lief.

»Und? Unternehmen wir was?«, fragte er.

»Ich habe mit Vorderbrügge gesprochen. Die Gefahrenabwehr hat das Schreiben geprüft und auf den großen Stapel gelegt. Den Stapel, der wächst und wächst, bis eine barmherzige Seele die Hälfte davon abheftet und die andere in den Müll wirft.«

»Oder ins Archiv schickt«, ergänzte er.

»Wir haben die übliche Absprache getroffen. Die Medien haben zugesichert, den Brief vorerst nicht zu veröffentlichen, um in der Bevölkerung keine unnötigen Ängste zu schüren. Wenn sich die Lage verschärft, informiere ich sie unverzüglich. Keine Ahnung, ob sie sich daran halten. Ich wünschte, sie täten es nicht. Dann käme Vorderbrügge ins Schwitzen.«

»Es würde wenig ändern. Wahrscheinlich würde Vorderbrügge die Aufmerksamkeit sogar genießen. Und wenn, wie anzunehmen ist, kein Anschlag erfolgt, würde er sich auch noch im Recht fühlen und die Urteilskraft der Polizei loben, will heißen: seine.«

»Wir dürfen diesen Brief nicht auf die leichte Schulter nehmen«, sagte Heide. »Du denkst, er sei nur die Ausgeburt einer weltfremden Phantasie. Aber Phantasien können im Handumdrehen Gestalt annehmen. Wir leben im 21. Jahrhundert, Raupach. Die Phantasie ist längst dabei, die Wirklichkeit zu überholen, wie der Igel den Hasen. Sie ist immer schon vorher da.«

»Ich behaupte nicht, dass wir den Brief zu den Akten legen sollen.«

»Vorderbrügge hat Rückendeckung von Woytas«, fuhr Heide fort. »Mit seinem verfluchten Sparzwang zieht der uns noch die Auslegeware unter den Füßen weg. Wir müssten viel mehr von diesen Hinweisen nachgehen. Schon mal was von ›Schläfern‹ gehört?«

Woytas hatte Heide am Vormittag in die Schranken gewiesen. Vermutlich würde sie ihn zu gern wegen einer folgenschweren Nachlässigkeit drankriegen, dachte Raupach. Heide konnte ziemlich rachsüchtig sein.

»In dem Brief findet sich kein Hinweis auf Terrorismus«, erwiderte er.

»Ich meine das in übertragenem Sinn. Dieser Schläfer ist gerade dabei zu erwachen. Er hat uns seine Träume übermittelt. Sie hören sich nicht so an, als stammten sie von einem größenwahnsinnigen Irren. Es ist so viel ... Beherrschung darin. Der Mann wünscht sich Macht, das stimmt. Aber auf mich wirkt es so, als besäße er sie bereits. Und was den Terror betrifft: Was nicht ist, kann noch werden.«

»Der Raum des Möglichen, potenzielle Handlungsbereitschaften. Vorderbrügge soll sich darum kümmern, das fällt in sein Ressort, dafür wird er bezahlt. Wie heißt es so schön: Uns sind die Hände gebunden.«

»Von deinen Binsenweisheiten kriege ich Zahnschmerzen.« Frustriert betrachtete Heide ihr leeres Kölschglas. Raupach flüchtete sich in Zuständigkeitsfragen. Er tat so, als mache es ihm nichts aus, dass Woytas ihm den frischen Knochen weggenommen hatte. Als ginge ihn das, was draußen passierte, nichts mehr an. Aber wenn er ehrlich zu sich selbst war, wurmte es ihn gewaltig. Er hatte einmal kurz an dem Knochen schnuppern dürfen, hatte ihn sogar hin- und hergewendet und sich überlegt, an welcher Stelle er seine

Zähne als Erstes ansetzen sollte. Und dann kam Woytas, entriss ihm den Knochen und warf ihn der Gefahrenabwehr vor, die nicht wusste, was man mit einem solchen Leckerbissen anfing, und ihn erst mal verbuddelte. Heide hatte schon einige solcher Knochen wieder ausgraben müssen. Sie stanken entsetzlich.

Heide wechselte das Thema. »Wie läuft's im Archiv?«

»Vivos voco. Mortuos plango. Fulgura frango.« Photini stellte ihr Tablett ab und ließ sich neben Raupach nieder. Auf ihrem Teller lag ein zerfließender Teigbatzen, der eine Gemuselasagne darstellen sollte. Es sah aus wie ein zerplatzter Müllbeutel.

»Wenn ich jemanden umbringen wollte, würde ich *da* was druntermischen«, sagte Heide. »Unmöglich, in diesem Kleister etwas herauszuschmecken.«

»Der Koch hat mir versichert, die Folie der Verpackung eigenhändig entfernt zu haben. Er ist ein Meister seines Fachs«, gab Photini zurück. Sie zerteilte die Lasagne in einzelne Stücke, damit sie auskühlte, und trank einen Schluck aus ihrer Wasserflasche. Seit es in Mode gekommen war, schleppte sie das Ding wie eine Devotionalie mit sich herum.

Raupach fragte sich, welche Stufe die Dauerfehde zwischen Heide und Photini heute erreichen würde. Es war schon vorgekommen, dass die halbe Kantine samt Küchenmannschaft hinzukam, um ihren Schlagabtausch zu verfolgen. Er versuchte, sich mit beiden getrennt zu treffen, aber mittags liefen sie sich unweigerlich über den Weg.

»Du weißt, dass sie den Drogenhunden etwas Besseres vorsetzen?« Heide blieb am Ball.

»Wenn man Fleisch als Nahrung bezeichnet.« Photini zeigte mit der Gabel auf den Königsberger Klops, von dem sie annahm, dass Heide ihn übrig gelassen hatte. »Die sind aus Schweinefleisch, oder? Ist bei dir eine Grippe im Anzug oder nimmst du Antibiotika nur zur Vorbeugung?«

Raupach vertiefte sich in die Form seiner Kaffeetasse. Er war sich sicher, dass die Kaffeebohnen nicht »fair« gehandelt waren. Schließlich waren sie hier bei der Polizei.

»Diese grünen Brocken zwischen den verkochten Teigplatten. Sind das Fungizide oder Pestizide?«

Photini schob sich eine Gabel voll in den Mund und kaute darauf prüfend herum. »Kunstdüngerbröckchen«, sagte sie. »Stickstoffe entschlacken den Körper.«

»Wenigstens kriegst du auf diese Weise ein bisschen tierisches Eiweiß ab. Die Erntemaschinen erwischen immer jede Menge Feldmäuse. Gib auf die Knöchelchen Acht!«

Die Kollegen von den Motorradstreifen hatten das Gespräch verfolgt und starrten nun zweifelnd auf ihre Teller.

»Was sollte dieser Spruch vorhin?«, griff Raupach ein. »Das war doch Latein?«, fragte er Photini. Die Worte besaßen einen vertrauten Klang für ihn, auch wenn er sie nicht auf Anhieb übersetzen konnte. Latein war die Sprache einer Zeit, mit deren Erforschung er sich einst geplagt hatte, bevor er Polizist geworden war.

Heide und Photini belauerten sich stumm. Sie führten solche Dialoge nicht aus Gesundheitsbewusstsein, sondern um zu zeigen, dass sie die verborgenen Tücken des Alltags jederzeit durchschauten. Es war eine Polizistenunart. Dann schenkten sie Raupach mitleidige Blicke. Wenn sich die beiden festgestritten hatten, verbündeten sie sich gern gegen ihn.

»Die Lebenden rufe ich, die Toten beklage ich, die Blitze breche ich«, sagte Photini schließlich.

»Nicht schlecht.« Heide zog anerkennend die Augenbrauen hoch. »Und was heißt das?«

»Das ist das Motto, das Schiller dem *Lied von der Glocke* vorangestellt hat. Soweit ich weiß, gehört das zu eurem aktuellen Ratespiel.« Sie löste einen Batzen verbrannten Mozzarella von ihrer Lasagne und schob ihn mit der Gabel an den Tellerrand. »Mit Bildung hat das nichts zu tun. Es genügt zu wissen, wo man nachschlagen muss.« Ein Seitenblick zu Raupach, von dem sie diesen Satz hatte.

Heide zückte ihren Notizblock. Sie ließ sich die lateinischen Worte und ihre deutsche Übersetzung wiederholen und brütete eine Weile darüber. »Das bezieht sich auf eine Kirchenglocke. Mehr kann ich damit nicht anfangen.«

»Dieses Motto kann alles Mögliche bedeuten, wie das ganze Gedicht.« Raupach hatte seine Assistentin eingeweiht, nachdem er Babettes Fall vorerst wieder in den Katakomben des Archivs hatte verschwinden lassen. Photini war aus dem Brief zunächst nicht schlau geworden. Daraufhin hatte sie offenbar recherchiert. Manchmal war sie so schnell, dass Raupach sich fragte, wie lange er bei ihrem Tempo noch mithalten konnte.

»Das Gedicht handelt davon, wie eine Glocke gegossen wird«, erklärte sie jetzt. »Daneben enthält es alle möglichen lehrhaften Anspielungen, allgemeine Gedanken zur Natur des Menschen. Die Sprache ist altertümlich, aber mir gefällt's.«

»Der Verfasser des Drohbriefes kann es irgendwo aufgeschnappt und Gefallen an dem Ton gefunden haben«, sagte Raupach. »Es klingt so ... schicksalsschwer.«

»Hier geht es um die Androhung eines Brandanschlags, der gegen Menschen gerichtet ist, vergesst das nicht.« Heide hatte diese Abwiegelei satt. Photini schien Raupachs Verharmlosungstaktik schon zu übernehmen. Sie musste mit ihm bald mal ein ernstes Wort wechseln.

Photini erwiderte nichts und widmete sich wieder ihrer Lasagne. Inzwischen war sie kalt geworden. Das machte es leichter, das Zeug in sich hineinzuschaufeln.

»Benzol«, sagte Heide und tippte mit dem Fingernagel gegen Photinis Wasserflasche. Sie stand auf, um sich noch ein Kölsch zu holen. Als sie an den Motorradstreifen vorbeiging, deutete sie auf einen halb leeren Teller: »Aufessen. Sonst wird das Wetter schlecht.«

VALERIE VERLIESS das Gebäude und schaute zur dritten Etage hoch. Dort befand sich das Callcenter. Es war nicht zu erkennen, was hinter den Lamellenvorhängen vor sich ging. Zum ersten Mal wurde sie sich dessen bewusst. Niemand hatte eine Ahnung, welche Geschäfte da oben abgewickelt wurden. Und mit wem.

Sie ging in die nächstgelegene Kneipe. Davon gab es im Agnesviertel ziemlich viele, aber sie war noch nie auf den Gedanken gekommen, hier auszugehen. Das Lokal, in dem sie für den Rest des Tages strandete, hatte von zehn bis vierundzwanzig Uhr geöffnet. Der Name war irgendwas auf Kölsch, »Em schwatten Pütz« oder so ähnlich, sie machte sich nicht die Mühe, die verschnörkelten Buchstaben zu entziffern. Valerie stammte aus Osten. Das war ein kleiner Ort zwischen Bremen und Hamburg, grob gesagt. In Osten machte man wenig Worte.

Sie bestellte Kaffee mit Cognac. Statt Cognac kam ein Glas Weinbrand. Die Bedienung erkundigte sich nach ihrem Vornamen, um den Getränkeverbrauch auf einem Bierdeckel zu notieren. Sie war in Valeries Alter, aber ihr verlebtes Gesicht hätte auch einer Sechzigjährigen gehören können. Aus ihrem Blick sprach das Mitgefühl einer Geistesverwandten. Während des ersten Weinbrands nahm sich Valerie vor, niemals so aussehen zu wollen. Sogleich bedauerte sie ihre Gehässigkeit.

Machinek würde sie in der Branche anschwärzen, sagte sie sich. Sie hatte überreagiert. Bestimmt lag das an ihrem Kater, da neigte sie zu Gefühlsaussbrüchen. Was war bloß in sie gefahren? Der Job war zwar anstrengend und schlecht bezahlt, aber immerhin lag ihr Verdienst bei vierzehnhundert Euro netto. Davon konnten sie und Sheila leben. Es war nicht die Welt, aber es reichte aus. Hatte ausgereicht. Jetzt musste sie Stütze beantragen, wenn sie nichts Neues fand. Dazu war sie noch nie gezwungen gewesen. Es widerstrebte ihr, dem Staat auf der Tasche zu liegen. Wenn Sheila nicht wäre, würde sie sich schon durchzuschlagen wissen. Mit einer halbwüchsigen Tochter, der sie nach Jefs Tod mehr denn je ein Vorbild sein wollte, hatte sie jedoch keine andere Wahl.

Valerie wusste nicht, ob es am Koffein oder am Alkohol lag, aber langsam fühlte sie sich besser. Sie hörte auf, ihr Verhalten zu bereuen. Diese alte Ziege war doch von gestern, nicht zu fassen, dass solche Gestalten immer noch frei herumliefen. Dabei hatte sie schon ganz andere Exemplare in der Leitung gehabt. Unglaublich, wie viele Leute sich mit dem Gedanken trugen, andere auszurotten – und sich bemüßigt fühlten, es Valerie in aller Länge und Breite mitzuteilen. Sie fühlte sich keiner Minderheit zugehörig. Aber wenn sie diese Typen reden hörte, war sie nicht mehr sicher. Ihr Vater war Nordfriese, ihre Mutter kam aus Stettin. Jef war gebürtiger Maastrichter aus Holland, seine Eltern waren in den siebziger Jahren nach Cuxhaven übergesiedelt. Was war Valerie demzufolge? Deutsch, dachte sie, so stand es in ihrem Pass. Abgesehen von den Behörden hatte das bisher niemanden interessiert.

Jedenfalls wäre es der Gipfel gewesen, wenn sie der Alten das hätte durchgehen lassen. Verdammt, sie hatte jetzt alle Möglichkeiten! Die Ermittlung im Todesfall Jef Braq war endgültig eingestellt worden, niemand wollte sie noch ernsthaft belangen. Selbst Gunter, der eine Zeit lang aufgetaucht war, um sich zu »kümmern«, wie er sagte, hatte sich seit Monaten nicht mehr blicken lassen, obwohl sie ihn hin und wieder im Viertel sah. Die anderen Mitglieder von Jefs alter Band waren in alle Winde verstreut. Raimund durfte den Tourbus behalten und spielte in einer neuen Gruppe. Chris fuhr wieder U-Bahn für die Kölner Verkehrs-Betriebe. Und Ronny, der sich als Manager von Barbarossa aufgespielt hatte, legte als DJ auf. Jeder auf seine Art ein Versager, außer vielleicht Chris, der Netteste der Truppe.

Valerie konnte sich auch woanders einen Job suchen, sie konnte Köln verlassen, zusammen mit Sheila, die an ihrer Schule ohnehin nicht besonders glücklich war. Sie konnten in eine kleinere Stadt ziehen, wo das Leben beschaulicher und vor allem billiger war. Ein Ortswechsel würde die Geister der Vergangenheit vielleicht endgültig zum Schweigen bringen. Allmählich schien sich in der schlauchförmigen Kneipe, in der sie von ihrem Platz neben dem Geldspielautomaten alles überblicken konnte, ein Horizont vor ihr abzuzeichnen. Durch die Butzenscheiben waren vom Geschehen auf der Straße nur bewegte Schemen zu erkennen.

Die Stunden vergingen von alleine. Mit dem Zeigefinger umkreiste sie die Flecken auf der Tischdecke. Lustlos blätterte sie in einer Zeitung und suchte nach den Stellenanzeigen. Am Montag waren natürlich keine drin. Stattdessen las sie ihr Horoskop: Mehr auf die Gefühle hören, stand da, dann spüren Sie, wo es langgeht. Die Zeitungsseiten waren zerknittert. Valerie hatte den Eindruck, als seien sie durch viele Hände gegangen, so wie ihr Leben.

Gegen Mittag füllte sich das Lokal. Es gab Bockwurst, Schnitzel »Wiener Art« und Reibekuchen. Auf Valeries Tisch befand sich ein Aufsteller: »NEU: Toast Hawaii«. Obwohl Valerie keinen Appetit hatte, nahm sie den Toast. Er schmeckte gar nicht so schlecht. Und der Preis stimmte auch.

Als die meisten Leute wieder gegangen waren, setzte sich die Bedienung zu ihr und gab einen Weinbrand aus. Ihr Name war Yvonne. Sie erzählte Valerie ihre komplette Lebensgeschichte. Mit gelegentlichen Unterbrechungen dauerte das bis zum späten Nachmittag. Gegen fünf kamen nach und nach zwei ältere Ehepaare und ein paar allein stehende Rentner herein. Yvonne war mit ihrer Geschichte fertig und widmete sich den Gästen. Sie kannte alle namentlich, wechselte ein paar Worte über das gestrige Fernsehprogramm und machte zum Abschluss einen anzüglichen Witz. Die Leute fanden das amüsant.

Valerie blieb noch eine Stunde sitzen. Dann fiel ihr ein, dass sie Sheila zur Abwechslung ein warmes Abendessen zubereiten könnte. Es kam immer seltener vor, dass sie gemeinsam aßen. Meistens reichte die Zeit nur für belegte Brote, morgens wie abends.

Sie versuchte aufzustehen. Es gelang ihr erst beim dritten Anlauf. Sie fühlte sich wie gelähmt.

WEISSE BLASEN *seh ich springen, wohl! die Massen sind im Fluß.* Marta hatte diesen Ausdruck benutzt, wenn sie in eine Bahn stieg. »Ich gehe in den Fluss«, hatte sie gesagt, ihre Ledertasche geöffnet und die Videokamera eingeschaltet. An der Längsseite der Tasche befand sich ein kreisrundes Loch für das Objektiv. Marta hatte es ausgeschnitten, um den unterirdischen Strom der Stadt unbemerkt zu filmen. Johan hütete die Aufnahmen wie Reliquien.

Ein ganzes Zimmer war in seiner Wohnung dafür reserviert. Im ersten Jahr nach Martas Ermordung hatte er sich die Bänder regelmäßig angesehen. Inzwischen kannte er jeden Millimeter. Die blaustichigen Bilder erinnerten ihn an ein Aquarium. Alles schien verlangsamt, Räume, Menschen, Bewegungen, festgehalten von Martas unbestechlichem Blick. Die Videokamera war ihre Schleuse in die Welt gewesen. Sie hatte kaum mehr gesprochen, seit sie sich diesem Projekt verschrieben hatte. Johan hatte zusammen mit ihr geschwiegen. Kein Laut war über seine Lippen gekommen, Marta war äußerst reizbar gewesen. Hin und wieder hatte er sie berühren dürfen, am Rücken, wo ihre Muskeln hart wie Metallplatten waren.

Er begab sich von der Buchhandlung direkt zu der oberirdischen Haltestelle am Neumarkt und nahm die Linie 7. In wenigen Minuten war es 18 Uhr 33. Diese Ziffern würden sich bald ins Gedächtnis der Stadt einbrennen. Es waren nicht die Ereignisse, die den Menschen in Erinnerung blieben, sondern die damit verknüpften Zahlen. Achtzehn Dreiunddreißig sollte eine ähnliche Bedeutung zuteil werden wie einem nationalen Gedenktag, mit dem Unterschied, dass eine Uhrzeit an jedem Tag wiederkehrt. Er beabsichtigte, die Zahlen auf besondere Weise hervorzuheben, wenn es so weit war. Es musste deutlich werden, dass es immer wieder passieren konnte, an jedem beliebigen Tag.

Johan stieg am Rudolfplatz aus und ging die Treppe zur U-Bahn-Station hinunter. Er wartete. In der Luft lag ein Geruch nach Elektrizität und nach den Ausdünstungen vieler Menschen, völlig unabhängig von dem Wetter, das oben an der Oberfläche herrschte. *Wir lieben diesen Geruch,* flüsterte Marta. *Er versetzt uns in eine eigene Sphäre.*

Er stieg in den letzten Wagen der Linie 15. Es war eine alte Bahn, bald würde sie außer Dienst gestellt werden, aber sie kam pünktlich. 18 Uhr 33. Johans Blick glitt über die Pressspanverkleidungen. Die brannten bestimmt wie Zunder.

Die Schuldigen waren versammelt. Sie wussten es nicht, aber genau das war der Grund, aus dem sie dem Untergang geweiht waren. Direkt trugen sie keine Schuld an Martas Tod. Keiner von ihnen hatte selbst Hand angelegt. Der eigentliche Mörder war ein Junge gewesen, kaum älter als sechzehn oder siebzehn, ein Minderjähriger. Johan hatte ihn nur für den Bruchteil einer Sekunde gesehen und seither nie wieder. Die Polizei hatte vergebens nach ihm gefahndet. Nach einer Weile war es so, als hätte es ihn niemals gegeben.

Johan hatte die Frage nach dem Täter irgendwann revidiert. Da man seiner nicht habhaft werden konnte, hatte er die Frage neu gestellt und war zu einem anderen Ergebnis gelangt. Die Leute hatten keinen Finger gerührt, um Marta beizustehen. Also waren sie Mittäter.

Kein Hilferuf war von ihr zu hören gewesen. Marta blieb stumm bis zuletzt. Als er mit zwei Fahrkarten aus dem Automaten zurückgekommen war, hatte er geahnt, dass etwas nicht stimmte. Die krampfhaft zu Boden gerichteten Blicke waren immer wieder in eine ganz bestimmte Richtung geirrt. Er hatte Marta sogar noch von weitem gesehen. Eine halbe Minute zu spät. Höchstens.

Nachdem es geschehen war, hatte die Neugier der Umstehenden über ihr Gewissen gesiegt. Sie waren näher getreten, hatten zuerst auf die Gleise gestarrt und dann nach einer Reaktion auf seinem Gesicht gesucht. Sie konnten es nicht für einen übermütigen Streich gehalten haben. Sie konnten es nicht übersehen haben. Sie hatten es geduldet.

Johan sah sich unauffällig um. Zum Beispiel Mattes und Thierry. Er hörte, wie die beiden gerade über einen großen Auftrag redeten, der ihrer Webagentur weggebrochen war. Im Fitnessstudio wollten sie eine Sonderschicht einlegen. Diese Art Kompensation konnte Johan nur recht sein. Es verschaffte ihm genügend Zeit für seine eigenen Unternehmungen.

Zum Beispiel die Güsgen. Sie hielt sich für zu alt, um Jüngeren zu helfen. Stattdessen steckte sie die Nase in ein dünnes Boulevardblatt, immer auf dem gleichen Platz neben der Tür. Als ob sie in ihrem Kiosk nicht genug Zeit für solch abgeschmackte Lektüre hätte. An jedem Werktag fuhr sie kurz nach 18 Uhr von der Florastraße in die Innenstadt, warf eine Geldkassette mit den Tageseinnahmen in den Nachttresor ihrer Bank und nahm die nächste Bahn zurück nach Nippes. Vermutlich hatte sie panische Angst, in ihrem kleinen Laden überfallen zu werden.

Zum Beispiel Yilmaz. Er hatte den ganzen Tag Lebensmittel ausgeliefert. Seine Frau und seine drei Kinder warteten auf ihn. Zumindest bildete er sich das ein, wie er so dasaß und die Stationen mitzählte. Ein Familienvater, der am Kopf der Tafel Lammkoteletts verteilte. Das Fleisch befand sich in der Tragetasche zwischen seinen Füßen. Er würde es sich alleine braten müssen, während seine Frau mit der Nachbarin den neuesten Klatsch austauschte und die Kinder sich irgendwo im Viertel herumtrieben, vielleicht auch am anderen Ende der Stadt. Die Wohnung lag im Erdgeschoss, Johan hatte sie oft genug beobachtet. Er wusste, was bei Yilmaz zu Hause los war.

Oder Valerie. Aus ihrer Sicht waren die Probleme aller anderen unbedeutend, weil sie ihre eigenen besonders wichtig nahm. Als wäre das eine Entschuldigung. Es gab keine Entschuldigung. Das würde ihr und den anderen bewusst werden, in einem kurzen lodernden Augenblick.

Sie alle fuhren jeden Tag mit derselben Bahn, in demselben hinteren Wagen, huldigten einer Gewohnheit, die für Johan zur Gewissheit geworden war. *Von der Stirne heiß rinnen muß der Schweiß.* Es klang wie ein Volkslied.

RAUPACH LIEF so lange durch die Stadt, bis ihm die Beine wehtaten. Das mit dem Gehen war merkwürdig. Manchmal konnte er von der Südstadt bis zu seiner Wohnung laufen, ohne dass es ihn sonderlich anstrengte. Und dann schmerzten ihn schon die paar Meter zu den Mülleimern im Hinterhof.

Dicke Regentropfen landeten auf seinen Schultern und perlten an dem wasserdichten Jackenstoff ab. Er hatte das Präsidium verlassen und gelangte über die Deutzer Brücke auf die andere Seite des Rheins. Ging die Severinstraße hinunter, bog am Chlodwigplatz in die Merowingerstraße ein. Durchquerte den Volksgarten. Schlurfte zurück auf den Ring. Fuhr ein paar Stationen mit der KVB zum Rudolfplatz. Streifte durchs Belgische Viertel. Trank an einer Dönerbude einen heißen Tee. Ging weiter zum Friesenplatz und zum Mediapark. Überlegte, ins Kino zu gehen. Verwarf den Gedanken, weil nichts lief, was ihn interessierte. Und starrte stattdessen auf die Fläche des künstlichen Sees, an dem sein Abstieg vor drei Jahren begonnen hatte.

Die Menschen, die ihn sahen, mussten ihn für einen eigenbrötlerischen Spinner halten. Vielleicht hatten sie Recht. Es ging ihm nicht gut. Dieser Tag hatte ihm noch mehr zugesetzt als das Gedächtnistraining am Sonntag. Seine Sorgfalt, seine neue, mühsam eingeübte Bedachtsamkeit, all die Schlussfolgerungen, die er mit Heide und Photini angestellt hatte – wozu waren sie nütze? Um Fälle zu bearbeiten, aus denen nie ein richtiger Fall wurde. Es waren nichts weiter als Trockenübungen. Er kam sich vor wie ein Rekrutenausbilder mit einem steifen Bein – und einem einzigen renitenten Rekruten. Was brachte schon eine Übung zur Fortbildung? Langsam sollte er über eine komplette Umschulung nachdenken, einen Berufswechsel.

Die glatte Wasserfläche sah seltsam aus, wenn Regentropfen darauf fielen. Sie wurde zu einer Decke aus grobem Stoff, in die man sich hüllen wollte, um nicht mehr aufzuwachen, bis der Winter vorüber war. Raupach konnte Mädchen wie Babette verstehen. Egal, ob sie selbst gesprungen oder ermordet worden war: Sie hatte einen grenzenlosen Überdruss verspürt. Bei manchen brauchte es dafür vierzig, bei anderen nur sechzehn Jahre. Erstaunlich, dass es bei ihm so lange gedauert hatte, dachte er und begann den See zu umrunden. Womit hatte er sich bloß abgelenkt, seit Woytas auf seinen Platz gerückt war? Hatte er geglaubt, dass sein inneres Exil nur vorübergehend war? Dass er nur stumm seine Pflicht tun musste, bis man ihn wieder zurückrief und mit neuen Aufgaben und der alten Verantwortung betraute? Als er die Fußgängerbrücke überquerte, widerstand er der Versuchung, in der Mitte stehen zu bleiben. Auch das hatte es früher kaum gegeben: Er hatte immer scharf getrennt zwischen Beruf und Privatleben. Mittlerweile ging ihm jeder zweite Fall nahe, egal, wie lang er schon zurücklag.

Er hatte gehört, dass Langsamkeit kreativ machte. Dass Warten ein Abenteuer sein konnte in einer Zeit des Beschleunigungswahns. Aber er war nicht bewusst langsam. Er zwang sich dazu, seit er vor drei Jahren einen Menschen getötet hatte. Der Mann war ein flüchtiger Mörder gewesen. Das hatte sich aber erst später herausgestellt. Als ihm Raupachs Kugel in die Brust gedrungen und sein Leben zum Stillstand gekommen war, hatte er nur unter Verdacht gestanden. Der Mann hatte als gefährlich gegolten, das muss man hinzufügen. Als er davonlief, glaubte Raupach, keine andere Wahl zu haben. Er hätte ihm vorschriftsmäßig in die Beine schießen sollen. Aber die waren von einer Mauer verdeckt gewesen. Er hätte ihn nicht stellen, sondern weiter observieren können, bis sich eine bessere Gelegenheit ergab. Er hätte sich vergewissern müssen, ob er bewaffnet war. Was Raupach für eine Pistole unter der Achsel gehalten hatte, war nur eine dicke Versandtasche mit Urlaubsprospekten gewesen. Er hätte nicht an die Menschen denken sollen, die der Mann umgebracht und die Raupach, wenn auch nur flüchtig, gekannt hatte. Er hätte nicht seinem spärlichen Wissen und seiner Intuition vertrauen sollen. Er hätte nicht schießen sollen.

Hatte er zu wenig oder zu viel nachgedacht, bevor er den Abzug zog? Raupach war der festen Überzeugung, dass es zu wenig gewesen war. Deshalb hatte etwas in ihm nicht mehr einschlafen wollen. Deshalb hatte er in der Zeit, die den verhängnisvollen Schüssen folgte, umso intensiver nachgedacht, tage-, nächte-, wochenlang. Deshalb hatte sich die Frau, mit der er sechs Jahre zusammengelebt hatte und den Rest seines Lebens hatte verbringen wollen, von ihm getrennt und für immer die Stadt verlassen. Raupach hatte versucht, ihren Namen und alles, was er damit verband, aus seinen Gedanken zu löschen. Seither unterdrückte er jede Erinnerung an sie. Nicht weil er ihr die Schuld an seinen eigenen Fehlern gab. Für seine Fehler stand er gerade, daran war nicht zu rütteln. Er dachte deswegen nicht an sie, weil ihm jedes Mal das Herz brach, wenn er sich nur für einen Augenblick ausmalte, was ihm durch die Schüsse unwiederbringlich entglitten war.

Er hatte die Leitung des Archivs übertragen bekommen und die Arbeit bereitwillig angenommen. Er hatte versucht, langsamer zu werden, *alle* Faktoren zu berücksichtigen. Andererseits wollte er pünktlicher sein, zuverlässiger, effizienter. Dazu war er durchaus in der Lage. Er konnte schnell handeln, manchmal war das unbedingt erforderlich. Ein Polizist hatte keinen Zeitbonus, den er nach Belieben aufbrauchen konnte. Die Verbrecher warteten nicht, bis ein Kommissar um die Ecke bog. Es hatte keinen Zweck, sich vorzumachen, dass Langsamkeit an und für sich Probleme löste. Andererseits begünstigte Schnelligkeit Fehler. Flüchtigkeiten, Unachtsamkeiten, Impulsivität, dies alles galt es auszuschalten. Sonst geschah – ganz schnell – ein Unglück.

Das rechte Zeitmaß war ihm verloren gegangen. Jetzt wurde er das Zaudern nicht mehr los.

DIE MÖRDERIN stieg in letzter Sekunde zu. Die Türen schlossen sich hinter ihr, die Bahn fuhr los. Johan roch, dass sie getrunken hatte. Ihr Kopf wippte träge hin und her. Dann setzte sich Valerie neben ihn.

Sie werden nach einer Erklärung suchen, dachte er. Sie werden sich fragen, was einen Menschen so weit treibt. Es wird Mutmaßungen geben, Theorien, Diagnosen, Schuldzuweisungen. Zuerst werden sie ihn für einen Terroristen halten oder für ein Mitglied eines terroristischen Netzwerks. Sie werden islamische Fundamentalisten für den Anschlag verantwortlich machen, bis ihnen das Schiller-Gedicht einfällt. Es wird Dementis geben, kluge und dumme Kommentare in den Zeitungen, wilde Spekulationen. Nach den ersten Ermittlungen werden sie ihn vielleicht für einen Amokläufer halten, für einen Einzeltäter, was nicht ganz der Wahrheit entsprach. Aber Differenzierungen, dachte er, werden ab einem bestimmten Punkt einer Massenpanik nicht mehr gemacht.

Erst wenn alles vorbei sein wird, werden sie in seiner Vergangenheit forschen. Aber so einfach machte er es ihnen nicht. Das meiste hatte er ausgelöscht. Es war nicht viel von seinem Leben übrig, woraus sich Schlüsse ziehen ließ. Er würde kein Manifest oder so etwas hinterlassen, nichts, was auf seine Beweggründe hindeutete. Er wollte niemanden zu irgendetwas bekehren, niemanden überzeugen, wachrütteln, auf keine Missstände hinweisen. Das empfand er als lächerlich – und widersprüchlich. Man tötete nicht fünfzig oder hundert Menschen, um den Überlebenden auseinander zu setzen, wie eine Gesellschaft auszusehen habe, in der jeder über sein eigenes Leben bestimmen kann. Ein Manifest war eine triumphale Geste, ein eitler Beweis der Überlegenheit. Er *war* ihnen überlegen, das musste er nicht noch in ausufernde Worte fassen. Das Gedicht und ein, zwei erklärende Sätze genügten vollauf. Er wollte nur ausgleichende Gerechtigkeit. Den Glauben, dass sich dadurch irgendetwas zum Besseren wenden ließ, hatte er längst verloren. Sie würden vermutlich nicht einmal herausfinden, was Marta zugestoßen war. Und es war beileibe nicht seine Aufgabe, ihnen auf die Sprünge zu helfen. Der Moment, als sie von der Bahnsteigkante fiel. Ihr langes, dünnes Haar. Es wehte ihr hinterher wie ein letzter Gruß.

Hansaring. Noch drei Stationen. Valeries Kopf sank auf seine Schulter. Sie war neben ihm eingeschlafen. Eine Haarsträhne hatte sich aus ihrem Pferdeschwanz gelöst und berührte seine Hand. Das kitzelte. Warum brachte sie Johan, einem ihr weitgehend Unbekannten, so viel Vertrauen entgegen? *Eine zufällige Berührung hat nichts zu bedeuten*, sagte Marta. *Sie hat getrunken.* Er rückte von der Frau ab.

»Hey, nicht doch! Das war bequem!« Valerie richtete sich auf und blinzelte ihn aus glasigen graubraunen Augen an. Ihre Stimme klang belegt. Als ihr bewusst wurde, wo sie sich befand, hielt sie die Hand vor den Mund. Der Mann, den sie gerade angeschnauzt hatte, sah sie ausdruckslos an.

»Haben wir uns nicht schon mal gesehen?«, fragte sie.

»Ich sehe Sie jeden Tag«, antwortete Johan.

Ihr Make-up war völlig verschmiert. Sie machte es noch schlimmer, indem sie sich mit dem Ärmel über die Augen fuhr. »Kann sein. Ja, ich glaube, ich kenne Sie.«

»Sie *kennen* mich?«, fragte er.

Sie saßen auf dem letzten Zweiersitz des Wagens. Die Beine des groß gewachsenen Mannes ragten in den Gang hinein. Er trug einen beigen Dufflecoat und eine dunkelgraue Kordhose. Zwischen seinen Füßen stand eine Tasche aus hellem Schweinsleder. Seine Schuhe waren unauffällig und trotz des schmuddeligen Wetters blank geputzt. Unter dem Rand einer Strickmütze schauten rotblonde Koteletten hervor. Auf Valerie wirkte er, als wartete er auf den nächsten Halt. Als sie am Ebertplatz ankamen, blieb er jedoch sitzen.

»Sie nehmen immer dieselbe Bahn wie ich, oder?«, fragte sie.

»Ich nehme die Bahn um 18 Uhr 33 ab Rudolfplatz, wenn Sie das meinen.«

»Ist das nicht ulkig?«

»So würde ich das nicht nennen.«

»Vor allem heute«, fuhr Valerie fort. »Eigentlich gibt es für mich keinen Grund mehr, in dieser Bahn zu sitzen.« Sie holte ihr Handy aus der Manteltasche und warf einen Blick auf die Anzeige. »Keine Ahnung, was mich um die übliche Zeit hier reingetrieben hat. Muss die Macht der Gewohnheit sein. Den Dienstantritt verpasse ich meistens, aber Feierabend mache ich pünktlich auf die Minute.«

»Es gibt gute und schlechte Gewohnheiten.«

»Eigentlich dürfte ich gar nicht hier sein. Heute Vormittag habe ich meine Arbeit verloren.«

»Das tut mir Leid«, sagte Johan mit echtem Bedauern.

»Das braucht es nicht. Ich hab gekündigt. Der Job stand mir bis hier.«

Er kannte ihre Gehaltsabrechnungen. In der Mittagspause fuhr er manchmal nach Nippes zurück, um ein paar Briefkästen zu kontrollieren. Unterbezahlte Callcenterkräfte mit Berufserfahrung, die bei Bedarf auch bis in die Nacht arbeiteten, waren trotz der Wirtschaftsflaute gefragt, dachte er. Aus seiner Sicht hatte Valerie keinen Grund, Trübsal zu blasen. »Ich denke, Sie werden bald etwas Neues finden. Mit einer so angenehmen Stimme sollte das kein Problem sein.«

»Wenn nicht, werden wir uns seltener sehen.« Sie lachte, überrascht von dem Kompliment. »Es sei denn, ich finde eine Stelle mit der gleichen Arbeitszeit.«

Wenn nicht, wird sie wahrscheinlich davonkommen, dachte Johan. Sollte Valerie einmal in ihrem Leben Glück haben? Durfte er das zulassen? Er hatte keinen Einfluss darauf, wer von den Schuldigen am Dreiundzwanzigsten um 18 Uhr 33 in der Bahn sitzen würde. Er konnte sie nur beobachten, mehr nicht. Das wurde ihm jetzt schmerzlich bewusst.

»Besonders häufig sind wir uns letztens ohnehin nicht begegnet«, erwiderte er. »Haben Sie länger gearbeitet?«

Sie überlegte einen Moment. »Stimmt, ich hab seit zwei Wochen Doppelschicht geschoben. Das ist Ihnen aufgefallen?«

»Sicher.«

Der Mann wurde ihr sympathisch. Er wirkte zwar ein bisschen langweilig, aber warum sollte sie es nicht mal mit einem ehrbaren Bürger versuchen? Nach Jefs Tod hatte sie eine Reihe von One-Night-Stands gehabt, Kneipenbekanntschaften, von denen eine anstrengender als die andere gewesen war. Kaum zu glauben, wie viele Männer sich für etwas Besonderes hielten. Alle hatten große Dinge vor. Einen Kinofilm drehen. Nie da gewesene Bilder malen. In Köln konnte man mit verhinderten Künstlern die Gehsteige pflastern. »Ich bin Valerie«, stellte sie sich vor.

»Wir müssen.« Johan nahm seine Tasche, sie standen gleichzeitig auf. Die Bahn fuhr in ihre Station ein. Valerie stellte sich neben ihn. Beim Aussteigen ließ er ihr den Vortritt und deutete eine Verbeugung an.

»Sie sind ja ein richtiger Kavalier«, entfuhr es ihr. Was zum Teufel redete sie da? Während sie am Bahnsteig entlanggingen, spürte sie den Alkohol in ihrer Blutbahn. Sie musste sich zusammennehmen, sonst hielte er sie für eine dümmliche Schnapsdrossel. »Nach meiner Kündigung bin ich in einem Lokal versackt«, sagte sie zur Erklärung. »Fangen Sie mich auf, wenn ich umkippe.«

Er blieb stehen. »Sie kippen nicht um.«

Es klang wie ein Urteilsspruch, nur schmeichelhafter. »Ihren Optimismus möchte ich haben«, sagte sie und fühlte sich, als tätschelte er ihre Hand, um ihr Mut zu machen.

Draußen auf der Straße stellten sie fest, dass sie denselben Weg hatten. Er trug keinen Ehering. Das hatte zwar nichts zu bedeuten, aber immerhin. Valerie ging in einen türkischen Lebensmittelladen und kaufte die Zutaten für Nudeln mit Tomatensoße ein. Hoffentlich hatte sich Sheila noch keine Brote gemacht.

Etwas verspätet, aber formvollendet stellte er sich mit »Mattes« vor. Sie kannte jemanden aus ihrer Straße, der so hieß und irgendwas mit Webdesign machte. Er hatte Jef beim Installieren seines Computers geholfen und ihm ein komplettes Programm zum Schneiden von Musikstücken auf den PC kopiert. Jef hatte es nie benutzt und den Computer ausschließlich für Videospiele gebraucht. Wenn er eine Nacht lang vor dem Bildschirm gesessen hatte und dann ins Bett gewankt war, hatte sie sich immer schlafend gestellt. Es hatte nichts genutzt, egal, wie früh sie aufstehen musste.

Der nette Mann begleitete sie während ihres Einkaufs. Er nahm nur eine Packung Cornflakes und eine Tüte Milch. Ein großer Koch war er wohl nicht, vermutete Valerie. Schließlich standen sie vor ihrer Haustür. Es kostete sie einige Überwindung, den nächsten Schritt zu tun.

»Wollen wir zusammen essen?«, fragte sie. Vielleicht hatte Sheila ein wenig aufgeräumt. Das tat sie manchmal, ohne dass Valerie sie darum bat.

Er zögerte. Sie musste ehrlich zu ihm sein, dachte sie. Das war das Wichtigste. Ein ganzes Jahr lang hatte sie mit einer Lüge gelebt – und würde es weiter tun, vielleicht bis an ihr Lebensende. Da konnte sie wenigstens in kleinen Dingen aufrichtig sein. »Meine Tochter ist wahrscheinlich zu Hause. Aber für gewöhnlich verschwindet sie gegen acht. Sie ist dreizehn. Ich kann sie nicht mehr halten.«

»Ich weiß.«

»Haben Sie Kinder?«, rutschte es ihr heraus.

Johan überlegte. »Bis wann ist ein Mensch ein Kind?« Dann lächelte er und schüttelte den Kopf. »Nein, aber ich glaube, ich kann mir vorstellen, wie es ist.«

»Heißt das, es stört sie nicht, wenn Sheila mit uns zusammen isst?«

»Warum sollte es? Leider habe ich noch ein paar Kleinigkeiten zu erledigen.« Er bemerkte ihren enttäuschten Gesichtsausdruck. »In einer Stunde?«, setzte er hinzu.

»Fein!« Das gab ihr Zeit, sich etwas zurechtzumachen. Nach diesem Tag musste sie furchtbar ausssehen. Wie hatte sie es nur geschafft, dass dieser Mann trotzdem Interesse an ihr zeigte?

»Soll ich eine Flasche Wein mitbringen?«

»Gute Idee.« Sie strahlte. Das Wässrige in ihren Augen verschwand und wich einem dunklen Glanz. Er nickte ihr zu und ging weiter.

Sie sperrte die Haustür auf. Verdammt gute Idee, dachte sie.

IN EINEM LOKAL am Hansaring aß Raupach ein Steak und trank dazu ein Bier. Der Kellner versuchte vergeblich, ihn aufzuheitern. Raupach schwieg beharrlich. Er entschuldigte sich für seine abweisende Art, als er die Rechnung beglich, und gab ein großzügiges Trinkgeld. Dann fuhr er nach Hause.

Als ihn beim Einsteigen in die Bahn ein Betrunkener anrempelte und wüst beschimpfte, stand er kurz davor, seinen Ausweis zu zücken. Er hatte Lust, den Mann zusammenzustauchen und mit dem Handy eine Streife herbeizurufen. Eine Machtdemonstration, um sich Respekt und seiner Niedergeschlagenheit ein Ventil zu verschaffen, sagte er sich. Es fehlte nicht viel, und er wäre nicht besser als dieser Briefschreiber mit seinem Schiller-Gedicht. Seine Arbeit im Archiv: Niemand erwartete von ihm greifbare Ergebnisse. Manchmal befürchtete er, wie einer jener neugierigen Anwohner zu wirken, die dem Bereitschaftsdienst mit Alltagsbeobachtungen auf die Nerven fielen. Die Kollegen von der Notrufannahme hörten ihnen gar nicht richtig zu, sondern überlegten nur, wie sie sie auf einigermaßen höfliche Art loswurden.

Wenigstens hatte er gegen sein Selbstmitleid ein Mittel gefunden. Nach einer knappen halben Stunde kam er in der Gneisenaustraße an. Seine Wohnung machte einen furchtbar aufgeräumten Eindruck. Aus Trotz ließ er Jacke, Schuhe und Krawatte achtlos zu Boden fallen. Dann, quasi zum Ausgleich, holte er den Wäschekorb aus dem Abstellraum und fing an, seine Hemden zu bügeln. Heide hatte ihm schon öfters angeboten, das für ihn zu machen. Er lehnte stets ab.

Raupach hielt seine Hemden in Schuss. So tief war er noch nicht gesunken, dass er mit zerknitterter Oberwäsche durch die Dienststelle lief. Gut, die Arme bügelte er nicht, das taten wohl nur Psychopathen. Und die Zwischenräume zwischen den Knöpfen wurden von der Hemdleiste verdeckt, um die brauchte er sich auch nicht zu kümmern. Alle seine Hemden hatten einen weichen Kragen. Das ließ ihn nicht gerade wie Woytas aussehen, der einen faltenfreien Manager-Look bevorzugte. Aber er konnte den Kopf drehen, ohne dass ihn eine scharfe Kante in den Nacken schnitt.

Raupach befüllte gerade das Bügeleisen mit destilliertem Wasser, als das Telefon klingelte.

»Lebst du noch?« Tante Luise hielt sich ungern mit langen Begrüßungsformeln auf.

»Wie man's nimmt.«

»Die Zuversicht in Person. Was tust du gerade?

»Ich kümmere mich um meine Hemden.«

»Du bügelst?«, fragte sie entsetzt.

»Ich treffe Vorbereitungen dafür.«

»Dann hör gleich wieder auf damit, Junge. Männer in deinem

Alter sollten das nicht mehr tun, vor allem, wenn sie allein stehend sind. Da kommt man nur ins Grübeln.«

»Es macht mir nichts aus.«

»Hast du keine Zugehfrau? Brauchst du Geld?«

»Darum geht es nicht.« Raupach stöhnte innerlich auf. Die Fürsorglichkeit seiner Tante traf ihn jedes Mal unvorbereitet. In den vergangenen drei Jahren hatte er sie immer seltener besucht. Sie wohnte in Rodenkirchen, in einem Haus im Bauhausstil, modern, aber marode. Es war dringend renovierungsbedürftig.

Als Raupachs Frau ihn verlassen hatte, war Tante Luise zu einer engen Vertrauten geworden. Jedes Wochenende war er mit der Linie 16 nach Rodenkirchen gefahren, und die Tante hatte ihm über den schlimmsten Trennungsschmerz hinweggeholfen. Doch nachdem Raupach ihr einmal sein Herz ausgeschüttet hatte, suchte er sie immer widerstrebender auf. Es kam ihm so vor, als stellte sie stets die gleichen Fragen, auf die er nach wie vor keine Antworten wusste.

»Was machst du an den Feiertagen, Klemens?«

»Nichts.«

»Schon wieder? Das hast du doch erst letztes Jahr getan. Und das Jahr davor. Wird das zu einer Art Tradition?«

»Ich weiß es noch nicht«, sagte Raupach. »Muss ich mich unbedingt festlegen?«

»Im Wetterbericht heißt es, dass wir eine weiße Weihnacht bekommen. In Köln! Stell dir mal die Uferstraße vor, wenn Schnee liegt.«

»Das wäre wunderbar.«

»Und das willst du verpassen?«

»Abwarten, Tante. Noch ist es nicht so weit.«

»Aber ich muss doch planen, Junge. Für mich allein schiebe ich keine ganze Ente in den Ofen.«

Raupach kannte diese Weihnachtsente. Tante Luise war keine große Köchin, dafür fehlte ihr die Geduld. Aber für einen knusprigen Braten stellte sie sich schon einmal einen Vormittag an den Herd. Die Füllung ihrer Weihnachtsente war ein rarer kulinarischer Höhepunkt. Auch ein Kindheitsgeschmack. Raupach hatte seine Tante schon als Schüler besucht. Er stammte aus Oberfranken, einem Teil Bayerns. Seine erste selbstständige Zugfahrt hatte Köln zum Ziel gehabt.

»Ruf mich an, falls du es dir überlegst.«

»Mach dir bitte keine falschen Hoffnungen«, bat er sie. »Wahrscheinlich …«

»… hast du zu tun.« Sie wusste, dass seine Arbeit im Archiv normalerweise nicht drängte. Dass er sie wieder enttäuschen würde. »Nutze deine Zeit, Klemens. Du hast keine andere.«

Er legte auf. Gute Ratschläge, ob man sie hören wollte oder nicht, lagen wohl in der Familie. Dann griff er wieder nach dem Bügeleisen und schaltete den Fernseher ein.

Nach dem ersten Hemd hatte er seinen Rhythmus gefunden. Glattstreichen, Dampfstrahl einschalten und drauf mit dem Eisen. Das Gerät sah aus wie eine futuristische Laserpistole und lag gut in der Hand. Brust, Rücken, Schulter, Kragen, Manschetten. Zuknöpfen und Zusammenfalten. Fertig.

Im Kulturkanal lief eine Sendung über gewaltsame Ausschreitungen in den Pariser Vorstädten. Es ging um die »fraction sociale«, den sozialen Riss, den Armut, Arbeitslosigkeit und fehlende Perspektiven durch die Gesellschaft gezogen hatten. Ein französischer Philosoph wurde dazu befragt. Er sprach über den Hass in der zivilisierten Welt, während Liebe und andere Leidenschaften verkümmerten.

Raupach folgte dem Gespräch, während er seine Hemdkragen malträtierte und die eine oder andere Falte zu glätten versuchte.

»Der Hass existiert in jedem Menschen«, sagte der Philosoph. »Es beginnt mit dem Selbsthass, aus dem sich der Hass auf den anderen entwickelt. Der Schmerz wird zu Wut, die Wut mündet in den Krawall und am Ende in die Brandstiftung, auch wenn sich jemand selbst anzündet.«

Raupach horchte auf.

»Er wird zur menschlichen Bombe«, setzte der Mann im Fernseher hinzu. »Der Mensch ist zum Besten und zum Schlechtesten fähig. Das Schlechteste ist es, einen anderen zu töten.« Er hob die Hände. »Das ist doch keine Offenbarung.«

Köln war glücklicherweise nicht Paris, dachte Raupach. Soziale Brennpunkte gab es zwar überall. Aber von jemandem, der die *Glocke* zitiert, glaubte er nicht, dass er eine Busfahrerin mit Benzin übergießt, wie es in Frankreich geschehen war. Die dortigen Geschehnisse schienen einer anderen Welt zu entstammen.

Schließlich war die Sendung zu Ende. Raupach beeilte sich mit dem letzten Hemd und legte es zu den anderen. Dann sank er auf seine Couch. Nach einer Reihe von Programmankündigungen begann der Malkurs.

Der Fernsehmaler hatte sich diesmal eine Winterlandschaft vorgenommen. Raupach notierte die Farben, die dazu nötig waren. Titanweiß, Van-Dyck-Braun, Preußischblau und einige andere mehr. Vielleicht würde er sich die Sachen besorgen, überlegte er, dazu eine Leinwand und ein paar Pinsel, dann konnte er loslegen. Aber welches Motiv sollte er wählen? Diese willkürliche Berglandschaft, die da gerade auf dem Bildschirm entstand? Seit dem Stromboli-Erlebnis hatte er das Interesse an Bergen verloren.

Mit einem Spachtel skizzierte der Maler die Linien des Höhenzugs und legte auf diese Weise den Hintergrund des Gemäldes fest. Dann modellierte er die Flanken der Berge und versah sie mit einem weißen Überzug. Das sollte Schnee darstellen, nicht besonders phantasievoll, aber effektiv. Nach wenigen Minuten war das Gebirge fertig.

Es folgte eine Einspielung, die den Maler in seinem Privathaus zeigte. Er stellte dem Zuschauer eine Reihe von Wildtieren vor: Eichhörnchen, Frettchen, Waschbären. Sie waren ihm zugelaufen oder jemand hatte sie in seine Obhut gegeben. Er erzählte mit einer solchen Begeisterung von »little rascals«, »friends« und »companions«, dass Raupach nur so staunte. Sicher, es gab Tiersendungen im Fernsehen. Meistens ging es darum, einen neuen Halter für einen Hund oder eine Katze aus dem Tierheim zu finden. Das war eine Art Partnervermittlung, die immer auf einen sehr konkreten Nutzen zielte. Aber die Herzlichkeit des Fernsehmalers, auch wenn sie nur ein auflockerndes Element seiner Show war, erinnerte Raupach an seine eigene Kindheit.

Er hatte einmal einen Spatz besessen, na ja, nicht *besessen*, der Spatz war ihm zugeflogen, und Raupach hatte ihn mit Brotkrumen und Körnern gefüttert. Nach ein paar Tagen war der Vogel so zahm und zutraulich geworden wie ein Wellensittich aus der Tierhandlung. Er fraß Raupach aus der Hand, setzte sich auf seinen Kopf und lief auf seinen ausgestreckten Armen umher. Manchmal flog er für eine Weile weg, kam aber stets zurück. Bis zum Ende des Sommer ging das so. Eines Tages blieb der Spatz dann für immer weg.

In den folgenden Jahren hatte Raupach immer wieder probiert, Vögel anzulocken, aber das Erlebnis war einzigartig geblieben.

Raupachs Blick fiel auf die Leine, an der die Fotos von Babette gehangen hatten. Nahezu unsichtbar durchschnitt sie den Raum. Er nahm die Leine ab, rollte sie auf und legte sie in die obere Schublade eines Büroschranks. Dann öffnete er eines der großen Fächer und entnahm ihm einen Hängeordner. Im Laufe der Jahre hatte er ein eigenes Archiv angelegt, mit Fotokopien der wichtigsten Unterlagen über die Gewaltverbrechen in Köln und Umgebung seit 1970. Es war nicht einfach, etwas darin zu finden, weil er die Hängeordner nur dann beschriftete, wenn die Unordnung überhand nahm.

Das Dampfbügeleisen auf dem Bügelbrett schnaufte asthmatisch. Raupach achtete nicht darauf. *Die freie Tochter der Natur.* Als ihm der Spatz in den Sinn gekommen war, hatte er an die letzte Gedichtzeile denken müssen. Der Schreiber des Drohbriefes bluffte sicher nur. Aber sein Bluff zielte auf etwas Einzigartiges, nicht Wiederholbares. Er bezeichnete den genauen Zeitpunkt: *Am Tag vor der Geburt des Erlösers werden die Menschen brennen.* Das war der Tag vor dem Heiligen Abend, dachte Raupach, der dreiundzwanzigste Dezember. *Es wird unter der Erde geschehen.* Das konnte vieles bedeuten: Kellerräume, eine U-Bahn-Station. Vielleicht die Krypta einer Kirche, Sakralbauten gerieten seit kurzem wieder ins Visier von Terroristen. Selbst wenn man politische oder religiöse Motive ausschloss, gab es genug unzurechnungsfähige Menschen, die sich ins Fahrwasser von Extremisten begaben. Oder die Fundamente des römischen Prätoriums, falls der Mann es auf öffentliche Einrichtungen oder Kölner Sehenswürdigkeiten abgesehen hatte. Wenn in den Überresten des Prätoriums ein Feuer ausbrach und es genug Nahrung fand, konnte das ganze darüber liegende Rathaus abbrennen.

Diese unheilvollen Sätze. So redete kein Mensch, es war eine überhöhte, feierliche Sprache. Was hatte Heide gesagt? Ihm sei ein Unrecht widerfahren. Das lag natürlich in seiner Vergangenheit, alles lag dort, jedes Motiv, jede Ursache. Es lag dort und wartete, bis jemand wie Raupach es entdeckte. Meist musste man erst mehrere Schichten abtragen, um es freizulegen. Den Stein des Anstoßes zu finden. Motive wirkten verquer und willkürlich – und manchmal waren sie es auch –, bis man die dahinterstehende Logik entdeckte.

Ein Fall wurde immer dann kompliziert, wenn es mehrere Motive gab. Mehrere sich überlagernde logische Systeme und entsprechend viele emotionale Verflechtungen. Mehrere Täter. Mehrere Mörder, auch das war möglich. Ein Flussbett voller Steine.

»I think we could call this painting finished«, sagte der Maler. Er hatte sein Bild beendet, versah es mit seiner Signatur und winkte den Zuschauern zum Abschied zu.

Raupach schaltete den Fernseher aus. Und schlug den ersten Hängeordner auf. Das Bügeleisen dampfte weiter.

DER APPLAUS ebbte ab, der Moderator betrat wieder die Bühne. Er machte einen Scherz über den Innenminister, die Zuschauer lachten. Während er langsam zu einem Stehtisch neben einer gusseisernen Säule hinüberging und seinen Text von den Pappdeckeln einer Regieassistentin ablas, begleitete ihn eine tragbare Kamera. Der Rest des Aufnahmeteams bereitete sich auf den Auftritt des nächsten Kabarettisten vor. Wie immer war der Alte Wartesaal neben dem Hauptbahnhof bis auf den letzten Platz besetzt.

Heide tauschte ihr leeres Kölschglas gegen ein volles, Paul Wesendonk blieb bei Mineralwasser. Sie hatten einen guten Platz am Tresen. Dort konnten sie die Live-Aufzeichnung der Sendung aus angenehmem Abstand verfolgen.

Heide war seit Monaten hinter zwei Eintrittskarten her. Als sie Paul nach dem Mittagessen in der Kantine kennen gelernt hatte, waren sie darauf zu sprechen gekommen. Eine Stunde später hatte er die Karten organisiert und ihre Verabredung perfekt gemacht.

Aus dem Programm machte sich Paul offenbar nicht viel. Er beobachtete die Reaktionen des Publikums, die vorhersehbaren Lacher, das kurze Innehalten bei einem subtilen Gag, das Raunen, wenn eine Pointe unter der Gürtellinie lag. Erfahrene Kabarettisten gingen darauf ein. Sie vertieften eine erfolgreiche Pointe, indem sie sie leicht variierten. Manchmal suchten sie sich dafür einen Zuschauer als Demonstrationsobjekt aus. Wenn ein Witz daneben lag, plauderten sie ungerührt darüber hinweg und kaschierten ihn mit neuen Themen.

Der Moderator beendete seine Überleitung, es gab wieder Applaus.

»Langweilst du dich?«, flüsterte Heide.

»Nein, alles bestens. Wie gefällt es dir?«

»Ich hab schon bessere Vorstellungen gesehen. Heute fehlt einfach der Biss.«

»Sie machen zu viele Worte«, sagte Paul und ignorierte einen Tontechniker, der ihn strafend ansah. »Aber die Atmosphäre ist einmalig.«

»Wenn du möchtest, gehen wir nach der nächsten Nummer«, schlug Heide leise vor.

»Bist du sicher?«

Sie nickte. Die Sendung live zu erleben, erfüllte ihr zwar einen lang gehegten Wunsch. Aber ganz bestimmt würde sie hier nicht kostbare Zeit mit einem Mann verplempern, der allein ihr zu Gefallen mit ins Kabarett gegangen war. Solche Männer sollte man ihrer Ansicht nach unter Naturschutz stellen.

Unter den ungläubigen Blicken der anderen Zuschauer verließen sie die Show. Heide dankte Paul für die Karten. Die Freiheit, sie jetzt einfach verfallen zu lassen, machte das Geschenk zu einem besonderen Luxus.

»Es ist dein Abend«, sagte Paul. »Tu, was du willst.«

»Weißt du, was du da sagst?«

Er lachte. »Was hast du vor?«

»Lauter schlimme Sachen.«

Sie überquerten die Domplatte und genossen ihren kleinen Ausbruch. Heide überlegte, wo sie hingehen könnten. Möglichst in die Nähe ihrer Wohnung, beschloss sie, ging im Geiste die Kneipen ihres Viertels durch und hakte sich bei Paul unter.

MATTES UND THIERRY hatten Phantasie. Unter der Fußmatte, auf dem Türstock, in einem alten Schuh – das wäre alles viel zu nahe liegend gewesen. Stattdessen befand sich ihr Versteck in einer hohlen Gipsfigur, die auf dem Gitter vor dem Treppenhausfenster steckte. Sie stellte einen Engel dar.

Johan betrat die Wohnung, sperrte die Tür wieder zu und ließ den Reserveschlüssel zur Sicherheit von innen stecken. Dann sah er sich um. Zu seiner Überraschung lag ein neuer Teppich im Wohnzimmer. Sisal, sogar echt und kein Imitat, dachte er, als er mit der Handfläche darüber strich. Die Webagentur schien nicht so schlecht zu laufen, wie die beiden vorgaben. Vielleicht war von dem Gewinn aus ihrem illegalen Aktiendeal noch etwas übrig. Mattes hatte die Transaktion in einem unscheinbaren Ordner dokumentiert, der Unterlagen über Autoreparaturen enthielt.

Ansonsten stellte Johan kaum Veränderungen fest. Die riesige Klassik-CD-Sammlung mit vorwiegend russischen Komponisten. Ein paar neue DVDs, *The Hours,* das musste diese Virginia-Woolf-Verfilmung sein. Johan blätterte in dem Booklet. Sobald die DVD ins Regal gewandert war, würde er sie sich ausleihen. Die beiden hatten keinen Überblick über ihre bunte, rasch wachsende Sammlung.

Auf dem Küchenbüfett stand eine Rauchglasflasche. Er öffnete sie und entnahm ihr einen Keks. Es war die Sorte mit Schokoladensplittern, die Johan besonders mochte. Sie schmeckte besser als die Discount-Ware der Güsgen. Bei Yilmaz gab es nur etwas, das aussah wie in Honig getränkte Kuchenstücke. Johan hatte es einmal probiert, ihm wurde schlecht davon.

Das klimatisierte Weinkabinett war wie immer gut gefüllt. Es nahm eine ganze Wand im Esszimmer ein. Die Altbauwohnung war großzügig geschnitten. Zusätzlich war die Mauer von der Küche zum Esszimmer durchbrochen worden. Die Einrichtung bestand vorwiegend aus Designermöbeln und dem einen oder anderen Stück, das aus Studentenzeiten übrig geblieben war.

Johan öffnete die Glastür und ließ sich vor dem Kabinett nieder. Die Süßweine befanden sich in den beiden unteren Reihen. Er nahm eine Flasche heraus. Davon waren noch mehrere da, die Lücke würde nicht sonderlich auffallen. »Dolce« war auf dem Etikett zu lesen. Die beiden fuhren gern nach Italien, das ging aus dem Weinsortiment, den Reiseführern im Bücherregal und den Fotos im Gang hervor. Thierry vor dem Petersdom. Thierry vor der Kathedrale von Siena. Thierry irgendwo am Strand. Mattes war im Urlaub fürs Fotografieren zuständig.

Fotos verrieten am meisten über die Menschen, in deren Wohnungen sich Johan gelegentlich Zugang verschaffte. Er hatte einen verheirateten Orthopäden auf seiner Liste, Theo, der die Bilder seiner Geliebten in einem ausgedienten Erste-Hilfe-Koffer aufbewahrte. Jasmina war bei ihm als Sprechstundenhilfe angestellt. Sie trafen sich an jedem Donnerstag in einem Appartement in der Nähe von Jasminas Wohnung. Theo bezahlte die Miete. Er hatte es nicht weit.

Johan stellte die Weinflasche an die Schwelle der Wohnungstür, damit er nicht vergaß, sie mitzunehmen. In einem Korb auf der Kommode im Gang bemerkte er einen geöffneten Umschlag. Als Absender war ein Reisebüro angegeben. Johan stieß auf eine Buchungsbestätigung für ein Hotel und zwei Flugtickets. Mattes und Thierry hatten vor, in zwei Wochen nach London zu fahren.

Ein schrecklicher Gedanke beschlich ihn. Bei Valerie war es bereits unsicher, ob sie am Dreiundzwanzigsten in der Bahn sitzen würde. Jetzt wollten sich auch noch Mattes und Thierry aus der Affäre ziehen. Das durfte nicht sein. In dem 18-Uhr-33-Wagen fuhren ohnehin schon etliche Leute, die an Martas Tod nicht beteiligt gewesen waren. Momentan stand es ungefähr sieben zu zwanzig. Sieben Mittäter, zwanzig Kollateralschäden. Wenn immer mehr Schuldige der Pendlerbahn fernblieben, würde das Missverhältnis weiter zunehmen. Das Zeitfenster der Gerechtigkeit schloss sich, langsam, aber sicher.

Dann atmete er auf. Aus den Flugtickets und der Hotelreservierung ging hervor, dass die beiden nur eine knappe Woche weg sein würden. Eine Dienstreise, mutmaßte er, oder ein paar Tage zum Shoppen. Sie würden rechtzeitig zurückkehren. In der Webagentur würde bestimmt bis zum letzten Tag vor Weihnachten gearbeitet werden, egal, wie gut oder schlecht die Geschäfte liefen.

Er legte den Umschlag genau so zurück, wie er ihn vorgefunden hatte. Johan war dankbar für diesen Wink. Selbst wenn er das Datum noch nicht festgelegt hätte: Sein Unterfangen duldete keinen Aufschub.

Als Nächstes begab er sich ins Schlafzimmer. Dort standen zwei Hometrainer, daneben lagen Gewichte zum Bodybuilden, Therabänder, zwei Kunststoffmatten. Vor den Geräten war ein raumhoher Spiegel angebracht. Johan zog seinen Dufflecoat aus, schwang sich auf einen Hometrainer und begann zu treten. Die Digitalanzeige sprang an. Er schaltete sie aus, schließlich wollte er keine Spuren hinterlassen. Gefahrene Kilometer, verbrannte Kalorien. Die Elektronik hielt den Trainingsplan der beiden sicher präzise fest.

Lass uns am Rheinufer entlangfahren, dachte er und beschleunigte auf eine angemessene Geschwindigkeit. Marta hatte es geliebt, den Fluss an sich vorüberziehen zu sehen. Manchmal ließ sie den Lenker ihres Hollandrades los und breitete stumm die Arme aus. Johan fuhr dicht neben ihr, bereit, jederzeit in ihren Lenker zu fassen, wenn sie das Gleichgewicht verlor. Er sah sie auch jetzt neben sich, wie sie die Beine von den Pedalen nahm und das Rad laufen ließ. Wenn ihnen jemand entgegenkäme oder im Weg stände, ein Kind vielleicht oder ein ahnungsloser Hund, würden sie nicht darauf achten können. Sie waren es leid, Rücksicht zu nehmen. Marta akzeptierte keine Regeln und das tat er auch nicht, nicht, wenn sie zusammen waren. Sollten doch die anderen Platz machen. Sie sollten aus dem Weg gehen, beiseite treten. Er würde jeden überfahren, der ihnen zu nahe kam. Dem Erdboden gleichmachen. Mit dem schweren Bügelschloss verprügeln. Er würde so lange auf Spaziergänger, Rollerblader, Mountainbiker einschlagen, bis sie nicht mehr zu erkennen waren. All die Menschen, die er auf Martas Bändern gesehen hatte. Einigen begegnete er täglich. Er drang in ihre Behausungen ein, nahm sich von ihnen, was ihm gefiel, erforschte ihre Schwächen, ließ sie auf seine eigene Art wissen, dass es jemanden gab, der sie im Auge hatte. *Ihr denkt, ihr seid eine anonyme Masse. Aber wir kennen eure Namen und eure Gesichter, eure Gewohnheiten und eure Geheimnisse. Wir wissen, wer ihr seid.* Marta traf den Nagel wie immer auf den Kopf.

Als Letztes ging er ins Internet. Die Computer der beiden verfügten über alle Schikanen. Die Seiten erschienen mit einer Schnelligkeit auf dem Schirm, die ihn immer wieder erstaunte. Er rief die Online-Ausgabe des *Stadt-Anzeigers* auf, klickte sich durch die einzelnen Ressorts. Irgendwo musste die Meldung doch stehen, er war neugierig darauf, was sie von dem Brief abdruckten, wie er gewertet oder kommentiert wurde.

Aber da war nichts. Nicht das Geringste.

Er zog andere Internetseiten zu Rate, Zeitungen, Rundfunksender, das Lokalfernsehen. Er konnte es nicht fassen.

Sie schauen wieder weg. Fassungslos hörte er Marta zu. Sie sprach viel, seit sie gestorben war. Sie sprach, worüber sie früher geschwiegen hatte. Ihre Wörter füllten ihn aus, pflanzten sich in seinem Körper fort, brachten seinen Blick zum Verschwimmen.

Sie hatte Recht behalten. Wie konnte er bloß glauben, dass man ihnen aufgrund eines simplen Briefes Aufmerksamkeit schenkte?

Er machte sich zu viele eigene Gedanken. Dadurch entging ihm, was Marta ihm mitzuteilen hatte. Er musste mehr auf sie hören, wer sollte ihm sonst die Zusammenhänge der Welt erklären, die unzähligen Intrigen und Komplotte, denen sie schutzlos ausgeliefert waren?

Aber Marta war so schwer zu erkennen in dem dunklen Tunnel. Sie saß auf den Schienen und sah ihn an, vorwurfsvoll, wie er meinte, ganz Anklage. Er spürte, wie unzufrieden sie mit ihm war. Er würde mehr schweigen müssen, um sie zu verstehen. *Sie* würde wieder die Entscheidungen treffen, so wie es früher gewesen war. Und auf der Grundlage ihrer Entscheidungen würde er handeln.

Er schaltete den Computer aus. Valerie wartete.

4. Dezember

IN DER NACHT war ein wenig Schnee gefallen. Er hatte sich niedergelassen auf Dächern, Simsen und Fensterbrettern, Kühlerhauben und Motorradsitzen, den Wartehäuschen der Busse und Bahnen. Während der Vorweihnachtszeit kam das selten vor in Köln. Die meisten Leute begrüßten die durchscheinende Watteschicht und wischten mit dem Ärmel einmal über die Windschutzscheibe, um sie zu entfernen. Manche sahen darin den Vorboten eines langen und kalten Winters.

Seit Tagesanbruch taute es, die Straßen wurden wieder schmutzig. Der Boden des Spielplatzes am Erzbergerplatz in Nippes war ein einziger Matsch.

Heide starrte die verkohlte Halbkugel an. Die Konstruktion war unter Löschschaum begraben. Am Morgen hatte die Feuerwehr angerufen. Brandrat Ahrendsen hielt Heide auf dem Laufenden, wenn es ungewöhnliche Vorkommnisse gab.

Dieses Feuer war ungewöhnlich. Eine Spielhöhle für Kinder ging nicht einfach in Flammen auf, schon gar nicht mitten in der Nacht. Neben Heide stand Brandmeister Foth. Er hatte seinen Helm abgesetzt und hielt ihn unter dem Arm.

»Sehen Sie die hohe Mauer da hinten? Sehen Sie die großen Bäume?«

Heide nickte.

»Dadurch steht das Objekt geschützt. Das Weidengeflecht blieb trotz der Witterungsverhältnisse relativ trocken.«

»Wie entstand der Brand?«, fragte sie.

»Brennspiritus. Ein Gemisch, wie man es beim Grillanzünden benutzt.« Foth wunderte sich, dass eine gestandene Kommissarin zum Brandort gekommen war. Schließlich handelte es sich nur um einen minderen Fall von Sachbeschädigung.

»Können es Stadtstreicher gewesen sein? Betrunkene, Rowdies, Vandalen?«

Ein Streifenpolizist von der Polizeiinspektion Nordwest stocherte in einem Haufen mit welkem Laub herum. Heides Assistent Höttges begleitete ihn. Mit seinem Seitenscheitel und einer leicht verbogenen Nickelbrille sah er aus wie ein Gruppenleiter bei den Pfadfindern – denen er tatsächlich angehörte. Höttges war kälteempfindlich. Er trug einen Parka, der auch für eine Expedition ins ewige Eis geeignet gewesen wäre. Der Parka war gut gefüllt, offenbar hatte Höttges seit langem eine enge Freundschaft mit Reibekuchen geschlossen. Doch für sein Körpergewicht bewegte er sich erstaunlich behände.

Sie untersuchten die Umgebung der Weidenhöhle, ein Klettergerüst, einen großen Sandkasten mit Rutsche, mehrere Schaukeln aus Autoreifen. Die beiden Polizisten fanden nichts, was auf Heides Verdacht hindeutete. Keine Bierflaschen, Zigarettenkippen, weggeworfene Zeitungen. Der Spielplatz war Anfang November gründlich gesäubert und seither kaum betreten worden. Etwaige Fußspuren hatten die Feuerwehrleute längst zertrampelt.

»Bei dem Wetter sitzen die Penner alle im Getränkemarkt«, schaltete sich eine Frau mit einem schwarzen Lackregenmantel ein. Der Spitz, den sie an der Leine hatte, beschnupperte Heides Stiefel. Sie überragte Foth um Haupteslänge. Heide musste den Kopf in den Nacken legen, während sie mit ihr sprach.

»Nachts liegen die armen Kerle im Obdachlosenheim und träumen vom Christkind«, sagte sie. Ihre Stimme war rauchig. »Von denen ist es sicher keiner gewesen.«

»Frau … Montrose hat uns verständigt«, erklärte Foth. »Das war um halb fünf.«

»Madame Mont-rose«, wiederholte sie mit übertrieben französischer Aussprache. »Wenn ich daran denke, wie viel Mühe sich die Leute vom Elternbeirat mit diesem kleinen Bauwerk gegeben haben. Sie haben im Frühjahr damit angefangen. Wussten Sie, dass man die Zweige regelmäßig gießen muss, damit sie austreiben und eine Kuppel bilden?«

»Haben Sie den Brandstifter gesehen?«, fragte Heide.

»Tut mir Leid, aber die Nacht war so dunkel wie der Allerwerteste meines ersten Tänzers, wenn sie mir den Vergleich gestatten.«

»Warum waren Sie um diese Zeit noch wach?«

»Sie wissen wohl nicht, mit wem Sie reden, meine Liebe?« Die Frau klang beleidigt. »Aber ich verzeihe Ihnen. Auf der Bühne sehe ich, wie soll ich sagen, etwas mondäner aus. Ich bin Revuesängerin. Bei Tageslicht erkennen mich nicht einmal meine treuesten Fans.«

Das konnte sich Heide lebhaft vorstellen. Madame Montrose, wie sie sich nannte, hatte so viel Schminke im Gesicht, dass nicht genau zu sagen war, wer oder was sich darunter verbarg. »Wären Sie so freundlich, meine Frage zu beantworten?«, beharrte Heide. Der Hund strich um ihre Beine. Sie schob ihn mit dem Stiefel beiseite.

»Wie? Ach so, warum ich … Na, weil meine Show um zwei zu Ende war. Drei Zugaben, die Menge war außer sich. Sie lagen mir zu Füßen.«

Mit weit ausholender Geste huldigte sie einem imaginären Publikum. Der Spitz kläffte einmal. Höttges drehte den Kopf in ihre Richtung und nickte Madame Montrose freundlich zu.

»Danach pflege ich einen Imbiss und ein paar Erfrischungen zu mir zu nehmen«, fuhr sie fort. »Manchmal dauert das bis zum Morgengrauen, aber gestern fühlte ich mich ein wenig matt.«

Sie ging in die Hocke und ließ den Spitz von der Leine. Der Hund sprang davon und trippelte quer über den Spielplatz. Heide warf Foth einen fragenden Blick zu. Er hatte keine Einwände.

»Waren Sie betrunken, als Sie nach Hause kamen?« Heide hörte auf, all die Accessoires zu zählen, die Madame Montrose am Leibe trug. Es waren zu viele.

»Aber natürlich! Meine Truppe lässt mich nüchtern nicht weg. Nicht nach so einer Vorstellung. Es war überwältigend. Wir mussten, wie sagt man …«

Heide bemerkte die muskulösen Waden der Sängerin. Madame

Montrose spielte ihre Rolle ziemlich gut. Doch die Beine, obgleich perfekt epiliert, waren verräterisch. »Drei Zugaben, ich weiß.«

Außer diesem Transvestiten hatte sich noch kein weiterer Zeuge gemeldet. Heide würde Höttges die Nachbarschaft abklappern lassen, hatte aber wenig Hoffnung.

»Machen Sie ein paar Fotos«, wies sie ihren Assistenten an. Höttges probierte gerade eine der Schaukeln aus. Was für einen Kindskopf hatte ihr Woytas da bloß vor zwei Wochen zugeteilt?

Höttges erhob sich linkisch und kramte in seiner Jacke. Er fotografierte gerne und viel. Und er tat es bei weitem lieber, als im Dreck zu wühlen. Dafür war der Streifenpolizist da.

»Und Sie haben wirklich niemanden bemerkt? Keine Gestalt, die sich vom Ort des Geschehens entfernt hat?«

»Nein.«

»Ist Ihnen vielleicht jemand entgegengekommen?«

»Keine Menschenseele. Ich biege um die Ecke, will nach meinem Hausschlüssel suchen – und sehe dieses Feuer. Darf ich?« Madame Montrose nahm Foth den Helm ab und wog ihn in der Hand. »Den könnte ich in meine Nummer einbauen. Sie haben nicht zufällig einen übrig, den Sie mir leihen können?«

»Was soll das?« Foth verstand keinen Spaß.

»Entschuldigen Sie, ich wollte Sie nicht in Verlegenheit bringen. Sicher verstößt das gegen Ihre Vorschriften.« Madame Montrose setzte den Helm auf und warf sich vor dem Feuerwehrauto in Positur. »Lassen Sie mich ihn wenigstens mal anprobieren. Steht er mir?«

Höttges hob den Fotoapparat und versuchte, sie aufs Bild zu bekommen. Heide verlor die Geduld. »Schluss mit dem Blödsinn, Höttges! Machen Sie Bilder vom Tatort, verdammt noch mal!«

Madame Montrose gab den Helm mit einem rauen Lachen zurück. Foth nahm ihn an sich und stieg kopfschüttelnd in den Wagen. Höttges widmete sich wieder seinen Pflichten.

Heide zückte ihre Visitenkarte. »Rufen Sie mich an, wenn Ihnen noch etwas einfällt. Manchmal ist es nur eine Kleinigkeit, ein merkwürdiger Schatten, ein besonderes Geräusch.« Sie musste mit solchen Appellen vorsichtig sein. Wenn man die Leute zu sehr ermunterte, bildeten sie sich alles Mögliche ein.

Madame Montrose runzelte die Stirn. »Das klingt ernster, als ich dachte. Worum geht es hier eigentlich?«

»Es könnte sein, dass derjenige, der dieses Feuer gelegt hat, in Kürze viele Menschen in Gefahr bringt«, sagte Heide diplomatisch. Sie ließ die Worte etwas nachwirken. »Das ist allerdings nur eine Vermutung. Mir wäre es lieber, irgendein Betrunkener hätte die Höhle angezündet.«

»Oh, das konnte ich nicht wissen«, antwortete die Sängerin betreten. »Dann waren meine kleinen Gags wohl fehl am Platz.«

»Das macht nichts.«

»Ich schieße immer übers Ziel hinaus.«

»Wie lautet Ihr richtiger Name?«, fragte Heide.

»Behalten Sie ihn für sich?«

»Keine Angst, ich sage ihn nicht weiter.«

Madame Montrose beugte sich herunter und teilte Heide im Flüsterton mit, was in ihrem Pass stand. Dann versprach sie, ihr Gedächtnis noch einmal zu durchforschen.

RAUPACH ÜBERFLOG Heides E-Mail und schloss das Bildschirmfenster. Es blieb bei ihrer Verabredung für heute Abend, alles Weitere im »Fall Schiller« würde sie ihm später erzählen. Und für ein Mittagessen in der Kantine fehlte ihm schlichtweg die Zeit. Er tunkte sein letztes Stück Weißbrot in eine Tupperbox mit Anchovispüree. Photini hatte es mitgebracht. Raupach mochte Sardellen. Auch eine Heringsart, dachte er, aber auf eine andere Weise salzig als Matjes. Man konnte die Sonne des Mittelmeers darin schmecken. Schwärme, die so dicht waren, dass sich die Fische gegenseitig aus dem Wasser drängten.

Raupach betrachtete den Stein auf seinem Schreibtisch. Er hatte ihn tags zuvor am Rheinufer aufgesammelt, ein großer Flusskiesel, der so ähnlich aussah wie der Stein aus seinem Gedächtnisseminar. Er sollte Raupach daran erinnern, wie schwer Urteile wogen. Und wie viele Seiten sie hatten. Heute kam es ihm so vor, als zeigte ihm der Stein nur eine einzige Seite. Eine glatte, gerade, mit der er vermutlich auf dem Uferboden gelegen hatte. Er drehte ihn um neunzig Grad und wandte sich wieder seiner Arbeit zu.

Seit zwei Tagen saßen sie nun schon über dem Gutachten. Es hatte wieder einen bewaffneten Überfall auf eine Tankstelle am Gürtel gegeben. Drei maskierte Täter mit südländischem Akzent. Vor einem halben Jahr hatte sich in einem Baumarkt in Ehrenfeld ein ähnliches Verbrechen zugetragen. Woytas wollte wissen, ob es länger zurückliegende Überfälle gab, die nach demselben Muster abgelaufen waren.

Raupach hatte zwei im Kölner Stadtgebiet gefunden, aus den Jahren 1999 und 2001. Photini, die sich in Zusammenarbeit mit dem LKA um das Kölner Umland kümmerte, war auf zwei weitere in Frechen gestoßen. Zusammen erstellten sie operative Fallanalysen. Anhand der Videobänder von den Überwachungskameras, der Spuren am Tatort und der Zeugenaussagen versuchten sie, aussagekräftige Täterprofile zu formulieren. Das war nicht einfach. Die Zeugen widersprachen sich oder erfanden alles Mögliche dazu. Die Qualität der Videoaufzeichnungen war erbärmlich, brauchbare Spuren gab es kaum. Aber es war eine klar umrissene Aufgabe. Wenn er Woytas ein brauchbares Ergebnis lieferte, spekulierte Raupach, ständen die Chancen nicht schlecht, den Fall Babette wieder aufzurollen. Woytas war nicht undankbar.

Es ging den Tätern nicht ausschließlich um die Beute, ein paar tausend Euro. Sie wollten auch ihre Verwegenheit unter Beweis stellen. Darauf deutete die Art der Waffen hin, die sie benutzten, unter anderem eine abgesägte Pumpgun. Und zwei von ihnen ließen immer unbedeutende Kleinigkeiten mitgehen, eine Tüte Kartoffelchips oder eine Schachtel Schrauben. Demnach schienen sie relativ jung zu sein, vielleicht waren sie noch nicht vorbestraft. Der Wortführer hingegen, der die Überfälle leitete, besaß eine gewisse Erfahrung. Raupach isolierte seine Bewegungsabläufe, die Ausdrucksweise, sein Verhalten gegenüber seinen Komplizen. Dann verglich er all diese Anhaltspunkte mit ähnlichen Fällen.

Photini kümmerte sich um die äußeren Merkmale. Dabei fielen ihr zwei Umstände auf: Der Mann trug zwar Handschuhe, aber der Zeigefinger seiner linken Hand schien kürzer zu sein, möglicherweise aufgrund einer Verstümmelung. Außerdem hatte der Kassierer des Baumarkts ausgesagt, dass der Anführer sich auffällig oft unter den Achseln gekratzt hatte. Alle Videoaufnahmen bestätigten dies, was auf eine Hautkrankheit hindeutete. Zusammen mit seinem Stimmmuster war das genug, um ihn zu identifizieren. Falls er sich in der Verbrecherkartei befand. Falls nicht, bekamen die Ermittler eine Reihe von Indizien an die Hand, mit denen sie sich auf die Straße begeben konnten.

Raupach heftete eine Landkarte mit Markierungen an das Gutachten. Daraus war zu ersehen, wo die Überfälle stattgefunden hatten, mit möglichen Fluchtwegen und allem, was dazugehörte. Die Wahrscheinlichkeit, dass die Täter in dieser Gegend auftauchen würden oder sogar dort wohnten, stufte er als hoch ein.

Am frühen Abend waren sie fertig. »Die Mohren haben ihre Schuldigkeit getan«, sagte Photini. Sie wusch die Espressokanne aus und schlüpfte in ihre Daunenjacke. »Jetzt dürfen sie gehen.«

»Wir haben gute Arbeit geleistet.« Raupach fuhr den Computer herunter. »Was Woytas mit diesen Informationen anfängt, ist seine Sache«, setzte er hinzu.

Er hatte Zweifel, was den Nutzen eines Profilings betraf. Die Übereinstimmungen zwischen einem Täterprofil und dem tatsächlichen Täter konnten entweder reiner Zufall sein, oder sie trafen auf viele Menschen mit ähnlicher Sozialisation oder Lebensumständen zu.

»Ich bitte dich«, sagte Photini. »Mit so einem Profil ist es kinderleicht, die Richtigen zu fassen.«

»So einmalig, wie sich manche Ermittler ihre Täter wünschen – und wie sich manche Täter selber fühlen –, sind sie nicht.« Der ganzen Methode wurde zu viel Bedeutung beigemessen. Gerichtsfest waren die Erkenntnisse, die aus einem Profiling resultierten, selten. Daraus gar einen Beweis abzuleiten, hielt er für leichtfertig.

»Zumindest lässt sich der Täterkreis eingrenzen.«

»Es gibt kein Schema F, nach dem sich Straftaten einer bestimmten Person zuordnen lassen, Photini. Das musst du dir aus dem Kopf schlagen. Letztlich steht jeder Fall für sich und verlangt nach einer individuellen Aufklärung. Die Spuren, die du entdeckt hast, wurden bislang übersehen. Sie sind ungleich wertvoller als eine Studie über die sprachlichen Besonderheiten eines jungen Tankstellenräubers, der vermutlich die gleichen Musiksendungen und Vorabendserien anschaut wie Millionen andere auch.«

Er hielt wieder Grundsatzmonologe, stellte sie fest. Das konnte ein Anfang sein.

»Jedenfalls haben wir unseren Job erledigt«, sagte Raupach. Er löschte das Licht und ließ Photini hinausgehen. »Das reicht, um ruhigen Gewissens in die U-Bahn zu steigen und nach Hause zu fahren.«

»Und die Lorbeeren ernten andere«, erwiderte sie. Photini interessierte sehr wohl, wie die Ergebnisse ihrer Arbeit verwertet wurden und wer daraus Nutzen zog.

»Du hast ein Problem mit Autoritäten.« Er schloss die Tür des Büros ab.

»Und du hast ein Problem mit deiner Selbstachtung.«

Raupach mochte ihre Aufsässigkeit. Er konnte gut nachvollziehen, dass Vorderbrügge damit nicht zurechtgekommen war. Warum er sich von der Personalabteilung eine pflegeleichte Gehilfin erbeten hatte, die tat, was man ihr sagte, und ansonsten den Mund hielt. Photini hielt Raupach auf Trab. Außerdem hatte alles, was sie sagte, Hand und Fuß. Für jemanden wie Vorderbrügge war diese Kombination schwer zu ertragen.

»Du bist auf einmal so still«, wunderte sich Photini, während sie den Mittelgang des Archivs entlangschritten. Die Bemerkung über seine Selbstachtung hätte sie sich sparen sollen, dachte sie. »Haben Sie nichts zu Ihrer Verteidigung vorzubringen, Herr Angeklagter?«

»Den Ausführungen des hohen Gerichts ist nichts hinzuzufügen.« Schweigend gingen sie weiter. Raupach ließ die Panzerglastür des Archivs zuschnappen und drückte die Taste am Aufzug. Er fixierte den Spalt zwischen den Türen.

Photini stand hinter ihm. Manchmal hasste sie es, im Recht zu sein.

RAUPACH WOHNTE in der rechten Hälfte eines Doppelhauses in der Gneisenaustraße. Es war die ungepflegte, vernachlässigte Seite. Die Fassadenfarbe war von einem Grün, das eher auf einen natürlichen Verfallsprozess zurückzugehen schien als auf die Entscheidung des eigensinnigen Hausbesitzers. Raupach schwankte stets, ob er den Anstrich für Schimmel halten sollte oder für eine gefährliche chemische Reaktion. In einem Giftpilz zu wohnen hatte auch Vorteile. Die Leute kamen einem nicht zu nahe.

Die andere Seite des Hauses war vor kurzem renoviert worden. Ihre Jugendstilornamente erstrahlten in noblem Weiß, die Wände in Altrosa.

»Protzig!«, sagte Heide.

»Ein schöner Kontrast zu Altgrün«, fand Raupach. Er würde nicht für Geld und gute Worte in die linke Seite des Hauses ziehen.

Als er seine Wohnung betrat, prallte er zurück. Er hatte vergessen, wie es dort aussah. Aufgeschlagene Hängeordner waren über alle Zimmer verteilt. Die Kopie des Drohbriefs lag auf dem Küchenboden. *Es wird unter der Erde geschehen. Die Strafe wird furchtbar sein.*

In der vergangenen Nacht hatte er gerade mal an der Oberfläche gekratzt. Allein die Straftaten, die in Tiefgaragen verübt wurden, reichten aus, um eine Sonderkommission tagelang mit der Abgleichung von Tatprofilen zu beschäftigen. Er hatte vorgehabt, die Unterlagen ins Archiv mitzunehmen und im Computer zu überprüfen, war aber wegen des Tankstellenraubs noch nicht dazu gekommen. Nach einem Moment der Unschlüssigkeit sammelte er die Ordner ein, schob sie zu einem großen Stapel zusammen und ließ ihn auf die Zeitschriften neben dem Sofa fallen.

Das war keine gute Idee. Der Stapel kippte um.

Heide stellte den Bierkasten auf den Küchenfliesen ab und begann, die Flaschen in den Kühlschrank einzuräumen. Sie betrachtete das Etikett und zweifelte an ihrer Wahl. Hopfen aus ökologischem Landbau? Schmeckte das? Warum überhaupt ökologisch, reichte nicht »Deutsches Reinheitsgebot« als Qualitätsnachweis? Das klang so unerschütterlich wie die *Glocke*.

Drum prüfe, wer sich ewig bindet, ob sich das Herz zum Herzen findet. Das hatte der Standesbeamte gesagt, als Heide die erste ihrer beiden traurigen Ehen schloss, irgendwann im letzten Jahrhundert. Dass der Satz von Schiller stammte, hatte sie überrascht. Die anschließende Zeile hatte der Mistkerl allerdings weggelassen: *Der Wahn ist kurz, die Reu ist lang.* Sie öffnete zwei Flaschen und setzte sich an den Küchentisch.

»Hast du Hunger?« Raupach sah im Kühlschrank nach. Zwischen den Bierflaschen versuchte er ein paar Lebensmittel ausfindig zu machen. »Ich habe einen Käse zum Aufbacken. Den könnte ich in die Röhre schieben.«

»Lass gut sein, Raupach. Ich bin nicht zum Essen hier.«

»Mit Brot kann ich allerdings nicht dienen.«

»Setz dich!«, befahl sie.

Er schwieg. Die meisten Menschen änderten sich nicht mehr, wenn sie über dreißig waren. Sie nahmen höchstens ein paar Retuschen vor, um die hässlichsten Charakterfehler zu überdecken. Wenn sie die Vierzig überschritten hatten, taten sie nicht einmal mehr das. Wer dann ein verbohrtes Scheusal war, blieb es für den Rest seines Lebens.

Heide stellte eine Ausnahme dar, obwohl sie in letzter Zeit eine gebieterische Phase durchlief. Wenn sie wollte, konnte sie die Liebenswürdigkeit in Person sein. Manchmal war sie sogar weich wie Wachs, aber nur wenn sie mit Raupach in ihrer Stammkneipe saß und von früher erzählte – was lange nicht mehr vorgekommen war.

Er kannte die Chronologie ihrer gescheiterten Beziehungen. Heide war ein Mensch, der nicht allein sein konnte. Lieber stürzte sie sich in die nächstbeste Affäre, als Nacht für Nacht ihre

Schlafzimmerdecke anzustarren. Sie gab sich jung, hielt sich aber für älter, als sie war. Sie litt darunter, keine Kinder zu haben, und genoss zugleich ihre Unabhängigkeit.

»Hast du jetzt eine Putzfrau?«, fragte sie.

»Nicht, dass ich wüsste.«

»Hier sieht's aus, als hätte jemand ernsthaft sauber gemacht.«

»Ein Tuch, Heide. Man kann es zum Wischen benutzen.«

»Und damit den Schmutz gründlich verteilen.« Sie klaubte eine Wollmaus auf. »Du hast vergessen, das Tuch anzufeuchten.«

»Eins nach dem anderen. Gib mir Zeit.«

Für Heide gehörte dieses andauernde Kräftemessen zu einem normalen Gespräch. Sie wollte die Oberhand behalten, brauchte es wie die Luft zum Atmen. Auf diese Weise hatte sie sich bei der Polizei durchgesetzt. Aber man muss die Luft auch anhalten können, dachte Raupach. Er tröstete sich damit, dass ihre guten Eigenschaften überwogen: eine ins Unendliche strapazierbare Loyalität, ein inquisitorisches Einfühlungsvermögen und ein halsbrecherischer Humor.

Schließlich fand er, was er gesucht hatte. Er schlang einen Rollmops im Stehen hinunter. Da ihn das Kokoshühnchen vom Thai-Imbiss nicht satt gemacht hatte, brauchte er unbedingt noch etwas Salziges.

»Gib mir auch einen«, sagte Heide. »Das ist besser als Oliven.« Sie hatte ein unbeschriftetes Glas Kalamata-Oliven bemerkt, als sie das Bier kalt stellte. Das konnte nur von Photini stammen.

»Die Heringsbestände sind überfischt. Meinst du, wir können das verantworten?«

»Die werden schon nicht gleich aussterben.«

Raupach reichte ihr einen Rollmops. Sie legte den Kopf in den Nacken und ließ den Fisch in ihren weit geöffneten Mund fallen.

»Pass auf, da ist noch ...«

Heide pulte einen Holzspieß aus ihrem Mund. Sie schluckte und spülte den Fisch mit Bier hinunter. Es schmeckte erstaunlich gut, irgendwie runder als die meisten Sorten, die sie kannte. »Naturtrüb ohne künstliche Klärmittel« stand auf dem Etikett. An diesen Bio-Richtlinien schien etwas dran zu sein.

Raupach setzte sich neben sie an den Küchentisch und nahm die Unterhaltung wieder auf, die sie auf dem Weg zu seiner Wohnung geführt hatten. »Ich wiegele nicht ab. Ich versuche nur, alle äußeren Umstände einzubeziehen.«

»Tu doch nicht so, als seist du in der Verbannung. Hör endlich auf, dich einzuigeln. Diese ungelösten Fälle sind nicht minderwertig. Irgendwann geschahen sie vor unseren Augen. Erst danach wanderten sie ins Archiv.«

»Du hast leicht reden.«

»Wenn du die Vergangenheit gering schätzst, verlierst du über kurz oder lang das Interesse an der Gegenwart. Willst du als eine von diesen Verwaltungsexistenzen enden, für die jeder neue Fall nur eine Störung des Landfriedens ist? Die sich zurücklehnen und den Dingen ihren Lauf lassen? Deswegen gibt es da draußen so viele Irre, die sich ihren Frust in anonymen Briefen von der Seele schreiben.«

»Was habe ich mit ihnen zu schaffen?«

»Du bist ein Ermittler, schon vergessen?«

Raupach nahm sich eine Zigarette. Auf der Neusser Straße waren sie von einem PR-Team mit Werbepackungen einer neuen Marke überhäuft worden. Er konnte sie ja mal ausprobieren. »Was hast du dir ausgedacht, um mich zu bekehren?«

Heide holte einen Zettel aus ihrer Handtasche, entfaltete ihn und legte ihn auf den Tisch.

Wehe, wenn sie losgelassen
Wachsend ohne Widerstand
Durch die volkbelebten Gassen
Wälzt den ungeheuren Brand!
Denn die Elemente hassen
Das Gebild von Menschenhand.

»Du dichtest?«

»Ja, und sie sind schon ganz heiß darauf, mir den Nobelpreis zu verleihen.« Sie schob ihm den Zettel hin und bemerkte die Hängeordner im Wohnzimmer. »Hast du wieder Überstunden gemacht?«

»Sieht so aus.« Raupach untersuchte die Fotokopie, hielt sie gegen das Licht. Dann las er das Gedicht. »Wieder Schiller?«

»Goethes kleiner Bruder, genau.«

»Und weiter?«

»Eine Zeugin, na ja, ein Zeuge hat mich angerufen. Sein Hund hat einen Plastikumschlag in der Nähe der Kinderspielhöhle ausgebuddelt. Mit diesem Brief.«

»Was ist eine Kinderspielhöhle?«

Sein ratloses Gesicht brachte Heide vollends aus der Fassung. »Eine kleine Kuppel aus Weidengeflecht. Hast du meine Mail nicht gelesen?«

Er schüttelte den Kopf.

»Wozu schicke ich dir das Zeug? Meinst du, ich habe nichts Besseres zu tun, als dir Verschlusssachen aus dem Tagesbericht zuzuspielen?«

Sie zeigte ihm die Fotos, die Höttges gemacht hatte, und erklärte alles Weitere.

Allmählich verstand er. »Der Kerl scheint langsam ernst zu machen.«

»Er *scheint?*«, erwiderte sie mit übertriebener Betonung.

»Wenigstens ist niemand verletzt worden.«

»Noch nicht«, sagte sie. »Aber das muss nicht so bleiben. Ich glaube nicht, dass dies das Letzte war, was wir von ihm gehört haben. Die *Glocke* ist ein langes Gedicht.« Sie trank ihre Bierflasche leer, holte sich eine neue und blickte an die Decke. »*Hört ihr's wimmern hoch vom Turm? Das ist Sturm! Rot wie Blut ist der Himmel. Das ist nicht des Tages Glut.*« Nach einer Pause fuhr sie fort. »So geht es weiter im Text, nur um dir einen Vorgeschmack zu geben. Die richtig unheimlichen Stellen kommen noch.«

»Du meinst, das ist eine Warnung? Das nächste Mal bringt er jemanden in Gefahr?«

»Ich meine gar nichts. Gut möglich, dass der nächste Brief ein Erpresserschreiben ist. Vielleicht fordert er zehn Millionen, damit er den Dom nicht anzündet.«

»Sei nicht albern.«

»Wir kennen seine Absichten nicht.« Heide richtete den Finger auf ihn. »Sicher ist nur, dass er die Sache forciert.«

»Er möchte beachtet werden. Die Presse hat noch nichts veröffentlicht, oder?«

»Kein Sterbenswörtchen. Ich habe ein wenig vorgefühlt. Dieses Mal hat er keine Kopien an die Journalisten verschickt. Aber wenn die das in die Finger kriegen, wird sich das durch den Brand auf dem Spielplatz ändern. Der erste Brief ließ sich noch als überspannte Drohgebärde abtun. Darauf«, sie hielt den Zettel hoch, »stürzen sie sich wie die Aasgeier. Das gibt eine hübsche vorweihnachtliche Panikmache.«

»Schwer zu sagen, was besser ist: den Brief publik zu machen, damit sich der Verfasser ernst genommen fühlt, oder ihn geheim zu halten, um den Verfasser nicht zu bestärken.« Außer zur Boulevardpresse war Raupachs Verhältnis zu den Medien immer entspannt gewesen. Er hatte Verständnis dafür, dass die Öffentlichkeit über die Schritte der Polizei informiert sein wollte und sich ungern etwas vormachen ließ. Schließlich wurden er, Heide, Woytas und die anderen vom Staat bezahlt. Und der Staat, das waren alle, unter anderem auch Leute, die ihre Kinder in Spielhöhlen herumtoben ließen.

»Was geht in deinem Archiv eigentlich vor?« Heide hatte die Nase voll. »Was treibt ihr beiden da unten? Nehmt ihr Drogen aus der Asservatenkammer, oder warum kannst du nicht mehr wie ein Polizist denken?«

Raupach winkte ab. Etwas halbherzig, wie sie fand.

Heide sprang auf und öffnete die Glastür, die auf einen kleinen Balkon hinausging. Schon als sie in die Wohnung gekommen war, hatte sie gespürt, dass Photini hier gewesen war. Da bahnte sich ein Lehrer-Schülerin-Verhältnis an. Ob sie schon miteinander schliefen? Sie konnte das Mädchen zwar einigermaßen leiden, es war nicht auf den Mund gefallen und scherte sich keinen Deut um die Karriereleiter. Aber wenn sie Raupach den Kopf verdrehte, war mit ihm bald gar nichts mehr anzufangen.

Er sah ihrem Atem dabei zu, wie er in kleinen Wölkchen ins Freie entwich. Heides Eifersucht tat ihm gut, sofern sie es nicht übertrieb.

Sie drehte sich um. »Wenn wir den Brief geheim halten, wird er einen weiteren Schritt tun. Er will eine Reaktion provozieren.«

»Mag sein.«

»Es war schon riskant, auf diesem Spielplatz Feuer zu legen. Es fehlte nicht viel, und jemand hätte ihn dabei gesehen. Das nächste Mal wird er einen Fehler begehen, Klemens. Ich möchte nicht dasitzen und darauf warten.«

Raupach betrachtete den Aschestummel seiner Zigarette. Die alte Theorie: Irgendwann würde sich ein Täter sicher fühlen und Fehler machen.

Hochmut war die Todsünde eines Polizisten. Denn viele solcher Fehler wurden übersehen. Oder sie ließen sich erst feststellen, wenn jemand zu Tode gekommen war. Die DNS-Analyse verführte manche Ermittler dazu, sich allmächtig zu fühlen. Aber wenn es keine konkreten Spuren gab, konnten auch die besten kriminaltechnischen Verfahren nicht weiterhelfen.

»Gibt es außer dem Gedicht noch mehr?«, fragte er schließlich.

»Nichts, dieses Mal hat er einen Kommentar weggelassen.« Heide setzte sich wieder und vermied Blickkontakt.

»Das Prinzip der Reduktion. In der Kunst ist das nicht anders: Weniger ist mehr. Aber er braucht gar nicht mehr. Das Gedicht spricht für sich.«

»Glaub mir, der hat sich einiges vorgenommen.«

»Was sagt Vorderbrügge?«

»Winkt ab. Wie du.«

»Woytas?«

»Zu beschäftigt.«

Manche Spuren sind nicht für alle Menschen und nicht für alle Zeiten bestimmt, dachte er. Sie reichte ihm eine Untertasse aus der Spüle, damit er die Zigarette darauf ausdrückte.

»Wir könnten ihm eine falsche Information zukommen lassen«, fing er an. »Über die Presse. Er wartet auf eine Reaktion, sonst hätte er nicht wieder die Initiative ergriffen. Jeder, der so etwas ausbrütet, möchte seinen genialen Einfall gedruckt sehen.«

»Gezielte Desinformation? Von dir hätte ich das nicht erwartet.«

»Ich meine nicht, dass wir blanke Lügen lancieren sollen. Wir dürfen ihn ohnehin nicht übermäßig reizen. Nur ein bisschen, damit er sich aus seinem Versteck wagt.«

»Was schlägst du vor?«

»Gib ihnen nur die erste Zeile. *Wehe, wenn sie losgelassen.*«

Heide überlegte. »Keine schlechte Idee«, sagte sie schließlich.

»Sag, dass der Rest des Briefes verbrannt oder nicht mehr zu entziffern sei«, fuhr er fort. »Das könnte ihn verunsichern.«

Wenn sie von etwas überzeugt war, verlor Heide keine Zeit, es in die Tat umzusetzen. Raupachs Plan sagte ihr auf Anhieb zu. Kurz entschlossen holte sie ihr Handy hervor. »So machen wir's. Willst du auch noch ein Bier?«

»Wenn du so freundlich wärst.«

Sie wählte eine Nummer aus dem Speicher, rutschte mit ihrem Stuhl zum Kühlschrank und stellte zwei neue Flaschen auf den Tisch. Bevor sie die Kronkorken mit Raupachs Feuerzeug abhebeln konnte, bekam sie eine Verbindung. Sie tat geheimnisvoll, redete um die Sache herum. Nach einer Weile hatte sie ihre Gesprächspartnerin neugierig gemacht und übermittelte ihr, was Raupach vorgeschlagen hatte. Eine Zeile und nicht mehr. Von dem Feuer auf dem Kinderspielplatz sagte sie nichts. Dann beendete sie das Gespräch.

»Wen hast du eingeweiht?«, fragte Raupach.

»Jemanden vom Radio. Die Frau hält dicht, darauf kannst du dich verlassen.«

»Wenn rauskommt, was du so alles rumerzählst, kriegst du Schwierigkeiten«, gab er zu bedenken.

»Nicht mehr, als ich ohnehin schon habe.« Heide öffnete die Bierflaschen und grinste schief. Sie prosteten sich zu. »Aber da ist noch etwas«, sagte sie. »Etwas, was mir richtig Sorgen macht.« Sie hatte die Information absichtlich zurückgehalten, um zuerst Raupachs Meinung über den neuen Brief zu hören. »Heute vormittag wurde die Leiche eines 32-jährigen Mannes in Longerich gefunden. In einer Unterführung.«

Raupach hob den Kopf.

»Richtig, unter der Erde. Allerdings gab es keinen Brand oder so etwas, sonst hätte ich es dir schon früher erzählt. Eins nach dem anderen, wie du sagst.« Sie griff in ihren Wollmantel, holte einen Umschlag hervor und reichte ihm ein Foto. »Er war schon seit etwa drei Tagen tot. Anscheinend wurde er dort hingelegt, als die Verwesung schon im Gange war.«

Er betrachtete das Bild. Der Mann sah nichts sagend aus, wie die meisten Toten. Vermutlich lag es an den geschlossenen Augen. Bei diesem kam noch hinzu, dass er einen kahl rasierten Schädel hatte. Starker Bartschatten, eine kurze, leicht nach oben gebogene Nase. Die Stirn war kantig wie bei einer grob behauenen Skulptur.

»Hinweise auf Gewaltanwendung?«

»Jemand hat ihm das Genick gebrochen.«

Unwillkürlich fiel sein Blick auf Heides Adamsapfel. »Dazu braucht man viel Kraft.«

»Und man muss wissen, wie es geht«, ergänzte sie. »Außer einem Trägerhemd war der Mann nackt. Wir haben ein paar Spuren: Blut an seinem Hals – das nicht von ihm stammt. Und jede Menge fremde Hautpartikel. Außerdem hatte er kurz vor seinem Tod Geschlechtsverkehr mit einer Frau. Einer sehr jungen Frau, soweit sich das sagen lässt.«

Manche Spuren sind für niemanden bestimmt. Raupach musste sofort an Babette denken. Es hörte nie auf. »Wer war der Mann?«

»Das wissen wir noch nicht. Es gibt keine Vermisstenmeldung, die auf ihn zutrifft, und auch keine Anzeige gegen jemanden wie ihn. Seine Fingerabdrücke sind nicht im Speicher.«

»Siehst du einen Zusammenhang?«

»Nein, abgesehen von dem Umstand, dass er in einer Unterführung gefunden wurde.«

»Das kann ein Zufall sein, Heide. Wenn es eine Tatortstatistik über die Häufigkeit von Verbrechen unter der Erde gäbe, ständen Unterführungen und Tiefgaragen obenan.«

»Sekunde.« Heide schaute auf das Display ihres Handys. Eine SMS. Sie las die Mitteilung und lächelte versonnen. Ihr Gesicht glättete sich. Dann ging sie wieder auf den Balkon und schaute hinaus.

»Die Frau vom Radio?«

»Nein.« Unten auf der Straße schien sie jemanden zu erkennen.

»Hast du noch jemanden eingeladen?«, fragte Raupach.

»Ich muss weg«, sagte sie. Während sie zur Tür ging, fiel ihr Blick auf eine Fernsehzeitschrift. Eine der angekündigten Sendungen war mit Textmarker angestrichen. »Wir reden morgen weiter.«

»Wie bitte? Ich dachte, das würde ein längerer Abend. Soll ich das Bier allein trinken?«

»Das wird schon nicht schlecht.« Sie schlüpfte in ihren Wollmantel. »Lad doch Photini ein. Sag ihr, dass es ökologisch unbedenklich ist. Vielleicht legt sie darauf Wert.«

»Wer ist es?«, fragte Raupach. »Nur aus Interesse.«

Heide machte mit der Hand eine Geste, als würde sie den Gaszug eines Motorrads betätigen. »Er heißt Paul«, setzte sie hinzu. »Einer von den Mopos. Sein Dienst ist zu Ende. Er wollte mir eine Nachricht schicken, bevor er mich abholt.«

»Praktisch.«

»Werd nicht nachtragend auf deine alten Tage.« Sie ließ die Kopie des Gedichts auf dem Tisch liegen. »Wir sehen uns.«

Als sie gegangen war, schaute Raupach auf die Straße hinunter.

Paul war ein Riese von einem Mann, die Lederkombi unterstrich seinen athletischen Körperbau. Raupach kannte ihn nicht von früher. Möglicherweise war er nach Köln versetzt worden, nachdem Raupachs Zeit im Exil begonnen hatte.

Paul reichte Heide einen Schutzhelm. Sie stieg hinter ihm auf die Polizei-BMW und schlang ihre Arme um seine Taille. Diese Geste sagte alles, dachte Raupach. Bei Teenagern harmlos, bei Frauen wie Heide eindeutig. Als sie davonbrausten, winkte sie zu ihm hoch. Er hob die Hand. Nicht, dass er Heide ihre Liebschaften nicht gönnte. Er hatte aufgehört, sie zu zählen. Trotzdem würde er sich die Akte dieses Polizisten besorgen, schon aus reiner Neugier. Auf Onkel Osterloh war in dieser Beziehung Verlass.

Daraufhin blickte er in den Nachthimmel. Er sah fleckig aus, als sei eine Tüte Milch darauf verschüttet worden.

DIE AKTUELLEN NACHRICHTEN waren im Supermarkt zu hören. Es gelang Johan, Marta eine Weile mit Nichtigkeiten hinzuhalten. Dass die Rasierklingen schon wieder teurer und die Butter schon wieder billiger geworden war. Wo sich die Menschen hinwirtschafteten mit all ihren Trends und Bedürfnissen, ihren Süchten und Diäten, ihren Ansprüchen und Einschränkungen. Wenn Johan ihr moralisch kam, hörte Marta ausnahmsweise zu. Es gefiel ihr, wie klar seine Prinzipien geworden waren.

Nachdem er die Einkäufe nach Hause gebracht hatte, ging er wieder nach draußen. Es war milder geworden. Der Schnee war während des Tages restlos geschmolzen. Auf den Gehsteigen und im Rinnstein lag Streugut, scharfkantige Steinchen, die sich in den Sohlen seiner Winterstiefel verkeilten. Vor dem Postgebäude des Viertels bezog er Stellung. Er setzte sich auf einen Mauervorsprung und legte eine Hundeleine neben sich, ein Grund, um am späten Abend hier zu sitzen. Sein Dufflecoat reichte ihm bis über die Oberschenkel und hielt ihn warm.

Der Name der Familie lautete Siklossy, so stand es auf dem Klingelschild. Er probierte mehrere Aussprachen aus, bis ihm der Klang richtig erschien. Schiglossi, mit weichem Sch. Das war Ungarisch, hatte er herausgefunden. Er mochte exotische Namen. Sein eigener kam ihm belanglos vor. Ein Einsilber, kurz wie ein Befehl.

An den Fenstern im ersten Stock hingen keine Vorhänge. Diese Leute hatten nichts zu verbergen. Er schätzte ihre Unbekümmertheit. Die beiden Söhne, drei und fünf Jahre alt, lagen schon im Bett. Während des Sommers waren sie mit ihrer Mutter oft auf dem Spielplatz gewesen. Der Ältere, Laurent, hatte Johan versichert, dass die Spielhöhle aus Weidengeflecht eine Burg sei, die er zusammen mit seinem Bruder gegen den schwarzen Ritter verteidigte. Ein Gedanke, den Johan im Geiste ergänzt hatte: Der schwarze Ritter kam nie allein. Er besaß jede Menge Gefolgsleute.

In dem Kinderzimmer brannte eine mondförmige Lampe. Damit sich die Brüder nicht vor der Dunkelheit fürchteten, nahm Johan an. Die Mutter hieß mit Vornamen Anne. Sie war halbtags am Geographischen Institut der Universität beschäftigt. Gerade betrachtete sie Konrad und zog die Bettdecke über ihn, weil er sie gern wegstrampelte. Die Kinder schienen tief und fest zu schlafen. Dann ging sie zurück ins Wohnzimmer und leistete ihrem Mann Gabor Gesellschaft. Gabor leitete ein Architekturbüro am Zülpicher Wall. Sie tranken Rotwein aus Ballongläsern und unterhielten sich miteinander. Zerstreuungen wie Fernsehen oder das Internet schienen sie nicht zu kennen.

Johan hatte die Familie erst vor ein paar Monaten in seine Beobachtungen einbezogen. Sie hatten sich ihr Leben aufs Beste eingerichtet. Man konnte gar nicht neidisch auf sie sein, dafür verhielten sie sich viel zu unauffällig und bescheiden. Doch ihr Glück hatte einen Haken. Gabor nahm die Bahn um 18 Uhr 33.

Marta erhob sich und verließ das Dunkel des Tunnels. Sie machte ihr bedrohliches Gesicht. Johan versicherte ihr, dass Publizität in einem gewissen Ausmaß nicht zu vermeiden war. Sollten doch alle erfahren, was auf sie zukam.

In Wahrheit hatte er sich von sich selbst angewidert gefühlt, als die Meldung des Tages aus den Supermarktlautsprechern gedrungen war. Er war dabei, berühmt zu werden. Dadurch wurde er für die Öffentlichkeit verfügbar. Was für ein schrecklicher Gedanke!

Aber es war auch eine Bestätigung. Es hatte etwas passieren müssen, das stand außer Frage, sonst würden die Menschen nicht wissen, wie ihnen in naher Zukunft geschah. Allerdings war die Radiomeldung unvollständig. Sie bestand nur aus dem ersten Satz. Ohne den Rest hörte sie sich trivial an.

Marta pflichtete ihm schließlich bei. Es schien ihr nur recht und billig, dass Eltern wie die Siklossys eine versteckte Warnung erhalten hatten. Durch den Brand auf dem Spielplatz sollten sie merken, wie dünn der Faden war, der sie mit ihren Nachkommen verband. Wenn Gabor, Yilmaz und die anderen erst einmal ihre gerechte Strafe ereilt hatte, würden es alle merken: Eure Kinder sind genauso wenig vor den Flammen sicher wie ihr selbst.

Erleichtert registrierte Johan, dass er nichts falsch gemacht hatte – auch wenn er Martas Gedanken nicht gänzlich teilte. Manchmal war es nicht so einfach, ihre Äußerungen zu deuten. Sie wurde schnell ungehalten.

Und jetzt zu einem anderen Thema. Ihre Augäpfel traten hervor, ihr Mund dehnte sich zu einem Schlund. *Was hast du bei dieser Frau verloren?*, zischte sie. Ihre Fingernägel waren scharf. Sie bohrten sich in die Haut unter seinem Ohr.

Er wich zurück. Ein eng umschlungenes Pärchen kam vorbei. Der Mann hielt Johan für betrunken und machte einen Bogen um ihn.

Sieh dich vor. Du bringst noch alles in Gefahr.

Es ging um Valerie. Kontakte dieser Art ließen sich nicht vermeiden, hob er an. Verschwommen nahm er zwei Gestalten wahr, die an ihm vorbeigingen. Sie waren weit weg, woanders. Er fuhr fort: Wir müssen sichergehen, dass es zumindest ein paar Schuldige trifft.

Du hast es nicht begriffen. Sie hassen uns alle.

Es war, als tropfte ihm heißes Wachs ins Ohr. Er schüttelte den Kopf, um den Druck auf sein Trommelfell loszuwerden. Nein, er würde ganz gewiss kein unnötiges Risiko eingehen. Valerie einen

Besuch abzustatten gehörte zu ihrem gemeinsamen Vorhaben. Warum misstraute Marta ihm auf einmal? Sie mussten doch in Erfahrung bringen, was das für Leben waren, die diese Menschen bald verlieren würden. Er setzte fort, was Marta angefangen hatte. Es war ihr gemeinsames Werk, ein *work in progress*. An dem Datum, an dem sie gestorben war, würde es in einem dramatischen Finale enden. Als Fanal für alle Zeiten. So hatten sie es doch geplant.

Plötzlich ließ der Druck nach. *Ich vertraue dir.* Finger strichen über seine Lippen. *Bleib stark.*

Niemand wusste so viel über ihn wie Marta. Als es vor einem Jahr in der Buchhandlung brannte und er als Letzter das Gebäude verließ, hatte sie zum ersten Mal nach ihrem Tod zu ihm gesprochen.

Es war ihm wie ein Wunder erschienen. Und das ging so: Zuerst zweifelte er, ob er richtig gehört hatte. Daraufhin hauchte sie ihn an. Er hielt inne. Um ihn herum spien die Bücher Flammen in allen erdenklichen Farben. Er wollte nach draußen, aber sie hielt ihn fest. Er nahm die Schere neben der Geschenkpapierrolle. Sie verlangte, ihren Namen auf seiner Haut zu sehen. Er fing in der Nähe der Pulsader an und bearbeitete seinen Unterarm. Als er das zweite A vollendet hatte und es ihr voller Stolz zeigte, zog ihn ein Feuerwehrmann ins Freie.

Es war noch zu früh zum Sterben gewesen. Marta hatte ihm bewusst gemacht, dass es noch etwas zu erledigen gab.

Heute Abend bestand die Belohnung in einem Kuss. Er spürte ihn auf seinen Lippen, kalt und metallisch.

VALERIE STOPPTE die Jalousie auf halber Höhe. Was machte Mattes da unten? Warum umarmte er eine Straßenlaterne? Sie schaute genauer hin. Es sah nicht so lächerlich aus, wie sie auf den ersten Blick angenommen hatte. Mattes hielt sich fest, als sei ihm schwindlig geworden.

Sie schraubte die Kapsel auf die Tube mit Bodylotion, öffnete das Fenster – und überlegte es sich anders, schließlich wollte sie nicht die gesamte Nachbarschaft aufschrecken. Ein Kälteschwall drang herein, worauf sie das Fenster schloss und in ihren Bademantel schlüpfte. Sie hatte gerade geduscht, um sich den Schweiß ihres neuen Jobs abzuwaschen. Na ja, groß ins Schwitzen kam sie in dem Sonnenstudio nicht. Sie musste die Geräte nach Gebrauch sauber machen, die Bräunungszeiten neu programmieren, die Kunden abkassieren und zu allen möglichst freundlich sein. Zum Abschluss des Tages hatte sie eine der Liegen ausprobiert. Ihr Körper war noch immer von der künstlichen Wärme erfüllt.

Als sie ihre Wohnung verließ, überlief sie ein Schauder. Bis zu der Laterne waren es nur ein paar Schritte. Die würde sie schon überleben, ohne zu erfrieren.

Der Abend mit Mattes war seltsam verlaufen. Sie hatten sich bestens verstanden. Der Wein, den er mitgebracht hatte, war genau nach ihrem Geschmack. Gesprächsthemen hatten sich wie von selbst ergeben, schließlich lebten sie im gleichen Viertel. Aber kurz vor zehn wollte er von einem Augenblick auf den anderen gehen, gerade, als sie in Stimmung gekommen war. Andererseits gefiel ihr das. Gleich am ersten Abend aufs Ganze zu gehen, war wohl nicht sein Stil. Er war schüchtern. Nicht verklemmt, aber auf eine angenehme Weise zurückhaltend, als dächte er andauernd über das nach, was er gerade redete – oder was Valerie redete, und das war eine Menge. Es dürstete sie nach jemandem, der ihr dabei zuhörte, wie sie Belanglosigkeiten von sich gab. Dass sie sich mit Vornamen anredeten und trotzdem siezten, fand sie antiquiert, doch nicht ohne Reiz. Es würde den Moment des Dus herausheben.

Kurz bevor sich Johan verabschiedet hatte, war Sheila nach Hause gekommen. Das Mädchen hatte ein paar Worte mit Valerie und ihrem Gast gewechselt und sich dann sofort in ihr Zimmer zurückgezogen. Bei allem Freiraum, den Valerie ihr ließ, hatte sie ein schlechtes Gewissen. Von der Schule kamen zwar keine Klagen, aber im Grunde wusste sie gar nicht mehr, was ihre Tochter trieb, seit es mit Jef zu Ende gegangen war. Die Zeit würde die

Wunden schon heilen, dachte sie, vor allem in Sheilas Alter, da gab es genug, was sie auf andere Gedanken kommen ließ.

Gerade verbrachte sie einen Spieleabend bei ihrer Freundin Lili. Sie hatte versprochen, um elf Uhr heimzukommen. Sheila hielt ihre Versprechen.

Die Flipflops machten schmatzende Geräusche, als sie die Treppe hinunterstieg. Sie strich sich das nasse Haar aus dem Gesicht. Was war mit Mattes los? Sie würde ihn auf einen Kaffee hereinbitten, ganz unverfänglich, auch wenn es in Anbetracht ihres Aufzugs nicht danach aussah. Eine unverhoffte Situation konnte das Eis schneller brechen als tausend Verabredungen.

Am Fuß der Treppe herrschte Dunkelheit. Das Licht war schon seit Wochen ausgefallen. Dieser verdammte Hausmeister war zu nichts zu gebrauchen. Sie würde sich gleich morgen beim Vermieter beschweren.

Als sie sich zur Haustür wandte, hörte sie ein Klappern aus dem Hinterhof. Puh, war es hier kalt.

Sie zog den Bademantel enger um ihre Schultern. Eine Gestalt erschien im Türrahmen. Das Zirpen eines Fahrrads war zu hören.

Das Geräusch verstummte.

»Hallo?« Valerie klang unsicher. Sie schlotterte vor Kälte.

»Sind Sie das, Frau Braq?«

Die Stimme klang vertraut. Valerie atmete auf. Es war Goodens aus dem Stockwerk unter ihr. Nicht der schlaueste, aber harmlos. Steckte die Nase manchmal in Dinge, die ihn nichts angingen.

»Moment«, sagte er. Lautes Scheppern. Plötzlich flackerte das Licht auf. »Wackelkontakt. Die Birne ist nicht richtig reingeschraubt.«

Luzius lehnte sein Fahrrad an die Wand und schob sich daran vorbei. Valerie verschränkte die Arme vor der Brust und suchte mit einem Fuß nach dem Flipflop, den sie auf der letzten Stufe verloren hatte. Er blieb vor ihr stehen und betrachtete sie verwundert.

»Ich … hole die Post«, sagte sie zur Erklärung. »Bin heute noch nicht dazu gekommen.«

Während sie mit einem Bein umhertastete und krampfhaft den Bademantel um ihren Körper schlang, rutschte der Saum nach oben. Für einen Augenblick klaffte der Stoff auseinander. Luzius starrte sie an. Seine Augen lagen im Schatten, die Lampe befand sich hinter ihm.

»Sie gehen noch aus?«, fragte sie, um etwas zu sagen.

»Zur Arbeit, wissen Sie das nicht?« Ihre Beine waren lang und wunderschön, fand Luzius, glatt, schimmernd und leicht gebräunt. Wenn er die Hand ausstreckte, konnte er sie berühren.

»Zur Arbeit, natürlich.« Sie nickte bestätigend. Der verfluchte Flipflop war verschwunden. »Dann will ich Sie nicht aufhalten.« Sie ging einen Schritt zurück und betrat die Treppe, um Goodens vorbeizulassen.

Luzius rührte sich nicht. Er sann über den dunklen Fleck zwischen ihren Beinen nach. Er verhieß nichts Gutes. Sheila hatte die Stelle bedeckt, als er sie in dem Lieferwagen fand. Valerie verhielt sich gedankenloser.

»Was ist? Müssen Sie nicht …« Sie hörte, wie oben im Treppenhaus eine Tür ging. Das war ihre Rettung. Der Anblick, den sie Goodens bot, konnte alles Mögliche in ihm auslösen. Sie spürte seine Blicke. Dazu brauchte sie seine Augen nicht zu sehen.

»Ich bin früh dran«, sagte er schnell und schielte ebenfalls nach oben. Jetzt musste er sich etwas einfallen lassen, dachte er. Ein wenig Zeit gewinnen. »Ich habe keine Eile.«

»Schön für Sie. Mir ist kalt. Ich gehe dann besser wieder.«

»Und Ihre Post?«

Sie griff in eine Tasche ihres Bademantels. »Wie dumm von mir, ich habe den Schlüssel vergessen.«

»Kein Problem.« Luzius durchquerte den Gang. Als er Valerie passierte, ging sie einige Stufen nach oben. Im Treppenhaus über ihr waren keine Schritte zu hören. Stellte da jemand nur seine Schuhe raus?

»Warten Sie, das haben wir gleich.« Er machte sich an den Briefkästen zu schaffen. Die Schlösser waren primitiv. Er musste seinen Schlüssel nur ein wenig kippen, um Valeries Kasten zu öffnen. In solchen Dingen war er recht geschickt. Luzius entnahm die Post und verriegelte den Kasten wieder.

»Hier.« Er reichte ihr ein paar Briefe. Von oben war zu hören, wie eine Tür ins Schloss fiel. *Seine* Tür, das erkannte er am Klang. Er entspannte sich.

Sie streckte den Arm aus und hielt mit dem anderen ihren Mantel zu, immer darauf bedacht, genügend Abstand zu halten.

»Ist Sheila schon zu Hause?«, fragte er.

»Wie kommen Sie denn darauf?« Sie nahm die Briefe, steckte sie in eine Manteltasche und zog den Gürtel noch straffer, als er ohnehin schon saß. Er schnitt in ihre Taille.

»Sie wird bald kommen. Bestimmt möchte sie ihrer Mutter keinen Kummer machen.« Luzius bückte sich und hob den Flipflop auf, den Valerie gesucht hatte. Er war unter die letzte Stufe gerutscht. »Der gehört Ihnen.« Er deutete auf ihren Fuß und hielt ihr den Flipflop hin, damit sie hineinschlüpfen konnte. Dabei drehte er den Kopf zur Seite, um sie nicht in Verlegenheit zu bringen, wenn sie ihr Bein ausstreckte.

Valerie riss ihm den Flipflop aus der Hand. »Was reden Sie da?«, fragte sie voller Argwohn. »Kennen Sie meine Tochter?«

Er wich einen Schritt zurück und richtete sich wieder auf. »Sie wohnen über mir, Frau Braq. Haben Sie das noch nicht gemerkt?«

»Natürlich …«

Luzius ergriff den Lenker seines Fahrrads. »Sheila kennt mich, und ich kenne Sheila. Das lässt sich nicht vermeiden, wenn man sich ab und zu über den Weg läuft. Hier im Treppenhaus zum Beispiel. Oder auf der Straße.«

Er klang gekränkt. »Entschuldigen Sie.« Valerie hatte sich wieder gefasst. »Ich wollte nicht unhöflich sein. Danke für die Post.«

»Keine Ursache«, antwortete Luzius. Er öffnete die Haustür und schob sein Rad hinaus. »Gute Nacht.«

Was für eine peinliche Situation, dachte sie und ging zurück in ihre Wohnung. Goodens war wirklich harmlos, sogar hilfsbereit. Sie hatte reagiert wie eine alte Jungfer. Kopfschüttelnd machte sie sich einen Tee. Wenn sie ihr Misstrauen nicht ablegte, kämen die Menschen gar nicht mehr mit ihr klar. Immerzu die Krallen ausfahren. Das ermüdete.

Sie zog ein dickes Winternachthemd an und wärmte sich vor dem Fernseher auf. Als ihr wieder einfiel, was sie ursprünglich vorgehabt hatte, eilte sie zum Fenster. Von Mattes war nichts mehr zu sehen.

5. Dezember

DAS BRIEFING, wie Himmerich es nannte, war für elf Uhr angesetzt. Raupach kam etwas früher. Es konnte nicht schaden, den Überblick über neue und alte Kollegen zu behalten. Er stellte sich mit seinem Kaffeebecher hinter eine Betonsäule und verfolgte das Geschehen.

Es war wie bei einer Pressekonferenz, nur dass die Presse ausgeschlossen war. Himmerich tippte auf seinem Handy herum, als gelte es eine komplizierte Rechenaufgabe zu lösen. Seine schmale Brille war nach vorn gerutscht und saß auf dem Rücken einer langen schnurgeraden Nase. Dann studierte er Zeitungen. Aufgrund der Blockbuchstaben und des leicht bekleideten Mädchens, das auf der aufgeschlagenen Seite zu sehen war, vermutete Raupach, dass Himmerichs Informationsquellen nicht besonders seriös waren. Je mehr die Leute in der Öffentlichkeit standen, dachte er, desto weniger differenzierten sie.

Heide traf als Letzte ein. Sie wechselte ein paar Worte mit Paul Wesendonk. Ihre Blicke sagten mehr. Du und ich, ich und du. Er wirkte in seiner Motorradkombi recht eindrucksvoll. Dann setzte sie sich nach vorn zu den anderen Hauptkommissaren. Woytas, Lieverscheidt und die Leiter der verschiedenen Kölner Mordkommissionen saßen dort, außerdem ihre Stellvertreter und eine Reihe anderer hoher Tiere, Vorderbrügge von der Gefahrenabwehr, Riedel vom Kommissariat »Vorbeugung Kriminalität« und Trautmann von STEP, einer Sondereinheit des »Staatsschutzes gegen Extremismus durch Prävention«. Von den mittleren und unteren Dienstgraden, die ausdrücklich geladen waren, hatten sich nur ein paar Beamte aus den Freischichten und einige Personalräte aufgerafft.

Raupachs Verbündete waren überall im Raum verteilt. Onkel

Osterloh zwinkerte ihm verschwörerisch zu. Heide warf ihm über die Schulter einen grüßenden Blick zu. Selbst Paul schien ihn bereits zu kennen. Als Photini sich neben ihn stellte, hatte er fast das Gefühl, wieder bei der Truppe sein. Sogleich verbat er sich diesen Wunsch. Wünsche hatten die Eigenschaft, nicht in Erfüllung zu gehen, wenn man sie aussprach oder intensiv an sie dachte. Raupach war in solchen Dingen abergläubisch.

Auf einen Wink von Himmerich betrat Woytas die Bühne. Vor einer knappen Stunde war er im Schnellverfahren zum Ersten Kriminalhauptkommissar ernannt worden. Sein Vorgänger Burgold hatte aus gesundheitlichen Gründen seinen vorzeitigen Rücktritt erklärt, auf Himmerichs Druck, wie allgemein vermutet wurde. Der Präsident setzte sein Vertrauen in frische Kräfte.

Woytas sorgte für Ruhe und drückte eine Taste auf der Fernbedienung in seiner Hand. »*Wehe, wenn sie losgelassen.*« Die Schrift wurde groß an die Wand geworfen.

»*Wenn* sie losgelassen«, kommentierte Photini flüsternd.

Himmerich stand auf, ging um den Tisch herum und trat vor die versammelte Mannschaft. »Wir haben eine undichte Stelle«, sagte er so leise, dass es kaum zu verstehen war. Er beobachtete die Polizisten. Niemand bewegte sich.

»Das schockiert Sie«, fuhr er nach einer Pause fort und redete lauter. »Ich denke, ich muss ihnen nicht sagen, welche Konsequenzen das hat. Einer von uns dient einem anderen Herrn.«

Woytas wies einen Assistenten an, Fotokopien des ersten Drohbriefs sowie eine kurze Beurteilung des Falls auszuteilen. Raupach fragte sich, warum die Unterlagen nicht mit der Dienstpost verschickt worden waren. Das Ganze wirkte wie eine Demonstration. Es sollte deutlich werden, bei wem die Fäden zusammenliefen und wer die Befugnis besaß, offizielle Schlüsse zu ziehen. Die Kommissare blätterten mit wenig Begeisterung in den Papieren. Heide las die Beurteilung. Sie stammte von Woytas. Er hatte sich festgelegt, wie sie kopfschüttelnd registrierte.

»Seit gestern liegt uns der zweite Drohbrief dieses mutmaßlichen Terroristen vor«, sagte Woytas. »Er wurde gestern auf einem Kinderspielplatz gefunden. Dort gab es ein Feuer, vermutlich hat es der Briefschreiber gelegt. Danach hat jemand den Brief verfälscht an Radio Köln weitergeleitet. Verkürzt auf die erste Zeile, um genau zu sein. Insgesamt sind es sechs Zeilen.« Er wies auf den Satz an der Wand. Der restliche Text erschien. »Wir haben uns bei den Medien erkundigt. Die haben den ersten Brief regulär mit der Post erhalten und ihn nach Absprache mit meiner Abteilung nicht veröffentlicht. Wahrscheinlich hat ihn der Täter selbst abgeschickt. Beim zweiten Brief ging er anders vor. Dieses Mal gab es nur ein Exemplar. Er hat es an der Brandstelle zurückgelassen, absichtlich, damit es von uns gefunden wurde. Gestern Abend verbreitete Radio Köln dann den ersten Satz: *Wehe, wenn sie losgelassen,* glücklicherweise ohne das Feuer auf dem Spielplatz zu erwähnen. Der Sender schützt seine Quelle natürlich. Aber alles deutet darauf hin, dass es jemand aus Polizeikreisen gewesen ist.«

»Um die Zusammenhänge geht es hier nur am Rande«, sagte Himmerich. »Der zweite Brief hat Wellen geschlagen. Zu einem Zeitpunkt, der für die aktuellen Ermittlungen äußerst ungünstig ist. Ich denke nicht, dass sich der *Informant*«, er spuckte das Wort aus wie ein knorpeliges Stück Fleisch, »hier und jetzt ausfindig machen lässt. Aber seien Sie gewarnt: Solche Eigenmächtigkeiten haben Konsequenzen.«

»Dieser Fall ist Chefsache«, bekräftigte Woytas. »Es lässt sich nicht vermeiden, dass im Hause darüber gesprochen wird, auch unter Mitarbeitern anderer Abteilungen. In einem bestimmten Umfang ist es sogar wünschenswert. Ich bin dankbar für jeden Hinweis, deshalb legen wir den Fall jetzt offen, intern, versteht sich. Wenn Sie davon erfahren, dass der Verfasser dieser Briefe weitere Schritte unternimmt, setzen Sie mich ohne Umwege in Kenntnis. Diese Anweisung gilt für alle Dienststellenleiter.« Er schaute in die Runde. »Aber wenn wichtige Indizien an Unbefugte dringen, werden wir diesem Sicherheitsproblem auf den Grund gehen.«

Raupach fing seinen Blick auf. Er wusste genau, was hier gespielt wurde. Ihm und Heide sollte klar gemacht werden, die Finger von dem »Fall Schiller« zu lassen. In aller Deutlichkeit. Hier markierte jemand sein Revier.

»Ich hoffe, wir haben uns verständlich ausgedrückt«, sagte Himmerich und setzte sich wieder. »Achten Sie auf Ihre Unterlagen, ich bitte jetzt die Presse herein. Das war alles zu diesem Thema.«

Woytas schenkte Heide ein Lächeln, das keinen Zweifel zuließ, wen er im Visier hatte. Dann schaltete er den Videobeamer aus. Die Schrift verschwand. Himmerich gab ein Zeichen, die Flügeltüren des Konferenzraumes zu öffnen. Daraufhin strömte ein Pulk Journalisten herein und nahm an den Wänden Aufstellung. Es ging so schnell, als sei es einstudiert. Raupach staunte. Als er vor drei Jahren den Wölfen vorgeworfen worden war, hatte der Polizeipräsident noch nicht viel von Transparenz gehalten. Da hatte es nur eine knappe Pressemitteilung gegeben mit reichlich Spielraum für Interpretationen.

Die neue Offenheit hielt sich in Grenzen. Himmerich bat die Medienvertreter um Verständnis, beim aktuellen Stand der Ermittlungen keine weiteren Informationen geben zu können. Er bedauerte den Alleingang des Radiosenders, der bereits von einigen Zeitungen aufgegriffen worden war. Doch bislang waren es nur kleine Meldungen, der erste Brief wurde als Werk eines Verrückten bezeichnet und sein Inhalt lediglich angedeutet. Himmerich sprach von der Verantwortung der Medien gegenüber der Öffentlichkeit. Solange konkrete Hinweise fehlten, dürfe man die Menschen nicht verunsichern und die Polizeiarbeit nicht behindern.

»Bei Gefahr im Verzug hat die Öffentlichkeit ein Recht auf Information«, wandte eine Reporterin ein. Ihre Jacke trug den *Radio-Köln*-Schriftzug.

»Sie nehmen mir das Wort aus dem Mund«, erwiderte Himmerich. »Wie Sie wissen, muss die Polizei bei einer Gefahr für die öffentliche Sicherheit Maßnahmen ergreifen, welche die Allgemeinheit möglichst wenig beeinträchtigen. In dem vorliegenden

Fall setze ich auf Ihre Kooperation. Jede Form von Beachtung, die wir solchen Drohungen zukommen lassen, könnte den Täter in seinen Absichten bestärken. Unsere Politik ist es, diese Beachtung äußerst gering zu halten. Ich möchte auch ausdrücklich auf die Gefahr von Nachahmungstätern und Trittbrettfahrern hinweisen. Ein Feuer ist schnell entfacht. Wir wollen keine schlafenden Hunde wecken. Mit anderen Worten: Machen Sie sich nicht zum Büttel eines Verrückten. Wir sind der festen Annahme, dass es uns dadurch gelingt, Schlimmeres zu verhüten.«

Nach dieser Ansprache herrschte verdutztes Schweigen. Selbst Raupach fühlte sich eingelullt von Himmerichs seltsamem Gemisch aus Amtsdeutsch und rhetorischen Augenwischereien. Allerdings hatte der Polizeipräsident Woytas' Terrorismus-Verdacht verschwiegen. Und über den Toten in der Unterführung hatte er erst recht nichts gesagt. Raupach fragte sich, ob das Wort »Unterführung« in dem gestrigen Polizeibericht überhaupt aufgetaucht war.

Ein paar Journalisten wandten sich resigniert ab. Aus Erfahrung wussten sie, dass es wenig Sinn hatte, Himmerichs Vorgehensweise in Zweifel zu ziehen. Außerdem hatte er Recht, fanden sie. Dieses Schiller-Gedicht war zu intellektuell. Wer seine Drohungen damit untermauerte, konnte nicht ernst genommen werden. In den Redaktionen gingen viel haarsträubendere und beängstigendere Briefe ein. Vor Weihnachten war es besonders schlimm. Es musste an der Leere und Einsamkeit liegen, die die Leute vor den Feiertagen auf sich zukommen sahen. Die meisten Anschläge passierten unangekündigt.

»Dann sind wir einer Meinung«, setzte Himmerich hinzu. »Sobald es etwas gibt, was eine Neubewertung der Situation nahe legt, werden Sie natürlich umgehend informiert. Ich hoffe, dass es nicht dazu kommt. Vielen Dank.«

Unter dem einsetzenden Gemurmel faltete er die vor ihm liegende Zeitung zusammen und legte sie beiseite. »Und jetzt zu etwas Erfreulicherem.« Himmerich räusperte sich. Er nahm Haltung an wie der Vorsitzende einer Aktiengesellschaft, der im

Begriff ist, den Teilhabern eine höhere Dividende zu verkünden. Als er sicher war, dass ihm wieder alle zuhörten, fuhr er fort. »Endlich sind wir im Fall Babette L. weitergekommen. Der Tod des Mädchens wurde 1999 als Selbstmord eingestuft, weil die Beweislage keinen anderen Schluss zuließ. Aufgrund eines brillanten Täterprofils unserer Mitarbeiterin Photini Dirou«, er machte eine Geste in ihre Richtung, die Köpfe der Anwesenden drehten sich, »gelangten wir jedoch zu neuen Erkenntnissen. Die Mutter des Mädchens hat den Mord nach einer neuerlichen Vernehmung gestanden. Morgen wird der Staatsanwalt Anklage erheben. Details über die tragischen Hintergründe dieses Falls entnehmen Sie bitte der Mitteilung unserer Pressestelle. Fräulein Dirou, Ihr Beifall.«

Dankbar für die positive Wendung dieser Standpauke standen die versammelten Kölner Ermittler auf und applaudierten. Photini trat einen Schritt vor. Raupach erstarrte.

Himmerich verschaffte sich erneut Gehör. »Ich darf Sie darauf hinweisen, dass wir diesen Erfolg der Initiative des Innenministers verdanken. Auf sein Betreiben wurde die Abteilung gegründet, die diesen Fall wieder aufgerollt hat. Sie steht unter der Leitung von Kommissar Raupach. Er dürfte Ihnen noch in bester Erinnerung sein. Danke, Klemens. Macht weiter so.«

Jetzt wandte sich die Aufmerksamkeit Raupach zu. Wenn jemand ihn mit Vornamen ansprach, wurde er misstrauisch. Misstrauisch und verlegen. Unter den Journalisten erkannte er Küchler vom *Express*. Der Mann machte sich eifrig Notizen. Photini blickte flehend zur Decke. Sie hatte Angst, dass Raupach etwas Falsches sagen würde. Es lag ihm einiges auf der Zunge. Er atmete langsam aus und zählte die Betonsäulen im Konferenzraum. Es waren zehn, fünf auf jeder Seite.

»Wir machen weiter«, sagte er schließlich. Er hielt inne und wollte noch mehr sagen, aber die Anwesenden nahmen seine Bemerkung als gelungenes Schlusswort und klatschten, selbst die Presseleute schlossen sich an. Raupach schwieg. Himmerich nutzte die Gelegenheit und beendete die Konferenz.

PHOTINI LITT. Sie fühlte sich so schlecht wie lange nicht mehr. Doch sie genoss auch die Anerkennung, das plötzliche Interesse an ihrer Person. Es dauerte eine Weile, bis sie alle Interviewwünsche erfüllt hatte und sämtliche Fotos geschossen waren. Eine junge, gut aussehende Kommissaranwärterin löst einen verzwickten, längst vergessenen Fall – das war eine Story, die Schillers Glockenmann vergessen machte.

Raupach rührte sich nicht von der Stelle. Die wenigen Fragen, die an ihn gerichtet wurden, beantwortete er auf die nüchterne Weise, für die er bekannt war. Gewesen war, setzte er in Gedanken hinzu. Die Reporterin von Radio Köln musste sich seinen Namen buchstabieren lassen.

Photini hatte den Fall eigenmächtig nach oben geleitet. Sie hatte mit Woytas eine »idiotiki simfonia« geschlossen. So nannte man in Griechenland eine private Vereinbarung, die keiner kostspieligen Beglaubigung durch einen Notar bedurfte und dennoch Rechtsgültigkeit besaß. Eine »idiotiki simfonia« eignete sich für alle möglichen kleineren und größeren Geschäfte. In der Regel erwies sich diese Form eines Abkommens für beide Seiten als überaus nützlich, etwa, wenn man einen Olivenhain pachten wollte. Photini hatte etwas anderes im Sinn: In der Statistik würde dem Ersten Hauptkommissar die Lösung des Falls Babette L. angerechnet werden. Als Gegenleistung verlangte Photini ein gewisses Entgegenkommen. Mehr Zugeständnisse und Freiheiten. Die konnten sie und Raupach brauchen, wenn sie ihre Gruft in absehbarer Zeit verlassen wollten.

Dies alles versuchte sie, Raupach zu erklären. Es war ihm anzusehen, wie beleidigt er war. Er fühlte sich hintergangen und ausgenutzt. Stumm hörte er seiner Assistentin zu. Dummerweise kam Himmerich dazwischen.

»Zeit für eine Beförderung, Fräulein Dirou. Sie haben lange genug darauf gewartet. Aus Ihnen wird gerade eine Kommissarin.«

Himmerich sprach Dirou falsch aus. Das D musste wie ein weiches th klingen. Stimmhaft, wie Photini es Raupach einst erklärt hatte.

»Wohin wollen Sie mich versetzen?«, fragte sie. »Hoffentlich nicht zu Vorderbrügge.«

»Für jemanden mit Ihrer Begabung wird sich bestimmt eine geeignete Stelle finden.«

Offensichtlich hatte er sich noch keine Gedanken darüber gemacht, dachte sie. Raupach nickte wissend und drehte sich weg. Warum war dieser verdammte Kerl so leicht zu entmutigen? »Sie können mich gern befördern«, erwiderte sie rasch. »Aber ich fühle mich im Archiv sehr wohl. Dann haben Sie da unten zwei Kommissare sitzen.«

Himmerich stutzte. »Verstehe.«

»Bestimmt wäre das im Sinne des Innenministers«, setzte sie hinzu.

»Sind Sie sicher, dass Sie die Sache nicht noch einmal überschlafen wollen?«

»Absolut. Wir sind ein eingespieltes Team. Es gibt keinen Grund, uns zu trennen.«

»Das ist lieb von dir, Photini«, schaltete sich Raupach ein. Diese Frau steckte voller Überraschungen. Und Überraschungen, so dachte er jetzt, taten ihm gut. Am besten jeden Tag eine, sagte Heide immer. »Ich kann dem Präsidenten nur beipflichten«, fuhr er fort. »Überleg dir genau, was du tust.«

»Freut mich zu hören, Klemens«, sagte Himmerich. »Was ist mit den Tankstellenräubern? Frustrierend, diese Gutachterroutine, nicht wahr?«

»Man lernt eine Menge«, erwiderte Photini. »Manchmal ergibt sich daraus ein großer Fall.«

»Etwas von öffentlichem Interesse«, ergänzte Raupach und parierte Himmerichs Spitze. Da er ohnehin auf der Abschussliste stand, hatte er nicht viel zu verlieren.

»Solange Sie Ihre Zuständigkeit nicht überschreiten, Frau Polizeikommissarin.« Himmerich würde sein Versetzungsangebot nicht wiederholen. Photinis Entschluss war eine Zurückweisung, doch er konnte die angekündigte Beförderung schlecht wieder aufheben. Das Mädchen setzte auf das falsche Pferd, dachte er.

»Haben Sie gehört, Raupach? Manchen von uns fällt es schwer, sich an die Regeln zu halten. Das ist eigentlich das Vorrecht der Jugend. Sie schnuppert gern an Spuren, die andere verfolgen.«

»Eine Spur ist die leichtlebige Schwester der Hoffnung«, sagte Raupach.

»Sie sollten Ihre Sinnsprüche im Polizeijournal veröffentlichen. Dann hätten alle etwas davon.« Himmerich klopfte Raupach auf die Schulter. »Ich bin gespannt auf Ihren großen Fall. Damit ist nicht zu spaßen. Große Fälle fordern Opfer, auch in den eigenen Reihen.«

Das war eine kaum verhohlene Drohung, dachte Raupach. »Bedauerlicherweise ist Misstrauen ein Käfig, in den man seine Freunde sperrt, nicht seine Feinde«, sagte er. »Bis heute Abend.«

»Ach ja, die Weihnachtsfeier.«

»Ich nehme an, unser Erster KHK hat etwas Besonderes vorbereitet.«

Himmerich nickte. »Man kann sich auf ihn verlassen.«

»SCHLUSS MIT diesem *Photini*. Nennt mich Fofó wie alle anderen auch. Yamas!«

Heide, Paul, Raupach und Photini hoben ihre Ouzo-Gläser, stießen an und stürzten den Schnaps hinunter. Sie waren ins Delphi gegangen, um ein verspätetes Mittagessen einzunehmen und Photinis angekündigte Beförderung zu feiern.

»Eigentlich muss ich noch Streife fahren«, wandte Paul ein. »Ouzo um diese Tageszeit …«

»Es ist nicht klug, Photini etwas abzuschlagen.« Raupachs Magenwand brannte wie Feuer. »Glaub mir, ich spreche aus Erfahrung.«

»Das Zeug schmeckt nur, wenn man völlig betrunken ist.« Heide winkte, um ein Bier zu bestellen. »Kreta 79. Mann, ist das lange her.«

»Sagt es!«, rief Photini. »Sonst gilt es nicht!«

»Was denn?«, fragte Raupach.

»Den Namen, ihr wisst schon. Das ist wie bei einer Taufe. Wenn du einen Namen bekommst, kann dich der Teufel nicht mehr holen.«

»Aus welcher Ecke Griechenlands stammst du eigentlich?«, fragte Heide.

»Ihr tut das absichtlich, stimmt's?« Photini hob beschwörend die Hände. »Also gut, dann versuchen wir das jetzt noch mal. Aber bei der nächsten blöden Bemerkung fliegt ihr raus. Rula, noch eine Runde!«

Photini gab ihrer Cousine ein Zeichen. Die Einrichtung des Delphi stahl jedem Rosenmontagszug die Schau. Hinter Raupach stand eine blau angestrahlte Akropolis. Heide stützte ihren Ellenbogen auf dem Fuß einer raumfüllenden Herakles-Statue ab. Und über Pauls Schulter befand sich ein Schrein zur Verehrung der griechischen Fußballnationalmannschaft mit Fanschal, Olivenkranz, EM-Ball und allem, was dazugehörte.

Der Ouzo stand nach einem Wimpernschlag vor ihnen. Paul protestierte, Heide brachte ihn zum Schweigen. »Sie hat einen Grund zum Feiern. Sie hat Charakter gezeigt. Die meisten, die ich kenne, hätten Himmerichs Angebot angenommen.«

»Ihr seid schuld, wenn sie mich rausschmeißen«, meinte Paul.

»Sag einfach, dass Heide dir den Schnaps eingeflößt hat«, erwiderte Raupach. »Das ist wie ein ärztliches Attest. Die Kollegen haben dafür Verständnis.«

»Gilt das für jeden Verstoß gegen die Vorschriften?«

»Unbeschränkt.« Raupach zwinkerte Paul zu. »Du hast dir die richtige Frau ausgesucht.«

»Sie hat mir keine Wahl gelassen.«

Heide ließ die Worte lieber unkommentiert stehen.

»Seid ihr fertig? Dann: auf ein Neues!«, rief Photini.

Sie wiederholten die Prozedur und knallten die leeren Gläser auf den Tisch.

»Fofó!«, riefen sie einstimmig – mit Ausnahme der angehenden Kommissarin.

»Endaxi.« Photini war zufrieden. »Und jetzt bestellt, was ihr möchtet. Rula vollbringt wahre Wunder mit Olivenöl. Sie mischt es mit Orangensaft, Gemüsebrühe ...«

»Habt ihr Galaktoburiko?«, fragte Heide.

»Mach dich nicht lustig über meine Familie. Rula! Christos!« Photini brüllte, dass die Akropolisbeleuchtung erzitterte.

»Kannst du dich mit deinen Leuten eigentlich nur schreiend verständigen?«, wunderte sich Raupach.

»Ich habe eine deutliche Aussprache, das ist alles.«

»Sogar Taube reden leiser.«

»Sonst versteht mich doch keiner!«, widersprach Photini. »Heute ist ein besonderer Tag. Da wird man wohl mal die Stimme erheben dürfen.« Auf den Schulterklappen ihrer Uniform, die sie praktisch nie trug, würde sich anstelle des läppischen Strichs einer Kommissaranwärterin bald ein Stern befinden. Christos würde ein Erinnerungsfoto von ihr in voller Montur machen, dann wanderten die Klamotten wieder in den Schrank. »Den Stern kann mir keiner mehr nehmen«, sagte sie stolz.

»Das geht schneller, als du denkst. Du hast Himmerich vor den Kopf gestoßen. Und du bist immer noch im Archiv.« Heide machte eine entschuldigende Geste zu Raupach. »Für deinen zweiten Stern müsst ihr noch einige Leichen aus den Aktenschränken holen.«

»Es war ein Pyrrhussieg«, sagte Raupach.

»Ein was?«, fragte Photini.

»König Pyrrhus war im Altertum ein bedeutender Herrscher«, dozierte er. »Bis er nach Italien übersetzte und sich mit den Römern anlegte.«

»Dumm von ihm.«

»Er gewann eine Schlacht nach der anderen, konnte aber seine Verluste nicht kompensieren.«

»Warum?«

»Seine Personaldecke war zu dünn.«

»Wie bei uns«, warf Heide ein.

»Irgendwann fielen ihm seine griechischen Bundesgenossen in den Rücken, und die Römer besiegten ihn.«

»Aha, die Griechen waren mal wieder schuld. Woher weißt du das?«, wollte Photini wissen.

»Humanistische Bildung. Manchmal geht sie mit mir durch.«

»Das hast du aber gut geheim gehalten. Kannst du auch den Anfang der *Odyssee* zitieren?«

»Ich glaube schon.«

»Dann lass mal hören«, forderte sie ihn auf.

»*Andra moi ennepe, mousa, polytropon, hos mala polla …*«

»Hör auf!« Photini hielt sich die Ohren zu. »Was war denn das?«

»Altgriechisch«, antwortete Raupach.

»Was du nicht sagst! Es heißt pol*i*-tropon, du Pol-*y*p. Und sprich es um Gottes willen weicher aus! Die Konsonanten dürfen nicht so knallen.«

»Ich versuch's.« Er fuhr fort: »*Hos mala polla planchthe, epei Troies hieron … ptoliethron epersen.*« Jetzt verhedderte sich Raupach wirklich in den Konsonanten.

»Klingt schauderhaft«, sagte Photini. »Was soll das deiner Meinung nach heißen?«

Er überlegte kurz. In der Schule hatte er die Zeilen zusammen mit einem Jugendfreund gebüffelt. Alle paar Jahre trafen sie sich wieder. Dann gehörte die *Odyssee* zu ihrem Wiedersehensritual.

Raupach erinnerte sich. »Nenne mir, Muse, den Mann, den listenreichen, der vielfach wurde verschlagen, seit Trojas heilige Burg er zerstörte.«

Photini nickte verblüfft. »Stimmt.«

Heide pfiff durch die Zähne. »Jetzt kennen wir uns schon so lange, aber damit hast du noch nie versucht mich rumzukriegen.«

»Mit Homer fing alles an, lange vor Pyrrhus.«

»So viel totes Wissen«, schaltete sich Paul ein. »Was fängt man damit an?«

»Werd nicht neidisch«, sagte Heide. »Das ist Poesie.«

»Wem's gefällt.«

Heide schaute Paul an, als würde sie ihm zum ersten Mal begegnen. »Die Leute wollen hin und wieder was Schönes hören. Alle Farben, alle Lebenstöne. Uns bleibt nur das entseelte Wort.«

»Wie bitte?«

»Schiller. Ich musste diesen Kram pauken bis zum Umfallen. Jedem sein eigener Bildungsschaden.«

»Wie sind wir noch mal darauf gekommen?«, fragte Photini.

»Durch deinen Pyrrhussieg«, sagte Raupach. »Weit wird dich deine Beförderung nicht bringen. Auch wenn ich mich geehrt fühle, dass wir noch zusammenarbeiten.« Er machte eine Pause und versuchte seine Gedanken zu ordnen. »Du bist mir in einigem voraus. Deine Auffassungsgabe und dein Talent, sie umzusetzen. Deine Beharrlichkeit, deine Überzeugungen …«

»Hör auf, Raupach.«

»Er hat das öfter«, erklärte Heide.

»Darf man keine Komplimente mehr machen? Die meisten Menschen kriegen heute nicht mal ein anständiges Lob hin. Sie können nur Beifall klatschen, dabei braucht man nicht nachzudenken.«

Photini legte den Kopf schief und lächelte. Er wurde grundsätzlich. Und persönlich. Beides zusammen kam selten vor. »Mach weiter«, hauchte sie.

»Trotz deiner Vorzüge hast du dich für eine Sackgasse entschieden«, fuhr er fort. »Da kommst du nicht mehr raus, wenn du im Archiv bleibst.«

Mit zwei Sätzen hatte er sie ernüchtert. Ihre gute Laune verflog.

»Ach was, Sackgasse!« Heide versuchte, dem Gespräch eine neue Richtung zu geben. »Himmerich hat uns kaltgestellt, nichts weiter.«

»Weil er den Medien einen Maulkorb verpasst hat?«, fragte Paul.

»Darf ich vorstellen«, sagte Heide ironisch, »unser neuer Mobbing-Beauftragter.« Sie stieß Paul den Ellenbogen in die Seite. »Falls es dir entgangen ist: Woytas hat ein Schild aufgestellt. Darauf steht: Betreten der Baustelle verboten. Eltern haften für ihre Kinder.«

»Es ist wahr. Wir müssen vorsichtig sein.« Photini bedeutete Rula, mit der Bestellung zu warten.

»Vorsichtig, aber nicht untätig«, sagte Raupach. »Für meinen Geschmack wird hier zu viel unter der Decke gehalten, Terrorismus hin oder her.«

»Woytas sieht eine Gelegenheit, sich in großem Stil zu profilieren.« Heide spielte mit ihrem Besteck. »Habt ihr Vorderbrügge und Trautmann gesehen? Die fressen ihm schon aus der Hand.«

»Weil sie dadurch aus dem Schneider sind«, ergänzte Photini. »Chefsache heißt, dass Woytas die gesamte Verantwortung trägt. Und den ganzen Ruhm erntet.«

»Dafür hat er sich den falschen Fall ausgesucht. Ich habe das Gefühl, dass er ihn überschätzt. Oder unterschätzt, schwer zu sagen.« Raupach rieb seinen Nasenflügel. »Bei diesen Briefen lässt mich mein Gefühl vollkommen im Stich. Ich habe keine Ahnung, wohin sie uns führen werden.«

»Wir sind keine Hellseher«, sagte Paul.

»Klemens wäre gern einer«, vollendete Heide.

»Wie auch immer, Radio Köln hat seine Aufgabe erfüllt«, konstatierte Raupach. »Das war ein wichtiger Schritt. Ich denke, unser Mann wird wieder in Aktion treten. Einer von uns muss dann zur Stelle sein, Information ist alles. Wir setzen unsere Hoffnungen auf dich, Paul.«

Der Motorradpolizist nickte zustimmend. Er hatte seine Sicherheitsjacke abgelegt und trug ein Thermoshirt unter der Trägerhose. »In Ordnung. Ihr müsst mir nur sagen, was ich machen soll.«

»Heide wird von der Feuerwehr auf dem Laufenden gehalten«, fuhr Raupach fort. »Wenn es wieder brennt, schaust du dich am Tatort um. Bei dem leisesten Hinweis, dass es etwas mit dem Fall Schiller zu tun haben könnte, meldest du dich, am besten nicht über Polizeifunk. Vielleicht sind wir schneller als Woytas. Und falls wir nicht schneller sind, beschafft uns Onkel Osterloh zumindest die Berichte.«

»Ich könnte Höttges losschicken«, sagte Heide. »Er ist so nützlich wie ein Gartenzwerg. Aber er hat ein sonniges Gemüt.«

»Wir können jeden gebrauchen.«

»Wonach suchen wir eigentlich?«, fragte Photini.

Schweigen senkte sich über den Tisch.

»Ich meine, warten wir nur, oder werden wir auch selber aktiv?«

Raupach pflichtete ihr bei. Seine Lagebesprechung war unstrukturiert. Es war besser, von vorn anzufangen.

Seine Zigaretten lagen unberührt auf dem Tisch. Heide nahm eine davon. Raupach griff nach einer Packung Streichhölzer, die zu Werbezwecken im Aschenbecher steckte, und gab Heide Feuer.

»Akropolis«, sagte er schließlich und deutete hinter sich auf das scheußliche Plastikgebilde. »Die Ursprünge. Dort entstanden die Werte, auf denen unsere Gesellschaft gründet. Worauf gründet der Briefeschreiber seine Handlungen? Und wen will er damit treffen?«

»Das ist doch leeres Geschwätz.« Heide hielt nichts von Gemeinplätzen.

»Schaut euch um«, fuhr Raupach fort. »Im Fall Schiller haben wir fast nichts. Da können wir genauso gut bei diesem Muskelprotz anfangen.« Er wies auf die Herakles-Statue. »Weißt du, wie er starb, Heide?«

»Hormonschock?«

»Durch das Nessoshemd. Es war vergiftet. Seine Frau hieß Deianeira. Sie glaubte, Herakles liebte eine andere. Deshalb schickte sie ihm dieses Gewand.«

»Eifersucht?«

»Rache, ziemlich verwickelt. Herakles hatte den Zentauren Nessos mit einem Pfeil erschossen, weil Nessos Deianeira vergewaltigen wollte.«

»Verständlich.«

»Der Pfeil war präpariert mit dem Gift der Hydra. Als Nessos starb, riet er Deianeira, sein Blut aufzufangen und als Liebeszauber zu verwenden, wenn Herakles sie einmal nicht mehr lieben sollte. Deianeira bewahrte das Blut in einem Fläschchen auf.«

»Clever«, sagte Heide.

»Deianeira wusste nichts von dem Hydragift. Und Herakles wusste nichts von dem Fläschchen.«

»Dann hatten sie ein Kommunikationsproblem.«

»Das kommt vor, wenn jeder seine Geheimnisse für sich behält. Als Herakles später mit einer alten Liebe anbandelte, tauchte Deianeira ein frisches Gewand in das Blut und schickte es Herakles, weil sie fürchtete, dass er sie verließ. Das war sein Ende, das Gift verbrannte seine Haut. Zugleich erfüllte sich eine Weissagung. Herakles starb nicht von den Händen eines Lebenden, sondern von denen eines Toten.«

»Wie du mir, so ich dir«, sagte Heide.

»Aber über Umwege. Herakles und Deianeira handelten in gutem Glauben. Vor Kummer hat sie sich dann erhängt.«

»Hab ich mir schon gedacht.«

»Und wozu hast du uns diese Geschichte erzählt?«, fragte Photini.

»Es geht um Gift und welche Wege es nimmt. Gift ist unsichtbar und schwer nachzuweisen. Manchmal bleibt es über Jahre hinweg wirksam. Ich glaube nicht, dass einer von uns den Schreiber dieser Drohbriefe auf der Straße erkennen würde. Ich stelle ihn mir als unauffälligen Menschen vor, in dem es nichtsdestotrotz brodelt. Als wütete ein schleichendes Gift in seinem Körper. Oder als läge es bereit wie dieses Fläschchen, zur späteren Verwendung gewissermaßen, ohne dass jemand seine tödliche Wirkung kennt.«

»Es muss einen Zusammenhang geben«, sagte Photini. »*Die Menschen werden brennen. Es wird unter der Erde geschehen.* Diese Verbindung, Feuer und ein Ort unter der Erde. Könnte das nicht auf ein Trauma zurückgehen? Nehmen wir mal an, der Mann wurde früher einmal in einem Keller eingeschlossen, in dem ein Brand ausbrach. Oder er war bei einem Feuer in der U-Bahn dabei. Vielleicht hat er als Kind einen Luftangriff erlebt.«

»Und wie sollen wir nach so einer Kombination suchen?« Heide übernahm die Rolle der Zweiflerin. »Willst du eine Umfrage machen?«

»Ein Vulkan«, sagte Paul. »Unterirdisches Feuer.«

»Nicht schlecht«, sagte Heide. »Ich bin auch ein Vulkan. Bring dich lieber in Sicherheit.«

Paul drehte die Augen zur Decke, lächelte aber.

Raupach dachte an den Stromboli. »Wir müssen alles in Betracht ziehen. Was lange eingeschlossen war, kommt manchmal zum Ausbruch. Es bahnt sich einen Weg an die Oberfläche.«

»Das trifft auf viele Menschen zu«, sagte Paul.

»Wie wäre es damit«, schlug Heide vor. »Bei einem Feuer in einem Partykeller wird ein Schüler dabei gestört, wie er Schillers *Lied von der Glocke* auswendig lernen muss. Daraufhin beschließt er, die Bude abzufackeln. Dann hätten wir alles hübsch beieinander.« Sie lachte. »Das ist doch Küchenpsychologie! Raupach hat Recht, meistens läuft es über Umwege. Aber um die herauszufinden, wissen wir zu wenig.«

»Immerhin haben wir die *Glocke*.« Raupach sah einen Ansatzpunkt. »Es gibt nicht viele Menschen, die Schiller so wichtig nehmen. Das ist unsere beste Spur.«

»Klingt nach Archivarbeit«, sagte Photini mit wachsendem Interesse. »Wie weit wollen wir zurückgehen? Zehn Jahre?«

»Mindestens.« Er konnte ihre Begeisterung für den Fall spüren. »Es gibt nichts Sichtbares, nicht einmal tausend Quadratkilometer Wüste oder offenes Meer, wo nicht ein Zeichen oder eine Botschaft unser harrt. Wir machen weiter.«

»Schön gesagt.« Heide legte einen Arm um Pauls breite Schultern. »Nächstes Jahr könnt ihr mir Bescheid geben, wie weit ihr seid.«

»Wir nutzen die Möglichkeiten, die wir haben. Was bleibt uns anderes übrig?«

»Rula!«, rief Heide. »Wir möchten bestellen.«

SHEILA BEWUNDERTE seine Sehnen und Muskeln. Obwohl es Winter war, saß Luzius im Unterhemd da. Schon wieder etwas, was sie verband: ihre gemeinsame Unempfindlichkeit gegen Kälte. Im Vorübergehen streifte sie seinen Oberarm. So viel Kraft in einem einzigen Körper.

Er hatte Tapferkeit gezeigt, Entscheidungen getroffen, Verletzungen hingenommen. Er hatte für *sie* getötet, dessen war sie sich sicher. Es stand in den Zeitungen, mit Foto. *Die Leiche dieses unbekannten Mannes um die dreißig wurde in Köln-Longerich aufgefunden. Die Polizeiinspektion Nordwest bittet um sachdienliche Hinweise, um die Identität des Toten zu ermitteln. Vermutlich wurde er Opfer eines Gewaltverbrechens.* Warum Ray in Longerich gefunden worden war, erschien ihr rätselhaft. Aber das war nicht wichtig. Ray würde sie nie mehr belästigen. Bald würden es die anderen auch nicht mehr tun.

Luzius hatte sie von der Schule abgeholt. Er hatte in einiger Entfernung an der vereinbarten Stelle neben der türkischen Schneiderei gestanden, die Hände hinter dem Rücken verschränkt, unbeweglich wie ein zur Erde herabgefallener Meteorit. Mio verdrückte sich sofort, als er den großen Mann sah.

Sheila hatte Lili schon am Schultor gesagt, dass sie künftig allein nach Hause gehen würde. Ihre Freundin hatte ihr einen seltsamen Blick zugeworfen, aber Sheila war egal, was Lili von ihr dachte. Lili nahm einen Teil ihres Lebens ein, der ihr inzwischen wie ein großer Schwindel vorkam. Vor dem Spiegel stehen und die Tanzschritte aller möglichen Sängerinnen einstudieren. Den Kleiderschrank ihrer Mütter plündern und sich gegenseitig mit schrägen Klamotten ausstaffieren. Endlos über Mio und die anderen Jungs reden, spekulieren, wie weit sie wohl gehen würden, wenn man sie gewähren ließe. Dies alles stand in krassem Gegensatz zu den Dingen, die Sheila in dem Tourbus und an anderen, verschwiegenen Orten erlebt hatte. Sheila sah diesen Dingen und ihren Urhebern jetzt ins Gesicht. Sie hatte nicht das Gefühl, dass sie dabei die Gesellschaft von Gleichaltrigen vermisste.

Ein verlockender Geruch erfüllte die Wohnung. Sie hatte einen Marmorkuchen gebacken. Nach Rezept ging das ganz einfach. Luzius liebte Kuchen. Und Sheila liebte Luzius. Diese Worte allein auf der Zunge zu spüren. In der Vergangenheit hatte sie ihre Bewunderung auf Popstars verteilt, deren Bild sie auf ihr Handy herunterlud und von denen sie sich Fotografien im Internet besorgte. Bei Luzius war das anders. Er war real, greifbar. Sie betrachtete ihn, wie er schweigend dasaß und aß. Der Kuchen schmeckte ihm, Gabel für Gabel. Seine Bewegungen hatten etwas Gewissenhaftes an sich, er tupfte jeden Krümel mit den Fingern auf. Das brachte sie zum Lächeln.

Als er fertig war, räumte Sheila den Tisch ab. Sie holte das Stadtmagazin. Auf dem Heimweg hatte sie es für ihren ersten Plan gekauft. »DJ Propeller« nannte Ronny sich jetzt. Wie kindisch.

Luzius konnte den Namen mit einem Gesicht verbinden. Der DJ hatte schon einmal im Bass Club aufgelegt. »Rock ist tot«, hatte Nestor abfällig geurteilt und Ronny von der Liste gestrichen. Das Bass sei kein Altersheim. Die Stones zu spielen, egal ob die frühen oder späten, bedeutete für einen DJ das Aus.

Sheila kannte das Gesicht auch. Es erschien kurz vor dem Einschlafen, wenn sie ihren Kopf von einer Seite zur anderen warf. Wenn sie ihn im Kissen vergrub. Wenn sie zur Decke sah. Es war ausdruckslos.

Sie wusste eine Menge über ihn, mehr, als sie angenommen hatte. Luzius stellte ihr die richtigen Fragen. Er konnte all die kleinen Angewohnheiten entschlüsseln, denen Sheila keine Bedeutung beimaß. Im Vergleich zu Ray würde es mit Ronny viel einfacher gehen. Sie glaubte nicht, dass er imstande war, ernsthafte Gegenwehr zu leisten. Ronny hatte immer nur zugesehen. Aus ein paar Metern Entfernung beobachtet, was sie anderen mit ihr anstellten. Sein Keuchen. Ronny war kein aktiver Part. Er war Publikum.

Gestern waren sie in der Disco gewesen, wo sie ihn anzutreffen hofften. Man kam ohne Eintritt hinein, ein billiger Vorortschuppen. Die so genannte Künstlergarderobe war eine schäbige Kammer, leicht zu erreichen über eine Treppe, die zu einem Seiteneingang hinunterführte. Es gab keine Security-Leute.

Sheila zeichnete einen Plan, damit sie sich die Örtlichkeiten besser einprägten. Luzius legte den Zeitpunkt fest. Er erklärte, worauf Sheila achten musste. Sie sog es begierig auf. Er fragte noch einmal, ob sie unbedingt dabei sein musste. Es würde kein schöner Anblick werden. Alles andere als das.

»Ich habe nichts als meine Augen, Luzius. Nimm sie mir nicht.«

Das lag ihm fern. Sheila war wie ein Blitzschlag in sein Leben getreten. Der Punkt, wo sie hineingefahren war, schwelte noch. Luzius hatte ein paar Nächte wach gelegen, bis er sich an die veränderten Umstände gewöhnt hatte. Alles war dabei, sich zu verschieben, in eine Richtung, die ihm völlig fremd, aber auf eine unbestimmte Weise verlockend und zugleich folgerichtig erschien. Er erzählte dem Mädchen, wie viel er im Laufe des vergangenen Jahres von dem erahnt hatte, was im dritten Stock vorgefallen war. Sie warf ihm nicht vor, dass er nicht eingeschritten war. Wenn die Polizei angerückt wäre, hätte das Folgen gehabt, die sie sich niemals verziehen hätte. Den Kampf ihrer Mutter zu beobachten war schlimm genug.

Er ging zu seinem Plattenspieler und legte eine Scheibe aus seiner Jugend auf. Eine Ziehharmonika fing an, ein Lied im Dreivierteltakt zu spielen. Er kannte den Text nicht, aber die Melodie war ihm in Fleisch und Blut übergegangen.

Eine Kinderwelt entstand. Sie drehte sich unablässig, verkleinerte Fahrzeuge umkreisten eine mit bunten Glühbirnen verzierte Achse. Ein Sportwagen, Motorräder und ein Autobus, die Polizei und die Feuerwehr, ohne Ziel, aber in unverrückbarer Folge. Gesichter von Jungen und Mädchen zogen vorbei, ein paar von ihnen waren der Attraktion schon entwachsen. Luzius stand daneben und achtete darauf, dass ihnen nichts passierte. Er hatte seine Hand immer am Notschalter. Wenn ein Kind seinen Platz verließ, schritt er ein, und die Fahrt mit dem Karussell war zu Ende.

Unterdessen baute Sheila die Spielsteine auf. Sie losten aus. Luzius bekam die schwarzen. Sheila drehte das Brett und machte den ersten Zug. Sie schwiegen. Sheila betrachtete ihn, und Luzius betrachtete die Damesteine.

»ICH SUCHE EIN BUCH«, wandte sich Raupach an den Verkäufer. »Ich glaube, der Einband ist rot.«

Johan versuchte, den Mann einzuschätzen. Er war Anfang vierzig, etwa so alt wie er selbst. Kein Intellektueller, der ihn veralbern wollte. Dafür wirkte er zu gewöhnlich in seiner dunkelblauen Jacke, die er über einem Anzug trug. Ein rotes Buch – die Mao-Bibel konnte damit kaum gemeint sein. Was war sonst noch rot? Die einbändige Ausgabe des *Herrn der Ringe*. Der *Guide Michelin*. Und eine Menge anderer Bücher mit rotem Einband oder Schutzumschlag.

»Da haben wir ein paar zur Auswahl. Was lesen Sie denn so?«

»Es soll ein Geschenk sein. Können Sie es hübsch einpacken?«

»Natürlich«, antwortete Johan geduldig, »das machen wir gern. Aber zuerst brauche ich ein paar Anhaltspunkte. Können Sie sich an den Titel erinnern?«

Der Mann kratzte sich am Kopf. Er machte auf Johan einen konfusen Eindruck, als sei er nur durch Zufall in die Buchhandlung geraten und fragte sich nun, was er hier verloren habe. Jemand, der vor dem Matschwetter floh und sich für kurze Zeit aufwärmte. Seine schwarzen Schuhe sahen mitgenommen aus wie sein gesamtes Äußeres. Nicht direkt verwahrlost. Auf seine Weise war der Mann gepflegt. Er war sauber rasiert, hatte eine passable Haltung, seine Augen waren auf eine bedächtige, unerschütterliche Art mit der Umgebung beschäftigt, als müsste er jedem Gegenstand einen Begriff zuweisen. Er roch nach Kaffee. Und nach Knoblauch und Anis, was Johan aber nicht weiter störte. Allerdings schien er nicht viel Wert auf eine korrekte Erscheinung zu legen. Seine Krawatte stand in einem abenteuerlichen Winkel ab. Der Hemdkragen wies einen Aschefleck auf. Er schaute wohl nicht oft in den Spiegel.

Raupach ließ seinen Blick über die Regale schweifen. Er kam sich vor wie im Archiv. Reihen und Reihen bedruckten Papiers. Was mochte dahinter liegen? Eine kahle Wand? »Wenn ich das Buch sehe, erkenne ich es bestimmt. Können Sie mir nicht ein paar zeigen? Dann kommen wir der Sache vielleicht näher.«

»Handelt es sich um erzählende Literatur oder ein Sachbuch?« Johan war diese Beliebigkeit unangenehm. Er benötigte mehr Informationen, Parameter, um all den Schund auszufiltern, mit dem sein Geist tagtäglich angefüllt wurde. Aber vielleicht verlangte den Kunden nach Schund? Wenn er wollte, sollte er ihn bekommen.

»Das Buch ist rot«, wiederholte Raupach unbeirrt.

Dieser Mann schien es gewohnt zu sein, immer aufs Neue anzuheben, dachte Johan. Hinter einer schludrigen Erscheinung verbarg sich manchmal Hartnäckigkeit. »Der Autor ist Ihnen nicht bekannt?«

»Nein.«

»Die grobe Thematik?«

»Gift«, erwiderte Raupach und tippte mit der Handfläche an die Stirn, um sich für sein lückenhaftes Gedächtnis zu entschuldigen. »Es hat etwas mit Gift zu tun. Oder es sollte etwas damit zu tun haben. Ja, das wäre gut.«

Johan stutzte. »Gift« gehörte nicht zu den Begriffen, nach denen er die Lektüren seiner Kunden unterteilt hatte. Dann kam ihm ein Gedanke. »Sie meinen nicht etwa die Rote Liste? Das ist eine Aufstellung aller im Handel befindlichen Arzneimittel.«

»Nein, so etwas hat sie sicher schon.«

»Suchen Sie vielleicht einen Ratgeber?«, probierte es Johan. »Über Gift … in der Nahrung? In der Umwelt? Am Arbeitsplatz oder in der freien Natur?«

»Hm.«

»Geht es um Gesundheit, Wellness? Eine Entschlackungstherapie? Detox ist gerade der große Renner. Das ist ein anderer Ausdruck für …«

»Nichts über *Ent*giftung«, gab Raupach zurück. »Die Dame, für die das Buch bestimmt ist, interessiert sich ausschließlich fürs *Ver*giften.«

»Das Geschenk ist also für eine Frau. *Ihre* Frau, wenn ich fragen darf?«

»Nein. Sie ist ein paar Jahre älter als ich, wenn Ihnen das bei der Suche nach einem roten Buch hilft.«

»Aha.« Der Hinweis nutzte Johan nicht viel. Im Stillen war er bereits von einer Leserin im mittleren Alter ausgegangen. »Soll es einen lebenspraktischen Bezug haben? Wer oder was ist das Ziel der Vergiftung? Ratten, Tauben, Ungeziefer? Oder will Ihre Bekannte einen Menschen, sagen wir, ihren Ehemann, ins Jenseits befördern?« Ein kleiner Scherz, dachte Johan, vertiefte das Verhältnis zum Kunden. Er war zwar nicht gerade für seinen Witz bekannt, aber hin und wieder gelang ihm eine launige Bemerkung. Wenn der Kunde lachte, hatte Johan schon gewonnen.

Raupach verzog keine Miene. »Wenn ich vorhätte, jemanden zu vergiften, würde ich wohl kaum einen Buchhändler nach Fachliteratur fragen. Menschen, die einen Mord planen, benutzen dafür selten Bücher.«

»Das kommt darauf an«, erwiderte Johan. Wenn man einen alten Folianten mit Ethanol tränkt, dachte er, gibt das einen brauchbaren Brandsatz ab. Wegen des Geruchs müsste man das Buch allerdings in einem Plastikbeutel transportieren. »Kennen Sie die Dosierung von Pflanzenextrakten? Sie können heilend und tödlich wirken.«

»Nehmen Sie nicht alles so wörtlich.« Raupach begann die Regalreihen entlangzuschlendern.

Johan konnte Rechthaber nicht leiden. Dieser Mann hatte einen merkwürdigen Gang. Er setzte den linken Fuß vor und zog den rechten mehr nach, als dass er damit ausschritt. Er humpelte nicht, bewegte sich aber, als hinge ein Gewicht an seinem Bein.

»Ich glaube, es ist etwas Fiktives«, sagte Raupach. »Etwas Erdachtes, wenn Sie verstehen.«

Johans Unbehagen wuchs. Dieser Kunde wusste nicht, was er wollte. Wie sollte ein Verkäufer jemanden beraten, der sich über seine Wünsche nicht im Klaren war? *Unentschlossenheit schätzen wir ganz und gar nicht. Die Unentschlossenen waren unser Verderben.*

»Sie meinen einen Roman?«, fragte Johan.

»Von mir aus, Hauptsache, meine Bekannte schläft dabei nicht ein. Ich war lange nicht mehr im Theater, aber soweit ich mich erinnere, ist auf der Bühne dauernd Gift im Spiel. Es ist ein starkes Symbol.«

»Ein Lesedrama also.«

»Das mit dem Theater habe ich nur zum Spaß gesagt. Wer geht heute noch ins Theater?« Raupach zuckte mit den Schultern. »Welche roten Bücher lesen *Sie* denn?«, fuhr er fort.

Johan wurde oft gefragt, welche Literatur er selber schätzte. Er nannte dann meistens den Titel, den er zuletzt verkauft hatte. Jetzt war das nicht so einfach. Das Buch, das er vorhin einem Kunden empfohlen hatte, besaß einen braunen Einband, keinen roten.

Sie waren in der Hardcover-Abteilung angelangt. Keines der ausliegenden Bücher war rot. Johan betrachtete das erste Regal und hielt überrascht inne. Seltsam. Es gab relativ wenige rote Bücher, die meisten waren weiß, beige oder schwarz. Das war ihm noch nie aufgefallen. Woran mochte das liegen? Befürchteten die Verlage, dass eine Signalfarbe die Leser abschreckte? Politische Gründe konnte es ja wohl nicht mehr haben.

Johan zog ein schmales Buch heraus. »Geschichten aus der Stadt Gottes« war in den roten Rücken geprägt.

Raupach nahm das Buch vorsichtig entgegen und betrachtete das Titelbild. Es zeigte einen jungen Maroniverkäufer. Er röstete Kastanien in einer kleinen Pfanne. Dabei schaute er den Fotografen an, als traue er ihm nicht über den Weg. Raupach schlug die ersten Seiten auf.

»Die Erzählungen spielen in Rom«, erklärte Johan. »Es geht um Armut und Schönheit.«

»Das klingt romantisch, wir tasten uns langsam heran. Hat es Sie berührt?«

Mit dieser Frage konnte Johan nichts anfangen. Er rief sich die Verlagsinformation ins Gedächtnis. Eine Mischung aus Realismus, Mitleid und tragischem Humor, hieß es da.

»Ja«, log er. Es gab nur einen Schriftsteller, der ihm etwas bedeutete. Der Autor dieser Romgeschichten war es gewiss nicht. »Es ist realistisch erzählt, aus dem Leben gegriffen.« Das musste reichen.

»Gift kommt darin aber nicht vor«, sagte Raupach und wies auf das Inhaltsverzeichnis.

»Das habe ich auch nicht behauptet. Sie haben sich nach einem roten Buch erkundigt, das ich selber gelesen habe. Da ist eins.«

»*Der Glatthai*«, las Raupach. »Ein viel versprechender Titel. Worum geht es in der Geschichte?«

Um einen Fisch, dachte Johan. »Das weiß ich nicht mehr.« Der Kunde würde ohnehin nichts kaufen. Er wollte ihn möglichst schnell loswerden. *Er bringt uns durcheinander. Er soll uns in Ruhe lassen.*

»Sie sagten doch, sie hätten das Buch gelesen.«

»Bei Erzählungsbänden überspringt man hin und wieder einen Text«, parierte Johan. »Das ist das Praktische daran. Ich finde den Titel nichts sagend. Man muss ja nicht alles lesen, was einem zugemutet wird.«

»Und wenn Ihnen dadurch die beste Geschichte entgeht?«

»Da kann man nichts machen. Schauen Sie sich um. Können Sie sich vorstellen, was Sie hier alles verpassen?«

Raupach klappte das Buch zu und gab es dem Buchhändler zurück. Johan ordnete den Band wieder ins Regal ein und hielt nach einem anderen Kunden Ausschau, nach irgendeiner Person, die ihm einen Vorwand bot, diesen Mann sich selbst zu überlassen.

»Wahrscheinlich eine Haiart«, sagte Raupach. »Ich frage mich, was ein Glatthai in Rom macht.«

»Wie bitte?«

»Es sei denn, die Geschichte spielt in einem Restaurant. Oder auf einem Fischmarkt. Was meinen Sie?«

Johan wusste nicht, was er mit diesem Kerl machen sollte. *Den schlechten Mann muß man verachten, der nie bedacht, was er vollbringt.* Er ging ein paar Schritte und tat so, als suche er nach weiteren Titeln. In Wahrheit kontrollierte er die alphabetische Ordnung des Hardcover-Bestands. Einige Bände waren schon wieder verstellt. Manchmal meinte er, es in diesem Beruf nur mit Analphabeten zu tun zu haben. Er ging in die Hocke und stellte die alte Reihenfolge wieder her.

Johan spürte, wie ihm der Mann folgte. Und unvermittelt stehen blieb.

»Da ist es ja.« Raupach nahm ein Buch aus dem Regal. »Jetzt weiß ich's wieder: *Mord zwischen Messer und Gabel*«, las er vom Deckel ab und fuhr mit den Fingern über die gerillte Oberfläche des Schutzumschlags. »Das habe ich gesucht. Da kommt jede Menge Gift drin vor. Sehen Sie, es ist rot«, sagte er stolz.

Johan erhob sich. Warum hatte der Mann nicht gleich gesagt, dass er einen Krimi wollte? »Glücklich ist die Form gefüllt«, murmelte er erleichtert.

Raupach hielt kurz inne. Dann nickte er zufrieden. »Vielen Dank.« Er drückte Johan das Buch in die Hand. »Können Sie mir das jetzt einpacken?«

»Das macht meine Kollegin an der Kasse.« Johan gab Raupach das Buch zurück.

»Natürlich. Sie haben mir sehr geholfen.«

»Dafür sind wir da.«

DIE UNTERFÜHRUNG verband ein Wohngebiet mit einem Industriegelände. Obwohl es später Nachmittag war und viele Leute von der Arbeit nach Hause mussten, befuhren nur wenige Autos die Straße. In den letzten fünf Minuten kam gerade mal ein Laster mit voll aufgeblendeten Scheinwerfern vorbei. Anscheinend gab es nur wenige Menschen, die von der einen Seite des Bahndamms auf die andere gelangen wollten. Zumindest an dieser Stelle.

Raupach schaute an die Decke. Die Stahlträger waren mannsdick. Vor einer Stunde war die Sonne untergegangen. Durch einen vergitterten Lichtschacht tropfte die Dunkelheit. Nur eine Reihe von Neonröhren glomm unter einem Firnis aus Ruß und spendete ein diffuses Licht.

Es war über null Grad, doch die hohe Luftfeuchtigkeit und ein böiger Wind, der ungehindert durch die Unterführung blies, erzeugten eine schneidende Kälte. Über vielen Schichten aus Stahl und Beton befanden sich die Gleise des Güterbahnhofs Köln-Nippes. Ein Regionalexpress und die S 11 nach Neuss befuhren diese

Strecke. Das Dröhnen eines Zuges ließ Raupach zusammenzucken. Die Unterführung besaß eine Länge von gut zweihundert Metern. An ihrem Ende hörte die Beleuchtung auf. Raupach fragte sich, wie viele solcher gottverlassener Plätze es in den Vororten geben mochte. Und wie viele er schon besichtigt hatte auf der Suche nach einer Spur.

»Ideal, um auf die Schnelle eine Leiche loszuwerden«, sagte Heide und öffnete den Kofferraum ihre Dienstwagens. Sie holte einen Halogen-Scheinwerfer heraus, klappte den Ständer auf und schaltete ihn ein. Außer einem großen Fleck auf dem Bordstein war nichts Außergewöhnliches zu erkennen.

Kurz nach Dienstschluss waren sie zusammen nach Longerich gefahren. Die Identität des ermordeten Mannes hatte sich geklärt. Er hieß Raimund Lübben. Grabner, der zuständige Kommissar von der Polizeiinspektion Nordwest, hatte Heide die spärlichen Einzelheiten übermittelt. Lübbens Freundin war nach einigen Tagen skeptisch geworden. Es sei öfter vorgekommen, dass Raimund tagelang unterwegs war, ohne sich zu melden. Erst als ihre Vermieterin sie auf das Bild in der Zeitung aufmerksam gemacht hatte, war ihr klar geworden, dass er der unbekannte Tote war.

»Lübben war Musiker«, sagte Heide. »Schlagzeuger in einer Rockband. Deutsche Texte, ziemlich gehässig. Grabner lässt Nachforschungen in der Szene anstellen. Lübben hat ein wenig gedealt, nur harmloses Zeug, kein Grund, jemanden umzubringen. Vielleicht hat ihm das nicht mehr gereicht, und er ist in ein größeres Ding eingestiegen. Dann braucht es nicht viel, und man ist raus aus dem Spiel.«

»Ist das alles?«

»Außer dem Genickbruch und dem prämortalen Sex –«

»Mit einem Mädchen«, ergänzte Raupach.

»Einem Groupie. Oder einem Vergewaltigungsopfer, das Hilfe bekommen hat. Professionelle Hilfe, so einen Griff lernt man nicht auf der Straße.«

»Aber bei vielen Kampfsportarten. Das ist doch das Erste, was sie alle wissen wollen: Wie man jemanden umbringt.«

»Die Analyse der Blutreste und der fremden DNS hat nichts ergeben«, sagte Heide.

»Was nicht heißen muss, dass wir es mit einem Ersttäter zu tun haben.«

»Jedenfalls nahm Lübbens Freundin es nach dem ersten Schreck ziemlich gelassen auf. Ihr Name ist Silke Scholl. Die Beziehung war wohl nicht besonders eng. Grabner meinte, dass von ihr nicht mehr zu erfahren sei. Lübben hatte keine Angehörigen.«

»Freunde? Musikerkollegen aus der Rockband?«

»Gehen auf Distanz. Er scheint nicht besonders beliebt gewesen zu sein.«

»Da stirbt ein Mensch, und niemanden juckt es, nicht einmal seine Lebensgefährtin«, wunderte sich Raupach.

»Leute wie Lübben lehnen Bindungen ab. Sie wechseln ihre Freundinnen, wie es ihnen passt. Mal spielen sie in dieser, mal in jener Band, ziehen andauernd um. Weit lässt sich ihr Weg meistens nicht zurückverfolgen, zumal sie keiner vermisst.«

»Hast du Vorurteile?«

»Nein, aber ich mache mir keine Illusionen«, gab sie zurück. »Wenn einer von uns beiden sterben würde, wäre die Trauergemeinde auch überschaubar.«

Er nickte. »Mach das Licht wieder aus. Ich glaube nicht, dass die Spurensicherung hier etwas übersehen hat.« Mit der Hand beschrieb er einen Halbkreis um den Fleck auf dem Boden.

»Bist du sicher?«

»Trägst du deine Waffe?«, fragte Raupach.

Heide stutzte. Unter ihrem Oberarm spürte sie ihre Dienstpistole. »Klar. Das weißt du doch.«

»Dann kann uns nichts passieren.«

Sie schaltete den Scheinwerfer aus. Die Neonröhren waren jetzt die einzige Lichtquelle. Sie dienten zur groben Orientierung für die Autofahrer und beleuchteten nur einzelne Abschnitte. »Wer diese Unterführung bei Dunkelheit durchquert, braucht gute Nerven.« Heide lehnte sich an die Motorhaube. Ihr Magen kämpfte immer noch mit der üppigen griechischen Süßspeise, und der Geschmack des Ouzos wollte nicht verschwinden. Sie nahm eine kleine Schachtel aus ihrem Wollmantel und steckte sich ein Pfefferminzbonbon in den Mund.

Raupach entfernte sich ein Stück.

Er will ein Gefühl für den Ort bekommen, dachte Heide. Nach den Jahren im Archiv war das kein Wunder.

»Was tun wir hier noch?«, rief sie. »Das ist kein Tatort!«

»Hier wurde die Leiche zurückgelassen«, antwortete er und ging weiter. Mit einer ausgestreckten Hand strich er über die geflieste Wand der Unterführung. Der Schmutzfilm, mit dem sie überzogen war, fühlte sich ölig an. Es roch nach den Abgasen von Jahrzehnten.

»Es ging nicht darum, Lübben zum Verschwinden zu bringen«, korrigierte Heide. »Jemand wollte sich ihn nur unerkannt vom Hals schaffen. Es ist gar nicht so schwer, eine Leiche zu transportieren. Man braucht nur genügend Plastikfolie, damit der Kofferraum sauber bleibt.«

»Vielleicht wollte der Mörder, dass die Leiche an diesem Ort gefunden wurde«, gab er über die Schulter zurück. »An einem passenden Ort.«

Er suchte nach einem Zusammenhang zum Fall Schiller, dachte sie. Der Brand auf dem Spielplatz und eine Leiche unter der Erde. Zwei lose Enden, wenn man so wollte. Aber wie viele lose Enden gab es, ohne dass jemand wie Raupach auf den Gedanken kam, sie zu verknüpfen? Oder dass jemand wie der Mörder die Absicht hatte, eine Verknüpfung herzustellen? Nicht alles ließ sich in ein Schema pressen.

Heide erinnerte sich daran, dass sie es gewesen war, die Raupach diese Verknüpfung nahe gelegt hatte. Genügte das schon, um ihn auf den Fall anzusetzen? War er so ausgehungert? Sie schaute auf.

»Raupach?«

Er war verschwunden. Heide hatte ihn zuletzt in etwa fünfzig Metern Entfernung gesehen. Sein gebeugter Rücken in der dunklen Jacke hatte sich kaum von dem schwarzen Rechteck am Ende der Unterführung abgehoben. Jetzt war er weg.

Sie rief erneut nach ihm. Keine Antwort.

»Was soll das?« Pause. »Wo bist du?«

Stille. Das ferne Rattern von Güterwaggons.

In der Unterführung war niemand zu sehen. Gab es weiter vorn eine Nische? Vielleicht eine Notrufsäule? Sie ging ein paar Schritte. Dann begab sie sich zurück zum Wagen.

»Wir sind zu alt für solche Spielchen!« Heide sah sich in alle Richtungen um. Sie überlegte, ob sie den Scheinwerfer wieder einschalten sollte. Aber der würde sie nur blenden. Also blieb sie, wo sie war.

Nichts geschah. Die Minuten verstrichen, die Kälte nahm zu.

Was auch immer passiert war, Heide durfte Raupach nicht allein folgen. Sie musste Verstärkung anfordern. Die meisten Polizeiregeln waren ihr gleichgültig, aber nicht diese. Sie rief noch einmal nach ihm. Dann öffnete sie die Wagentür, setzte sich auf den Beifahrersitz und tastete nach dem Funkgerät.

Von der Rückbank ertönte ein Räuspern.

»Alles in Ordnung«, sagte Raupach. »Ich bin's.«

Heide senkte die Waffe. Sie hatte sie blitzschnell gezogen – und hätte sie beinahe abgefeuert.

»Der Ort ist nicht so wichtig. Aber er kommt ihm zustatten«, fing er an, unbeeindruckt von dem Schrecken, den er Heide eingejagt hatte. »Auch wenn es vordergründig keinen Zusammenhang gibt.«

Sie starrte ihn entgeistert an. »Ich hätte gute Lust, dich abzuknallen.«

Er reagierte nicht. »Es gibt Zufälle – und Zufälle. Manche stehen für sich und bleiben Zufälle. Andere sind nur bloßer Schein, eine Folge unserer Unkenntnis, alle Gründe und Ursachen der Ereignisse zu erfassen.«

»Wie hast du dich angeschlichen?«

»Was?« Raupach hatte die letzten Sätze an die Windschutzscheibe gerichtet. Jetzt wandte er sich wieder Heide zu. »Ach so ... Ich bin auf der anderen Straßenseite zurückgelaufen. Das war keine Kunst. Du hast nur dorthin geschaut, wo du mich zuletzt gesehen hattest.«

Heide sicherte ihre Waffe und steckte sie zurück in ihr Schulterholster. »Ich hasse dich.«

»Dachtest du, mir hätte der Würger von Longerich den Hals umgedreht?«

»Los, fahren wir zurück.« Sie stieg aus. »Und setz dich neben mich, damit ich dich im Blickfeld habe.«

Sie trafen sich am Kofferraum. Raupach half ihr, den Halogen-Scheinwerfer einzuladen. »Tut mir Leid«, sagte er. »Ich wollte ...«

»*Was* wolltest du?« Heide war stinksauer.

»Meine Intuition. Wenn man eine Zeit lang nur Protokolle und Aktenvermerke liest, geht sie einem nach und nach verloren. Ich wollte herausfinden, ob sie mir noch etwas zu sagen hat.«

»Und? Was spricht sie?«

»Da ist etwas. Ich kann es noch nicht beschreiben.« Raupach dachte angestrengt nach. Dann setzte er erneut an. »Es kommt mir vor, als sei der Mord an Lübben eine Art Probelauf. Auf dem Spielplatz hat es nur gebrannt, ohne dass jemand verletzt wurde. Hier lag eine Leiche. Aber sie wurde nicht mit Benzin übergossen oder so, es gab kein Feuer.«

Die Innenbeleuchtung des Wagens erlosch. Langsam begriff Heide. Er hatte ihr keinen Streich spielen wollen. Es sollte auch keine Wissensdemonstration sein wie im Delphi, als er Publikum gehabt hatte. Raupach hatte sich nur in seinen Spekulationen verloren.

»Vielleicht übt er noch«, fuhr Raupach fort. »Er sortiert seine Handlungen, um sie für seinen nächsten Schritt zu koordinieren.«

»Hab Geduld, Klemens«, sagte sie. Seine Mutmaßungen kamen ihr zunehmend abwegig vor. Sie nahm sich vor, nachsichtiger zu sein. »Meine Intuition spricht auch nicht auf Zuruf mit mir. Um ehrlich zu sein, kriegt sie die meiste Zeit kaum den Mund auf.«

»Dann musst du sie zu Wort kommen lassen.« Er öffnete seine Hand und hielt ihr einen Gegenstand hin. Es war ein Zigarrenstummel. »Das lag am Ende der Unterführung. Der Tabak ist aufgeweicht, aber nur ein bisschen. Die Zigarre wurde vielleicht vor ein oder zwei Tagen weggeworfen.«

»Und du glaubst …?«

»Hier ist wenig Verkehr. Wie viele Autos kommen hier täglich durch? Seit wir hier sind, war es genau eines.«

»Die Wahrscheinlichkeit, dass diese Zigarre von Lübbens Mörder stammt, ist äußerst gering.«

»Das stimmt.« Raupach machte eine Pause. »Und was sagt dir deine Intuition?«

»Schmeiß das Ding weg«, sagte sie.

»Gut.« Er ließ den Stummel zu Boden fallen.

»Und jetzt?«, fragte sie, verwundert, dass er so schnell nachgegeben hatte.

Sie standen immer noch hinter Heides Dienstwagen. Es war eine vertraute Situation. Wenn sie früher ihre Gedanken über einen Fall ausgetauscht hatten, waren sie dafür oft aus dem Auto gestiegen und hatten sich Bewegung verschafft. Das Wageninnere blockierte neue Ideen. Und es verhinderte, dass man ein wenig Angst bekam. Die brauchte man aber, wenn man sich vorwagte auf unbekanntes Terrain.

Er zögerte, wusste nicht, ob er es ansprechen sollte. Dann rang er sich durch. »Was findest du an Paul?«

Sie wich zurück. »Warum fragst du mich das ausgerechnet jetzt?«

»Es geistert mir dauernd im Kopf herum, das ist alles.«

»Geht es dich etwas an?«

»Nein.«

Sie überlegte. »Was wäre gewesen, wenn *ich* durch die Unterführung gelaufen und plötzlich verschwunden wäre? Was hättest du getan?«

Er machte einen Schritt, griff unter den Kotflügel und hielt einen verdreckten Revolver in der Hand. Heides Rückversicherung, wie er wusste. Die robuste Waffe funktionierte in jedem Zustand, man musste sie nur hin und wieder reinigen, ölen und die Patronen erneuern.

»Wärst du mir damit gefolgt?«, fragte Heide.

»Was hätte mich davon abhalten können?«

»Erinnere dich daran, was vor drei Jahren geschah.« Sofort bereute sie ihre Äußerung.

»Das tue ich immerzu«, antwortete er ungerührt und betrachtete die Waffe. Der Griff fühlte sich an wie Schmirgelpapier. »Ich bin zu dem Schluss gelangt, dass ich wieder Risiken in Kauf nehmen muss. Auch wenn sie schwer abzuschätzen sind. Ohne Risiken kommen wir nicht weiter.«

»Was wir gerade tun, ist bereits ein Risiko.«

»Warum? Woytas hat den Fall Schiller zur Chefsache erklärt.« Er zertrat den Zigarrenstummel, streckte die Arme aus und drehte sich um die eigene Achse. »Ich sehe hier keine Anzeichen dafür.«

»Das meinte ich nicht.« Heide nahm Raupach die Waffe ab und brachte sie wieder an der Halterung unter dem Kotflügel an. Dann wandte sie sich ihm erneut zu. Er war wirklich schwer von Begriff. Seine verkümmerte Intuition, die versteckte Eifersucht gegenüber Paul, und jetzt diese Herumschleicherei. Er brauchte etwas, um wieder auf die Beine zu kommen.

»Falls es dir hilft: Ich denke, wir hätten zusammen glücklich werden können.« Das wollte Heide schon seit einer Ewigkeit klarstellen.

»Und warum wurden wir es nicht?«, fragte Raupach, bemüht, sich von diesem Bekenntnis nicht überrascht zu zeigen.

»Weil wir uns zu früh kennen gelernt haben.«

»Oder zu spät? Was hat die Zeit damit zu tun?«

»Wenn ich merke, wie sie über mich hinweggeht, gerate ich in Panik«, erwiderte Heide.

»Aber die Zeit schreitet fort, unentwegt.« Die Versäumnisse der Vergangenheit erschienen ihm so groß, dass er vor dem Versuch zurückschreckte, sie wieder wettzumachen.

»Manchmal kann man sie aufheben.«

»Was? Wen?«

»Die Zeit. Die Panik.« Sie nahm seinen Kopf in beide Hände und küsste ihn, lange und ausgiebig, wie es ihre Art war.

Nach einer Weile löste sie sich von ihm und schöpfte Atem. »*Das* war ein Risiko«, sagte sie.

Er antwortete nicht und blieb verdutzt stehen.

Heide stieg in den Wagen. »Lass dir nicht so viel gefallen, Klemens.«

VALERIE HATTE MINDESTENS eine Stunde hinter dem Herd verbracht. Das Ergebnis überraschte sie. Voller Stolz trug sie die dampfende Kasserolle zum Küchentisch und stellte sie auf einen Korkuntersetzer. Das Hühnchen sah genauso aus wie im Kochbuch. Dass es aus der Truhe mit den abgelaufenen Lebenmitteln stammte, die sie im Supermarkt immer durchstöberte, war nicht zu erkennen.

Sheila stand auf und holte aus der Kommode zwei Papierservietten. Die hatte Valerie vergessen. Sie schenkte ihrer Mutter Wein ein und nahm sich selber ein Glas Leitungswasser. Als sie sich wieder setzte, achtete sie auf ihre Haltung. Ihre Eltern hatten nie darauf Wert gelegt, dass sie ordentlich bei Tisch saß und sich gesittet benahm. Dabei tat es gut, die Schultern zu straffen und die Wirbelsäule durchzudrücken. Sie gewann ein Bewusstsein für Disziplin. Luzius wirkte stets wie eine Statue, die ein Gewölbe abstützte.

Das Küchenfenster hielt nicht richtig dicht. Das tat es nie, seit Jef es »gerichtet« hatte. Durch die Ritzen drang kalte Luft herein. Es war ein Abend, an dem man froh war, bei Kerzenschein im Warmen zu sitzen. Das milde Wetter vom Vortag war in den letzten Stunden einer steifen Brise gewichen. Der Ostwind fegte ungebremst durch die Seitenstraßen. Im Laufe der Nacht würde eine spiegelglatte Schicht aus Eis alles überziehen.

Sheila spürte einen Luftzug an ihrem Oberarm. Sie streifte die Ärmel ihrer zugeknöpften Strickweste nach unten. Darunter trug sie ein geblümtes Bustier, von dem sie hoffte, dass es ihr später von Nutzen sein würde. Es war eine Nummer zu klein und brachte ihre Brüste in eine vorteilhafte Position. Sie hatte es kurz vor Ladenschluss in einem Dessousladen gekauft. Die Verkäuferin hatte ihr ein noch knapperes Teil empfohlen, aber Sheila war mit dem Effekt vollauf zufrieden. Das Blümchenmuster bestand aus Veilchen und in sich verschlungenen Ranken. In Verbindung mit ihren zur Schau gestellten Reizen war es ideal, das wusste sie aus Erfahrung.

Blümchen verringerten die Zahl und die Härte der Schläge. Sie erzeugten Skrupel. Das hatte sie in den Augen von Ray und den anderen gelesen. Aber es zog den Akt auch in die Länge, während keine Blümchen ihn beschleunigten – und zugleich verschärften. Sheila hatte sich stets neu entscheiden müssen. Letztlich war es eine Wahl ohne Alternative.

»Mit ein bisschen Speck wäre es noch besser«, sagte Valerie. Sie verteilte Hühnerbeine, Reis und Estragonsoße auf die beiden Teller. »Aber den magst du ja nicht.«

»Seit wann?«

»Ich dachte, Schweinefleisch ist schmutzig?«

»Vergiss das mal wieder, Mutter. Ich mag Fleisch.«

Valerie biss sich auf die Zunge. Heute Abend wollte sie ihre Tochter nicht kritisieren. Es war unwichtig, welch seltsamen Lehren sie gerade anhing. Sie hatten selten Gelegenheit zu einem gemeinsamen Essen. Valerie wollte es nicht trüben und schwieg.

Ihre Stirn glühte. Sie prüfte ihre Haut mit den Fingerspitzen. Anscheinend hatte sie es im Sonnenstudio übertrieben.

»Du bist nicht braun, sondern rot«, sagte Sheila. »Wenn du noch ausgehen willst, brauchst du jede Menge Make-up.«

Valerie erschrak. »Meinst du?«

»Was hast du heute noch vor?«

Valerie hatte ihren Pferdeschwanz gelöst. Ihr dunkelbraunes Haar fiel ihr auf die Schultern. Sie trug eine dünne Seidenbluse. Der Wein und der neue Hochleistungsbräuner des Studios verhinderten, dass sie fror. »Wir gehen ins Kino.«

»Wer ist *wir?*«, fragte Sheila.

»Du kennst ihn, Mattes. Er war vor ein paar Tagen zum Abendessen hier.«

»Dieser Typ, der den Mund nicht aufkriegt?«

»Er ist höflich«, stellte Valerie richtig. »Ein wenig schüchtern, aber er hat Manieren.«

»Finde ich gut, dass du darauf Wert legst«, gab Sheila zurück. »Leute mit Manieren sind zuverlässig. Sie wissen, was sie wollen.« Sie kostete von dem Hühnchen. Es war gar nicht schlecht. Wenn ihre Mutter sich anstrengte, war sie zu so etwas wie Familienleben imstande. Vor lauter Selbstmitleid war Valerie blind geworden gegenüber allem, was sie nicht direkt betraf. Das Hühnchen war ein Friedensangebot.

Sie erschreckt mich, dachte Valerie. Sheila wirkte so reif und gefasst. Als würde in der Pubertät ein Schalter umgelegt, und plötzlich waren die Mädchen erwachsen, nicht nur im biologischen Sinne. Valerie stellte mit Wohlwollen fest, dass Sheila nicht mehr so aufreizend herumlief wie in den vergangenen Wochen. Die Strickweste stand ihr gut.

»Und was unternimmst *du* heute Abend?«, fragte sie. »Ich möchte dich nicht ausfragen«, fügte sie rasch hinzu. »Nur wissen, wo du bist.«

»Spionierst du mir nach?« Sheila legte das Besteck auf die Tischplatte. Jetzt fand sie die Soße überwürzt. Ihre Mutter hatte der Kräutermischung wahrscheinlich einen Brühwürfel hinzugefügt nach dem Motto: Viel hilft viel.

»Ich mache mir eben Sorgen um dich«, verteidigte sich Valerie.

»Na gut, ich gehe mit den anderen auf den Weihnachtsmarkt vor dem Schokoladenmuseum«, lenkte Sheila ein. Zumindest bis mich Luzius dort abholt, fügte sie in Gedanken hinzu.

»Bleibt nicht zu lange.«

»Nach ein, zwei Stunden wird es sowieso langweilig.« Sie legte ihre Hand auf die ihrer Mutter. Die Finger der beiden waren beinahe gleich lang. Dennoch war Valeries Hand unter Sheilas deutlich sichtbar. Sie war dunkler und setzte sich von Sheilas blassem Handrücken ab. »Keine Angst, ich passe auf mich auf.«

»Natürlich tust du das«, sagte Valerie und ergriff ihrerseits Sheilas Hand. »Wir geben aufeinander Acht, nicht wahr?«

Für einen Augenblick zweifelte Sheila an dem Vorhaben, das sie so genau geplant hatte. Es widerstrebte ihr, in die Nacht hinauszugehen. Valeries ahnungslose Geste hielt sie an ihrem Platz fest. Es lag nicht an der Berührung. Die spürte sie kaum. Ihr Körper gehörte nicht mehr zu ihr, die Verbindung zwischen ihm und ihr selbst war vor einiger Zeit abgerissen. Aber sie *sah*, dass Valerie ihre Hand hielt. Das genügte ihr.

Valerie lächelte, beugte sich zu ihrer Tochter und drückte sie an sich. Sheila ließ es geschehen. Ein Kribbeln wie bei Luzius empfand sie nicht. Sie spürte gar nichts. Sie konnte sich nicht einmal an das Gefühl einer Umarmung erinnern.

»Das Hühnchen wird kalt«, sagte sie schließlich, löste sich von Valerie und machte sich daran, ihre Portion aufzuessen. Sie trank viel Wasser dazu, damit sie das trockene Fleisch herunterbrachte.

»DAS MUSS unter uns bleiben«, schärfte Heide ihm während der Rückfahrt ein.

»Aber natürlich. Ich würde mir nie erlauben, irgendwelche voreiligen Schlüsse zu ziehen.« Raupachs Mund schmeckte nach dem Pfefferminzbonbon, das Heide im Mund gehabt hatte. »Ich meine, es war bitterkalt, du standest quasi unter Schock, und Mitleid kam auch noch dazu. Dies alles reicht als Erklärung vollständig aus.«

Sie rührte in der Gangschaltung, als wolle sie das Getriebe spüren lassen, dass mit ihr nicht zu spaßen war. »Bild dir bloß nichts darauf ein. So etwas passiert mir andauernd. Glaub nicht, dass du der Einzige bist.«

Raupach wusste, dass sie ihre aktuellen und verflossenen Liebhaber hin und wieder durcheinander brachte. Nur mit *ihm* war ihr das noch nie passiert. Er fragte sich, warum er in Heides Armen zu einem willenlosen Teenager wurde. Dieser Kuss … Leidenschaftlich war ein zu schwaches Wort, stürmisch klang zu altbacken. Überfallartig kam hin. »Schon gut«, sagte er schließlich. »Ist ja nichts weiter passiert.«

»Wirklich?« Sie war enttäuscht, dass er widerspruchslos einlenkte. Ihrem Eindruck nach hatte es ihm gefallen. Zumindest hatte er den Kuss äußerst bereitwillig erwidert.

»Du bist in festen Händen, Heide. Oder nicht?«

»Richtig«, erwiderte sie.

»Dann nehme ich es als Beweis alter Freundschaft.«

Raupach hob es sich für später auf, seine Gefühle zu bewerten. Er hing an Heide. Aber welche Formen das im Laufe der Zeit annehmen und zu welchen Situationen das führen konnte, darüber hatte er sich bislang keine Gedanken gemacht. Vor allem nicht darüber, was sie von ihm erwartete. Ihr letzter Kuss lag mindestens zehn Jahre zurück. Die Erinnerung daran war verwischt wie ein diesiger Morgenhimmel des Fernsehmalers.

Sie fuhren zu ihrer Wohnung in Köln-Sülz und machten sich frisch, um bei der Weihnachtsfeier ein akzeptables Bild abzugeben. Raupach wusch sich nur die Hände, während Heide eine geschlagene Stunde im Badezimmer blieb. Sie verloren kein weiteres Wort über den Vorfall.

Raupach nutzte die Zeit und bereitete sich vor dem schweren Wandspiegel im Gang auf den Abend vor. Es würde zu höchst aufschlussreichen Gesprächen kommen, aufgrund des Briefings vom Vormittag war er sich da sicher. Er nestelte an seiner Krawatte herum und überprüfte den Sitz seines verbeulten Jacketts. Für einen Moment befürchtete er, dass sein hoffnungslos aus der Mode gekommener Anzug im Zuge einer dieser unergründlichen Retrowellen wieder *en vogue* war. Dann vergegenwärtigte er sich das Erscheinungsbild von Woytas, Trautmann und den anderen. Körperbetonte Schnitte, Respekt gebietende Anzugswesten, Seidenbinder in leuchtenden Streifenmustern. In ihren Dreiteilern waren sie von Politikern kaum zu unterscheiden.

Im Vergleich dazu stellten Raupachs Schuhe einen zweckdienlichen Kontrast dar. Es waren unförmige Treter, das Leder aufgequollen und stumpf, eine einzige Katastrophe. Bei einer Weihnachtsfeier stand man die meiste Zeit herum, der Blick wanderte bei einer Unterhaltung unwillkürlich nach unten. Die Wirkung des Schuhwerks war also nicht zu unterschätzen.

»Wir müssen uns auf die Ebene dieses Mannes begeben, Woytas«, sagte Raupach mit der hohen Stimme von Himmerich. »Schluss mit diesen Briefen.« Er drehte sich langsam vor dem Spiegel und machte dazu einnehmende Gesten, als spräche er mit dem Ersten KHK. Raupach hatte zwar eine Abneigung gegen Scharaden, doch sie erstreckte sich nur auf den Umgang mit Verdächtigen oder Zeugen. Jetzt ging es darum, seine Position zu festigen und eine Art »freundliche Übernahme« für eine erfolgreiche Ermittlung im Fall Schiller anzubahnen.

So viel war Raupach klar: Dieser Fall erforderte ein Vorgehen, das er jemandem, der etwas zur Chefsache erklärt hatte, nicht zutraute. Woytas mit seinem Übertrumpfungsgehabe ließ es an dem nötigen Respekt fehlen. Nicht die Polizei war momentan am Drücker, sondern der Briefeschreiber. »Sie dürfen sich das Heft nicht aus der Hand nehmen lassen«, fuhr er fort. »Sie müssen agieren, nicht reagieren.« Die Gestalt im Spiegel schwieg. Raupach öffnete den Mund, behielt seine weiteren Gedanken aber für sich.

Wenn man einem Täter keine Achtung entgegenbrachte, kam man über einen bestimmten Punkt der Ermittlung nicht hinaus. Für gewöhnlich folgte man dem ausgetretenen Pfad, den Generationen von Polizisten vorgezeichnet hatten, und erreichte unweigerlich sein Ziel. Bei den Tankstellenräubern würde es so ablaufen, das war nur eine Frage der Zeit. Aber manchmal bedurfte es mehr, und wenn einem die Zeit davonrannte, erst recht. Achtzehn Tage waren es noch bis zum Tag vor der Geburt des Erlösers.

»Was machst du da?«

Raupach fuhr herum. Heide war fertig.

»Nichts Besonderes«, sagte er wieder mit seiner eigenen Stimme.

»Kam mir so vor, als hättest du mit jemandem geredet.«

»Ich war allein und habe gespielt.«

Sie trug ein bodenlanges Abendkleid, schwarz wie ihre Wimperntusche. Als sie es Raupach vorführte und schwungvoll herumwirbelte, stockte ihm der Atem beim Anblick des Rückenausschnitts. Heides Rücken war ohnehin schon ein umwerfender Anblick. Deutlich zeichneten sich die einzelnen Wirbel unter der Haut ab. Zu diesem Zweck machte sie eine spezielle Gymnastik. Wenn Heide ein paar Schritte ging, setzten sich diese Wirbel in Bewegung und eine Karawane aus perfekt geformten Höckern glitt unter der Haut auf und ab. Jetzt war ihr Rückgrat bis zur Pofalte zu sehen. Raupach konnte den Blick nicht von ihr wenden.

Heide hielt ihm die Hand vor die Augen und schnippte mit dem Finger. »Name, Beruf?«

»Klex, Idiot«, erwiderte Raupach. Es war schmerzlich, aus der Hypnose zu erwachen.

»Klex?«

»So hat man mich in der Schule genannt.«

»Dann ist ja gut.«

NACH IHRER ANKUNFT im Präsidium trennten sie sich. Heide wurde von Paul in Empfang genommen. Photini kam Raupach mit zwei vollen Punschgläsern entgegen.

»Yamas!«, rief sie. »Jetzt wird richtig gefeiert!«

Er stieß mit ihr an und trank einen Schluck. Dann sagte er bedauernd, dass er kurz ins Archiv müsse. Er fuhr mit dem Aufzug hinunter und holte die Stofftasche mit seinen Geschenken.

Dadurch verpasste er den Anfang der Nikolauspräsentation. Es war kein Spottgedicht, wie es seit Jahren Tradition war, sondern die moderne Version eines Loblieds. Woytas stellte per Videobeamer die neue Internetpräsenz der Kölner Polizei vor. Die Startseite zeigte ein Grußwort von Himmerich, in dem er auf jüngste Ermittlungserfolge verwies. Dann demonstrierte Woytas die Navigation der Seite und klickte nacheinander die einzelnen Abteilungen durch. Im Gegensatz zur alten Website war die neue klarer strukturiert und sah vor allem viel professioneller aus. Für technische Details übergab Woytas das Wort an die Presseabteilung, der die Pflege der Website oblag.

Es war eine beeindruckende, wenn auch weitgehend humorlose Vorstellung. Das neue Gesicht der Kölner Polizei im Internet sollte seriös wirken und sich zugleich an den Nachwuchs wenden. Parallel dazu schenkten die Kantinenfrauen zuberweise Punsch aus. Das half den Anwesenden, die Flut an Marketingfloskeln zu überstehen.

Als Raupach sich unter die Zuschauer gesellte, rief der Webmaster gerade den Eintrag über das Archiv auf. Er enthielt Informationen über die Initiative des Innenministers und den Hinweis, dass im Archiv nicht nur Fälle gesammelt, sondern auch gelöst wurden. Es war ein »proaktives« Archiv, wie Raupach erstaunt hörte. Er fügte seinem Wortschatz gern neue Vokabeln hinzu.

Himmerich sprach sein Schlusswort. Er hübschte die nicht besonders erfreuliche Jahresbilanz etwas auf, machte Mut für das kommende Jahr und bedankte sich bei sämtlichen Mitarbeitern. Daraufhin stürzten sich alle auf den Tisch mit den Geschenken. Die Polizisten hatten nur darauf gewartet, sich durch den Berg aus bunten Schachteln und Kartons zu wühlen. Wenigstens ein Programmpunkt dieser Weihnachtsfeier lief ab wie gewohnt.

Es war üblich, den Kollegen, mit denen man eng zusammenarbeitete, ein symbolisches Präsent zu machen. Daraus war ein kleiner Wettbewerb entstanden, zumindest unter jenen Beamten, deren Einfallsreichtum über eine Flasche Sekt hinausging. An jedem der Päckchen klebten Namensschilder. Es entstand ein gehöriges Durcheinander, als der Sturm auf die Geschenke einsetzte.

Raupach registrierte, dass Heide das rote Buch ausfindig gemacht hatte. Das Geschenkpapier war mit lesenden Schneemännern bedruckt. Sie riss es an einem Ende auf und hielt plötzlich inne. Paul stand neben ihr und flüsterte ihr etwas ins Ohr. Dabei strich er mit den Fingerspitzen über ihren nackten Rücken. Heide kicherte wie ein Backfisch und klemmte sich das Buch unter den Arm. Kurz darauf verschwanden sie Richtung Vernehmungsräume. Die waren schalldicht, wie Raupach wusste.

Nach einer Weile entdeckte er sein Päckchen. Er entfernte das Geschenkpapier und hielt eine kleine Holzkiste in der Hand. »Aller Anfang ist schwer«, hatte Heide auf das beiliegende Kärtchen geschrieben.

Es war ein Malkasten. Zwanzig Tuben mit Ölfarben in Reih und Glied sowie verschiedene Pinsel. Raupach fragte sich, wie sie sein jüngstes Interesse für Ölmalerei mitbekommen hatte, und bewunderte die solide Verarbeitung des Kistchens. Anscheinend nahm Heide an seinem Leben immer noch großen Anteil. Dann grübelte er über die verschiedenen Bedeutungen des Satzes auf dem Kärtchen nach. Er musterte seine ruinösen Schuhe. Die könnten auch ein wenig Farbe vertragen.

Ein Paar eleganter Stiefeletten erschien in seinem Blickfeld.

»Wie gefällt Ihnen der neue Internetauftritt?«, fragte Woytas auf seine blank polierte Art. Bei aller Akzeptanz für seinen Nachfolger wurde Raupach zunehmend klar, was er an ihm nicht mochte. Es war seine Stimme. Sie besaß den Unterton eines Mannes, der einen Satz sehr feiner und überaus scharfer Instrumente bereitliegen hatte, nur für den Fall, sie würden gebraucht.

»Was versprechen Sie sich von Ihrer Vereinbarung mit Photini?«, fragte Raupach zurück.

»Sind Sie zufrieden im Archiv?«

»Wer, meinen Sie, ist die undichte Stelle?«

»Möchten Sie eine neue Aufgabe?«

»Welche Indizien gibt es für Terrorismus im Fall Schiller?«

So konnte das noch lange weitergehen, diese Fragen zweier Gesprächspartner, die alles daransetzen, ihrem Gegenüber nicht zu antworten, sondern ihn auszuhorchen. Raupach beschloss, einen direkteren Weg einzuschlagen.

»Ich suche nach Zusammenhängen«, sagte er. »Zwischen Dingen, die unter der Erde geschahen, und die gegenwärtig über der Erde geschehen.«

»Heißt das, Sie wollen in dem Fall ermitteln?«

»Ich beschäftige mich damit. Das ist meine Pflicht.«

Woytas steckte die Hände in die Hosentaschen. Er wirkte desinteressiert. Von Raupach würde er sich nicht aus der Ruhe bringen lassen. Und mit Disziplinarmaßnahmen wollte er nicht drohen, das war nicht sein Stil. »Was wissen Sie darüber?«

»Nicht mehr als Sie in der Lage sind zu wissen.«

»Die Sache hat nichts mit Ihren eingekellerten Leichen zu tun«, sagte Vorderbrügge und gesellte sich zu ihnen. Seine Krawatte saß tadellos, das Karomuster war abscheulich. »Schauen Sie sich an, Raupach. Sie haben ja selbst schon etwas Unterirdisches an sich. Ihre Haut sieht aus wie vergilbter Aktendeckel.«

»Finden Sie?« Raupach betastete seine Wangen. »Ist mir noch gar nicht aufgefallen.«

»Keine Animositäten bitte«, wandte Woytas ein. »Vielleicht ist unser Kollege in seinem Archiv auf etwas gestoßen, das er uns verschweigt.«

»Wir suchen noch.«

»Ohne offizielle Anordnung?«

»Brauche ich die?«

»Bisher ist niemand zu Schaden gekommen«, sagte Vorderbrügge. »Vielleicht steigern Sie sich in etwas rein? Es wäre nicht das erste Mal.«

»Möglich«, sagte Raupach und dachte an den Mann aus der Unterführung. »Wir alle leiden manchmal unter fixen Ideen. Der Terrorismus macht manche von uns zu Kindern. Wir legen eine Rüstung an und glauben, dass sie uns schützt.« Er strich über Vorderbrügges Anzugrevers.

»Ich sage Ihnen etwas im Vertrauen, obwohl ich weiß, dass Sie es missbrauchen werden.« Woytas beschwichtigte Vorderbrügge mit einer beiläufigen Handbewegung. Damit war Raupach klar, dass die Gefahrenabwehr im Fall Schiller nur eine untergeordnete Rolle spielte. Woytas hatte die Sache vollständig an sich gerissen. »Uns liegen Hinweise vor, dass gewisse Kreise der islamischen Bevölkerung an Weihnachten eine größere Operation planen. Habe ich mich deutlich ausgedrückt?«

»Alles andere als das.«

»Ich verstehe, Sie wollen, dass ich mich festlege. Wenn es am

Ende nur ein Verückter war, mache ich mich zum Narren. Ist es das, was Sie beabsichtigen?«

»Ich möchte wissen, ob Sie einen Einzeltäter mit persönlichem Motiv ausschließen«, fragte Raupach.

»Damit Sie selbst in diese Richtung ermitteln und eine Theorie aus dem Hut zaubern können, wenn wir nicht weiterkommen?«

»Damit der Mann gefasst wird. Sie decken nicht alle Möglichkeiten ab. Sonst hätten Sie dem Archiv längst einen entsprechenden Rechercheauftrag erteilt. Wovor haben Sie Angst, Woytas? Dass Photini Ihnen vor der Presse den Rang abläuft? Die Journalisten lieben erfolgreiche junge Frauen in Männerberufen.«

»Jetzt reicht's!«, rief Vorderbrügge und packte Raupach an dessen fadenscheinigem Kragen. Woytas trat einen Schritt zurück. Bei einer Weihnachtsfeier schäumten die Gefühle schon mal über.

Die Spitze eines langen Messers tauchte vor Vorderbrügges Kinn auf. Er ließ Raupach los und wich entsetzt zurück.

»Danke für die Blumen«, sagte Photini. »Und danke für dein Geschenk, Klemens.« Mit den Fingern befühlte sie die Klinge des Küchenmessers. Es sah verwegen aus. »So eines habe ich mir schon lange gewünscht. Damit werde ich Rula Konkurrenz machen.«

»Was haben Sie vor?«, fragte Vorderbrügge.

»Es ist ein Chefmesser«, erklärte Raupach. »Man kann es für so gut wie alles benutzen, Zwiebeln, Tomaten, Kürbisse. Gourmetköche arbeiten immer nur mit *einem* anständigen Messer.«

»Ich werd's mir merken«, sagte Photini.

»Du musst es regelmäßig schleifen. Das haben sie mir zumindest in dem Laden gesagt.«

»Stecken Sie das Ding da weg«, sagte Vorderbrügge. »Sind Sie noch ganz bei Trost?«

Photini wollte entgegnen, dass er ihr überhaupt nichts mehr zu sagen habe. Vorderbrügge war einer jener Typen, die sich eher auf die Zunge bissen, als einem Kollegen nur einen Funken Achtung zu zollen. Sein Verhalten entsprang reiner Berechnung. Witterte er einen persönlichen Nutzen, klebte er an einem wie ein alter Kater, der genau wusste, wo es etwas zu holen gab.

Sie besann sich. »Ich hatte den Eindruck, dass Ihnen die Argumente ausgegangen sind. Bedienen Sie sich.« Sie hielt ihm den Griff des Messers hin.

»Blödsinn!« Vorderbrügge wandte sich ab und folgte Woytas, der bereits auf dem Weg zu Himmerich war.

»Errötend folgt er seinen Spuren«, sagte Raupach. »Das ist, mit einer kleinen Abwandlung, auch aus der *Glocke*. Wusstest du das?«

»Hör endlich auf mit Schiller. Der Punsch wartet.«

»Trink nicht so viel, Fofó. Wir müssen morgen wieder an die Arbeit.«

»Morgen ist Samstag.«

»Na und? Die Zeit drängt. Woytas wird uns nicht mehr lange gewähren lassen.«

Photini überlegte einen Augenblick und warf einen Blick auf ihre Kollegen. Einige kannte sie noch von der Polizeischule, sie waren auf die verschiedenen Abteilungen und Dienststellen der Kölner Polizei samt Umgebung verteilt worden. Bestimmt würden sich ein paar interessante Gespräche ergeben. Sie würden vergleichen, was sie bisher geleistet hatten und welche Perspektiven sie besaßen, wie man das Mitte zwanzig nach den ersten ein, zwei Berufsjahren tat. Ihre Geschichten wären noch nicht von dem Konkurrenzdenken geprägt, das Anfang dreißig an ihnen nagen und die ersten Zwischenbilanzen überschatten würde. Es konnte eine schöne, ausgelassene Party werden mit jeder Menge Anekdoten über ihre Erfolge, Fehlleistungen und die Prüfungen, die hinter ihnen lagen. Aber Photini war keine Frau, die sich an frühere Zeiten klammerte und die Gegenwart nach den Kriterien der Vergangenheit bemaß. »Dann können wir ebenso gut gleich weitermachen«, sagte sie schließlich.

»Wie meinst du das?«

»Lass uns ins Archiv runtergehen, wir legen eine Nachtschicht ein. Unter Alkohol bin ich zu Höchstleistungen imstande.«

Raupach war überrascht von diesem Vorschlag, hatte aber nichts dagegen einzuwenden. Er war froh, dieser Weihnachtsfeier den Rücken zu kehren.

Photini holte sich eine Literflasche Punsch auf Vorrat, und sie gingen gemeinsam zum Aufzug. Die beiden gaben ein merkwürdiges Bild ab. Vor ein oder zwei Jahrzehnten hätte man Raupach für einen etwas nachlässigen Ermittler alter Schule gehalten, der eine junge Verdächtige mit löchrigen Jeans und einer Weinpulle in der Hand zu seinem Büro geleitete. Photini trug wie die meisten anderen Polizisten keine Uniform. Selbst wenn sie ihren Stern endlich bekam, würde sie ihn nicht spazieren führen.

Heide sah den beiden hinterher. Es hatte eine Weile gedauert, bis sie ihr Abendkleid wieder in Ordnung gebracht hatte und mit Paul zur Weihnachtsfeier zurückgekehrt war. Jetzt glaubte sie, den Grund für Raupachs Reserviertheit herausgefunden zu haben. Sie ärgerte sich über ihn. Schließlich hätte er sie in seine Affäre einweihen können, dann brauchte sie sich jetzt nicht wie ein Spitzel vorzukommen.

Sie betrachtete das halb ausgepackte Buch. Zum Lesen hatte sie schon lange nicht mehr die nötige Ruhe. Ein Kollege aus ihrer Abteilung begrüßte sie überschwänglich und überreichte ihr einen Geschenkkarton. Sie machte sich auf die Suche nach einer Plastiktüte.

DAS »APOLLO« war ein Lichtspielhaus, das sich seit dem Entstehen der großen Multiplexe darauf spezialisiert hatte, anspruchsvolle Filme zu zeigen. Manchmal lief auch eine größere Hollywoodproduktion, allerdings mit ein paar Wochen Verspätung und nur, wenn der Film ein gehobenes Publikum ansprach und die Verleihgebühren akzeptabel waren.

Johan ging nie ins Kino. Bei ihrem Abendessen am Montag hatte er Valerie gegenüber erwähnt, dass er nicht fernsah. Das hatte sie so verblüfft, dass er sein mangelndes Interesse fürs Kino lieber verschwieg. Er wollte von ihr nicht für einen weltfremden Sonderling gehalten werden. Deshalb gab er sich am Telefon unternehmungslustig, als Valerie vorschlug, sich einen Film anzusehen.

Sie trafen sich in einem Kölner Traditionslokal an der U-Bahn-Haltestelle und tranken im Vorraum ein Kölsch im Stehen. Da er Valeries Neigung zum Alkohol und die Gründe dafür kannte, sah er es ihr nach, dass sie nach Wein roch. Er selbst machte sich nichts aus Bier, schloss sich ihr aber an. Es schuf Vertrautheit, wenn man das Gleiche trank.

Sie erzählte von ihrer neuen Stelle in dem Sonnenstudio in der Merowingerstraße. Wie sehr ihr die Arbeit gefalle, obwohl sie schlechter als ihr Callcenter-Job bezahlt sei. Dafür stehe sie nicht unter Stress und habe manchmal Zeit, die Gedanken schweifen zu lassen und über die Zukunft nachzudenken. Erst heute sei ihr bewusst geworden, dass sie Sheila nicht mehr vernachlässigen dürfe. Deswegen habe sie dem Kind vorhin etwas Leckeres zubereitet und ein Gespräch in Gang gebracht. Für Sheila sei es natürlich gewöhnungsbedürftig, ihre Mutter wieder mehr um sich zu haben. Aber es sei ein guter Anfang gewesen.

Er habe gleich eine Veränderung an ihr bemerkt, sagte Johan. Dann äußerte er sich bewundernd über Valeries gleichmäßig bronzefarbenen Teint. Er bezweifelte, dass Valerie die Wahrheit hören wollte.

Damit lag er richtig. Valerie war der festen Überzeugung, dass sie nachbräunte. »Gehen Sie doch auch mal ins Sonnenstudio«, schlug sie beschwingt vor. »In der kalten Jahreszeit vertreibt das die trüben Gedanken. Lichttherapie, verstehen Sie? Der Körper braucht etwas Aufhellung, wenn die Tage kürzer werden.«

»Das sehe ich. Sie strahlen ja richtig.« Diesmal meinte er es ernst.

»Das ist die Hitze«, antwortete sie lächelnd und fächelte sich mit ihrem Mantelkragen Luft zu.

Sie tranken aus und gingen zur U-Bahn-Station Florastraße. Auf der Zwischenebene kamen sie am Kiosk der alten Güsgen vorbei. Er war geschlossen, aber ein handschriftliches Schild wies auf neue Öffnungszeiten hin. »Mo – Fr 7 bis 19 Uhr« stand da, die Neunzehn war dick unterstrichen.

Bisher hatte die Güsgen ihren Kiosk schon um 18 Uhr dichtgemacht und ihr Geld dann sofort zum Nachttresor gebracht. Jetzt würde sie eine Stunde später zum Rudolfplatz und wieder zurück fahren.

»Wie praktisch!«, sagte Valerie. »Endlich kriegt man hier noch was nach Dienstschluss.«

Johan strich die Güsgen von seiner Liste. Es fiel ihm leichter, als er angenommen hatte. Solche Unregelmäßigkeiten waren nicht zu vermeiden, dachte er. Er musste darauf gefasst sein und durfte nicht jedes Mal aus allen Wolken fallen, wenn einer der ursprünglichen 18-Uhr-33-Fahrgäste ausschied. Selbst wenn nur ein Einziger übrig blieb, wäre es genug.

Sie fuhren mit der U-Bahn zur Severinstraße und erreichten das Kino um kurz vor acht. Im Apollo liefen drei Filme. Valerie stand unschlüssig vor den Plakatkästen.

Offenbar hatte sie sich nicht über das Programm informiert, vermutete Johan. Er fragte sich, wie man so gedankenlos sein konnte. Man musste doch wissen, auf welche Art Schauspiel man sich einließ, bevor man sich hineinbegab. Am Ende landete man in einem Film, der ganz andere Gefühle erzeugte als die, welche man sich von ihm versprach. Vielleicht wollte man nach Herzenslust lachen und ging am Ende zu Tode betrübt nach Hause.

Sie landeten in *Broken Wings*, einer Produktion aus Israel. Der Film war schon ein paar Jahre alt. Er lief im Rahmen einer Sonderreihe über den Nahen Osten. Ein Familiendrama, wie aus der Ankündigung im Programmheft hervorging.

Johan las die Inhaltsangabe, bevor das Licht gelöscht wurde. Vom Verlust des Vaters war da die Rede, und wie seine Frau und seine Kinder damit zurechtkamen und ins Leben zurückfanden. Das schien ihm eine klare Handlung zu sein, er war für derlei Geschichten gewappnet. Johans Eltern hatten geordnete Verhältnisse hinterlassen, als sie kurz hintereinander gestorben waren. Er hatte den Ablauf ihres Todes nie in Frage gestellt, manche

Krankheiten besaßen eine eigene Logik. Marta hatte er erst nach dem Ableben seiner Eltern kennen gelernt. Mit ihr war eine neue Ordnung eingekehrt.

Jetzt schwieg Marta. Das hatte er sich ausbedungen für diesen Abend. Einige Stunden der Stille, er brauchte Ablenkung. Als Gegenleistung hatte er ihr ein Angebot gemacht zur Beförderung ihres gemeinsamen Vorhabens. Da sie bislang nichts erwidert hatte, ging er von ihrer Zustimmung aus.

Die Vorstellung würde bis kurz vor zehn dauern. Johan hatte beschlossen, ab jetzt wieder länger aufzubleiben. In den nächsten Tagen würde sich das ohnehin nicht vermeiden lassen. Er passte seine Angewohnheiten den veränderten Umständen an, musste flexibel sein.

Der Kinosaal war winzig, er lag im Untergeschoss. Valerie und Johan saßen in der Mitte der siebten Reihe. Außer ihnen sahen sich nur zwei weitere Pärchen den Film an. Das sprach nicht unbedingt für den Streifen, dachte Johan und suchte eine bequeme Position für seine langen Beine. Da die Heizung voll aufgedreht war, hatten sie ihre Mäntel über eine Sitzlehne gehängt. Valerie trug eine dünne Bluse, die sie bis zum Büstenhalter aufgeknöpft hatte. Diese Mode kannte Johan von einer Kollegin aus der Buchhandlung, das war weder ungewöhnlich noch besonders lasziv. Doch im Widerschein der Werbung, die auf die Leinwand geworfen wurde, kamen Valeries Rundungen auf eine verführerische Art zur Geltung. Goldene Lichtfetzen huschten darüber und schienen sie geradezu herauszumodellieren.

Johan hatte Valerie durch sein Teleskop schon oft entblößt gesehen. Er beobachtete seine Begleiterin aus den Augenwinkeln. Ihr Oberarm berührte seinen. Sie hatte eine Hand auf die Sperrsitzlehne gelegt. Johans Hände ruhten auf seinen Schenkeln. Ihr Parfum umhüllte sie wie ein reich besticktes Tuch. Dazu der Geruch ihrer frisch gebräunten Haut, ein leichtes Röstaroma, wie er überrascht feststellte. Marta hatte die Sonne immer gemieden. Selbst auf ihren gemeinsamen Radtouren hatte sie eine Mütze getragen, um ihre Augen zu beschatten.

Wenn ein Werbespot mit dunkleren Szenen lief, schlug Johans Herz schneller. Er war nicht aus Stein, sagte er sich und dachte an die Enthaltsamkeit seit Martas Tod. Es fiel ihm schwer, sich ins Gedächtnis zu rufen, wie sich ihr Körper angefühlt hatte. Das war mühsam und aufzehrend und hatte stets etwas von Selbstbetrug.

Vor ihnen saß niemand. Es war, als hätten sie das kleine Kino für sich allein. Während Valerie amüsierte Bemerkungen über eine Cola-Werbung von sich gab, überlegte Johan, was in so einer Situation von ihm erwartet wurde. Er tat so, als müsse er sich strecken. Dabei drehte er sich unauffällig zu den anderen Zuschauern um. Die beiden Paare saßen in lockerer Umarmung da. Eines von ihnen aß zusammen eine Tüte Popcorn. Die Haltung der Menschen wirkte natürlich, sie gingen sicher oft gemeinsam ins Kino.

»Die lassen sich auch immer was Neues einfallen«, sagte Valerie und lachte über einen Mann, der gegen eine Plakatwand lief, weil er das darauf abgebildete Eis am Stiel berühren wollte. »Was meinen Sie, Mattes? Ein Eis wäre jetzt nicht verkehrt. Kommen Sie, ich gebe eines aus.«

Bevor Johan reagieren konnte, ging das Licht an. Eine Eisverkäuferin betrat den Vorführungssaal. Valerie winkte das Mädchen herbei und kaufte eine Packung Eiskonfekt. Johan zückte seine Geldbörse und protestierte, er kannte ja Valeries finanzielle Situation. Aber Valerie winkte ab, öffnete die Schachtel und hielt sie ihm hin. Er bedankte sich und griff zu. Eiskonfekt, das waren kleine Pralinen aus Speiseeis mit einem Schokoladeüberzug. Die Füllung bestand aus Vanille oder Schokolade, man war sich nie sicher, welche man erwischte. Beide Sorten schmeckten Johan gut, sehr gut, sie zergingen ihm auf der Zunge.

Während sie das Eiskonfekt genossen, lief eine Filmvorschau. Johan begriff, dass sie noch etwas Zeit hatten, bevor *Broken Wings* anfing. Valerie hatte ihn wieder mit »Mattes« angesprochen. Das behagte ihm nicht. Er beschloss, sein Inkognito zu lüften, wie er den spontanen Einfall genannt hatte, sich mit einem falschen Namen vorzustellen. So etwas konnte zu Komplikationen führen.

Was schadete es, wenn Valerie ihn Johan nannte? Sie hatte keine Kenntnis von den Dingen, die auszuführen er sich vorgenommen hatte.

Er setzte sich auf. Valerie hielt inne. Sie ahnte, dass etwas Besonderes bevorstand. Seine Blicke, die Unruhe und zunehmende Unsicherheit – dies alles hatte sie mit wohlwollender Belustigung bemerkt. Ein gelblicher Lichtreflex fiel auf ihr Gesicht und glättete ihre Züge.

Johan sah nur den Glanz in ihren Augen. Er hatte ihre Iris von seinem Schlafzimmer aus hundertmal fokussiert. Seine Worte kamen wie von selbst.

»Ich heiße nicht Mattes. Das ist … ein Spitzname.«

Valerie runzelte die Stirn. Sie hatte etwas anderes erwartet.

»Sag Johan zu mir«, fuhr er fort. »Das ist mein richtiger Name.«

»Gut«, erwiderte sie. »Ganz, wie du willst.« Sie nahm das letzte Eiskonfekt aus der Schachtel. »Ich nehme an, dass wir jetzt auf formelle Anreden verzichten.«

Johan atmete auf. Sie hatte es akzeptiert, vorbehaltlos, wie ihm schien.

Valerie steckte das Eiskonfekt in den Mund und hielt es mit den Zähnen fest. »Beiß ab. Dann sind wir per du.«

Er zögerte. Damit hatte er nicht gerechnet.

»Na los«, nuschelte sie. »Das Eis schmilzt.«

Seine Lippen waren ungeübt. Es wurde ein seltsamer Kuss, schmierig und unbeholfen. Johan biss in das Eiskonfekt, er schmeckte Vanille. Vanille stillte den Hunger, das hatte er in einer Zeitschrift gelesen.

Valeries Mund öffnete sich. Ihre Zunge tastete nach seiner. Er schloss die Augen. Ein Gefühl überwältigte ihn, weich und rau, süß und kalt, verflüssigte Liebe. Es war ihm, als träte er aus der Dunkelheit und stände vor einem weit geöffneten Tor. Dahinter lag ein hell erleuchteter Innenhof. Er sah Valeries Rücken, sie ging voran. Als er ihr folgen wollte und den Torbogen durchschritt, sauste ein Fallgitter auf ihn herab.

Ein heftiger Schmerz durchfuhr ihn, sofort setzte die Lähmung ein. Sie fing im Gesicht an und pflanzte sich durch alle Nervenenden fort. Johans Mund stand offen, aber es war kein Gefühl mehr darin.

Valerie merkte, dass etwas nicht stimmte. Sie fühlte sich nicht abgewiesen. Es kam ihr vor, als küsste sie einen vollständig veränderten Menschen. Vorsichtig löste sie sich von ihm. Er drehte sich langsam weg. Das schien ihn große Anstrengung zu kosten. Er wirkte wie jemand, den eine quälende Erinnerung befallen hatte. Sie legte ihren Arm um ihn. Seine Augen registrierten es.

Jetzt fixierte er den Notausgang. Diese Reaktion hatte sie nicht beabsichtigt. Sie fragte sich, ob sie zu weit gegangen war. Er wirkte so unerfahren. Um nichts in der Welt wollte sie ihn überrumpeln mit ihrem Hunger nach einem Menschen, der ihr geben konnte, was ihr die meiste Zeit ihres Lebens vorenthalten worden war und wozu sie sich selbst kaum mehr in der Lage sah. Woran sie aber arbeitete, mit all der Unerfahrenheit, die *sie* in solchen Dingen besaß. Annäherung, Bezauberung, Intimität. Das war so neu für sie, wie es für Sheila sein mochte. Jetzt durfte sie dies alles entdecken. Vielleicht ging es Johan ähnlich. Menschen, die sich auf eine tief greifende Weise zueinander hingezogen fühlten, unterschieden sich kaum voneinander, jedenfalls nicht im Wesentlichen, dachte sie. Warum sollte nicht auch Johan eine Vergangenheit haben, die ihn von den Menschen entfernte?

Der Film fing an. Valerie drückte Johans Hand. Er sah sie nicht an, strich stattdessen über den Stoffbezug der Sitze. Sie hatte keine Ahnung, was ihm wie ein Erdrutsch auf der Seele lag. Aber sie schwor sich, jeden Brocken einzeln zu entfernen.

»INZWISCHEN KANN ICH das Ding im Schlaf runterbeten«, sagte Photini. Sie hatte eine Kopie des kompletten *Lieds von der Glocke* an die Pinnwand geheftet und eine auf ihrem Schreibtisch liegen. Es waren jeweils fünf Seiten. Beharrlich gab sie einzelne Zeilen in die Suchfunktion des Computers ein. Es war eine unzuverlässige Vorgehensweise, da längst nicht alle Akten digitalisiert waren. Der Datenhorizont reichte gerade einmal bis 1992. Immer wenn Gelder für einen Praktikanten bewilligt wurden, musste sich ein Student an den Scanner stellen, die alten maschinengeschriebenen Unterlagen einlesen und die Datensätze danach durch ein Schrifterkennungsprogramm laufen lassen, weil die Schreibmaschinen der Kölner Polizei vor der Umstellung auf Computer museumsreif gewesen waren.

Raupach hatte die Digitalisierung begrüßt. Auf einem Bildschirm konnte man einfach mehr erkennen als auf einem Blatt Papier, das in eine Walze gespannt war. Vor über zehn Jahren hatte seine praktische Veranlagung noch die Oberhand besessen. Jetzt hielt er sich für einen Umstandskrämer. Mit jedem Problem, das auf ihn eingestürzt war, hatte er sich eine neue Marotte zugelegt. Das war seine Methode, anpassungsfähig zu bleiben. Doch im Umgang mit dem Computer kam es nicht nur auf schnelle Finger an. Ideen waren gefragt.

Er verwendete andere Suchbegriffe als Photini. Sie bezogen sich auf alles, was unter der Erde vorgefallen war. Wenn er etwas fand, leitete er die Datei per Intranet an Photini weiter, die daraufhin ihre eigenen Parameter eingab. Seit knapp zwei Stunden klappte das wie am Schnürchen.

»Ist das hier ein privates Besäufnis?« Heide lehnte in der Tür. Sie hatte eine eindeutige Szene erwartet. Jetzt war sie enttäuscht und gleichzeitig erleichtert, die beiden nicht in flagranti zu erwischen.

»Ich muss doch sehr um Respekt bitten«, erwiderte Raupach, stand auf und schloss die Tür hinter Heide. »Du siehst uns hier bei laufenden Ermittlungen.«

»Lasst mich nur lange genug an dieser Kiste sitzen, dann finde ich schon etwas.« Photini starrte auf ihren Bildschirm und gab in Windeseile einen neuen Begriff ein.

»Zehnfingersystem?«, fragte Heide. »Ich habe mir schon gedacht, dass du verborgene Qualitäten hast.«

»Wir kommen nicht mit nach oben, falls es das ist, was du wissen willst.« Raupach entfernte ein weißes Konfettiblättchen von Heides Rücken und ließ es zu Boden segeln. Dann setzte er sich wieder auf seinen Stuhl. »Einige von uns versuchen zu arbeiten.«

»Es hat wieder gebrannt.« Heide nahm einen Schluck von dem Punsch. Photini und Raupach drehten die Köpfe.

»In einer Diskothek namens Exzess«, fuhr sie fort. »Liegt etwas außerhalb, in Vogelsang.« Erst jetzt fiel ihr der Kalender an der Wand auf. Er zeigte ein nacktes junges Mädchen mit einer Hornbrille, das sich halb zum Betrachter drehte und eine Lupe in der Hand hielt. Die Schwarzweißfotografie war mit Weichzeichner aufgenommen. »Was ist denn *das?*«

»Der Februar. Klemens fand ihn am ansprechendsten«, sagte Photini.

»Und?«, fragte Raupach. »Was ist das für ein Brand?«

»Erst möchte ich wissen, wem dieser Kalender gehört.«

»Fofó hat ihn mir heute geschenkt«, sagte Raupach. »Er zeigt verschiedene Abteilungen der Kölner Polizei.« Er deutete auf das Bild. »Das ist die Spurensicherung. Sie heißt Effie. Ein Einfall der Polizeischülerinnen. Die Einnahmen fließen wohltätigen Zwecken zu.«

»Ein schöner Mensch symbolisiert *kairos,* den richtigen Zeitpunkt«, ergänzte Photini. Sie erhob sich und schlug das nächste Kalenderblatt auf, einen Hünen mit Waschbrettbauch und einer Taucherbrille samt Schnorchel. »Wir haben auch Männer.«

Heide schüttelte den Kopf. Was hier unten an Kompensationsverhalten ablief, wollte sie jetzt nicht so genau wissen. »Ein Mann ist in den Flammen verbrannt, die Gäste wurden rechtzeitig evakuiert. So, wie es aussieht, brach das Feuer in der Künstlergarderobe aus.« Sie machte eine Pause. »Der Raum lag im Keller.«

»Wann war das?«, fragte Photini ernst.

»Etwa vor einer Stunde. Woytas ist schon am Tatort. Ich bekam die Info von Paul. Er hat seit neun Nachtschicht.«

»Wer ist der Tote?«, fragte Raupach.

Heide zog einen Zettel aus den Falten ihres Kleids. »Ronny Materlink. Er war DJ für diesen Abend. Der Brand konnte schnell eingedämmt werden. Mehr haben wir momentan nicht.«

LUZIUS BETRACHTETE seine Hände. Sie zitterten.

»Ist das eine Automatikschaltung?«

Er schwieg. Das tat er schon seit einer Weile.

»Die Dinger kenne ich. Man muss den Hebel auf D legen. D wie Drive.«

Sheila war stolz auf sich. Die Blümchen hatten gewirkt.

Sie verschränkte die Arme hinter dem Rücken, löste die Häkchen des Bustiers und schälte sich heraus. Dann warf sie das Dessous mit einer verächtlichen Bewegung auf das Armaturenbrett und knöpfte ihre Strickweste zu. Sie startete den Motor und steuerte den alten Passat, der auf Luzius' Mutter angemeldet war, in eine schwach beleuchtete Seitenstraße. Jetzt zahlte sich das Herumhängen mit Mio und den anderen aus. Die Jungs drehten oft mit einem geklauten Auto eine Runde. Wenn die Mädchen bettelten, durften sie auch mal hinters Lenkrad.

»Warum waren die Bullen so da?«, fragte sie. »Und was will die Feuerwehr hier?« Sheila lenkte den Wagen durch eine Einkaufsstraße und näherte sich dem Exzess. Das Geheul der Sirenen versetzte sie in Euphorie. Es war der Beweis, dass sie Erfolg gehabt hatten. Sie wollte diesen Erfolg nicht nur hören, sondern auch sehen. Das Risiko, dass sie entdeckt wurden, schätzte sie gering ein.

Als sie die Künstlergarderobe verlassen hatte, war der Weg für Luzius geebnet gewesen. Sie fragte sich, was genau dort vorgefallen war. Er war immer noch nicht ansprechbar. Auf dem Bürgersteig in Sichtweite der Disco hielt sie an und stellte den Motor aus. Die Rauchentwicklung des Brandes war gewaltig.

»Er hat sich nicht gewehrt«, sagte Luzius schließlich und hielt den Kopf immer noch gesenkt. »Der Mann war auf alles gefasst.«

Sheila behielt für sich, was sie zu Ronny gesagt hatte. Das würde *ihr* Geheimnis bleiben. »Dort drüben brennt es. Was ist passiert?«

»Ich musste ...« Luzius schluckte. »Ich habe ein Stromkabel genommen ... Vielleicht hat sich aus Versehen etwas entzündet.«

Bei dem Mann aus dem Lieferwagen war es anders gewesen, dachte er. Da hatte Luzius auf eine Bedrohung reagiert. Doch Materlink war in dem Moment keine Bedrohung. Er hatte Luzius nur wissend angeschaut und den Kopf zur Wand gedreht. Luzius kannte seinen Namen. Deshalb hatten ihm die bloßen Hände den Dienst versagt.

Er hatte ein Kabel aus dem Stromkasten gerissen und es damit getan. Eine gehörige Abreibung, auch wenn Sheila mehr von ihm erwartete. Materlink röchelte, seine Arme zuckten. Luzius zog an beiden Enden, er musste aufpassen, dass die Luftröhre und die Adern unversehrt blieben. Zu einem Zeitpunkt, den er genau kannte, hatte Luzius locker gelassen.

Dann war Eile geboten. Während der Pause des DJs hatten jederzeit der Besitzer der Diskothek oder irgendjemand vom Personal in dem Garderobenraum auftauchen können. Aber niemand hatte Luzius gesehen.

Er blickte auf. Wenn sie Materlink nicht rechtzeitig fanden, würde er verbrennen. Aus eigener Kraft war er nicht in der Lage, dem Feuer zu entkommen. Schreien konnte er auch nicht. Vermutlich war er noch bewusstlos. Oder Luzius hatte zu fest zugezogen. Ein hoffnungsloser Mann starb leicht.

»Polizei!«, rief Sheila und starrte auf den Rückspiegel.

Zwei Streifenpolizisten kamen die Straße entlang. Sheila kletterte zwischen den Fahrersitzen hindurch, krabbelte über die umgeklappten Rücksitze und rollte sich auf der Ladefläche des Kombis zusammen. Luzius folgte ihr unbeholfen und kroch ebenfalls unter die lamellenförmige Abdeckplane. Er rückte möglichst dicht an sie.

»Gut gemacht«, flüsterte Sheila.

Der Lichtkegel einer starken Taschenlampe glitt über die Kopfstützen und den Innenraum des Autos. An dem geblümten Bustier blieb er hängen. Es lag auf den Lüftungsschlitzen wie ein Parkberechtigungsausweis. Sheila hörte, wie sich die beiden Polizisten vor Lachen ausschütteten. Das tat weh. Sie ballte die Fäuste. Am liebsten würde sie ihr Versteck verlassen und den Kerlen ihre Unterwäsche um die Ohren hauen. Von denen war keine Hilfe zu erwarten. Das stand fest.

Sie wartete, bis die Polizisten weitergingen und ihre Stimmen verstummten. Luzius lag neben ihr. Er hatte Schuldgefühle, das war verständlich, dachte sie. Dunkelheit vor ihr, neben ihr, um sie herum. Der Mondschein erreichte nur das Armaturenbrett. Es glänzte, weil Luzius es regelmäßig mit einem speziellen Spray behandelte.

Sheila spürte wieder das Kribbeln. Wenn es nach ihr ginge, konnte sie eine Ewigkeit so liegen bleiben. Das Gefühl für ihre Finger kehrte zurück. Sie tastete nach Luzius' Wangen. Sie waren glatt, er gehörte zu den Männern, die sich zweimal am Tag rasierten.

Luzius reagierte auf die leisteste Berührung. Mutete sie ihm etwa zu viel zu? Sheila versicherte ihm, dass alles in Ordnung sei. Das schien ihn zu beruhigen. Es war ihr, als sähe sie in der Dunkelheit unter der Abdeckplane ein Lächeln.

6. Dezember

HEIDES ASSISTENT hielt vor einem Altbau in der Simon-Meister-Straße. Die lag ganz in der Nähe von Raupachs Wohnung. Die Höhe der einzelnen Geschosse war imposant. Solche Räume zu beheizen ist nicht billig, dachte er zum wiederholten Mal. Seine eigenen Fenster waren ziemlich schlecht gedämmt.

»Das war gute Arbeit. Aus Ihnen wird noch etwas, Höttges.«

»Wirklich? Die Frau Hauptkommissarin ist da aber anderer Meinung.« Höttges sah aus wie ein praller Müllsack kurz vor der Abholung. Ein Paar Schnüre ragten aus dem Kragen seiner Fleecejacke. Er hatte sie gegen die Kälte fest zugezogen, obwohl die Heizung des Dienstwagens auf Hochtouren lief. In den vergangenen beiden Tagen war er von Tür zu Tür gegangen, um Zeugen für den Brand auf dem Spielplatz zu finden. Außer einem kleinen Jungen, der meinte, vor einigen Wochen eine ungewöhnliche Beobachtung gemacht zu haben, war dabei nichts herausgesprungen. Höttges fühlte sich immer noch durchgefroren.

»Die Frau Hauptkommissarin ist manchmal etwas vorschnell. Ihr fehlt die Geduld«, sagte Raupach.

»Stimmt, das ist mir auch schon aufgefallen.«

»Für Fußarbeit hat sie wenig übrig. Sie ist eine von der hyperaktiven Sorte.«

»Kann man so sagen«, erwiderte Höttges.

»Das hat natürlich auch seine Vorzüge.«

»Unbedingt!«

Raupach nickte. »Wir beide wissen, wovon wir sprechen. Aber erzählen Sie es nicht herum. Was würde das für einen Eindruck machen?« Er öffnete die Wagentür. »Und vergessen Sie, dass Sie mich hergebracht haben, das gehört nicht in Ihren Bericht. Am besten, Sie vergessen dieses Haus, diese Straße, die Namen auf dem Klingelschild, einfach alles.«

Höttges zwinkerte ihm zu und nickte. Da die Weihnachtsfeier für ihn ziemlich lange gedauert hatte, fiel ihm das nicht schwer. Er würde den Wagen am Präsidium abstellen, schnurstracks nach Hause gehen, ein heißes Bad einlassen und für den Rest des Wochenendes im Wasser liegen bleiben.

Die Wohnung befand sich im ersten Stock. Raupach joggte nach oben. Das machte er auf jeder Treppe, um halbwegs fit zu bleiben. Es brachte nicht viel, stellte aber eine Ergänzung zu seinen Spaziergängen dar. Neben der Eingangstür standen unzählige Schuhpaare. Sie bedeckten auch die Stufen zur nächsten Etage und ließen nur einen schmalen Durchgang frei.

Eine gut angezogene Frau Mitte dreißig bat Raupach herein. Sie stellte sich als Anne Siklossy vor. Ihr Mann habe leider im Büro zu tun, ausnahmsweise auch am Samstagmorgen. Sie wirkte aufgeräumt, selbstsicher und ein wenig besorgt. Die Ankündigung des korpulenten Beamten, dass ein Kommissar mit ihren beiden Jungen zu sprechen wünsche, hatte ihre Mutterinstinkte geschärft.

Die Kinder konnten es kaum erwarten, den Polizisten zu sehen – und waren tief enttäuscht, dass Raupach keine Uniform trug. »Wie sollen denn die Räuber vor dir Angst kriegen?« Laurent war fünf und nahm kein Blatt vor den Mund. Sein kleiner Bruder Konrad wiederholte die Frage in einer verstümmelten Version und suchte Schutz hinter den Beinen seiner Mutter.

»Angst brauchen die Räuber vor mir nicht zu haben«, sagte Raupach und kniete sich auf den Fußabstreifer im Vorraum der Wohnung. »Solange ich sie kriege.«

Er holte die Handschellen heraus, die er sich von Heide geborgt hatte. Laurent machte große Augen. Raupach ließ die Handschellen aufschnappen, legte eine um sein eigenes Handgelenk und kettete die andere mit einer schnellen Bewegung an den Heizkörper. »Siehst du.« Er machte eine Geste, als telefonierte er. »Jetzt kannst du Verstärkung anfordern, damit ich abgeholt und eingesperrt werde.«

Laurent überlegte einen Augenblick. Dann rannte er den Flur hinunter und kam kurz darauf mit einem schnurlosen Telefon zurück. Seine Mutter hatte Bedenken, aber Raupach winkte ab. »Zwei, zwei, neun, null, oder?«, fragte Laurent. Er begann, die Zahlen einzutippen.

»Richtig«, sagte Raupach anerkennend. Es war die Nummer des Präsidiums. Dort anzurufen wäre nicht gerade hilfreich, dachte er. »Du kannst dir Zahlen gut merken. Das ist eine hervorragende Voraussetzung, um Polizist zu werden.«

Anne Siklossy nahm ihrem Sohn den Apparat ab. »Er ist andauernd mit dem Ding zugange«, sagte sie entschuldigend. »Vor kurzem wollte er unbedingt die Nummer der Polizei wissen. Nachdem er ein paar Mal den Notruf ausprobiert hatte.«

Laurent protestierte und wollte das Telefon wiederhaben.

»Kannst du auch diese Zahlen lesen?«, fragte Raupach und holte mit seiner freien Hand seinen Polizeiausweis hervor. »Da oben steht meine Dienstnummer.«

Der Junge war beeindruckt. Er nahm die Plastikkarte und wollte anfangen, die Zahlen neben Raupachs Bild zu entziffern, als Konrad ihm den Ausweis aus der Hand riss und damit weglief. Er verschwand in einem der zahlreichen Zimmer der großzügigen Wohnung. Laurent setzte ihm nach.

»Sie sind sehr aufgeweckt«, sagte Anne Siklossy und half Raupach, an den Schlüssel für die Handschellen zu gelangen. Sein erster Einsatz nach drei Jahren war entschieden verbesserungsfähig.

»Setzen wir uns ins Wohnzimmer.« Sie ging voran und wies auf eine Ledercouch, die nach einem Designermodell aussah. Die Küche war durch einen schmalen Tresen vom Wohnraum getrennt. Sie schaltete die Espressomaschine ein. »Kaffee?«

Raupach nickte dankbar. Die Möbel wirkten schlicht, waren aber hochwertig verarbeitet. An den Wänden hingen abstrakte Gemälde, Originale, wie unschwer zu erkennen war, sowie die

Reproduktion einer Weltkarte. Sie zeigte den Stand von 1569. Der Druck war gestochen scharf, kein Vergleich mit den billigen Postern, die es in den Kaufhäusern gab. Nordamerika war unverhältnismäßig groß, das musste an der Projektion liegen. In der unteren Ecke stand ein Copyrightvermerk: Geographisches Institut der Universität Köln. Vor einem Specksteinofen mit quadratischen Holzverblendungen lagen zwei säuberlich getrennte Haufen mit Süßigkeiten, die Nikolausausbeute der Kinder. Auf einem Sideboard stand ein Foto der vierköpfigen Familie.

»In welcher Sache ermitteln Sie?« Die Frau setzte sich in einen Sessel ihm gegenüber.

»Es handelt sich um die Brandstiftung auf dem Spielplatz.«

»Auf dem Erzbergerplatz.« Sie nickte. »Schlimm, was manche Menschen aus purem Mutwillen anstellen. Die Höhle war ein Projekt unseres Kindergartens. Ich bin im Elternbeirat. Leider ist der Spielplatz öffentlich, die Raumnot, Sie verstehen?«

»Gehen Sie mit Ihren Kindern oft dorthin?«

»Wenn es das Wetter zulässt. Ab November ist es zu kalt und zu schmutzig. Außerdem kommen dann die Stadtstreicher.«

»Wann waren Sie zuletzt dort?«, fragte Raupach.

»Ende Oktober, glaube ich, kurz vor Allerheiligen. Da gab es noch ein paar Sonnentage.«

»Laurent hat jemanden in Verdacht.«

»Das wundert mich, immerhin ist es schon ein paar Wochen her. Aber Kinder sehen ja oft Räuber, wo keine sind, oder?«

»Ihnen ist niemand aufgefallen? Irgendeine Person, die dort nicht hingehörte?«

»Nein«, erwiderte sie im Brustton der Überzeugung. Es gab nur wenige Gelegenheiten, bei denen sie ihre Jungen unbeaufsichtigt ließ. Kleine Momente, in denen sie kein Auge auf sie hatte, weil sie in einem Buch oder einer Illustrierten las oder sich mit einer anderen Mutter unterhielt. Momente, nach denen sie ein schlechtes Gewissen bekam und panisch nach den beiden suchte. Laurent und Konrad versteckten sich gern.

»Sie sind doch von der Mordkommission«, sagte sie schließlich. »Ich möchte wissen, was hinter dieser Sache steckt.«

Raupach verstand ihre Besorgnis. Aber er durfte ihr nicht den gesamten Fall enthüllen. Andererseits konnte er nicht ausschließen, dass es der Briefeschreiber auf Kinder abgesehen hatte, so unwahrscheinlich das auch war.

»Es hat nichts mit Laurent zu tun«, sagte er. »Aber Ihr Junge könnte ein wichtiger Zeuge sein. Wir suchen jemanden, der Feuer legt.«

»Meinen Sie diese Geschichte mit dem Schiller-Gedicht?« Ihre Stimme überschlug sich. Beim Frühstück hatte sie die Zeitung sorgfältiger studiert als sonst.

»Es könnte etwas damit zu tun haben.«

»Dieser Verrückte, der ganz Köln in Brand setzen will? Und mein Sohn soll ihn kennen?«

Ein Räuber brach in Anne Siklossys Welt ein. Raupach sah, wie ausgesetzt sie sich plötzlich all jenen Vorfällen fühlte, die sie von ihren Kindern fern zu halten versuchte. Geschehnissen, denen der Zutritt in diese ordentliche Wohnung verwehrt war und die gefälligst draußen zu bleiben hatten. Raupach war Teil dieser Außenwelt, ein Eindringling, der gerade seine Beine unter dem Couchtisch aus effektvoll gemasertem Edelholz ausstreckte. Seine Schuhe stellten allein schon eine Bedrohung dar, er schleppte Schmutz von der Straße herein, Bakterien und was sonst noch alles.

»Vielleicht hat Laurent etwas gesehen, das uns weiterhilft«, antwortete er in möglichst ruhigem Tonfall. »Wir sprechen mit vielen Leuten. Wir sammeln Hinweise, nichts weiter.«

Das Röcheln der Espressomaschine unterbrach ihn. Die Frau hantierte mit Tellern und Tassen, schäumte Milch auf. Das lenkte sie ab. Als sie ihm einen Cappuccino hinstellte, meldete sich eines der Kinder. Sie verließ das Wohnzimmer und sah nach dem Rechten.

Laurent kam allein zurück und brachte Raupachs Dienstausweis mit. Die Plastikkarte wies Kauspuren auf. Solange die Mutter mit dem kleinen Konrad beschäftigt war, konnte es Raupach versuchen.

»Hast du ein gutes Gedächtnis?« Er dachte an sein eigenes. Er musste sich wieder ans Fragenstellen gewöhnen.

»Ja«, sagte Laurent stolz.

»Was habt ihr gestern im Kindergarten gemacht?«

»Der Nikolaus war da!«

»Natürlich, wo habe ich nur meine Gedanken.« Raupach griff sich an den Kopf. »Und was war vorgestern?«

»Basteln?« Laurent wurde unsicher. Dann fiel ihm etwas ein. »Und ich hab mein Brot nicht aufgegessen«, fügte er kleinlaut hinzu.

Nicht schlecht, dachte Raupach. Die meisten Zeugen konnten sich nicht einmal erinnern, welche Fernsehsendung sie tags zuvor gesehen hatten. »Stell dir vor, es ist Herbst. Die Sonne scheint, aber es ist schon ziemlich kühl. Ihr geht nach draußen, um …«

»Der Mann hat lange Beine gehabt, länger als deine.«

»Wie?«, fragte Raupach überrascht.

»Und Streifen an den Ohren, wie Papa.« Laurent deutete auf das Foto auf dem Sims des Ofens. Gabor Siklossy hatte lange, gepflegte Koteletten. »Die Streifen waren aber rot.«

»Du verblüffst mich, Laurent. Warum weißt du, was ich dich fragen will?«

»Mama hat doch mit dir geredet«, gab er zurück. »Über den Spielplatz. Und über Räuber.«

Offenbar hatte Laurent gelauscht und seinem Bruder die Malträtierung des Dienstausweises überlassen. »Beschreib mir diesen Räuber genauer«, sagte Raupach. »Was hat der Mann getan?«

»Er sitzte auf der Bank und schaute sich alles an.«

»Wen? Die Kinder?«

»Nicht wirklich.« Laurent schien eine Wendung auszuprobieren, die er aufgeschnappt hatte.

»Wie meinst du das? Was schaute er sich an?«

»Sachen. Unsere Burg.«

Raupach rief sich den Spielplatz in Erinnerung. Am Morgen hatte er ihn ausführlich in Augenschein genommen. »Ist das die Höhle aus Zweigen?«

»Nein, es ist eine Burg. Eine Höhle liegt unter der Erde.« Laurent rollte mit den Augen über so viel Unwissen.

»Du hast Recht«, sagte Raupach. »Der Mann beobachtete also den Spielplatz. Wie sah er aus?«

»Hab ich doch gesagt«, erwiderte Laurent ungehalten.

Raupach machte eine Pause und gab dem Jungen Zeit, sich zu sammeln. Lange Beine und rote Koteletten. Er hätte das gerne notiert, unterdrückte aber den Impuls, um Laurent nicht zu verunsichern. Sein neues Notizbuch war ein Vokabelheft mit Spaltenunterteilung, das Erstbeste, was er in dem Schreibwarenladen gefunden hatte. Er leckte den Milchschaum des Cappuccinos vom Löffel. »Wie alt war der Mann?«

»So alt wie du.«

»Was hatte er an?«

»Hemd. Hose. Die Schuhe waren sauber, nicht so wie deine.« Laurent zeigte auf Raupachs verwitterte Treter. Jetzt schien ihm das Gespräch wieder Spaß zu machen.

»Erzähl weiter. Trug er etwas Ungewöhnliches, etwas Besonderes?«

»Weiß nicht.«

»Hatte er eine Mütze auf?«

»Nein.«

»Hat er sich irgendwie unterschieden von den Männern, die du kennst?«

Laurent dachte über diese Frage nach. Anne Siklossy betrat das Zimmer und verfolgte das Gespräch. Sie hielt Konrad auf dem Arm, der aus irgendeinem Grund geweint hatte. Sie wirkte skeptisch, mischte sich aber nicht ein.

»Sein Mantel war anders«, sagte der Junge schließlich.

»Er trug einen Mantel?«

»Mama hatte auch einen Mantel an. Aber an dem Mantel von dem Mann waren keine Knöpfe.«

Raupach wurde stutzig. Was hatte das zu bedeuten? »Ein Reißverschluss?«, schlug er vor und deutete auf seine Jacke.

»So Knubbel.« Laurent sah sich geschäftig um. Dabei entdeckte er seine Mutter. »Wo sind die Nüsse, Mama?«

»In der Schale auf dem Sideboard«, sagte sie und reichte sie ihm. Von dieser Begegnung würde Laurent bis Weihnachten erzählen. Sie war gespannt, was ihr Sohn dem Kommissar noch alles mitteilte. Sie selber bekam normalerweise kaum ein Wort aus ihm heraus.

Laurent hielt eine Mandel hoch. »Knubbel!«, rief er.

»Knebel«, vermutete Raupach und versuchte sich daran zu erinnern, wie man ein Kleidungsstück nannte, das man mit Knebeln schloss. Als er nicht darauf kam, fuhr er mit einem bedeutsamen Blick zu Anne Siklossy fort: »Hast du mit dem Räuber gesprochen?«

»Ja.« Pause. »Einmal.«

»Weißt du noch, was er gesagt hat?«

»*Ich* hab was gesagt. Er hat zugehört.«

»Und was hast du gesagt?«

»Dass wir gegen den schwarzen Ritter kämpfen und unsere Burg verteidigen und jeden volle Attacke in die Flucht schlagen.«

Raupach horchte auf. »Wer ist der schwarze Ritter?«

»Einer aus dem Fernsehen«, antwortete Laurent gelangweilt. Allmählich verlor er das Interesse.

»Hat dich der Räuber bedroht?« Raupach konnte diese Frage der Mutter nicht ersparen.

Anne Siklossy wartete gebannt. Sie begriff, dass Laurent von einem fremden Mann sprach, den er auf dem Spielplatz getroffen hatte. Er hatte nie etwas davon erzählt, dachte sie alarmiert. Mit Schaudern fragte sie sich, was er ihr noch alles verschweigen mochte.

Der kleine Konrad wurde zappelig. Sie flüsterte ihm beruhigende Worte ins Ohr. Ein paar Sonnenstrahlen bahnten sich einen Weg durch die Wolken und warfen unruhige Muster aufs Parkett.

»Aber es war gar kein Räuber«, sagte Laurent plötzlich.

»Kein Räuber?«

»*Du* sagst das andauernd.« Er schaute Raupach ärgerlich an.

Anne Siklossy setzte sich mit Konrad auf die Couch. »Das ist jetzt wichtig, Laurent. Hat dir dieser Mann irgendetwas getan?«

Der Junge merkte, dass diese Unterhaltung kein harmloses Frage-und-Antwort-Spiel mehr war. Er setzte eine ernste Miene auf. »Nein.«

»Wirklich nicht? Hat er dich angefasst?«

Jetzt fühlte sich Laurent unter Druck gesetzt. »Er hat sich gar nicht bewegt«, rief er mit hoher Stimme. »Seine Augen waren … weg. Woanders.«

Mehr war von dem Jungen nicht zu erfahren. Raupach bedankte sich für den Kaffee, der inzwischen kalt geworden war. Sein Löffel hatte etwas Milchschaum auf der Tischplatte hinterlassen. Er versicherte Laurent, dass seine Beobachtungen für die Polizei äußerst wertvoll seien, und führte ihm noch einmal die Handschellen vor. Konrad wollte an den Heizkörper gekettet werden. Laurent wandte erwachsen ein, dass sein Bruder dafür noch zu klein sei. Dann schickte Anne Siklossy die beiden in ihr Zimmer.

Raupach versicherte der Frau, dass ihre Ängste unbegründet seien. »Ich habe nicht den Eindruck, dass Laurent geschwindelt hat. Wahrscheinlich hat er den Brandstifter wirklich gesehen. Mehr ist aber bestimmt nicht passiert, sonst würde Laurent sich anders verhalten.«

»Solche Leute sind zu allem fähig«, sagte sie.

»Brandstifter legen Feuer, stimmt, und das ist gefährlich. Aber in der Regel begehen sie keine Tätlichkeiten. Deswegen agieren sie aus der Distanz und schreiben zum Beispiel Drohbriefe. Das verleiht ihnen ein Gefühl von Macht und sie bekommen die Aufmerksamkeit, nach der sie sich sehnen.« Er machte eine Pause. »Solche Leute«, griff er ihre Formulierung auf, »sind nur eingeschränkt handlungsfähig. Laurent hat das sehr gut beobachtet. Vertrauen Sie ihm.«

»Ja, vermutlich haben Sie Recht.« Anne Siklossy beruhigte sich wieder. Sie schrieb sich Raupachs Telefonnummer auf und wünschte ihm ein schönes Wochenende. Jetzt wollte sie den Polizisten möglichst schnell loswerden.

Als sich die Tür schloss, fiel Raupach das Wort für das Kleidungsstück wieder ein. Dufflecoat. Nachdenklich ging er die Treppe hinunter. Die Personenbeschreibung war dürftig und stammte von einem kleinen Kind, dachte er. Überdies waren Laurents Beobachtungen ein paar Wochen alt, und der Mann hatte sich nichts zuschulden kommen lassen. Wenn Heide ihn dennoch zur Fahndung ausschrieb, hieße das, die Karten auf den Tisch zu legen.

Raupach verließ das Haus und schützte seine Augen vor der niedrig stehenden Sonne. Die Luft roch nach Schnee. Vielleicht waren sie Woytas jetzt einen kleinen Schritt voraus. Andererseits wussten sie noch zu wenig über den Brand in der Diskothek, da hatte der Erste Kriminalhauptkommissar einen Vorsprung.

Er fragte sich, ob er Woytas seine Ermittlungen vorenthalten durfte. Zumindest bis sich etwas Konkretes ergab und er einen Verdächtigen präsentieren konnte, nahm er sich vor. Ein interner Wettlauf würde dem Brandstifter nur in die Hände spielen. Raupach verabscheute Wettläufe. Sie lähmten die Beine.

JOHAN DROSCH den Ball gegen die Wand. Waren die Menschen wirklich so niederträchtig, wie Marta annahm? Er hatte es niemals in Frage gestellt. Seinen beruflichen Pflichten nachzukommen hieß nicht zu vergessen, wie viel Schande all diese Leute auf sich geladen hatten. Jedes Gespräch, das er in der Buchhandlung führte, bestärkte ihn darin. Es spielte keine Rolle, ob sie gebildet waren oder unwissend, klug oder dumm. Wo ließ sich da überhaupt eine Trennlinie ziehen?

Zweifel nagten an seiner Gewissheit. Was hatte Valerie beabsichtigt? Wie war es zu diesem Kuss gekommen?

»Ploff« machte der Ball, als er gegen die gefederte Wandverkleidung prallte. Johan deckte den Squashcourt mühelos ab. Er spielte so, dass er gerade noch an die zurückfliegenden Bälle herankam. Manchmal musste er sich strecken oder ein paar genau bemessene Schritte laufen. Einfallwinkel, Ausfallwinkel. Je härter er schlug, desto schwieriger wurde es. Er war ein kräftiger Mann.

Von dem Film hatte er gestern Abend kaum etwas wahrgenommen. Die Bilder waren ineinander übergegangen, er hatte sie nicht voneinander unterscheiden können mit dieser Frau direkt neben sich. Wo hatte er bloß seine Gedanken gehabt? Sie waren ihm entglitten, in einem unbeobachteten Augenblick. Es war nicht gut, ausschließlich auf sich selbst zu vertrauen. Dann neigte Johan zu Reaktionen, die sich seinem innersten Wesen entzogen.

Unter dem Sitz, war aus dem Tunnel zu hören. Er lächelte, erfreut, dass der Gleichklang wiederhergestellt war und Marta den Rhythmus vorgab. Das Kino wäre ein passender Ort, um das nächste Zeichen zu setzen. Im Grunde unterschied er sich kaum von der U-Bahn. Hier wie dort wurden die Menschen an einen anderen Ort befördert. Der Vergleich hinkte, aber darauf kam es nicht an. Es kam auf die Art der Umstände an, nicht auf die Sprache, welche die Umstände bezeichnete. Die war austauschbar.

Er rätselte darüber, welcher Brennstoff für Bezüge aus einem Polyester-Baumwoll-Gemisch geeignet war, welche Substanz am schnellsten auf die altertümlichen Sperrsitze übergreifen und bald auch den Teppichboden erreichen würde.

Johan schlug so hart er konnte. Dann betrat Valerie den Court. Sie trug einen Trainingsanzug, wie er vor dreißig Jahren in Mode gewesen war. Er stand ihr gut, obwohl er nicht ihre Figur betonte, dachte er. Ein schlabberiges Ding. Im Grunde sah er billig aus, ein lächerlicher Versuch, sich jünger zu machen. Der Ball zischte an ihm vorbei, prallte gegen die hintere Wand und kam zurück. Er fing ihn im Flug.

»Spielen wir einen Satz?«, fragte sie.

»Von mir aus«, antwortete Johan und reichte ihr den Ball. Die kurze Berührung ihrer Handfläche rief einen Stich in seiner Schulter hervor.

»Wie lange ist das her?«, fragte sich Valerie und schlug probeweise auf. Dabei blickte sie sich in der gepflegten Anlage um. Ihr letztes Match lag mindestens zehn Jahre zurück.

»Eine Ewigkeit.« Johans Return war gemäßigt. Mit Squash hatte er aufgehört, seit er Marta kennen gelernt hatte.

Eine Weile spielten sie sich die Bälle nur sachte zu. Valerie hatte vorgeschlagen, sich einmal körperlich zu betätigen. Normalerweise hätte sie diese Floskel nie benutzt, aber das Zusammensein mit Johan weckte jede Menge Absonderlichkeiten in ihr. Sie überlegte, was ihm gefallen könnte und was ihm unangenehm wäre, versetzte sich in ihn hinein. Ab einem gewissen Alter nahm man feste Gewohnheiten an. Früher fand sie allein den Gedanken daran schrecklich. Aber sie stellte fest, dass sie selber solche Gewohnheiten herausgebildet hatte. Sie benutzte wiederkehrende Redewendungen, hielt an lieb gewonnenen Verhaltensweisen fest. Das waren Freiheiten, die es bei Jef nicht gegeben hatte. Und es war interessant, solche Gewohnheiten an anderen Menschen zu beobachten. Johan zupfte zum Beispiel an seinen Koteletten, wenn er angestrengt über etwas nachdachte. Einen winzigen Teil des anderen zu kennen stellte eine verschwiegene Übereinkunft dar.

Sie begannen zu zählen. Johan schlug schärfere Bälle. An seinen Bewegungen erkannte Valerie, dass er im Squash zwar ungeübt, sonst aber gut in Form war. Mit Stops kam sie ihm nicht bei, er war laufstark, trotz seiner Körpergröße. Dafür brachten ihn Bälle über Bande in Verlegenheit. Sie gewann den ersten Satz und auch den zweiten. Am Ende machte sie jede Menge Unsinn, um das Match nicht verbissen erscheinen zu lassen.

Johan entschied den dritten Satz für sich und schrieb es Valeries mangelnder Kondition zu. Sie pflichtete ihm bei, dann war ihre Spielzeit abgelaufen. Der Schweiß rann ihr in Bächen übers Gesicht. Sie hatten sich beide übernommen. Jeder wollte sich beim ersten Mal im besten Licht zeigen, dachte sie. Erschöpft wankte sie aus dem Court. Johan folgte ihr. Sein Atem beruhigte sich.

Jetzt kam die Stunde der Wahrheit. Nach der Umkleide trafen sie sich in der Sauna wieder. Valerie hatte sich in ein Badetuch gewickelt, allzu einfach wollte sie ihm es nicht machen. Mit einem

Mann gemeinsam Sport zu treiben lief immer auf eine Fleischbeschau hinaus, das wusste sie von früher. Es ging darum, die körperliche Verfassung des anderen unter einem Vorwand zu überprüfen. Zu wissen, was einen erwartete. Es dicht vor sich zu sehen, in Reichweite, zum Riechen und Anfassen nah. Valerie erschien das nur recht und billig.

Zwei junge Frauen waren vor ihnen da, Studentinnen, wie Valerie annahm. Sie alberten herum, ohne sich etwas dabei zu denken. Die beiden waren gut gebaut, ihre Bewegungen wirkten so ungeniert, dass Valerie neidisch wurde auf die hüpfenden Brüste, die makellose Haut und all die unverbrauchten Stellen, die nichts anderes zu kennen schienen als Sport, Körperpflege und die Liebkosungen eines Partners.

Johan schenkte den beiden einen gleichgültigen Blick. Er verhielt sich wie ein erfahrener Saunagänger und machte einen Aufguss. Das aromatisierte Wasser zischte, als es mit den heißen Steinen in Berührung kam. Die heftige Reaktion schien ihm Freude zu bereiten. Er setzte sich auf die oberste Bank, eine Stufe über Valerie, und verbarg seine Geschlechtsteile. Dafür gab es keinen Grund, dachte sie verschmitzt.

Die Studentinnen beendeten ihren Saunagang und verließen den holzverkleideten Raum. Valerie löste ihr Badetuch und legte sich möglichst natürlich hin. Johan starrte sie unverhohlen an. Ihre Zehen, ihre Fesseln. Die Waden, Knie und Oberschenkel, hinauf bis zur Scham. Ihren leicht vorgewölbten Bauch, die Kaiserschnittnarbe. Nabel, Brüste, Schultern, bedeckt von ihren nassen Haarsträhnen.

Seine graublauen Augen glitten über sie, ohne zu verharren. Er nahm alles in sich auf, die glatten und die behaarten Stellen, die knochigen und die fleischigen Partien, Wölbungen und Vertiefungen, Grate und Einschnitte. Nichts davon war ihm unbekannt, auch die Narben an ihrem Rücken nicht, obwohl man sie jetzt nicht sehen konnte. Aus der Nähe betrachtet, wirkte diese Frau wie eine abgeliebte Puppe. *Mit starken Gebrauchsspuren*, ergänzte Marta.

Valerie richtete sich auf. »Na, habe ich den Test bestanden?« Sie winkelte ein Bein an und beugte sich zu ihm herunter. Jetzt ließ sie es darauf ankommen. Warum war unter dem Handtuch, das er über seinen Schoß gebreitet hatte, keine Reaktion zu erkennen? Die Sanduhr zeigte an, dass er sie seit mehr als fünf Minuten musterte. Wie viel Selbstkontrolle besaß dieser Mensch?

Ihre Brüste klafften auseinander. Eine unsichtbare Linie führte hoch zu ihrem Hals und ging über in den Kehlkopf. Johan berührte ihn in Gedanken. Er brauchte nur die Hände zu öffnen und zuzudrücken.

Sie kann uns noch nützlich sein, erklang es aus dem Tunnel.

Aber so nah sind wir noch nie jemandem von der Liste gekommen.

Beherrsch dich.

Vielleicht wird sie nicht in der Bahn sitzen. Sie hat jetzt andere Arbeitszeiten.

Es ist zu früh.

Was soll ich tun? Sie ist unberechenbar.

Nicht für dich. Sie ist wie ein Buch mit vielen zerknitterten Seiten.

Sie erwartet, dass ich sie anfasse.

Dann tu es! Lass uns sehen, was passiert. Häme lag in Martas Stimme. Sie forderte Johan heraus.

Er legte eine Hand auf Valeries nackten Rücken. Sie zuckte zusammen. Überall durfte er sie berühren, nur nicht an den knotigen Stellen, von denen sie meistens behauptete, dass es wegoperierte Muttermale seien.

Sie verharrte in ihrer Position. Ihre Brüste befanden sich vor Johans Gesicht, aber das schien ihn nicht zu interessieren. Jetzt begann er, ihren Rücken abzutasten. Das brannte wie Feuer.

Valerie verließ ihre Liegebank, setzte sich neben ihn und lehnte sich gegen die Bretter, damit er die Hand wegnahm. Als er es tat, bedauerte sie es. So schlimm war es gar nicht gewesen. Johan schien nicht überrascht zu sein, dass ihr Rücken von Narben übersät war, Jefs Hinterlassenschaft.

»Das waren Melanome«, log sie. »Glücklicherweise gutartige.«
»Sind Melanome nicht immer bösartig?«, fragte er.
»Wirklich? Na, dann waren es Leberflecke.«
»Gehst du zur Vorsorge?«
»Natürlich.«
»Nicht, dass etwas übersehen wurde.«
Valerie war kurz davor loszuheulen. »Ich bin mir sicher, dass ich es überstanden habe.«
»Das hoffe ich auch.« Er ließ seine Hand kurz auf ihren angespannten Muskeln ruhen. Das fühlte sich anders für Valerie an, nicht so forschend wie zuvor, mehr wie eine Besänftigung. Dann nahm er seine Hand weg. »In unserem Alter können wir nicht wachsam genug sein. Der Körper beginnt abzubauen, die Zellen regenerieren nicht mehr. Im Grunde steuern wir nur noch auf den endgültigen Verfall zu.«
»Und was ist mit dir? Hast *du* irgendwelche Narben, die du nicht zeigst?«
Johan streckte seinen Unterarm aus. *Sie soll es ruhig lesen.*
»Was ist das?«, fragte sie entsetzt. Seine Haut war von weißlichen Wülsten bedeckt. Sie bildeten ein zackenförmiges Muster.
»Ein Name. Kannst du ihn entziffern?«
Valerie gab sich alle Mühe, aber sie schüttelte den Kopf.
»Hier steht *Marta*. So heißt meine Frau.«
»Deine Frau?«
»Sie ist vor vier Jahren gestorben.«
Jetzt fand Valerie es unpassend, nackt neben ihm zu sitzen. Vielleicht waren ihm die Erinnerungen an Marta andauernd durch den Kopf gegangen, während sie sich ihm ahnungslos präsentiert hatte.
»Wir haben beide unsere Wunden«, sagte sie schließlich und bedeckte sich mit ihrem Handtuch. »Sie sind verheilt, auch wenn sie manchmal noch jucken.«
Johan hielt den Arm immer noch ausgestreckt. »Man wird es niemals los.«
Sie nahm seine Hand und drückte sie an sich. Ein paar zurück-

gehaltene Tränen fielen auf seinen Arm. Er wich zurück, aber sie hielt ihn fest und strich mit den Fingern über die Narbe.

»Wir sind schon zwei seltsame Krüppel«, sagte sie und sann über eine Formulierung nach, die nicht zu abgedroschen klang. »Ein Teil von uns erzählt von der Vergangenheit. Der Rest schwitzt sich durch die Gegenwart. Gibt es etwas an unseren Körpern, das in die Zukunft weist, Johan?«

Er konnte die Frage nicht beantworten.

»RONNY MATERLINK wurde mit einem Stromkabel stranguliert. So viel lässt sich rekonstruieren.« Heide nippte an ihrer Latte Macchiato. Mittags war das Café voll besetzt. Sie saßen an dem letzten freien Tisch, gleich neben dem Durchgang zu den Toiletten.

»Dann hat der Täter das Feuer gelegt«, bemerkte Paul.

»Es kam durch einen Kurzschluss zustande«, fuhr Heide fort. »Wahrscheinlich hat jemand die Stromführung von zwei herausgerissenenen Kabeln aneinander gehalten. So hat es mir die Feuerwehr erklärt. In der Künstlergarderobe befand sich jede Menge Verpackungsmaterial von der neuen Soundanlage, die kürzlich in der Diskothek eingebaut wurde. Leicht entzündlich.«

»Zeugen?«, wollte Raupach wissen.

»Ronny Materlink war bekannt dafür, dass er in seinen Pausen nicht gestört werden wollte. Vermutlich nahm er Kokain oder irgendein Aufputschmittel.«

»Die Spurensicherung tut ihr Bestes«, warf Paul ein.

»Also hat niemand etwas gesehen.« Raupach kam sich neben Paul wie ein Zwerg vor. Dieser Mann war ein Leuchtturm, eines dieser kantigen Ungetüme, die mehr einer Festung als einem Seezeichen glichen.

»Die Garderobe ist von der Diskothek und über einen Seiteneingang zugänglich. Das Personal hatte alle Hände voll zu tun, Stoßzeit an der Bar, alle haben ein Alibi oder sie geben sich gegenseitig eines.«

»Gibt es wieder einen Brief?«

»Nein. Aber die Garderobe brannte fast völlig aus. Wenn er ihn offen hingelegt hat …«

»Das würde er nicht tun.« Raupach schüttelte den Kopf. »Er würde irgendein Behältnis zurücklassen, am besten feuerfest, in dieser Beziehung geht er auf Nummer sicher.«

»Bei Lübben wurde auch nichts gefunden«, widersprach Heide. »Unser Täterprofil ist alles andere als schlüssig.«

»Wer hätte einen Grund, einem DJ ans Leben zu wollen?«, fragte Raupach.

»Einem abgehalfterten DJ«, ergänzte Heide. »Materlink war am Ende. Eine Zeit lang versuchte er sich als Manager in der regionalen Musikszene. Er lag immer daneben. Bei der Bank und den Geldverleihern stand er mit siebzigtausend in der Kreide, ohne Aussicht auf Rückzahlung.«

»Ein Einzelgänger wie Lübben.«

»Mehr als das. Materlink hatte buchstäblich niemanden.«

»Wir brauchen eine Liste der Tätigkeiten, denen er in den letzten Jahren nachgegangen ist. Jemand muss ihn doch näher gekannt haben.«

»Wird gemacht«, erwiderte Heide. »Woytas ist wachsam, aber seine Beliebtheit sinkt, seit er den Kettenhund des Chefs spielt. Ich kümmere mich darum.«

»Lass uns mit Lübbens Freundin sprechen«, schlug Raupach vor. »Wer hat sie vernommen?«

»Grabner. Der ist verlässlich, aber überlastet.«

»War Woytas schon bei ihr?«

»Ich weiß nicht.«

»Vielleicht kommen wir ihm zuvor.« Raupach winkte der Bedienung zum Zahlen. »Paul, du kümmerst dich um mehr Einzelheiten in Sachen Materlink. Sieh zu, dass du aus den Kollegen von der Spurensicherung etwas herauskriegst.«

»Wird gemacht.«

»Und wir beide lesen jetzt erst mal Höttges auf«, sagte Raupach zu Heide.

»Was willst du denn mit dem?«, fragte sie verblüfft. »So, wie ich ihn kenne, sitzt der mit einer Heizdecke zu Hause und wartet auf den Sommer.«

»Dagegen ist nichts einzuwenden, er hat es sich verdient. Höttges ist einer von den Unermüdlichen, auch wenn er einen anderen Eindruck vermittelt. Denk an die Aussage des kleinen Laurent. Die haben wir Höttges zu verdanken.«

»Ein blindes Huhn findet auch ein Korn.«

»Eben. Man muss es nur herumpicken lassen.«

SILKE SCHOLL WAR Malerin. Großflächige Leinwände standen in jedem Winkel der alten Fabrikhalle herum, auf Staffeleien, Tischen und Podesten, oder sie lehnten in einer Reihe nebeneinander, weil der Platz fehlte, jedes Gemälde aufzustellen. Es war ein völlig anderer Stil, als Raupach ihn von dem Fernsehmaler kannte. Die Bilder zeigten Erde. Geologische Formationen in verschiedenen Anordnungen, Phasen der Schmelze und der Verhärtung, der Erosion und des Zerfalls. Jedes Werk wirkte wie ein Auszug der Erdgeschichte.

Er blätterte in einem Ausstellungskatalog. Die Bilder bestanden aus Aschepigmenten, die aus Braunkohle gewonnen waren. Manche Stellen waren mit Kunstharz überzogen, bei anderen war die Farbkruste weggekratzt, um darunterliegende Schichten zum Vorschein zu bringen. Man war versucht, diese künstlich erzeugte Erde, ihre aufgeplatzte, rissige Oberfläche, mit den Fingern zu berühren. Die Farbtöne, ein Braun in zahlreichen Schattierungen, waren warm und intensiv, aber auf eine andere Art als bei den grellen Sonnenuntergängen des Fernsehmalers. Raupach gefielen die Bilder, obwohl sie abstrakt waren. So etwas brächte er nie im Leben zustande. Dafür fehlte ihm das Wissen um all die Materialien, die über Tubenfarbe aus dem Kunsthandel hinausgingen. Und der Mut zur freien Komposition.

Heide stimmte ihm zu. »Wenn du mal so weit bist, kannst du deinen Abschied nehmen. Diese Frau hat was drauf.«

»Leider verkauft sie nichts.«

»Woher willst du das wissen?«

»Die Bilder, die in diesem Katalog abgebildet sind.« Er wies auf das Buch. »Sie befinden sich alle in diesem Raum. Nach einer erfolgreichen Ausstellung sollten zumindest einige davon nicht mehr hier sein.«

»Seid ihr von der Kunstpolizei?«

Silke Scholl sah angegriffen aus. Sie hatte die Nacht durchgearbeitet. Jetzt rauchte sie an ihrem großen Ateliertisch eine von Raupachs Zigaretten und versuchte sich darüber klar zu werden, welche Bedrohung drei Bullen darstellten, die sich am Samstagmittag über ihre Bilder unterhielten. Sie trug einen wattierten Overall, der ein eigenes Kunstwerk darstellte, übersät mit Flecken in allen erdenklichen Farben und an einigen Stellen so steif wie die Schale eines Krustentiers. Auf den ersten Blick war sie Raupach sympathisch. Sie mochte Ende zwanzig sein und hatte ein gewinnendes, etwas spöttisches Lächeln. Die Kopfhaut unter ihrer Kurzhaarfrisur war dauernd in Bewegung, und die Falten in ihrem Gesicht unterstrichen, was in ihrem Inneren vorging. Silke Scholl fühlte sich gestört und zugleich geschmeichelt. Sie war müde, aber ihr Interesse war geweckt.

Das nimmt uns für die Menschen ein, dachte Raupach. Wenn sie zeigen, was in ihnen vorgeht, weil sie gar nicht anders können. Diese Frau malte sich selbst. Ihre Bilder waren Modellierungen, die an die Erde erinnerten. Doch im Grunde stellten sie das Wesen ihrer Schöpferin dar. Nur die Augen waren anders. Silke Scholls Augen waren voller Misstrauen. Das lag nicht an ihrer Übernächtigung oder an der Tatsache, dass sie Polizisten im Haus hatte. Dieses Misstrauen saß so tief wie eine Erzader.

Höttges hatte sich neben ihr auf einem wackeligen alten Drehstuhl niedergelassen und bibberte. Die Fabrikhalle war unbeheizt.

»Verschaffen Sie sich Bewegung«, scheuchte Heide ihren Assistenten auf. »Na los, schauen Sie sich um! Tun Sie was für Ihre Bildung.«

Höttges bedauerte vieles. Seine Berufswahl. Die Jahreszeit. Sein Schicksal, das ihn der Frau Hauptkommissarin zugeführt hatte.

Er stemmte sich an der Tischkante hoch und stieß gegen einen Bilderrahmen. Heide gab ihm einen Wink, vorsichtiger zu sein, worauf sich Höttges zwischen zwei Gemälden hindurchwand und schlurfend seinen Rundgang begann.

»Ihre Bilder sind beeindruckend. Warm und zugleich ... kraftvoll«, sagte Raupach.

Silke Scholl schöpfte Verdacht. Respekt für ihre Bilder war etwas, was sie selten erfuhr. »Ich habe doch schon alles erzählt. Ray war eine Zufallsbekanntschaft. Ich kannte ihn nur flüchtig.«

»Sie hatten doch eine Beziehung«, wandte Heide ein.

Die Frau lachte kehlig. »Er wohnte hier, falls Sie das meinen. Seine Sachen stehen dort drüben.«

Raimund Lübbens Habseligkeiten passten in ein paar Umzugskartons und eine große Sporttasche. Grabner hatte alles registriert und dann versiegelt. Auf der Liste, die Heide von ihm erhalten hatte, fand sich nichts, was eine nähere Untersuchung wert war. Kein Adressbuch oder Kalender, keine persönlichen Unterlagen oder aufschlussreichen Fotos, nicht einmal Kontoauszüge oder Versicherungspolicen. Nur Kleidung, eine Stereoanlage und jede Menge CDs. Lübben hatte ein unabhängiges Leben geführt ohne bürgerliche Sicherheiten. In gewisser Weise war das beneidenswert, aber auch traurig, wenn man bedachte, wie schmal und unpersönlich sein Vermächtnis war.

»Entschuldigen Sie bitte die Unannehmlichkeiten am Wochenende«, sagte Raupach. »Wir möchten in Erfahrung bringen, wer Raimund ermordet hat. Dafür müssen wir wissen, mit wem er in Kontakt stand.«

»Ich kann Ihnen nicht weiterhelfen. Mir ist schon klar, wie seltsam das klingt, aber wir hatten uns nicht viel zu sagen.«

»Sie kannten ihn doch.«

»Er war dauernd unterwegs. Und ich bin beschäftigt, wie Sie sehen.« Sie wies auf die Bilder.

»Bedauern Sie seinen Tod?«, fragte Raupach und setzte sich auf den freien Drehstuhl.

Silke Scholl erwiderte seinen Blick. Sie mochte direkte Fragen. »Muss ich das?«

»Das heißt, er ist Ihnen gleichgültig.«

»Ja«, sagte sie mit entwaffnender Offenheit. »Wenn er ausgezogen wäre, liefe es auf das Gleiche hinaus. Weg ist weg.«

»Er wurde umgebracht. Das macht einen Unterschied.«

»Menschen kommen und gehen, das ist der natürliche Gang der Dinge.«

Entweder kannte diese Frau nur ihre Kunst, überlegte Raupach. Oder hinter ihrer Mitleidlosigkeit steckte mehr, als sie zugab. »Hatten Sie Streit?«

»Mache ich mich verdächtig, wenn ich nicht ein gebührendes Maß an Betroffenheit zeige?«

»Beantworten Sie bitte meine Frage.«

Sie lächelte wieder, doch dieses Mal gefiel es Raupach überhaupt nicht, wie sie die Mundwinkel verzog. Es war ein Lächeln ohne Gefühl.

»Ray war ein roher Mann«, sagte sie schließlich. »Er neigte zu Gewalt. Aus diesem Grund habe ich mich mit ihm eingelassen.«

»Weil er gewalttätig war?«, fragte Raupach ungläubig.

»Ich brauchte diese Erfahrung. Extreme Sinneseindrücke bringen mich weiter. Alles andere«, sie trat die Zigarette auf dem nackten Betonboden aus und angelte nach einer neuen, »seine *Kontakte,* wie Sie sagen, ob er Freunde oder Bekannte hatte, wie er zu Geld kam, das alles interessierte mich nicht. Wir sind unsere eigenen Herren, nicht wahr?«

»Ob ich wohl Ihre Toilette benutzen dürfte?«, fragte Höttges vom anderen Ende des Raumes. Heide warf ihm einen giftigen Blick zu. Silke Scholl deutete auf eine Tür neben einem Hochbett, dem einzigen wohnlich wirkenden Einrichtungsgegenstand in dem Atelier. Raupach gab ihr Feuer. Jetzt begriff er diese Frau. Sie überschritt Grenzen, um zu tieferen Einsichten zu gelangen. Das war mutig. Verständnis für ihre Methoden hatte er jedoch nicht.

»Sie haben also keinen Anlass, ihn zu vermissen.«

»Nicht den geringsten.« Sie schüttelte den Kopf. Er wollte es einfach nicht verstehen, dachte sie. Welche Vorstellung machte sich dieser Polizist von der Welt? Für besonders abgebrüht hielt sie ihn nicht.

»Denken Sie nach. Gibt es nichts, was Raimund Lübben in irgendeiner Weise ausgezeichnet hat?«

»Müssen Sie seine Grabrede halten?«, fragte sie hämisch. »Na gut, mir fehlt tatsächlich etwas.«

»Und das wäre?«

»Sein Bus.«

»Wie?«

»Der Lieferwagen, mit dem er immer herumfuhr. Da war sein Schlagzeug drin, manchmal holte er es heraus, um darauf zu üben. Aber das kam selten vor.«

»Und was war an dem Bus so besonders, dass Sie ihn vermissen?«

»Ich konnte meine Bilder darin transportieren«, gab sie trocken zurück. »Bei großen Formaten ist das sehr praktisch.«

»Wo befindet sich das Fahrzeug jetzt?«

»Keine Ahnung.«

»Erinnern Sie sich an das Autokennzeichen?«

»Das ist nicht Ihr Ernst, oder?« Silke Scholl schaute Raupach belustigt an.

»Wir werden das überprüfen«, sagte Heide und maß die Malerin mit einem abschätzigen Blick. Raupach besaß Geduld, das musste sie ihm lassen. »Hier ist nichts mehr zu holen, Klemens. Wo bleibt eigentlich Höttges?«

Heides Assistent verließ gerade die Toilette. Er schob einen Holzkeil unter die Tür, damit sie offen blieb. Man hörte die Spülung. »Frau Hauptkommissarin!«, rief er quer durch den Raum. »Wenn Sie mal kommen möchten?«

An der Tür klebte ein Plakat. Es zeigte einen muskelbepackten Mann, der den Erdball mit einem Vorschlaghammer bearbeitete. *Barbarossa* stand in eckigen Buchstaben darüber. Als Raupach näher heranging, konnte er die klein gedruckten Zeilen unter dem Bild lesen. Es handelte sich um die Ankündigung eines Rockkonzerts, das vor mehr als einem Jahr stattgefunden hatte. Die Gruppe bestand aus fünf Männern, ihre Namen waren nebeneinander abgedruckt. *Ray Lübben*, las Raupach, es war der letzte Name in der Reihe. Davor stand *Ronny Materlink*.

JEF BRAQ WAR der einzige Name der drei verbliebenen, der im Telefonbuch stand. Chris Curtis und Gunter Aalund waren nicht verzeichnet. Vielleicht handelte es sich bei den Namen um Pseudonyme. Oder sie hatten ihren Eintrag sperren lassen, besaßen keinen Telefonanschluss oder wohnten nicht mehr in Deutschland. Raupach hatte es über die Auskunft versucht, weil er das Einwohnermeldeamt nicht einschalten wollte.

Sein Magen knurrte. Das Mietshaus lag in Nippes, nur ein paar Straßenzüge von seiner Wohnung entfernt. Diese Adresse würde er noch abklappern. Dann wollte er nach Hause gehen, sich eine Tiefkühlpizza in den Ofen schieben und Heides Malkasten ausprobieren. Er freute sich schon darauf. So oft, wie er dem Fernsehmaler zugesehen hatte, müsste es ihm eigentlich im Handumdrehen gelingen, eine Landschaft oder etwas Vergleichbares hinzupinseln.

Silke Scholl hatte ihm eine Leinwand geschenkt, fertig grundiert und auf einen Holzrahmen gezogen. Als er die Vernehmung beendet hatte, war sie zugänglicher geworden. Anscheinend besaß sie auch eine weniger materialistische Seite. Aber vielleicht hatte sie nur ein schlechtes Gewissen, weil sie nichts von Lübbens Band erzählt hatte. Oder es war eine Gegenleistung dafür, dass Raupach das Zellophansäckchen auf ihrem Ateliertisch wissentlich übersehen hatte. Es enthielt ein pyramidenförmiges Stück Haschisch, das sogar Höttges aufgefallen war.

Raupach klingelte erneut. Im Laufe des Nachmittags hatte es begonnen zu schneien. Als der Himmel sich zuzog, war der kurze Anflug von Spätherbst erloschen wie ein altersschwacher Scheinwerfer, dem der Strom ausging. Dunkle Flocken fielen aus dem Nichts hernieder und dämpften die Geräusche der Stadt. Er hatte den Eindruck, als hielten sie einen Augenblick inne, bevor sie den Asphalt berührten.

Eine Frauenstimme meldete sich über die Sprechanlage. Raupach stellte sich vor. Eine Weile blieb es still. Dann ertönte das Surren des Türöffners. Die Wohnung lag auf der dritten Etage. Am Fuß der Treppe schob er sich an einem Herrenfahrrad vorbei. Daneben stand ein Müllsack, aus dem die Splitter einer dicken Glasplatte ragten.

Die Tür stand offen. »Kommen Sie rein!«, hörte er, begleitet vom Geräusch eines Staubsaugers. In der Wohnung hatte sich jemand große Mühe gegeben sauber zu machen. Das Laminat glänzte frisch gewischt. Raupach machte einen langen Schritt vom Fußabstreifer zu einem Läufer, der roch, als stammte er direkt aus der Waschmaschine. Ein Klumpen Schnee löste sich von seiner Sohle und blieb auf dem Teppich liegen. Rasch stellte Raupach einen Fuß darauf und trat ihn fest.

»Hallo!« Die Frau stand hinter dem Esstisch und stellte ihren Wischmop beiseite. Raupach betrachtete den feuchten Boden. Wenn man genauer hinsah, bemerkte man jede Menge Kratzer. Dunkle Stellen wiesen darauf hin, wo das Laminat am häufigsten begangen war.

»Setzen Sie sich. Tee oder Kaffee?«

Das ließ sich Raupach nicht zweimal sagen. »Tee«, erwiderte er und nahm auf einem der hochlehnigen Stühle Platz. Er behielt seine Winterjacke an, eine alte Gewohnheit, um die Menschen, von denen er etwas erfahren wollte, nicht einzuschüchtern. Er war auf dem Sprung, sollte das bedeuten. Nach ein paar Fragen würde er sie wieder in Ruhe lassen.

Sie wartete einen Moment, bis der Schalter an dem Heißwasserbereiter umsprang. Dann goss sie Tee auf.

»Valerie Braq?« Er hatte den Namen auf dem Klingelschild gelesen.

»Höchstpersönlich«, antwortete sie aufgekratzt und lehnte sich gegen die Küchenzeile. Sie trug ein Sweatshirt und eine weite Jogginghose. Ihre Haare waren zu einem Pferdeschwanz zusammengebunden. Sie hatte eine jugendliche Art, sah aber aus wie Mitte dreißig. »Was kann ich für Sie tun?«

Valeries Gedanken traten auf der Stelle. Mit dem Besuch eines Kommissars von der Mordkommission hatte sie nicht mehr gerechnet nach dem letzten Telefonat mit ihrem Rechtsanwalt.

»Ich würde gern mit Ihrem Mann sprechen.« Raupach blickte sich um. In der Wohnung war das Bedürfnis nach Ordnung und ein wenig Gemütlichkeit zu spüren. Nur die Deckenlampe hatte Valerie übersehen. Tote Insekten lagen darin. Vermutlich hatten sie sich im Sommer unter den Schirm verirrt und nicht wieder herausgefunden.

Sie hielt den Atem an und fragte sich, welchen Plan dieser Polizist verfolgte. Was hatte er vor?

»Es geht um die Morde an Raimund Lübben und Ronny Materlink. Vielleicht haben Sie darüber in der Zeitung gelesen?« Raupach hielt inne und berichtigte sich. »Entschuldigen Sie, das können Sie ja nicht wissen. Materlink ist erst gestern Abend gestorben.«

»Wie bitte?«, fragte sie seltsam abwesend, als habe sie nicht zugehört.

»Ihr Mann ist doch der Kopf dieser Band, Barbarossa. Und die beiden Mordopfer –«

»Jef ist tot«, sagte Valerie abweisend. »Seit einem Jahr. Die Band hat sich aufgelöst.« Mehr brachte sie nicht heraus. Sie sank auf einen Stuhl und starrte auf den Küchenschrank, der von ihrer Großmutter stammte. Kamen sie ihr doch noch auf die Spur?

»Tut mir Leid. Das habe ich nicht gewusst.« Raupach ärgerte sich über seine Nachlässigkeit. Warum hatte er Jefs Namen nicht durch den Computer laufen lassen?

»Was haben Sie da über Ray und Ronny gesagt?« Allmählich begriff sie seine Worte.

»Sie wurden umgebracht.«

»Sie spazieren hier herein und tischen mir Todesmeldungen auf.« Fassungslos sprang sie auf. »Wollen Sie beobachten, wie ich reagiere? Nun sagen Sie schon! Glauben Sie, ich hätte Ray und Ronny auf dem Gewissen?«

»Beruhigen Sie sich. Ich versichere Ihnen –«

»Jef ist an seiner verdammten Kotze erstickt!«, rief sie mit schriller Stimme. »Das Verfahren gegen mich wurde vor kurzem eingestellt. Was wollen Sie noch?«

Eine Tür mit einem »No admittance«-Schild öffnete sich und ein junges Mädchen kam herein. Es nickte dem verdutzten Kommissar zu, ging zu der Küchenzeile und machte sich an den Schränken zu schaffen. Valerie verstummte und betrachtete sie schweigend. Raupach fragte sich, woher er das Mädchen kannte. Ihr Norwegerpulli irritierte ihn eine Weile. Dann siegte sein Gedächtnis für Gesichter. Die Teenager auf der Eisbahn. Sie hatte den Streit mit Photini geschlichtet.

Sheila stellte ein Tablett auf den Tisch und verteilte die Tassen. Dann goss sie Tee ein, stellte die Kanne auf ein Stövchen und setzte sich neben Raupach. »Ich bin Sheila.« Sie reichte ihm die Hand. »Zucker oder Milch?«

Ihre Finger fühlten sich klamm an. Raupach kannte das von seiner Nichte. Marit war im gleichen Alter wie Sheila. Er besuchte sie viel zu selten, weil das Verhältnis zu seiner Schwester Sigrid in den letzten Jahren merklich abgekühlt war. Raupach gab einen Löffel Zucker in seinen Tee und stellte sich dem Mädchen vor.

»Meine Mutter ist empfindlich, wenn es um Jefs Tod geht«, erklärte Sheila. »Es ist nicht leicht, mit so einem Vorwurf umzugehen.«

»Ich hatte ja keine Ahnung.« Raupach war es peinlich, dass er bei Valerie Braq und ihrer Tochter hereingeplatzt war, ohne die Situation zu kennen. Offenbar hatte die Frau unter Mordverdacht gestanden. Ein merkwürdiger Zufall.

»Das dachte ich mir schon.« Sheila schüttelte den Kopf und warf Valerie einen missbilligenden Blick zu. »Soll ich Ihnen erzählen, was passiert ist?«

»Wenn Sie möchten.« Jef Braq schien eines zweifelhaften Todes gestorben zu sein, überlegte Raupach. Und jetzt hatte es kurz hintereinander zwei seiner ehemaligen Bandkollegen erwischt. War er im Begriff, eine Mordserie aufzudecken, die verästelter war, als er angenommen hatte?

Sheila half dem Kommissar aus der Jacke und begann ihre Version von Jefs Tod zu präsentieren. Zuerst stockte Valerie der Atem. Dann wuchs ihr Erstaunen. Sheila hatte viel mehr mitbekommen, als Valerie befürchtet hatte. Es wurde nicht deutlich, was sie wirklich wusste. Aber dieser Raupach bekam zu hören, was Valerie selber nicht besser hätte ausdrücken können. Sheila schilderte den allmählichen Niedergang ihres Vaters, als sei Jef ein unheilbarer Fall gewesen, der zwangsläufig ein böses Ende nehmen musste. Sie verschwieg die Misshandlungen an Valerie, erklärte aber, dass beide unter Jefs Ausrastern, wie sie es nannte, »gelitten« hatten.

»Verstehen Sie jetzt die Reaktion meiner Mutter?«, schloss Sheila. »Dieser ungeheuerliche Verdacht und all die Verhöre. Das hat sie schwer mitgenommen.«

Raupach drückte noch einmal sein Bedauern aus. »Unter diesen Umständen müssen Sie den Eindruck gewinnen, dass bei der Polizei die rechte Hand nicht weiß, was die linke tut. Zu meiner Entschuldigung kann ich nur vorbringen, dass mich ausschließlich die mutmaßlichen Morde an Herrn Lübben und Herrn Materlink zu Ihnen geführt haben.« Sheila nickte. »Darf ich daher mit Ihrem Verständnis rechnen, wenn ich Ihnen weitere Fragen stelle?«

Valerie entkorkte eine Flasche Wein unter dem Hinweis, dass sie das jetzt brauche. »Schwamm drüber. Fragen Sie, nur zu! Wollen Sie auch einen Schluck?«

»Er ist im Dienst«, wandte Sheila ein.

»Danke.« Raupach winkte ab. Er wartete, bis Valerie sich ein Glas Rotwein eingeschenkt hatte. Sheila betrachtete die Flasche mit Unbehagen.

»Fangen wir mit Lübben an. Was wissen Sie über ihn?«

»Er war der Schlagzeuger der Band«, erwiderte Valerie. »Und Ronny war so etwas Ähnliches wie der Manager. Mehr kann ich Ihnen über die beiden nicht sagen.«

»Wie lange gab es Barbarossa?«

Valerie zuckte mit den Schultern. »Jef hat in vielen Bands gespielt. Ein Name klang wie der andere, manchmal benannten sie sich einfach um, damit sie noch mal an Orten auftreten konnten, an denen sie keinen Erfolg gehabt hatten. Die Besetzung hat dauernd gewechselt. Barbarossa war die letzte Gruppe in einer langen Reihe. Ich weiß nicht, wie lange sie zusammen waren, vielleicht ein Jahr?«

»Knapp zwei Jahre«, präzisierte Sheila.

»Doch so lang?«, staunte Valerie.

»Und in dieser Zeit hatten Sie keinen Kontakt zu den anderen Bandmitgliedern?«, fragte Raupach.

»Ich bin ein paar Mal zu ihren Auftritten mitgegangen. Jef war dagegen. Er wollte mit seinen Kumpels unter sich bleiben, betrachtete seine Musik als Männersache. Also hab ich mich rausgehalten.«

»Fühlten Sie sich nicht zurückgesetzt?«

Valerie schüttelte den Kopf. »Ich war froh darüber, mit der Band nichts zu tun zu haben. Ray war mir nie geheuer.«

»Warum?«

»Wie der einen betatscht hat und mit Frauen umgegangen ist, einfach brutal.«

Sheila stand auf, holte ein neues Teelicht für das Stövchen und zündete es mit einem Streichholz an.

»Welchen Eindruck hatten Sie von Materlink?«, fragte Raupach.

»Ronny war das genaue Gegenteil von Ray. Der traute sich nicht mal, einem die Hand zu geben. Verklemmt bis unter die Haarspitzen. Was ihn nicht davon abhielt, jede Frau wie eine Schaufensterpuppe anzustarren. Keine Ahnung, wie Jef an ihn geraten ist.«

»Und die anderen?«

»Mit Chris kam ich ganz gut aus. Er hat Keyboard gespielt und dachte sich die Arrangements aus. Chris hielt sich immer im Hintergrund, machte kein Aufhebens davon, dass er Rockmusiker war.«

»Chris Curtis.« Raupach las von seinem Notizbuch ab. »Ist das sein richtiger Name?«

Valerie lachte. »Er heißt Christian Tiedke. Das klingt genauso lächerlich, oder?«

Raupach schrieb den Namen auf. »Haben Sie seine Adresse?«

»Einen Augenblick.« Sie kramte in einem Schränkchen, auf dem das Telefon stand.

»Die zweite Schublade von oben«, half ihr Sheila.

Valerie stieß auf ein zerfleddertes Heft und gab es dem Kommissar. »Meine Tochter ist die Ordentliche von uns beiden«, sagte sie lächelnd.

Das Heft besaß kein alphabetisches Register. Etliche Angaben unter den Namen waren durchgestrichen. Es dauerte eine Weile, bis Raupach die Einträge fand. Er notierte sich Telefonnummer und Anschrift der beiden verbliebenen Bandmitglieder.

»Bleibt Gunter Aalund.«

Sie zögerte und nahm einen Schluck Wein. »Gunter ... na ja, wenn Sie mich fragen, war er der eigentliche Chef der Band. Jef war Sänger und spielte Leadgitarre. Gunter war Bassist und komponierte die Melodien. Nicht, dass es da viel zu komponieren gab.«

»Kann ich ein Stück hören?«, fragte Raupach.

Valerie ging zur Stereoanlage. Dann fiel ihr ein, dass sie alle fraglichen CDs zerbrochen hatte. Die CDs, die Hüllen und alles, was damit verbunden war. »Ich glaube, ich habe gar nichts von Barbarossa da«, sagte sie verlegen.

»Sie besitzen keine Aufnahme von der Band Ihres Mannes?«, wunderte sich Raupach.

»Das war keine Musik«, rechtfertigte sie sich. »Hass und Überdruss, mehr kam nicht dabei heraus. Ich habe die CDs verkauft.«

»Und nicht eine einzige behalten? Zur Erinnerung?«

»Jef hat mir eine Menge Schulden hinterlassen. Ich musste zu Geld machen, was noch übrig war.«

»Alles?«

»Ja, alles. Manchmal muss man einen Schlussstrich ziehen.«

Valerie setzte sich wieder. »Ich lebe in der Gegenwart. Das war nicht immer so.«

»Warten Sie«, sagte Sheila. Sie verschwand in ihrem Zimmer und kam kurz darauf mit einer CD zurück. »*Eisenherz*. Das einzige Album, das sie gemacht haben.« Sie ging zur Stereoanlage und legte die CD ein. Es war ein Live-Mitschnitt von einem Auftritt in Leverkusen, dem einzigen Barbarossa-Konzert vor großem Publikum. Als Kontaktadresse war Ronny Materlink angegeben.

Es klang grässlich. Ein Mann stieß in gleich bleibendem Tonfall Wörter hervor. *Rettet den Schmerz. Brecht das Licht. Schließt eure Brust.* Jef sprach die Konsonanten übertrieben hart aus, als wollte er mit seiner Stimme Hiebe verteilen. Zur Begleitung hörte man kreischende Gitarren und apokalyptische Trommeln. Raupach, für den Musik aus einer Melodie mit nachvollziehbaren Akkorden bestand, hatte schnell genug. Sheila schaltete die Anlage aus.

»Es gibt auch langsamere Stücke«, sagte Valerie. »Jef hatte auch andere Seiten.« Sie warf Sheila einen argwöhnischen Blick zu. »Sie bekommen eine falsche Vorstellung von meinem Mann«, fuhr sie fort. »Es gab eine Zeit, da hat er richtige Lieder gesungen. Auf Deutsch und Englisch, abwechselnd. Das hat sich dann immer weiter reduziert. Vergröbert, könnte man sagen.«

»War er ein guter Ehemann?«, fragte Raupach.

»Nicht schlechter als andere«, beeilte sich Valerie zu versichern. »Er war schwierig. Aber welcher Mann ist das nicht?«

»Er ist tot«, sagte Sheila.

Ihre Worte standen eine Weile im Raum. Wenn Jef nicht auf diese Weise gestorben wäre, dachte Sheila zum wiederholten Mal, hätten Ray und die anderen sie in Frieden lassen müssen. Welch ein Irrsinn. Sie war erpressbar geworden, indem Valerie sich von Jef befreit hatte. Was für die Mutter eine Erlösung war, brachte die Tochter in Gefangenschaft. Aber Valerie hatte all dies weder gewusst noch beabsichtigt. Und es war nicht zu ändern. Er war tot. Und Ray und Ronny waren es auch.

Sheila betrachtete Valeries Hände. Sie waren unablässig in Bewegung. Diese Hände wussten schon lange nicht mehr, was sie taten. Warum konnte Valerie sie nicht still halten?

Raupach nahm ein paar Schlucke Tee. Dann entschuldigte er sich, dass er einige unumgängliche Fragen nach Alibis stellen musste. Wo Valerie am dreißigsten November kurz vor Mitternacht gewesen sei.

»Zu Hause. Ehrlich gesagt … ich war ziemlich hinüber«, sagte sie stockend und wies auf die Flasche Wein. »Aber das ist ja kein Verbrechen.«

»Wenn man Kummer hat.«

»Hin und wieder passiert das, was soll ich dagegen machen?« Entschlossen schob sie das Weinglas weg. »Es war eine absolute Ausnahme. Ich bin keine Trinkerin.« Sie stieß einen Seufzer aus. »Sheila kam vom Eislaufen zurück. Sie hat mir ins Bett geholfen.«

Raupach nickte. Er dachte daran, wie beherzt Sheila bei dem Streit zwischen Photini und dem Jungen mit der Pudelmütze dazwischengegangen war. »Ihre Tochter verhält sich sehr verantwortungsvoll für ihr Alter.«

»Da haben Sie Recht.« Valerie suchte Sheilas Blick. Das Mädchen presste die Lippen aufeinander. Dann schaute es weg.

»Letzte Frage«, fuhr Raupach fort. »Was haben Sie gestern gegen 22 Uhr getan?«

»Ich war im Kino.«

»In welchem Film?«

»*Broken Wings*, der Kartenabriss muss noch in meinem Mantel sein.« Valerie machte Anstalten aufzustehen, aber Raupach bedeutete ihr sitzen zu bleiben.

»Schon gut«, sagte er. »Wie war der Film?«

Valerie überlegte. »Ein bisschen deprimierend«, gab sie zu. »Aber die Schauspieler waren phantastisch. Die Musik auch.«

Raupach steckte sein Notizbuch ein. »Danke, Sie waren mir eine große Hilfe.« Er griff nach seiner Jacke. »Unter den gegebenen Umständen habe ich Ihnen wohl einen Schrecken eingejagt. Das soll nicht wieder vorkommen.«

»Warten Sie!« Valerie sprang auf und machte sich wieder an dem Telefonschränkchen zu schaffen. Dann reichte sie Raupach einen Zettel. Es war ein Gutschein für ein Sonnenstudio. »Da arbeite ich jetzt. Kommen Sie doch mal vorbei.« Dieser Kommissar würde den Gutschein bestimmt nicht einlösen. Aber er war nett, und sie wollte einen guten Eindruck hinterlassen.

»Danke.«

ES WAR GUT ZU ERKENNEN, wie Raupach aufstand, in seine Jacke schlüpfte und sich von den beiden verabschiedete. Johan nahm das Auge von dem Okular und notierte sich die Zeit. Der Mann war eine knappe Stunde geblieben. Die Teetasse, aus der er getrunken hatte, besaß einen Sprung. Johan kannte sie. Eine dunkle Linie reichte vom Boden der Tasse bis knapp unter den oberen Rand, wo sie sich in viele Äderchen verzweigte.

Valerie und Sheila wirkten eingeschüchtert. Oder war das nur Johans Sicht auf die Dinge? Einen Fremden in einen Bereich eindringen zu sehen, der jetzt ihm, Johan, gehörte, war nicht so leicht zu verkraften. *Du bist nicht der Einzige,* war von Marta zu hören. Was hätte er auch anderes erwarten dürfen?

Er richtete das Teleskop auf andere Fenster. Mattes und Thierry standen in ihrer Küche und buken Weihnachtsplätzchen. Zimtsterne, wie das aufgeschlagene Backbuch verriet. Yilmaz verrichtete ein Gebet, wie es seine Religion ihm gebot. Cora, die Sportstudentin, hatte eine Freundin zu Gast und büffelte mit ihr für eine Prüfung. Sie besaß die Angewohnheit, auf dem Ende ihres Bleistifts herumzukauen und es danach an ihrem Pullover abzuwischen. Die erleuchteten Öffnungen in all die kleinen vertrauten Welten kamen Johan vor wie ein lebender Adventskalender, an dem sich die Türchen von selbst öffneten. Es behagte ihm, die Türchen der Reihe nach wieder zu schließen.

»DAS IST VERBOTEN.«

»Wir müssen reden.« Gunter schloss die Tür der Fahrerkabine.

Chris schob den Gashebel nach vorn, die Bahn fuhr los. Er hatte mit diesem Besuch gerechnet.

»Ich nehme an, du weißt, was passiert ist.«

»Ray und Ronny sind tot«, erwiderte Chris ungerührt. Konzentriert blickte er von den Schienen zu den Menschen am Bahnsteig. Während der Ein- und Ausfahrt aus einer Station passierten die meisten Unfälle.

»Und wir beide sind übrig.«

»Was soll das heißen?«

»Dass einer von uns die nächste Leiche ist.« Gunter zündete sich eine Zigarre an. Chris öffnete die Scheibe und arretierte den Schiebemechanismus. Die Strecke verlief oberirdisch. Der Straßenverkehr und die Fußgänger erforderten erhöhte Aufmerksamkeit.

»Sag nicht *wir*. Sag nicht *uns*. Wir haben keine Gemeinsamkeiten.«

»Und ob wir die haben«, beharrte Gunter. »Was, glaubst du wohl, steckt hinter diesen Todesfällen?«

»Die Musik, die wir früher gemacht haben?«

»Spiel nicht den Unschuldigen. Du hängst genauso mit drin.«

»Einmal.« Chris hielt den Daumen hoch. »Ein einziges Mal. Und ich hatte nicht den Eindruck, dass sie sich dagegen gewehrt hat.«

»Du warst der Erste. Auf so etwas achten die Richter.«

»Ich hatte keine Ahnung, wie sich dieser Abend entwickeln würde. Ray hat sie abgefüllt. Ray und du, ihr habt diese Sache überhaupt erst in Gang gesetzt.«

»Du hast die Kleine in Stimmung gebracht. Das hat es uns leicht gemacht.«

Chris umklammerte den Gashebel. Die U-Bahn machte einen Ruck nach vorn.

»Wir müssen etwas unternehmen«, fuhr Gunter fort. »Du willst doch weiterleben, oder?«

»An der nächsten Haltestelle verschwindest du.«

»Einen Scheiß werde ich tun. Ich gehe hier erst wieder raus, wenn du zur Vernunft kommst.«

»Wenn Jef nicht gestorben wäre –«

»Hätte das Mädchen noch weniger zu lachen gehabt. Du weißt, wie es in ihm gebrodelt hat, seit sie flügge geworden ist.«

»Diesem Junkie weine ich keine Träne nach. Valerie hat das einzig Richtige getan.« Chris drosselte die Geschwindigkeit.

»Sie hätte ihn auch verlassen können. Wir leben nicht im Mittelalter.«

»Jeder wehrt sich auf seine Weise. Jef hat es verdient, so zu sterben. Ich wünschte, ich hätte es selber getan.«

»So mutig bist du nicht, Chris. Vor wem hast du mehr Angst? Vor der Polizei oder vor Valerie? Sie bekommt Hilfe, das ist offensichtlich. Jemand hat Ray aus dem Verkehr gezogen. Meinst du, er hat das so einfach mit sich machen lassen? Wenn du an der Reihe bist, hast du nicht die Spur einer Chance.«

»Ich glaube nicht, dass Sheila etwas gegen mich hat.«

»Wir reden hier nicht von Sheila, sondern von ihrer Mutter. Sie hat jemanden angeheuert, das ist doch sonnenklar. Sie will uns kaltstellen, wegen Jef oder wegen der Kleinen, such dir was aus.«

»Du kotzt mich an.«

Gunters Hand legte sich auf Chris' Nacken. Er hielt ihm die glühende Zigarre ganz dicht ans Ohr. Chris gelang es, die Bahn an der nächsten Haltestelle ordnungsgemäß zum Stehen zu bringen, ohne dass die Fahrgäste etwas merkten. Leute stiegen aus und ein, niemand verschwendete einen Blick auf den Fahrer und seinen rauchenden Gast.

Gunter fuhr noch eine Weile mit. Nachdem er Chris den Ernst der Lage auf seine Weise verdeutlicht hatte, wechselte er die Bahn und bestieg eine Linie Richtung Nippes.

DIE PIZZA SAH AUS wie eine offene Fleischwunde. Raupach holte sie aus dem Ofen und streute Salz darüber. Der Belag war verkohlt, aber schön knusprig. Ein Kölsch würde die Mahlzeit erträglich machen.

Der Hängeordner lag auf dem Küchentisch. Raupach hatte den Fall »Jef Braq« in seinem Privatarchiv gefunden. Erstickungstod, ein Unfall. Als Leiter der Ermittlung war Woytas eingetragen. Aus den Unterlagen ging nur hervor, dass es Verdachtsmomente gegen Valerie gegeben hatte. Da die Sache bereits ein Jahr zurücklag und sich in dieser Zeit nichts Neues ergeben hatte, stimmte Valeries Angabe vermutlich, und das Verfahren war tatsächlich eingestellt worden. Raupach musste sein Archiv unbedingt auf den neuesten Stand bringen.

Er öffnete das Bier. Das Zischen der entweichenden Kohlensäure entspannte ihn. Er fragte sich, ob er bei Valerie Braq bestimmter hätte auftreten müssen. Es erschien ihm unwahrscheinlich, dass diese Frau ihren Mann ermordet hatte. Aber er hatte unterdrückte Aggressionen gespürt, bei Mutter und Tochter. Die beiden konkurrierten um das Bild, das sie ihm von Jef Braq vermittelt hatten. Sie wollten ihn weder zu gut noch zu schlecht erscheinen lassen. Die Erinnerung, die man von Verstorbenen hat, verklärt sich, dachte Raupach. Braq musste ein unbequemer Kerl gewesen sein, um es milde auszudrücken. Lübben und Materlink waren auch keine angenehmen Zeitgenossen gewesen. Vielleicht hatte Braqs Tod dem Mörder von Lübben und Materlink in die Hände gespielt? Aber Braq war schon vor einem Jahr gestorben, die beiden anderen erst jetzt. Warum diese Pause? Und gab es eine Verbindung zu dem Mann, den der kleine Laurent gesehen hatte? War er der Verfasser der Drohbriefe?

Raupach nahm einen Bissen von der Pizza und versengte sich den Gaumen. Mit einem Schluck Kölsch betäubte er die Stelle und rief Heide an, um seine Informationen mit ihr abzugleichen.

Sie hörte gerade Barbarossa, wie er verwundert registrierte.

»Wo hast du die Musik her?«

»Von Paul. Sein Neffe steht auf Ohrenkrebs.«

Heide gab eine Liste mit Ronnys letzten Jobs durch, er war in unterschiedlichen Clubs als DJ tätig gewesen. Pauls tiefe Stimme war im Hintergrund zu hören. Er steuerte Einzelheiten über Ronnys Tod bei. Das Feuer hatte etwaige DNS-Spuren vernichtet, aber der Täter war ohnehin überaus vorsichtig vorgegangen. In Materlinks Wohnung, einem traurigen Loch im Stadtteil Zollstock, wurden keine verwertbaren Hinweise gefunden. Außerdem hatte Heide das Kennzeichen des Tourbusses der Band ermittelt. Er war auf Lübben zugelassen. Woytas hatte das Fahrzeug bereits auf die Fahndungsliste gesetzt. Anscheinend war er alles andere als untätig.

Sie kamen überein, Tiedke und Aalund sofort aufzusuchen. Heide und Paul wollten sich darum kümmern. Sie machten sich daran, Aalunds Adresse in Erfahrung zu bringen. Raupach habe für heute genug getan.

»Seid vorsichtig«, schärfte er Heide ein. »Entweder sind die beiden in Gefahr, oder ihr begegnet dem Mörder.«

»Oder *den* Mördern«, gab Heide zurück. »Ich melde mich, wenn wir mehr wissen.«

Es war fraglich, ob Heide die beiden Musiker antraf, immerhin war Samstagabend. Raupach glaubte nicht, dass die Lösung nahe lag. Dafür gab es zu viele Ungereimtheiten. Der einzige gemeinsame Nenner, Barbarossa, wollte so gar nicht zu den Schiller-Briefen passen.

Als er die Pizza aufgegessen hatte, lenkte er sich ab, indem er mit dem Malen begann. Er stellte die Leinwand auf das Fensterbrett im Wohnzimmer, da er keine Staffelei besaß. Eine Rille verhinderte, dass sie wegrutschte. Dann öffnete er den Malkasten, gab jene Farben auf ein altes Holzbrettchen, die er sich vor ein paar Tagen während des Malkurses notiert hatte, und nahm einen Pinsel in die Hand.

Nicht zu viel nachdenken, nahm er sich vor. Er legte nur das Sujet fest, eine Winterlandschaft, aber ohne Berge im Hintergrund. Stattdessen malte er einen stahlblauen Himmel und setzte einen Wald davor. Nadelbäume waren einfach, der Fernsehmaler benutzte dafür eine besondere Technik. Ein senkrechter schwarzer Strich, das war der Stamm. Dann folgten mit einem breiten Borstenpinsel waagerechte Pendelbewegungen in Dunkelgrün, das waren die Äste.

Raupachs erster Baum sah aus wie eine Klobürste. Er wiederholte die Prozedur über die gesamte Breite der Leinwand und lernte dazu. Schließlich nahm er einen Spachtel und versah die Bäume mit einer angedeuteten weißen Schicht. Das war Schnee, er kaschierte Anfängerfehler. Raupach musste aufpassen, dass er nicht zu viel des Guten tat.

Jetzt hatte er den Hintergrund für den zugefrorenen See, der ihm als Motiv eingefallen war. Er legte die Uferlinie fest und malte die Eisfläche. Sie ging ihm leicht von der Hand, es gelang ihm sogar, in der Mitte einen bläulichen Schimmer zu erzeugen, indem er mehrere Farbschichten übereinander legte. Er fragte sich, wie tief dieser See sein mochte. Aber das war nicht so wichtig, da er von Eis bedeckt war. Noch etwas Gebüsch außenrum mit Hilfe einiger brauner Tupfer und fertig.

Raupach trat einen Schritt zurück. Es fehlte noch etwas. Der Fernsehmaler dachte sich immer ein Bildelement für den Vordergrund aus, um räumliche Tiefenwirkung zu erzeugen. Einen Felsbrocken oder einen Zaun. Beides zu kompliziert. Auf jeden Fall musste es dunkel sein, das war eine unumstößliche Malregel.

Raupach entschied sich für einen abgestorbenen Baum. Den Wuchs der Äste konnte er inzwischen gut nachempfinden. Er fing unten an. Sein Baum hatte starke Wurzeln. Der Stamm gabelte sich knapp über dem Boden. Ein Teil strebte kerzengerade empor, das rahmte die Szene zusätzlich ein. Der andere Ast neigte sich über den See und lief in dürren Zweigen aus. Raupach benutzte dafür einen feinen Pinsel. Er hatte seine Freude an dem vielfingrigen Geäst, all den filigranen, intuitiv hingeworfenen Strichen. Im Gegensatz zu dem Tannenwald im Hintergrund konnte er seinem abgestorbenen Baum einen eigenen Charakter verleihen. Es war ein seltsames Gefühl, etwas zu erschaffen, aus dem das Leben schon gewichen war.

Der Baum beherrschte jetzt das Bild. Er verdeckte den See und gab zugleich den Blick auf ihn frei. Perfekt, dachte Raupach und versah die Äste mit einer Schneeschicht. Doch sein übertriebener Realitätssinn erwies sich als Fehler. Raupach hatte zu viel Weiß erwischt. Der Baum verschwand darunter wie unter einer erdrückenden Last. Er kratzte die Farbe weg, aber dabei entfernte er auch das Dunkelbraun der Äste. Am Ende war nichts mehr von dem Baum übrig. Dies allein war nicht so schlimm, Raupach malte einfach einen neuen abgestorbenen Baum. Doch der See, vor dem der Baum stand, war nicht so leicht auszubessern. Der durchscheinende Schimmer der Eisdecke ging verloren, sie wurde eine strukturlose platte Fläche. Korrekturversuche waren deutlich zu sehen.

Entnervt ließ Raupach den Pinsel sinken. Er verzichtete auf eine Signatur, stellte das Bild auf den Boden und öffnete das Fenster.

Draußen sah es genauso winterlich aus wie in seiner Phantasie. Er konnte sich an keinen Dezember in Köln erinnern, in dem es so kalt gewesen war. Die Bäume in der Gneisenaustraße waren dick mit Schnee bedeckt, ein Überzug aus weißer Angorawolle. Wie sollte er einen solchen Effekt je hinbekommen?

Ihm fiel ein, dass er noch eine alte Leinwand besaß, die zu einem noch älteren Diaprojektor gehörte, ein Erbstück von seinem Vater. Den Projektor hütete er wie seinen Augapfel, aber mit der Leinwand verband er keine Erinnerungen. Sie lag auf seinem Schlafzimmerschrank, zusammengerollt wie eine Landkarte. Er schnitt ein Stück davon ab, legte es auf den Küchentisch und beschwerte die Ecken mit Fischkonserven aus seinem Vorrat. Dann fing er ein neues Bild an. Diesmal ließ er den Schnee weg.

VALERIE GAB ACHT, auf dem Pflaster nicht auszurutschen. Sie war noch ganz wackelig auf den Beinen. Erst die Nachricht von Rays und Ronnys Tod und dann noch die Fragen dieses übertrieben höflichen Kommissars. Sie hatte die Nerven verloren. Und Sheila hatte die Situation auf besonnene Art gerettet.

Das Mädchen versetzte sie immer wieder in Erstaunen. Offenbar wollte sie mehr von Jef bewahren, als Valerie lieb war. Dass sie diese CD noch besaß, sprach Bände. Sie war in ihr Zimmer gegangen, um Musik zu hören. Wie sollte Valerie damit umgehen? Irgendwann würde sie Sheila beichten müssen, wie Jef gestorben war, mit allen scheußlichen Einzelheiten.

Die Kneipe war wie immer zum Bersten voll. Die Scheiben waren beschlagen, Zigarettenrauch und die Wärme der Körper hüllten Valerie ein und gaben ihr ein Gefühl der Sicherheit, wie sie es zuletzt mit Johan in der Sauna verspürt hatte. Das war auch ein kleiner Raum gewesen, ein abgeschlossenes Gehäuse, aus dem kein Wort herausdrang.

Sie schob sich zum Tresen durch. Der Wirt stellte ihr ein Kölsch hin. Er wechselte ein paar Worte mit ihr und wandte sich dann wieder anderen Gästen zu. Valerie wollte nicht lange bleiben, aber sie kannte eine Menge Leute in dem Lokal. Also erzählte sie von ihrem neuen Job in dem Sonnenstudio. Sie wurde milde belächelt, obwohl die meisten dieser gescheiterten Existenzen nicht den geringsten Anlass dazu hatten. Sie fragte sich, wer hier sein Bier von Arbeitslosengeld bezahlte. Die Kneipe wimmelte von unbeschäftigten Machern. Eine große Zeitung hatte ihre Landesredaktion vor kurzem aufgelöst und alle Journalisten auf die Straße gesetzt. Die in Köln ansässigen Sender und Produktionsgesellschaften fuhren einen strikten Sparkurs. Man setzte entweder auf Altbewährtes oder auf importierte Formate, Unterhaltungsshows, die dermaßen abgeschmackt waren, dass nur blutige Anfänger und die dienstältesten Opportunisten daran mitarbeiteten. Diejenigen aus dem Medienvolk, die durchs Raster gefallen waren, gaben vor, noch voll im Geschäft zu sein. Als einer ihrer Ex-Lover versuchte, Valerie anzubaggern, verließ sie die Kneipe.

Ein vergeudeter Abend, dachte sie. Was Johan wohl tat? Sie hatten sich vage für morgen verabredet, er wollte vorher noch anrufen. Für einen Samstagabend war es auffällig still in den Straßen. Wahrscheinlich waren die Menschen auf irgendwelchen Weihnachtsfeiern. Die Belegschaft des Callcenters würde gerade im Puebla sitzen und bis zur Besinnungslosigkeit Tequila trinken, ausgenommen der Sonntagsdienst. Als sie in die Viersener Straße einbog, spielte sie für einen Moment mit dem Gedanken, einfach im Puebla vorbeizuschneien und es darauf ankommen zu lassen. Machinek würde es nicht wagen, sie hinauszuwerfen. Von Rechts wegen stand ihr die Weihnachtsfeier bestimmt zu.

Valerie tastete nach ihrem Hausschlüssel.

»Schön, dich zu sehen«, sagte Gunter.

Sie fuhr herum. »Wo kommst du denn her? Hab dich gar nicht gehört.«

Gunter hatte die Hände in den Taschen seiner Lederjacke vergraben. Der Schirm einer Baseballkappe verdeckte sein Gesicht. »Lange nicht gesehen.«

»Hast dich ja auch lange nicht mehr gemeldet.« Valerie trat von einem Fuß auf den anderen. Ihre Jacke war zu dünn, um länger im Freien herumzustehen, sie hielt die Kälte kaum ab.

Er senkte den Kopf. »Viel zu tun.«

»Was machst du jetzt?«

»Dies und das. Musik. Man hält sich über Wasser.«

»Wem sagst du das.« Valerie schlang die Arme um ihren Körper. Sie wollte Gunter nicht nach oben bitten. Aber einfach so stehen lassen konnte sie ihn auch nicht. »Hast du eine neue Wohnung?«

»Warum willst du das wissen?«, fragte er misstrauisch.

»Damit ich dich erreichen kann. Erst heute war –«

»Mich erreichen? Wozu?«

»Wegen Ray und Ronny.«

»Was soll mit ihnen sein?«

»Sie sind tot. Ermordet. Ich dachte, das wüsstest du.«

»Und ob ich das weiß.«

Er schien nicht überrascht zu sein. Valerie öffnete die Haustür mit ihrem Schlüssel. »Was für ein Zufall, dass es ausgerechnet zwei von der alten Band erwischt hat. Kannst du dir das erklären?«

»Ja.« Gunter zog die Tür wieder ins Schloss und hielt den Knauf fest.

»Was willst du?«, fragte sie ungehalten.

»Lass uns davon reden, was *du* willst. Dich reinwaschen? Alle Mitwisser beseitigen? Du glaubst wohl, wir halten still, bis wir in Flammen aufgehen?«

»Wovon redest du eigentlich?«, fragte sie ungläubig.

Weiter kam Valerie nicht. Gunter packte sie an den Haaren und zerrte sie von der Haustür weg. Er musste ihr klar machen, dass dies das Ende ihres kleinen Feldzuges war. Wer auch immer ihr half – Gunter würde sich nicht von ihm abschlachten lassen. Jetzt war Valerie ohne Schutz, sie hatte einen Fehler gemacht, als sie allein in die Kneipe gegangen war. Zwei Häuser weiter befanden sich ein paar Altglascontainer, in einer Baulücke, begrenzt von zwei Brandmauern. Dort waren sie ungestört. Er würde Gewalt anwenden müssen, und zwar nicht zu knapp.

JOHAN TRUG BEREITS seinen Pyjama. Während er darauf gewartet hatte, dass Valerie wieder nach Hause kam, war er eingenickt. Als er jetzt seinen Blick über die Rückfront der Häuserzeile gleiten ließ, wurde er hellwach. Er justierte das Stativ des Teleskops. Der Winkel auf die Glascontainer war ungünstig.

Schau zu, meinte Marta. *Dabei lernst du etwas.*

Er schaute zu. Im Laufe der Zeit hatte er gelernt, von den Lippen zu lesen. Der Mann beschimpfte Valerie, packte sie an den Schultern, schüttelte sie. Valerie befand sich in Gefahr. Johan musste nur aufstehen und hinuntergehen. Seine Instinkte zerrten an ihm, wollten seinen Körper in Bewegung setzen. Die Regeln, die er sich für solche Situationen verordnet hatte, hielten ihn zurück. Dann stieß der Mann Valerie brutal zu Boden.

Treppenstufen. Johan ignorierte die spitzen Steinchen, die sich in seine Fußsohlen bohrten, und hastete nach unten. Die Haustür, die Straße, der Wertstoffplatz. Eine Baseballkappe, Valeries erstarrtes Gesicht.

Johan hatte nichts mitgenommen, was sich als Waffe einsetzen ließ. Er griff in die Gummilippen eines Altglascontainers. Das Ding war randvoll, zum Glück tranken die Leute viel. Er ertastete den Hals einer Sektflasche.

Der Mann bemerkte ihn, als er ausholte, und hob in letzter Sekunde den Arm. Johan zielte auf den Mützenschirm. Es war kein Entschluss, sondern eine Notwendigkeit. Marta schwieg. Johan war ganz und gar von seiner Tat in Anspruch genommen. Etwas Sekt rann über sein Handgelenk.

»MEINST DU, er ist tot?«, fragte Valerie.

»Das glaube ich kaum. So stark war der Schlag nicht.«

»Er kann erfrieren, wenn er da liegen bleibt.«

»Wenn es dich beruhigt, vergewissere ich mich später. Geben wir ihm etwas Zeit.«

»Du holst dir eine Erkältung.«

Sie kamen im dritten Stock an. Johan sah an sich herab und knöpfte sein Pyjamaoberteil zu. Er lachte. »Es ist wohl zu spät, darüber nachzudenken.«

Sheila war bei Lili, wie sie auf einem Zettel hinterlassen hatte. Valerie machte Tee. Sie suchte nach einer passenden Erklärung für Gunters Auftauchen. Er sei eine Kneipenbekanntschaft, die sich nicht hatte abwimmeln lassen und ihr bis nach Hause gefolgt sei. Am Wochenende spielten die Leute verrückt.

Johan trank aus der Tasse, die schon der Kommissar benutzt hatte. Valerie holte eine Decke und bedauerte, ihm keine Schuhe anbieten zu können, ihre eigenen waren zu klein. Er wärmte seine Füße an einem Heizkörper. Keiner von beiden kam auf den Gedanken, die Polizei zu rufen.

Als Valerie ihn versorgt wusste, ging sie ins Bad. Gunter hatte ihr ein Büschel Haare ausgerissen. Sie löste ihren Pferdeschwanz und verdeckte die kahle Stelle. Erschöpft setzte sie sich auf den Rand der Badewanne und atmete tief ein. Dann übergab sie sich in die Toilette.

Gunter vermutete, dass sie Ray und Ronny umgebracht hatte. Dass sie alle Mitwisser beseitigen wollte, wie er sich ausgedrückt hatte. Das hieß, er wusste Genaueres über Jefs Tod. Oder ahnte es. Genau wie Sheila. Mit dem Unterschied, dass Gunter befürchtete, der Nächste zu sein.

Was sollte sie tun? Dr. Joos anrufen? Was würde der Anwalt ausrichten können? Johan war ihr einziger Verbündeter. Wenn er nicht dazwischengegangen wäre, läge *sie* jetzt zwischen den

Altglascontainern. Dankbarkeit erfüllte sie, größer als alle Gefühle, die sie bisher gekannt hatte. Dieser Mann, Johan. Er war da, wenn sie ihn brauchte. Er zögerte nicht zu handeln. Anscheinend wohnte er gleich gegenüber, hatte ein Auge auf sie. Vielleicht war jetzt der Zeitpunkt gekommen, ihr Gewissen zu erleichtern. Johan alles zu erzählen, von Anfang an. Sie wollte sich ihm anvertrauen. Er würde bestimmt auch eine Lösung finden, es Sheila beizubringen. Er zeigte so viel Verständnis, drang nicht in sie. Sicher, er war schwierig, kämpfte mit seinen eigenen Dämonen, aber wer tat das nicht? Das Kino, die Sauna und jetzt ihre Rettung – Sprossen auf einer Leiter. Die Bedrohung durch Gunter und die Erleichterung nach Johans Eingreifen schienen alles zu beschleunigen. Valerie sehnte sich nach Nähe.

Sie zog ihr Sweatshirt aus. Darunter trug sie ein Trägerhemd. Sie dehnte den Ausschnitt, bis eine Faser riss und der Bund ausgeleiert herunterhing. Ihre Jogginghose sah furchtbar aus. Rasch entledigte sie sich ihrer Kleidung. Sie putzte sich die Zähne und erneuerte ihr Make-up. Dann begutachtete sie sich vor dem Spiegel. Die Bräune ihres Körpers besserte ihre Stimmung. Sie hatte ein paar Schrammen, aber das war nicht zu ändern. Schließlich schlüpfte sie in ihren Bademantel und sprühte Parfum auf ihren Brustansatz, nur ein bisschen, damit es nicht aufdringlich wirkte. Heute war die Nacht der Nächte, dachte sie.

Valerie fand ihn im Schlafzimmer. Er stand am Fenster und schaute mit verschränkten Armen hinaus.

Das Doppelbett kam ihr wie eine einzige Anklage vor. »Das ist noch von meinem verstorbenen Mann«, sagte sie zur Entschuldigung und schloss die Tür.

Er zog die Vorhänge zu und drehte sich um. »Es ist schwer, die Vergangenheit zu vergessen.«

Besonders in diesem Bett, dachte sie, überrascht von Johans Offenheit. Sie zerrte die Decke herunter und drapierte sie auf dem Teppichboden, ganz automatisch, ohne sich der Eindeutigkeit ihrer Verrichtungen bewusst zu sein.

Als sich Valerie aufrichtete, nahm Johan sie in den Arm. Er küsste sie. Dann streifte er ihren Bademantel ab und trat zurück.

Valeries Haut vor seiner ausgestreckten Hand. Wie sie sich hob und senkte bei jedem Atemzug. Es war ihm, als beobachtete er sich selbst zum ersten Mal aus der Ferne, als säße der alte Johan hinter dem Teleskop und betrachtete einen anderen. Den Johan, der einen bösen Menschen unschädlich gemacht hatte. Der sich anschickte, diese Frau, die ihn begehrte, wie einen Schatz in Besitz zu nehmen.

Valerie las kindliche Lust in seinen Augen. Johan gab ihr das Gefühl, ein Geschenk zu sein. Er sollte es bekommen, dachte sie und verwarf den Gedanken, sich ihm jetzt in diesem Augenblick zu offenbaren. Seine freudige Erwartung, sein Zögern, sie mit den Händen zu bedecken, machten sie über die Maßen glücklich. Sie hatte diese letzte Schranke nie gekannt. Jetzt konnte sie dabei zusehen, wie sich die Schranke hob, Zentimeter um Zentimeter.

Sie löste die Knöpfe seines Pyjamas und zog Johan an sich. Sie küssten sich wieder, viele Male, damit es kein Zurück mehr gab. Dann sanken sie auf die Decke.

Sie nahmen mehrere Anläufe. Ihre Bemühungen wurden nicht belohnt. Das Glück zerfloss.

Es lag nicht an ihr, wurde Johan nicht müde zu versichern.

Das sei doch nicht schlimm, beteuerte Valerie.

Seine Küsse wurden schal, die Liebesbezeugungen mechanisch. Nach einer Weile gaben sie es auf. Sie waren zu enttäuscht, um einfach nur aneinander geschmiegt liegen zu bleiben. Und zu aufgewühlt, um sich in den Schlaf fallen zu lassen. Es war genug.

Bevor er ging, legte sie ihm ihren Wintermantel um die Schultern. Er betrat das Treppenhaus und wusste nichts zu sagen.

Jedes weitere Wort wäre jetzt zu viel, dachte sie. Dann bemerkte sie, dass Johan immer noch barfuß war.

»Warte«, sagte sie und eilte ein Stockwerk nach unten. Vor Goodens' Tür standen mehrere Paar Schuhe. Kurz entschlossen nahm sie die braunen Wanderstiefel, die immer in der Ecke standen. Sie waren Johan einige Nummern zu groß, erfüllten aber ihren Zweck. Dann holte sie eine schwere Stabtaschenlampe aus ihrer Wohnung und drückte sie ihm in die Hand. Sie küssten sich flüchtig wie ein Ehepaar, das sich am Anfang eines Arbeitstages verabschiedete.

Die Taschenlampe erwies sich als überflüssig, Gunter war verschwunden. Ich hasse dich, sagte Johan zu Marta, als er nach Hause stapfte. Wo bist du, wenn ich dich hasse? Er bekam keine Antwort.

Niedergeschlagen richtete er das Teleskop auf Valeries Schlafzimmer. Sie hatte einen Werkzeugkasten geholt und baute ihr Ehebett ab. Als sie damit fertig war, wickelte sie sich in die Decke auf dem Boden und weinte hinein.

Marta sagte nichts. Das konnte sich jederzeit ändern. Er legte sich schlafen. In seinen Träumen konnte er Johan bleiben.

»BIS MORGEN«, rief Heide. Paul gab Gas und brauste mit der BMW die Moltkestraße hinunter, um seine Nachtschicht anzutreten. Im Winter waren die Motorradstaffeln der Polizei nur so lange im Einsatz, wie es die Straßenverhältnisse zuließen. Doch Paul und einige wenige andere fuhren das ganze Jahr über und ließen das Motorrad höchstens bei extremer Glätte oder geschlossener Schneedecke stehen.

Sie hatten Christian Tiedke gerade noch an seiner Haustür erwischt, bevor er mit seiner Freundin zu einer brasilianischen Dance Night gehen wollte. Wie ein Rockmusiker wirkte er nicht gerade, obwohl er lange Haare hatte. Er trug betont sportliche Freizeitkleidung. Unter seiner Skijacke war ein Hemd mit einem bunten Ethnomuster zu erkennen. Seine Wohnung in der Nähe der Alten Feuerwache machte einen kargen Eindruck, Tiedke besaß nicht viele Möbel. Er gab an, bei den Kölner Verkehrs-Betrieben angestellt zu sein. Von Lübben und Materlink hatte er bereits gehört.

Heide ging mit ihm in eine Imbissstube an der Ecke und bestellte eine doppelte Portion Fritten. Nach zwei Stunden mit Paul hatte sie einen Bärenhunger. Sie standen an einem Stehtisch, Tiedkes Freundin hielt sich abseits. Die Anwesenheit einer Kommissarin war ihr unangenehm. Sie hielt nicht viel von der Staatsmacht, seit sie bei einer Studentendemo wegen Beamtenbeleidigung in Gewahrsam genommen worden war.

Tiedke wollte seine Beunruhigung nicht zeigen. »Was habe ich mit diesen Morden zu tun?«

»Das fragen wir uns auch.«

»Ich mache keine Musik mehr. Das war eine … Phase.«

»Eine gute oder eine schlechte?«

Er zögerte. »Wie man's nimmt.«

»Eine, an die Sie ungern erinnert werden möchten«, stellte Heide fest und nahm ihren Frittenberg entgegen. »Möchten Sie wirklich kein Bier?«

Tiedke warf einen Blick zu seiner Freundin. Den dritten in kurzer Folge. »Ich glaube nicht.«

»Sie haben Keyboard gespielt. Ist das eigentlich schwierig?«

»Kommt drauf an.«

Heide trank einen Schluck Kölsch aus der Flasche. Die Marke stand in üblem Ruf, aber das Bier war stark gekühlt. Es weckte ihre Lebensgeister und schenkte ihr Geduld mit diesem Weißnicht-Typ, der jede Meinungsforscherin zur Verzweiflung treiben würde.

»Wie war es denn für *Sie*?«

»Was?«

»Keyboard zu spielen. Fiel es ihnen leicht?«

»Eigentlich schon. Wenn man die Programmierung begriffen hat, ist es ein Kinderspiel.«

»Sind das nicht schrecklich viele Tasten?«

»Davon braucht man ja nur ein paar.«

»Aha.« Die Fritten waren labberig. Dafür enthielt das Ketchup so viel Zucker wie ein Kasten Cola. Heide nahm sich welches nach.

»Bei den meisten Bands ist das Keyboard ein Begleitinstrument«, fuhr er fort.

»Und bei Barbarossa?«

»Ein paar Akkorde pro Stück, das war alles. Die Soundeffekte waren kniffliger. Aber mit etwas Übung lässt sich jedes Geräusch entsprechend abmischen.«

»Von welchen Geräuschen sprechen Sie?«

»Hammerschläge. Autocrashs. Wolfsgeheul. Kriegt man alles auf CD.«

»Klingt nicht nach der *Kleinen Nachtmusik.*«

Er schüttelte den Kopf und schaute betreten zu Boden.

»Hatten Sie Spaß an der Sache?«

»Anfangs schon. Damals hatte ich diese Schmusenummern satt, die man immer im Radio hört. Manchmal muss man dagegenhalten.«

Heide nickte. »Allen mal zeigen, wo's langgeht. Das Gefühl kenne ich.«

»Ich war nur zwei Jahre dabei. Auch wenn Jef nicht gestorben wäre, hätte ich bald damit aufgehört. Das Ganze wurde mir zu aggressiv.«

»Die Musik.«

»Die Musik, die Texte, einfach alles.«

»Auch der Umgang untereinander?«

»Eine Rockband ist kein Mädchenchor.« Er lachte, als hätte er den Witz schon öfters zum Besten gegeben. Dann verstummte er. »Ich weiß, worauf Sie hinauswollen. Wir hielten zusammen wie Pech und Schwefel. Ich kann mir nicht vorstellen –«

»Hatten Sie keine Feinde? Leute, die sich an Ihrer Art von Musik gestört haben?«

»Es gibt genug Idioten. Unsere Auftritte waren … umstritten. Hin und wieder kam es zu einer Schlägerei. Aber das ist doch kein Grund, jemanden umzubringen.«

»Kommt drauf an«, gab Heide mit seinen Worten zurück. »Wissen Sie, was Sie mit Ihrer Musik ausgelöst haben? Bei den Idioten, wie Sie sagen?«

»Das ist jetzt vorbei.«

»Ist es nicht. Sie können das nächste Opfer sein. Das ist Ihnen doch klar?«

»Ja, verdammt!«, brach es aus ihm hervor. »Aber was soll ich denn machen?«

»Sie müssen vorsichtig sein, vor allem nachts. Bleiben Sie in Gesellschaft, wenn Sie ausgehen wollen.«

»Toller Ratschlag. Wollen Sie mich nicht unter Polizeischutz stellen?«

»Das wird an höherer Stelle entschieden«, wich Heide aus. »Ihre Wohnung haben wir jedenfalls im Auge.« Paul hatte zugesichert, auf seiner Streife regelmäßig nach dem Rechten zu sehen. Das war besser als nichts.

»Wie lange dauert das denn noch?«, wollte Tiedkes Freundin wissen.

»Bis wir den Mörder haben, der Ihrem Freund auflauern könnte«, sagte Heide, ohne sich umzudrehen. »Wo finde ich Gunter Aalund?«

Tiedke gab ihr eine Adresse, unter der Aalund seit mehreren Monaten nicht mehr gemeldet war. Das wusste Heide bereits. Von Aalund hatte sie nur ein paar Fotos auf einer Internetseite gefunden.

»Vielleicht ist er in eine andere Stadt gezogen. Ich habe ihn lange nicht gesehen.«

»Waren Sie nicht befreundet?«

»Mit Gunter? Nein, danke.«

»Haben Sie sich zerstritten?«

Er hob die Hände. »Es lief nicht besonders gut mit der Band. Da kann man nicht erwarten, dass sich alle in den Armen liegen.«

»Wer konnte wen nicht leiden?«

»So war das nicht gemeint. Musiker streiten sich dauernd, auch ohne Anlass.«

»Welchen Beruf übt Aalund aus?«

»Was weiß ich? Wir haben zusammen gespielt, das ist alles. Keine Ahnung, wo er stecken könnte.«

Ein ähnlicher Fall wie Lübben, dachte Heide. Bloß keine Spuren im bürgerlichen Leben hinterlassen. Aalund konnte jedoch auch ganz andere Gründe haben, sich verborgen zu halten: die beiden

Toten. Es sah so aus, als hätten sie jetzt einen Hauptverdächtigen.

Als sie die Imbissstube verließen, standen drei Polizeiwagen vor Tiedkes Haus. Woytas unterhielt sich gerade mit einem Mieter. Er hatte mehrere Bereitschaftspolizisten und einen Rammbock dabei.

»Möglich, dass Sie jetzt alles noch einmal erzählen müssen«, sagte Heide.

»Das glaub ich einfach nicht.« Tiedkes Freundin hatte genug. »Ich weiß ja nicht, was *du* noch vor hast, Chris, aber mir stehen die Bullen bis hier. Ich gehe jetzt tanzen.« Damit ließ sie Tiedke stehen. Er schaute ihr unentschlossen hinterher.

»Da haben Sie Ihren Polizeischutz.« Heide hatte sich für Woytas eine ganze Palette von Erklärungen zurechtgelegt. Gegen etwas Flankensicherung konnte er offiziell keine Einwände erheben. Die Polizisten mit dem Rammbock verschwanden in dem Hauseingang. Sie gab Tiedke einen Stups. »Lassen Sie Ihre Freundin lieber allein tanzen gehen. Sonst erkennen Sie Ihre Wohnungstür nicht wieder.«

7. Dezember

FÜR GEDÄCHTNISTRAINING im Freien war es entschieden zu kalt. Das Thermometer zeigte minus drei Grad. Der Frost verwandelte den gefallenen Schnee in tückische Eisplatten. Überall in der Stadt waren Streufahrzeuge unterwegs. Einige Seminarteilnehmer hatten den Kurs wegen der schlechten Witterungsverhältnisse abgesagt.

Raupach war zu Fuß gekommen. Frisch und ausgeruht nahm er in dem Übungsraum Platz. Nach den Ereignissen der vergangenen Woche verspürte er große Lust, es mit den vertrackten Aufgaben aufzunehmen. Die richtigen Verknüpfungen herstellen, ohne sich von Nebensächlichkeiten ablenken zu lassen. Das Ziel im Auge behalten, ruhig bleiben, wenn die Uhr heruntertickte. Eine Möglichkeit nach der anderen ausschließen, damit ihm die Aufgabe nicht unter den Fingern zerrann.

Der Himmel war verhangen, ein Videobeamer stellte in dem Übungsraum die einzige Lichtquelle dar. Sie begannen mit kreisförmig angeordneten Buchstaben. Sechs bis zehn Buchstaben ergaben Wörter, die entweder im Uhrzeigersinn oder gegen ihn zu lesen waren. Um die Übung zu erschweren, fehlten ein oder zwei Buchstaben eines Wortes. Sie waren mit Fragezeichen markiert. Die Schwierigkeit bestand darin, den Anfang des Wortes zu finden. Wenn man den einmal hatte, konnte man die Buchstaben leicht ergänzen und die Lösung ergab sich fast von selbst.

»Buchdruck!«, rief Katharina. Ihre Frisur war genauso aufwändig wie vor einer Woche.

»Richtig«, sagte der Dozent und erklärte, warum die erste Aufgabe relativ einfach war. C und H sowie C und K gaben die Richtung an, in der das Wort zu lesen war. Es waren Indikatoren einer verborgenen Ordnung, die das Gehirn herzustellen versuchte.

Indizien, ergänzte Raupach im Stillen. Die Seminarteilnehmer trugen die Lösung in ihre Arbeitsblätter ein.

»Der Wortanfang war leicht zu finden«, fuhr der Dozent fort und deutete mit einem Zeigestab auf ein B und ein K, die in dem Buchstabenring nebeneinander lagen. »Achtet auf solche Unstimmigkeiten. Die Konsonanten B und K – oder K und B – stehen in einem Wort selten nebeneinander.«

Katharina probierte die Buchstabenkombination aus, indem sie vor sich hin murmelte und ihre Augenbraue massierte, wie sie es meistens tat, wenn sie scharf nachdachte. Sie schüttelte den Kopf.

»Farb-kasten«, sagte Raupach. »Hack-brett.«

Der Dozent schaute ihn verblüfft an. »Sehr gut … Klemens. Bei Zusammensetzungen von Wörtern ist Vorsicht geboten. Aber dazu kommen wir später.«

Bei dem nächsten Wort fehlte der Anfangsbuchstabe, das G in *Gesicht*. Diesmal war Hergen am schnellsten, ein Werbegrafiker mit jugendlichem Ehrgeiz und Spaß am Rätselraten. Der Dozent machte einige Ausführungen zum bildhaft-verknüpfenden Denken, das durch diese Übung geschult wurde. Bei regelmäßigem Training konnten neue neuronale Verbindungen im Gehirn entstehen.

Raupach mühte sich nach Kräften, schaffte es aber kein einziges Mal, Erster zu sein. Bei der anschließenden Einzelübung schnitt er besser ab. Er schöpfte die Zeitvorgabe voll aus und löste neun von zehn Buchstabenrätseln. Nur Hergen hatte sämtliche Aufgaben gelöst. Der Dozent entließ die Teilnehmer in die Pause. Kaffee trinkend standen sie in Grüppchen um einen großen quadratischen Tisch herum.

»Memory-Tests sind mir lieber«, sagte Franz, der Veteran des Seminars. Er unterrichtete an derselben Schule wie Katharina und hatte schon alle möglichen Fortbildungskurse hinter sich. »Mit diesen Buchstabenspielchen kann ich nichts anfangen.«

»Also, vor einer Woche fand ich's ziemlich langweilig. Sich Gegenstände merken und sie in der richtigen Reihenfolge wiedergeben, wo liegt da der Reiz?« Hergen war Ende zwanzig. Er hatte noch keine Probleme mit seinem Erinnerungsvermögen und fasste das Gedächtnistraining als willkommene Abwechslung vom Alltag auf. Routine war Gift in seiner Branche. Hergens Chef war der gleichen Ansicht.

»Hör nicht auf Franz«, pflichtete ihm Katharina bei. »Er tut sich schwer, etwas dazuzulernen.«

Franz protestierte, aber es wirkte nicht überzeugend. Das Gedächtnistraining legte seine geistige Unbeweglichkeit erbarmungslos offen. Er musste sich anstrengen, damit er im Vergleich mit den anderen nicht völlig ins Hintertreffen geriet.

»Für Lehrer stelle ich mir es momentan nicht einfach vor«, sagte Hergen. »Ihr werdet für die Bildungsmisere verantwortlich gemacht.«

»An den Pranger gestellt«, berichtigte Franz. »Plötzlich heißt es, *wir* können zu wenig. Dass es bei den Schülern schon an den Grundlagen fehlt ...«

»Wir sind hier nicht auf der Lehrerkonferenz«, unterbrach ihn Katharina. Sie wollte am Wochenende nichts von dieser unseligen Debatte hören. Ihre Schüler setzten ihr schon fünf Tage in der Woche zu. Für sie war das Seminar eine Möglichkeit zu beweisen, dass sie im Dienst nicht abstumpfte und aufnahmefähig für Neues blieb. Dass sie dabei gut abschnitt, bereitete ihr sichtbares Vergnügen.

»Was ist mit dir?« Sie wandte sich an Raupach. Er hatte sich zu den dreien gestellt und mit Interesse zugehört. »Hast du heimlich geübt? Warum bist du plötzlich so gut?«

»Bin ich das?« Anscheinend verfolgte Katharina die Resultate der anderen.

»Das letzte Mal warst du nicht richtig bei der Sache, oder?«

»Es fällt uns allen schwer, von Lehren auf Lernen umzuschalten«, warf Franz ein.

»Du bist Polizist, nicht wahr?« Raupachs Berufsangabe hatte

bei der Vorstellungsrunde vor einer Woche Überraschung und ein gewisses Unbehagen ausgelöst. Es war immer das Gleiche. Als hätten Polizisten keinen Anteil am realen Leben.

»Das Seminar hilft mir, etwas über mich selbst zu erfahren«, sagte Raupach.

»Auf was für einem Trip bist du denn?« Katharina lachte. »Ich dachte, du beobachtest uns die ganze Zeit über und suchst nach Verdächtigen.«

»Ich bin kein verdeckter Ermittler.«

»Schade. Hätte mich interessiert, was du von uns hältst.«

»Ich versuche, die Menschen nicht nach dem ersten Eindruck zu bewerten.«

»Diplomatische Antwort«, gab sie zurück. »Dann probiere ich es anders: Was machen wir hier?«

»Wir erforschen unsere geistigen Möglichkeiten«, sagte Raupach.

»Gezwungermaßen oder aus eigenem Antrieb?«

»Aus unterschiedlichen Motiven.«

»Was ist mein Motiv?«

»Selbstbestätigung.«

»Ach was«, entgegnete Katharina spöttisch.

»Das ist ein starkes Motiv. Außerdem ist das Seminar darauf ausgelegt. Daran ist nichts Verwerfliches.«

»Brauchen Sie Selbstbestätigung?«, schaltete sich Hergen ein und verfiel unbewusst ins *Sie*.

»Ja«, erwiderte er knapp. Raupach war sich bei der letzten Übung darüber klar geworden, dass er den Kurs nicht belegte, um Ordnung zu finden, sondern um besser mit der Unordnung zurechtzukommen. Das Streben nach Ordnung war für ihn ein Unterfangen, das nicht nur seinem Charakter, sondern auch seinen beruflichen Anforderungen entgegengesetzt war. Viele Ordnungsmuster dienten zwar als Grundlage seiner Arbeit, erwiesen sich jedoch im Laufe einer Ermittlung als trügerisch. Sich in der Unordnung nicht zu verlieren, in ihr richtig zu handeln und nicht überhastet – das war das Ziel, das er anstrebte.

»Ich habe von diesem Briefeschreiber gelesen«, sagte Katharina. »Der kurz vor Weihnachten irgendetwas abfackeln will. Traust du das einem von uns zu?«

»Ja. Jedem von euch.«

»Aber das ist doch ein Psychopath, ein Irrer.« Sie schnappte nach Luft. »Komm mir jetzt nicht damit, dass alle Menschen ein bisschen verrückt sind.«

»Mit *ein bisschen verrückt* liegst du richtig«, gab Raupach zurück. »Dieser Brief, der im Radio kam. Was ist daran irre?«

»Na, dass der Kerl unschuldige Menschen töten will.«

»Es ist eine Ankündigung mit einer gehörigen Portion Frust, verbrämt mit einem Schiller-Zitat. Nichts daran weist auf eine Denkstörung hin.«

»Solche Typen sind doch soziale Zombies. So einer würde nie an einem Seminar teilnehmen.«

»Auch für Autismus haben wir bislang keine Anzeichen gefunden«, sagte Raupach. »Der Verfasser dieser Drohung könnte die gleichen Aufgaben lösen wie wir, vielleicht sogar mit Bravour. Und er würde nicht einmal auffallen.«

Der Dozent rief die Kursteilnehmer zurück in den Übungsraum. Raupach stellte seine Kaffeetasse in eine Plastikwanne für gebrauchtes Geschirr. Franz und Hergen setzten sich in Bewegung.

Katharina rieb an ihrer Augenbraue. »Das heißt, ihr habt keine Ahnung, wer es ist.«

Raupach betrachtete sie eine Weile. Katharina war clever, daran bestand kein Zweifel. Er schüttelte den Kopf.

Sie ließ ihm den Vortritt. »Ich beneide dich nicht.«

Die Stühle und Tische waren bereits vor der Fensterfront des Übungsraums aufgereiht. Als nächste Aufgabe sollten sie einen der Bäume aus dem Garten zeichnen. Darin hatte Raupach inzwischen Übung. Fünf Bäume standen zur Wahl. Sie sollten sich alle gut einprägen. Er suchte sich einen verkrüppelten Birnbaum aus.

Der Dozent zog die Lamellenjalousie zu und schaltete die

Deckenbeleuchtung ein. »Ihr habt fünfzehn Minuten Zeit. Dann tauscht ihr die Blätter und verbessert das Bild eures Nachbarn.«

Katharina wechselte einen Blick mit Raupach. Er nickte zustimmend.

Die Knotenpunkte des Geästs bildeten den ersten Schritt. Erst danach widmete sich Raupach der Linienführung und legte die Gestalt des Baumes fest. Als er bei der Dicke der Äste angekommen war, klingelte sein Handy. Er entschuldigte sich und ging in den Pausenraum.

»Wehe, wenn sie losgelassen«, sagte Photini.

»Mach's kurz, Fofó. Ich bin mitten in einer Übung.«

»Bei deinen Gehirnakrobaten?«

»Ja, es läuft ziemlich gut heute.«

»Errötend folgt er ihren Spuren. Das hast du doch kürzlich gesagt.«

»Kann sein«, erwiderte er. »Was gibt's denn?«

»Schiller. Die *Glocke*. In den Vernehmungsprotokollen seit 1992. Ich habe fünfzehn prägnante Übereinstimmungen gefunden.«

»Ich verstehe nicht ...«

»Such dir einen Stuhl und hör mir zu, Raupach. Ich sage das jetzt nicht zweimal. Der Kaffee ist alle. Mir fallen gleich die Augen zu, wenn ich noch länger auf den Bildschirm starre.«

»Sag bloß, du bist im Archiv?«

»Als junge Hoffnung der Kölner Polizei versuche ich, den Erwartungen gerecht zu werden.«

»Bravo.« Er lachte.

»Also habe ich alle Gedichtzeilen der *Glocke* durch den Computer laufen lassen. Ist umständlicher, als es sich anhört. Wir könnten hier unten eine Tippse gebrauchen.«

»Aber dafür brauchst du doch eine Ewigkeit.«

»Ich bin schon fertig. Hörst du mir nicht zu?«

»Doch, doch.« Raupach war immer noch von der Zeichenübung abgelenkt. »Schieß los.«

»*Wo rohe Kräfte sinnlos walten.* Das stammt auch aus der *Glo-*

cke. Du kannst dir nicht vorstellen, wie viele Zeilen des Gedichts zu allgemeinen Redewendungen geworden sind. Im Grunde sprechen wir dauernd in Zitaten.«

»Und du hast diese Zitate mit unserer Datenbank abgeglichen.«

»Anzeigen, Vernehmungen, Zeugenaussagen. Manchmal habe ich den Wortlaut etwas verändert. Einige Gedichtzeilen sind für den Sprachgebrauch auch nicht relevant, die habe ich mir gespart.«

»Ein schlüssiges Verfahren.«

»Es ist etwas unzuverlässig, weil es auf die Gewissenhaftigkeit des Protokollführers ankommt. Aber wir müssen mit dem Datenbestand arbeiten, den wir haben.«

»Fünfzehn Übereinstimmungen, habe ich das richtig verstanden?«

»Genau. Vierzehn mehr oder weniger belanglose Phrasen. Und ein Volltreffer.«

»Wie kommst du darauf?«

»*Einen Blick nach dem Grabe seiner Habe sendet noch der Mensch zurück.* Das ist aus einer Zeugenaussage von einem 23. Dezember.«

Raupach horchte auf.

»Vor vier Jahren wurde eine 28-jährige Frau namens Marta Tobisch vor die einfahrende U-Bahn gestoßen. Linie 15 am Rudolfplatz, während der abendlichen Rushhour. Der Täter war ein junger Mann mit südeuropäischem Aussehen, wie es so schön heißt. Er verschwand in der Menge und wurde nie gefasst.«

»Wer hat die Aussage gemacht?«

»Ein Student. Er wartete auf die U-Bahn. Es war damals schwer, zuverlässige Zeugen zu finden. Die Leute wollten alle etwas anderes gesehen haben, es gab jede Menge Widersprüche. Am besten, du schaust dir das Protokoll selber an.«

»Gib mir zwanzig Minuten, dann bin ich bei dir.«

Photini gähnte. Nachdem sie ihre Entdeckung losgeworden war, traf sie die Müdigkeit wie ein Axthieb im Nacken. »Tut mir Leid, aber so lange halte ich nicht mehr durch. Ich lege den Ausdruck auf deinen Schreibtisch.«

»Willst du nicht mein dummes Gesicht sehen, wenn du mir die Akte präsentierst?«, witzelte er. Dann fiel ihm ein, dass es Photini zuzutrauen war, seit der Weihnachtsfeier nicht mehr zu Hause gewesen zu sein. Dann hatte sie zwei Tage und vermutlich auch die Nächte durchgearbeitet.

»Heb's dir für morgen früh auf, Raupach.« Sie legte auf.

Er ging in den Übungsraum zurück und meldete sich bei dem Dozenten ab. Im Vorbeigehen sah er, dass Katharina den gleichen Baum wie er gemalt hatte. Er reichte ihr sein Blatt.

»Nächste Woche wird aber nicht gekniffen«, sagte sie.

»Abgemacht.«

»REIFE LEISTUNG.« Heide studierte nochmals die Unterlagen. »Schiller. U-Bahn. 23. Dezember. Das ergibt einen Sinn. Dieser Student könnte uns weiterbringen.«

»Gestern Mittag fischten wir noch im Trüben. Und jetzt haben wir gleich zwei heiße Spuren.« Raupach saß auf dem Beifahrersitz und zündete sich die letzte Zigarette an, die Heide aus Höflichkeit übrig gelassen hatte. Der Dienstwagen war völlig verqualmt, Heide war schlecht im Warten. Raupach rauchte aus Sympathie mit. Zum Glück waren seine Gratispackungen jetzt aufgebraucht.

»Woytas hat seine V-Leute auf Gunter Aalund angesetzt. Allem Anschein nach ist er untergetaucht.«

»Oder tot. Der Mörder kann Aalund schon längst beseitigt haben.«

»Eingeäschert«, ergänzte Heide.

»Wann wurde er zuletzt gesehen?«

»Tiedke und Valerie Braq äußern sich beide unklar, vor Wochen, Monaten, so in der Art. Silke Scholl sagte, dass sie Aalund Mitte November auf einer Künstlerparty in der Südstadt getroffen hat. Woytas und seine Gruppe sind schon an den Leuten dran.« Sie kurbelte die Scheibe herunter und wedelte Rauch ins Freie. »Unser Erster KHK hat Kreide gefressen. Als ich ihm den Tipp von Lübbens Freundin gab, bedankte er sich bei mir wie beim Nikolaus. Kein Wort mehr von *Chefsache.*«

Es wurde zu kalt. Sie kurbelte die Scheibe wieder hoch.

»Woytas wächst in seine Aufgabe hinein«, erwiderte Raupach. »Wenn er mit allen Abteilungen kooperieren würde, wäre er der richtige Mann zur rechten Zeit.«

»Ich habe seinen Auftritt auf der Pressekonferenz nicht vergessen.«

»Das hat mit seiner Berufung zum Ersten KHK zu tun. Mehr Machtfülle, mehr Kontrollzwang, eine nachvollziehbare Reaktion.« Die Auseinandersetzung auf der Weihnachtsfeier unterschlug er. Sie fiel unter Imponiergehabe und Geltungssucht. Beides würde sich mit der Zeit geben, Woytas war nicht Vorderbrügge. Der würde seine Großmutter verkaufen für einen Artikel mit Bild auf Seite eins.

Ein Passant ging an dem parkenden Auto vorbei und bemühte sich, auf dem glatten Bürgersteig das Gleichgewicht zu halten. Die Kapuze seiner Winterjacke war so weit zugeschnürt, dass nur noch Mund und Nase herausschauten.

»Hast du den gesehen?«, fragte Heide. »Wenn Aalund auch so herumläuft, findet Woytas ihn nie.«

»Er könnte auch verschwunden sein, um sich vor dem Mörder zu verstecken. Vielleicht traut er der Polizei nicht. Oder er hat sich strafbar gemacht.«

»Etwas, das mit den Morden zusammenhängt?«

»Es gibt viele Gründe, die Polizei zu meiden.«

Schweigend rauchten sie zu Ende. Heide legte eine ihrer geliebten Barockopern in den CD-Player ein. Seit sie mit Paul zusammen war, kam sie immer seltener dazu, dieser Neigung zu frönen. Paul hielt nichts von solcher Musik. Raupach machte sich auch nichts daraus, aber er ertrug sie.

Heide übersprang die Ouvertüre. Die Streicher legten sich ins Zeug, ein Cembalo mischte sich ein, und Giulio Cesare hob zu seiner ersten Arie an. Die hohe Stimme des Sängers klang wie ein hysterischer Cockerspaniel, den man aus Versehen im Auto eingesperrt hatte. Heide konnte ihm stundenlang zuhören. Raupach dachte an den Hund seiner Schwester Sigrid.

»Da ist er.«

»Wurde auch Zeit«, sagte Heide und schaltete die Musik aus.

Sie passten den Mann ab, als er sich anschickte, die Tür des eingeschossigen, grau verklinkerten Häuschens in Köln-Niehl aufzuschließen. Er tat sich schwer mit dem Kinderwagen. Heide und Raupach stellten sich vor und halfen ihm, das sperrige Gefährt nach drinnen zu bugsieren. Erst dann hatte Daniel Mertens Gelegenheit, sich über die Anwesenheit der beiden Kommissare zu wundern.

Er war längst kein Lehramtsstudent mehr, sondern allein erziehender Vater. Mertens führte eine kleine Spielwarenhandlung. Er hatte den Laden und das Häuschen in der Katzengasse geerbt wie auch den Hang, sich mit verpassten Lebenschancen abzufinden. Die Mutter seiner zweijährigen Tochter war dem Deutschen Entwicklungsdienst beigetreten und weilte seit der Trennung von Mertens in Malawi.

»Das ist in Afrika«, sagte er und schloss damit seine Lebensgeschichte. Mertens wirkte abgekämpft, aber nicht unzufrieden. Er hatte den Vormittag in einer Krabbelgruppe verbracht. Das Kind schlief dick eingepackt in seinem Wagen, der neben der Garderobe stand und vom Wohnzimmertisch zu sehen war. Heide und Raupach saßen in altmodischen Sesseln. Die Polsterung war zu weich, um bequem zu sein.

»Vier Jahre sind eine lange Zeit«, begann Raupach, nachdem sich Mertens warmgeredet hatte. »Versuchen sie trotzdem, sich zu erinnern.«

Mertens las noch einmal den markanten Satz. Er hatte ihn damals so exakt zu Protokoll geben können, weil die *Glocke* Stoff seines abgebrochenen Studiums gewesen war. Er hatte das Gedicht in einer Klausur interpretieren müssen – und die Klausur nicht bestanden, weil er sich unzureichend vorbereitet hatte. Nach und nach kamen die Gedanken zurück.

»Es war kurz nach diesem schrecklichen Unglück«, sagte er schließlich. »Ich stand ziemlich weit vorn. Die Leute begriffen gerade erst, was geschehen war.«

»Wie haben Sie sich verhalten?«, fragte Raupach.

»Ich blieb einfach stehen wie die meisten. Ein paar Neugierige standen direkt am Bahnsteigrand und schauten auf die Schienen hinunter. Das fand ich ungeheuerlich, man konnte sich ja vorstellen, was mit der Frau geschehen war.«

»Sie geriet unter den Wagen und wurde das letzte Stück mitgeschleift«, warf Heide ein.

»Eben«, sagte Mertens. »Was gab es da zu glotzen?«

»Manche Leute müssen sich mit eigenen Augen vom Tod überzeugen«, sagte Raupach. »Dass er jederzeit eintreten kann. Das ist eine natürliche Regung.«

»Und manche ziehen einen Kick daraus«, erwiderte Mertens bitter.

Raupach stimmte ihm zu. »Was passierte dann?«

»Der Fahrer der Bahn stieg aus. Er war völlig fertig, stand wahrscheinlich unter Schock. Und dann fiel dieser Satz.«

»Einen Blick nach dem Grabe seiner Habe sendet noch der Mensch zurück«, las Raupach vor und wägte die Worte ab. Sie folgten einem behäbigen Takt, als hätte ihr Sprecher eine schwere Last geschultert und sei im Begriff, eine lange Reise anzutreten. »Aus welcher Richtung kam die Stimme?«

»Ich glaube, der Mann stand hinter mir.«

»Können Sie ihn beschreiben?«

»Ich habe mich nicht nach ihm umgedreht.« Mertens wurde verlegen. »Ich meine, nach und nach kam am Bahnsteig Bewegung in die Sache. Die Polizei und die Rettungssanitäter trafen ein, es wurden Absperrungen errichtet.«

»Wie hörte sich die Stimme an? Ist Ihnen irgendeine Besonderheit in Erinnerung?«

Mertens überlegte. »Nicht dass ich wüsste.«

»Fiel Ihnen etwas an der Aussprache auf? Ein Dialekteinschlag, Stottern, Sprachfehler?«

»Nein. Es war ein klarer zusammenhängender Satz.«

»Hat der Mann noch mehr gesagt?«

»Nein.«

»Zum Täter machten Sie damals genauere Angaben«, sagte Heide. »Sie haben sogar das Muster seines Trainingsanzugs beschrieben.«

»Habe ich das?«, fragte Mertens erstaunt.

»Ja. Vier weitere Zeugen sagten das Gleiche aus wie Sie. Alle weiteren Täterbeschreibungen wichen stark voneinander ab. Der U-Bahn-Schubser, wie ihn die Presse nannte, wurde nicht gefasst.«

»Na ja«, hob Mertens an und knetete die Armlehne seines Sofas, »wir haben uns damals über den Unfall unterhalten.«

»Über den Mord«, korrigierte Heide. »Wen meinen Sie mit *wir?*«

»Die Leute, die neben mir standen.«

»Sie haben über den Täter gesprochen?«

»Ja, über sein Aussehen. In einem solchen Moment tauscht man sich untereinander aus.«

Die Wahrheit blieb dabei meistens auf der Strecke, dachte Raupach. »War der Mann, der Schiller zitiert hat, unter den Zeugen?«, fragte er.

»Das weiß ich nicht mehr. Ich kannte ja niemanden.« Mertens stand auf. Er schien in dem Kinderwagen eine Bewegung wahrgenommen zu haben.

»Würden Sie die Stimme am Klang wiedererkennen?«

»Möglich«, sagte Mertens unsicher. »Aber es war ja nur dieser eine Satz.« Offenbar wollte er sich nicht weiter vorwagen.

»Haben Sie vielen Dank«, sagte Raupach.

Heide reichte Mertens ihre Visitenkarte. »Wenn Ihnen noch etwas einfällt, nehmen Sie mit uns Kontakt auf.«

»Und Sie meinen, dieser Mann ist gefährlich?«

»Sonst hätten wir Sie nicht befragt.«

Raupach verabschiedete sich höflicher als Heide, die im Stechschritt nach draußen stürmte und bereits mit dem Autoschlüssel klimperte. Mertens blickte ihnen kurz nach und schloss die Tür.

»Ein unzuverlässiger Zeuge, der sich wichtig machen wollte«, sagte Heide, während sie den Motor startete. »Die Schaulustigen haben ihre Personenbeschreibungen untereinander abgeglichen.«

»Aber den Wortlaut des Schiller-Zitats hat er sich genau gemerkt.«

»Das kann an seinem Literaturstudium liegen. Wenn man das Original kennt, ergänzt man unwillkürlich Lücken …«

»… und berichtigt Fehler.« Raupach konnte das aus eigener Erfahrung bestätigen. Auch er hatte sein Studium abgebrochen.

Das Fach, für das er sich entschieden hatte, war schon lange nicht mehr in Mode: Alte Geschichte. In der ersten Vorlesung war die römische Kaiserzeit behandelt worden – daher rührte Raupachs Datengedächtnis. Sehr viel weiter war er nicht ins Altertum vorgedrungen. Sein Interesse hatte sich in den Kriegen des aufstrebenden Römischen Reiches verloren. Die meisten davon waren untergliedert in einen ersten, zweiten und dritten Teil, wie bei einem Kinofilm, dem »wegen des großen Erfolges« Fortsetzungen folgten.

All dies hatte Raupach seinen späteren Kollegen bei der Polizei geflissentlich verschwiegen. Mitte der achtziger Jahre waren ein paar Semester Geschichte im Polizeidienst eher hinderlich gewesen. Von seinem Studium waren ihm nur sein Wissen um die antike Mythologie sowie eine gewisse Halsstarrigkeit geblieben. Diese Eigenschaft zeichnete viele römische Politiker und Feldherren aus – und hatte dafür gesorgt, dass sie meist keines natürlichen Todes gestorben waren. Besonders sympathisch wirkten sie aus heutiger Sicht nicht. Aber sie ließen sich von Rückschlägen nicht beeindrucken.

Heide gab Gas, die Reifen drehten durch. Sie ließ die Kupplung schleifen, der Wagen zog an.

»Trotzdem halte ich Mertens in Bezug auf das Schiller-Zitat für glaubwürdig«, sagte Raupach. »Es ist eine deutliche Spur. Wir haben eine reelle Chance, diesen Mann aus der U-Bahn zu finden.«

Sie fuhren zur Sebastianstraße und bogen Richtung Nippes ab. Raupach bat Heide, das Tempo zu drosseln. Sie wischte seine Einwände beiseite. »Kein Grund zur Sorge, Klemens. Wir haben Winterreifen.« Sie kamen an der Pferderennbahn vorbei. Das Gelände war in der kalten Jahreszeit ein trostloser Anblick.

»Warum legst du dir nicht wieder ein Auto zu?«, fragte Heide.

»Ich brauche keines. Die öffentlichen Verkehrsmittel reichen völlig aus.«

»Das würde Paul nie einfallen. Er legt Wert auf seine Unabhängigkeit.«

»Wie läuft es zwischen euch?«, erkundigte er sich.

»Wild!«, rief sie mit weit aufgerissenen Augen und lachte über Raupachs entgeisterten Gesichtsausdruck. »Ich komme mir vor, als könnte ich Bäume ausreißen. Jeden Tag einen.«

»In deinem Alter?«

»Was hat mein Alter damit zu tun? Mit siebenundvierzig eröffnen sich im Bett Dimensionen, von denen du nicht zu träumen wagst.«

»Was weißt du von meinem Intimleben?«

»Alles, was man von jemandem wissen kann, der das Wort *Intimleben* für Sex benutzt.« Sie fuhren unter der trogförmigen Trasse der Linie 13 hindurch. Die Stahlbetonträger waren mit Graffiti bedeckt. »Um deine Frage angemessen zu beantworten: Diese … Liaison ist genau nach meinem Geschmack.«

Sie brauchten eine Weile, bis sie die richtige Hausnummer in der Christinastraße gefunden hatten. Raupach kannte sich in diesem Teil von Nippes nicht besonders gut aus. Seine Spaziergänge führten ihn meist an den Rhein, weg aus dem Viertel. Er lebte jetzt seit fünf Jahren in Nippes, einer ehemaligen Arbeitervorstadt mit kleinstädtischem Charme. Davor hatte er lange Zeit in der Südstadt gewohnt, schon als er noch zur Polizeischule ging. Der Ort in Franken, in dem er aufgewachsen war, kam ihm immer dann in den Sinn, wenn er sich wieder einmal über die vielen

Kirchen in Köln wunderte. In seiner alten Heimat gab es jede Menge davon, eine schöner als die andere. Vielleicht hatte er seinerzeit das Vertraute im Fremden gesucht und war deshalb nach Köln gezogen.

Sankt Marien hieß der mit Spitzbögen verzierte Backsteinbau, neben dem Heide parkte. Im Schutz der Kirchenmauer hatte jemand ein Igluzelt aufgeschlagen, ein Obdachloser, wie Raupach vermutete. Die Wohnung von Valerie Braq lag nur eine Querstraße entfernt. Auch der Erzbergerplatz, wo die Kinderspielhöhle abgebrannt war, befand sich in der Nähe. Aber sie hatten ein anderes Ziel.

Er klingelte und wartete auf den Türsummer. Das schmale Mietshaus unterschied sich kaum von den anderen, zumeist viergeschossigen Gebäuden in der Christinastraße. In dem Briefkastenschlitz steckten Werbeprospekte. Es gab keine Sprechanlage.

Raupach klingelte noch einmal. »Hat er nicht gesagt, er wäre um zwei Uhr nachmittags zu Hause?«

»Wir sind zu früh«, erwiderte Heide, als sich die Haustüre endlich öffnete. Ein Mann in Joggingkleidung musterte die beiden Kommissare. Seine Augen waren graublau und wirkten ein wenig milchig. Er hatte den Reißverschluss seiner Jacke bis unter das Kinn hochgezogen. Ein paar Sommersprossen auf seiner Nase ließen ihn wie einen großen Jungen aussehen, der auf dem Weg zum Training war.

»Sind Sie die Herrschaften von der Polizei?« Er sah auf eine Sportuhr. Ein Aufdruck auf dem Armband verriet, dass sie einen eingebauten Pulsmesser besaß.

»Wie vereinbart«, sagte Heide und stellte sich und Raupach vor.

»Tut mir Leid, dass Sie warten mussten«, sagte der Mann. »Ich wohne im vierten Stock. Als Sie geklingelt haben, war ich gerade auf dem Weg nach unten.«

»Stören wir?«, fragte Heide.

»Eigentlich wollte ich vor Ihrem Besuch noch meine Runde drehen.«

»Johan Land?«, fragte Raupach.

Er nickte und trat beiseite. »Sollen wir nach oben gehen?«

»Nicht nötig«, wehrte Raupach ab, »wir wollen Sie nicht von ihrem Fitnessprogramm abhalten. Wenn es Ihnen recht ist, begleiten wir Sie ein Stück.«

»Muss das sein?«, fragte Heide und blies in ihre Hände. Eine Atemwolke hüllte sie ein. Mertens hatte ihnen nichts zum Trinken angeboten. Sie war in Stimmung für einen Kaffee.

»Komm schon, ein kleiner Spaziergang tut dir gut. Herr Land wird sich unserer Geschwindigkeit anpassen.« Raupach wandte sich dem Mann zu. »Wohin laufen Sie?«

»Bis zur Flora und wieder zurück.«

Heide gab nach, sie machten sich auf den Weg. Land ging zwischen ihnen. Er war gut gerüstet gegen die Kälte. Eine Eskimomütze bedeckte seine Ohren, und seine Handschuhe bestanden wie der Rest seiner Kleidung aus Funktionsmaterial. Die langen Beine wirkten durch den eng anliegenden Stoff spindeldürr. Da seine Schultern etwas nach vorne hingen, sah er aus wie ein Fischreiher, der im seichten Wasser nach verdächtigen Bewegungen suchte. Diese Haltung kam Raupach bekannt vor.

»Sie sind der einzige Hinterbliebene von Marta Tobisch?«, sagte Heide, obwohl sie es in der Akte nachgelesen hatte.

Johan zögerte einen Augenblick. »Ja«, sagte er. Die Befragung begann. Es überrascht ihn, nur seine eigene Stimme zu hören.

»Leben Sie allein?«

»Ja.« Wie ruhig es in dem Tunnel war, dachte er. Die Stille hielt schon seit gestern Abend an.

Heide kam gleich zum unangenehmen Teil des Gesprächs. »Wie Sie sich denken können, fehlt von dem Täter immer noch jede Spur.«

Land sah Heide verwirrt an. Dann blickte er in den Himmel, als versuchte er, sich an etwas zu erinnern.

»Offen gestanden sind die Aussichten sehr gering, dass wir den

U-Bahn-Schubser jetzt noch finden«, fuhr sie fort. »Aber man kann nie wissen.«

Johan schwieg. Ausgerechnet jetzt ließ Marta ihn im Stich. Er hatte die Polizisten mit Besorgnis erwartet. Angeblich kamen sie wegen einer alten Zeugenaussage. Das konnte eine List sein.

Sie erreichten die Sankt-Marien-Kirche und bogen in die Baudristraße ab. Der Mann wollte ungern über den Mord an seiner Frau reden, vermutete Raupach. Das war ihm kaum zu verdenken. »Wir kennen uns aus Ihrer Buchhandlung«, sagte er. Nach den ersten Schritten, die sie gemeinsam gingen, war ihm wieder eingefallen, wo er Land kürzlich getroffen hatte. »Wissen Sie noch? Es ist nur ein paar Tage her.«

»Wirklich?«, fragte Johan.

»Ja, in der Buchhandlung«, wiederholte Raupach. »Ich war derjenige mit dem roten Buch.«

»Ein rotes Buch«, sinnierte Johan. Es fiel ihm schwer, diesen Kommissar mit seinen Kunden zusammenzubringen. Im Alltag waren strikte Trennungen wichtig. Seine Wohnung. Der Weg zur Arbeit. Die Buchhandlung. Er stellte sich den Laden vor, ging im Geiste die Regalreihen entlang und kam schließlich zu der Stelle, an der ein rotes Buch fehlte. »Mord zwischen Messer und Gabel«, sagte er erleichtert. An seinem Arbeitsplatz wäre er binnen einer Sekunde auf den Titel gekommen.

»Kompliment. Wissen Sie, Polizisten lesen oft Krimis. Sie machen sich darüber lustig, wie realitätsfern die meisten sind.«

»Aha.«

»Aber dann malen sie sich aus, wie sie selber in einem Roman handeln würden.«

»Ist das so?«

»Das Buch war ein Geschenk für meine Kollegin«, fuhr Raupach fort und wies auf Heide. »Das ist die Frau, die sich für Gift interessiert. Aus rein beruflichen Gründen, versteht sich.«

»Gefällt Ihnen Ihr Geschenk?«, fragte Land.

Heide warf Raupach einen schuldbewussten Blick zu. »Ich bin noch nicht dazu gekommen, es auszupacken.«

»Das sieht dir ähnlich«, erwiderte Raupach. »Und wir haben uns so viel Mühe gegeben, es auszusuchen.«

»Bist du jetzt gekränkt?«, fragte Heide.

»Was meinen Sie?«, fragte er Land. »Sollen wir gekränkt sein?«

Der Mann lächelte unsicher. »Heute ist der zweite Advent. Bis Weihnachten sind es noch ein paar Tage.«

»Siebzehn«, ergänzte Raupach. »Zeit genug, sollte man meinen.« Das Buch war ohnehin nur ein Verlegenheitskauf gewesen, nicht zu vergleichen mit dem Malkasten, den Heide ihm geschenkt hatte. Sie gelangten zur Neusser Straße, der belebten Verkehrsader von Nippes. An der nächsten Fußgängerampel überquerten sie die Fahrbahn und gingen an einem Blumenladen vorbei. Wegen des Frostes standen keine Pflanzen auf dem Bürgersteig. Nach der Abzweigung zur Florastraße begann der Verkehrslärm abzuebben.

»Kommen wir zur Sache, Herr Land«, sagte Raupach. »Es ist bestimmt schmerzlich für Sie, an den Tod Ihrer Frau erinnert zu werden. Aber wir setzen auf Ihre Mithilfe.«

Johan nickte. »Ich gebe mir Mühe.«

»Der Fall, den wir gerade bearbeiten, ist ziemlich merkwürdig. Es geht um ein Schiller-Zitat.«

Land blieb stehen und schaute Raupach verdutzt an.

»Friedrich Schiller, der Dichter. Als Buchhändler kennen Sie sich mit Literatur sicher aus.«

»Natürlich«, kam es aus Johans Mund. In seiner Beinmuskulatur zuckte es. Der Impuls davonzurennen. Er war ein guter Läufer.

»In der U-Bahn-Station Rudolfplatz, vor vier Jahren«, fing Raupach an und machte eine Pause. »Kurz nachdem ... diese schlimme Sache passiert ist. Damals hörte ein Zeuge, wie jemand einen Satz von Schiller laut ausgesprochen hat. Es war ein ungewöhnlicher Satz, eine Art Sinnspruch. Im Rahmen unserer derzeitigen Ermittlung suchen wir nun den Mann, der diesen Satz von sich gegeben hat.«

»Aha.« Land klang, als habe er kein Wort verstanden.

»Können Sie mir folgen?«, fragte Raupach.

»Ja, durchaus«, sagte Johan. Ohne Marta war es leichter, sich nichts anmerken zu lassen. Er setzte sich wieder in Bewegung.

»Sie haben damals ja auch eine Aussage gemacht.« Raupach wich einem parkenden Auto aus.

»Ich kam von dem Fahrkartenautomaten zurück. Ich konnte nur erkennen, dass es ein Junge war, ein Teenager mit kurzen abstehenden Haaren. Schwarzen Haaren.«

»Das wissen wir. Versuchen Sie, für einen Augenblick nicht an diesen Jungen zu denken. Befassen wir uns damit, was sie sonst noch wahrgenommen haben.«

Raupach gab ihm Zeit, seine Gedanken in die richtige Bahn zu lenken. Es musste furchtbar für den Mann gewesen sein, seine Frau aus dem Leben fallen zu sehen und nichts dagegen tun zu können. »Vielleicht haben auch Sie etwas gehört, das Ihnen seltsam vorkam.«

»Nach der Ermordung meiner Frau?«, sagte Johan rundheraus und schaute Raupach fragend an.

»Richtig. Direkt im Anschluss daran«, gab Raupach zurück. Anscheinend hatte Land den Schicksalsschlag doch gut verarbeitet. Manche Erinnerungen stellten sich nicht auf Abruf ein. Man musste sie hervorlocken, dachte er, eine Vertrauensbasis herstellen.

»Da waren viele Stimmen.« Land strich über die Ohrenklappen seiner Eskimomütze. »Meine eigene zum Beispiel.«

»Haben Sie geschrien?«, schaltete sich Heide wieder ein. »Musste der Schmerz heraus?«

»Nein«, wunderte sich Johan. »Was sollte das noch bewirken?«

»Wissen Sie noch, was Sie gesagt haben?«, fragte Raupach.

»Es war … ein Abschied.« Land blieb wieder stehen. Die Sekunden verstrichen. Eine Frau mit einer prall gefüllten Einkaufstasche ging an ihnen vorbei. »Aber im Grunde gibt es ja keinen endgültigen Abschied. Auf gewisse Weise lebt Marta weiter.«

»Wir sollten allen Menschen, die uns einmal nahe standen, ein ehrendes Andenken bewahren.« Da sie jetzt schon so weit waren, fand Raupach, konnte er weitermachen. »Was war mit den anderen Leuten in der U-Bahn-Station? Bekamen Sie von denen etwas mit?«

»Sie standen nur herum. Redeten. Das war unfassbar für mich.« Land ballte eine Hand zur Faust.

Raupach holte eine Fotokopie der *Glocke* aus seiner Jackentasche. Er hatte die Passagen aus den Briefen und die aus der Zeugenaussage markiert. »Ich zitiere den Schiller-Satz: *Einen Blick nach dem Grabe seiner Habe sendet noch der Mensch zurück.* Können Sie damit etwas anfangen?«

»Ein schöner Satz.«

»Poetisch«, sagte Raupach. Offenbar hatte Land die Zeitungen nicht gelesen, sonst würde er anders reagieren. »Und ausgefallen. Erkennen Sie den Satz wieder, wenn Sie die Ereignisse Revue passieren lassen?«

»Ich erinnere mich an den Tunnel.«

»Wie meinen Sie das?«

»Der Tunnel, in den die U-Bahn hineinfahren sollte. Er war gar nicht so dunkel, wie wir uns das vorstellen. Die Scheinwerfer der Bahn warfen Licht hinein.«

»Und was haben Sie darin gesehen?«

»Ein Stück von der Zukunft?«, fragte Johan.

Heide tauschte mit Raupach einen skeptischen Blick. Land schien von den Erinnerungen überwältigt zu werden. Oder er war damals in eine Art Starre verfallen. In diesem Zustand konnte er nicht viel von dem gehört haben, was um ihn herum geschehen war.

Raupach reichte Land die Fotokopie des Gedichts. »Würden Sie den Satz bitte lesen?«

Johan betrachtete das aufgeschlagene Blatt mit den hervorgehobenen Stellen. Seine Mitteilungen. Sie waren mit Textmarker gelb hervorgehoben.

»Hier.« Raupach wies auf die fraglichen Zeilen.

Die Buchstaben begannen vor seinen Augen zu tanzen. Johan

drehte sich weg. Er konnte dem Kommissar nicht helfen. Stumm schüttelte er den Kopf und gab die Fotokopie zurück.

»Diese Markierungen«, sagte Raupach und deutete auf die Abschnitte aus den beiden Briefen, »gehen auf einen kranken Geist zurück. Sie stammen aus Drohbriefen.«

Johan war in Versuchung zu widersprechen. Krank? Er spürte, wie sich ein pelziger Belag auf seine Zunge legte.

»Wir haben es mit jemandem zu tun, der nicht zu seinen Taten steht. Er schiebt einen berühmten Dichter vor und hüllt sich in dessen Worte.«

Hielten sie ihn wirklich für einen Feigling? Oder tappten sie einfach nur im Dunkeln? »Dagegen können wir nichts machen, oder?«, erwiderte Johan undeutlich.

»Meine Kollegin und ich tun unser Bestes.«

»Dann wünsche ich Ihnen viel Glück.«

Land wirkte, als verlöre er das Interesse. Heide bedankte sich bei ihm und versuchte dadurch ihre forsche Eröffnung des Gesprächs wieder gutzumachen. Er trat auf der Stelle und wollte wohl endlich mit seinem Lauf beginnen.

»Respekt«, sagte Raupach. »Bei dieser Kälte bleiben die meisten zu Hause.«

»Man muss sich jedes Mal überwinden«, sagte Land. »Haben Sie noch mehr Fragen?«

»Das war's, wir wollen Sie nicht weiter aufhalten. Schönen Sonntag noch«, verabschiedete sich Raupach.

»Ihnen auch.« Land entfernte sich mit langen Schritten. Nach einer Bushaltestelle bog er in einen Gehweg ein, der zu dem Park des Städtischen Kinderkrankenhauses gehörte und den Weg zum Botanischen Garten und zur Flora abkürzte.

Raupach blickte dem Jogger voller Bewunderung nach. Eine Gruppe Kinder spielte auf dem verschneiten Rasen und kratzte mit Stöcken an einem Schneemann herum. Plötzlich kam ein Eisbrocken geflogen und traf Johan Land am Kopf.

»Diese verdammten Gören«, rief Heide.

Land nahm seine Eskimomütze ab und schüttelte sie aus, um

den Stoff von verhärteten Schneekörnern zu befreien. Dann lief er weiter. Er schien unverletzt zu sein.

»Man weiß nie, wann es einen erwischt«, sagte Raupach. Sie kehrten um. Heide hielt nach einem Café Ausschau, in dem sie sich aufwärmen konnten.

JOHAN BEFÜHLTE die Schläfe, während er seine Schritte beschleunigte. Es schmerzte wie von einem gut gezielten Schlag. Er hatte den Eisbrocken nicht kommen sehen.

Undenkbar, dass sie uns verdächtigen, fuhr Marta fort. Sie hatte ihr Schweigen gebrochen, als Johan den Park betreten hatte. Jetzt lief sie neben ihm her. Ihre Stimme war sachlich und beherrscht, anders, als Johan es nach den Ereignissen mit Valerie erwartet hatte. Und ganz anders als ihre anderen Stimmen. *Sie haben zu wenig. Und mit dem Wenigen wissen sie nichts anzufangen.*

Vielleicht kommen sie wieder, überlegte Johan. Wenn ihre Ermittlung nicht fruchtet, sprechen sie mit den Zeugen einfach noch einmal. So geht die Polizei vor. Sie lassen nicht locker.

Du hast klug reagiert. Du warst freundlich, aber bestimmt. Du hast nicht einmal gelogen. Ich bin stolz auf dich.

Was ist, wenn sie mehr in Erfahrung bringen? Sie sind nicht dumm. Sie hatten nur ein falsche Prämisse, weil sie mich nicht verdächtigt haben.

Warum sollte sich diese Prämisse ändern? Wer sollte ihnen etwas über dich sagen? Du weißt doch, wie es damals zuging. Die Leute waren damit beschäftigt, meinem Tod Gesellschaft zu leisten. Das ist selten. Es hat ihnen den Atem geraubt und die Ohren verstopft. Ihre Augen wollten mehr sehen. Auf dich achtete niemand. Habe ich dir schon gesagt, wie sehr mich dein Abschied berührt hat? Er griff in meine Seele wie in ein weites Rad. Du hast die Nacht in uns geöffnet.

Johan lief schneller. Die Lungen pumpten eiskalte Luft in seinen trainierten Körper. Der Kommissar hält mich für krank. Wie kommt er darauf?

Weil er keine andere Erklärung hat. Er ist genauso wie alle anderen. Wenn er imstande wäre, uns jetzt zu hören, würde er nicht solche Mutmaßungen in die Welt setzen.

Marta hielt mühelos mit. Sie hatte schon immer mehr Ausdauer gehabt. Ein älteres Ehepaar kam ihnen entgegen und bedachte Johan mit einem Lächeln. »Alle Achtung, junger Mann!«

Beweise ihm, dass du nicht krank bist. Das ist wichtig.

Es könnte gefährlich werden. Die Polizei ist vorgewarnt.

Du wirst Umsicht walten lassen. Ich weiß, dass du dazu in der Lage bist.

An dem Ort, den du vorgeschlagen hast?

Es ist ein sinnvoller Ort. Wir werden üben.

Ist das klug? Ich war erst vor ein paar Tagen dort.

Die Verknüpfungen stimmen. Sie müssen merken, dass wir nicht nachlassen. Getrost schreiten wir weiter. Wir kommen nun zu ihnen, um ewig da zu sein.

Sie gelangten zur Amsterdamer Straße. Johans Puls raste. Sollte er die Nacht bei Valerie von sich aus ansprechen? Marta hatte noch kein einziges Wort darüber gesagt. Vielleicht sah sie darüber hinweg, schließlich war nichts wirklich Ernstes passiert. Wenn Marta merkte, dass ihr gemeinsames Vorhaben nicht gefährdet war, würde sie ihn sicher gewähren lassen.

Er achtete nicht auf den Verkehr, als er die vierspurige Fahrbahn überquerte. Die durchdringende Hupe eines Lasters ertönte, Johan machte einen Satz nach vorn, der Luftzug warf ihn fast um. Ein Auto bremste scharf ab, Johan lief weiter. Als er die andere Straßenseite erreichte, blickte er nicht zurück. Eine Frau mit einem kleinen Hund rief ihm etwas zu. Er ignorierte sie.

Am Eingang zum Botanischen Garten verließ ihn Marta. Johan verringerte seine Schrittfrequenz. Sein Körper gehorchte ihm wieder, ein erlösendes Gefühl, stärker als jeder Gedanke.

Als er wieder in die Christinastraße kam, sah er einen Rettungswagen an der Einmündung zum Baudriplatz stehen. Gerade transportierten die Sanitäter einen Obdachlosen ab. Seit einigen Jahren wohnte der Mann in einem Zelt unmittelbar neben der

Marienkirche. Nach Protesten der Anwohner hatte sich der Pfarrer für ihn eingesetzt. Inzwischen waren die Bewohner des Viertels an seinen Anblick gewöhnt. Wie Johan von den umstehenden Leuten erfuhr, hatte sich der Obdachlose ein Bein gebrochen, angeblich sogar den Oberschenkel, und musste für längere Zeit ins Krankenhaus.

Zu Hause nahm Johan eine heiße Dusche. Dann zündete er die erste und die zweite Kerze des Adventkranzes an und holte den Kanister mit leicht entflammbarem Lampenöl. Er leerte eine Milchtüte und spülte sie aus. Sie besaß einen Schraubverschluss. Er bohrte ein Loch hinein und verschloss es mit einem Wattebausch, den er zu einem Docht drehte.

Dann legte er die feuerfeste SOS-Kapsel auf den Tisch und schraubte sie auf. Marta hatte ihm den vergoldeten Kettenanhänger einst geschenkt. Er besaß die Größe eines Medaillons und bestand aus einer speziellen Legierung. Johan entnahm einen zusammengefalteten Zettel. Ursprünglich hatte die Kapsel einen Notfallpass enthalten, auf dem Blutgruppe, Impfungen und Ähnliches in sechs verschiedenen Sprachen verzeichnet waren. Nach Martas Tod hatte Johan den Notfallpass gegen eine letztwillige Verfügung ausgetauscht. Wenn er einmal ins Koma fiele, etwa bei einem Verkehrsunfall, wollte er nicht künstlich am Leben erhalten werden. Der Text war ebenfalls in sechs Sprachen abgefasst.

Johan hatte vor, diese Verfügung durch eine neue Botschaft zu ersetzen. Er vertiefte sich in seine Schiller-Ausgabe und fand schon nach kurzer Zeit eine passende Stelle. Er holte einen Stapel Prospekte und machte sich ans Ausschneiden der Buchstaben. Die Generalprobe nahte.

HÖTTGES VERNAHM zwei weitere Zeugen vom Rudolfplatz, ohne Erfolg. Raupach und Heide trennten sich und sprachen mit dem Fahrer der U-Bahn und den Sanitätern. Danach hakten sie die letzten Zeugen auf ihrer Liste ab. Einige waren nur telefonisch erreichbar, aber Heide gelang es trotzdem, mit allen Kontakt aufzunehmen. Das war ein kleines Wunder, doch niemand konnte mit dem Schiller-Satz etwas anfangen.

Sie trafen sich im Delphi, wo sich Raupach mit Photini verabredet hatte. Nach einem reichlichen Essen nahmen sie sich die *Glocke* vor. Höttges war noch mit seinem Olympia-Teller beschäftigt und nagte an einem Suvlaki-Spieß. Das Lokal war nur zur Hälfte besetzt. Rula brachte griechischen Kaffee. Nachdem sie ihre Ermittlungsergebnisse bilanziert hatten, war niemandem am Tisch nach Ouzo zumute.

»*Einen Blick nach dem Grabe*«, fing Photini an. Sie hatte den Nachmittag durchgeschlafen, fühlte sich ausgeruht und zu allem bereit. Laut las sie einige Strophen des Gedichts vor, die auf den Ausspruch in der U-Bahn folgten. Raupach rieb seine Augen und versuchte sich zu konzentrieren. Heide saß auf einer gepolsterten Sitzbank. Sie streifte ihre Schuhe ab und rieb ihre steifen Zehen. Die Nische, in der sie saßen, war wunderbar überheizt.

»Also«, fasste Photini ihre Schiller-Lektüre zusammen. »Da gibt es diesen Mann, offenbar ein Familienvater. Ein Feuer bricht aus, und es kommt zu einem Stadtbrand. Das Hab und Gut des Mannes wird vollständig zerstört. Er steht vor den qualmenden Ruinen und zählt die Häupter seiner Angehörigen. Niemand fehlt.«

Raupach nickte. »Und während er auf die Brandstätte zurückblickt, greift er fröhlich zum Wanderstab, um woanders neu anzufangen.«

»Klingt doch positiv, oder?«, sagte Heide schläfrig. Die Mini-Akropolis leuchtete matt. Die Batterien mussten ersetzt werden, dachte sie und rührte in ihrem Kaffee. Das Gebräu war eine Art Zuckersirup, *glykó*, wie Rula betont hatte.

»Dann kommt wieder eine allegorische Strophe über den Guss der Glocke«, fuhr Photini fort und fuhr mit dem Finger die Zeilen entlang. »Und dann geht es ums Säen.«

»Damit in der verbrannten Erde wieder etwas wächst«, ergänzte Raupach.

»Aber hier steht auch etwas von einem Grabgesang und von

einer Totenglocke.« Photini blätterte um. »Da ist ein richtiger Leichenzug unterwegs.«

»Neues Leben einerseits, Tod und Trauer andererseits«, sagte Heide. »Dichter lieben solche Gegensätze.«

»Und für wen schlägt die Glocke?«, fragte Photini.

»For whom the bell tolls?«, gab Heide zurück. »Ingrid Bergman, oder?«

»Ich werd's euch sagen.« Photini senkte ihre Stimme. »*Ach! die Gattin ists, die teure*«, las sie vor. »*Ach, es ist die treue Mutter, die der schwarze Fürst der Schatten wegführt aus dem Arm des Gatten. Aus der zarten Kinder Schar, die sie blühend ihm gebar.*« Photini machte eine bedeutungsschwere Pause. »Und so weiter, und so weiter.«

»Was soll das bedeuten?«, fragte Heide.

»Liegt das nicht auf der Hand?« Photini wirkte wie eine Musterschülerin, die einem begriffsstutzigen Lehrer ihr Wissen andient. »Ihr wart doch heute bei dem Witwer von Marta Tobisch.«

Raupach ahnte, worauf Fofó hinauswollte. »Du meinst, dass dieser Schiller-Satz in der U-Bahn von Johan Land stammt? Dass er den Text auf seine Frau bezogen hat?«

»Genau. Die Gattin ist's.«

»Sie hatten keine Kinder«, wandte Raupach ein.

Photini überlegte. »Gab es einen Nachlass? Hat Marta Tobisch ihrem Mann etwas vererbt? Etwas, das ihm lieb und teuer ist?«

Heide setzte sich auf. »Hör mal, Fofó. Ich ziehe meinen Hut, dass du dieses Zitat in eurem Mausoleum gefunden hast. Das kriegen nicht viele hin, und schon gar nicht in dieser kurzen Zeit. Aber jetzt willst du Tote zum Sprechen bringen.«

»Interessanter Vergleich«, sagte Photini. »Haben wir die Frau schon unter die Lupe genommen? Was war sie für ein Mensch?«

»Sie war ein unschuldiges Opfer.« Raupach musste Heide zustimmen. Photini hielt krampfhaft an ihrer Recherchefrucht fest. Sie verstieg sich in ihrer Konstruktion. »Marta Tobisch hatte einfach Pech. Sie war zur falschen Zeit am falschen Ort. Ich habe nicht den Eindruck, dass Johan Land diese Briefe verfasst hat. Dafür ist er zu normal, zu freundlich, ein Durchschnittstyp. In seinen Augen stehen mehr Fragen als Antworten.«

»Er ist Buchhändler«, gab Photini zu bedenken.

»Schiller ist Allgemeingut. Jeder könnte –«

»Es sind diese auffälligen Übereinstimmungen«, beharrte Photini. »Die U-Bahn, Schiller, Lands verstorbene Frau, für deren Tod er vermutlich wer weiß wen verantwortlich macht. Er lebt allein, auch das passt ins Profil.«

»Sprich selber mit ihm, wenn du möchtest«, forderte sie Raupach auf.

»Das werde ich auch tun.« Photini legte das Gedicht in ihre Mappe und knallte sie zu.

»Dann kannst du auch gleich seine Alibis für die Morde an Lübben und Materlink überprüfen.« Höttges hatte seine Mahlzeit beendet und rückte seine Nickelbrille zurecht. Nun wollte auch er etwas beitragen.

»Danke für den Tipp«, erwiderte Photini. »Wenigstens einer unterstützt mich hier.«

Paul betrat das Lokal. Heides Gesicht hellte sich auf, sie winkte ihm zu. »Seien wir ehrlich«, sagte sie zu Photini. »Die Spur war viel versprechend, aber sie führt ins Leere.« Heide erhob sich und versuchte, ihre Gliederschmerzen nicht allzu deutlich zu zeigen. Sie war eben doch keine zwanzig mehr, obwohl Paul ihr in letzter Zeit ein anderes Gefühl gab. »Und jetzt verabschiede ich mich. Schönen Abend noch.«

Raupach und Höttges standen ebenfalls auf. »Haut nicht gleich alle ab!«, protestierte Photini. Raupach war zu müde, um sich mit ihr zu streiten. Höttges entschuldigte sich und vertröstete sie auf ein andermal. Jetzt noch mit einer hellwachen, übereifrigen Photini Gedichte zu analysieren, vermutlich bis tief in die Nacht, überstieg seine Kräfte. In ihrer Anwesenheit fühlte sich Höttges immer unbehaglich, wie ein Hund, der von seinen Lieblingsplätzen aufgescheucht wird, weil ein Hausputz bevorsteht.

Als alle gegangen waren, beugte sich Photini über den Tisch und schlug die Mappe wieder auf. »*Ach! des Hauses zarte Bande sind gelöst auf immerdar«*, las sie. Wie sentimental. Aber es kam auf die Perspektive an, dachte sie, auf den Sprecher. Das Gedicht ging weiter: »*Denn sie wohnt im Schattenlande, die des Hauses Mutter war. Denn es fehlt ihr treues Walten, ihre Sorge wacht nicht mehr. An verwaister Stätte schalten wird die Fremde, liebeleer.«*

LUZIUS' HOSEN waren riesig. Wie viel Stoff bedurfte es für wie viel Mann?, fragte sich Sheila. Jefs Jeans waren hauteng gewesen, überhaupt kein Vergleich mit den Dingern, die Luzius trug. Sie rochen nach Pfirsich. Sheila hatte sie mit einem Markenweichspüler gewaschen, den sich ihre Mutter nicht leisten konnte. Sie hatte etwas Geld beiseite gelegt. Es stammte von Ronny Materlink. Manchmal hatte sie auch etwas von Lübben und Gunter bekommen, widerliche Versuche, ihr Schweigen zu festigen. Sie hatte es dennoch angenommen. Irgendeinen Gegenwert musste ihr Körper doch besitzen.

Valerie war den ganzen Tag über völlig aufgelöst gewesen und zappte gerade wahllos durchs Fernsehprogramm. Sie hatte Besuch von einem weiteren Kommissar erhalten. Woytas hatte sie schon vor einem Jahr befragt. Damals hatte er auch mit Sheila gesprochen, aber so einfühlsam er es auch versuchte, Sheila hatte geschwiegen und, wie sie sich einbildete, dazu beigetragen, dass Woytas ihre Mutter nicht weiter behelligte.

Am Vormittag war es nicht anders gewesen. Sheila hätte Woytas bedeutend mehr berichten können, schließlich wusste sie genau wann und wie oft. Die schiere Zahl der Vergewaltigungen genau zu kennen, gab ihr ein winziges Stück Kontrolle. Sonst wäre sie nicht imstande gewesen, jene Grenze zu ziehen, die sie gezogen hatte.

Sheila faltete die Hosen zusammen und legte den Stapel auf den Wäschekorb. Ihre Unterwäsche befand sich ebenfalls darin. Anfangs hatte sie ihre gebrauchten Slips aus alter Gewohnheit aussortiert, aber seit sie unter Luzius' Schutz stand, warf sie die Sachen, die sie einmal getragen hatte, nicht mehr weg.

Jetzt hatte sie andere Probleme. Luzius weigerte sich. Er saß vor dem Damebrett und aß gesalzene Erdnüsse. Seine Rummelplatzmusik war verstummt. Der Plattenteller drehte sich weiter, die Nadel verharrte auf der letzten Rille.

Sheila bot ihm an, Kakao zu kochen. Er winkte ab. Sie strich die Skizze des Triebwagens glatt. Er drehte sich weg.

»An der Endstation steigen alle Leute aus«, sagte sie. »Wir waren dort. Es wird keine Zeugen geben.«

»Ich mag diesen Ort nicht.«

»Das bewohnte Gebiet fängt erst in einiger Entfernung von der Station an. Niemand hat einen Anlass, länger als unbedingt nötig an der Haltestelle Ossendorf zu bleiben.«

Luzius antwortete nicht.

»Die Zufahrt zum Gefängnis liegt in der Parallelstraße. In dieser Gegend gibt es kaum Spaziergänger, schon gar nicht um diese Tageszeit. Einen besseren Ort können wir uns nicht wünschen.«

»Das verstehst du nicht.«

»Wir bleiben länger sitzen und tun so wie ein Liebespaar. Wenn er seine Sachen zusammengepackt hat und aus der Fahrerkabine kommt, schnappst du ihn dir.«

»Warum?«, fragte Luzius.

»Warum?« Sheila war außer sich. »Er gehört dazu. Was spielt es für eine Rolle, dass er es nur einmal getan hat? Damit fing alles an.«

Luzius hob den Kopf. »Menschen können sich ändern.«

»Schön für sie.«

»Ist dir das egal?«

»Ja. Wir werden das zu Ende bringen. Du hast es versprochen.«

Er nickte halbherzig. Beschützer zu sein war eines. Aber das hier überstieg seine Fähigkeiten. Er hatte es bei Materlink gemerkt. Einem Menschen die Schlinge um den Hals zu legen und ihn an den Rand des Todes bringen, vielleicht darüber hinaus – dafür war Luzius nicht mehr gemacht. Am schlimmsten war, dass Materlink keinen Widerstand geleistet hatte. Das brachte Erinnerungen zurück.

Dennoch hatte Luzius sich von Nestor eine Pistole mit Schalldämpfer besorgt. Sie lag in der Schublade des Tisches wie ein Sprengsatz. Luzius hatte noch nie scharf geschossen. Er wollte die Waffe nicht anrühren.

»Also gut.« Sheila nahm sich den Stadtplan noch einmal vor und rief sich die Stationen der Linie 5 in Erinnerung. »Lenauplatz, Takuplatz. Iltisstraße. Margaretastraße. Rektor-Klein-Straße. Ossendorf.« Sie überlegte. »Am Takuplatz steigt er kurz aus. Das hat er bisher jedes Mal getan.«

»Die Fahrer haben ihre festen Gewohnheiten. Genauso wie Türsteher.«

»Er geht in diese Bäckerei und holt sich einen Kaffee im Pappbecher, richtig?«

»Ja. Ein Ritual, sagt man so?«

»Ein Ritual.« Sheila kaute auf ihrer Unterlippe. »Die Mitte eines langen Arbeitstages. Ein warmes Getränk, um bei Kräften zu bleiben. Die ersten, unbedachten Schlucke. Ich denke, ich habe die Lösung.«

»Wofür?«, fragte Luzius.

»Wir müssen geschickt sein. Das ist alles.«

8. Dezember

RAUPACHS MORGENBESPRECHUNG fand im Archiv statt. Er hatte zusätzliche Stühle für Heide und Paul geholt. Höttges war im Einsatz. Als alle bereit waren, fing er an.

»Das Apollo in der Severinstraße ist vollständig ausgebrannt. Es geschah nach der Spätvorstellung, gegen 0 Uhr 30 Kino drei, im Untergeschoss.«

»Welcher Film lief?«, fragte Photini.

»*Broken Wings*. Niemand wurde verletzt. Die Zuschauer konnten den Vorführungsraum noch rechtzeitig verlassen.« Raupach breitete einen Grundriss des Kinos über die Notizettel auf seinem Schreibtisch und wies auf den Sitz, wo der Brand nach Angabe der Feuerwehr gelegt worden war. Heides Quellen waren nach wie vor zuverlässig. »Als die Leute ins Foyer kamen, hatte gerade ein anderer Film aufgehört. Die Kassiererinnen hatten schon Feierabend gemacht, nur der Getränkeverkäufer harrte aus. Bis Woytas eintraf, waren die meisten Besucher schon verschwunden.«

»Und der Brandstifter konnte fliehen.« Paul hieb seine Faust in die offene Handfläche. »Was sagen wir den Leuten in solchen Fällen? Stellt die Personalien fest!«

»Leicht gesagt bei einem Brand«, warf Heide ein. »Alles rennet, rettet, flüchtet.«

»Womit wir bei der *Glocke* wären«, sagte Photini. »Er hat wieder etwas hinterlassen. In einem Metallanhänger neben dem Notausgang, einer so genannten SOS-Kapsel. Man kann sie um den Hals tragen. Wasserdicht und extrem hitzebeständig.« Sie zeigte ein Foto eines solchen Gegenstands.

»Lass hören«, sagte Heide.

»Du kennst die Strophe schon. Ich hab sie euch gestern vorgelesen.« Photini genoss ihren Seitenhieb. Dann hielt sie ihre Kopie des Gedichts hoch. Paul hatte den Wortlaut dieser dritten anonymen Nachricht in Erfahrung gebracht. Wie sich zeigen sollte, wäre das gar nicht nötig gewesen, weil die ganze Stadt sie bereits aus der Zeitung kannte. Laut las Photini vor.

Dem dunkeln Schoß der heilgen Erde
Vertrauen wir der Hände Tat,
Vertraut der Sämann seine Saat
Und hofft, daß sie entkeimen werde
Zum Segen, nach des Himmels Rat.

»Sonst noch etwas?«, fragte Heide. »Irgendein Zusatz wie beim ersten Brief?«

»Kein Zusatz«, erwiderte Photini.

»Dann bleibt uns nur der Fingerabdruck *auf* der SOS-Kapsel«, sagte Heide. Photini schaute sie überrascht an. »Ich habe die Datei vor einer Viertelstunde von der Spurensicherung erhalten. Sie bringt uns aber momentan nicht weiter, weil die Fingerabdrücke unseres Mannes nicht in der Kartei sind.« Heide seufzte in sich hinein. »Das müsste alles sein.«

»Nicht ganz. Ihr könnt die neue Strophe komplett im *Stadt-Anzeiger* nachlesen.« Raupach legte eine Klarsichthülle mit dem Zeitungsausschnitt auf den Tisch. »Aus gut informierten Kreisen, steht daneben.«

»Das ging ja schnell.« Heide studierte den Artikel.

»Blitzschnell. Die Zeitung hat übrigens alle Briefe veröffentlicht, auch den zweiten, in voller Länge. Zusammen mit den Fotos von dem verwüsteten Kino ergibt das den Aufreger des Tages. Wahrscheinlich klinken sich jetzt auch die überregionalen Medien ein.«

»Die undichte Stelle …«, fing Heide an.

»Sind ausnahmsweise nicht wir«, vollendete Raupach. »Ich würde zu gern wissen, wer unseren Ball aufgenommen hat.«

»Woytas selbst?«, mutmaßte Photini.

»Unwahrscheinlich«, sagte Heide. »Bislang ging er verdeckt vor. Nach diesem Artikel«, sie hielt den Zeitungsausschnitt hoch, »nimmt der öffentliche Druck gewaltig zu. Woytas hat sich auf Aalund eingeschossen. Wahrscheinlich wird er eine Großfahndung nach ihm ausschreiben. Der Staatsanwalt steht hinter ihm. Aalund könnte der Täter sein, oder zumindest ein wichtiger Zeuge.«

»Vermutet Woytas immer noch einen terroristischen Hintergrund?«, wollte Photini wissen.

»Jetzt erst recht.« Heide kippte ihren Stuhl gegen die Wand und stützte ihre Stiefel auf dem Schreibtisch ab. »*Broken Wings* ist eine israelische Produktion, relativ unbekannt.«

»Den kenne ich.« Photini erinnerte sich an einen einsamen Kinoabend, der schon längere Zeit zurücklag. »Das ist nichts Politisches. Die Geschichte spielt in Haifa. Eine Witwe und ihre Kinder versuchen, den Tod des Vaters zu verarbeiten.«

»Trotzdem könnten eine Menge Leute etwas dagegen haben«, warf Paul ein.

»Islamisten?« Raupach schüttelte den Kopf. Er nahm seinen großen Flusskiesel in die Hand und befühlte die abgerundeten Kanten. »Das wenige, was wir über Aalund wissen, deutet auf rechtsextreme Kreise hin. Vielleicht wollten die Neonazis für Zündstoff sorgen.«

Paul erhob sich. Seine Schicht hatte von der Nacht auf den Tag gewechselt. Er musste los. »Den Neonazis ist so ein kleiner Film viel zu unwichtig. Außerdem gehen die offener vor.«

»Als Gruppe, stimmt«, widersprach Heide. »Aber ein einzelner Neonazi, ein ausgerasteter, versprengter, kann so einen Anschlag auf eigene Rechnung verüben.«

»Warum dann das Schiller-Zitat?« Es kam Raupach vor, als drehten sie sich im Kreis. Paul gab Heide einen flüchtigen Kuss und verließ das Archiv.

»Ich sehe da keinen Widerspruch.« Photini nahm wieder das Gedicht zur Hand. »Eine Saat soll keimen, zum Segen, nach des Himmels Rat«, umschrieb sie die Strophe. »Das kann durchaus politisch gemeint sein. Eine Art Aufruf. Außerdem ist Schiller so etwas wie ein Nationaldichter. Der wurde auch früher schon instrumentalisiert.«

»Ich glaube nicht, dass es da einen Bezug gibt«, widersprach Raupach. »Die ersten beiden Briefe lassen sich beim besten Willen nicht politisch interpretieren, ebenso der Brand auf dem Spielplatz und in der Diskothek. Wenn überhaupt, wäre eine Mischform denkbar. Ein Einzeltäter mit einem eher vagen politischen Hintergrund, aber mit spezifischen persönlichen Motiven. Deswegen tun wir uns so schwer zusammenzubringen, was offenbar nicht zusammengehört.«

»Wo war eigentlich Christian Tiedke gestern Abend?«, fragte Heide. »Hat das schon jemand überprüft?«

»Tiedke ist dein Mann«, sagte Raupach, legte den Stein wieder hin und richtete sich plötzlich auf. »An das Nächstliegende haben wir nicht gedacht. Falls Tiedke im Apollo saß …«

»Oder Aalund …«, ergänzte Heide.

»Bekäme der Anschlag einen Sinn. Auch wenn wir nicht wissen, warum es jemand auf die Barbarossa-Musiker abgesehen hat.« Raupach fiel Valeries Aussage ein. Er sah in seinem Notizbuch nach. »Die Frau von Jef Braq war kürzlich im Kino. In *Broken Wings!* Moment.« Er ging ins Internet, rief das Kölner Filmprogramm auf und startete eine Suchanfrage. Das Ergebnis erschien auf seinem Bildschirm. »*Broken Wings* lief nur im Apollo. Valerie Braq könnte also auch das Ziel gewesen sein.«

»Ich kümmere mich um Tiedke.« Heide nahm die Stiefel von Raupachs Schreibtisch. In ihrem Büro türmte sich die Arbeit, Woytas hatte sie mit dem Tankstellenüberfall betraut. Sie wandte sich zum Gehen. »Und ich finde heraus, was Woytas darüber weiß.«

Photini schlüpfte in ihre schwarze Daunenjacke und begleitete Heide. Raupach blieb allein zurück. Erst jetzt fiel ihm auf, dass er der Einzige war, der nichts Dringendes zu tun hatte. Er erwog, Photini zu folgen, ließ es dann aber bleiben. Es war besser, wenn sie alleine loszog.

Raupach schaffte die überzähligen Stühle in einen Abstellraum, wo Büromaterialien lagerten. Dann setzte er sich an seinen Schreibtisch, verschränkte die Hände und stützte sein Kinn darauf. Er starrte eine Weile vor sich hin, wie er es gern tat, um sich von vorgefassten Gedanken zu befreien. Dann betrachtete er den Kalender mit dem nackten Mädchen. Effie von der Spurensicherung. Miss Februar. Ihre Pose war überhaupt nicht vulgär, sondern eher desinteressiert und leicht vom Betrachter weggedreht. Man sah nur die Brüste, keine intimeren Stellen. Ihre Arme und Schultern waren ungewöhnlich muskulös. Bestimmt trieb sie regelmäßig Sport.

Raupach lächelte. Der Blick des Mädchens gefiel ihm. Was mochte ihr bei der Fotosession durch den Kopf gegangen sein, wenn sie an die Käufer eines solchen Kalenders dachte? An all die Spanner, die sich an einer entblößten Polizistin aufgeilten? Oder an die normalen Leute, die schon im Spätprogramm Frauen in pornoreifen Verrenkungen zu sehen bekamen? Effie schien sich dessen bewusst zu sein. Sie hatte sich trotzdem ausgezogen und zeigte ihren kräftigen Körper, als sei nicht viel dabei.

Der Kalender war mit einem Hafthaken an der Kunststoffverkleidung der Wand befestigt. Raupach nahm ihn ab. Es war definitiv noch nicht Februar. Er schlug den Januar auf, der von einem Mann an einem OP-Tisch dargestellt wurde. Es war einer der medizinischen Assistenten aus der Pathologie, durchtrainiert, aber kein athletischer Typ. Schließlich blätterte er zum Deckblatt. Es zeigte ein Paar, die Frau hielt eine Pistole in der Hand, der Mann eine Waagschale. Die Frau umarmte den Mann von hinten. Die Polizeischüler hatten sich wirklich etwas einfallen lassen.

Raupach hängte den Kalender wieder an die Wand. Die Mattscheibe des Computer war ihm zuwider. Er entschloss sich zu einem Rundgang im Archiv. Als er es Gang für Gang durchmaß, die schweren Schiebetüren auf- und wieder zukurbelte, kam es ihm mehr denn je wie ein Tresor vor. Einer dieser begehbaren Hochsicherheitstrakte, die mit einer Zeitschaltuhr gesichert waren. Einmal am Tag machte es »Ping«, und die Verriegelung öffnete sich. Man musste den genauen Zeitpunkt kennen. Sonst kam man erst am nächsten Tag wieder heraus.

DIE EISBAHN war noch nicht in Betrieb. Das zweite Adventswochenende hatte tiefe Spuren hinterlassen. Mehrere Männer waren dabei, Unebenheiten zu glätten und mit dem Wassersprenkler eine neue Eisschicht zu erzeugen. Die Kühlanlage blieb ausgeschaltet, es war kalt genug.

Photini ging an den bereits geöffneten Buden des Weihnachtsmarktes vorbei. Sie überquerte die Straße und blieb vor der Buchhandlung stehen. Es war ein Buchkaufhaus über mehrere Etagen mit einem Café im ersten Stock. Ihr erstes Gespräch mit einem Verdächtigen seit ihrer Zeit im Archiv, dachte sie. Keine Routinebefragung, sondern ein schwieriger Fall mit lächerlich wenig Anhaltspunkten. Sie fühlte sich blendend.

An der Information erfuhr sie, in welcher Abteilung Johan Land arbeitete. Nur wenige Kunden befanden sich am Montagmorgen in dem Geschäft. Der Mann, den Photini für Land hielt, war damit beschäftigt, den Bestand aufzufüllen und eine neue Lieferung einzusortieren. Er wirkte überaus geschäftig. Jedes Mal, wenn er einen Stapel Bücher durch einen anderen ersetzte, bewegten sich seine Lippen, als wolle er sich die Titel der Bände fest einprägen.

Photini nannte Namen und Dienstgrad und zeigte ihren Ausweis vor. Ganz nach Vorschrift, dachte sie. Bei Start und Landung immer angeschnallt sein, so hatte sie es gelernt.

Land konnte seine Überraschung nicht verbergen. »Ich habe mich erst gestern mit Ihren Kollegen unterhalten. Leider war ich ihnen keine große Hilfe.«

»Es dauert nicht lange«, sagte Photini. »Wir brauchen nur noch ein paar Angaben zu Ihrer Person.«

»Fragen Sie, Fräulein Dirou«, lenkte Land ein und dirigierte Photini in eine Ecke mit schwer verkäuflichen Biografien. »Wir können hier im Laden bleiben, es ist ja nicht viel los.«

Land ergriff die Initiative. Gut, sollte er. »Aus unseren Akten geht hervor, dass ihre Frau Marta Tobisch nicht berufstätig war«, fing sie an.

»Ich dachte, Sie wollen etwas über mich wissen?«

»Beantworten Sie bitte meine Frage. Wir versuchen, Zusammenhänge zu rekonstruieren.«

»Zusammenhänge womit?«

»Das kann man im Voraus nicht sagen, sondern erst, wenn sie sich ergeben, oder?«

Land spielte mit den gekräuselten Haaren seiner Koteletten und schaute sich dabei in der Buchhandlung um. Er wirkte eingeschüchtert. »Marta besaß ein künstlerisches Wesen«, sagte er schließlich.

»Wie meinen Sie das?«

»Nun ja, sie hatte einen Blick für Bilder. Für Szenen.«

»Hatte sie die Absicht, als Künstlerin zu arbeiten?«, fragte Photini.

»Nein, das nicht. Sie war nur … kreativ veranlagt.«

»Ihren damaligen Angaben zufolge kamen Sie für den gemeinsamen Haushalt auf. Marta Tobisch hatte keine richtige Ausbildung, eine Lehre als Restauratorin brach sie ab.«

»Ja«, sagte Land widerstrebend. »Sie war dabei, sich neu zu orientieren.«

»Hat sie Ihnen irgendetwas hinterlassen?«

»Ich verstehe nicht.«

»Gab es ein Erbe?«

»Was soll diese Frage? Wir hatten nicht viel Geld.«

»Ich meine etwas Ideelles. Etwas, das Ihnen viel bedeutet.«

»Die Erinnerung an sie«, sagte er langsam. »Ist das nicht genug?«

»Verstehen Sie mich nicht falsch. Ich will nicht in einer Wunde rühren.«

»Das tun Sie aber«, erwiderte Land trotzig und drehte sich weg. Er nahm ein Buch aus dem Regal und ordnete es ein Fach tiefer wieder ein.

»Tut mir Leid, aber aufgrund dieser Drohbriefe, von denen Sie sicher in der Zeitung gelesen haben, müssen wir uns noch einmal mit dem Tod Ihrer Frau befassen.«

»Ich lese keine Zeitung. Was sind das für Briefe, von denen Sie da reden?«

»Branddrohungen, verklausuliert mit Auszügen aus einem Schiller-Gedicht. Das gleiche Gedicht taucht in einer alten Zeugenaussage zum Tod von Marta Tobisch auf. Kommissar Raupach hat Ihnen doch gesagt, dass dieses Zitat für uns von großer Wichtigkeit ist.«

»Ja. Und er war um einiges freundlicher als Sie.«

»Ich will Sie nicht lange aufhalten, deswegen bin ich so kurz angebunden«, sagte Photini zu ihrer Verteidigung. Sie wollte ihm keine Zeit zum Überlegen geben. »Haben Sie eine Schiller-Ausgabe da? Mit den Gedichten?«

»In der Klassikerabteilung. Das ist im ersten Stock. Sie finden mühelos hin.« Land ging zum nächsten Computerterminal. »Ich muss mich jetzt um die Nachbestellungen kümmern.« Offenbar hatte er genug von der Unterhaltung.

»Noch ein Letztes«, sagte Photini. »Wo waren Sie in der Nacht vom dreißigsten November auf den ersten Dezember?«

»Wie?«

»Soll ich es wiederholen?«

»Nein.« Er dachte kurz nach. »Da war ich zu Hause. Allein.«

»Kann das jemand bestätigen? Ein Bewohner in Ihrem Haus? Oder ein Anrufer?«

»Ich fürchte nein. Ich bin früh zu Bett gegangen.«

»Wann genau?«

»Um punkt zehn. Brauche ich ein Alibi?«

»Unter Umständen. Wie ist es mit dem fünften Dezember um 22 Uhr 15? Das war vor drei Tagen. Freitags.«

»Da war ich in einem Konzert. In der Philharmonie. Chopin, mit Maurizio Pollini.«

»Können Sie das belegen?«

»Durchaus«, sagte Land. »Wenn Sie kurz warten möchten.«

»Ich gehe lieber mit, wenn es Ihnen nichts ausmacht.«

Er bedachte sie mit einem misstrauischen Blick und begab sich in einen kleinen Raum, in dem die Angestellten der Buchhandlung ihre persönlichen Sachen aufbewahrten. Photini folgte ihm.

Land ging zur Garderobe und durchsuchte die Taschen seiner Winterjacke. Es war ein Dufflecoat. Ein nostalgisches Kleidungsstück, dachte Photini. Ihr alter Englischlehrer hatte einen Dufflecoat getragen.

»Hier.« Land reichte ihr eine Eintrittskarte. Der Beginn des Konzerts war aufgedruckt, 20 Uhr. »Mit den Pausen hat es über zwei Stunden gedauert.«

Das bewies gar nichts, dachte Photini. Land konnte das Konzert frühzeitig verlassen haben. Aber sie musste sich damit zufrieden geben. Von klassischer Musik hatte sie keine Ahnung. »Lohnte es sich?«

»Aber natürlich! Es war beeindruckend, auf höchstem Niveau. Pollini ist ein begnadeter Pianist.«

»Was hatte er an?«

»Wie bitte?«, fragte Land.

»Wie war er gekleidet? Das müssten Sie doch noch wissen.«

»Er trug einen Frack. Mit einer weißen Fliege.« Land wirkte belustigt. »Wollen Sie auch seine Schuhgröße wissen?«

»Wo waren Sie gestern Nacht? Um 0 Uhr 30?«

»Ich habe geschlafen. Ohne Zeugen, ich lebe allein.«

»Schönen Tag noch«, gab Photini knapp zurück und ließ ihn stehen. Sie fuhr mit der Rolltreppe in den ersten Stock. Land hatte sich nicht aus der Reserve locken lassen. Aber vertrauenswürdig kam ihr seine ablehnende Haltung nicht vor. Sie durchforstete alle Schiller-Ausgaben. Das Druckbild ähnelte sich. Sie verglich es mit ihren Fotokopien der Drohbriefe. Von markanten Übereinstimmungen konnte man nicht sprechen. Als sie die Buchhandlung verließ, fielen ihr die Prospekte auf, die am Eingang auslagen. Jeder Verlag hatte sein eigenes Auftreten, wollte sich mit Hilfe von Lettern ein Gesicht geben. Das war nicht so einfach bei der unübersehbaren Menge des Buchangebots. Photini nahm einen Packen mit.

Johan faltete die Zeitung zusammen. Pollini hatte tatsächlich Frack und Fliege getragen, wie aus einem Konzertfoto hervorging. Manche Dinge änderten sich nie. Er steckte die Eintrittskarte, die er sich vor der Arbeit aus der Wohnung von Mattes und Thierry geborgt hatte, in seinen Dufflecoat zurück.

Es war gut gelaufen, trotz Marta. Sie musste still sein, wenn er mit der Polizei sprach, sonst konnte er sich nicht konzentrieren. Jetzt schwieg sie. Wieder gekränkt, nahm er an. Er hatte getan, was sie verlangt hatte. Mit einem anderen Ergebnis, als von Marta vorgesehen war. Keine Verletzten oder Toten. Aber mit unangenehmen Konsequenzen. Er hatte dieser jungen Kommissarin die Unwahrheit sagen müssen. Konnte Marta nicht die nächsten fünfzehn Tage über schweigen? Bis es so weit war? Was mochte sie in ihrem Tunnel denken, allein, ohne ihn? Darüber hatte er noch nie nachgedacht.

ES SAH VERHEEREND AUS. Raupach hätte sich nicht träumen lassen, wie ein Brand eine Bahn zurichten konnte. Das Feuer hatte die Endstation der Linie 5 in ein Schlachtfeld verwandelt. Ein schwarzes Loch klaffte in der winterlichen Landschaft, herausmodelliert von gestochen klarem Sonnenlicht. Die Bebauung der inzwischen gesperrten Rochusstraße begann in einer sicheren Entfernung von etwa hundert Metern. Hinter einer Reihe von Wohnhäusern sah man die Justizvollzugsanstalt. Sie nahm einen ganzen Straßenzug ein, gesichtslos und blind. Im Sommer befand sich rings um die Haltestelle eine Grünfläche. Dort würde lange nichts mehr wachsen.

Raupach betrachtete einen zusammengeschmolzenen Klumpen, der entfernt an eines der Drehgelenke der hydraulischen Türen erinnerte. »So viel Hitze, trotz der Kälte«, sagte er fassungslos.

»Gerade wegen der Kälte«, antwortete Brandmeister Foth. Er trug seinen Helm und wartete neben Raupach und Heide, während Woytas im Gerippe des Triebwagen herumstocherte. Der Erste KHK kratzte nachdenklich an dem erstarrten Löschschaum, bis ihm die Spurensicherung Einhalt gebot.

»Die Trockenheit«, erklärte Foth. »Das Feuer findet in der Luft keinen Widerstand.« Einer der Chemiker warf ihm einen spöttischen Blick zu.

Die beiden angehängten Wagen machten von außen einen nahezu unversehrten Eindruck. Doch die Schalensitze und Kunststoffholme waren verzogen und angeschmort. Es hatte nur ein wenig Hitzeentwicklung gefehlt, und die Flammen wären auf die Metallteile übergegangen. Ein Mensch hatte in diesem Inferno bei geschlossenen Türen keine Chance. Er verbrannte bei lebendigem Leib.

Die sterblichen Überreste von Christian Tiedke lagen abgedeckt auf einer Plastikplane.

»Aus irgendeinem Grund hat er die Türen nicht geöffnet, um zu entkommen«, sagte Raupach.

»Oder er konnte sie nicht öffnen, weil ihn etwas davon abhielt«, gab Heide zu bedenken. »Oder jemand.«

»Eine technische Ursache?«, mutmaßte Raupach. »Vielleicht hatte die Heizung einen Defekt?«

»Ausgeschlossen«, sagte Foth.

»Selbstmord scheidet ebenfalls aus?«

»Auf jeden Fall. Tiedke hatte Angst, dass es auch ihn erwischte.« Heide wies auf den ausgebrannten Waggon. »Aber wahrscheinlich fühlte er sich in seiner Fahrerkabine sicher.«

»Gestern der Brand in dem Kino. Heute das. Was steht uns bis Weihnachten bevor?«

»Daran will ich lieber nicht denken.«

Es war kurz nach zwölf Uhr mittags. Auch Woytas schien nicht damit gerechnet zu haben, dass Tiedke an seinem Arbeitsplatz am hellichten Tag Gefahr drohte. Er hatte ihn während dieser Zeit nicht einmal überwachen lassen. Seine Gruppe begann, die ersten Zeugen aus der Umgebung zu vernehmen, Leute, die von der Endstation direkt nach Hause gegangen waren und während der Fahrt nur gesehen hatten, dass der Fahrer wie immer hinter seinem Steuerpult gesessen hatte, neben sich einen Kaffeebecher aus Styropor in einer Halterung an den Armaturen. Niemandem war etwas aufgefallen, kein ungewöhnlicher Fahrgast auf den letzten Stationen. Dieser Teil von Ossendorf war ein bürgerliches Wohnviertel, man kannte sich. Normalerweise machte die Linie 5 einen Halt von zwanzig Minuten, bevor sie Richtung Reichenspergerplatz zurückfuhr. Zwei Männer vom Reinigungspersonal der KVB kontrollierten die Wagen. Sie gaben zu, nur kurz nach auffälligem Müll gesehen zu haben. Weil ihnen nichts aufgefallen war, hatten sie sich auf ihren Fahrrädern zum nächsten Café aufgemacht. Um die Mittagszeit wollten nur wenige Leute von der Endstation in die Innenstadt fahren. Als sich eine ältere Dame kurz vor der planmäßigen Abfahrt der U-Bahn näherte, brannte der Wagen bereits lichterloh.

Es gab auch nirgendwo eine Schiller-Nachricht. Eine SOS-Kapsel wie im Apollo-Kino hätte der Hitze nicht standgehalten, schließlich war auch die Videokamera, die in einem Kasten über der Fahrerkabine angebracht gewesen war, völlig zerstört. Vielleicht war ein weiterer Auszug der *Glocke* verbrannt.

Raupach legte keinen Wert auf den nächsten Triumph dieses Verrückten, der zuschlug, wo es ihm gerade gefiel. Es bestand kein Zweifel, dass er sich in Köln bestens auskannte. Die Orte, an denen er in Erscheinung trat – und an denen er seine Botschaften hinterließ –, lagen jedoch allesamt auf der linken Rheinseite und dort eher in den nördlichen Bezirken der Stadt.

Woytas wimmelte einige Journalisten ab und ließ die Absperrung erweitern. Er war mit vollem Aufgebot angerückt, allein schon wegen der Medien. In einem Einsatzwagen führte er ein Telefonat. Dann widmete er sich seinen ungebetenen Gästen.

»Was suchen Sie hier, Raupach?«

»Ich versuche, auf dem Laufenden zu bleiben. Meine Mitarbeiterin, Frau Dirou –«

»Ich habe gerade mit dem Polizeipräsidenten gesprochen.« Woytas hielt sein Handy noch in der Hand. Er machte es kurz. »Sie sind bis auf weiteres suspendiert.«

Raupach rang um Worte.

»Mit welcher Begründung?«, fragte Heide.

»Ihre Kontakte zu den Medien sind zu gut. Wenn Sie möchten, können Sie sich Ihrem Kollegen anschließen, Frau Thum. Haben Sie schon über eine vorzeitige Pensionierung nachgedacht?«

»Das würde Ihnen so passen.« Heide baute sich vor Woytas auf. Sie war einen Kopf kleiner. »Springen Sie endlich über Ihren Schatten, Woytas. Wir könnten Ihnen helfen, wenn Sie nicht so verdammt ehrgeizig wären.«

»Dirou übernimmt das Archiv. Sie sind abgemeldet, Raupach. Wie ich hörte, malen Sie neuerdings. Dazu haben Sie jetzt jede Menge Zeit.«

»Sehen Sie hier irgendeine Spur?«, fragte Raupach.

»Was soll das?« Woytas zückte sein Handy.

»Habt ihr schon irgendetwas gefunden?«, rief Raupach den Kollegen von der Spurensicherung zu. Einige kannte er, seit er bei der Polizei war. Sie schüttelten den Kopf. »Wenn eine Spur verlischt, wird ein neuer Gedanke geboren«, sagte er zu Woytas und rührte sich keinen Zentimeter von der Stelle.

»Bleiben Sie mir vom Leib mit ihren törichten Sprüchen. Gehen Sie nach Hause.« Woytas drehte sich um und stapfte davon. »Und geben Sie Ihre Dienstwaffe ab!«, rief er.

»Ich habe keine«, murmelte Raupach und blieb, wo er war. Er stand auf einem Rasenstück, an das die Flammen nicht herangereicht hatten. Der Boden war holprig, als habe ihn jemand mit einer Harke bearbeitet. Raupachs Fuß bedeckte einen runden schwarzen Fleck. Er holte ein Plastikröhrchen aus der Innentasche seiner Jacke und schob es in den Ärmel. Dann kniete er sich hin und gab vor, seine Schuhe zu binden.

LUZIUS BOG vom Militärring in die Hugo-Eckener-Straße ab, Richtung Autobahnkreuz Köln-Bickendorf. Seine Fahrweise war für den Wagen überaus schonend. Wenn er den roten Passat seiner Mutter bewegte, achtete er darauf, den Verschleiß möglichst gering zu halten. Er gab nur behutsam Gas, vermied plötzliche Manöver und benutzte die Motorbremse, um die Geschwindigkeit zu drosseln. Inspektionen führte er selbst durch, rostige

Stellen in den Radkästen und an der Heckklappe behandelte er mit Mennige. Solange das Auto lief, stellte er sich vor, würde es Berta gut gehen, ihrem fortgeschrittenen Alter entsprechend.

»Kannst du nicht schneller fahren?«, fragte Sheila.

»Ich halte mich an die Geschwindigkeitsbegrenzung.«

»Alle fahren schneller. Sogar der Bus.«

»Wir dürfen nicht auffallen.« Luzius wandte den Blick nicht von der Fahrbahn. Die niedrig stehende Sonne fiel von rechts in den Innenraum. Ein Lichtreflex auf dem Armaturenbrett.

»Na eben. Also fahr schneller, sonst fallen wir auf.«

»Ich fahre. Du beobachtest. Lenk mich nicht ab.«

»Okay, okay.« Sheila gab es auf. Sie trug eine Wintermütze aus schwarzem Fleece und Valeries Sonnenbrille, die sie bereits in der Bäckerei aufgehabt hatte. Die Tarnung war perfekt gewesen. Chris hatte sie nicht erkannt. Als er den Laden verlassen wollte, war es an Luzius, seinen Part zu erfüllen. Ein Rempler, Chris musste den Kaffeebecher auf einem Stehtisch abstellen, damit er nicht das Gleichgewicht verlor. Während des kurzen Wortwechsels zwischen den beiden Männern tauschte Sheila die Becher aus.

Niemand in dem Laden hatte etwas gemerkt. Auch Chris nicht. Alles war genau so abgelaufen, wie sie es geplant und zumindest im Ansatz geübt hatten. Sheila und Luzius hatten den Trick mit einer traumwandlerischen Sicherheit aufgeführt. Anfangs war Sheila sehr aufgeregt gewesen. Luzius hatte sie beruhigt und war den Ablauf noch einmal mit ihr durchgegangen. Schritt für Schritt war ihre Nervosität dann einer merkwürdigen Gewissheit gewichen. Chris war ihr vorgekommen wie ein Tier, das schon durch einen simplen Wink, einen Zuruf abzulenken war. Leicht zu beeinflussen, berechenbar.

Wann die Wirkung des Mittels genau einsetzte, hatte nicht in ihrer Hand gelegen. Ein oder zwei Schlucke genügten. Es würde fünf bis zehn Minuten dauern, das hatte Luzius ihr versichert. Die Frage war, wann Chris von dem Kaffee trank. Wenn er es noch in der Bäckerei getan hätte, wäre er in der Lage gewesen, die paar Haltestellen bis zur Endstation durchzuhalten. Schließlich sollte die Bahn ihr Ziel sicher erreichen. Wenn Chris den Kaffee aber erst während der Fahrt oder an der Endstation zu sich genommen hatte, war er mit Sicherheit nicht mehr dazu gekommen, seine Tour fortzusetzen. So oder so: Die Fahrgäste waren nicht in Gefahr.

Sheilas Uhr zeigte zwanzig nach zwölf. Die sechste Schulstunde hatte angefangen. Sie verstand es, die Unterschrift ihrer Mutter auf dem Entschuldigungsschein zu fälschen, das hatte sie in der vergangenen Woche schon öfter getan. Am gestrigen Abend hatte sich Valerie beschwert, dass sie ihre Tochter gar nicht mehr zu Gesicht bekäme. Sheila hatte vorgeschoben, mit Lili für eine Klassenarbeit zu pauken, und keine weitere Erklärung abgegeben.

Sie näherten sich der Gabelung, von der aus die Endstation der Linie 5 zu sehen war. Sheilas Anspannung nahm zu. Es war anders als in der Nacht vor dem Exzess. Nicht so geheimnisvoll und dramatisch, sondern irgendwie unspektakulär, ein Kontrollgang.

Die Ampel sprang auf Rot-Gelb.

»Es wird grün«, sagte Luzius.

»Mist! Kannst du nicht rechts ranfahren?«

»Auf keinen Fall! Wir dürfen nicht anhalten.«

Der Passat überquerte die Kreuzung. Sheila hatte nur ein paar Sekunden, um die Situation zu erfassen. Die vielen Polizisten überraschten sie, da sie nur mit einem oder zwei Wagen gerechnet hatte. Dann sah sie das ausgebrannte Wrack. Ein schwarzes Skelett, verbogen, entstellt und so einprägsam wie ein Szenenbild aus einem Katastrophenfilm. Es qualmte noch. Hinter der Absperrung ein Menschenauflauf, mehrere Kamerateams, Fotojournalisten auf Leitern.

Eine Gummiumhüllung wurde auf einer Trage in einen Rettungswagen gebracht, zum Abtransport. Sie besaß die Abmessungen eines menschlichen Körpers.

Luzius hatte Mühe, den Wagen auf der Straße zu halten.

»DU BIST JETZT der Boss hier unten«, sagte Raupach.

Photini lächelte gequält. »Das hab ich mir nicht gewünscht.«

»Eine Beförderung kann man auf die Dauer nicht verweigern. Es hilft nichts, sich dagegen zu wehren.«

»Gegen eine Kündigung könnte ich wenigstens etwas unternehmen. Aber so …«

»Irgendwann heben sie dich doch auf den Schild, ob du willst oder nicht.«

»Ein wackliger Schild. Da fällt man leicht runter.«

Auf seinem Schreibtisch stand ein Umzugskarton. Raupach überlegte, was er zuerst einpacken sollte. Ein geordneter Rückzug würde eine Niederlage erträglicher machen. Dann war es einfacher, seine Truppen zu sammeln und neu aufzustellen. Feldherren dachten so und all jene Menschen, die ihre Arbeit als Kampf gegen einen imaginären – oder ganz konkreten – Widersacher auffassten. Aber Raupach war kein Soldat. Er war ein Ermittler und würde es trotz seiner Suspendierung bleiben.

Schließlich warf er einige Büroutensilien und die wenigen persönlichen Gegenstände, die sich an seinem Arbeitsplatz angesammelt hatten, wahllos in den Karton. Obenauf breitete er den Kalender, den Photini ihm geschenkt hatte. Den Stein vom Rheinufer nahm er nicht mit. Er legte ihn auf Photinis Schreibtisch. Dann setzte er sich an seine Tastatur.

»Den Computer brauchst du gar nicht hochzufahren. Dein Zugang wurde gesperrt.« Photini nahm den Kiesel und drehte ihn hin und her. Er war wärmer, als sie angenommen hatte. »Vorderbrügges Assistentin war hier und hat alle Kopien der Briefe mitgenommen.« Sie kicherte wie ein junges Mädchen. »Zumindest die, die sie gefunden hat.«

Raupach erhob sich und stellte den Karton neben die Tür. Er zog das rechte Bein wieder nach, eine alte, längst ausgeheilte Verletzung, über deren Ursache er sich stets in Schweigen hüllte.

»Du kannst meinen Rechner benutzen.«

Er winkte ab. »Ich möchte nicht, dass du Schwierigkeiten bekommst.«

»Willst du die Suspendierung anfechten?«, fragte sie. »Du könntest die Polizeigewerkschaft einschalten.«

»Das dauert zu lange. Bis dahin ist Weihnachten längst vorbei.«

»Dein Job steht auf dem Spiel. Sie können dir nichts nachweisen.«

»Dieser *Job* ist nur ein Teilgebiet meines Berufs. Das Archiv ist ein Nebenschauplatz, kein Ort, an dem sich ein Fall entscheidet.«

»Aber hier unten gibt es jede Menge Spuren, Raupach, das hast du doch immer gesagt.«

»Spuren sind keine Antworten. Man muss die richtigen Fragen stellen, um Antworten zu bekommen. Dafür muss man nach draußen gehen und mit den Leuten reden.« Er betrachtete die graue Wandverkleidung, die ihn immer an die Unterteilungen eines Großraumbüros erinnert hatte. »Im Grunde habe ich mich hier nie wohlgefühlt, trotz deiner geschätzten Anwesenheit.«

»Gut, dass du das endlich einsiehst.« Sie legte den Kiesel auf die Akte »Marta Tobisch«.

»Besser spät als nie«, erwiderte er.

»Und was willst du jetzt tun?«

»Ich mache weiter, was sonst?« Raupach setzte sich auf die Kante des Schreibtischs und zündete sich eine Zigarette an. Das war im Archiv streng untersagt, obwohl es eine leistungsstarke Entlüftung gab. »Woytas hat alle Hebel in Bewegung gesetzt, aber Aalund ist immer noch unauffindbar.« Er steckte die restlichen Zigaretten in seine Jackentasche und aschte in die Packung. »Wir müssen den Brandstifter finden. Ich kann keine Rücksicht auf fremde Eitelkeiten und Himmerichs Personalpolitik nehmen.«

»Lands Alibis sind nichts wert.« Photini kam auf das Gespräch in der Buchhandlung zurück. »Er war heute Morgen so abweisend, dass es schon an Unvernunft grenzte.«

»Du bist störrisch wie ein alter Esel. Lege dich nicht fest wie Woytas. Ich glaube nicht, dass wir in einem Alibi Antworten finden, auch nicht in einem falschen.«

»Die Zeit rennt uns davon, Raupach! Glaub mir, mit Johan Land stimmt etwas nicht.«

»Dein Gefühl?«

Photini nickte. »Ein starkes.«

»Sag es Woytas.«

»Hab ich. Du hast es doch auch schon versucht, sogar Heide. Er denkt, der Verdacht sei an den Haaren herbeigezogen.«

»Dann ist ihm nicht zu helfen. Wer Türen zuknallt, braucht sich nicht zu wundern, wenn sie irgendwann klemmen.« Genüsslich blies er den Rauch an die Decke. »Ich werde noch einmal mit Valerie Braq sprechen. Sie war im Apollo-Kino, als Materlink getötet wurde.«

»Das fällt unter Amtsmissbrauch. Dann hast du keine Chance mehr, auf legalem Weg in den Dienst zurückzukehren.«

»Danke für den Hinweis.«

»Du weißt, wie's gemeint ist.«

»Wer den Fuß auf eine Spur setzt, hat sich von allen anderen Wegen zwischen Himmel und Erde entfernt.« Er drückte die Zigarette in der Packung aus und warf sie in den Papierkorb.

»Ein schöner Nachruf.«

»Bleiben wir in Kontakt?«

»Ist das ein Beziehungsgespräch?«

»So was Ähnliches.«

Sie stand auf und küsste Raupach fest auf beide Wangen. »Du kannst auf mich zählen.«

»Danke, Frau Kommissarin.«

Sie trat etwas zurück. »Wir stehen knapp davor.«

»Der letzte Schritt ist immer der schwerste. Wir brauchen Erkenntnisse, keine Vermutungen.«

»Verstanden, Boss.«

»Mach's gut, Fofó.« Er nahm den Umzugskarton. Photini wollte ihm die Tür aufhalten. »Bleib hier. Ich finde den Weg allein.«

Als er gegangen war, wog Photini den Kiesel eine Weile in der Hand. Dann legte sie ihn zurück auf Raupachs leeren Schreibtisch. Sie hatte nicht verstanden, was er mit diesem Stein bezweckt hatte. Esoterische Anwandlungen lagen Raupach fern. Der Stein war nicht einmal besonders dekorativ. Doch je länger sie sich in seinen Anblick vertiefte, desto ruhiger und nachdenklicher wurde sie. Die Form des Steins war nur eine Fassung, eine räumliche Begrenzung. Wenn man so wollte, war er ein Körper, der einen bestimmten Platz im Raum einnahm. Auf den ersten Blick wies nichts auf sein wahres Gewicht hin. Er könnte auch aus täuschend echtem Kunststoff sein. Oder aus Holz, das entsprechend bearbeitet und koloriert war. Etwas so augenfällig Schlichtes war leicht nachzuahmen. Der Stein wirkte solide und wandelbar zugleich.

Schließlich machte sie sich einen Kaffee, der Toten den Magen umdrehen konnte. Sie entnahm ihrer Tasche die Verlagsprospekte aus der Buchhandlung und begann sie mit dem ersten Brief zu vergleichen. *Wohltätig ist des Feuers Macht.*

9. Dezember

PLATZANGST DURFTE man hier nicht haben, fand Raupach und betätigte den Start-Schalter. Seine Kleidungsstücke lagen auf einem Stuhl. Die bräunungswirksamen Anteile des UV-Spektrums ergossen sich über seinen nackten Körper. Es kribbelte.

Schon nach kurzer Zeit wich seine Skepsis einem umfassenden Wohlbehagen. Eine Sonnenbank war der sicherste und behaglichste Ort auf der Welt. Wo sonst konnte man bedenkenlos die Augen schließen und die Gliedmaßen von sich strecken, umhüllt von Wärme und Glas?

Auf Valerie Braqs Rat hatte er ein schwaches Gerät gewählt. Sie schien ihren Beruf ernst zu nehmen, hatte ihm alle Funktionen genau erklärt. Über seine Anwesenheit war sie nicht gerade begeistert, obwohl sie ihm vor vier Tagen den Bräunungsgutschein geschenkt hatte. Sie klagte darüber, der Polizei dauernd Rede und Antwort stehen zu müssen. Ein Kommissar namens Woytas sei mit einem ganzen Kommando bei ihr gewesen und habe sie mit dem Tod von Chris Tiedke konfrontiert. Was Raupach denn noch wissen wolle? Als er ihr erklärte, dass er nicht in offiziellem Auftrag gekommen sei und erst einmal ein Sonnenbad nehmen wolle, bemühte sie sich, wenigstens höflich zu sein.

Raupach öffnete vorzeitig die Klappe der Bräunungsliege. Fünfzehn Minuten reichten, er fühlte sich euphorisch, eine winterliche Wohltat, die kein Sonnenbrand beeinträchtigen sollte. Er nahm die Schutzbrille ab, wischte mit einem kleinen Handtuch den Schweiß aus den Achseln und zog sich an. So etwas hätte er schon viel früher machen sollen, dachte er. Jahrelang lässt man die kleinen Freuden des Lebens einfach links liegen. Wie viele mochten ihm schon entgangen sein?

Er öffnete die Tür der Kabine und rief nach Valerie Braq. Kurz darauf erschien sie mit Küchenkrepp und Reinigungsmittel. Als sie die gläserne Oberfläche der Sonnenbank sauber machte, sprach er sie auf ihren Kinobesuch an. Er hatte eine frühe Stunde gewählt, zehn Uhr, bevor die ersten Kunden zum Bräunen kamen.

Valerie Braq trug ein weit ausgeschnittenes, rotes Top mit langen Ärmeln. Ihre Haut hatte eine Tönung wie die der Models auf den Werbeplakaten des Studios, allerdings mit einem Stich ins Rötliche. Wenn sie sich beim Putzen vorbeugte, kam ihr Dekolleté noch stärker zur Geltung. Vermutlich Firmenphilosophie, dachte Raupach und schloss die Tür.

Die Kabine war nur mit dem Nötigsten ausgestattet. In ihrer Kargheit glich sie einem Vernehmungsraum. Ein Stuhl, ein Wandspiegel, kaltes Deckenlicht. Die geöffnete Sonnenliege wirkte mit ihren Reflektorröhren wie eine hoch technisierte Folterbank.

»Wissen Sie von dem Brand im Apollo?«, fing er an.

»Natürlich. Das kam ja dauernd im Radio.«

»Hatten Sie einen besonderen Grund, ins Apollo zu gehen?«

»Nein.«

»Aber Sie wollten sich doch diesen Film anschauen. *Broken Wings?*«

»Das hat sich so ergeben.«

»Gehen Sie oft ins Apollo?«

»Hin und wieder«, erwiderte sie und besprühte die Liegefläche erneut mit Glasreiniger.

»Würden Sie das bitte präzisieren?«

Sie überlegte. »Alle zwei Monate vielleicht. Ich mag das Programm. Sie zeigen nicht den üblichen Unterhaltungsquatsch.«

»Ist Ihnen dort irgendwann jemand aufgefallen? Eine Person, die sich merkwürdig verhielt?«

Valerie wischte heftiger, als nötig war. »Ich habe wirklich keine Ahnung, wer das Feuer gelegt hat. Warum fragen Sie mich?«

Raupach räusperte sich. »Frau Braq, es besteht die Möglichkeit, dass es der Brandstifter auf Sie abgesehen hat. Außer Gunter Aalund sind alle Musiker aus der Band Ihres Mannes tot. Lübben,

Materlink und jetzt auch Tiedke wurden ermordet. Und wir wissen nicht, ob Aalund noch lebt.«

»Was habe ich damit zu tun?«

»Sie kannten die Opfer. Sie standen Barbarossa nahe. Fürchten Sie sich nicht?«

»Sollte ich?«

»Wiegen Sie sich in Sicherheit?«

»Ich sagte Ihnen doch schon, dass ich mich aus der Band herausgehalten habe.« Valerie stellte ein Schild auf die Liegefläche. »Frisch gereinigt« stand darauf. »Chris tut mir Leid. Er war der einzige halbwegs Normale aus der Truppe.«

»Und Ihr Mann?«

»Kann man nicht vergleichen.«

»Haben Sie eine Erklärung für diese Morde?«

»Sicher ist, dass sich Jef und die anderen mit ihrer Musik wenig Freunde gemacht haben.«

»Ist das ein Tatmotiv?«, fragte Raupach.

»Das müssen Sie beurteilen.«

»Ich möchte keinem Klischee aufsitzen in der Art von: Laute Rockmusik verdirbt unsere Jugend.«

»Wissen Sie, was in den Köpfen solcher Leute vor sich geht?«, gab sie zurück. »Ich nicht.«

»Meinen Sie die Fans von Barbarossa oder die Gegner dieser Art von Musik?«

»Beide. Und jetzt muss ich wieder an die Theke.« Sie verließ die Kabine. Raupach folgte ihr.

»Gab es Feindschaften innerhalb der Band?«

»Haben Sie Gunter im Verdacht?«, fragte sie.

»Ich ziehe alles in Betracht.«

»Er spielte sich gerne als der eigentliche Bandleader auf. Aber das nahmen alle hin. Grundsätzlich waren sie sich einig.«

Valerie setzte ein Lächeln auf und bediente eine ältere Frau. Sie hatte präzise Wünsche, schien eine Stammkundin zu sein. Raupach wartete, bis Valerie fertig war und hinter die Theke zurückkehrte.

»Wissen Sie, dass die Rechte an den Barbarossa-Liedern an Sie fallen, wenn Aalund tot ist?«

Sie starrte ihn einen Augenblick überrascht an. Dann prustete sie los. »Und die Schulden soll ich wohl auch übernehmen? Na danke schön.« Valerie erbrach eine Geldrolle und verteilte die Münzen in der Kasse. »Die Band war immer ein Zuschussbetrieb. Was meinen Sie, wovon die ihre laufenden Kosten bezahlt haben?«

»Sagen Sie es mir?«

»Wir hatten nie etwas übrig«, sagte sie verbittert. »Ich konnte verdienen, wie viel ich wollte. Alles floss in diese verdammte Band. Lautsprecher, Verstärker, die Instrumente. Wenn Sie es genau wissen möchten: Ja, ich profitiere davon, dass es Barbarossa nicht mehr gibt. Jetzt kann ich das, was ich hier im Studio bekomme, einzig und allein für mich und meine Tochter verwenden.« Sie holte Luft. »Und ich wünsche Gunter beste Gesundheit. Solange er lebt, wenden sich die Gläubiger an ihn.«

»Wie hoch sind die Verbindlichkeiten?«

»An die zwanzigtausend Euro. Dafür stehe ich bestimmt nicht gerade, das können Sie mir glauben«, sagte Valerie, während sie sich eine Cola aus dem Getränkeautomaten holte. »Sie suchen doch nach Motiven. Wenn ich Gunter wäre, würde ich mich auch nicht mehr blicken lassen. An seiner Stelle wäre ich gleich ganz aus der Stadt verschwunden.« Sie nahm einen Schluck aus dem Plastikbecher und stützte sich mit verschränkten Arme auf die Theke.

»Was haben Sie in der Nacht von Sonntag auf Montag um 0 Uhr 30 getan?«

»Denken Sie, ich habe das Apollo angezündet?«

»Ich muss Ihr Alibi überprüfen, Frau Braq.«

»Dürfen Sie mich das eigentlich fragen? Ich dachte, Sie sind nicht als Polizist hier?«

»Ich bin beurlaubt«, gab Raupach zu. »Würden Sie mir trotzdem antworten?«

»Sagen Sie Ihren Verdächtigen immer die Wahrheit?«

»Ich versuche es.« Er wartete einen Augenblick. »Also? Achter Dezember, 0 Uhr 30.«

Valerie schaute zur Seite und fragte sich, warum sie überhaupt mit diesem Kommissar sprach. Anscheinend steckte er selber in Schwierigkeiten. Aber er hatte sie bisher fair behandelt und nicht versucht, sie aufs Glatteis zu führen oder unter Druck zu setzen. Sie beugte sich zu ihm vor.

»Was meinen Sie, was eine allein stehende Frau wie ich so treibt, nachdem sie ihren Haushalt für die Woche klargemacht hat? Ich habe eine nette Musik eingelegt und mich bei einem Glas Wein entspannt. Ich trinke gerne etwas, um mich in die richtige Stimmung zu versetzen. Wenn Sie wissen, was ich damit meine.« Sie sah ihn herausfordernd an.

»War Ihre Tochter zu Hause?«

»Ja, aber ich habe sie nicht geweckt, damit sie mir dabei zusieht«, sagte sie schroff.

Das Telefon klingelte. Valerie blickte zu Boden. Sie versuchte, ihren Ärger zu unterdrücken. Im Callcenter war das an der Tagesordnung gewesen. Dann nahm sie den Hörer und zwang sich zu einem Lächeln. Als sie den Anrufer erkannte, wurde ihr Lächeln echt. »Du machst früher Schluss? – Sheila ist um diese Zeit bestimmt in der Stadt. Sie treibt sich wieder viel herum.«

Raupach deutete durchs Schaufenster einen Gruß an. Auf dem Weg zur Haltestelle Ulrepforte kaufte er sich ein Brötchen mit Räuchermatjes. Dann nahm er die 16. Am Neumarkt wollte er umsteigen.

Die Bahn war so gut wie leer. Der Schock der Kölner wegen des Anschlags auf die Linie 5 war frisch und saß entsprechend tief. Ein älterer Mann beäugte den Kommissar eine Weile. Dann schnauzte er ihn an, dass er seine Hände gefälligst aus den Jackentaschen nehmen solle, damit man sie sehen könne.

Raupach tat wie geheißen. »Wollen Sie mich nach einem Brandsatz durchsuchen?«

Der Mann wirkte bei weitem nicht so souverän, wie seine Worte vermuten ließen. Während er sprach, rötete sich sein Gesicht, seine Gesten waren fahrig. »In diesen Zeiten kann man nicht vorsichtig genug sein«, brummte er halb zur Entschuldigung.

»Ich mache Ihnen keinen Vorwurf«, sagte Raupach. »Passen Sie weiter gut auf.«

Nun verlor der Mann vollends die Sicherheit. »Was ist mit Ihnen? Haben Sie keine Angst?«

»Doch.«

»Und was tun Sie dagegen?«

»Ich stürze mich in meine Arbeit.«

WANN HATTE VALERIE von einem Mann zuletzt ein Geschenk erhalten? Einfach so, ohne besonderen Anlass?

»Ein verspäteter Nikolaus«, sagte Johan und reichte ihr ein Buch, das zu ihr passte. Es war einfach gewesen, das herauszufinden. Ein Historienroman, der in einer idealisierten Vergangenheit spielte, unverfänglich weit von der Gegenwart entfernt.

»Ist es dir recht, wenn ich es später auspacke?«, fragte sie und ließ ihn eintreten. Dann konnte sie sich noch auf etwas freuen, wenn er wieder gegangen war, dachte sie. Valerie hatte gelernt, ihr Glück einzuteilen und portionsweise zu genießen.

»Ganz wie du willst.« Sein Blick fiel auf fellgefütterte Canadian Boots. Sie stammten von dem Vorschuss auf Valeries neuen Lohn. »Wie dumm. Ich habe die Wanderstiefel vergessen, die du mir am Samstag gegeben hast.«

»Macht nichts. Goodens vermisst sie bestimmt nicht.«

»Soll ich sie holen? Ich habe es ja nicht weit.«

»Nein, das hat Zeit.«

Valerie trug noch ihr rotes Top. Im Sonnenstudio hatte es begehrliche Blicke auf sich gezogen, na ja, weniger das Top als das, was es bedeckte. Johan hatte nur einen dünnen Mantel an. Sie hängte ihn an die Garderobe. Dann bemerkte sie, dass er zu der Tür mit dem »No admittance«-Schild schielte.

»Sheila ist unterwegs«, sagte sie. »Ich habe ihr Geld für eine Pizza gegeben, als Ersatz fürs Abendessen.« Sie wollte hinzusetzen, dass sie ungestört seien, ließ es dann aber. Johan war kein Mann für Anspielungen.

Ein paar stumme Sekunden verstrichen. Johan machte keine Anstalten, sich von der Stelle zu bewegen. Es bedurfte ihrer ausdrücklichen Aufforderung, damit er die Wohnung betrat. Valerie ging zum Couchtisch. Er folgte ihr zögerlich. Sie reichte ihm die Proseccoflasche, die sie auf dem Rückweg vom Sonnenstudio gekauft hatte. Er öffnete sie umständlich und füllte die bereitstehenden Sektgläser, vorsichtig, um nichts zu verschütten.

»Auf uns«, sagte Valerie und prostete ihm zu.

»Auf dich und mich.«

Johan trank das ganze Glas leer. Dann setzte er sich in einen Sessel. Der Abstand zwischen ihr und ihm war so groß, als erwarte er noch einen Gast. Valerie nahm auf der Mitte der Couch Platz. Dieses steife Abtasten besaß einen eigentümlichen Reiz. Sie kam sich vor wie bei ihrem ersten Rendezvous. Der Junge, den sie damals angehimmelt hatte, war mit einer Flasche Sekt erschienen. Ihre Eltern hatten nach Valeries tagelangen Bitten das Feld geräumt und waren ausgegangen, obwohl sie das sonst so gut wie nie getan hatten. Es war nicht viel passiert. Valeries Eltern hatten einen Videorekorder besessen, damals eine Seltenheit. Das Interesse des Jungen war von einem der drei Filme abgelenkt gewesen, die sie auf Kassette besaßen. Valerie hatte den süßlichen Sekt fast ganz allein getrunken.

Sie schenkte Johan Prosecco nach. Er schaute sich aufmerksam um. Dann setzte er sich zu Valerie auf die Couch. Es war ein Dreisitzer aus schwarzem Kunstleder. Sie hatte das Material mit einem speziellen Mittel gereinigt, um ihm etwas von seinem ursprünglichen Glanz zurückzugeben. Ein anderer Ort, dachte sie, machte es Johan vielleicht leichter. Die Matratze in ihrem Schlafzimmer erschien ihr ungeeignet für einen zweiten Anlauf.

Allerdings verband sie keine angenehmen Erinnerungen mit dieser Couch. Aber sie konnte ja nicht die gesamte Einrichtung ersetzen. Der Platz, auf dem Jef immer gesessen hatte, wies einige abgewetzte Stellen auf. An der Armlehne befand sich ein

Loch von der Größe einer kleinen Münze. Valerie hatte es mit schwarzem Benzinstift ausgemalt, es war kaum zu sehen. Nur wenn man mit dem Finger darüberstrich, spürte man eine Unebenheit. Glücklicherweise saß Johan auf der anderen Seite.

Wen würde ihre Tochter einmal nach Hause mitbringen? Und wo setzten sie sich hin? Vielleicht auf den Boden, wie es Sheilas Angewohnheit war? Bequemlichkeit spielte in ihrem Alter keine große Rolle.

Johan rutschte unruhig hin und her, als wollte er die Federung testen. Schließlich schien er zufrieden zu sein und lehnte sich zurück. Er wirkte wie jemand, der sich mit einer ungewohnten Umgebung vertraut gemacht hatte.

»Keine Geheimnisse«, sagte er plötzlich und stieß erneut mit Valerie an.

Sie nickte ernst. Bevor er weiterreden konnte, begann sie zu erzählen.

RAUPACH STAND auf der Aussichtsplattform des Schokoladenmuseums und beugte sich über das Geländer. Er musste an ein Oberdeck denken, weil das Gebäude auf der Rheinauhalbinsel wie ein Schiff geformt war. Der Bug lag flussabwärts.

Viele Ereignisse ließen Köln völlig unberührt. Der erste und zweite Schiller-Brief waren wie ein Kuriosum aufgenommen worden. Als amüsierte es die Leute, ins Blickfeld eines Verrückten geraten zu sein. Das hob den Stellenwert der Stadt, brachte sie in die Schlagzeilen und verlieh ihr den Rang einer internationalen Metropole, die ein außergewöhnlicher Krimineller als würdiges Ziel erachtete.

Tiedkes Tod und die allmählich durchsickernden Umstände der anderen Morde hatten die Stimmung umschlagen lassen. »Im Untergrund ist kein Entrinnen«, titelte eine Zeitung und druckte eine Liste von Vorfällen ab, die zum Teil auf das Konto fanatischer Sektenführer und politisch motivierter Attentäter gingen. Die Terroranschläge von Madrid und London waren den Menschen am stärksten im Gedächtnis. Aber schon 1995 hatte die Aum-

Sekte in der U-Bahn von Tokio zugeschlagen. 1996 war es in der Metro von Moskau zu einer Bombenexplosion gekommen. Auf die unterirdische RER-Schnellbahn in Paris hatte es gleich mehrere Anschläge gegeben. Überhaupt Paris: Die derzeitigen Unruhen in den Vorstädten nahmen zu, es kam immer wieder zu Bränden. Und im Jahre 2003 hatte ein geistig Verwirrter in der U-Bahn der südkoreanischen Stadt Daegu ein verheerendes Feuer ausgelöst.

Viele Menschen benutzten ihr Auto, um in die Innenstadt zu gelangen, Gürtel, Ring und die Zufahrtstraßen waren durch das erhöhte Verkaufsaufkommen immer häufiger verstopft. Trotz der kalten Witterung stiegen eine Menge Leute aufs Fahrrad um. Das Misstrauen wuchs, das Alltagsverhalten änderte sich. Die Menschen musterten einander und betrachteten jeden, der in der U-Bahn ein Buch las, mit kritischen Blicken. Von einer Panik waren sie allerdings noch weit entfernt. Die Kölner waren pragmatisch genug anzunehmen, dass es immer auch einen anderen treffen konnte.

Die Linie 5 hatte den Betrieb wieder aufgenommen. Fast jede Bahn fuhr leer. Eine Diskussion über Fahrtbegleiter war entbrannt. Die Polizei besaß zu wenig ausgebildetes Bereitschaftspersonal, um alle 360 im Einsatz befindlichen Triebwagen mit Zweierteams zu überwachen. Die Kölner Verkehrs-Betriebe favorisierten einen privaten Sicherheitsdienst, dessen Mitarbeiter jedoch keine Waffe tragen durften. Die Feuerwehr war notorisch knapp bei Kasse, die Stadt Köln und das Land Nordrhein-Westfalen erst recht. Ein ehrgeiziger Politiker, der sich Chancen bei der nächsten Bürgermeisterwahl ausrechnete, forderte den Einsatz der Bundeswehr, was die Bundesregierung unter Hinweis auf die Gewaltenteilung zwischen Innerem und Äußerem entschieden zurückwies. Die Talkshow-Redaktionen suchten nach Studiogästen, die meinten, zu diesem Thema etwas sagen zu müssen. Die Auswahl an Kandidaten war groß. Den Autovermietungen gingen die Leihwagen aus.

Dies alles vollzog sich innerhalb weniger Stunden. Es war der

Anfang eines Flächenbrandes, bestens dazu geeignet, weitere Anschläge heraufzubeschwören. Von wem auch immer.

Ein eisiger Wind blies über den Fluss. Lang gezogene Lastschiffe krochen wie vorzeitliche Amphibien über den Strom, so zielstrebig, als wollten sie in der Kälte nicht unnötig Energie vergeuden. Raupach drehte sich um. Ein junges Pärchen saß eng umschlungen auf einer Bank. Der Junge hatte dunkles, leicht gewelltes Haar. Es starrte vor Gel. Seine Koteletten gingen bis über die Backen. Von allem zu viel, dachte Raupach, die Unsicherheit der Jugend. Wenn Koteletten zu schmalen Streifen rasiert waren, umrahmten sie ein Gesicht, unterstrichen die Schädelform und sahen nicht aus wie angeklebt.

Laurent Siklossys Aussage stahl sich in Raupachs Gedanken, gefolgt von einem Mann, der eine Eskimomütze abnahm. Er hatte rote Streifen an den Ohren.

DIE STEHLAMPE neben der Couch spendete ein angenehmes, indirektes Licht. Johan betrachtete seine Fingernägel. Er hatte sie geschnitten und gefeilt, bevor er zu Valerie gekommen war. Seine Handflächen glichen unbeschrifteten Landkarten. Er rieb sie aneinander und gab etwas Olivenöl darauf. Dann legte er die Hände auf Valeries Nacken und strich langsam an beiden Seiten des Rückgrats entlang, ohne ihre Wirbelsäule zu berühren.

Die Narben befanden sich vor allem auf ihren Schulterblättern. Diese Stellen ließ er vorläufig aus. Er begann mit der Muskulatur über den hinteren Rippen und den Nieren. Unter gleich bleibendem Druck rollte er das Fleisch unter seinem Handballen weg.

»Ist das gut?«, fragte er.

»Ich spüre kaum etwas. Wahrscheinlich bin ich total verspannt.«

»Verspannungen erfüllen einen Zweck.«

»Wie meinst du das?«

»Sie beschützen dich vor deinen Erinnerungen.«

»Dann solltest du Acht geben«, sagte sie und lachte unsicher.

»Das tue ich.«

Als Valerie ins Reden gekommen war, hatte sie sich unwillkürlich auf der Couch ausgestreckt und seinen Oberschenkel als Kopfstütze benutzt. Daraufhin waren Johans Hemmungen von ihm abgefallen wie ein regennasser Mantel. Marta hatte diese Haltung oft eingenommen, wenn ihr alle anderen Menschen wieder einmal zu viel geworden waren und sie nur Johan an sich spüren wollte.

Er hatte Valerie eine Rückenmassage vorgeschlagen. Ohne zu zögern hatte sie die Couch aufgeklappt, so dass eine ebene Fläche entstand. Während Johan im Bad ein Handtuch geholt und in der Küche nach einem geeigneten Öl gesucht hatte, war sie aus ihren Kleidern geschlüpft und hatte ihn flach auf dem Bauch liegend erwartet. Mehr Vertrauen konnte sie ihm nicht entgegenbringen.

Seine Hände kamen wieder in Übung, die Griffe gingen fließend ineinander über. Er setzte sein Gewicht ein und schob aus der Schulter, damit er nicht ermüdete. Auf keinen Fall durfte er loslassen und die Massage unterbrechen, das würde Valerie Angst einjagen. Er verstand es, sich wortlos verständlich zu machen. An Marta hatte er jede Faser gekannt.

Allmählich wurde Valeries Atmung gleichmäßiger, die Muskeln begannen nachzugeben. Sie nahm ihre Erzählung wieder auf, die sie zur Vorbereitung der Massage unterbrochen hatte. Dass sie am Tod eines Menschen schuld sei, und wie es dazu gekommen war.

Es war ein Spiel aus Druck und Gegendruck, mal locker, mal kräftiger. Wenn sich eine Verspannung löste, arbeitete Johan nach und knetete so lange, bis die jeweilige Partie vollkommen weich und geschmeidig war.

Er walkte den Rückenmuskel über ihrem Beckenknochen durch. Sie stöhnte wohlig auf, er brauchte nicht nachzufragen, ob es ihr behagte. Was sie zu ihm sagte, nahm er kaum wahr. Es war nicht wichtig, welche Worte sie benutzte. Ihr Körper übermittelte ihm alles, was er noch nicht über sie wusste. Kontraktion,

Relaxation. Diese Reflexe waren unmissverständlich und frei von Lügen. Johan brauchte nicht nachzudenken. Er spürte genau, wo er ansetzen musste. Schmerz und Lust lagen in seinen Händen.

HEIDE HATTE IHR GESCHENK immer noch nicht ausgepackt. Sie hatte es noch nicht einmal angerührt.

»Ich erinnere mich!«, frohlockte Raupach in sein Handy.

»Was ist denn los?«, fragte sie verdattert.

»*Glücklich ist die Form gefüllt.* Das hat Johan Land in der Buchhandlung zu mir gesagt, als ich das Buch gekauft habe.«

»Na und?«

»Das ist aus der *Glocke!*«

»Der Mann ist Buchhändler. Er kennt –«

»Das war vor vier Tagen«, sagte Raupach. »Zu diesem Zeitpunkt war noch gar nicht von den Briefen und von Schiller die Rede. Ich wusste noch nicht einmal, wer er ist.«

Heide rief sofort Höttges an und wies ihn an, das Buch aus ihrer Wohnung zu holen. Sie beschrieb ihm genau, wo es lag, und drohte mit dem Schlimmsten, was ihr einfiel, wenn er keine Handschuhe benutzte. Als Höttges schnaufend in ihrem Büro eintraf, war Effie Bongartz von der Spurensicherung bereits zur Stelle. Der Abgleich mit dem Fingerabdruck auf der SOS-Kapsel, die der Brandstifter im Apollo zurückgelassen hatte, nahm nur ein paar Minuten in Anspruch. Das Mädchen arbeitete schnell und konzentriert. Sie war auf eine Bemerkung wegen des Kalenderfotos gefasst, aber keiner sagte etwas. Das enttäuschte sie, bis sie Höttges' schafsköpfigen Blick bemerkte.

Photini kam hinzu. Sie trug eine dicke Aktenmappe unter dem Arm.

»Positiv«, sagte Effie Bongartz und deutete auf die Übereinstimmungen, die der Bildschirm anzeigte. Der Mann aus der Buchhandlung, der Raupach den Krimiband verkauft hatte, war mit dem Brandstifter identisch.

VALERIES NACKENMUSKULATUR war steinhart. Johan musste in den Muskel hineingehen, seine Finger wie einen Bohrer einsetzen. Sie schrie auf. Er hielt inne, ließ die Hände aber auf ihrer Haut liegen.

»Mach weiter«, sagte sie und vergrub ihr Gesicht wieder in der Couch.

Er setzte die Behandlung mit gleicher Intensität fort und steigerte sie langsam.

Die vielen Stunden im Callcenter. Ihr monatelanges Bestreben, den Mordverdacht zu entkräften. Die wenigen Male, als sie Jef widersprochen hatte. Das eine Mal, als sie Sheila vor ihm in Schutz genommen hatte, mit Erfolg, aber zu einem hohen Preis. Ihr Drang durchzuhalten und weiterzumachen, ein anderes Leben zu gewinnen. Valerie deutete dies alles nur an, in Satzfetzen, ohne Namen zu nennen.

Johan setzte sich auf ihre Beine, um noch mehr Kraft auf ihren Rücken ausüben zu können. Jeder Griff tat ihr jetzt weh. Manchmal rang sie nach Luft und stieß leise Klagelaute aus. Dennoch würde sie um nichts in der Welt die Augen öffnen. Es war nicht nur ihr eigener Schmerz, mit dem er da kämpfte. Johan fügte auch welchen hinzu. Vermutlich musste das so sein, Gleiches mit Gleichem zu behandeln. Die Abhängigkeit, gegen die sie sich so lange erfolglos gewehrt hatte, war wie ein Knebel gewesen, den man nicht ausspucken konnte. Sie hatte ihr nichts entgegenzusetzen gehabt.

Valerie fühlte sich geborgen. Ihre einzige Befürchtung war, dass Johan aufhörte, bevor er fertig war: Ihre Narben hatte er bislang ausgespart.

RAUPACH WAR DIE STRECKE zum Heumarkt zu Fuß gegangen. Heide las ihn vor einer Fußgängerampel auf. Photini saß im Fond des Wagens. Sie zeigte ihm ihre typografische Analyse.

»*Am Tag vor der Geburt des Erlösers werden die Menschen brennen. Es wird unter der Erde geschehen. Die Strafe wird furchtbar sein.*« Photini gab ihm das Blatt. »Der Zusatz des ersten

Briefes besteht aus Buchstaben, die er Verlagsprospekten entnommen hat. Er ist sehr sorgfältig vorgegangen, wie ein Schriftsetzer.« Sie breitete die Kopien aus, die sie angefertigt hatte, und legte die Originale aus dem Herbstprogramm der Verlage daneben. Außerdem hatte sie auf die Schnelle einen eigenen unbeholfenen Collageversuch gemacht. Die Zeilen wirkten wie das Werk eines Betrunkenen – oder eines Analphabeten, wie man es nahm.

»Du meinst, er hat jeden einzelnen Buchstaben ausgeschnitten und zu diesen Worten aneinander gereiht?«, fragte Raupach.

»Durch den Kopiervorgang wurden die Klebestellen unsichtbar. Es sieht aus wie ein fortlaufender Text. Keine einzige Unregelmäßigkeit.«

»Aber warum hat er sich diese Mühe gemacht?«, fragte Heide, während sie den Wagen durch den Feierabendverkehr nach Nippes steuerte. »Abgesehen von seiner Besessenheit.«

»Das sind nicht seine eigenen Buchstaben.« Raupach studierte Photinis Unterlagen. Sie waren penibel dokumentiert. Gerichtsfest. »Er hat sie nicht selbst geschrieben oder getippt, nur zusammengefügt. Diese Prospekte sind öffentlich zugänglich.«

»Allgemeingut«, ergänzte Photini. »Wie Schiller.«

»Jedermann ist in der Lage, einen solchen Brief herzustellen und abzusenden. Und jedermann soll ihn empfangen. Deswegen auch die Kopien an die Medien, zumindest am Anfang. Die anderen Botschaften richteten sich an uns, die Polizei, damit wir ihn ernst nehmen. Das zeigten wir ihm, indem wir den zweiten Brief verkürzt an Radio Köln weitergeleitet haben.«

»Und der Brand im Apollo?«, fragte Heide. »Der Anschlag auf die Linie 5?«

»Er hat Gefallen an der Sache gefunden und kann nicht mehr aufhören. Die Intervalle verkürzen sich, typisch für Serientäter. Er übt für den großen Tag.«

»Das Motiv?«

»Rache für den Tod seiner Frau«, erklärte Raupach. »Das könnte auch jeder gewesen sein. Und alle haben dabei zugesehen.«

»Was haben die toten Musiker damit zu tun?«, wollte Photini wissen.

»Das muss er uns selber sagen. Wenn er das kann.«

JOHAN GELANGTE bei den Narben an. Die kleinen runden sahen aus wie Spinnen, die größeren länglichen wie Hundertfüßer. Er knotete sie nacheinander auf, um das verhärtete Bindegewebe zu lösen, und strich die Hautfalten zum Deltamuskel hin glatt, einer dreieckigen Stelle zwischen den Schulterblättern. Dann begann er, die Narben in die Schultermuskulatur zurückzukneten. Sie besaßen eine Art Verschlussfunktion, dadurch waren die betroffenen Hautstellen isoliert vom umgebenden Gewebe. Johan musste das gesunde und das vernarbte Gewebe wieder vereinen, damit die Narben Valeries Körper nicht wie Flicken anhafteten.

Die darunter liegenden Muskeln waren hartnäckig, gaben aber schließlich nach. Johan machte mehrere Durchgänge, bis er keine Verhärtungen mehr spüren konnte. Er war am Ende seiner Kräfte. Seine Hände fühlten sich an wie monströse Pranken, zwei unförmige, bleischwere Gewichte. So viel Schlechtes hatte sich darin angesammelt, dass er sie kaum mehr heben konnte.

Ein letztes Mal strich er Valeries Rücken von oben bis unten ab. Er hörte am Steißbein auf, hob die Finger an und ließ die Handballen kurz auf ihrem Gesäßansatz ruhen. Dann nahm er sie weg und stieg von der Couch. Über der Sessellehne lag eine Decke. Er breitete sie über Valerie und riet ihr, noch etwas liegen zu bleiben.

Sie seufzte vor Erschöpfung. Er hob die Hände, um sie auszuschütteln und alles loszuwerden, ein abschließender Akt, den er keinesfalls versäumen durfte. Dabei schaute er aus dem Fenster. Sein Blick suchte seine Wohnung. Er erstarrte.

DIE VERMIETERIN hatte die Tür im vierten Stock aufgesperrt. Heide ging mit erhobener Waffe voran, gefolgt von Photini. Sie rechneten nicht mit Gegenwehr, aber sicher war sicher. Als sie alle Räume kontrolliert hatten, gab Heide Entwarnung.

Raupach betrachtete den Dufflecoat an der Garderobe. Dann ging er weiter in den Wohnraum. Auf einer Kommode lag eine Ausgabe mit Schillers Gedichten, wie die Gideon-Bibel in einem Hotel. Auf dem Vorsatzpapier stand der Name Marta Tobisch. Auf der Arbeitsfläche in der Küche befand sich alles, was für die Herstellung eines konventionellen Brandsatzes nötig war. Photini stieß auf einen Aktenordner, der die Originale der Drohbriefe enthielt. Die Indizienbeweise waren erdrückend.

Heide wählte eine Nummer und reichte Raupach das Handy. Er betrat den Balkon, weil dort der Empfang besser war. Woytas meldete sich.

»Wir haben ihn.« Raupach gab Johan Lands Adresse durch. Dann legte er auf.

JOHAN TRAT vom Fenster weg. Der Kommissar konnte ihn vom Balkon aus sehen, das wusste er. Raupach blickte momentan zwar ziellos umher. Wenn er jedoch ein gutes Auge besaß und die Rückseite der Viersener Straße anvisierte, würde er Johan entdecken. Das Licht der Stehlampe glich in der hereinbrechenden Dämmerung einem Leuchtfeuer.

Es war vorbei. Sie hatten sich Zugang zu seiner Wohnung verschafft. Die junge Polizistin mit dem südeuropäischen Aussehen untersuchte gerade sein Teleskop. Sie drangen bei ihm ein, als wehte Eiswind in ein beheiztes Zimmer.

Johan eilte zur Tür und drehte den Schlüssel zweimal um. Das war sinnlos, aber er wusste nicht, was er sonst tun konnte. »Ich muss hier bleiben«, sagte er. »Ich kann jetzt nicht weg.«

Valerie hatte das Gesicht in einem Sofakissen vergraben. Johans Unruhe riss sie aus der wohligen Schlaffheit nach der Massage. Sie wickelte sich in die Decke und setzte sich auf. »Was ist los?«

»Zieh die Vorhänge zu.« Johan musste unter dem Türstock den Kopf einziehen. Er stand viel näher an dem Fenster als Valerie.

»Warum machst du es nicht selber?«, wunderte sie sich. »Oder fühlst du dich bei mir immer noch fremd?«

»Tu einfach, was ich dir sage.«

»Wie du willst.« Sie erhob sich, raffte die Decke zusammen und schloss die Vorhänge, ohne gezielt nach draußen zu blicken.

»Mach das Licht aus.«

Sie löschte die Stehlampe. »Ist es so recht?«, sagte sie in einem Ton, der ein wenig ironisch klang.

Er nickte und ging in die Küche. Der Raum lag an der Vorderseite des Hauses. Die Straßenlaternen erzeugten einen aschfahlen Schimmer. Von der Polizei war nichts zu sehen. Für einen kurzen Augenblick fühlte sich Johan sicher.

Valerie trat hinter ihn. »Danke«, sagte sie. »Ich konnte das alles nicht mehr für mich behalten. Es frisst einen von innen auf.«

Da er nicht reagierte, setzte sie sich an den Küchentisch. Sie zog die Beine an und schlug die Decke unter die Füße. So eingewickelt kam sie sich vor wie in einem Mumienschlafsack. Auf dem Tisch stand eine Kerze in einem Messingständer.

»Manchmal hatte ich das Gefühl, dass Jefs Tod überhaupt nichts verändert hat«, begann sie. »Ich meine, irgendwie war er immer noch da. Wenn ich im Wohnzimmer fernsah, dachte ich, er käme gleich mit einem schrecklichen Wutanfall aus dem Schlafzimmer. Wenn ich unter der Dusche war, fürchtete ich, er würde mich einschließen, nur um mich betteln zu hören, dass er mich wieder herausließ.«

»Was willst du noch?«, fragte Johan. »Er kommt nicht zurück.«

Sie betrachtete seinen Rücken und fragte sich, was Johan von ihrem bruchstückhaften Geständnis verstanden hatte. Seinen Händen war nichts anzumerken gewesen, er hatte nicht innegehalten vor Bestürzung oder Missbilligung. Aber die Massage war vorbei, die Phase der Intimität vorüber. Begriff er, dass er sich mit einer Mörderin im selben Raum befand?

»Etwas Böses zu tun. Weißt du, wie das ist?«, fragte sie.

Er schwieg.

»Es macht dich unempfindlich«, fuhr sie fort. »Du verlierst etwas, einen Zugang zu der Welt und den Menschen. Du tust dir selbst etwas an.«

Johan drehte sich um. Sein Gesicht lag im Dunkeln. »Du bist Jef los. Das allein zählt.«

»Wiegt meine Freiheit alles andere auf?«

»Wir haben die Freiheit zu tun, was getan werden muss. Wenn wir sie nicht haben, müssen wir sie uns nehmen.«

Genau das wirst du jetzt machen, bestärkte ihn Marta. *Nimm es dir. Und lass nicht los.* Es hatte nichts zu bedeuten, dass die Polizei bei ihm eingedrungen war. Alles, was sich dort zur Verwirklichung ihres Vorhabens befand, war leicht zu beschaffen. Valeries Wohnung war als Versteck genauso gut geeignet wie die anderen Orte, die Johan durch sein Teleskop kennen gelernt hatte. Sein Notizbuch befand sich in seinem Mantel, er hatte es immer dabei. Erst wenn man ihn festnahm, wären er und Marta gescheitert. Er musste alles daransetzen, dass es nicht so weit kam. *Es ist noch nicht vorbei.*

»Ich bleibe bei dir«, sagte er schließlich.

»So lange du willst«, gab Valerie zurück, überrascht von diesem plötzlichen Entschluss.

»Für vierzehn Tage.«

»Wie?« Sie rechnete nach. »Bis Weihnachten sind es noch zwei Wochen. Meinst du, wir brauchen eine Probezeit?«, sagte sie neckisch. »Damit wir sehen, ob wir uns vertragen?«

Er setzte sich ihr gegenüber. »Die Zeit läuft. Ab sofort.«

»Was soll das heißen, ab sofort?«, fragte sie. Er kam ihr vor wie ein dickköpfiges Kind, aber seine Stimme verunsicherte sie. Sie war hart und schneidend, ließ keinen Widerspruch zu. »Du willst doch bestimmt deine Sachen holen? Außerdem muss ich Sheila fragen, ob sie einverstanden ist, zumindest pro forma.« Im Sitzen öffnete sie eine Schublade des alten Küchenbüfetts, entnahm ihr ein Feuerzeug und zündete die Kerze auf dem Tisch an.

»Mach das sofort aus!«

»Versuch nicht, mir Befehle zu erteilen.« Sie drohte ihm spielerisch mit dem Zeigefinger. »Das passt nicht zu dir.«

Er blies die Kerze aus.

»SIE HATTEN ALSO RECHT.« Himmerich saß an einem Schreibtisch, der so groß war wie seine immer wieder erstaunliche Wandlungsfähigkeit. Er schob eine Akte über die andere, als würde er Spielkarten mischen.

»Das kommt bei Raupach vor«, meinte Heide.

»Natürlich ändert das alles. Wir können wohl von einem Einzeltäter ausgehen.«

»Sieht danach aus.«

»Und den Terroristen lassen wir schnell wieder im Schrank verschwinden?«

»Wir haben keine Hinweise auf einen derartigen Hintergrund.« Heide schlug die Beine übereinander und war einen Moment lang versucht, die Stiefel auf der Schreibtischplatte abzustützen.

Himmerich atmete auf. »Das Motiv für die Brandanschläge kommt mir etwas wacklig vor. Aber solange wir genügend Beweise haben ...«

»Wir arbeiten an dem Motiv. Schließlich müssen wir Johan Land noch finden.«

»Das sollte kein größeres Problem darstellen. Der Mann scheint ja kein berufsmäßiger Krimineller zu sein. Im Zuge einer Großfahndung wird er nicht lange von der Bildfläche verschwinden können.«

»Bleiben noch die Morde an den Barbarossa-Musikern«, wandte Heide ein.

»Sehen Sie da eine Verbindung?«

»Nein, aber wir stehen erst am Anfang.«

»Noch immer?«

»Das Umfeld der Band ist leider sehr überschaubar. Tiedke ist das einzige Opfer, das außer einer mehr oder weniger engen Freundin Angehörige besaß. Die Nachforschungen in dieser Richtung haben nichts ergeben.«

»Das musste Woytas auch schon einräumen. Es läuft auf Johan Land hinaus.«

»Er kann Lübben und die anderen in sein Szenario mit einbezogen haben – aus welchen Gründen auch immer. Vielleicht hatte die Band etwas mit seiner Frau Marta zu tun.« Heide machte eine Pause. »Oder er hat einen Trittbrettfahrer inspiriert.«

»Sie nehmen mir das Wort aus dem Mund«, erwiderte Himmerich und änderte damit seine Linie. »Ein zweiter Mörder, oder sogar ein dritter. Davor habe ich ja gleich gewarnt.«

»Auf der ersten Pressekonferenz.«

»Aber ja!« Er wandte sich an Raupach. »Warum so schweigsam, Klemens? Sie sind der Mann des Tages!«

Raupach hatte sich bislang aus dem Gespräch herausgehalten und in kleinen Schlucken Kaffee geschlürft. Himmerich war durchschaubar geworden, dachte er. Der Präsident ging auf alles ein, was schnellen Erfolg versprach. Früher war er nicht so gewesen. Verantwortung veränderte die Menschen. Nicht immer zum Guten.

»Trittbrettfahrer«, sagte er schließlich, »handeln nach einer eigenen Logik. Manchmal ahmen sie einfach etwas nach, um ein Fetzchen Öffentlichkeit abzukriegen. Manchmal agieren sie im Windschatten, verfolgen aber eigene Ziele. Dann wieder greifen sie ein Tatschema auf und verleiben es sich ein, wie Kannibalen. Im schlimmsten Fall wollen sie ihr Vorbild übertreffen.«

»Wie gesagt«, warf Heide ein, »wir haben erst begonnen. Bedenken Sie die Schwierigkeiten, die wir überwinden mussten.«

»Sie meinen den Ersten KHK?« Himmerich hatte diese unangenehme Wendung vorausgesehen. Er knetete an seiner Nase herum.

»Entziehen Sie Woytas den Fall?«, fragte Heide.

»Was verlangen Sie von mir? Dass ich ihn öffentlich abserviere? Das wäre für die Medien ein gefundenes Fressen. Es würde das Vertrauen in die Polizei erschüttern. Zu diesem Zeitpunkt völlig undenkbar!«

»Ich brauche eine Sonderkommission«, sagte Raupach. »Woytas soll bleiben, wo er ist. Aber wir wollen in dieser Sache das Sagen haben.« Er wies auf Heide, die ihm aufmunternd zuzwinkerte und mit Befriedigung zusah, wie er seinen Standpunkt vertrat. Ein neuer Raupach.

»Übergeordnete Kompetenzen?«, fragte Himmerich.

»Nur in diesem Fall«, erwiderte Raupach. »Oder in diesen Fällen, das wird sich erweisen.«

»Ihr Hang zu differenzieren hat mir schon immer gefallen, Klemens.«

»Sie können mir die Soko nicht abschlagen, Himmerich, das wissen Sie. Ich werde mit Woytas zusammenarbeiten, er ist ein guter Mann, wenn er nur nicht dauernd an seine Karriere denken würde.«

»Sie mögen mich nicht, oder?«

»Nein.«

»Warum?«

»Sie haben mich im Stich gelassen. Mehrmals. Das macht man nicht mit den eigenen Leuten.«

»Sie ließen mir keine Wahl.«

»Sie hatten kein Vertrauen.«

Himmerich wusste nichts zu erwidern. Raupachs Rehabilitierung lag vor ihm. Er hatte sie bereits unterzeichnet. »Keine kluge Bemerkung zum Abschluss, Raupach? Sie möchten doch immer das letzte Wort haben.«

»Das ist noch nicht gesprochen.«

12. Dezember

DREI TAGE. So lange hatte sich seine Einsetzung als Leiter der neuen Sonderkommission hingezogen. Für Kölner Verhältnisse war das äußerst respektabel, aber Raupach befürchtete, dass ihm diese drei Tage noch einmal fehlen würden, wenn es auf den 23. Dezember zuging. Der schwerfällige Polizeiapparat war ein Hindernisparcours, der selbst mit Ausnahmebefugnissen nicht so einfach zu umgehen war. Wenn Raupach einmal Zeit für Experimente hätte, irgendwann im neuen Jahr, würde er seinen Flusskiesel auf den Dienstweg schicken. Er war überzeugt, dass er nach einer entsprechend langen Zeitspanne als vollkommen runde Murmel zu ihm zurückkäme.

Johan Land war wie vom Erdboden verschluckt. Als hätte sich eine Spalte aufgetan und den Buchhändler verschlungen. Köln schien voller solcher Spalten zu sein. Gunter Aalund galt immer noch als unauffindbar. Seine letzte registrierte Wohnung hatte sich in einem Haus befunden, das abgerissen worden war. Wenn sich jemand in dieser Stadt verstecken wollte, boten sich ihm sogar im Winter Hunderte von Möglichkeiten. Alte Fabrikhallen, baufällige Wohnblocks, die Polizeistreifen hatten unter Heides Instruktion alle Hände voll zu tun. Aalund – oder Land – konnte sogar in Raupachs Nachbarhaus untergetaucht sein. Im Untergeschoss befand sich eine uralte Pianohandlung. »An- und Verkauf von Klavieren und Flügeln« war auf dem zerkratzten Schild zu lesen, die Räume standen leer. Das Türschloss war leichter zu öffnen als die Sparschweine, die es in den Banken bei der Eröffnung eines Kinderkontos gab. Falls Raupach bei diesem Fall die Nerven verlieren sollte, würde er als letzte Weisung eine Razzia in der Pianohandlung anordnen.

Das Hauptquartier der Sonderkommission lag zwei Stockwerke

unter Himmerichs Reich. Es war in einem noch leeren Flügel einer noch weitgehend unbenutzten Etage des Präsidiums untergebracht. Der Umzug von der alten Hauptwache nach Kalk ging immer noch schleppend voran, von der Zusammenfassung ehemals »dislozierter Abteilungen«, wie es im Verwaltungsjargon hieß, ganz zu schweigen.

Raupach saß in einem Büro, das niemand haben wollte. Kein großer Fortschritt zum Archiv, dachte er, aber er hatte einen schönen Blick auf die Kölnarena und die Messe. Deren zusammengeschusterte Gebäude vereinten eine Hässlichkeit in sich, die ihn daran erinnerte, dass er nicht zum Vergnügen auf diesen Posten berufen worden war.

Photini nannte das Hauptquartier den »Taubenschlag«. Nicht weil viele Leute ein- und ausgingen, das hatte sich Raupach verbeten. Sondern weil nach dem Verlegen der wichtigsten Leitungen und der Installation der Computer noch nicht sauber gemacht worden war. Überall lagen Kabelstücke, Kunststoffabfall und Verpackungsmüll herum, eine dünne Staubschicht bedeckte die Arbeitsplätze.

Neben einer Hand voll Büros gab es ein Konferenzzimmer. Alle mieden es wegen der Bestuhlung. Raupach legte wenig Wert auf Bequemlichkeit, aber wenn er auf einem Designerobjekt saß, konnte er keinen klaren Gedanken fassen. Deshalb fanden die Besprechungen meist in seinem Büro statt. Er hatte auf einen lächerlich kleinen, halbkreisförmigen Schreibtisch bestanden. Seine Notizen waren jetzt auf einer Magnettafel vereilt, welche die ganze Wand einnahm. So musste er sich nicht mehr über den Tisch beugen und dabei seinen Rücken ruinieren. Jetzt war es der Nacken, der ihm Probleme bereitete.

Auf Raupachs Schreibtisch befanden sich ein Bildschirm, eine Tastatur und sein Stein. Der Kalender mit den Polizeischülern stellte den einzigen Schmuck dar. Bei der Auswahl der Gruppe waren die Bilder eine wichtige Entscheidungshilfe gewesen.

Mit Heide und ihm selbst hatte Raupach genug Erfahrung an Bord, wie er meinte, bei Bedarf würde er Unterstützung bekommen. Höttges blieb im Team, er war im Außendienst sein Körpergewicht in Gold wert. Raupach bestimmte Effie Bongartz zu seiner Assistentin im Innendienst. Das löste Irritationen aus, aber Effie galt trotz der Aktfotos als zugeknöpft und, ja, religiös.

Diese merkwürdige Kombination gehörte zu den ungelösten Geheimnissen Kölns, so ähnlich wie der Karneval. Raupach gab sich keine Mühe, sie zu ergründen. Es genügte ihm, dass er dadurch über jeden sexistischen Verdacht erhaben war. Effie hatte beste Beurteilungen, sie war so etwas wie das Wunderkind der Spurensicherung. Raupach kannte Hattebier, ihren Chef, der sie in den höchsten Tönen rühmte. Und er hatte nicht vergessen, dass Effie bei der Analyse von Lands Fingerabdrücken eingesprungen war.

Wenn Heide die Silhouette eines kleinen Gardeoffiziers besaß und Photini wie eine zu allem entschlossene Revoluzzerin aussah, wirkte die blonde, hoch gewachsene Effie so unnahbar, als käme sie frisch aus dem Kloster. Tatsächlich rührte ihre kräftige Statur daher, dass sie in der Schwimmabteilung des Polizeisportvereins aktiv war. Ein weiterer Pluspunkt, fand Raupach.

Zusammengenommen war es nur ein Bruchteil der Kollegenzahl, die der Kommissar zu seinen besten Zeiten befehligt hatte. Aber Quantität spielte bei einer Sonderkommission keine Rolle. Zu viele enge Mitarbeiter konnten sogar hinderlich sein. Kleine Kreise, große Wirkung.

Photini, die Gewissenhafte, war für die Koordination zuständig, für den Überblick. Bislang hatte die Abstimmung in ihrer provisorischen Truppe zu wünschen übrig gelassen. Die Hinweise auf Johan Land waren Stückwerk geblieben. Das durfte sich nicht wiederholen. Photini sollte Raupach während der Ermittlung begleiten, nicht als Assistentin, sondern als gleichwertiger Partner, mehr noch, als Bindeglied zwischen ihren kleinen Abteilungen. Himmerich hatte das Archiv einstweilen mit einem jungen Ermittler namens Niesken besetzt.

Der neue Mann in der Gruppe hieß Jakub Skočdopole. Er war zweiundfünfzig und hatte eine wechselvolle Vergangenheit hinter sich. Nach einem Psychologiestudium in Prag war er von den Machthabern der kommunistischen ČSSR in die Provinz abgeschoben worden, wo er eine regimekritische Lokalzeitung ins Leben rief. Mitte der Neunziger war er in den Westen gegangen und hatte versucht, in Köln als Therapeut Fuß zu fassen. Das hatte nicht geklappt, und so war er Streetworker für die Polizei geworden. Mit der Zeit hatte man seine analytischen Fähigkeiten erkannt, doch kaum gewürdigt, trotz der zahlreichen Lehrgänge und Zusatzausbildungen, die er durchlaufen hatte. Er war ein Kenner der rechten Szene, und er hatte viel in seinem Leben gesehen. Deswegen wollte Raupach ihn haben und keinen der anderen fünf Psychologen, die bei der Kölner Polizei arbeiteten.

Offiziell war Jakub einfacher Kommissar, genau wie Photini. Die beiden verstanden sich blind. Jakubs Nachnamen schenkten sich alle. Er war Kettenraucher, weshalb die neuen Räumlichkeiten umgehend mit großzügigen Aschenbechern ausgestattet wurden. Heide hängte Zettel aus mit der Aufschrift: »We have a smoking policy«.

Auf die Videokassetten, die in Johan Lands Wohnung sichergestellt wurden, stürzte Jakub sich mit dem Fanatismus eines Forschers. Es dauerte nicht lange, bis er Ergebnisse präsentieren konnte.

Gegen drei Uhr nachmittags wartete er vor Raupachs Büro. Jakub wunderte sich, warum es darin so ruhig zuging. Wenn er anstelle des Chefs mit Woytas spräche, würde er eine geräuschvollere Tonart anschlagen.

Warum haben Sie nicht auf mich gehört? Raupach hasste diese Formulierung. Er würde sie nicht gebrauchen. Dass Woytas aus eigenem Antrieb zu ihm gekommen war, rechnete er ihm hoch an. Er gab ihm die Hand. Woytas' Griff war fest, aber von kurzer Dauer. Raupach dirigierte ihn zu der Magnettafel und vermied jede Form von Dominanzverhalten.

»Tut mir Leid, wie die Dinge gelaufen sind«, sagte Woytas. »Nehmen Sie es nicht persönlich.«

Das reichte Raupach. Er akzeptierte die Entschuldigung mit

einem Nicken und kam gleich auf die Medien zu sprechen. »Die Dosierung ist wichtig.« Er wies auf die Presseartikel, die vor dem Anschlag auf Tiedke und die Linie 5 erschienen waren. »Ich versuche der Presse nur das zu geben, was der Aufklärung des Falls nutzt.«

»Und die Öffentlichkeit?«

»Muss informiert werden, aber nicht aufgepeitscht. Haben Sie wirklich geglaubt, dass ich eine Massenpanik riskiert habe?«

»Ich dachte, Sie wollten Ihren alten Posten zurück.« Woytas blickte ihn unverwandt an.

»Sie hätten mich drankriegen können«, sagte Raupach. »Aber früher. Die erste Zeile des zweiten Briefs, *Wehe, wenn sie losgelassen*. Die habe ich lanciert. Ich wusste mir nicht anders zu helfen.«

»Warum haben Sie das nicht mit mir abgesprochen?«, fragte Woytas überrascht.

»Anfangs hatte ich den Eindruck, dass Sie die Sache nicht ernst genug nehmen. Ich mache häufig Fehler. Vielleicht war das einer.« Raupach hielt inne, der Erste KHK schwieg. »Lands letzten Brief aus dem Kino muss allerdings ein anderer der Presse gesteckt haben. Und den vollen Wortlaut des zweiten Briefs auch.«

»Und ich dachte …«

»Vergessen Sie's.« Raupach zuckte mit den Schultern. »Jedenfalls ist der Schläfer erwacht. Wäre es Ihnen lieber, wenn er sich erst am 23. Dezember zeigen würde?«

»Sie schließen Terrorismus also aus?«

»Ja. Im BKA sind sie derselben Ansicht.«

»Sie haben mit Wiesbaden telefoniert?«, fragte Woytas verwundert.

»Selbstverständlich. Meinen Sie, wir geben uns dadurch eine Blöße? Haben Sie Angst, die halten uns für inkompetent?«

»Nun ja …«

»Das Risiko gehe ich ein. Sie wissen doch, wie schwierig es ist, dem BND oder dem Verfassungsschutz etwas aus der Nase zu ziehen.«

»Was haben die Ihnen gesagt?«

»Sie sehen weder internationale Verknüpfungen noch Zusammenhänge mit dem Rechtsextremismus. Natürlich sind sie sehr an dem Fall interessiert. Das Bedrohungsszenario ist ja beträchtlich, und das BKA untersucht ständig neue Tatmuster. Der Terrorismus entwickelt sich weiter, unabhängig von al-Qaida.«

»War das klug?«

»Hören Sie, Woytas, Sie waren ehrlich zu mir. Das bringen wenige fertig. Sie haben der Aussicht auf eine gewisse Prominenz nachgegeben.«

»Mag sein.«

»Aber aus der Politik müssen sich Leute wie wir heraushalten. Die Menschen hören ein Reizwort und drehen durch, so sind sie nun mal, das kann man ihnen nicht verübeln. Wir dagegen sind Polizisten. Wir haben eine entsprechende Ausbildung, sollten es also besser wissen und die geeigneten Maßnahmen ergreifen, zum Wohl der Allgemeinheit. Dafür werden wir von der Allgemeinheit bezahlt. Anders formuliert: Wir müssen unseren Job machen, das ist alles.«

»Ich habe Himmerich meinen Rücktritt angeboten«, gab Woytas zu.

»Sehr nobel, aber nicht zielführend. Sie sind das Gesicht dieses Falls, ob Sie wollen oder nicht. Wir arbeiten zusammen.«

»Wie denn?«

»Sie bekommen alle relevanten Ergebnisse. Wir gehen gemeinsam vor die Presse.«

Woytas zog die Stirn in Falten. Er schien sein Misstrauen noch nicht überwinden zu können. »Die Tat eines Einzelnen?«

»Oder mehrerer Einzelner. Ich denke, es gibt Überlagerungen, die wir nur ansatzweise aufgedeckt haben. Andererseits führen manche Spuren von Johan Land weg.«

»Diese Band, Barbarossa. Sie ist der Schlüssel.«

»Ein Schlüssel, der nicht zu Land passt, zumindest nach unserem derzeitigen Kenntnisstand.« Raupach nahm einen Zettel von der Magnetwand. »Das Labor hat einen DNS-Vergleich gemacht zwischen dem Blut, das an Lübben gefunden wurde, und Proben von Land. Keine Übereinstimmung.«

»Wir bräuchten eine Probe von Aalund.«

»Haben wir aber nicht.«

»Meinen Sie, Aalund besitzt Hintermänner?«, fragte Woytas.

»Das kann ich mir nur schwer vorstellen. Eine Abrechnung unter Neonazis? Wozu dann der ganze Aufwand? Ich denke, diese Morde haben einen persönlichen Hintergrund.«

»Aber die Öffentlichkeit ist in Gefahr.«

»Deswegen müssen Sie sich um die Sicherheit der Kölner Verkehrs-Betriebe kümmern. Die Mittel dafür wurden vom Innenminister bereitgestellt. Lenken Sie die Bereitschaftspolizei, Sie wissen, wie schwierig das ist.«

»Und die undichte Stelle?«

»Finden wir noch. Ein Leck zieht Wasser. Es gibt dringlichere Aufgaben.«

»Noch ein Letztes.« Woytas machte eine Pause und senkte den Kopf. »Wie ich Sie auf der Weihnachtsfeier behandelt habe … Ich bedauere das sehr.«

Raupach lächelte. »Wissen Sie, was mich an diesem Abend besonders gewundert hat?« Sein Blick glitt unter den Schreibtisch. »Ihre Schuhe. Was machen Sie, damit sie so glänzen?«

Woytas stutzte einen Augenblick. »Spucke.«

»Sie meinen, Sie putzen sie selbst?«

»Wasser schadet dem Leder. Benutzen Sie Ihren Speichel, um den Schmutz zu entfernen. Dann tragen Sie die Schuhcreme auf und polieren kräftig.«

»Nur Spucke?«

»Ihre eigene.«

JAKUBS FRAU Franziska begrüßte die neue Stellung ihres Mannes wegen des deutlich besseren Gehalts. Die drei Kinder, Lisa, Ljudmilla und Petr, beklagten, dass ihr Vater dadurch noch weniger Zeit für sie haben würde. Petr, der Jüngste, ging noch in den Kindergarten, die beiden Mädchen besuchten die Grundschule. Sie waren in einem Alter, in dem Jakub für sie eine Art Freizeitanimateur war. Pausenlos wollten sie schwimmen gehen, Radtouren machen, Fußball oder Federball spielen. Im Winter verlagerte sich dieses Programm in alle möglichen Hallen. Das war zwar weniger anstrengend, kostete aber umso mehr Geld und war noch zeitraubender.

Das neue Gehalt ließ Jakub mehr oder weniger kalt. Allerdings hatte er den Eindruck, dass die Zuwendung, die er seiner Familie schenkte, langsam ausuferte. Er war ein Mensch, der sich immer wieder breitschlagen ließ. »Nein« zu sagen, fiel ihm so schwer, wie Petrs halb aufgegessenes Schnitzel im Restaurant zurückgehen zu lassen. Dies alles musste sich ändern. Deshalb nahm er Raupachs Angebot an.

Die Richtigkeit dieser Entscheidung zeigte sich schnell. Jakub konnte im Taubenschlag nach Herzenslust rauchen. Und ausnahmslos alle Kollegen interessierten sich für die Früchte seiner Arbeit. Er hatte seinen ersten Satz kaum vollenden können, als der Chef schon in das ungeliebte Konferenzzimmer geeilt war und von dort einen so genannten Medienschrank in sein Büro gerollt hatte.

Die Gruppe trat auf der Stelle. Das lag vor allem an den unzureichenden Daten. Raupach hatte seinen Mitarbeitern regelrecht verboten, weitere Hypothesen aufzustellen und zu testen, solange das vorhandene Material nicht ausgewertet war. Jemandem wie Johan Land, das wusste er nach einem flüchtigen Blick auf dessen Wohnung, war nicht mit dem üblichen psychologischen Setzkasten beizukommen.

Deshalb war die Spannung hoch, als Jakub mit seinen Ausführungen begann. Heide, Photini, Effie und Höttges saßen auf einfachen Holzstühlen. Raupach hatte sie dem Magazin abgeschwatzt im Tausch gegen die modernen, unsitzbaren. Nun saßen alle bequem.

»Johan Land besaß eine ungewöhnlich enge Bindung zu seiner Frau.« Jakub drückte einen Knopf der Fernbedienung. Der Bildschirm zeigte die Stufen einer Rolltreppe. In einer Walzenbewegung schoben sich geriffelte Flächen von unten nach oben. Es wirkte wie ein avantgardistischer Kurzfilm.

»Interessante Perspektive«, kommentierte Raupach.

»Hier sehen wir eines der ersten Videos von Marta Tobisch«, erklärte Jakub. »Es gibt 1231 Kassetten. Auf jeder befinden sich Aufzeichnungen unterschiedlicher Länge. Sie dokumentieren einen Zeitraum vom 1. Januar 2000 bis zu ihrem Tod. Es war ein Kunstprojekt. Vielleicht wollte sie damit das neue Jahrtausend dokumentieren.«

»Sie hat nichts darüber schriftlich niedergelegt«, ergänzte Photini. »Es gibt kein Manifest oder etwas Ähnliches. Die Aufnahmen wurden auch nie einem Publikum vorgeführt.«

»Marta Tobisch war Autodidaktin«, erklärte Jakub. »Sie hat ihr *work in progress* selbst entwickelt und es niemandem gezeigt. Außer ihrem Mann Johan Land, wie anzunehmen ist.«

»Was heißt *work in progress?*«, fragte Effie Bongartz.

»Werk im Fortgang, eine Art offenes Kunstwerk. Stellen Sie sich vor, Sie stellen eine Kamera auf und filmen jeden Tag den Blick aus Ihrem Badezimmerfenster.«

»Dann wäre eine Mauer zu sehen«, erwiderte Effie.

»Selbst eine Mauer verändert sich. Oder das, was wir davon sehen. Der Einfall des Lichts, Verfärbungen im Verputz. Marta Tobisch ging in die U-Bahn, um etwas sichtbar zu machen. Sie wollte Menschen festhalten.«

Jakub spulte vor. Leute warteten am Bahnsteig. Im Hintergrund waren Fliesen in verschiedenen Blautönen zu erkennen. Plötzlich gerieten die Leute in Bewegung. Sie strebten einer geöffneten U-Bahn-Tür zu. Zwei junge Frauen blickten in die Kamera.

»Zuerst nahm sie die Videos von Hand auf. Nach einigen Wochen hat sie etwas anderes benutzt.« Jakub hielt eine Schultertasche aus Schweinsleder hoch und wies auf ein Loch an der Seite. »Dadurch zog sie keine Aufmerksamkeit auf sich. Die Aufnahmen wurden authentischer. Allerdings auch reduzierter.«

Die nächste Einspielung zeigte Rücken, Ellenbogen, Gesäße in einer U-Bahn. Die Kamera schien auf keinen Einzelnen gerichtet zu sein, sondern immer den Ausschnitt einer ganzen Szene zu erfassen. Die Perspektive war die eines Kindes, da sich die Schultertasche meistens auf der Hüfthöhe von Marta Tobisch befand. Dann folgten Gesichter von sitzenden Fahrgästen, lange Einstellungen, in denen sich ganze Lebensgeschichten abzeichneten. Es gab Umschnitte wie bei einem richtigen Film. Anscheinend hatte Marta Tobisch nicht einfach draufgehalten, sondern die Aufnahme immer wieder unterbrochen und neu angesetzt. Das Resultat wirkte alles andere als amateurhaft. Es war eine fließende Erzählung von Passagen unter der Erde.

»*Der Offenbarung mächtiger Schoß*«, fügte Jakub hinzu. Er hatte in alten Gedichtsammlungen geblättert. »Die Bilder folgen einem Rhythmus. Dafür hat sie einfach den Stop-und-Play-Schalter benutzt.«

»Wie die Tasten eines Instruments«, fügte Photini hinzu. Das Video zeigte eine alte Frau mit einer verbeulten Pelzmütze.

»So geht das immer weiter.« Jakub wandte sich der Runde zu. »Es sind vor allem Köpfe. Wenn Sie öfter mit der Kölner U-Bahn fahren, könnten auch Sie auf diesen Bändern zu sehen sein.«

Die lockere Stimmung, die in der Sonderkommission anfangs geherrscht hatte, wich einer stillen Faszination. Raupach bewunderte die Videos. Auf den Bildern von Silke Scholl war ihm Geologie vor Augen geführt worden. Das hatte ihm eine gewisse Ehrfurcht vor erdgeschichtlichen Zeitläufen eingeflößt und ihm zu verstehen gegeben, wie lächerlich kurz und unbedeutend sein Leben war. Marta Tobischs Aufnahmen zielten auf das genaue Gegenteil. Sie zeigten unendlich viele dieser lächerlich kurzen Leben. So verkürzt diese Leben durch die zahllosen Einstellungen erschienen, so bedeutsam und künstlich verlängert wirkten sie durch die Einzelaufnahmen. Zusammengenommen ergaben sie ein Menschengemisch. Zu dem sie alle gehörten.

»Sie war eine Künstlerin«, sagte Raupach und sprach damit aus, was alle dachten.

»Das stimmt.« Jakub ließ das Video weiter laufen. »Aber Marta Tobisch war krank. Sie litt am Borderline-Syndrom.«

»Was ist das?«, wollte Effie wissen.

»Ein Grenzbereich zwischen Psychose, Neurose und Persönlichkeitsstörung.«

»Von allem etwas«, seufzte Heide.

»Die Krankheit ist vielschichtig. Borderline-Patienten schwanken ständig zwischen gut und böse.«

»Im moralischen Sinn?«, fragte Raupach.

»Ja. Sie erleben sich selbst und ihre Umwelt in Schwarzweiß. Sie pressen alles in ein Raster. Und kommen zu keiner Lösung.«

»Das erinnert mich an den letzten Wahlkampf«, sagte Heide.

»Kein Grund, politisch zu werden«, sagte Jakub. »Marta Tobisch hat sich übrigens kein einziges Mal selbst gefilmt. Das muss nichts heißen, ist aber dennoch bezeichnend. Borderline-Patienten neigen zu einer seltsamen Mischung aus Verklärung und Abwertung ein und derselben Person. Sie fühlen sich abgeschnitten. Wahrscheinlich stellen diese Aufnahmen das Vehikel dar, mit dem sie sich einen Zugang zur Welt verschaffte.«

»Wir haben eine Krankenakte aus Breslau aufgetrieben«, warf Photini ein. »In Deutschland wurde Frau Tobisch nicht behandelt, nachdem ihre Eltern in den Westen ausgewandert waren. Mit fünfzehn hat man sie in Polen als unheilbar eingestuft. Damals schrieb sie sich übrigens noch ›Tobisz‹, die Eltern ließen den Namen ändern.«

»Das war 1991«, setzte Jakub hinzu. »Die Kollegen in Breslau haben eigentlich einen guten Ruf. Aber Borderline war in Osteuropa kaum erforscht.«

»Wie geht es weiter?«, fragte Heide und wies auf den Bildschirm. »Und was können wir dadurch über Johan Land erfahren?«

»Ich bin noch dabei, sein Psychogramm zu erstellen.« Jakub legte die Hand auf einen dicken Stapel Papier. »Warten Sie noch eine Minute, dann lege ich Ihnen die Kurzfassung dar. Wir haben in den letzten Tagen die Hausbewohner, Lands Nachbarn, seine Arbeitskollegen und eine entfernte Verwandte in Dormagen vernommen. Seine Eltern leben nicht mehr. Sie sind bei einem Autounfall im Spätsommer 1999 umgekommen, eine Massenkarambolage auf der Autobahn. Nachdem er Marta Tobisch im Herbst 1999 geheiratet hat, beschränkte sich sein Kontakt nach außen auf das Nötigste.«

»Half er seiner Frau bei ihrem Kunstprojekt?«, fragte Effie Bongartz.

»Davon können wir ausgehen.« Jakub entnahm die Kassette und schob eine andere in das Gerät. Es war die letzte, die er bereitgelegt hatte. Er zögerte. Es fiel ihm schwer, die Fernbedienung zu betätigen. »Marta Tobisch hat noch während ihres Todes Videoaufnahmen gemacht. Wir haben das Band in Lands Schlafzimmerschrank gefunden.«

Zuerst waren Schienen und Gleisanlagen zu sehen. Um sie aufs Bild zu bekommen, hatte sich Marta Tobisch anscheinend nach vorne gebeugt und den Zoom benutzt. Es folgten eine Werbefläche der Deutschen Bahn und zahllose Beine, vermutlich gehörten sie zu wartenden Fahrgästen. Plötzlich wackelte das Bild, der Ärmel einer rot-weißen Trainingsjacke kam kurz in Sicht. Dann sah man die Decke der U-Bahn-Station, danach Schwärze.

Jakub spulte kurz zurück und zeigte die Aufnahme noch einmal in Zeitlupe. Während Marta Tobisch vor die einfahrende U-Bahn fiel, konnte man das Gesicht eines Mannes erkennen. Jakub schaltete auf Standbild.

Der Mann war Johan Land. Er stand etwa zehn Meter von der Kamera entfernt. Auf seinem Gesicht zeichnete sich kein Entsetzen ab, wie zu erwarten gewesen wäre. Es war Erleichterung. Er hatte einen Zettel in der Hand, offenbar einen Fahrschein. Er lächelte.

JAKUB SCHLOSS die Türen des Medienschranks. Photini nutzte die Gelegenheit und schenkte Kaffee aus einer Thermoskanne nach. Es bereitete ihr Freude, die Gruppe zu bemuttern. Das passte nicht zu ihr, aber alle waren dankbar für die Unterbrechung.

Paul Wesendonk betrat den Raum und wurde von Heide im Flüsterton eingeweiht. Höttges, der bislang stumm geblieben war, schob Effie Milch und Zucker hin.

»Johan Land befindet sich nicht in Behandlung«, fing Jakub wieder an. »Aber er bräuchte dringend eine.«

»Haben Sie eine Theorie?«, fragte Raupach.

»Eine Diagnose, sofern sie sich ohne persönlichen Kontakt zum Patienten stellen lässt. Ich schicke voran, dass es vor einem Jahr in Johan Lands Buchhandlung brannte. Das hat Fofó in Erfahrung gebracht. Land konnte in letzter Sekunde gerettet werden. Offenbar war er in suizidaler Absicht in dem brennenden Gebäude geblieben.«

»Er wollte sich umbringen, indem er sich nicht in Sicherheit brachte?«, fragte Effie Bongartz.

»Der Eindruck drängt sich auf. Seit diesem Ereignis hat Land eine große Narbe auf dem Unterarm. Er versteckt sie. Eine seiner Kolleginnen sagte aus, dass die Narbe einen Schriftzug darstellt: *Marta*. Er hat sich die Buchstaben in die Haut geritzt.«

»Da haben wir unsere Erklärung für die Brände«, sagte Effie.

»Nicht so voreilig.« Raupach hob die Hand. »Machen Sie weiter, Jakub.«

»Bitte halten Sie mich nicht für einen Quacksalber«, wehrte Jakub ab, »Was ich jetzt sage, klingt reichlich unglaubwürdig.«

»Nur zu!«

»Auch Johan Land litt an einer Krankheit. Sie heißt Folie à deux.«

»Wahnsinn zu zweit?«, fragte Heide und freute sich, auch einmal Fremdsprachenkenntnisse beitragen zu können.

»Es handelt sich um eine so genannte Gemeinsame Psychotische Störung. Überaus selten, da schwer festzustellen.« Jakub machte eine Pause und warf einen Blick in seine Unterlagen. »Das ist, nach der korrekten Definition, die psychotische Ansteckung einer geistesgesunden, in der Regel aber seelisch labilen Person durch einen Psychose-Erkrankten. Betroffen sind meist Verwandte oder Lebenspartner in einem isolierten Umfeld. Im Laufe der

Zeit teilen sie denselben Wahn oder das gleiche Wahnsystem. Sie können sich in ihren Überzeugungen sogar gegenseitig bestärken. Dabei gibt es auffällige Unterschiede …«

»Nicht so schnell«, unterbrach Raupach. »Heißt das, ein psychisch gesunder Mensch steckt sich bei einem Verrückten an?«

»Ja. Und wie bei jeder Infektion gibt es auf der einen Seite eine induzierende Person, den Primärfall, und andererseits die induzierte Person, also den passiven Partner, der das Wahnsystem übernimmt.«

»Marta Tobisch ist dann … wer?«, fragte Effie.

»Das Mutterschiff«, erwiderte Photini. »Sie hat Johan Land angesteckt.«

»Borderline ist ein Sammelbecken für eine ganze Reihe psychotischer Störungen«, führte Jakub aus. »Bei Marta Tobisch kommt noch hinzu, dass sie aus Polen stammte und kaum Deutsch sprach, als sie mit ihren Eltern nach Köln zog. Das verstärkte ihre Isolation.«

»Deshalb die Videoaufnahmen. Bilder sind eine Sprache, die jeder versteht.« Photini sekundierte Jakub. Sie kannte seine Schlussfolgerungen bereits.

»Trotzdem war Marta in der Beziehung zu Johan dominierend. Sie war der aktive Partner.«

»Wohin führt uns das?«, fragte Heide gereizt. Sie hatte eine Menge Bedenken gegen diese akademische Kaffeesatzleserei. »Angenommen, Johan Land steckte sich mit Borderline an, wenn ich das richtig verstanden habe. Warum zieht er dann los und verübt Brandanschläge?«

»Unterschätzen Sie nicht Marta, die induzierende Person«, wandte Jakub ein. »Wir wissen wenig über ihre Erkrankung, schon gar nicht, wie sie sich in den letzten zehn Jahren entwickelt hat. Schizoide Züge besaß sie bereits als Jugendliche, das geht aus der Breslauer Akte hervor. Bei Folie à deux leidet der aktive Partner häufig an paranoider Schizophrenie, an Ichstörungen und Sinnestäuschungen.«

»Paranoia?« Raupach wunderte sich. »Wie erklären Sie sich

dann diese Videoaufnahmen? Ich meine, die Bänder wirken doch so, als wollte sie die Menschen ... umarmen?«

»Du bist ein hoffnungsloser Idealist, Klemens.« Heide beschloss, sich das erste Kölsch des Tages zu genehmigen. Die bereitstehenden Getränke, die Himmerich mit den besten Wünschen geschickt hatte, waren bislang unberührt geblieben. Heide hatte sich für ihren Geschmack schon zu lange zurückgehalten.

»Mit Fotos oder Filmen kann man Menschen auch ›abschießen‹«, fuhr sie fort. »Man kann jemanden im Bild ›bannen‹, all die bösen Fremden, die gegen einen sind. Marta Tobisch könnte den Plan gehabt haben, alle auszulöschen.«

»Du übertreibst«, sagte Raupach. »Die Frau ist tot. Sie war krank. Wir können ihr nicht die ganze Schuld zuschieben. Abgesehen davon, dass es hier gar nicht um Schuld geht.«

»Sondern um Ursache und Wirkung.« Heide kostete von dem warmen Bier und verzog das Gesicht.

»Die Wirkung ist mir noch nicht klar«, schaltete sich Effie ein. »Warum konnte Johan Land einem ganz normalen Beruf nachgehen, wenn er infiziert war?«

»Das ist genau das Problem bei Folie à deux«, sagte Jakub. »Bei dem passiven Partner liegen häufig keine formalen Denkstörungen vor, kein Depersonalisation wie beim aktiven Partner. Deshalb funktioniert Johan im Alltag, er fällt nicht auf. Von seinen Kollegen wissen wir, dass er seinen Tagesablauf extrem ritualisiert hat. Er ist überpünktlich, wirkt kühl, ungesellig.«

»Das kann ich bestätigen«, sagte Raupach. »In der Buchhandlung war er zuerst sehr entgegenkommend und hat sich dann immer mehr zurückgezogen. Als wir später mit ihm geredet haben«, er wies auf Heide, »war er ausgesprochen freundlich. Allerdings machte er die eine oder andere merkwürdige Bemerkung. Fofó hat ihn dann wieder ganz anders erlebt.«

»Er war in der Defensive, musste sich zu jeder Antwort zwingen«, sagte Photini.

»Was auch an deiner Vernehmungstechnik liegen kann«, stichelte Heide.

»Unberechenbares Verhalten weist auf schizoide Züge«, sagte Jakub.

»Ich bin auch unberechenbar.« Heide gab nicht auf.

Jakub nahm sich auch ein Kölsch. Dieser Vortrag ging ihm an die Nieren, sein Mund fühlte sich völlig ausgetrocknet an. Er hatte das Gefühl, jemanden ans Messer zu liefern, der für sein Handeln nicht voll verantwortlich war. »In Johan Lands Leben gab es Verstärkungseffekte«, begann er wieder. »Der Tod seiner Frau am 23. Dezember vor vier Jahren. Vor einem Jahr dann der Brand in der Buchhandlung. Das könnte eine Wahnmühle in Gang gesetzt haben.«

»Wie bitte?«, fragte Heide.

»Letztlich geht es um Einsamkeit.« Jakub öffnete die Flasche und nahm einen langen Schluck. Die anderen warteten. »Marta suchte sich einen Partner, der sie vor der völligen Isolation bewahrte, indem er ihre Wahnideen teilte – woraus auch immer diese Wahnideen bestanden.«

»Zum Beispiel?«, fragte Raupach.

»Ich will nicht wild spekulieren, aber nehmen wir die U-Bahn-Passagiere, die Marta Tobisch aufgenommen hat. Vielleicht stellten die Leute für sie eine Bedrohung dar. Sie sah nicht viele verschiedene Menschen, sondern nur Köpfe. Irgendwann verdichteten sich die Köpfe zu einem großen Kopf. Der sie anstarrte – oder überall und nirgends hinschaute. Durch ihre Videos versuchte Marta Tobisch die Gefahr zu bannen.«

»Ganz meine Meinung«, sagte Heide. »Und wie kommt Johan Land ins Spiel?«

»Er hatte die Wahl«, fuhr Jakub fort. »Land konnte Martas abstruse Ideen ablehnen und die Beziehung dadurch gefährden. Oder er übernahm sie. Dann entstand mit ziemlicher Gewissheit eine Wir-Identität.«

»Wir gegen den Rest der Welt«, bemerkte Photini mit einem dünnen Lächeln.

»Dadurch versuchten beide, die Umwelt auf Distanz zu halten. Ein Wahnthema, hervorgerufen von Verfolgungs- oder Größenwahn, bildet dann die einzige verlässliche Norm, einen Orientierungspunkt. Je mehr die Betroffenen in die Enge getrieben werden, desto mehr fühlen sie sich in ihren Vorstellungen bestätigt. Ein Teufelskreis entsteht, die so genannte Wahnmühle.«

»Der Brand in der Buchhandlung war so etwas wie eine Initialzündung«, sagte Photini. »Er fand am 29. November statt. Land lag danach eine Woche mit einer Rauchvergiftung im Krankenhaus.« Sie machte eine Pause. »Genau ein Jahr später schrieb er den ersten Drohbrief.«

Jakub nickte und breitete bestätigend die Arme aus.

»Ist Ihnen klar, dass so eine ›Wahnmühle‹ auf eine Menge Leute zutrifft?«, fragte Heide. »Im Grunde auf jede isolierte Vereinigung, die sich selber genug ist.«

»Woytas lag mit seinen Terroristen gar nicht so weit daneben«, sagte Raupach. »Aber letztlich sind es nur zwei. Und einer ist tot.«

»Was hat Martas Tod bei Johan ausgelöst?«, wollte Effie wissen.

»Offenbar litt er unter ihrem Einfluss«, sagte Jakub. »So deute ich zumindest sein Lächeln auf dem Videoband. Vielleicht war es ein unbewusstes Lächeln. Er dachte, es sei vorbei.«

»Man könnte doch annehmen, dass die Folie à deux durch die Trennung aufgehoben wurde«, setzte Effie hinzu.

»Das ist möglich. Aber ohne eine entsprechende Behandlung kann es beim passiven Partner auch zu einer Verschlechterung des Zustandes kommen. Er kann das Wahnthema ausbauen, in einer Art vorauseilendem Gehorsam der Verstorbenen gegenüber.«

»Johan Land sagte uns, Marta würde auf gewisse Weise weiterleben.« Raupach erinnerte sich genau an diesen Satz. Er hatte ihm zu wenig Bedeutung beigemessen.

Jakub horchte auf. »Das spricht dafür, dass die Bindung eine psychotische Stufe erreicht hat. Unter Umständen ist sie unlösbar.«

»Gibt es eine Therapie?«, fragte Raupach.

»Das können wir uns überlegen, wenn wir ihn festgenommen

haben«, sagte Heide. Wenn niemand wie ein Polizist dachte, musste sie es eben tun. Mitleid ist eine feine Sache, fand sie, aber alles zu seiner Zeit.

»Die Tatsache, dass Marta Tobisch tot ist, macht eine Behandlung besonders schwierig.« Jakub schüttelte den Kopf. »Der Mann muss Neuroleptika bekommen, schwere Geschütze, um zunächst die Psychose einzudämmen. Außerdem benötigt er ständige psychotherapeutische und soziotherapeutische Führung, am besten stationär in einer Fachklinik. Und ohne seine eigene Mitarbeit geht gar nichts. Er muss sich freiwillig lösen wollen. Daran scheitern die meisten Therapien.« Jakub fuhr sich durch die Haare. »Johan Lands Heilungsaussichten sind also insgesamt eher gering.«

»Wir müssen sogar mit einer Verschlechterung rechnen«, setzte Raupach hinzu und blickte um sich. »Sehen wir den Dingen ins Auge. Johan Land wird alles tun, um den Anschlag auszuführen. Aus Hass auf die Menschen. Aus Treue zu seiner verstorbenen Frau. Aus einem Gefühl der Verlassenheit, das sich unserem Einfluss entzieht. Die Fahndung nach ihm wird ihn noch mehr in die Enge treiben. Indem wir ihn versuchen zu fassen, liefern wir ihm erst recht den Grund, sein Vorhaben in die Tat umzusetzen. *Das* nenne ich eine Wahnmühle.« Er stand auf und versetzte seinem Drehstuhl einen Stoß, so dass die Sitzfläche ein paar Umdrehungen machte. Das war ganz gegen seine Art, Raupach ließ seinen Missmut nie an Gegenständen aus.

»Sie haben von einer Infektion gesprochen«, sagte Effie. »Kann Johan Land auch seinerseits Menschen anstecken?«

»Theoretisch ja«, antwortete Jakub. »Bei einer psychischen Epidemie dehnt sich die Wahninduktion auf weitere Personen oder größere Gruppen aus.« Jakub wollte diesen Bereich eigentlich aussparen, weil er allzu sehr nach Verschwörungstheorie klang. »Denken Sie an Massenselbstmorde in Sekten. Die Menschen werden von einem Psychopathen, dem Sektenführer, in den Bann gezogen.«

Raupach schnaufte hörbar aus. Würde sich diese Sache noch ausweiten?

»Bei Johan Land ist das aber höchst unwahrscheinlich«, beruhigte ihn Jakub. »In dem vorliegenden Fall sind der aktive und der passive Partner stark aufeinander fixiert. Johan Land ist ein Einzelgänger, er lebt zurückgezogen. Es gibt niemanden in seinem Umfeld, der auch nur annähernd Martas Position einnehmen könnte. Seine Vermieterin sagte aus, dass er so gut wie nie Besuch hatte, schon gar nicht in letzter Zeit. Der Wahn spielt mit ihm quasi Pingpong.«

»Aber Marta Tobisch ist tot«, wandte Effie ein. »Also gibt es den aktiven induzierenden Partner nicht mehr.«

»Besonders passiv kommt mir Land nicht vor«, sagte Heide. »Außerdem haben wir noch drei ungeklärte Tötungsdelikte, die Barbarossa-Musiker. Darüber haben wir noch gar nicht geredet.«

»Später, Heide«, gab Raupach zurück und setzte sich auf die Schreibtischkante. »Zuerst müssen wir uns überlegen, wie wir mit Johan Land Kontakt aufnehmen.«

13. Dezember

ALS RAUPACH ZUR Pressekonferenz ging, schneite es wieder. Es war fast windstill, die Flocken fielen immer dichter. Sie bildeten eine kompakte Masse über dem Rhein, undurchdringlich für die Augen der Menschen. Sanft stiegen sie hinab sich zu verliern im Strom, der kommt und geht. Langsam wurde er selbst zum Dichter.

Er trug die aktuelle Samstagsausgabe des *Stadt-Anzeigers* unter dem Arm. Die Zeitung enthielt einen Auszug aus der *Glocke*, ohne Kommentar. Er hatte bewusst darauf verzichtet.

Der Meister kann die Form zerbrechen
Mit weiser Hand, zur rechten Zeit,
Doch wehe, wenn in Flammenbächen
Das glühnde Erz sich selbst befreit!

Raupach hoffte, dass Land diese Nachricht las. Sie hatten lange diskutiert, welche Stelle sie nehmen sollten. Der Einfall stammte von Jakub. Die Schiller-Zitate stellten eine Art Code dar, mit dessen Hilfe Johan Land kommunizierte, die Sprache, die er verstand. Vielleicht konnten sie dadurch zu ihm vordringen, ohne ihn zu provozieren. Es ging darum, ihn zum Nachdenken zu bewegen, ihm Zweifel einzupflanzen. Dabei liefen sie Gefahr, dass Land diesen Annäherungsversuch als anmaßend empfand. Da ihnen jedoch nichts anderes übrig blieb, mussten sie das Risiko eingehen. Irgendeine Reaktion war zu diesem Zeitpunkt besser als gar keine.

Dies alles legte Raupach gemeinsam mit Woytas in knappen Worten dar. Im Vergleich mit der Pressekonferenz acht Tage zuvor waren ungefähr dreimal so viele Journalisten anwesend.

Es sollte keine Demonstration werden, wie Himmerich sie veranstaltet hatte, sondern so etwas wie ein Offenbarungseid. Raupachs Strategie.

Mit Lübben, Materlink und Tiedke hatten sie drei Todesopfer. Und sie hatten drei große Brände: in der Diskothek, in dem Kino und in der Linie 5, den Spielplatz nicht eingerechnet. Neben den Tatortanalysen konnte Raupach zumindest die Bilder der beiden Hauptverdächtigen präsentieren, Aalund und Land. Er legte nahe, dass die Delikte nicht miteinander zusammenhingen.

Das wollte niemand hören, dafür war die Story zu groß und die Gemeinsamkeiten mit Lands Ankündigungen zu offensichtlich. Da Raupach sich als Leiter einer Sonderkommission vorstellte, die mit dem Ersten KHK eng zusammenarbeitete, konzentrierten sich die Journalisten auf ihn. Er versuchte, unter den Blitzlichtern hindurchzuschauen.

»Ist das alles?«, fragte eine Zeitungsreporterin. »Sie versuchen, den Feuerteufel mit einem Gedicht zu locken?«

Raupach fand den Ausdruck, mit dem die Boulevardpresse den Brandstifter belegt hatte, lächerlich. Denen fiel auch nichts Neues ein. Aber »Feuerteufel« war immerhin besser als »Glöckner von Köln«. Da die Medien zynisch waren, neigte auch Raupach in ihrer Anwesenheit zum Zynismus. Das wurde von der Rolle erwartet, die er in dieser Inszenierung zu spielen hatte.

Er wies auf die Sicherheitsteams hin, die in den U-Bahnen und auf den Bahnsteigen patrouillierten. Woytas hatte die älteren Wagen mit Videoüberwachung nachrüsten lassen. Aber im Gegensatz zu einer Black Box in Flugzeugen würden diese Kameras bei einem großen Brand wenig nutzen, das hatte das Feuer in der Linie 5 gezeigt. Die Aufzeichnungen waren verschmort. Raupach dachte an Marta Tobischs Aufnahmen, die überdauert hatten. Die Maßnahme hatte etwas Groteskes.

Die Journalisten wollten möglichst viel über Johan Land wissen, über seinen Hintergrund, den sie mit Hilfe zahlloser Interviews ohnehin in Erfahrung bringen würden – und über sein Motiv. Gunter Aalund erschien nicht minder interessant. Land figurierte als Durchschnittsbürger, der ausrastete, Aalund als Desperado, der persönliche Rechnungen beglich.

Raupach zog sich während der Pressekonferenz auf die stereotype Formulierung zurück, dass er mit Rücksicht auf die Ermittlungsarbeit keine weiteren Angaben machen könne. Außerdem sei die Tatsache zu berücksichtigen, dass trotz moderner Ermittlungsmethoden fast zwei Drittel aller Brandstiftungen unaufgeklärt blieben.

Das löste Unmut und noch mehr Fragen aus. Raupach blieb hart. Johan Lands tragische Geschichte ging die Medien nichts an. Trotz allem besaß der Mann eine Privatsphäre.

»Wo wird der Feuerteufel als Nächstes zuschlagen?«, fragte die Zeitungsreporterin. »Vor dem 23. Dezember hat er ja noch jede Menge Gelegenheiten.«

»Das wissen wir nicht«, antwortete Raupach und verschwieg seine Vermutung. Er glaubte, den Ort und den genauen Zeitpunkt des Anschlags zu kennen: am 23. Dezember um 18 Uhr 33 in der U-Bahn-Station Rudolfplatz. Die Todesdaten von Marta Tobisch.

»Hat er sich vielleicht ins Ausland abgesetzt?«

»Unwahrscheinlich. Wir haben die Fahndung zeitig rausgegeben. Wahrscheinlich ist er noch in Köln.« Raupach wollte den Menschen keinen Sand in die Augen streuen. Die Gefahr war virulent, wie Jakub sagen würde. Er nickte Woytas zu und schickte sich an, die Veranstaltung zu beenden.

»Stimmt es, dass Ihnen Johan Land knapp entwischt ist?« Küchler war seit kurzem nicht nur für den *Express*, sondern auch für das neue Crime-Magazin eines Privatsenders tätig.

»Ja.«

»Sie hatten diesen Verrückten also im Fadenkreuz und kamen einfach ... zu spät?«

»Er hat nicht auf uns gewartet.«

Niemand lachte.

»Herr Kommissar, es ist allgemein bekannt, dass Sie vor drei Jahren einen flüchtigen Verdächtigen erschossen haben. Das hat

Sie in eine persönliche Krise gestürzt. Könnte es sein, dass Sie seither zu einer gewissen Ängstlichkeit neigen?«

Küchler machte eine bühnenreife Pause. Nur das Surren der Fernsehkameras war zu hören. Die Fotografen schraubten an ihren Objektiven.

»Anders gesagt«, fuhr Küchler fort. »Sind Sie der Richtige für diese Ermittlung?«

»Johan Land versucht, sich auf sein Eigenstes zu beschränken«, fing Raupach an. »Er findet sich mühelos in alles, dessen es bedarf, um die Menschen zu hassen. Er ist stark durch seinen grenzenlosen Wunsch nach Klarheit, durch seine Verachtung von Überzeugungen, durch das Gefühl für seine Grenzen. Er hat sich eine innere Insel geschaffen, die zu befestigen er keine Zeit verliert.«

VOR EINER WOCHE hatte er zum ersten Mal bei Valerie Braq geklingelt. Diesmal dauerte es eine Weile, bis der Türsummer ertönte, kommentarlos, nachdem Raupach sich gemeldet hatte.

Raupach drehte sich um und nickte Höttges und dessen Partner durch die Windschutzscheibe ihres Minivans zu. Ein weiterer Wagen mit zwei Ermittlern war an der Einmündung zur Christinastraße postiert. Die beiden Observationsteams überwachten das Haus seit drei Tagen rund um die Uhr. Sie folgten Valerie zu ihrer Arbeit im Sonnenstudio oder zum Einkaufen in den Supermarkt, und sie begleiteten Sheila in die Schule. Mutter und Tochter führten ein geradezu einförmiges Leben. Sie blieben an den Abenden zu Hause, wie es zurzeit viele Kölner taten, und schienen nur vor die Tür zu gehen, wenn es unbedingt nötig war. Die Brandanschläge hatten die Menschen vorsichtig gemacht. Zum Besorgen von Weihnachtsgeschenken gab es kleine Geschäfte in der unmittelbaren Umgebung und das Internet. Wer ausgehen wollte, besuchte Lokale im eigenen Viertel.

Das Treppenhaus sah unverändert aus. Regenschirme, Fußmatten und die unvermeidlichen Schuhe auf den Treppenabsätzen.

Im ersten Stock schien eine Familie zu wohnen, deren Tochter Reitunterricht nahm. Die schwarzen Schaftstiefel aus Gummi waren Raupach schon letztes Mal aufgefallen. Im dritten Stock stand die Tür offen.

Photini ging in die Küche voraus. Der Läufer roch nicht mehr nach Waschmittel, bemerkte Raupach. Dafür waren die toten Insekten aus der Lampe entfernt worden.

Valerie Braq saß am Tisch und blätterte in einer Zeitung. Raupach begrüßte sie und stellte Photini vor.

»Wieder in Amt und Würden?«, fragte die Frau. Sie wirkte müde und nicht sonderlich überrascht, den Kommissar zu sehen. »Das ging ja schnell.«

»Wie man's nimmt«, erwiderte Raupach. »Schnell« umfasste für ihn einen Zeitraum von drei Jahren.

»Gibt's was Neues? Etwas, das nicht hier drin steht?« Valerie faltete die Zeitung zusammen.

»Nein.« Die Fahndungen und die Observation hatten noch nichts ergeben. Trotz Jakubs beeindruckender psychologischer Analyse kam die Ermittlung nicht vom Fleck.

»Ich hab meinen freien Nachmittag. Eigentlich wollte ich mich etwas hinlegen.«

»Dürfen wir Platz nehmen?«, fragte Photini. Raupach hatte ihr den Gebrauch dieser und ähnlicher Floskeln nahe gelegt.

»Wenn Sie möchten.« Sie machte eine gleichgültige Geste und lehnte sich zurück. Photini setzte sich, Raupach blieb stehen.

»Ist Ihre Tochter zu Hause?« Er wies auf die geschlossene Tür mit dem »No admittance«-Schild. Eine andere, offene Tür führte ins Wohnzimmer.

Valeries Hände verkrampften sich unter dem Tisch. »An einem Samstagnachmittag? Nein, sie besucht eine Freundin.«

»Weit von hier?«, fragte Photini.

»Kuenstraße. Das sind nur drei Blocks.«

Raupach wunderte sich. Hatten seine Leute Sheila verpasst? Höttges hatte doch versichert, dass weder Mutter noch Tochter das Haus verlassen hatten. Solche Nachlässigkeiten waren unverzeihlich, vor allem bei der einzigen vagen Spur, die sie hatten. Und der Gefahr, die für diese Spur bestand.

»Was entnehmen Sie denn der Zeitung?«, fragte er.

»Die Leute haben Angst.«

»Und Sie? Wie geht es Ihnen dabei?«

Valerie überlegte. »Es lässt mich nicht kalt. Aber ich glaube kaum, dass ich etwas zu befürchten habe. Ich wüsste nicht, von wem.« Sie blickte an die Decke. »Und die Polizei kann Gunter Aalund immer noch nicht finden?«

»Entweder ist sein Versteck außergewöhnlich gut«, fing Photini an.

»Oder er ist tot«, vollendete Raupach. »Was von Tag zu Tag wahrscheinlicher wird.«

Photini wechselte das Thema. »Kennen Sie Johan Land?« Sie legte ein Passbild auf den Tisch. Es stammte aus Lands Wohnung.

»Das ist der andere Verdächtige, oder?«

»Der Brandstifter«, erklärte Photini.

Valerie beugte sich vor und betrachtete das Foto. Sie zwang sich, eine Weile darauf zu starren. »Nein. Denken Sie, dass er Chris und die anderen auf dem Gewissen hat?«

»Es gibt so vieles, was wir nicht verstehen.« Raupach schaute sich in der Küche um. Der Raum wirkte noch ordentlicher als letztes Mal. Aufgrund seiner eigenen Bemühungen in dieser Richtung hatte er ein Gespür für die feinen Unterschiede entwickelt. Ein Zimmer, das nur hin und wieder aufgeräumt wurde, sah anders aus als eines, in dem die Dinge ständig einen festen Platz besaßen – und ihn selten verließen.

»Dieser Mann«, er deutete auf das Foto, »hat in Ihrer direkten Nachbarschaft gelebt. Er konnte Ihnen quasi ins Wohnzimmer sehen.«

»Wirklich?«

»Kommen Sie, ich zeige es Ihnen.«

Raupach ließ Valerie ins Wohnzimmer vorangehen. Gestreifte Vorhänge verdunkelten den Raum. Durch eine halb geöffnete

Tür sah er den Zipfel einer Steppdecke, offenbar befand sich dort das Schlafzimmer.

Die Frau zog die Vorhänge auf, dämmriges Winterlicht fiel herein. Die Rückseiten einiger Häuser von der Neusser und der Christinastraße waren zu sehen, Balkone, Dachterrassen, Hinterhöfe, Geräteschuppen.

»Seit wann wohnen Sie hier?«, fragte Raupach.

»Seit ... fünf Jahren?«

»Halten Sie die Vorhänge immer geschlossen?«

»Nein«, entfuhr es Valerie. »Das hab ich mir erst vor kurzem angewöhnt.«

»Dort drüben.« Raupach wies auf das Fenster, hinter dem das Teleskop gestanden hatte. »Land beobachtete seine Nachbarn durch ein Fernrohr. Niemand weiß, wann er damit anfing. Er hatte einen perfekten Blick auf Ihre Wohnung.«

Valerie starrte auf den Balkon und schwieg.

Photini stellte sich neben sie. »Unheimlich.«

Die Frau nickte langsam.

»Was hat Johan Land hier gesehen?«, fragte Raupach.

»M-mich?«, sagte Valerie unsicher. »Sheila?«

»Das Badezimmer geht zur Straße raus. Das konnte er nicht einsehen, oder?«

Zögerlich schüttelte sie den Kopf.

»Selbst wenn er nur ein Voyeur sein sollte, wäre das ziemlich unangenehm. Für Sie, Ihre Tochter und all die anderen Leute, die er möglicherweise bespitzelt hat.«

Raupach ging an den beiden Fenstern des Zimmers vorbei. Er stellte sich ein Auge vor, das jeden seiner Schritte verfolgte, spürte die unsichtbare Linie zwischen den beiden Wohnungen. Dergestalt überwacht zu werden war alles andere als harmlos. Es verlieh dem Mann hinter dem Teleskop Überlegenheit und Macht. Und es degradierte Valerie Braq zu einem ahnungslosen Tier im Gehege.

»Ich frage mich, ob es hier mehr zu sehen gab als eine attraktive Frau und ihre junge Tochter.« Raupach klopfte gegen die Wand, hinter der Sheilas Zimmer lag. Dann näherte er sich dem Schlafzimmer. »Darf ich?«

»Bitte.« Valerie musste sich beherrschen, um stehen zu bleiben und ruhig weiterzuatmen.

Von außen sahen Raupachs Leute nur die heruntergezogenen Jalousien von Sheilas Zimmer und das Fenster in der Küche. Überdies war der Winkel von der Straße aus ungünstig. Dafür hörte Höttges Valerie Braqs Telefon ab. Observierungen sind nichts, worauf man stolz sein kann, dachte Raupach.

Im Schlafzimmer gab es kein Bettgestell. Eine große Matratze lag auf dem Boden. Darauf befanden sich mehrere Kissen mit akkuratem Mittelknick und eine säuberlich drapierte Decke. Raupach öffnete die Tür zum Badezimmer. Auch dort herrschte peinliche Ordnung. Vom Bad führte eine weitere Tür in Sheilas Zimmer. Es war von Lands Wohnung ebenso wenig einzusehen wie die Küche, das ging aus dem Grundriss hervor. Raupach schloss die Badezimmertür und kehrte zu den beiden Frauen zurück. Er wollte hier nicht den Schnüffler markieren. Sie waren aus einem anderen Grund hier.

Land hatte Valerie Braq also genauestens beobachten können, überlegte er. Mit etwas Glück war es ihm sogar gelungen, einen Blick ins Badezimmer zu erhaschen. Aber der Mann war kein Spanner. Laut Jakub war er auf seine verstorbene Frau Marta fixiert.

»Was *könnte* Johan Land hier gesehen haben?«, fragte Raupach. »In Ihrer Abwesenheit zum Beispiel?«

»Denken Sie weiter zurück«, setzte Photini hinzu. »Es geht uns um die Band.«

»Keine Ahnung, was Sie meinen«, erwiderte Valerie. Sie hatte sich nicht von der Stelle gerührt. Mit der Kommissarin tauschte sie gezwungen freundliche Blicke.

»Könnte Johan Land etwas beobachtet haben, das ihn gegen Barbarossa aufbrachte?« Raupach trat neben sie. »Wurden hier irgendwelche Treffen veranstaltet?«

»Ich weiß nicht, woauf Sie hinauswollen.« Valerie begriff langsam den Zweck dieses Besuchs. »Es gab hier keine Partys oder so etwas. Jef ging mit den anderen immer in irgendwelche Kneipen.«

»Die Band war doch sicher auch ab und zu bei Ihnen in der Wohnung?«, hakte Photini nach.

Valerie überlegte. »Ganz kurz vielleicht. Wenn sie Jef abgeholt haben.«

»War irgendwann einmal von einem Vorfall in der U-Bahn die Rede?«

»Von was?«

»Einem Unfall mit Todesfolge«, fügte Photini hinzu. »Vor vier Jahren wurde eine Frau in der U-Bahn-Station am Rudolfplatz auf die Gleise gestoßen. Denken Sie nach. Haben sich die Musiker irgendwann darüber unterhalten? Vielleicht hat Ihnen Ihr Mann davon erzählt.«

»Wie hieß die Frau?«, fragte Valerie.

»Marta Tobisch«, sagte Photini. »Sie war mit Johan Land verheiratet.«

Marta. Der Name, den Valerie nach dem Squash in der Sauna zum ersten Mal gehört hatte. Und den Johan im Schlaf vor sich hinmurmelte. »Sagt mir nichts.« Sie ging zurück in die Küche. »Worüber Jef und die anderen vor vier Jahren gesprochen haben, weiß ich beim besten Willen nicht mehr. An eine U-Bahn-Geschichte kann ich mich nicht erinnern.«

»Es stand damals in den Zeitungen«, sagte Raupach und folgte ihr.

Valerie fuhr herum. »Ich bin der einzige Anhaltspunkt, den Sie haben. Wegen Jef und diesem Typen von gegenüber. Das macht Sie stutzig, stimmt's?«

»Es ist auffällig, das sehen Sie doch sicher ein.«

Sie öffnete eine Tür im Küchenschrank und holte einen Karton mit Altpapier heraus. »Tut mir Leid, dass ich Ihnen nicht helfen kann. Was kann ich dafür, dass ausgerechnet dieser … Land die Gegend unsicher macht? Eine Stadt wie Köln ist manchmal sehr klein. Können *Sie* sagen, was bei Ihren Nachbarn vor sich geht?«

Valerie Braq begann, alte Zeitungen in eine Papiertüte vom Supermarkt zu stopfen. Ihre Befangenheit hatte sich in Ablehnung verwandelt. Sie schien aufgebracht, erneut ins Visier der Polizei geraten zu sein. Während sie das Altpapier zur Tür trug, fiel einiges daneben. Zusammengeknüllte Tüten vom Bäcker, verbrauchte Klopapierrollen, Eierkartons, Geschenkpapier.

Raupach wollte in die Hocke gehen, um ihr zu helfen. Dann hielt er inne und schaute der Frau beim Einsammeln des Papiers zu. Schließlich wandte er sich grußlos zum Gehen.

»Auf Wiedersehen«, sagte Photini. Offenbar nahm es der Chef mit seinen eigenen Regeln nicht so genau.

SIE STANDEN in Johan Lands Schlafzimmer, diesem nichts sagenden Raum, welcher der Entspannung und zugleich der Beobachtung gedient hatte. Raupach schaute durch das Teleskop. Valerie Braq hatte die Vorhänge wieder zugezogen.

»Verängstigt und verwirrt«, sagte Photini. »Es wäre auch zu einfach: Land hält jemanden von Barbarossa für den Mörder seiner Frau – der einzig mögliche Link.«

»Die Alibis der Barbarossa-Leute können wir nicht mehr überprüfen.« Raupach schraubte an der Linse. »Es sei denn, wir kriegen Aalund. Wenn er mit dem U-Bahn-Schubser in Verbindung stand und Land daraufhin die ganze Band in Sippenhaft nahm, hätten wir unser Motiv.«

»Du klammerst dich an einen Strohhalm.«

»Am Dreiundzwanzigsten sollen die Hin- und Weggucker büßen. Und bis dahin müssen der wahre Täter und seine Gesinnungsgenossen dran glauben.« Raupach nahm das Auge vom Okular. »Warum nicht?«

»Zu kompliziert.«

»Johan Land *ist* kompliziert.« Er wandte sich an Photini. »Willst du auch mal?«

»Nein, danke.«

»Gehen wir chronologisch vor«, begann Raupach und trat vom

Fenster zurück. »Er fasst diesen Plan. Auf dem Weg zur Arbeit, vielleicht auch in der Buchhandlung oder beim Joggen.«

»Oder hier, in seinen eigenen vier Wänden.«

Sie gingen in den Wohnraum und von dort in die Küche. Die Einrichtung war funktional, das Design einheitlich, viel Edelstahl, wenig Holz. Auf dem Tisch stand ein Adventskranz. Zwei Kerzen waren noch unbenutzt.

»Kurz vor dem 1. Dezember schreibt er den ersten Brief«, fuhr Raupach fort. »Vermutlich am 29. November, dem Jahrestag des Brandes in der Buchhandlung. Auf das Datum legt er besonderen Wert.«

»Lübben wird ermordet, während der Brief noch unterwegs ist«, sagte Photini. »Und – kurze Rückschau – Jef Braq starb vor einem Jahr, am 27. November.«

Dieses Datum war Raupach entgangen, als er die Untersuchung über Braqs plötzlichen Tod in seinem Privatarchiv nachgeschlagen hatte. Erst nach Jakubs Wahnmühlen-Vortrag war die Bedeutung der Kalendertage in den Vordergrund getreten. Was für eine sträfliche Nachlässigkeit, nur auf die Tage des laufenden Jahres zu schauen.

»Land könnte Braqs Tod beobachtet haben«, sagte Raupach und hielt an seiner These fest. »Oder wie es dazu kam. Das löste seine innere Sperre. Möglicherweise hat er die Buchhandlung selber in Brand gesteckt.«

»Auto-Aggression. Jakub hat so etwas angedeutet.«

»Das passt zum Borderline-Syndrom. Aber was hat Land vor einem Jahr durch sein Teleskop gesehen?«

Photini schlug ihre Aktenmappe auf. »Jef Braq erstickte an seinem Erbrochenem. Aalund sagte zugunsten von Valerie aus. Er hatte damals ein hieb- und stichfestes Alibi. Valerie wurde von allen Vorwürfen glaubhaft entlastet.«

»Ich weiß.« Raupach nickte widerwillig. Bei dieser Sache fehlte noch ein entscheidendes Element. Land – Aalund – Valerie Braq, irgendetwas dazwischen, eine Spur, überdeckt, zertrampelt, ausgelöscht von anderen. Doch vorerst stellte er diese Überlegungen zurück. »Ende der Rückschau, weiter mit Text. Johan Land zündet in der Nacht zum 4. Dezember die Höhle auf dem Spielplatz an, zweiter Brief.«

»Einen Tag später ist Materlink an der Reihe, der Brand in der Diskothek.«

»Dann der Anschlag auf das Kino, am 7. Dezember. Dritter Brief.«

»Tiedke stirbt tags darauf am 8. Dezember, die U-Bahn brennt.«

»Land taucht unter«, schloss Raupach.

Photini verglich noch einmal die Daten. »Das heißt, nach dem nächsten Brief wäre Aalund dran.«

»Am 23. Dezember, wie angekündigt?«

»Nein, Aalund ist vorgewarnt. Er wird am 23. Dezember jeden Ort unter der Erde vermeiden.«

»Dann schlägt Land vorher zu. Den Dreiundzwanzigsten hebt er sich für die Allgemeinheit auf.«

»Warum differenziert er?«

»War Aalund einer der Zeugen von Marta Tobischs Tod am Rudolfplatz?« Raupach überlegte. »War vielleicht die ganze Band dabei und sah tatenlos zu?«

»Land macht Barbarossa dafür verantwortlich«, schlug Photini vor. »Er knöpft sie sich einzeln vor, weil er nicht anders an sie herankommt.«

»Ein Serienmörder *und* ein Massenmörder, zumindest ein potenzieller? Was würde Jakub zu dieser Theorie sagen?«, fragte Raupach. »Passt das zu Land?«

»Ich weiß, was Heide sagen wird: Die Drohbriefe stammen mit Sicherheit von Land, wir haben die Originale ja hier gefunden. Bei den Bränden sieht es schon anders aus. Diejenigen, bei denen Briefe hinterlassen wurden, können wir Land zuschreiben.«

»Spielplatz und Kino.«

»Ja«, sagte Photini. »In Lands Unterlagen findet sich kein Hinweis darauf, dass er mehr als die drei bekannten Briefe verfasst hat. In der Diskothek und der Linie 5 gab es keine Briefe.«

»Dafür gab es dort Tote. Materlink und Tiedke. Bewusst ausgewählte Mordopfer. Wie Lübben, da bin ich mir sicher.«

»Keinen davon können wir Land anlasten. Die Briefe und einen Teil der Brände, ja. Aber keinen Toten.«

»Weil er seine Spuren verwischt hat.«

»Er. Oder ein anderer.«

Raupach tastete nach seinen Streichhölzern. »Erinyes« stand auf der Packung, sie stammte aus dem Delphi. Er zündete die beiden Kerzen an, die bereits gebrannt hatten, und setzte sich an den Küchentisch.

Photini nahm ihm das Streichholzbriefchen aus der Hand. »Das ist eine griechische Girlie-Band. Alekto, Megaira und Tisiphone«, las sie vor und überlegte. »Die nie Endende, die Neidische, die Mordrächende.«

»Die drei Furien«, sagte Raupach.

»Die Furien sind nicht böse. Sie sorgen für die Rechtmäßigkeit der Dinge innerhalb einer bestehenden Ordnung. Darin kennen sie allerdings keine Gnade.«

»Die Bösen halten sich selbst immer für gerecht.«

Die Kerzenflammen wuchsen. Raupach blies dagegen, nur ein wenig, damit sie nicht verloschen.

ALS DIE POLIZISTEN gegangen waren, konnte Johan seine Arbeit endlich in Ruhe vollenden. Er ließ sich nicht davon stören, dass Valerie an die Zimmertür klopfte. Sie musste warten, bis er fertig war.

Sheilas Schreibtisch war klein, reichte für seine Zwecke aber aus. Sorgfältig verfugte er die Eternit-Platten, bis sie einen Quader bildeten, der an der schmalen Seite offen blieb. Das Material war extrem hitzebeständig, ein bisschen wie die Kacheln an der Unterseite eines Space Shuttles. Dann nahm er Jefs Camcorder, umwickelte ihn mit Asbestfolie, die er im Hinterhof gefunden hatte, und steckte ihn in den Eternit-Quader. Probeweise passte er die Scheibe aus Jenaer Glas ein. Es hatte ihn Stunden gekostet, sie mit dem Diamanten seines Eherings entsprechend zuzuschneiden. *Nichts bleibt ohne Sinn,* hatte Marta gesagt. Er probierte die Fernbedienung aus. Die brandsichere Kamera funktionierte. Sie sollte alles aufzeichnen, was an dem Großen Tag geschehen würde. Jetzt musste er nur noch ein passendes Stativ bauen. Aus einer Aluminiumlegierung, überlegte er. Lange würde es ohnehin nicht halten müssen.

Er sperrte auf. »Besser hätte es nicht laufen können«, sagte er und ging in die Küche.

Valeries Klopfen war nach einer Weile verstummt. Sie saß mit aufgestützten Armen am Küchentisch und barg den Kopf in den Händen.

»Es ist wegen Marta«, sagte sie durch die Finger hindurch. »Deiner Frau.«

»So war es von Anfang an«, sagte Johan.

»Du willst dich rächen.«

Ja.

»Ja.«

»Deshalb haben wir uns also kennen gelernt«, stellte sie mit Bitternis fest. »Damit du einen Unterschlupf hast, wenn sie dich aufspüren.«

Kluges Kind. Ein Lachen aus dem Tunnel.

»Nein«, sagte er mit Nachdruck. Es fiel ihm zusehends leichter, Marta zu widersprechen. Die Schmerzen blieben aus. Es schien ihm, als sei er dagegen immun geworden.

Valerie nahm die Hände vom Gesicht. »Was heißt das? Bin ich nicht Teil deines Plans?«

»Ich verlange nur vierzehn Tage.«

»Ich habe gedacht, es könnten vierzehn Jahre werden«, sagte sie resigniert.

Johan betrachtete den geschlossenen Vorhang des Küchenfensters. Die Autos mit den rauchenden Polizisten unten in der Viersener Straße waren ihm nicht entgangen. Verborgen zu bleiben war einfacher, als er angenommen hatte. Als der Kommissar in der Wohnung gewesen war, hatte er sich unter Sheilas Bett sicher gefühlt vor einer flüchtigen Kontrolle. Bei einer richtigen

Hausdurchsuchung wären die Männer, die Valerie überwachten, mit hochgekommen. Dann hätte sich Johan die Treppe zur Dachwohnung hochschleichen müssen. Oder ihm wäre etwas anderes eingefallen. Polizisten hielten sich für schlau. In Wirklichkeit unterschieden sie sich durch nichts von allen anderen.

Er nahm einen Stuhl und setzte sich rittlings hin. »Ich habe dir nie irgendwelche Versprechungen gemacht.«

»Stimmt.«

»Aus welchem Grund können vierzehn Tage nicht wie vierzehn Jahre sein?«, wollte Johan wissen.

»Wir haben nur noch zehn Tage, nicht vierzehn«, stellte sie richtig.

»Gut, die Frist ist geschrumpft. Aber wir können das Beste daraus machen.«

»Ist das dein Ernst?«, fragte Valerie. »Du drohst, dass du mich verrätst. Wie kann ich da noch so etwas wie … Zuneigung empfinden?«

Er schwieg.

»Es kommt mir so vor, als würde ich plötzlich mit einem vollkommen anderen Menschen sprechen. Wie kann man sich bloß so verstellen?«, fuhr sie fort.

»Du hast Jef getötet. Was gibt es da zu diskutieren?«

Wie Valerie es auch versuchte, immer wieder stieß sie auf diesen Granitwall, der alles blockierte, was sie zuvor zu träumen gewagt hatte. Seltsamerweise war sie nicht wütend. Nur unendlich enttäuscht. Johan hatte in ihr nur ein Mittel zum Zweck gesehen. Jetzt setzte er ihr die Pistole auf die Brust.

»Ich gehe diesen Weg mit dir«, sagte sie. »Es ist verrückt, aber ich mache es. Versprich mir nur eins.« Sie machte eine Pause. »Halt Sheila aus der Sache raus.«

»Nach dem Dreiundzwanzigsten bist du frei und kannst tun, was du willst. Deine Tochter natürlich auch.«

»Aus irgendeinem Grund akzeptiert sie, dass du hier wohnst. Sie mag dich. Bedeutet dir das gar nichts?«

»Es freut mich.«

»Nichts weiter?«

»Nichts weiter.«

Den Tod umarmen, dachte Valerie. Sich selbst zu verlieren, um sich neu zu finden. Darauf lief es wohl hinaus. Vielleicht hatte sie nichts anderes verdient.

SHEILA UND LUZIUS. Luzius und Sheila. Sie fühlte sich schon heimisch in seiner Wohnung. Seit sie einige Verschönerungen vornahm, sah es richtig hübsch aus. Sie legte Tischtücher auf und hatte das Zimmer mit Weihnachtsschmuck dekoriert. Der Oleander, der zum Überwintern auf der Fensterbank stand, trieb aus. Eine rosafarbene Blüte steckte in einer Vase aus Kristallglas, die noch von Berta Goodens stammte. Wie immer waren es Luzius' Worte, die den Ausschlag gaben.

»Tiedke hat während der Fahrt keinen einzigen Schluck getrunken«, sagte Luzius. »Ich hab genau aufgepasst. Er hat den Styroporbecher in die Halterung gesteckt und den Deckel nicht abgenommen.«

»Und wenn er davon getrunken hat, als er vom Pinkeln zurückkam?«, fragte Sheila. »Das haben wir doch nicht mehr mitgekriegt.«

Zum wiederholten Mal gingen sie die Ereignisse vom 8. Dezember durch. In der Bäckerei hatte sie Tiedke den präparierten Kaffee untergeschoben. Dann waren sie mit der Linie 5 zur Endstation durchgefahren, sofort ausgestiegen und zu dem roten Passat gelaufen, den Luzius zuvor in der Ikarosstraße geparkt hatte. Etwa eine halbe Stunde später hatten sie die Endstation mit dem Auto passiert und die verkohlte Bahn gesehen. Sheila war überrascht gewesen, Luzius entsetzt. Was er verschwieg.

»Tiedke ist verbrannt«, sagte er. »Das allein zählt.«

»Komisch, dieser Brand. Wie im Exzess. Das war jetzt das zweite Mal.«

»Wie es genau geschah, warum und weshalb, kann uns gleichgültig sein. Er wäre sowieso gestorben, ob er nun von dem Kaffee getrunken hat oder nicht.« Luzius war hin- und hergerissen. Sollte er Sheila sagen, dass der Becher kein Gift, sondern nur ein starkes Schlafmittel enthalten hatte? Dass er sich Tiedke nach dieser Aktion allein hatte vorknöpfen wollen? Er dachte an die Pistole in der Schublade des Tisches.

»Du bist keine Mörderin«, fuhr er fort. »Ende der Vorwürfe.«

Es nagt an ihm, mehr als an mir selber, dachte Sheila. Aber sie durften jetzt nicht lockerlassen. »Es gibt noch etwas zu tun«, sagte sie. »Du weißt das.«

»Ich brauche noch ein paar Stunden Schlaf vor dem Dienst.« Luzius, verantwortungsvoll wie immer.

»Du hast Gunter doch gefunden. Na los, machen wir einen Plan!«

»Er ist vorsichtig. Da will jeder Schritt genau bedacht sein.«

»Eben.« Sheila entfaltete den Stadtplan und legte die Skizzen bereit, die sie angefertigt hatte. Gunters Zuflucht war ein abgeschlossenes Reich, schwer zugänglich und zudem auch noch mobil. Aber es besaß eine Schwachstelle.

»Bald«, sagte Luzius.

»Okay. Ruh dich aus.« Sheila bedrängte ihn nicht weiter. Sie gab ihm einen Kuss auf die Wange, prüfte, ob die Luft rein war, und verließ die Wohnung.

Als sie die Treppe hochstieg, fühlte sie sich trotz allem erleichtert. Chris hatte es am wenigsten verdient gehabt. Mit ihm war es nicht so … erniedrigend gewesen, eine einmalige Erfahrung, ein Grenzfall, ähnlich wie bei Ronny, wenn auch völlig anders. Offensichtlich hatte sich das Schicksal andere Wege gesucht. Doch bei Gunter würde sie nicht mehr daneben stehen, egal, was Luzius vorschlug. Sie wollte ihn von ihrer eigenen Hand sterben sehen.

Er saß am Küchentisch, neben sich ein aufgeschlagenes Buch. Im Wohnzimmer lief der Fernseher. Nachrichten. Nachdem der Brand in der Linie 5 abgehandelt worden war, hatte Sheila das Interesse an der ewigen Wichtigtuerei der Medien verloren.

»Hallo, Mattes!«, sagte sie.

»Hallo, Sheila«, sagte Johan.

Er legte eine Schere beiseite. Offenbar schnitt er wieder Zeitungsartikel aus.

»Hast du bei Lili zu Abend gegessen?«, fragte Johan.

»Ja«, log Sheila. »War lecker.« Sie rieb sich den Bauch, als käme sie von einem Kindergeburtstag.

»Fein.«

»Und was treibst *du* so?«

»Ich arbeite.«

Sheila setzte sich neben ihn. Sie mochte Mattes. Eigentlich hatte er einen anderen Rufnamen, aber unter »Mattes« hatte sie ihn kennen gelernt und deshalb blieb sie dabei. Die Männer, die Valerie in den letzten Monaten angeschleppt hatte, waren immer schon nach ein oder zwei Tagen stiften gegangen. Sheila hatte keinem von ihnen eine Träne nachgeweint. Mattes bildete eine wohltuende Ausnahme.

Valerie zufolge war er noch nicht offiziell eingezogen. Sheila fand es rücksichtsvoll, dass er sich nicht gleich mit Sack und Pack breit machte. Im täglichen Miteinander versuchte er sich regelrecht unsichtbar zu machen. Er wollte die eingespielte Routine zwischen Mutter und Tochter nicht stören. Aber wenn Sheila nach Hause kam, war er stets da, um sie zu begrüßen und ein paar freundliche Worte mit ihr zu wechseln. Er rauchte nicht, trank nicht und laberte sie auch nicht zu. In gewisser Weise war er noch unerschütterlicher als Luzius, auch wenn seine Schultern nur halb so breit waren. Für ihre Mutter hoffte Sheila, dass mehr daraus wurde.

»Was ist das?«, fragte sie und deutete auf einen Zeitungsausschnitt, der neben einer exakt ausgerichteten Reihe von Fotokopien auf dem Tisch lag.

»Ein Gedicht. Hast du von dem Feuerteufel gehört?«

»Ja-aa.« In der Schule redeten die Jungs andauernd von diesem Kerl mit dem Schiller-Tick. Johannes Brand, oder so ähnlich. Sheila mutmaßte, dass er etwas mit dem Tod von Chris zu tun hatte. Die Hand, die Schicksal gespielt hatte.

»Das stand in der Zeitung. Die Polizei hat es reingesetzt. Sie wollen den Mörder der Barbarossa-Leute finden.« Johan zeigte ihr den Papierstreifen.

»*Der Meister kann die Form zerbrechen mit weiser Hand, zur rechten Zeit*«, las Sheila. Was sollte das bezwecken? Die Bullen lagen wie immer völlig daneben.

»Was würdest du darauf antworten?«, fragte Johan.

»Häh?«

»Angenommen, du wärst der Feuerteufel.« Er schob ihr die Buchclubausgabe mit »Deutschen Gedichten« hin, die er in einem Regal im Wohnzimmer gefunden hatte. »Man hat dich herausgefordert. Mit einem Zitat aus der *Glocke*. Es ist ein Aufruf zur Mäßigung. Sie wollen, dass du aufhörst.«

»Womit?«

»Feuer zu legen.«

»Verständlich«, räumte sie ein.

»Gut. Aber dann kommt so etwas wie eine Drohung: *Doch wehe, wenn in Flammenbächen das glühnde Erz sich selbst befreit!*«

Sheila versuchte, diese Gedankengänge nachzuvollziehen. »Klingt wie eine Warnung«, sagte sie schließlich. »Damit die Sache nicht ausufert.«

»Stimmt, so könnte man es auch sehen.« Johan hätte dem Mädchen seine Zuneigung gern deutlicher gezeigt. Valerie ignorierte ihn nach ihrem letzten Gespräch. Es schien sie nicht zu interessieren, wie es jetzt weiterging. Mit Sheila konnte er dagegen über seinen nächsten Schritt reden, zumindest durch die Blume, wie man so sagte. Sie erinnerte ihn an das Mädchen aus diesem Film, *Broken Wings*. Beide wurden von ihren Müttern vernachlässigt.

Die Tochter, die wir nie hatten, sagte Marta. Die Kleine tat ihr ein wenig Leid. Sie machte sich zu viele Hoffnungen.

»Also, mit welchem Zitat würdest du antworten?«, fragte er.

Sheila nahm das Buch und überflog die ersten Strophen. »Nichts leichter als das«, sagte sie und deutete auf den zweiten Absatz.

Johan las die angegebene Stelle. Sie passte perfekt, Sheila hatte Recht.

Das Mädchen gefiel ihm. Seit er sie einmal mit Jefs Freund gesehen hatte, hegte Johan einen Verdacht. Wenn seine Vermutung stimmte, war Sheila tapfer. Er bedauerte, dass es keine Zukunft für ein Leben zu dritt gab.

14. Dezember

Zum Werke, das wir ernst bereiten,
Geziemt sich wohl ein ernstes Wort;
Wenn gute Reden sie begleiten,
Dann fließt die Arbeit munter fort.

Nach Auskunft der überregionalen Sonntagszeitung war das Gedicht kurz vor Redaktionsschluss per E-Mail reingekommen. Gezeichnet: Johan Land. Der Chef vom Dienst war davon ausgegangen, dass die E-Mail tatsächlich von Land stammte. Sie lief über den Account der Buchhandlung, in der er gearbeitet hatte und der noch nicht gesperrt war. Von welchem Rechner er sich eingeloggt hatte, war nicht nachvollziehbar.

Die Zeilen besaßen einen ironischen Unterton, wenn man den Zusammenhang berücksichtigte. Anscheinend zeigte der Feuerteufel Humor, dachten der Chef vom Dienst und mit ihm viele Leser, was die Auflage der Sonntagszeitung in die Höhe schnellen ließ.

Aus Lands einseitigen Mitteilungen war ein Dialog geworden. Das Gedicht, das anfangs noch als Steckenpferd eines Spinners gegolten hatte, bekam einen schauerlichen Reiz. Es wurde zu einem Rätsel, das es unbedingt zu entschlüsseln galt. Zahlreiche Journalisten, Hobbyforscher und jeder, der sich berufen fühlte, untersuchten die *Glocke* auf Vorausdeutungen weiterer Anschläge. Die Sorge um das Wohl der Öffentlichkeit stand dabei selten im Vordergrund. Es lag eine seltsame Lust darin, sich in die Gedankengänge eines Mörders hineinzuversetzen. Ein paar Besserwisser taten sich darin hervor, auf die fragwürdige Qualität des Gedichts hinzuweisen. Schiller habe doch viel bessere geschrieben. Als ob das eine Rolle spielte.

Himmerich rief im Taubenschlag an. Raupach las die Nummer von der Anzeige ab und ließ es klingeln.

»Land zeigt sich zugänglich«, sagte Jakub. Er wertete die Aktion als Erfolg.

»Mehr als gewünscht.« Raupach hob den Hörer ab und legte ohne hinzusehen gleich wieder auf. »Er macht sich über uns lustig.«

»Er fühlt sich sicher. Das gereicht uns zum Vorteil.«

Raupach wunderte sich über Jakubs Ausdrucksweise und das gerollte R, das er nur aus seiner Heimat kannte.

»Was hast du erwartet, Klemens?«, fragte Heide. »Dass Land uns seine Adresse gibt?« Sie war frustriert von der Suche nach Aalund, der vermutlich tot oder längst nicht mehr in Köln war. Die Fahndung war auf das Bundesgebiet ausgeweitet worden, mit nichts als einem Foto aus dem Internet.

»Deine Analyse, Jakub«, sagte Raupach.

Sie saßen im Konferenzzimmer und hatten die Zeitung mit dem Gedicht vor sich.

»Wir sind einen Schritt weitergekommen«, fing der Psychologe an. »Er will reden.«

»Schön für ihn«, sagte Heide.

»Bei einer Therapie ist das die schwierigste Hürde. Wie im richtigen Leben. Die meisten Menschen stellen immerzu Fragen und rechnen gar nicht mit einer Antwort. Hier haben wir eine Antwort.«

»Nimm dir daran ein Beispiel«, sagte Heide zu Paul, der mit Antworten auch immer sparsam umging.

Paul war auf dem Sprung und knöpfte seine Lederkombi zu. Auf seiner nächsten Fahndungstour musste er eine Schrebergartensiedlung und danach den Hafen Köln-Mülheim abklappern. »Er zeigt, dass er keine Angst hat. Das würde mir zu denken geben.« Paul grüßte in die Runde. »Aber das wisst ihr sicher besser als ich.« Damit verließ er den Taubenschlag.

»Paul hat Recht«, sagte Heide nach der eintretenden Stille. »Das war eine Vorlage, Klemens. Du hast Land Gelegenheit gegeben, die Polizei zu verspotten. Er lacht sich ins Fäustchen.«

»Sollen wir die Ermittlung davon abhängig machen, wie wir in der Öffentlichkeit dastehen?«, fragte Raupach. »Mir fällt jedenfalls kein Zacken aus der Krone, wenn Land das Gefühl bekommt, uns einen Schritt voraus zu sein. Hochmut kommt vor dem Fall.«

Heide schüttelte energisch den Kopf. »Aber dann verlieren die Menschen das Vertrauen in die Polizei. Zum jetzigen Zeitpunkt ist das fatal, es traut sich ja eh schon kaum jemand mehr vor die Tür. Land *ist* uns einen Schritt voraus, das lässt sich ja nicht leugnen, jeder weiß das, der diese Zeilen liest. Wenn die Leute jetzt auch noch denken, dass er Katz und Maus mit uns spielt ...« Sie holte tief Luft. »Entschuldige, aber es ist ziemlich lange her, seit du zuletzt im Rampenlicht gestanden hast. Du wirkst ... widerspenstig. Als wolltest du es ganz bewusst anders machen als Himmerich.«

Raupach hatte schweigend zugehört und Photini mit einer Geste daran gehindert, Heide zu widerzusprechen. Anscheinend war der Schuss tatsächlich nach hinten losgegangen. »Land hat unseren Vorstoß pariert«, begann er, »auf einem Terrain, das er besser kennt als wir.«

»Keine weiteren Gedichte an die Presse?«, fragte Heide.

»Ich habe ihn unterschätzt«, gab Raupach zu. »Schiller ist nicht auf unserer Seite.«

»Vielleicht bin ich daran nicht ganz unschuldig«, sprang ihm Jakub bei. »Sie dürfen nicht denken, Johan Land sei eine Art ferngesteuerter Roboter, der nur das ausführt, was ihm sein Wahnsystem eingibt – was ihm seine inneren Stimmen einflüstern, wenn man so will. Er ist nicht passiv, das geht aus seiner Antwort hervor.«

»Er fühlt sich aufgewertet«, sagte Heide. »Genau danach sehnt er sich.«

»Wasser auf die Wahnmühle«, ergänzte Photini. Sie versuchte, das Thema zu wechseln, und wandte sich an Jakub. »Was hältst du von der These, dass Land gesehen hat, wie Jef Braq gestorben ist? Immerhin war das kurz vor dem Brand in der Buchhandlung.«

»Das könnte ein Auslöser für die Wahnmühle sein.« Jakub hatte die Frage bereits durchgespielt. »Der Tod eines Menschen ist ein starker Stimulus. Vielleicht hat er Lands zwiespältige Verlustgefühle in Bezug auf Marta Tobisch freigesetzt. Machtlosigkeit gepaart mit einer Erleichterung, die er später als schuldhaft empfand – das könnte die Wunde aufgerissen haben.«

»Wir bestellen Valerie Braq ein«, schlug Heide vor. »Sie ist die Schnittstelle. Sie kennt auch Gunter Aalund, möglicherweise besser, als sie zugibt. Irgendetwas stimmt da nicht.«

»Das Verfahren ist abgeschlossen«, gab Raupach zu bedenken. »Mit welcher Begründung wollen wir es wieder aufnehmen?«

»Neue Verdachtsmomente.«

»Als da wären? Wir müssen dem Staatsanwalt etwas Handfestes bieten.«

»Die Nachbarschaft zu Johan Land. Der Mordverdacht vor einem Jahr. Reicht das nicht?«

»Spekulationen«, sagte Raupach. Seine Skrupel regten sich. Unbescholtenen Menschen Ungemach bereiten unter dem Vorwand, ihre Umgebung vor Schlimmerem zu bewahren.

»Ihr habt die Frau bisher mit Samthandschuhen angefasst«, beharrte Heide. »Das können wir uns nicht mehr leisten.«

»Hört sich an, als färbten Pauls Ansichten auf dich ab«, sagte Photini. »Harte Gangart, im Zweifel gegen den Angeklagten?«

»Eine interne Auseinandersetzung können wir momentan überhaupt nicht gebrauchen«, schritt Raupach ein. »Sonst wäre Johan Lands Schachzug in der Sonntagszeitung wirkungsvoller, als er sich träumen lässt.«

»Darf ich noch etwas sagen?« Jakub warf seine Zigarettenschachtel in die Mitte des Tisches, damit sich bedienen konnte, wer wollte. Den Warnaufdruck »Rauchen ist tödlich« nahm er gar nicht mehr wahr, so sehr hatte er sich an die Kampagne gewöhnt. Er wartete, bis die giftigen Blicke zwischen Heide und Photini an Schärfe verloren. »Das neueste Gedicht wirkt ironisch. Das ist es doch, was euch gegeneinander aufbringt. Ironie weckt Aggressionen.« Er schaute die beiden Frauen nacheinander an.

Sie wichen seinem Blick aus. »Ironie ist aber auch ein Schutzreflex für den, der sich ihrer bedient. In Wirklichkeit entspringt sie einer fundamentalen Unsicherheit.«

»*Dann fließt die Arbeit munter fort*«, widersprach Heide und nahm eine Zigarette. »Das klingt nicht unsicher, sondern süffisant.«

»Es *soll* so klingen. Wo auch immer Land untergetaucht ist – gerade fragt er sich, wie er seine Drohung doch noch wahrmachen kann. Er redet sich ein, auf dem richtigen Weg zu sein.«

»Und wie hilft uns das weiter?«, fragte Raupach.

»Im Grunde macht er uns ein unfreiwilliges Geschenk. Er zeigt, dass er Zweifel hat.« Jakub gab Heide Feuer. »Das wollten wir doch erreichen, oder?«

JOHAN KLETTERTE über die Mauer des Hinterhofs und gelangte auf die Terrasse der Schuhverkäuferin Judy Blaschke. Sie bewahrte den Schlüssel zu ihrer Hintertür in einer leeren Gießkanne auf. Johan durchquerte die Wohnung und kam auf der Neusser Straße heraus. Der Schnee auf dem Bürgersteig war zu einer festen, glatten Masse erstarrt. Jetzt hätte er die Wanderstiefel von Goodens gebrauchen können, die er in seiner Wohnung vergessen hatte. Er trug eine Holzfällermütze von Jef und eine gefütterte Jeansjacke, die er sich von Sheila geborgt hatte. Die Jacke war selbst ihm zu groß. Seit neuestem lief Sheila mit unförmigen Kleidungsstücken herum, die anscheinend aus einem Secondhandshop stammten. In der Innentasche ihrer Jacke ertastete Johan einen Getränkegutschein. »Bass Club« stand darauf mit Adresse und Telefonnummer, eine Diskothek im Belgischen Viertel. Sheila musste sich trotz ihrer Jugend hineingeschmuggelt haben.

Er stieg in den gleichen U-Bahn-Wagen wie Valerie und behielt sie aus sicherer Distanz im Auge. Der Polizist in Zivil setzte sich auf den Sitz hinter ihr. Johan betrachtete die Wülste am Nacken des Mannes. Er war übergewichtig, vermutlich ging ihm schnell die Puste aus.

Wegen der klirrenden Kälte in den Straßen wirkte die tief in die Stirn gezogene Fellmütze unverdächtig. Johan trug nichts bei sich, keinen Rucksack oder ein ähnliches Gepäckstück wie die U-Bahn-Bomber von London. Die anderen Fahrgäste starrten trotzig ins Leere. Am Chlodwigplatz stieg Valerie aus. Johan gab ihr einen kleinen Vorsprung und blieb an der Einmündung zur Merowingerstraße stehen.

Valeries Beschatter stieg in einen Wagen auf der anderen Straßenseite. Offenbar besprach er mit seinen Kollegen die Ablösung. Johan wartete, bis ein vorbeifahrender Lkw die Sicht verdeckte. Dann betrat er das Sonnenstudio und begab sich wie vereinbart in den Nebenraum mit der Waschmaschine. Dort wurden die Handtücher gereinigt, mit denen sich die Kunden nach einer Bräunung abtrockneten, im Nacken, unter den Achseln, zwischen den Beinen. Es war wichtig, Valerie zur Arbeit zu begleiten. Sie durfte nicht das Gefühl bekommen, dass er sie unbeobachtet ließ.

Er war zufrieden mit dem Verlauf der U-Bahn-Fahrt. Es war ein Test gewesen. *Du bewegst dich wie eine Muräne im Riff,* hatte Marta gesagt in Anspielung auf ihr Videoprojekt. Es ließ ihr keine Ruhe, das Unvollendete, *wozu der Meister sie erschuf*. Doch Marta sprach immer seltener. *Nur ewigen und ernsten Dingen sei ihr metallner Mund geweiht.*

So dachte Johan, als das Türschloss von außen verriegelt wurde. Er hatte vergessen, den Schlüssel abzuziehen und mit hineinzunehmen.

Valerie schaltete die Sonnenbänke der Reihe nach auf Bereitschaft. Die Geräte begannen sich aufzuheizen. Als sie zur Kabine Nummer fünf kam, legte sich eine Hand auf ihren Mund. Im Wandspiegel erkannte sie Gunter.

»Schrei nicht um Hilfe«, zischte er ihr ins Ohr. »Sonst erzähle ich der Polizei, was wirklich mit Jef passiert ist.«

Er ließ sie los. Valerie fuhr herum. Seine Faust landete in ihrer Magengrube. Sie klappte zusammen und sank zu Boden.

»Davor hast du doch Angst«, fuhr Gunter fort. »Dass dieser Mord herauskommt. Schlecht für dich, dass deine Tochter so gesprächig ist. Und schlecht für Chris und die anderen.«

Überrascht riss sie die Augen auf und rang nach Luft.

»Sheila hat alles gesehen. War gar nicht dumm, ein Kissen zu benutzen.«

Valerie versuchte sich aufzurichten. Der nächste Schlag traf sie im Gesicht.

»Ohne meine Aussage hätten die Bullen dich festgenagelt. Irgendwelche Einwände so weit?«

Sie tastete nach ihrer aufgeplatzten Lippe. An Gunters Beinen vorbei schaute sie in den Gang hinaus.

»Dein Freund kann dir diesmal nicht helfen. Möchte mal wissen, warum die Tür da hinten brandsicher ist. Meint ihr, jemand klaut eure Waschmaschine?«

Die Hintertür des Gebäudes, durch die Gunter nachts in das Sonnenstudio eingedrungen war, bestand ebenfalls aus verzinktem Stahlblech. Für einen guten Dietrich stellte das Schloss kein Hindernis dar.

»Weil wir gerade beim Thema sind: Was haben diese Brände für einen Zweck?«

»Weiß nicht«, keuchte Valerie.

»Willst du damit deine Spuren beseitigen?«, fragte er.

»Keine Ahnung, wovon du sprichst.«

»Hat es etwas mit diesen Gedichten in der Zeitung zu tun? Sind die ein Ablenkungsmanöver?«

Valerie stieß sich an der geöffneten Sonnenbank ab und warf sich nach vorn. Gunter wich mühelos aus, packte sie an der Kehle und schlug ihr erneut ins Gesicht, wieder und wieder. Nach einer Weile wand sie sich nicht mehr unter seinem Griff. Er hörte auf und wischte seine Faust mit dem bereitliegenden Handtuch ab.

»Immer noch ahnungslos?« Gunter holte eine Zigarre aus seiner Jacke, zündete sie mit einem Sturmfeuerzeug an und nahm ein paar Züge. Nach der Anstrengung spürte er wieder die Beule an seinem Hinterkopf. Die Sektflasche war beim Aufprall nicht zersplittert. Glück für ihn. Pech für Valerie.

Sie lag auf dem Bauch. Sie hustete und spuckte einen abgebrochenen Schneidezahn aus. Plötzlich durchfuhr sie ein sengender Schmerz im Nacken. Sie drehte sich weg und kroch unter die Sonnenbank. Gunter nahm die Zigarre wieder zwischen die Zähne, bückte sich und zog Valerie an den Haaren hervor. Sie bedeckte das Gesicht mit den Händen und winkelte die Beine an, um sich zu schützen.

»Ehrlich gesagt, glaube ich nicht, dass mehr aus dir herauszuholen ist. Dafür hast du es zu lang mit Jef ausgehalten, das stumpft ab.«

Ein Klumpen Blut fiel ihr aus dem Mund. Sie schluckte. »Was willst du dann?«, presste sie hervor.

Gunter horchte nach Geräuschen aus dem Nebenraum. Es war nichts zu hören, keine Schläge gegen die Tür, keine aufgebrachten Rufe. »Viel unternimmt dein Freund ja nicht, um dich zu beschützen.«

Valeries Kopf fühlte sich an, als wäre sie gegen eine Betonwand geprallt. Sie blieb liegen und versuchte verzweifelt, einen Gedanken zu fassen.

»Langsam frage ich mich, ob ihr mir wirklich ans Leder wollt«, fuhr Gunter fort. »Aber das ist keine Ratestunde. Du kannst deinem Freund etwas bestellen. Noch einmal überrumpelt er mich nicht. Ist das klar?«

Ein Schleier aus Schmerzen. Wie konnte sie ihn durchdringen?

»Sheila lässt sich zurzeit nicht blicken. Sie soll weiter den Mund halten. Und du auch, sonst mache ich Ernst.«

Der letzte Schlag spaltete ihre Augenbraue.

»Ich finde dich und deine Tochter, wann immer ich will. Hast du kapiert?«

Die Tränen in ihren zuschwellenden Augen machten sie blind. Sie nickte mechanisch.

»Sag es, ich will es hören.«

»Ja«, murmelte sie. Dann nahm sie all ihre Kräfte zusammen und brüllte: »Ja.«

Johan hörte ihre Antwort, so wie er auch alles andere durch die dünnen Wände deutlich vernommen hatte. Er saß vor der Waschmaschine und rang mit seiner Machtlosigkeit. Sein Unterarm war zerkratzt, das rohe Fleisch lag bloß. Die Narben waren ausgelöscht, er hatte sie unkenntlich gemacht. Marta schwieg.

ALS GUNTER weg war, kroch Valerie auf allen vieren aus der Kabine. Die Beine knickten ihr mehrmals weg, aber sie kämpfte sich hoch. Blut lief ihr aus dem Mund und aus der Nase, mit den Fingern erfühlte sie eine Platzwunde an der Wange und den Riss an der Augenbraue. Die Schwellungen nahmen zu.

So sah er sie, als sie die Tür aufsperrte. Sie versuchte etwas zu sagen, musste würgen.

»Ich konnte nicht hinaus«, flüsterte Johan. Er saß immer noch da und betrachtete die Frau, deren Lippen zerstört, aber versiegelt geblieben waren. Sie hatte gespürt, was auf dem Spiel stand, obwohl sie nur die Hälfte davon verstand. Sollte er ihr sagen, was er glaubte, von Sheila und Gunter zu wissen? Was würde es bewirken? Noch mehr Angst?

Johans Unterarm lag auf einem Stapel blutgetränkter Handtücher. Valerie ging auf, was er durchgemacht hatte. Sie konnte kein Mitleid empfinden, aber auch keinen Hass. »Ich habe dich nicht verraten«, sagte sie schließlich. »Gunter denkt –«

Er stand auf und führte sie zu einem Stuhl. »Ich weiß, was er denkt. Wir müssen weg. Weg von der Polizei und weg von Aalund.«

Sie lächelte. Ihre Zahnlücke wurde sichtbar. »Wohin?«

»Überlass das mir.«

»Und Sheila?«

»Wo ist der Verbandkasten?«

Sie verarzteten sich notdürftig und stopften all die blutigen Tücher in die Waschmaschine. Viel Zeit hatten sie nicht. Einmal spähte ein Kunde durch die Eingangstür, die Gunter wohlweislich abgesperrt hatte, bevor er durch die Hintertür verschwunden war. Johan hoffte, dass die Polizisten keinen Verdacht schöpften. Dann zwang sich Valerie zu telefonieren. Sheila meldete sich.

»Weißt du noch, was wir einmal vereinbart haben? Kurz bevor Jef starb?«, fragte Valerie.

»Natürlich, Mama.« Sheila klang alarmiert.

»Ich will, dass du zu Oma nach Osten fährst. Sofort.«

»Aber –«

»Tu es! Pack deine Sachen. Nimm dir Geld aus der Teedose, die mit den Erdbeeren drauf.«

»Was ist passiert?«, fragte Sheila,

»Das kann ich dir nicht sagen.«

»Deine Stimme klingt komisch. Bist du verletzt?«

»Ich kann nicht offen sprechen, mein Liebling. Denk an den Mann mit den Zigarren.«

Sheila fiel sofort Gunter ein. Die immerwährende Drohung. »Und die Schule?«

»Mach dir darüber keine Gedanken. Du steigst jetzt in den nächsten Zug nach Hamburg, von dort musst du weiter bis nach Hemmoor. Ruf Oma an, vielleicht holt sie dich in Stade ab. Verschwinde aus Köln. Versprichst du mir das?«

Stille in der Leitung.

»Sheila?«

»Ja.«

»Es muss sein. Dein Leben hängt davon ab.«

Unseres, ergänzte Sheila in Gedanken. »Verstanden.«

»Kommst du allein zurecht?«, fragte Valerie.

»Klar. Pass auf dich auf.«

Valerie beendete die Verbindung. Das darauf folgende Gespräch mit Gerlinde Kolb dauerte etwas länger. Valerie schwindelte ihrer Mutter etwas von einer Baustelle in der Wohnung vor. Außerdem habe Sheila in letzter Zeit immer wieder gefragt, ob sie mal wieder ihre Oma besuchen durfte. In der Schule liefe in der Woche vor Weihnachten nicht mehr viel.

Schließlich erklärte sich Gerlinde einverstanden. Seit ihrem letzten Besuch in Köln war das Verhältnis zu Valerie noch mehr erkaltet. Der Lebenswandel ihrer Tochter stieß Gerlinde ab. All diese Männer, seit Valerie Witwe geworden und Jef kaum unter der Erde war. Sie fand das ungehörig. Bei ihrer Enkelin sei es etwas anderes. Sheila sei ihr immer willkommen.

Valerie legte auf. Sie war dem Zusammenbruch nahe. Johan reichte ihr einen Schal, den eine Kundin vergessen hatte. Sie wickelte ihr zerschlagenes Gesicht darin ein. In Bewegung bleiben, dachte sie, vielleicht würde sie dabei wieder Kraft schöpfen – wenn sie der Mut schon verlassen hatte. Irgendwie musste es gehen.

Er stülpte Jefs Fellmütze über. Dann nahmen sie den gleichen Weg wie Gunter. Sie gingen durch die Hintertür, kletterten über eine Mauer und gelangten zu den Toiletten eines italienischen Restaurants. Ein gekachelter Gang führte auf den Ring. Die Linie 15 kam gerade mit einem Bimmelton an. Sie überquerten die Straße und stiegen ein.

»Verdammt kalt«, sagte ein Mann, der im letzten Moment hinter ihnen in den Wagen gesprungen war. Er trug einen Button mit dem Schriftzug *We are not afraid*. Parallel zur kollektiven Angst vor dem Feuerteufel hatte sich Widerstand formiert. Einige Leute ließen sich nicht einschüchtern und dachten gar nicht daran, sich vor der Bedrohung zu verkriechen. Sie hatten eine Gegenbewegung gestartet. Schon aus Protest fuhren sie weiter mit der U-Bahn.

Dazu hatte es der Anschläge von London bedurft, dachte Johan. Eine große, weltumspannende Drohung verlieh seiner eigenen Gewicht. Es widerstrebte ihm, Terroristen zugerechnet zu werden, die aus Ermangelung eines persönlichen Motivs ihren verqueren, ins Extreme gesteigerten Glauben vorschoben. Er fühlte sich von Gott lieber verlassen als erdrückt.

Die Türen der 15 schlossen sich. Dann setzte sich die Bahn Richtung Nippes in Bewegung. Johan öffnete sein Notizbuch und studierte wieder den Terminplan, den er anhand seiner Beobachtungen für den Notfall angelegt hatte. Die Fenster waren beschlagen.

SHEILA ZOG den Reißverschluss zu. Ihr Trolley enthielt alles, was sie brauchte. Wäsche, CDs und eine Hand voll Erinnerungen. Sie verließ die Wohnung, sperrte ab und wog den Hausschlüssel in der Hand. Würde sie jemals zurückkehren? Valeries Notruf hatte sie vor allem anderen an ihre eigene Aufgabe erinnert.

Sie zog den Griff des Trolleys heraus. Aber im Treppenhaus war er nutzlos. Die Geste wirkte lächerlich. Also lud sie den Koffer auf ihre Schulter und ging ohne das Geklacker der Rollen los.

Der Weg war nur kurz. Er maß genau zweiundzwanzig Stufen. Dann klingelte Sheila bei Luzius und eröffnete ihm, dass ihre Mutter abgehauen war. Ob sie bei ihm wohnen könne. »Ich habe nur dich«, fügte sie hinzu.

Luzius betrachtete das dreizehnjährige Mädchen, das ihm so viel abverlangte. Das so selbstständig und unnachgiebig schien, obwohl sie so viel durchlitten hatte. Sie war ihm auf eine Weise zugetan, die er nie für möglich gehalten hatte. Bedingungsloses Vertrauen im Tausch gegen Treue und Komplizenschaft. Luzius willigte ein.

Sheila trat ein und schloss die Tür. Sie erzählte von Gunter und der Befürchtung, dass er nicht nur sie, sondern auch ihre Mutter bedrohte. Sie hoffte, dass Johan bei Valerie war und ihr half. »Gunter ist der Letzte in der Reihe. Der Letzte und der Gefährlichste. Der Urheber.«

Luzius dachte an seinen eigenen Erzeuger. Und an den Zustand seiner Mutter. Der Riss in seinem Herzen schloss sich, seine Bedenken schmolzen wie der Schnee im Profil der neuen Wanderstiefel, die er sich gekauft hatte, weil seine alten gestohlen worden waren. Sie standen auf einer Matte in seiner Wohnung.

Gemeinsam beugten sie sich über Sheilas Skizzen.

RAUPACH SAGTE seinen sonntäglichen Kurs ab und schlenderte ziellos durchs Messegelände und den Rheinpark. Auffällig viele Spaziergänger waren unterwegs. Es schien, als drängten die Leute in ein Stück eingehegte Natur, wo sie außer den Anfeindungen der Witterung keinen weiteren Bedrohungen ausgesetzt waren. Kurz vor der Zoobrücke trat Raupach auf eine Eisplatte, brach ein und holte sich nasse Füße. Mit den Wanderstiefeln, die er bei

Johan Land gesehen hatte, wäre ihm das nicht passiert. Offenbar kam es wieder in Mode, mit festem Schuhwerk durchs Gelände zu stapfen. Im Treppenhaus von Valerie Braq waren ihm ähnliche Stiefel aufgefallen. Bei seinem ersten Besuch, wenn er sich richtig erinnerte.

Ein unfreiwilliges Geschenk. Jakubs Worte gingen ihm durch den Kopf wie ein Curlingstein, der übers Eis glitt und nirgendwo auf Widerstand stieß. Ein beweglicher Stein, wenn man so wollte. Neben dem Fernsehmaler waren die Curlingübertragungen auf einem Sportkanal Raupachs Lieblingssendung. Es war beruhigend, diesem Spiel zuzusehen und nach und nach die Regeln zu begreifen. Zwei Parteien versuchen ihre Steine möglichst nah an einem markierten Punkt zu platzieren. Durch das Schrubben mit Eisbesen konnte die Gleitstrecke minimal beeinflusst werden. Im Verhältnis zu dem Effekt wirkten die hektischen Besenbewegungen wie das Werk von Verrückten, die sich nicht abfinden wollten mit dem Lauf des Steins. Dieser war im Wesentlichen vorgezeichnet, sowie er die Hand des Curlingspielers verlassen hatte.

Raupach rief sich die Akte über das vorzeitige Ableben von Jef Braq in Erinnerung. Es war Woytas gewesen, der Valerie damals davonkommen ließ. Eine menschliche Regung, moralischer Konsens, was auch immer. Gerechtigkeit war es jedenfalls nicht, was Woytas dazu bewogen hatte, den Fall in Übereinstimmung mit einem damals hoffnungslos überlasteten Staatsanwalt niederzuschlagen. Es war ein Geschenk.

Und Geschenke wurden gemeinhin eingepackt, damit sie eine Überraschung darstellten. Lästig für den Beschenkten und ein kleiner Kitzel für den Schenkenden, Lohn der Mühe, die man sich macht, wenn man anderen eine Freude bereitet.

Raupach sah einen Karton mit Altpapier vor seinem inneren Auge. Ein Knäuel, rund wie ein Ball. Blau und weiß gemustert. Er konnte ein Buch erkennen, dann einen schwarzen Zylinder. Das Bild zu einem lesenden Schneemann zu ergänzen, fiel ihm leicht, jetzt, da es vor ihm stand. Es war das Geschenkpapier aus Lands

Buchhandlung. Der Karton stammte aus der Küche von Valerie Braq.

Manchmal flog ihm so etwas zu. Es entsprang seiner Weigerung, Gegenstände zu vergessen. Das Gedächtnistraining hatte diese Fähigkeit wieder geschärft.

Als er in den Taubenschlag zurückkehrte, kam ihm Heide entgegen. Höttges hatte Valerie Braq verloren. Aber er hatte zwei Telefonate abgehört. Valerie hatte mit ihrer Mutter gesprochen und ihre Tochter Sheila nach Osten geschickt, einem Dorf in der Nähe vom Hamburg. Heide spielte ihm das Band vor. *Denk an den Mann mit den Zigarren.* Sie spulte zurück und wiederholte die Stelle.

»Die Unterführung in Longerich. Du wirst mir unheimlich, Klemens.«

»Wir müssen uns beeilen, Heide. Ich weiß, wo er ist.«

In der Viersener Straße hatte sich das Observationsteam bereits Zugang zu Valerie Braqs Wohnung verschafft. Die Zeichen von Johan Lands Anwesenheit waren spärlich, Arbeit für die Techniker. Die herumliegenden Zeitungsausschnitte ließen jedoch keinen Zweifel.

»Ich bin mir sicher: Er war hier, als wir sie vernommen haben!«, rief Photini. »Verdammt, wir waren so dicht dran!«

»Anscheinend hat er sich in Sheilas Zimmer versteckt«, sagte Raupach. Er stand mit Heide und Photini in der Küche. Die Spurensicherung traf ein. Raupach nickte Effie zu und wies auf die Tür mit dem »No admittance«-Schild.

Sheila war ebenfalls verschwunden. Keiner aus dem Team hatte sie das Haus verlassen sehen.

Heide war völlig außer sich. »Sind Sie überhaupt zu etwas nütze?«, herrschte sie ihren Assistenten an. Sein Kollege Hilgers stand ebenso bedröppelt neben ihm.

»Mach Höttges keine Vorwürfe. Land kennt hier jeden Quadratzentimeter.«

»So wie es aussieht, hat er sich hier fünf Tage lang aufgehalten! Das kann einem doch nicht entgehen!«

»Land ist gut im Verschwinden«, sagte Raupach.

»Aber sie sind uns alle drei durch die Lappen gegangen!«, erwiderte Heide und machte eine abfällige Geste. »Ich hätte mich selber drum kümmern sollen.«

Raupach wandte sich Höttges zu. »Wie sieht es mit diesem Sonnenstudio aus? Könnte es sein, dass Land Valerie Braq dorthin gefolgt ist?«

»Sie war allein, als ich sie hineingehen sah. Aber es gab Probleme beim Schichtwechsel, Land ist möglicherweise durchgeschlüpft. Unsere Leute haben die Räume erst einmal versiegelt.«

»Wir müssen herausfinden, in welchem Verhältnis Land zu Valerie Braq steht. Warum hat sie uns nichts von ihm gesagt?« Raupach warf Höttges einen fragenden Blick zu, aber der schüttelte nur schuldbewusst den Kopf.

»Eine Komplizin?«, fragte Photini, während sie den Altpapierkarton mit Schutzhandschuhen durchsuchte.

»Nein. Ich denke, dass er sie auf irgendeine Weise in der Hand hat. Wahrscheinlich hat sie beim Tod ihres Mannes nachgeholfen. Das hat er beobachtet. Die Frage ist: Erpresst er sie damit? Hat er sie entführt? Und wenn ja, warum? Könnte sie etwas über ihn verraten, was seinen Absichten zuwiderläuft?«

Photini förderte einen Kartenabriss des Apollo-Kinos zutage und zeigte ihn den anderen. Leider war kein Datum aufgedruckt. »Oder ist ihr Verhältnis enger?«

»Hoffentlich«, erwiderte Heide. »Sonst kommt er auf den Gedanken, sie zu beseitigen, jetzt, da er sie nicht mehr braucht.«

»Hältst du ihn für so kaltblütig?«, fragte Photini.

»Hüten wir uns davor, ihn zum Monster zu machen. Vergesst nicht: Es gibt keine Indizien, dass Johan Land der Mörder von Lübben und den anderen ist. Es gibt übrigens auch keinen Hinweis, dass er Zigarren raucht.«

»Wir müssen Sheila finden.« Heide tippte an ihren Ohrstöpsel, über den sie die Meldungen der Polizeistreifen empfing. »Bis jetzt ist sie weder im Hauptbahnhof noch am Deutzer Bahnhof aufgetaucht. Die Züge nach Hamburg werden momentan streng überwacht. Wir dehnen die Suchaktion auf die Nebenstrecken aus.«

»Vielleicht fährt sie per Anhalter«, warf Photini ein.

»Woytas hat bereits eine Ringfahndung ausgerufen«, sagte Raupach. »Wir kriegen Unterstützung von der Bundespolizei.«

Effie Bongartz kam aus Sheilas Zimmer und hielt eine CD hoch. *Eisenherz* stand darauf. Sie klappte die Plastikhülle auf. Ein Zellophantütchen mit weißem Pulver kam zum Vorschein. »Eine Probe läuft gerade durch den Chromatographen. Ich denke, es ist Gift. Irgendetwas Handelsübliches.«

»Keine Droge? Sind Sie sicher?«, fragte Raupach.

»Es kommt immer auf die Dosis an«, warf Heide ein. Ihr fachliches Interesse erwachte.

»Ich habe schon mal einen kleinen Test gemacht«, sagte Effie und deutete auf das Tütchen. »Dieses Zeug hat mit Drogen nicht das Geringste zu tun. Das ist zum Totmachen da. Absolut geschmacklos. Man könnte es jemandem ins Bier schütten, und nach einem kräftigen Schluck steht er vor seinem Schöpfer.«

»Sieht nach Strychnin aus«, meinte Heide. »Oder Arsentrioxid.«

»Das schafft eine ganz neue Situation«, sagte Raupach.

»O ja!« Heides Sarkasmus bekam die Oberhand. »Wir können ja mal Jakub fragen, aus welchem Grund Johan Land das Gift besitzt. Und ob er sich davon möglicherweise einen kleinen Vorrat zugelegt hat.« Sie lachte rau. »Dieser Mann will Menschen umbringen, und dafür ist ihm jedes Mittel recht.«

Raupach nickte. »Die Aum-Sekte hat bei dem Anschlag auf die U-Bahn von Tokio Sarin benutzt.«

»Ein Nervengift. Das war 1995.« Heide kannte den Fall bis ins Detail. »Damals wurden fünfzehn Stationen kontaminiert. Mehrere Sektenmitglieder setzten flüssiges Sarin in drei U-Bahn-Linien frei. Sie transportierten es in Kunststoffbeuteln und stachen mit Regenschirmen Löcher hinein.«

»Gift passt nicht zu seinem Profil«, wandte Photini ein.

»Dann sag mir bitte, ob wir mit diesem Profil irgendwie weiterkommen«, sagte Heide. »Bis zur nächsten Leiche? Wo ist Land jetzt, in diesem Augenblick? Wir haben ihm seine Rückzugsmöglichkeiten abgeschnitten. Weiß er, wohin?«

»Ich fürchte, ja«, sagte Raupach.

DER SCHLÜSSEL befand sich an seinem Platz in der hohlen Engelsfigur. Das Türschloss machte beim Aufsperren kein Geräusch. Im Gang roch es nach Reinigungsmittel. Sie tasteten sich in die Küche vor.

Nach allem, was passiert war, überkam sie ein gewaltiger Hunger. Sie machten sich über den Kühlschrank her, schlangen abgepackte Käsescheiben und Dosenwurst in sich hinein, tranken H-Milch. Ihre Gesichter wirkten im Lichtschein der Kühlschrankbeleuchtung bleich und aufgedunsen. Einen Moment lang schien es Johan, als seien Mattes und Thierry noch da. Schliefen sie schon? Oder riefen sie gerade die Polizei?

Im Schlafzimmer war niemand. Die beiden waren tatsächlich nach London geflogen, wie sie es vorgehabt hatten, ihre Wohnung war unbewohnt. Valerie und Johan hatten ein Versteck gefunden.

Sie ließen sich im Wohnzimmer auf den Boden fallen und blieben lange so liegen. Sie durften kein Licht machen, damit durch die Ritzen der heruntergelassenen Rolläden nichts nach draußen drang. Es herrschte Dunkelheit in dem fremden Raum. Johan kannte sich hier aus, doch Valerie wusste nicht zu sagen, wo sich die Wände befanden, der Tisch, Regale, Sitzgelegenheiten, alles, was zu einem Zuhause gehörte. Nach einer Weile kehrten die Schmerzen zurück.

Johan glaubte, zwischen sich und Valerie eine unsichtbare Klammer zu spüren. In den letzten Monaten hatte er hin und wieder seine Narben auf dem Unterarm erneuert und beobachtet, wie das verwachsene Gewebe auf einen neuen Schnitt reagierte. Es war widerstandsfähiger als normale Haut, man musste mit dem Teppichmesser ungewöhnlich stark aufdrücken. Eine medizinische Klammer hätte die Aufwölbung der auseinander klaffenden Wundränder verhindert. Aber das hatte er nie beabsichtigt.

Er strich über seinen Verband. Auf der darunter liegenden Haut war »Marta« ausgelöscht, so gründlich, dass sich der Name nicht wiederherstellen ließ. Marta schwieg. Sie hatte den Tunnel verlassen. Wo war sie hin?

Mit Valerie war es anders. Sie lebte, atmete neben ihm auf dem Sisalteppich. Mit ihr konnte er das letzte Stück Weges zurücklegen. Er hatte nicht gedacht, dass es so schwierig werden würde. Die Klammer zwischen ihnen war stärker als Jefs Tod. Das musste sie doch begreifen.

Valerie presste die Arme an den Körper und vermied es, ihr Gesicht zu berühren. Sie hatte den Eindruck, wieder an jemanden gekettet zu sein. Es hörte nie auf. Wenn sie die Tage bis Weihnachten überstand, würde Gunter an Johans Stelle treten. Was würde er von ihr verlangen? Wenn er sie fand?

»Hoffentlich macht Sheila, worum ich sie gebeten habe.« Ihre Stimme hatte etwas Flehendes, als könne ihr Wunsch die Schwärze, die sie umgab, durchdringen. Nach dem Dreiundzwanzigsten würde sie nach Osten fahren, ihre Tochter nehmen und diesem Land ein für alle Mal den Rücken kehren. Vielleicht Australien. Irgendwie würde sie das Geld für die Flugtickets auftreiben, zur Not bäte sie ihre Mutter darum.

»Bestimmt tut sie das«, erwiderte Johan. »Sheila ist selbstständiger, als du glaubst.«

»Du kennst sie doch gar nicht.«

»Ein bisschen schon«, sagte er. »Sie kann sich gut in andere hineinversetzen.«

Normalerweise wäre Valerie stolz auf diese Beobachtung gewesen. Aber an ihrer Situation war nichts mehr normal. »Was werden wir jetzt tun?«, fragte sie.

»Warten.« Er setzte sich auf. Seine Augen hatten sich an die Dunkelheit gewöhnt. Er wies auf das Regal mit der DVD-Sammlung. »Wir haben hier jede Menge Unterhaltung. Du magst doch gute Kinofilme. Tagsüber können wir sie gefahrlos ansehen.«

»Warum willst du diesen Anschlag verüben?«, fragte sie zum wiederholten Mal.

»Das hast du doch schon herausgefunden.«

»Wegen Marta, deiner Frau. Weil du die Leute aus der U-Bahn für ihren Tod verantwortlich machst.«

»Ja.«

»Es werden eine Menge unschuldiger Menschen sterben. Ist dir das egal?«

»Ja.«

»Das ist ungerecht.«

»Nein.«

So kam sie nicht weiter. »Aber wozu brauchst du dann noch mich?«, fragte sie. »Warum lässt du mich nicht gehen?«

»Du würdest mich verraten.«

»Was könnte ich denn verraten?«, fragte sie verzweifelt. »Ich hab doch gar keine Ahnung, was du genau vorhast. Ich weiß nicht mehr als die Polizei.«

»Du warst damals auf dem Bahnsteig«, sagte Johan.

»Was?«

»Hast du es vergessen? 18 Uhr 33 am Rudolfplatz.«

Valerie überlegte. Langsam ging ihr die gesamte Tragweite von Johans Vorhaben auf. Sie erinnerte sich nur schemenhaft an die Vorfälle in der U-Bahn-Station. Der Menschenauflauf, das Polizeiaufgebot, die lästige Verzögerung. Dass Johan sie damit in Verbindung brachte, wäre ihr nicht im Traum eingefallen. »Aber ich habe von dem Unfall gar nichts mitgekriegt.«

»Es war kein Unfall. Marta wurde auf die Gleise gestoßen, und alle haben dabei zugesehen.«

»Das heißt, ich soll dafür büßen, dass ich ihr nicht geholfen habe?« Sie stand auf und wich von Johan zurück. Mit dem Schienbein stieß sie gegen den Wohnzimmertisch. »Willst du mich auch …«

»Jetzt nicht mehr«, sagte Johan. »Jetzt hilfst du mir ja.«

»Wie denn?«

»Du bist bei mir.«

Valerie hielt verwundert inne. »Warum tust du es nicht allein? Bist du nicht allein gewesen, bevor wir uns kennen gelernt haben?«

»Nein.«

»Mit wem warst du denn zusammen?«

Johan horchte noch einmal in den Tunnel hinein. Es gab nichts, was auf Marta hindeutete, kein wütendes Schnauben, kein spöttisches Zischeln, nichts. Er schaltete das DVD-Gerät ein. Die Anzeige sprang an und spendete ein wenig Licht, offenbar war ein Film eingelegt. Johan wagte nicht, den Fernseher anzustellen. Er bat Valerie, sich wieder zu setzen und sich leise zu verhalten, damit niemand im Haus sie hörte. Dann begann er zu erzählen.

15. Dezember

»SCHON HIER?«, fragte Heide und betrat den Taubenschlag. Es war gegen halb acht Uhr morgens. Zwischen den doppelten Fensterscheiben hatten sich Flecken aus gefrorenem Kondenswasser gebildet. Ein Baufehler, der niemanden kümmerte.

»Immer noch«, stellte Raupach richtig und rieb seine Augen. »Konnte mich nicht losreißen von meinem neuen Büro.«

»Hast du eigentlich überhaupt kein Privatleben mehr?«

»Seit der Sache vor drei Jahren nicht mehr, das weißt du doch.« *Die Sache vor drei Jahren.* Er hatte keinen anderen Ausdruck dafür gefunden. Es widerstrebte ihm, den Namen des Mannes zu nennen, den er damals erschossen hatte. Als könnte er es dadurch ungeschehen machen.

»Daran hätte sich ja etwas ändern können«, wandte Heide ein.

»Vielleicht«, sagte Raupach. »Hat es aber nicht.«

»Was ist mit deiner Schwester?« Heide warf ihren Mantel über eine Stuhllehne, ging zur Kaffeemaschine und entfernte einen gebrauchten Filter. »Wohnt sie noch in Köln?«

»Mit Mann, Kind und Hund.«

»Die du allesamt nicht leiden kannst.«

»Das stimmt nicht«, wehrte sich Raupach. »Marit ist ein liebes Mädchen.«

»Besuchst du sie an Weihnachten?« Heide brühte neuen Kaffee auf.

»Keine Ahnung.«

»Bei mir sieht es auch nicht besser aus. Aber ich rufe meine Verwandten wenigstens hin und wieder an. Das kostet mich jedes Mal einen ganzen Abend.«

Sie lachte und überlegte, ob sie Raupach auf die Frau ansprechen sollte, die sich vor drei Jahren von ihm getrennt hatte und aus Köln weggezogen war. Sie hieß Clarissa. Raupach reagierte jedes Mal mit undurchdringlichem Schweigen, wenn Heide seine frühere Ehefrau erwähnte, deshalb kam das selten vor. »Hast du nicht noch eine Tante in Rodenkirchen?«, fragte sie stattdessen.

»Jetzt hör schon auf.« Er wechselte das Thema. »Wie läuft es mit Paul?«

»Geht so.«

»Was heißt das?«

»Er ist dauernd unterwegs. Entweder schiebt er Sonderschichten, oder er hat noch andere Bekanntschaften. Der Kerl ist schwer zu greifen.«

»Klingt, als würde Absicht dahinter stecken.«

»Keine falschen Verdächtigungen, Klemens. Wir bringen uns hier alle im Übermaß ein. Unsere Privatleben sind alles Trümmerhaufen. Denk bloß nicht, du bist der Einzige.« Sie warf den Kopf in den Nacken. »Herrje, ich klinge schon wie in einer Therapiegruppe.«

Raupach wies auf seine Kaffeetasse. »In einem amerikanischen Dinner schenken die Bedienungen von alleine nach.«

Heide überlegte, ob sie ihn auf seine Bindungslosigkeit ansprechen sollte. Das Alleinsein machte viele Menschen sonderbar. Dann entschied sie sich dagegen, nahm die Kanne aus der Maschine und schwenkte sie in seine Richtung. »Du spielst mit deinem Leben.«

»Fofó macht ihn immer zu stark. Jetzt habe ich einmal die Gelegenheit –«

»Milch, Zucker?«, beeilte sich Heide zu fragen. »Du kriegst alles von mir.«

»Von beidem etwas. Setz dich hin, Heide. Lass uns über Gift reden.« Raupach schob den bunten Schnellhefter, in dem er geblättert hatte, beiseite und breitete die Unterlagen mit den Laboranalysen aus. Das Pulver aus Valerie Braqs Wohnung. Aus dem Zimmer, in dem sich Johan Land versteckt hatte. Es enthielt Strychnin, ein Alkaloid aus dem Samen der Brechnuss. Früher ein verbreitetes Gift gegen Ratten, bis es verboten worden war.

»Bei einer Überdosierung kommt es erst zu Übererregbarkeit«, sagte Heide. »Dann versteift sich die Kau- und Nackenmuskulatur, Krampfanfälle setzen ein. Man stirbt bei vollem Bewusstsein.«

Allmählich trafen die anderen ein, Effie, Photini, Jakub und der niedergeschlagene Höttges. Sie waren sich einig: Gift passte nicht zu Johan Land. Es war etwas Heimtückisches, das die Tat verschleierte. Land hatte jedoch ein Fanal im Sinn, ein abschreckendes überdimensionales Zeichen, und so etwas ließ sich am besten mit Feuer erzeugen. Er hatte es groß und breit angekündigt. Warum sollte er davon abweichen?

»Vielleicht hat er umdisponiert«, schlug Raupach vor. »Ein weiterer Brand ist ihm zu riskant. Stattdessen benutzt er Gift.«

»Aber Strychnin lässt sich nicht so einfach freisetzen wie ein Nervengift.« Heide schüttelte den Kopf. »Technisch gesehen wäre es für Land viel einfacher, ein Feuer zu legen.«

»Mit so einer kleinen Portion zielt man auf eine bestimmte Person«, sagte Photini. »Es ist wie ein Zuckertütchen, das man in den Kaffee gibt. Vielleicht wollte er jemand aus den Weg räumen, der ihm ungemütlich wurde?«

»Oder das Tütchen hat ihm gar nicht gehört«, wandte Jakub ein. »Von Valerie Braq nehmen wir an, dass sie beim Tod ihres Mannes die Hand im Spiel hatte. Sie könnte Gift verwendet haben.«

»Der Obduktionsbericht erwähnt nichts dergleichen«, widersprach Raupach. »Jef Braq ist erstickt, von alleine oder durch äußere Einwirkung.«

»Möglicherweise bewahrte sie das Gift auf, als Alternative«, sagte Jakub. »Jedenfalls deutet der Aufbewahrungsort auf Jef Braq und seine Band hin. Johan Land hat damit vermutlich nichts zu tun. Er geht weiter seinen Weg. Dafür spricht auch der präparierte Camcorder, den wir unter dem Bett gefunden haben.«

»Was er damit wohl aufnehmen wollte?« Heide zog die Augenbrauen hoch und stieß die Luft aus. »Sterbende Menschen, wie es den Anschein hat.« Beim Anblick des Eternit-Kastens war selbst ihr ein Schauer über den Rücken gelaufen. Was auch immer Land vorhatte – er wollte es für die Nachwelt festhalten.

»Er hat das Gerät brandsicher gemacht«, sagte Jakub. »Warum sollte er das tun, wenn er auf Gift umsteigt?«

Raupach hielt eine Plastikhülle mit der *Eisenherz*-CD hoch und ließ sie herumgehen. »Die Fingerabdrücke stammen ausschließlich von der Tochter, Sheila. Was uns zum nächsten Rätsel führt. Wo ist das Mädchen?«

Hüttges richtete sich in seinem Stuhl auf. »Für Sheila war ich nicht zuständig. Das hat Hilgers verbockt.«

»Schon gut«, wehrte Raupach. »Es hat keinen Zweck, darüber zu lamentieren.« Er warf Heide einen viel sagenden Blick zu. »Das hätte uns allen passieren können. Land legte es darauf an zu verschwinden, wir hatten ihn nicht auf der Rechnung. Wahrscheinlich ist Valerie Braq bei ihm, ob freiwillig oder unter Zwang, wissen wir nicht. Falls beide unter einer Decke stecken und sie ihre Flucht planten, war es für Sie doppelt schwer dranzubleiben.« Raupach atmete tief ein. »Dies alles ist unerfreulich genug. Schwerer wiegt, dass Sheila nicht bei ihrer Großmutter angekommen ist. Es gibt keinen Hinweis, dass sie Köln überhaupt verlassen hat.«

»Wir haben überall herumgefragt«, sagte Photini. »Bei den Nachbarn, bei ihrer besten Freundin Lili Kallrath und gerade eben in der Schule. Niemand weiß etwas. Sie gilt als vermisst.«

»Ohne den Mitschnitt des Telefonats mit ihrer Mutter wären wir blind«, ergänzte Raupach und spielte das kurze Gespräch noch einmal vor.

Die Stimme von Valerie Braq bebte vor unterdrückter Besorgnis. Hier nahm jemand all seinen Mut zusammen. Jemand, der es gewohnt war einzustecken. Manche Menschen brachen wegen jeder Kleinigkeit in Panik aus. Valerie Braq schien zu jenen zu gehören, die erst ab einem gewissen Punkt ins Schwanken gerieten – und dann zielstrebig handelten. Was nicht hieß, dass sie keine Angst kannte, im Gegenteil.

Danach, fuhr Raupach fort, habe die Frau mit ihrer Mutter

Gerlinde Kolb in Osten gesprochen. »Zwei Dinge sind besonders auffällig.« Er blickte in seine Notizen. »Valerie Braq bezieht sich auf eine frühere Vereinbarung mit Sheila. Offenbar plante sie bereits vor Jefs Tod, ihre Tochter zu ihrer Mutter zu schicken. Vielleicht rechnete sie mit einer Festnahme.«

»Oder sie befürchtete, ihre Tat würde misslingen«, sagte Jakub.

»Es war also kein Unfall«, stellte Heide fest.

»Das lässt sich nur vermuten, aber nicht mit letzter Sicherheit sagen.« Raupach bestand auf dieser Differenzierung. »Valerie konnte auch Vorkehrungen für eine Trennung von Jef getroffen haben. Eine Tötungsabsicht können wir daraus nicht ableiten. Es ist lediglich ein Indiz, dass Braqs Tod nicht aus heiterem Himmel geschah.«

»Falls sie ihn nun aber doch umbringen wollte«, hakte Heide ein. »Wusste Sheila dann von dem Vorhaben ihrer Mutter?«

»Würdest du das deiner Tochter erzählen?«, fragte Raupach.

»Die Wortwahl deutet nicht darauf hin.« Jakub wiederholte die Formulierung. »*Weißt du noch, was wir einmal vereinbart hatten? Kurz bevor Jef starb?* Das klingt neutral. Könnte aber auch ein Verdrängungseffekt sein.«

»Den *Mann mit den Zigarren* haben beide aber nicht verdrängt«, sagte Heide.

»Genau.« Raupach kam zu seinem zweiten Punkt. Seit er die Ermittlung leitete, versuchte er, systematischer vorzugehen. »Dieser Mann stellt für beide eine Bedrohung dar. Anscheinend eine so große, dass Valerie Braq ihre Tochter Hals über Kopf ans andere Ende der Republik schickt.«

»Sie hat also doch etwas zu verbergen«, sagte Heide. »Warum hat sie nicht die Polizei gerufen?«

»Weil Johan Land bei ihr ist«, antwortete Photini. »Außerdem ist sie vorsichtig. Sie nannte absichtlich keinen Namen.«

»Ist Land dann doch der Mann mit den Zigarren?«

»Sie sind dran, Effie«, sagte Raupach.

Die junge Frau nahm seinen Blick auf. »Wir haben jede Menge DNS-Spuren aus dem Sonnenstudio, in dem Valerie Braq gearbeitet hat. Das Blut ist am aufschlussreichsten. Das meiste davon stammt von verschiedenen Personen. Zum einen von Frau Braq. Offenbar war sie in einen Kampf verwickelt. Sie hat wohl einige Schläge abgekriegt, ein Zahn ist abgebrochen. Die anderen Blutspuren stammen von Johan Land.«

»Hat er sie verprügelt?«, fragte Heide.

»Nein«, widersprach Effie. »Land ist definitiv nicht in der Kabine gewesen, in der es zu der Auseinandersetzung kam. Eine weitere Person muss dabei gewesen sein. Jemand, der an Ort und Stelle eine Zigarre geraucht hat und die Asche herunterfallen ließ. Jemand, der seine Faust mit einem Handtuch abgewischt hat.«

»Aalund!«, entfuhr es Heide. »Er hat auch Lübben beseitigt, in der Unterführung in Longerich. Klemens hat dort in der Nähe einen Zigarrenstummel aufgelesen. Ich hab nicht viel drauf gegeben, aber jetzt –«

»Moment noch«, sagte Jakub. »Was ist mit den Blutspuren von Johan Land?«

»Die kommen mir etwas seltsam vor.« Effie legte einen Grundriss des Sonnenstudios mit entsprechenden Markierungen auf Raupachs Schreibtisch. »Land hat viel Blut verloren. In einem Nebenraum des Sonnenstudios haben wir Rückstände auf dem Boden entdeckt, aber nicht viel, anscheinend hat er es weggewischt. Der größte Teil des Blutes befand sich in einem Haufen Handtücher, sie waren damit regelrecht getränkt. Die Handtücher wiederum befanden sich in einer Waschmaschine. Deswegen haben sie unsere Leute nicht gleich gefunden.«

Höttges schenkte ihr einen dankbaren Blick.

»Er wollte Aalund umbringen und ist dabei an den Falschen geraten«, sagte Heide und zuckte mit den Achseln.

»Oder er hat Valerie Braq beschützt«, versetzte Jakub.

»Beides schwer zu sagen«, meinte Effie. »Falls er eingriff, dann jedenfalls nicht in der Kabine, in der sie zusammengeschlagen wurde.«

»Möglicherweise hat er Aalund nur gestört«, schlug Photini vor.

Heide starrte auf den Grundriss und versuchte sich die Situation zu vergegenwärtigen. »Was will Aalund eigentlich von Valerie Braq? Er geht ein hohes Risiko ein, wenn er sich in der Öffentlichkeit zeigt. Hat sie ihn in dieses Sonnenstudio gelockt? Auf Lands Geheiß?«

»Warum schlägt ein Mann eine Frau?«, fragte Jakub mehr für sich als in die Runde. »Aus Wut? Vergeltung? Um sie einzuschüchtern? Um etwas aus ihr herauszubekommen?«

»Das hängt davon ab, ob er in die Morde an seinen Musikerkollegen verwickelt ist«, sagte Raupach.

»Wenn er Lübben auf dem Gewissen hat –«, fing Photini an.

»Muss er nicht zwangsläufig die anderen Morde begangen haben«, fuhr Raupach fort. »Falls es überhaupt ein Mord war. Manchmal fängt es mit einem harmlosen Streit an, die Sache eskaliert und am Ende steht ein Totschlag, kein Mord. Lübbens Genick war gebrochen. Das deutet auf Kraft und Erfahrung hin, eine Tat mit bloßen Händen, brutal, aber nicht unbedingt geplant.«

»Würde zu Aalund passen«, sagte Heide.

»Im Vergleich zu Materlink und Tiedke fällt Lübbens Tod etwas aus dem Rahmen. Denkt daran, es war noch kein Feuer im Spiel.«

»Feuer ist Lands Erkennungszeichen«, bekräftigte Heide.

Jakub nickte. »Weithin sichtbar durch seine Briefe. Für jeden Nachahmungstäter.« Er rang mit dem Bedürfnis, sich eine Zigarette anzuzünden, fand es aber noch zu früh am Tag. »Ich würde zwischen den einzelnen Fällen genau trennen. Zunächst einmal glaube ich nicht, dass Land ein Serienmörder *und* ein potenzieller Massenmörder ist, damit machen wir es uns zu einfach. Fofó hat mir von dieser Theorie erzählt. Johan Lands Absichten sind höchst zweifelhaft, das ist wahr. Aber dass er sich zuerst die Barbarossa-Musiker einzeln vornimmt und dann am Dreiundzwanzigsten auf die Allgemeinheit losgeht, das will mir nicht in den Kopf. Durch diese Morde würde er seinen großen Auftritt gefährden.«

»Er ist schizophren«, wandte Heide ein. »Das haben Sie selbst gesagt.«

»Es gibt eine Bedingung für diese Theorie.« Raupach schaltete sich ein. »Sie lautet: Auch die Musiker waren tatenlose Zuschauer beim Tod von Lands Frau Marta Tobisch. Das wäre ein plausibles Motiv für Lands vorzeitigen Alleingang. Erst die Musiker, dann der Rest.« Er zog einen Schnellhefter hervor, dessen Hülle mit mehreren bunten Aufklebern bedeckt war. »Diese Annahme hat sich jedoch nicht bestätigt. Am 23. Dezember vor vier Jahren gab die Band Barbarossa ein Konzert bei Gifhorn. Das liegt in der Nähe von Braunschweig. Also waren sie damals nicht in Köln und schon gar nicht in der U-Bahn-Station am Rudolfplatz. Sheila Braq hat einen Handzettel aufgehoben, auf dem das Konzert angekündigt wurde.« Er hielt ein leuchtend gelbes Stück Papier hoch, eine der billigsten Methoden, um eine Musikveranstaltung auf dem Lande zu bewerben. »Das Mädchen bewahrte alles auf, was mit Barbarossa zu tun hatte.«

»Das heißt, es gibt keine plausible Verbindung zwischen Johan Land und den Musikern?«, fragte Photini.

»Keine, von der wir wissen.«

»Kommen wir noch einmal auf Lübbens Tod zurück.« Jakub setzte einen Gedankengang fort, der durch Raupachs Intervention unterbrochen worden war. »Wenn es wirklich Aalund war, dann hat er durch den Mord an Lübben vielleicht etwas ins Rollen gebracht, das sich seinem Einfluss entzieht. Aalunds *und* Lands Einfluss.«

»Ein dritter Mann?«, fragte Photini.

»Womit wir wieder bei einem Trittbrettfahrer wären«, seufzte Heide. »Wann springt wer auf welchen Zug? Und aus welchem Grund?«

»Da wir dies alles nicht wissen, müssen wir indirekte Fragen stellen«, erwiderte Raupach. »Was löst unser imaginärer dritter Mann bei Aalund und Land aus?«

»Land kann ihn ignorieren«, sagte Jakub. »Aalund nicht. Schließlich ist er das nächstmögliche Opfer.«

DIE RÄDER des Rollstuhls gaben auf dem Linoleum kaum ein Geräusch von sich. Luzius hatte die Reifen aufgepumpt und die Naben geölt. Er schob das Gefährt durch die Gänge des Altenheims. Berta protestierte. Es ging ihr zu schnell.

»Warum haben Sie es so eilig? Meinen Sie, der Kaffee wird kalt? Die warten schon auf uns, keine Sorge.«

Nach diesem Wortschwall sank sie in sich zusammen. So ging das inzwischen, ein kurzes Aufbäumen, dann apathisches Schweigen, minutenlang, manchmal stundenlang, von keiner Frage zu durchdringen.

Berta Goodens hielt Luzius heute wieder für einen Pfleger. Ihr Zustand hatte sich in den vergangenen Wochen dramatisch verschlechtert. Dieses Mal lag es nicht nur an der Jahreszeit. Ihr Geist dämmerte dem endgültigen Verfall entgegen, und der Körper folgte ihm mit erschreckender Geschwindigkeit nach.

Luzius stellte den Rollstuhl in einer Ecke der Cafeteria ab, wo keine Leute saßen. Den anderen Heimbewohnern waren Bertas Ausbrüche, verbunden mit ihrem fortschreitenden Gedächtnisverlust, nicht mehr zuzumuten. Es fiel den Menschen schwer genug, sich gegenseitig etwas aufzuheitern und nicht in bleiernen Trübsinn zu verfallen. Berta hatte zwar hin und wieder lichte Momente, in denen sie klar und flüssig sprach, gar nicht wie eine hinfällige alte Frau. Aber die lichten Momente gingen unmerklich in die umschatteten über. Das war schwer zu ertragen.

Neben dem Tisch stand ein Aquarium. Es war gut gepflegt, eine Menge unterschiedlicher Fische schwamm darin, in Schwärmen und einzeln, mit bunten leuchtenden Farben oder bräunlichschwarz wie der Boden. Luzius sah nie, dass einer der alten Leute einen Blick an das Aquarium verschwendete. Er selber stand jedoch immer eine Weile davor und beobachtete die trägen Bewegungen der Tiere und Pflanzen. Nichts brachte diese kleine Wasserwelt aus der Ruhe. Als Kind hatte er sich sehnlichst ein Aquarium gewünscht. Seine Eltern waren dagegen gewesen. Es mache zu viel Arbeit, es sei kein Platz dafür da, es sei zu teuer. Außerdem werde Luzius sich nach der ersten Begeisterung nicht regelmäßig darum kümmern. Einwände, die zu entkräften er niemals die Gelegenheit bekommen hatte.

Luzius holte Kaffee, für Berta einen entkoffeinierten. Er unterhielt sich kurz mit Schwester Gudrun. Mit gesenkter Stimme wies sie darauf hin, dass es mit seiner Mutter jetzt ganz schnell gehen könne. »Der Lebenswille ist nur noch sporadisch da. In ihrem Alter reicht das nicht aus. Machen Sie sich auf alles gefasst.«

Er kehrte zu dem Tisch zurück und stellte die Tassen ab. Berta würde ihre vermutlich nicht anrühren. Aber darauf kam es nicht an.

»Ich werde eine Weile weg sein, Mutter.« Ein neuer Versuch. Er suchte in ihren Augen nach einem Zeichen des Verstehens. Sie blickte am Aquarium vorbei auf die Wand und reagierte nicht.

Luzius musste Berta verlassen. Wenn sie mit Gunter fertig waren, würde er mit Sheila aus Köln verschwinden. Er hatte über seine früheren Kanäle eine Wohnung in Lüttich aufgetan, wo sie ein, zwei Monate bleiben konnten. Danach würde er weitersehen. Am Morgen war er auf der Bank gewesen. Er trug sein gesamtes Vermögen in einem Geldgürtel bei sich. In Lüttich kannte er jemanden, der alle erforderlichen Dokumente anfertigte. Selbst für Kinder, darauf war der Mann sogar spezialisiert. Sheila musste zur Schule gehen, das Leben musste für sie weitergehen, auch wenn Valerie sie im Stich gelassen hatte.

Das Mädchen war in einer aussichtslosen Lage. Wenn sie zur Polizei gegangen wäre, hätte Gunter Valerie verraten. Damit hatte er sie unter Druck gesetzt. Sie war zum Schweigen verdammt gewesen. Bis Luzius gekommen war und das Gleichgewicht des Schreckens gestört hatte.

Bei dem Ersten war es Notwehr gewesen. Der Zweite hatte seine verdiente Strafe erhalten, ebenso der Dritte. Der Letzte sah seiner Vernichtung entgegen. Nur so konnte die Gefahr für das Mädchen ein für alle Mal beseitigt werden. Auf diese Weise beruhigte Luzius sein Gewissen.

Bislang hatten sie Glück gehabt. Das würde ihnen bei Gunter

nicht mehr helfen. Sie brauchten den Feuerteufel. Der Verdacht musste auf ihn fallen. Wie bei der Bahn in Ossendorf, als sie den Zufall auf ihrer Seite gehabt hatten. Einen merkwürdigen Zufall. Luzius fragte sich, ob Tiedke noch andere Feinde gehabt hatte.

Jedenfalls mussten sie diesen Zufall beim nächsten Mal gewissermaßen einkalkulieren. Luzius zerbrach sich Tag und Nacht den Kopf darüber. Er konnte Sheila keinen Wunsch abschlagen. Jedem anderen ja, aber nicht ihr.

Berta nahm ihre Tasse und trank einen Schluck Kaffee. Das tat sie sonst so gut wie nie. »Kennen Sie meinen Sohn?«, fragte sie.

Luzius drehte verwundert den Kopf.

»Ein tüchtiger Junge, Herr Kaplan. Er hat jetzt eine Freundin. Ich glaube, ihr Name ist Sheila.« Sie setzte die Tasse ab. »Denken Sie, ich weiß das nicht? Ach ja, er verheimlicht mir so viel.« Unwillig zerrte sie an dem Gurt, mit dem sie in dem Rollstuhl fixiert war. »Aber ich habe ein gutes Gedächtnis. Ich bin alt, aber nicht dumm.« Sie lachte heiser. »Ich kenne seine kleinen Fehltritte. Stellen Sie sich vor, er schämt sich, Süßigkeiten in meiner Gegenwart zu essen. Ein erwachsener Mann! Nun ja, er hatte es nicht leicht.«

Sie beugte sich so weit vor, wie es der Gurt zuließ, und fuhr leise fort. »Seine großen Sünden kenne ich auch.«

Luzius starrte sie fassungslos an.

»Leider ist er nicht sehr religiös«, sagte sie, hob den Blick an die Decke und schlug ein Kreuzzeichen. »Aber ich kann ja für ihn sprechen. Das zählt dann wenigstens ein bisschen, oder?«

Er schwieg. Berta nahm es für ein Ja.

»Sein Vater war ein schwieriger Mann. Er hat Luzius nicht immer gut behandelt.«

Als er seinen Namen hörte, zuckte er zusammen.

»Ich habe dann lange Zeit nichts mehr von Karl gehört.« Berta betastete ihre Stirn. Ihre andere Hand lag schlaff auf der Rollstuhllehne. »Nachdem er mich verlassen hatte. Fragen Sie mich nicht, wann das war, ich kann mir nicht alles merken.«

Der Erinnerungsschub schien langsam nachlassen. Luzius hielt den Atem an.

»Als Karl starb … Man hat mich verständigt, unsere Ehe wurde nie gelöst.« Berta streckte die Hand nach der Kaffeetasse aus und hielt auf halber Strecke inne. »Luzius war damals unterwegs, mit so einer Jahrmarktstruppe. Oder war das erst später? Er besaß ja keine richtige Ausbildung. Jedenfalls dachte ich mir nichts dabei, auch als der Junge sein Auge verlor, das ist schlimm, aber so etwas kommt vor. Dann … Ich hörte, dass Karl … gewaltsam umkam.«

Ihre Lippen begannen zu zittern, als suchte sie nach Worten. Bald hört es auf, dachte Luzius. Das Rinnsal verebbt, versiegt.

Endlich bekam Berta die Tasse zu fassen. Ihre knotigen Finger schlossen sich um den Henkel. »Jemand hat Karl totgeschlagen. Mit einem Stock.« Die Tasse kippte und fiel um, der Inhalt ergoss sich über den Tisch. »Da wusste ich, dass es mein Junge gewesen war.«

Berta beobachtete, wie sich die braune Flüssigkeit auf der Resopalplatte verteilte. »Karls Stock. Ich kannte ihn gut. Sehen Sie mich an. Was schätzen Sie? Seit wann kann ich meine Beine nicht mehr bewegen?« Mit der Zunge fühlte sie nach ihrem Gebiss. »An meinem Alter liegt es ganz gewiss nicht. Aber es war kein Grund, sich so zu versündigen.« Das Gebiss saß fest. »Was sagen Sie dazu, Herr Kaplan? Mein Sohn ist verloren, oder?«

Schwester Gudrun hatte der Unterhaltung von der Kaffeeküche aus zugesehen. Frau Goodens war heute aber gesprächig, hatte sie aus der Entfernung gedacht. Sie eilte mit einem Lappen herbei. Berta zog die Hand zurück.

»Macht doch nichts«, sagte die Schwester zu Luzius und wischte den Kaffee auf. »Das kommt vor.« Sie schenkte Berta ein verständnisvolles Lächeln und säuberte den Ärmel der alten Frau. »Lassen Sie sich nicht stören.«

Dann entfernte sie sich wieder und freute sich, wie gut es Frau Goodens tat, dass ihr Sohn sie besuchte. Man durfte die alten Menschen nicht aufgeben, dachte sie. Es steckte mehr in ihnen, als man gemeinhin annahm.

»Warum hast du mir nie gesagt, dass du es weißt?«, flüsterte Luzius.

Bertas Blick war leer. Sie hing kraftlos im Gurt, ihr Mund gehörte jetzt wieder jener anderen Person, von der man nicht wusste, ob sie überhaupt noch Erinnerungen besaß.

Ist das nicht Ludwig?, dachte sie. Schön, dass er gekommen ist. Sie wollte etwas sagen, aber ihre Zunge versagte ihr den Dienst. Wie ärgerlich. Er musste sie für nicht mehr zurechnungsfähig halten.

Ihr Blick fiel auf das Aquarium. Hatten wir so eines nicht auch einmal? Mein Sohn, wie hieß er noch gleich, machte das Ding regelmäßig sauber und fütterte die Fische. Es war eine Freude, ihm dabei zuzusehen. Damals war schon klar, dass etwas aus ihm werden würde. Die Gewissenhaften brachten es immer zu etwas, vorausgesetzt, sie wurden streng in die Zucht genommen.

Wie die Zeit verflog. Karl sah so jung aus! Er hatte sich überhaupt nicht verändert. Diese kräftigen Schultern. Und wie gerade er sich hielt! Sie würde ihm gern sagen, dass sie noch einen Kaffee wollte. Aber aus irgendeinem Grund konnte sie nicht sprechen. Selbst in ihren Bewegungen war sie eingeschränkt, verfluchtes Altenheim! Wenn sie ganz fest an Kaffee dachte, läse er es ihr bestimmt von den Augen ab. Er erfüllte ihr jeden Wunsch.

17. Dezember

SIE BEFRAGTEN Valerie Braqs ehemaligen Arbeitgeber Machinek und ihre Kolleginnen aus dem Callcenter. Die Betreiberin des Sonnenstudios und deren Angestellten. Noch einmal Sheilas Klassenlehrer, ihre Freundin Lili Kallrath und jeden, der das Mädchen zumindest vom Sehen kannte. Sie sprachen erneut mit Johan Lands Kollegen aus der Buchhandlung, seinen Nachbarn, darunter einem Türken namens Yilmaz Babacan, der sich von ihm beobachtet gefühlt hatte, sowie mit einer Schuhverkäuferin, durch deren Wohnung Land geflohen und dem Observationsteam entwischt war. V-Männer aus der rechten Szene kamen mit einem Berg an Aussagen über Barbarossa. Paul redete mit den Gastwirten von Kneipen, in denen die Band gespielt hatte. Nichts davon war nur halbwegs brauchbar. Kollegen vom LKA Hannover statteten Gerlinde Kolb, Valeries Mutter, einen Besuch ab. Abgesehen von dem »panischen« Anruf ihrer Tochter, wie sie sich ausdrückte, wusste sie von nichts. Vermutlich habe Valerie ihre Pläne wieder geändert und Sheila doch nicht nach Osten geschickt, so etwas kam bei ihr öfter vor.

Photini begann zusammen mit Heide noch einmal von vorn, diesmal in Begleitung von Jakub. Sie redeten mit Madame Montrose, Anne Siklossy, Silke Scholl, Daniel Mertens und der Freundin von Tiedke. Höttges klapperte mit den drei Kollegen von dem überflüssig gewordenen Observationsteam ganz Nippes ab. Valerie Braq war im Viertel ziemlich gut bekannt, Sheila besaß dagegen nur eine Hand voll Freunde, Land niemanden. Zu den vorhandenen Informationen kamen nur wenig neue hinzu, etwa, dass Valerie in den vergangenen Monaten eine Reihe von Männerbekanntschaften angefangen hatte. Die Mieter in ihrem Haus beschrieben sie als freundlich, aber angespannt. Auch auf Luzius

Goodens, der unter ihr wohnte, hatte sie einen ständig gehetzten Eindruck gemacht. Von Johan Lands Anwesenheit hatte der Mann nichts bemerkt, sagte er Höttges. Und Sheila kenne er nur von gelegentlichen Begegnungen im Treppenhaus.

Viele Türen blieben den Ermittlern in Nippes verschlossen. Allein stehende Menschen, von denen es in dem Viertel jede Menge gab, waren schwierig anzutreffen. Wenn die Leute einen Job hatten, arbeiteten sie bis zum Umfallen, um ihn auch zu behalten. Und die Zeiten, als Arbeitslose nur untätig zu Hause herumsaßen, waren längst vorbei. Die Polizisten konnten schon von Glück reden, wenn sie mit der Hälfte der Bewohner eines Hauses zu einer normalen Tageszeit sprechen konnten. Nippes und seine angrenzenden Stadtviertel hatten über hunderttausend Einwohner. Es gab viel zu tun.

Hinzu kamen zahlreiche Tipps, die aufgrund der Medienberichte über Johan Land und Gunter Aalund eingingen. Inzwischen waren es jeden Tag einige hundert. Eine Gruppe von drei Beamten saß pausenlos am Telefon und sonderte die unbrauchbaren aus. Raupach verbrachte einen geschlagenen Tag damit, alle ernsthaften Hinweise zu bearbeiten. Dann übertrug er diese Aufgabe Photini. Sie löste sich mit Heide und Niesken ab, den Raupach wieder vom Archiv abgezogen hatte. Momentan saß niemand da unten. Wenn es eine Anfrage gab, musste Niesken seine Arbeit unterbrechen und umständlich mit dem Aufzug hinunterfahren, um irgendeine vergessene Akte herauszusuchen.

Der Taubenschlag machte seinem Namen jetzt alle Ehre. Die Sonderkommission hatte nur ein paar Tage Ruhe gehabt, bis die anderen Abteilungen unter den ständigen Anfragen aufstöhnten und Raupach bei Himmerich Verstärkung anforderte. Die Telefonzentrale befand sich inzwischen in dem Konferenzraum. Alles, was hereinkam, landete bei Photini. Sie leitete die relevanten Hinweise an den Außendienst weiter und erstattete Raupach Bericht. Es war ein Fass ohne Boden.

Die Spurensicherung war ebenfalls in vollem Einsatz. Effie hatte den Auftrag, die Fingerabdrücke aus den Wohnungen von

Johan Land und Valerie Braq und die aus dem Sonnenstudio vollständig zu erfassen. Hattebier, der Leiter der Technikerabteilung und Effies eigentlicher Vorgesetzter, stellte eine ganze Mannschaft dafür ab. Er selbst zog Experten von der Feuerwehr hinzu und erstellte vergleichende Tatortanalysen von der Unterführung in Longerich, der Diskothek Exzess und der Endstation in Ossendorf. Er bezog die Brände auf dem Spielplatz und im Apollo-Kino ein, gelangte aber nur zu dem Ergebnis, dass der Anschlag auf die Linie 5 von einem Profi begangen worden sei. Raupachs Frage, ob der Täter nicht einfach dazugelernt haben könne, musste er allerdings bejahen.

Es war wie ein Bild, dem immer neue Farben und neue Details hinzugefügt wurden. Es ertrank daran. Die Komposition aber, die dahinter stand, und sei es nur ein Entwurf, der dem Zufall entsprungen war, blieb unsichtbar.

Raupach hielt es nicht länger in seinem Büro aus. Er ersann immer neue Skizzen und Schemata und malte sie mit einem dicken Fettstift auf eine Kunststofftafel. Unablässig fügte er etwas hinzu und korrigierte die Linien zwischen Johan Land, Valerie Braq und Gunter Aalund. Es waren nichts sagende Kästchen, wie von der unbeholfenen Hand eines Kindes. Handlungen entfalteten sich zwischen Menschen, aber sie vollzogen sich nicht im abstrakten Raum. Wenn ihm die Zeit schon davonlief, überlegte Raupach, musste er den realen Orten mehr Aufmerksamkeit schenken. Dazu hatte er bislang kaum Gelegenheit gehabt.

Er übertrug Photini die Leitung im Taubenschlag und verabschiedete sich für den Rest des Tages.

»Wohin gehst du?«

»Ich folge Land. Aber ich fange beim Ende an. Von dort aus kehre ich schrittweise zum Anfang zurück.«

»Was soll das bringen?«, fragte sie.

»Wenn man eine Spur verliert, gibt es keine andere Möglichkeit. Wir können uns glücklich schätzen, dass wir Lands Ziel kennen. Leider fehlt uns, was dazwischen liegt.«

»Wie meinst du das?«

»Zuerst die Station am Rudolfplatz, der unterirdische Teil, wo wir den Anschlag am Dreiundzwanzigsten vermuten. Dann kommt die Lücke. Dann das Sonnenstudio. Dann Valerie Braqs Wohnung. Dann Lands.«

»Aber das haben wir doch schon alles …«

»Er ist jetzt in Bewegung.« Raupach nahm seine Jacke vom Haken. »Da kann ich nicht hier sitzen bleiben.«

»Ich komme mit. Warte, ich sage Heide Bescheid.«

»Nichts da, du bleibst hier.«

»Welchen Wagen nimmst du?«

»Keinen.«

Raupach fuhr mit der Linie 1 bis zum Rudolfplatz. Die Bahn war gut besetzt, aber nicht so voll wie sonst am späten Nachmittag. Die Strecke verlief oberirdisch. Am Heumarkt, sonst ein Nadelöhr mit lächerlich kleinem Bahnsteig, herrschte Hochbetrieb. Schon nach wenigen Tagen war die Vorsicht der meisten Menschen wieder den Alltagszwängen gewichen. Der Anschlag auf die Linie 5 lag über eine Woche zurück. Hatten die Leute so viel Vertrauen in die Staatsmacht oder ignorierten sie die Gefahr?

Einige Fahrgäste trugen Buttons, mit denen sie die *We-are-not-afraid*-Kampagne unterstützten. Raupach konnte sie verstehen. Es gab so viele Teufel, die an die Wand gemalt wurden. Welchen sollte man da noch ernst nehmen? Warum also nicht einfach Rückgrat zeigen und darauf hoffen, dass ein einmal angekündigtes Unglück nicht eintrat?

Die Haltestelle Rudolfplatz kam in Sicht, Menschenknäuel drängten sich auf den Bahnsteigen. Raupach wurde klar, was er bislang ausgeblendet hatte. Die Kölner Bahn verlief nur teilweise unterirdisch. Der Rudolfplatz gehörte zu den Knotenpunkten, an denen die unterirdischen Linien die oberirdischen kreuzten. Die Menschen waren nicht dumm. Sie benutzten jetzt überwiegend Bahnen, deren Schienen *über* der Erde verliefen. Dafür nahmen sie auch Umwege in Kauf. Die Kölner Verkehrs-Betriebe hatten bereits reagiert und boten spezielle Beförderungspläne an.

Um mit der Linie 6 zum Chlodwigplatz zu gelangen, ging Raupach über die Zwischenebene nach unten und erblickte schon bald die fürchterlichen blauen Fliesen. Die Gestaltung der U-Bahn-Station Rudolfplatz entzog sich seiner Logik. Die Haltestelle wirkte wie ein Hallenbad. Sollte das den Fluss des modernen Lebens symbolisieren? Oder den Rhein? Es wirkte künstlich und kalt.

Mit Hilfe einer Skizze erreichte er die Stelle, an der Marta Tobisch einst zu Tode gekommen war. Darauf deutete natürlich nichts mehr hin. Die ganze Station war ein Ort ohne einen Hauch von Identität. Er konnte sich überall befinden. Noch wirkte er gesichts- und gefahrlos. Wenn es auf Mitternacht zuging, würde sich das für ein paar Stunden ändern. Frauen würden belästigt werden, Männer würden mit Bierflaschen auf den Wartebänken sitzen und herumkrakeelen, oder umgekehrt. Am Rudolfplatz war alles möglich, es war eine Durchgangsstation. Von hier aus stieg man um in eine andere Bahn, die einen dann vielleicht nach Hause beförderte oder einfach ein Stück weiter trug durch die Eingeweide der Stadt. Es war ein Unort, der sich Raupach verschloss. Johan Land hatte ihn ja auch nicht bewusst ausgewählt. Und er würde hier auch nicht warten, bis es so weit war.

»Dürfte ich Ihre Papiere sehen?« Ein Mann mit einem roten Barett tippte ihm auf die Schulter. Er gehörte zu einem privaten Sicherheitsdienst. Weiter vorn an der Rolltreppe stand ein Polizist, der bereits die Hand an seine Waffe legte.

Raupach wies sich aus und lobte den Mann für seine Aufmerksamkeit. Warum konnte es nicht immer so sein? Er war beileibe kein Befürworter einer Totalüberwachung der öffentlichen Verkehrsmittel. Aber jetzt wollten die meisten Menschen einfach nur Schutz. Es war ihnen nicht zu verdenken.

Er betrachtete die Ausrüstung des Mannes und überschlug dessen Stundenlohn. Lange ließen sich solche Maßnahmen nicht aufrechterhalten. Schutz war teuer, besonders in schlechten Zeiten. Ein Paradox. Je unsicherer die Verhältnisse wurden, desto weniger Geld war da, sie sicherer zu machen.

Raupach nahm die nächste Bahn zum Chlodwigplatz. Dort in

einer Seitenstraße lag das Sonnenstudio, wo Johan Land am 14. Dezember nachweislich gewesen war. Nippes befand sich in der Gegenrichtung. Der Rudolfplatz lag etwa auf halber Strecke zwischen beiden Punkten. Land schien sich auf einer Achse zu bewegen.

In der Merowingerstraße standen mehrere Wagen der Spurensicherung. Raupach zog einen dünnen Schutzanzug über und achtete darauf, die Bahnen aus Plastikfolie nicht zu verlassen. Die Techniker waren so in ihre Arbeit vertieft, dass sie ihm nicht einmal missbilligende Blicke zuwarfen. Zuerst ging er in die Kabine, in der Spuren von Valerie Braq gefunden worden waren: Blut, Speichel, ein abgebrochener Schneidezahn, Haare unter der Sonnenbank, Fingernagelreste.

Raupach hatte vor einer guten Woche eine andere Kabine benutzt. Damals war sie ihm wie ein schützendes Refugium vorgekommen. Später, als er Valerie befragt hatte, wie ein Vernehmungsraum. Jetzt hatte er den Eindruck, als lade die Kabine beinahe dazu ein, jemanden in die Enge zu treiben. Sie war am Fußende der Bräunungsliege etwas schmaler. Raupach schaltete die Halogenscheinwerfer der Techniker aus. Die normale Beleuchtung war stimmungsvoll gedämpft.

Die dünnen, mit Stoff bezogenen Trennwände schimmerten terrakottarot, die Farbe des Südens. Das Schwarz und Silber der Sonnenbank bildete dazu einen starken Kontrast. Das Gerät war nicht in Betrieb. Es sah aus wie ein futuristischer Sarg, das Maul weit geöffnet für einen Kälteschlaf von unbestimmter Dauer.

Wenn es wirklich Aalund war, der Valerie hier misshandelt hatte – wovor hatte er Angst? Welche Gefahr stellte die Frau für ihn dar? Er glaubte doch wohl nicht, dass sie für die Morde an den anderen Musikern verantwortlich war und jetzt ihn aufs Korn nahm? Allerdings war sie jetzt mit Johan Land zusammen, das wusste Aalund vielleicht. Wollte er in Wirklichkeit Land zur Rede stellen? Aber warum hatte er es dann nicht getan? Land war nur ein paar Meter entfernt gewesen.

Ein Mann wie Aalund und eine Frau wie Valerie. Raupach fragte sich, ob da auch Sex im Spiel war. Die Situation hatte es geradezu herausgefordert, Gewalt, Einschüchterung, ein Unterwerfungsszenario. Aber Effie hatte keine Spuren eines Geschlechtsakts gefunden. Weder offensichtliche wie Spermarückstände oder Scheidensekret noch mittelbare wie Schamhaare. Aalund hatte Valerie Braq auch nicht getötet. Er hatte sie »nur« geschlagen. Weiter war sein Interesse – oder seine Angst – nicht gegangen.

Raupach rief sich den Mord an Lübben in Erinnerung. Unmittelbar davor hatte der Mann Verkehr mit einer sehr jungen Frau gehabt. Bei Materlink und Tiedke deutete nichts auf etwas Vergleichbares hin. Zumindest nicht kurz vor ihrem Tod.

Vergewaltigung. Die kleine Schwester des Mordes. Raupach hatte ihr bislang zu wenig Beachtung geschenkt. Wenn Valerie ihren Mann auf dem Gewissen hatte, war sie vielleicht von ihm missbraucht worden. Deshalb hatten Woytas und seine Leute die Sache heruntergespielt. Polizisten hegten manchmal starke Sympathien für Vergewaltigungsopfer. Sie bekamen Schuldgefühle, weil sie nicht in der Lage gewesen waren einzugreifen.

Valerie war nicht mehr jung, auch wenn sie es sich vormachte wie die meisten Frauen ihrer Generation. Sheila dagegen war jung. Sehr jung.

RAUPACH BETRAT den Raum mit der Waschmaschine. »Wie geht es voran?«

Effie Bongartz kroch in Schutzkleidung auf dem Boden herum. Sie schaute kurz auf und wandte sich wieder ihren Abstrichen zu. »Dauert noch eine Weile.«

»Ich dachte, hier seid ihr schon fertig.«

»Es soll doch gründlich gemacht werden, oder? Ich bin gerade beim zweiten Durchgang.«

»Und? Was Neues?«, fragte Raupach.

»Nur die bereits bekannten Abdrücke von Land, Valerie Braq und den anderen Mitarbeitern des Sonnenstudios.«

Raupach versuchte sich vorzustellen, wie Land sich hier gefühlt hatte. Das viele Blut wies auf Autoaggression hin. Er hat sich selbst Verletzungen zugefügt. Das war eher eine Reaktion weiblicher Borderline-Erkrankten, wie Jakub erklärt hatte. Vielleicht hatte Aalund Land eingesperrt in Unkenntnis, wen er da aus dem Verkehr zog, oder weil er sich nicht mit ihm hatte anlegen wollen. Vielleicht hatte Aalund es nur auf Valerie abgesehen. Wie auch immer, Land war nicht dazwischengegangen. Er hatte auch keinen Alarm geschlagen. Hatte er gehört, wie Aalund Valerie gequält hatte?

Es gab zwei Formen von Machtlosigkeit. Die eine war, keinen Einfluss auf das Leben anderer Menschen zu haben, von ihnen nicht wahrgenommen zu werden. Das machte einen Mann impotent, wortwörtlich. Die andere bestand darin mitzuerleben, wie ein anderer zu Schaden kommt. Land hatte einige Tage bei Valerie Braq gelebt. Vielleicht hatte er sie dafür nicht einmal unter Druck setzen müssen. Er konnte ihre Nähe gesucht, ein Verhältnis aufgebaut haben. Er konnte mehr für sie empfunden haben – und sie für ihn. Die Liebe des Voyeurs und die Liebe der Entführten. Die Liebe des Flüchtlings und seiner Helferin. Wenn dies der Fall war, dann musste Johan Land in diesem Raum wirklich gelitten haben.

Raupach schloss die Tür von innen und starrte auf das grau lackierte Stahlblech. Was war in diesem Mann vorgegangen? Die Zeit verlangsamt sich, während die Geliebte einen Schlag nach dem anderen einsteckt. Sie ruft nicht um Hilfe, darf es nicht, um kein Aufsehen zu erregen. Die Sekunden werden für Land zu Folterinstrumenten. Sie halten ihn in einem einzigen, endlos sich dehnenden Augenblick gefangen. Später wird sich dieser Augenblick wiederholen. *Das* ist Hilflosigkeit, dachte Raupach. Den Lauf des Schicksals nicht beeinflussen können. Wie den Flug einer Kugel.

»Ich brauche die Spuren aus der Wohnung von Valerie Braq. Vor allem aus dem Zimmer der Tochter, Sheila.«

»Daran arbeitet eine andere Gruppe«, sagte Effie Bongartz.

»Brechen Sie Ihre Arbeit ab. Ich möchte Sie in der Viersener Straße haben. Das hier«, er beschrieb mit der Hand einen Bogen,

»wird uns nicht mehr viel weiterbringen. Ich will wissen, wer sich alles bei Valerie Braq und ihrer Tochter aufgehalten hat. Auch vor längerer Zeit. Strengen Sie sich an.«

Effie stand auf. »Jetzt gleich?«

»Sofort. Sie können mich begleiten.« Er öffnete die Tür und begann, den Schutzanzug abzustreifen. »Außerdem brauche ich einen Wagen.«

Sie verließen das Sonnenstudio. Effie besaß noch keinen Dienstwagen und ging zu ihrem alten Renault. Bevor Raupach einstieg, fragte er sie übers Autodach hinweg, ob sie die Bodenprobe schon analysiert habe, die er ihr vor einigen Tagen gegeben hatte.

»Öl«, sagte sie. »Leider habe ich es noch nicht genauer spezifizieren können.«

»Machen Sie weiter«, gab Raupach zurück. »Ohne offizielles Protokoll. Keine Aufzeichnungen, keine Computerdateien. Das ist eine Sache zwischen uns beiden.«

»Damit verstoße ich gegen die Vorschriften.«

»Aus gutem Grund, das versichere ich Ihnen. Nehmen Sie das in Kauf?«

»Sie bringen mich in eine schwierige Situation.« Effie lag viel an Raupachs Vertrauen. Andererseits hatte sie Dinge über ihn gehört, die sie vorsichtig machten. Ungedeckte Alleingänge. Sonderwege ohne Netz und doppelten Boden.

Raupachs Handy klingelte. Die neue Nummer war nur der Sonderkommission bekannt. Er ging ran.

Woytas beschränkte sich auf eine Ortsbezeichnung. Mehr könne er nicht sagen. Dann legte er auf.

»Setzen Sie mich am Römerturm ab«, sagte Raupach zu Effie. »Ich habe noch etwas zu erledigen.«

ES WAR FRÜHER Abend. In der Hotelbar saßen nur ein paar vereinzelte Gäste. Sie nahmen einen Aperitif und saßen in Pärchen oder kleinen Gruppen beieinander.

Raupach bestellte einen Kaffee und ließ sich am Ende des Tresens hinter einem Pfeiler nieder. Was um alles in der Welt sollte er hier? Warum hatte sich Woytas nicht deutlicher ausgedrückt? Diese Geheimnistuerei kam Raupach im höchsten Grade merkwürdig vor. Andererseits war Warten seine Spezialität. Der größte Teil seines Lebens bestand daraus. Irgendwann hatte er sich damit abgefunden.

Der Barkeeper wusste aus Erfahrung, dass er einen Polizisten vor sich hatte. Einen von der frustrierten, überarbeiteten Sorte. In einem zerknitterten Anzug, der nicht zum Erscheinungsbild der anderen Gäste passte.

»Hatten Sie einen langen Tag?«, fragte er und stellte Raupach eine Kaffeetasse hin.

»Kann man wohl sagen. Ihrer fängt jetzt erst an, oder?«

»Heute bleibt es ruhig.« Der Barkeeper sah sich routiniert um und deutete auf die Flasche, die er vorsorglich aus dem Regal genommen hatte. »Möchten Sie einen Cognac?«

Raupach schüttelte den Kopf und setzte das Gespräch noch eine Weile fort. Hoteltratsch, Kommentare zum Tagesgeschehen und überraschend offene Fragen zum Feuerteufel, die Raupach ausweichend beantwortete. Schließlich ließ er sich doch zu einem Cognac überreden. Der Barkeeper verstand sein Geschäft.

Einem Impuls folgend lehnte er sich zurück und benutzte den Pfeiler als Deckung – genau zum richtigen Zeitpunkt. Himmerich war gerade in die Bar gekommen. Der Polizeipräsident sah sich kurz um und nahm an einem Tisch in einer Nische Platz. Er schaute auf seine Armbanduhr.

Raupach konnte es nicht fassen. Ausgerechnet Himmerich! Von Woytas war nichts zu sehen.

Himmerich bestellte ein Kölsch. Er trank mit Befriedigung, aber einer gewissen Unruhe, wie es den Anschein hatte. Er griff nach einem *Express* und blätterte darin. Hin und wieder schielte er über den Zeitungsrand. Er wandte Raupach den Rücken zu.

Dann betrat Küchler die Bar. Er trug eine große Schultertasche und setzte sich an den Tisch neben Himmerich, direkt neben dem Ausgang. Wegen der Trennwand verlor Raupach den Journalisten aus den Augen.

Raupach verrückte den Barhocker. Jetzt hatte er beide im Blick, seinen langjährigen Chef und seinen Widersacher. Was würde passieren? Offenbar hatten beide noch nicht voneinander Notiz genommen.

Dann kam ein weiterer Mann herein. Er blickte sich um und registrierte ein paar Hotelgäste, einen Biertrinker hinter einer Zeitung und Küchler, der grüßend die Hand hob. Raupach war von seinem Barhocker aufgestanden und machte sich hinter dem Pfeiler so dünn wie möglich. Der Mann war Vorderbrügge.

Der Leiter der Gefahrenabwehr und der Skandaljournalist unterhielten sich eine Weile. Schließlich stand Vorderbrügge auf und kontrollierte ein weiteres Mal die Bar. Dann setzte er sich wieder. Himmerich hielt sein Kölschglas umklammert und war hinter seiner Zeitung zusammengesunken.

Über den Tisch hinweg steckte Vorderbrügge dem Journalisten etwas zu, was wie eine DVD aussah. Wie sich herausstellen sollte, war es eine Kopie von Marta Tobischs letzter Videoaufnahme. Vorderbrügge war die undichte Stelle.

Woytas betrat die Hotelbar, näherte sich Vorderbrügge von hinten und nahm ihm wortlos die DVD ab. Dabei suchte er Raupachs Blick. Und ignorierte Himmerich, der aufgesprungen war und seine Untergebenen mit Fragen bombardierte.

Woytas hielt die DVD hoch und nickte dem Leiter der Sonderkommission zu. Raupach nickte zurück.

Kurz und schmerzlos. Aus der Art, wie Woytas die Dinge anpackte, konnte man eine Menge lernen.

18. Dezember

MIT VORDERBRÜGGES Ausscheiden aus der Gefahrenabwehr waren etliche Formalitäten verbunden. Sie hatten Raupach den Rest des vorangegangenen Tages gekostet, zumal Himmerich kaum zu beruhigen war. Es bedurfte einiger Überzeugungsarbeit, damit er das Ganze nicht an die große Glocke hängte. Außerdem konnte er Vorderbrügge nicht einfach fristlos kündigen, dafür reichte dessen Tête-à-tête mit der Skandalpresse nicht aus. Am Ende versetzte Himmerich ihn in eine Stadt am Niederrhein. Dem Vernehmen nach regnete es dort häufiger als auf Island.

Am nächsten Morgen nahm Raupach die Spur wieder auf. Jetzt waren es noch fünf Tage bis zum Dreiundzwanzigsten. Eis und Schnee schmolzen über Nacht und ließen ein jäh entblößtes Köln zurück. Wie zum Ausgleich hüllten verspätete Herbstnebel die Stadt in ein klammes Gewand.

Raupach wurde von einer Ungeduld ergriffen, die er bislang nicht gekannt hatte. Es war die Angst, zu spät zu kommen. Sie verfolgte ihn bereits in seine Träume und vervielfachte sich dort. Fünf Tage waren nichts. Sie suchten vier Personen: Land, Aalund, Valerie und Sheila Braq. Wenn sie Land schon nicht aufspürten, dann wenigstens einen von den anderen, um ein Stück weiterzukommen.

Photini hatte Raupach abgeholt. Sie hatte es ebenfalls satt, im Taubenschlag herumzusitzen, und war froh, dass Heide die Stellung hielt. Koordination war wichtig, aber den Mangel an weiterführenden Spuren zu verwalten, hielt sie für vergeudete Zeit.

»Warum müssen die Leute eigentlich immer gleich heiraten?«, fragte Photini. Sie gingen die Treppe zu Valerie Braqs Wohnung hoch.

Raupach blieb stehen. Photini wusste nichts von seiner gescheiterten Ehe. Neben der Wohnungstür in seinem Rücken befand sich ein Klingelschild. »Goodens« stand in ausgestanzten Buchstaben darauf.

»Wie kommst du darauf?«

»Ich dachte an Valerie Braq«, sagte Photini.

»Weil sie verheiratet war?

»Warum hat sie sich auf jemanden wie Jef Braq eingelassen? Da müssen bei ihr doch alle Alarmglocken geläutet haben.«

Die Tür, vor der sie standen, öffnete sich. Goodens blickte ihnen aus dem Türrahmen entgegen. Raupach kannte den Mann aus den Vernehmungsberichten. Höttges hatte mit ihm gesprochen. Er arbeitete als Türsteher in einer beliebten Diskothek im Belgischen Viertel. Normalerweise schlief er vormittags, um sich von den langen Nächten zu erholen. Jetzt hatte er eine schwere Topfpflanze mit rosafarbenen Blüten unterm Arm. Der Kübel musste einiges wiegen, aber bei Goodens sah es so aus, als wäre es nichts. Der Mann war groß und breitschultrig. Er trug Jeans und ein Hemd aus dickem Kord. An seinen Füßen befanden sich Filzpantoffeln, die nicht zur restlichen Erscheinung passten.

Raupach stellte sich und Photini vor. Er nutzte die Gelegenheit, um Goodens zu fragen, wer bei Valerie Braq denn so ein und aus gegangen war.

Der Mann setzte die Pflanze vorsichtig ab. »Ich weiß nicht. Das habe ich schon Ihrem Kollegen gesagt.«

»Es geht nicht nur um die letzten Monate, sondern auch um die Zeit, als Jef Braq noch am Leben war«, erklärte Raupach. »Von seiner Band haben Sie doch sicher gehört.«

»Mehr oder weniger«, sagte Goodens und verschränkte die Arme. »Die haben Hardrock gespielt, oder?«

»So etwas Ähnliches.«

»Dafür interessiere ich mich nicht. Ich interessiere mich auch nicht für die anderen Leute im Haus.«

»Aber Sie wohnen direkt unter Frau Braq. Haben Sie nicht gelegentlich mitbekommen, wer zu Besuch da war?«

»Nein.«

»Vielleicht wurde es irgendwann einmal laut und sie haben sich gestört gefühlt«, schaltete sich Photini ein. »Fällt Ihnen so eine Situation wieder ein?«

»Nicht, dass ich wüsste.« Goodens schüttelte den Kopf. »Ich erinnere mich nur an die viele Polizei, als der Mann gestorben ist. Das war genauso wie jetzt.«

Raupach fand diese abweisende Haltung merkwürdig. War Goodens einer dieser Menschen, die aus Prinzip alles abstritten, weil sie mit undurchsichtigen Dingen nichts zu tun haben mochten oder beim Anblick eines Polizisten automatisch zum Widersprechen neigten? Oder wollte Goodens sie nur schnell loswerden und es war ihm tatsächlich egal, was sich ein Stockwerk über oder unter ihm zutrug? Ein wenig kooperativer konnte er sich schon zeigen, wenn er nichts zu verbergen hatte.

»Haben Sie etwas dagegen, wenn wir uns bei Ihnen umsehen?«, fragte Raupach.

Goodens zögerte. »Warum?«

Photini wollte eine sanfte Drohung nachschieben. Doch Goodens überlegte es sich anders. Möglicherweise war er nur schwer von Begriff, jedenfalls trat er unvermittelt beiseite. »Bitte.«

Die Wohnung war kleiner geschnitten als die von Valerie Braq. Dafür besaß sie einen gemauerten Balkon. Eine Laune des Architekten, dachte Raupach und trat ins Freie. Die Bodenplatten des Balkons wiesen eine Vielzahl brauner Ringe auf, die wohl von weiteren Topfpflanzen herrührten. Raupach suchte die Fenster von Johan Lands Wohnung an der Rückseite der Christinastraße. Hatte der Kerl auch Goodens beobachtet und die Zeiten seiner Abwesenheit notiert, um unbemerkt in Valerie Braqs Etage zu gelangen?

Weiter unten lag der Hinterhof, über den Land ins Sonnenstudio geflohen sein musste, Höttges hatte ihn gewissenhaft überprüft. Im Grunde waren es mehrere aneinander grenzende Hinterhöfe, mit kleinen Schuppen, Fahrradunterständen, Mülltonnen und Grillplätzen, wie es Raupach von seinem eigenen Haus in der Gneisenaustraße kannte.

Währenddessen untersuchte Photini in Gesellschaft von Goodens einen Raum nach dem anderen. Es war ein schmucklos eingerichtetes Junggesellenappartement. Nur auf dem Wohnzimmertisch lag ein weißes Tischtuch und verbreitete etwas Wohnlichkeit. In einer Vase mit Kristallschliff steckte eine frische Oleanderblüte. An der Wand hing das Bild einer alten Frau. Sie saß zusammengesunken in einem Sofa, daneben war ein Rollstuhl zu erkennen. »Meine Mutter«, sagte Goodens. »Sie lebt im Altenheim.«

Es gab eine winzige Küche. Ein Teller mit belegten Broten stand auf der Arbeitsfläche, daneben eine Schale mit Weihnachtsplätzchen. Im Bad befand sich ein großer Wäschekorb, mehrere Handtücher lagen obenauf.

Sie trafen sich im Wohnzimmer wieder. »Nichts Besonderes«, sagte Photini. »Lass uns wieder gehen.«

Goodens stand hinter ihr. Er wirkte gelangweilt.

Raupach betrachtete den Tisch. Die Schublade stand ein Stück offen. Er trat näher und zog daran. Sie klemmte, ging aber etwas weiter auf. Ein Schachbrett aus Pappe kam zum Vorschein.

»Spielen Sie gegen sich selbst?«, fragte Raupach, um die Situation nicht so sehr wie eine Hausdurchsuchung wirken zu lassen.

»Meistens«, erwiderte Goodens. Er schien sich keine weitere Bemerkung abringen zu können. Dann packte er den Griff der Schublade, rüttelte daran und schloss sie. »Ich spiele Dame«, setzte er hinzu, als handelte es sich dabei um eine außergewöhnliche Information.

Raupach bedankte sich. Erst jetzt fiel ihm auf, dass Goodens schielte und auf eine eigenwillige Art den Kopf drehte. Er besaß ein Glasauge.

Goodens begleitete sie nach draußen. Er nahm seine Topfpflanze, zog die Tür zu und ging die Treppe hinunter.

»Mit solchen Typen haben es unsere Leute hier in Nippes dauernd zu tun«, sagte Photini, als er verschwunden war. »Was jenseits ihrer vier Wände passiert, schert sie nicht. Manchmal frage ich mich, ob die Welt, in der unsere Eltern lebten, nicht schon längst entzweigegangen ist.«

»Sie ist nicht auf einen Schlag zerfallen«, Raupach begann, die Treppe weiter hochzugehen. »Sie bricht langsam auseinander, wie die Kontinente. An bestimmten Stellen stößt man auf die Risse.«

IN VALERIES Wohnung herrschte Hochbetrieb. Hattebiers Technikertrupp hatte im Wohnzimmer ein Minilabor errichtet. Effie Bongartz war mit den Fingerabdrücken beschäftigt. Raupach und Photini wurden umgehend mit Schutzkleidung versehen.

Die Spuren von Johan Land waren weitgehend ausgewertet. Der Kasten, den er für den Camcorder gebaut hatte, deutete auf sein handwerkliches Geschick hin. Trotz seiner psychischen Probleme schien er in der Lage zu sein, mit geringen Mitteln einen effektiven Brandsatz herzustellen, an nahezu jedem beliebigen Ort.

»Was meinst du? Wie hat das Mädchen auf Lands Anwesenheit reagiert?«, fragte Raupach.

Sie standen in Sheilas Zimmer. An der Wand hingen Poster verschiedener Popstars. Es gab einen kleinen Schreibtisch, Schulzeug, einen beleuchtbaren Globus, ein Regal mit CDs und ein paar Büchern, ein Bett und einen Kleiderschrank, alles auf etwa zwölf Quadratmetern. Raupachs eigenes Jugendzimmer war nicht viel größer gewesen.

»Er schien mit Valeries Einverständnis hier gewesen zu sein.« Photini betrachtete die CD einer skandinavischen Rockband, die sie selber gern hörte. »Was wird sie dazu wohl gesagt haben? Ihre Mutter bringt einen neuen Mann nach Hause. Er schläft bei Valerie im Zimmer. Was hatte Sheila für eine Wahl?«

»Braq und Land hatten in den fünf Tagen, in denen er hier war, keinen Sex miteinander«, sagte Effie Bongartz. Sie machte sich an der tapezierten Wand am Kopfende des Bettes zu schaffen. »Die Bettwäsche wurde in dieser Zeit nicht gewechselt, wir haben jede Faser analysiert. Körperlich sind sie sich nicht näher gekommen, sie blieben jeder auf ihrer Seite der Matratze. Es sei denn, sie haben es in der Badewanne getan.« Sie lachte anzüglich, aus Unsicherheit, wie Raupach annahm. »Das ist das Neueste von unserer Seite.«

Raupach dachte eine Weile über diesen Hinweis nach. »Kein Sex? Das ist ungewöhnlich.«

»Land ist fixiert auf Marta Tobisch, eine Tote«, sagte Photini. »Warum sollte er mit Valerie Braq etwas anfangen?«

»Vielleicht wollte sie es nicht«, warf Effie Bongartz ein. »Sie gewährte ihm Unterschlupf, ließ ihn sogar bei sich schlafen, damit es vor ihrer Tochter wie eine neue Liebschaft aussah. Mehr ließ sie nicht zu.«

Raupach blieb skeptisch. »Mit Aalund im Sonnenstudio war es ähnlich. Es ist zynisch, das zu sagen, aber die Frau befand sich in Situationen, in denen sexuelle Kontakte wahrscheinlich sind. Dass es nicht dazu kam, finde ich zumindest erwähnenswert.«

»Habt ihr schon Sheilas Bettlaken analysiert?«, fragte Photini. »Was hatte Land in ihrem Zimmer verloren?«

Effie schüttelte den Kopf. »Es war nur ein Versteck für den Fall, dass die Polizei kam. Außerdem hat er an Sheilas Schreibtisch den Camcorder präpariert. Mehr ist da aber nicht.«

»Und das Gift in der CD-Hülle?«, fragte Raupach.

»Damit kam Land nicht in Berührung, nur Sheila. Immer vorausgesetzt, dass er keine Handschuhe benutzt hat.«

»Vielleicht gibt es hier noch andere Verstecke?« Raupach sah sich zum wiederholten Mal in dem Zimmer um.

»Wir haben alles auf den Kopf gestellt«, sagte Effie. »Keine losen Dielenbretter, keine Geheimfächer im Schreibtisch, das Ding ist von IKEA.« Sie lachte wieder. »Dieses Mädchen hat hier tödliches Gift aufbewahrt. Das reicht doch an Rätseln, oder?«

Für eine junge Frau, die bekennende Christin war, wirkte Effie erstaunlich kaltschnäuzig. Das brachte der Beruf mit sich. Da waren sie wieder, die Risse, sagte sich Raupach. Besser, man fand sich damit ab.

Photini öffnete den Kleiderschrank. »Seid ihr damit schon fertig?«

»Ja. Ich habe alles wieder an Ort und Stelle gehängt. Das meiste ist frisch gewaschen. So einen pieksauberen Teenager-Schrank habe ich noch nie gesehen.«

Es sah aus wie in einer Boutique. Sheilas Garderobe war so ordentlich gestapelt, als würde sie mit dem Maßband die Abstände kontrollieren. Photini zog ein paar Kleidungsstücke heraus, begutachtete sie und legte sie nacheinander auf das Bett. Als sie auf eine Netzstrumpfhose stieß, sagte sie: »Das trug sie auf der Eisbahn.«

»Daran kannst du dich erinnern?«, fragte Raupach.

»Sie hat hier jede Menge solcher Sachen, ziemlich aufreizend für ihr Alter.«

Ein geblümtes Bustier landete auf dem Bett. »Würdest du so etwas tragen?« Photini schaute Effie fragend an. »Für diesen Kalender, zum Beispiel?« Die Gelegenheit für diese Bemerkung war zu verlockend. »Macht das Männer scharf?«

Effie lief rot an. »Darum ging es doch gar nicht.«

»Kein Gefühl von Doppelmoral?« Photini ließ nicht locker.

»Das liegt ganz beim Betrachter.«

»Ist das normal?«, fragte Raupach und nahm einen Stapel Slips aus dem Schrank. »Bei einer Dreizehnjährigen?« Er hielt einen Tanga hoch, ein Nichts aus Spitze mit hauchdünnen Bändchen daran. »Davon hat sie mindestens fünfzig, schaut euch das an.«

»Die Mädchen werden immer selbstbewusster«, sagte Photini. »Was können sie schon tun, damit die Älteren sich noch aufregen und sie überhaupt zur Kenntnis nehmen? Es ist verdammt schwer geworden aufzufallen.«

Raupach legte das bisschen Stoff auf seine Handfläche und vergrub die Nase darin.

»Was tust du da?«, fragte Photini argwöhnisch.

Raupach roch ausgiebig an dem Tanga, inhalierte ihn regelrecht. Dann verglich er ihn mit den anderen. Photini und Effie standen daneben und tauschten zweifelnde Blicke. Schließlich holte er sein Handy hervor und wählte Jakubs Nummer.

»Diese Slips sind neu«, sagte er, während er auf die Verbindung wartete. Er deutete auf den Stapel, von dem er die Unterwäsche genommen hatte. »Fabrikneu. Schlechte Qualität, deswegen riechen sie so stark nach Chemikalien.«

Jakub meldete sich.

»Wir brauchen Sie hier«, sagte Raupach und schilderte seine Entdeckung. Dass Sheila unbenutzte, auffällig knappe Unterwäsche hortete.

Photini und Effie knieten vor dem Kleiderschrank und schnupperten an einem Slip nach dem anderen. Sie befühlten den Stoff, als prüften sie ein Sonderangebot. »Hast du schon einen gefunden, der mal in der Wäsche war?«, fragte Effie.

Photini verneinte. »Alle neu! Frisch aus dem Laden.«

»Und was macht sie mit den gebrauchten?« Raupach sprach gleichzeitig in sein Handy. »Was soll das alles?« Er hörte Jakub eine Weile zu, dann legte er auf.

»Sie wirft sie in den Müll«, sagte Raupach schließlich. »Sie vernichtet sie.«

RAUPACH UND PHOTINI blieben noch so lange in Valerie Braqs Wohnung, bis Effie Bongartz alle Abstriche genommen und ihre ersten Analysen beendet hatte. Sie gab die Fingerabdrücke vor Ort in den Computer ein und gelangte zu dem vorläufigen Ergebnis, dass ein Unbekannter in Sheilas Zimmer gewesen war. Effie hatte nur einen halben Abdruck auf dem Bettgestell gefunden. Offenbar war es gründlich gereinigt worden. Aber der halbe Abdruck stimmte mit den Abdrücken aus dem Sonnenstudio überein. Er gehörte zu dem Mann, der Valerie misshandelt hatte. »Aalund«, lautete die einstimmige Vermutung. Der Fingerabdruck auf dem Bett konnte zwar einen harmlosen Grund haben, aber keiner glaubte daran.

Jakub ergänzte dieses Indiz durch sein Wissen von Vergewaltigungsopfern. Die Kleidung war das Erste, was sie beseitigten. Betroffene Frauen – nicht selten auch junge Männer – zerrissen, zerfetzten, zerschnippelten ihre Unterwäsche und löschten damit die Spuren ihrer Demütigung aus, einen Teil des fremden

Spermas, das in den Stoff gesickert war. Den Rest entfernten sie unter schmerzhaften Reinigungsaktionen aus ihrem Körper.

Bei Sheila schien es besonders schlimm zu sein. Nicht nur wegen ihrer Jugend, obwohl das schon entsetzlich genug war, sondern wegen der Menge an ungebrauchten Slips. Eine Überreaktion? Oder deutete es auf fortgesetzten Missbrauch hin? Hatte sie deshalb einen ganzen Vorrat angelegt und die Slips am Ende extra dafür gekauft?

Abhängigkeit. Raupach hatte Photinis erste Einschätzung im Fall der jungen Babette im Ohr. Inzest war damals im Spiel gewesen. Das war bei Sheila vielleicht auszuschließen, aber nur vielleicht, weil niemand wusste, ob Jef Braq nur ein schlechter oder ein abscheulicher Mensch gewesen war.

Nach und nach ermaß Raupach den Umfang der neuen Erkenntnisse. Er hatte keine Beweise, nur Indizien und Hypothesen. Aber wenn sie stimmten, ergab sich daraus ein erschreckendes Bild.

Um in Ruhe alle Aspekte zu verknüpfen, wechselten Raupach, Photini und Jakub in Johan Lands Wohnung, wo die Spurensicherung abgeschlossen war. Eine verwaschene Dämmerung senkte sich über die Stadt, als sie um die Ecke bogen und sich gegen den Wind stemmten, der durch den Straßenzug pfiff. Der Schnee hatte sich von den Dächern zurückgezogen und ließ ein entmutigendes Spektrum von Grautönen zum Vorschein kommen. Raupach rauchte eine Zigarette nach der anderen, Photini und Jakub ebenso. Über einen Pizzaservice ließen sie sich etwas zu essen kommen, brachten aber kaum etwas herunter. Schließlich fasste Raupach zusammen.

Sheila war vergewaltigt worden. Von Aalund, davon gingen sie aus. Valerie Braq hatte ihren Mann Jef vor einem Jahr umgebracht. Weil er sich an ihr und vielleicht sogar an seiner Tochter vergangen hatte. Dann waren die anderen Mitglieder der Band ermordet worden, mit Ausnahme von Aalund. Es musste ein Zusammenhang bestehen. Wenn auch Lübben das Mädchen missbraucht hatte, wenn selbst Materlink und Tiedke beteiligt gewesen waren, ergab sich ein plausibles Bild. Dann waren die Morde Vergeltungsakte für Vergewaltigungen. Es bestand zwar die Möglichkeit, dass Aalund Mitwisser seiner Übeltaten beseitigt hatte. Wahrscheinlich war jedoch, dass Sheila oder Valerie oder beide gemeinsam es getan hatten.

Sie konnten es aber nicht allein gewesen sein. Bekamen sie Hilfe von Johan Land? Hatten sich da drei Unglückselige gefunden und waren übereingekommen, ihre Ziele zu verschmelzen? Oder handelten sie getrennt voneinander, jeder ein Opfer seines eigenen Traumas? Welchen Zweck hatte das Strychnin? Diente es nur dazu, dass sich ein wehrloses Mädchen ein bisschen sicherer fühlte? Hatte sich Sheila beim Anblick des weißen Pulvers in Femephantasien ergangen? Oder war es bereits zum Einsatz gekommen, etwa bei Materlink oder Tiedke, an deren verbrannten Leichen keine Rückstände des Giftes nachzuweisen gewesen waren? Gab es noch mehr davon?

Die Ermittler diskutierten die verschiedenen Kombinationen. Ihre unterschiedlichen Erfahrungen mit Vergewaltigungsfällen flossen ein. Keiner von ihnen machte sich irgendwelche Illusionen, am wenigsten Photini, die während ihrer Zeit als Polizeischülerin eine ganze Reihe besonders hässlicher Fälle untersucht hatte. Ihr Bild von Kriminellen war dadurch stark geprägt worden, ebenso wie ihre Erwartungen an den Strafvollzug. Sie wünschte sich, dass Vergewaltiger weggesperrt wurden, ohne Aussicht auf eine Rückkehr in die Gesellschaft.

Auch Raupach hatte schon oft mit Vergewaltigungen zu tun gehabt, gerade im Zusammenhang mit Totschlag und Mord. Grundsätzlich war er der Ansicht, dass ein Ermittler bestenfalls das Schlimmste verhüten konnte. Gerechtigkeit war ohnehin nie herzustellen. Doch Sheila hatte bereits das Schlimmste erdulden müssen, es war nicht mehr rückgängig zu machen. Das traf natürlich auf das Opfer jedes Verbrechens zu, aber bei Vergewaltigungen fühlten sich Polizisten besonders machtlos. Dann fragten sie nach Sühne, was bei Raupach gemischte Gefühle erzeugte. Vergewaltigungen ließen sich nicht sühnen.

Jakubs Überzeugungen gerieten auf andere Weise ins Wanken. Prinzipiell glaubte er, das Gute könne nicht aus sich selbst heraus entstehen, sondern nur aus der Auseinandersetzung mit dem Bösen. Dieser Optimismus ließ sich bei Vergewaltigungen, vor allem beim Missbrauch von Minderjährigen, nicht aufrechterhalten. Solche Verletzungen heilten nie, es war einfach nicht möglich, darin irgendeine Chance zu erkennen. Jakub war einfach nur deprimiert.

Ein Anruf bei Heide im Taubenschlag brachte nichts Neues. Sie hatten keinen weiteren Hinweis auf einen der Gesuchten. Im Sonnenstudio und in Sheilas Zimmer hatten die Spuren immerhin zu ihnen gesprochen. Das Bild gewann an Konturen, langsam traten die Figuren deutlicher hervor. Aber es war wie ein Bild hinter Glas. Raupach konnte es nicht berühren, die Feinheiten nicht erkennen. Und manche Bereiche lagen noch im Dunkeln.

Photini und Jakub durchstreiften die anderen Räume des Appartements und suchten nach Anhaltspunkten für Johan Lands Fluchtort, Raupach begab sich ins Schlafzimmer. Er machte sich klar, dass er sich nicht in der Behausung eines Opfers befand, sondern in der eines flüchtigen Täters, den er bereits kannte und nur noch fassen musste. Konnte er diesen Vorteil für sich nutzen?

Der Raum war groß genug für zwei Menschen, ebenso das Bett. Am Fußende stand ein Korbsessel mit baumwollfarbenen Stoffpolstern. Hier hatte Johan Land gesessen und durch sein Teleskop gesehen. Es war kein Hochpräzisionsgerät, sondern ein herkömmliches Fernrohr aus einem Kaufhaus oder Fotogeschäft, wie Hobbyastronomen es benutzen. Das Stativ war so eingestellt, dass man bequem im Sitzen durch das Teleskop hindurchschauen konnte.

Raupach ließ sich auf dem Korbsessel nieder und blickte durch das Okular. Von hier aus hatte Land Valerie ausgespäht. In ihrer Wohnung brannte kein Licht mehr, die Techniker wollten ihre Arbeit erst am nächsten Tag abschließen. Im Stockwerk unter ihr war es ebenfalls finster, Goodens war anscheinend nicht zu Hause. Raupach schwenkte das Rohr etwas nach links Richtung Neusser Straße. Er hatte die Wahl zwischen verschiedenen erleuchteten Fenstern. Wen hatte Land außer Valerie noch beobachtet? Worauf konnte sich sein Blick von hier aus gerichtet haben?

In einer Dachwohnung lief der Fernseher. Eine Gestalt saß davor, der Frisur nach zu urteilen eine ältere Frau. In einer anderen aßen mehrere Personen zu Abend. Die Einrichtung sah orientalisch aus, was auf die Babacans schließen ließ. Die türkische Familie hatte sich beobachtet gefühlt. Manche Menschen verstanden es noch, unbestimmte Gefühle zu deuten. In dem Haus daneben befand sich eine Zahnarztpraxis, die am Abend noch geöffnet hatte. Ein Patient nahm gerade auf einem Behandlungsstuhl Platz.

Weiter unten im Erdgeschoss machte eine junge Frau Gymnastik auf einer violetten Kunststoffmatte. Das war die Schuhverkäuferin, durch deren Wohnung sich Johan Land ins Sonnenstudio abgesetzt hatte. Sie war völlig verunsichert gewesen, ein Einbruch zeigte den Menschen, wie verwundbar sie in ihren vier Wänden waren. Anscheinend hatte Land gewusst, wann er gefahrlos bei ihr einsteigen konnte.

Hatte er über all seine Nachbarn Dossiers angelegt, Tagesabläufe ausspioniert, regelmäßige An- und Abwesenheitszeiten festgehalten? Dieses Wissen kam ihm nicht nur bei seiner Flucht zustatten, es verlieh ihm auch eine unvergleichliche Macht. Langsam begriff Raupach, wie Land sich hinter dem Teleskop gefühlt hatte. Im Sonnenstudio mochte er hilflos gewesen sein, hier oben aber hatte er sich in einer privilegierten Position wähnen dürfen. Er konnte in das Leben anderer hineinsehen, es regelrecht durchleuchten – wenn sie keine Gardinen besaßen.

Bestimmt wusste Land auch, wer zu welchen Zeiten die U-Bahn benutzte, überlegte Raupach. Vermutlich traf er die Leute sogar täglich, wenn er zusammen mit ihnen vom Rudolfplatz nach Nippes fuhr. Nach Aussage von Lands Buchhändlerkollegen machte er gegen 18 Uhr 15 Schluss, das hieß, er saß jeden Tag um 18 Uhr 33 in der U-Bahn, genau zu der Zeit, als Marta Tobisch gestorben war. Eine makabre Angewohnheit. Die Linien 6, 12 und 15 standen bereits unter verschärfter Überwachung. Sie mussten herausfinden, wer von Lands Nachbarn um diese Zeit die U-Bahn benutzte. Vielleicht legte Land auf diese Leute ein besonderes Augenmerk.

Raupach sah auf die Uhr. Es war kurz nach sieben. Nachdem er Heide instruiert hatte, konnten er, Photini, Jakub und die anderen Gruppen noch ein paar Nachbarn wegen der 18-Uhr-33-Geschichte befragen. Oder sie warteten bis morgen, denn Raupach hatte sich entschlossen, in Nippes Razzien vornehmen zu lassen. In dem Block, der von Neusser, Viersener, Christina- und Baudristraße begrenzt wurde. Sie mussten jede Wohnung filzen, ohne Ausnahme. Dafür war eine richterliche Anordnung nötig. Raupach war zuversichtlich, sie zügig zu bekommen, wenn er den Staatsanwalt sofort verständigte. In Lands unmitttelbarer Nachbarschaft durfte kein Schlupfloch mehr übrig bleiben. Es gab noch einige Adressen, an denen die Polizisten niemand angetroffen hatten. Notfalls mussten sie die Türen aufbrechen. Das würde einigen Aufruhr verursachen. Die Medien würden es als Verletzung der Bürgerrechte brandmarken und Raupachs Überreaktion vor drei Jahren erneut ins Spiel bringen. Bei diesem Fall bekam er nichts geschenkt.

Raupach leitete die Razzien telefonisch in die Wege. Der leitende Oberstaatsanwalt Caberidis war nicht überrascht. Er hatte selbst schon einen Vorschlag für entsprechende Maßnahmen machen wollen und versprach sogleich, sich hinter den Kommissar zu stellen. Raupach kannte Caberidis von früher. Der Mann galt als unbestechlich und nahm in der Regel wenig Einfluss auf die Ermittlungsarbeit. Er stellte selten überzogene Forderungen. Raupach hatte ihn nicht in bester, aber in guter Erinnerung.

Dann richtete er das Teleskop auf ein dunkles Fenster. Davon gab es zahlreiche. Irgendwo dort draußen konnte sich Land verstecken und abwarten. Er konnte sogar in einer erleuchteten Wohnung sitzen. Raupach sah Sterne aus schwarzem Tonpapier mit durchscheinender Folie in der Mitte. Er sah Lichterketten aus kleinen Glühbirnen, die den Stern von Bethlehem darstellten oder eine Sternschnuppe, je nachdem. Er sah hölzerne Engel, die eine Kerze in den Händen hielten, und Rentiere aus Drahtgeflecht, und dann und wann einen bunten Plastikweihnachtsmann.

Schließlich versuchte er, einen richtigen Stern vor die Linse zu bekommen. Das dauerte eine Weile, es war noch nicht spät genug. Hatte Land auch in den Himmel geschaut oder nur auf die gegenüberliegenden Häuser? Als Raupach meinte, einen Stern erhascht zu haben, schob sich eine Wolke davor.

VIER TAGE waren bei heruntergelassenen Rollläden vergangen. Ohne die Datumsanzeige des DVD-Geräts wären sie Valerie wie vier Wochen vorgekommen.

In der ersten Nacht plünderte sie die Hausapotheke und nahm ein starkes Schmerzmittel, Mattes und Thierry besaßen eine ganze Kollektion davon. Valerie hatte Johan noch eine Weile dabei zugehört, wie er von seiner verstorbenen Frau erzählt hatte. Dass Marta eine Videokünstlerin gewesen sei. Welche Bedeutung bestimmte Gedichte für sie gehabt hatten. Wie schwer es ihr gefallen sei, nicht überall eine Falle zu vermuten.

Dann war es Valerie zu viel geworden. Sie war Johans Gefangene, nicht seine Therapeutin. Ihre Kraft war verbraucht. Wenn sie daran dachte, wie nah sie sich gekommen waren, in der Sauna, im Kino oder als er sie mit Olivenöl massiert hatte, übertraf ihr innerer Schmerz all die äußeren Wunden.

Sie hatte sich im Schlafzimmer eingeschlossen. Johan hielt sich weiter im Wohnzimmer auf. Es wäre ihr lieber, wenn sie jeder eine Weile für sich blieben, hatte Valerie noch gesagt. Sie würde kein Licht machen und sich leise verhalten. Er könne nicht von ihr verlangen, dass sie auch noch denselben Raum mit ihm teilte.

Den folgenden Tag brauchte sie, um zu regenerieren. Die Prellungen im Gesicht schwollen etwas ab, ihre Lippe sah nicht mehr allzu schlimm aus, an der Wunde über dem Wangenkochen hatte sich Schorf gebildet. Die Brandblase an ihrem Rücken spürte Valerie kaum, nicht weil sie schon verheilt gewesen wäre, sondern weil ihr Rücken schon zu viel mitgemacht hatte. Nur die gespaltene Augenbraue schmerzte höllisch. Die Verletzung reichte tief unter die Haut, Aalund hatte sie direkt über dem Knochen erwischt.

Zu essen hatten sie mehr als genug. Der Gefrierschrank und die Speisekammer enthielten stapelweise Fertiggerichte. Am Abend öffnete sie eine Flasche Wein und nahm sie mit ins Schlafzimmer. Sie trank sie allein aus und fühlte sich ein wenig besser.

Dann begann sie Tagebuch zu führen. Wenn sie schon nichts gegen diesen Alptraum unternehmen konnte, überlegte sie, wollte sie irgendetwas in der Hand haben, wenn er vorbei sein würde. Irgendwann am 23. Dezember musste er zu Ende gehen. Bis dahin musste sie nur am Leben bleiben. Johan hatte versprochen, ihr nichts zuleide zu tun. Er würde sie gehen lassen, kurz bevor er das Feuer entfachte.

Nach dem Anschlag würden diese Aufzeichnungen viel Geld einbringen, genug, um mit Sheila ein neues Leben anzufangen. Sie könnte sie an einen Verlag, eine Zeitung verkaufen. Es wäre ein gerechter Lohn für ihre Entbehrungen, Valerie würde für die Reise nach Australien keine fremde Hilfe brauchen. Bestimmt konnte sie sich damit auch einen neuen Zahn machen lassen.

Johan hatte nichts dagegen. Da er Jefs präparierte Kamera hatte zurücklassen müssen, würde die Nachwelt wenigstens durch Valeries Tagebuch erfahren, was sich zugetragen hatte und warum.

Er freute sich, dass sie jetzt wieder mit ihm sprach. Zwar war er in den vergangenen Tagen nicht untätig gewesen, schließlich gab es wichtige Vorbereitungen zu treffen, zu denen er vielleicht bald keine Gelegenheit mehr haben würde. Aber er hatte Valeries Gesellschaft vermisst, jetzt, da er ganz allein war.

Auf ihre Aufforderung fing Johan noch einmal von vorn an und erzählte, wie er Marta in der U-Bahn kennen gelernt hatte. In der Station unter dem Hauptbahnhof war das gewesen, es würde ihm ewig in Erinnerung bleiben.

Er fand zunehmend Gefallen daran, den Menschen durch Valeries Tagebuch zu übermitteln, warum sie sterben mussten. Dann brauchten sie später nicht an Indizien herumzurätseln, die von der Polizei oder den Medien ohnehin verfälscht werden würden. Ursprünglich hatte er nur die Schiller-Zitate hinterlassen wollen. Inzwischen hegte er die Hoffnung, dass durch Valeries Notizen wenigstens ein paar Leute begriffen, wie viel Schuld sie auf sich geladen hatten.

Es war ein seltsames Gefühl, über Marta zu reden, ohne dass sie ihn unterbrach. Er ertappte sich dabei, wie er seinem eigenen ungebremsten Redefluss lauschte. Alles hörte sich schlüssig und plausibel an.

Manchmal schien Valerie ihm nicht richtig zu folgen. Aus manchen ihrer Fragen ging hervor, dass sie nicht aufgepasst hatte oder etwas verwechselte. Dann wurde er wütend. Da er nicht schreien durfte, zischte er sie an oder sprach dicht an ihrem Ohr, während er sie an den Haaren festhielt. Anfangs schloss sie in solchen Situationen die Augen und brachte kein Wort heraus. Das machte ihn noch wütender und er packte fester zu. Es war gar nicht so einfach, sich dann wieder zu beruhigen.

Nach einiger Zeit reagierte sie anders. »Pass doch auf, Valerie!«, sagte sie, wenn er sie ermahnte, genauer zuzuhören. Manchmal schlug sie sich dabei mit der Handfläche gegen den Kopf und setzte »Dumme Gans!« hinzu. Johan pflichtete ihr im Stillen bei. Dadurch vergingen diese Phasen bald so schnell, wie sie kamen.

Kompliziert wurde es, als Johan erklären wollte, wie er mit Marta nach ihrem Tod gesprochen hatte. Valerie begriff es nicht, so sehr er sich auch anstrengte. Wie konnte er ihr den Tunnel beschreiben, in dem Marta gesessen hatte, obwohl ihm das Bild deutlich vor Augen stand? Es half auch nicht, ihr eine Decke über den Kopf zu ziehen, um noch den kleinsten störenden Lichtstrahl auszusperren. Danach lag Valerie keuchend auf dem Boden und rang nach Luft. Johan wartete, bis sie gleichmäßiger atmete, und versuchte es von neuem. Er nahm eine dickere Decke und stülpte zur Sicherheit eine dunkle Plastiktüte über Valeries Kopf, vielleicht war doch ein wenig Licht hindurchgedrungen.

Es dauerte eine Ewigkeit, bis wieder Leben in ihren schlaffen

Körper kam. Johan saß ungeduldig daneben, bemerkte ein Zucken ihres Mundes und hielt es für ein gutes Zeichen. Sie hustete und spie einen Teil der Rouladen aus, die sie sich in der Mikrowelle warm gemacht hatten. Er fragte sie, ob sie die Gespräche mit Marta nicht weglassen sollten, sehr viel weiter kämen sie auf diese Weise nicht.

»So schnell gebe ich nicht auf«, wehrte Valerie ab, »ich will alles wissen.« Sie ging auf die Toilette, um sich zu erleichtern. Als sie zurückkam, schrieb sie einige Sätze in ihr Tagebuch. Dass sie diese Notizen so teuer bezahlen musste, hätte sie nicht für möglich gehalten. Sie begann zu ermessen, wie krank Johann wirklich war.

Dann hatte sie eine Idee. Die Speisekammer war das einzige Zimmer der Wohnung, in dem völlige Dunkelheit herrschte. Es war ein schmaler, fensterloser Raum mit einer feuerfesten Tür. Johan sollte sie darin einsperren und an der Tür horchen, dann werde er schon sehen.

Sie ging hinein. Johan verriegelte die Tür. Es war Abend, er schloss auch die Türen, die auf den Gang führten. Das Haus war ruhig, von der Straße drangen keine Verkehrsgeräusche herauf. Im Treppenhaus brannte Licht, es fiel durch einen Schlitz am Boden. Die Glocke der Marienkirche schlug die halbe Stunde. Dann war es still.

Er fragte sich, wie viel Luft Valerie in der Speisekammer hatte. Bald würde er Mattes' und Thierrys Wohnung verlassen müssen, weil die beiden aus London zurückkamen, das wusste er von den Flugtickets. Würde die Luft so lange reichen, wenn er jetzt einfach wegginge? Wie viel Krach konnte Valerie in dem Raum schlagen? Es war eine günstige Gelegenheit, sie loszuwerden. Das Tagebuch würde man bestimmt finden, wozu brauchte er sie noch? Oder sollte er sie mitnehmen? Weil er sich ihr verbunden fühlte und etwas für sie empfand, wovon er nicht sagen konnte, was genau es war? Stellte sie eine Belastung dar oder eine Hilfe?

Er lachte. Das waren Marta-Gedanken, vermutete er, sie spielte ihm einen letzten Streich. Er berührte die Wunde am Unterarm.

Sie juckte, die Haut schien rasch zu heilen. Plötzlich fiel ihm ein, dass er vergessen hatte, an der Tür zu horchen. »Dummer Junge«, schalt er sich. Dann legte er den Kopf an die Tür. Sie war kalt. Das fühlte sich gut an.

Er hörte nichts. Er presste das Ohr stärker gegen den Stahl. Wie oft hatte er sich nach einem Wort von Marta gesehnt, wenn es ihm schlecht gegangen war? Trost hatte sie selten gespendet.

Valerie begann: »Ich gehe in den Fluss.«

Genau das hatte Marta immer gesagt, wenn sie zu ihren Videoaufnahmen in die U-Bahn aufgebrochen war. Es klang dumpf, wie geknebelt.

»Was willst du?«, fragte er und wiederholte den Satz, als keine Erwiderung kam. »Wo bist du?«, fügte er hinzu. Er schloss die Augen und horchte gespannt.

»Ich vertraue dir. Bleib stark.«

Die Stimme klang tiefer, als er sie in Erinnerung hatte. Aber sie flößte ihm die Gewissheit ein, die er so sehr vermisst hatte. »*Weiße Blasen seh ich springen, wohl! die Massen sind im Fluß*«, antwortete er und sperrte die Tür auf.

Valerie schlüpfte heraus. Mit einer Hand bedeckte sie ihr Gesicht, um die Illusion nicht zu zerstören. Dann schob sie Johan in die Speisekammer. Er ließ es widerstandslos geschehen.

Völlige Schwärze. Atemgeräusche. Sie stammten von ihm.

Konnte man hier drin überhaupt Atem schöpfen?

»*Es ist noch nicht vorbei!*«, kam es aus Johans Mund.

War er das?

»*Beweise ihnen, dass du nicht krank bist!*«

Es klang schrill, unkontrolliert.

»*Ich will, dass du mich rächst.*«

Er lauschte den Worten wie jemand, der am Ufer eines Ozeans steht, mit den heranbrandenden Wellen spricht und auf eine Antwort wartet, obwohl er weiß, dass die Geräusche, die er vernimmt, nur von meerumspülten Steinen am Strand herrühren. Doch er befand sich gar nicht unter freiem Himmel, fiel ihm ein, sondern in einem dunklen Raum, dessen Wände er mit ausgestreckten

Armen berührte. Die Worte kamen aus der Finsternis in seinem Innern.

Er riss die Tür auf, stolperte aus der Speisekammer und fuhr herum. »Es geht nur um dich!«, rief er. »*Du* findest keinen Frieden! *Du* nimmst mir die Luft. *Du* bist gegen alles, was mich glücklich macht. Geh weg!«

Johan zögerte und sah zu Valerie. Sie hatte die kleine Lampe an der Garderobe eingeschaltet und hielt die Tür auf. Sie fragte: »Ist Marta noch da?«

Er betrachtete sie, die Augen weit aufgerissen, um Valeries Gesicht im Lichtschein zu erkennen. »Was soll ich tun?«

»Nimm Abschied.«

Er nickte, blickte zwischen der Speisekammer und dem Licht im Gang hin und her. Vielleicht hatte sie Recht und es gelang ihm, indem er es laut aussprach?

»Beerdige sie«, sagte Valerie.

Er senkte den Kopf. Sein Unterarm juckte wieder. Es war eine Frage des Willens. Und des Erkennens. Marta wahrzunehmen, war ihm nie schwer gefallen. Es war ihm nur verwehrt gewesen, sich selber zu sehen.

»Ich habe dich geliebt. Verlasse mich.« Eine Pause, als habe er noch eine letzte Bedingung zu berücksichtigen. »Was getan werden muss, werde ich tun.«

Johan erhob sich und schmiss die Tür der Kammer ins Schloss. Der Rahmen erbebte.

Seine Schultern schienen fast den Boden zu berühren. Er hatte ein Ende gemacht. Langsam spürte er, wie ihn etwas verließ. Etwas Stummes, Schmerzvolles, das in ihm gepocht hatte, kam zum Stillstand. Sein Arm erglühte und sandte ein Brennen durch seinen Körper. Dann war es vorbei.

Doch an seiner Aufgabe, das wusste er, war nicht zu rütteln. Jetzt nicht mehr.

Aus dem oberen Stockwerk waren Stimmen zu hören, die sich Ruhe ausbaten. Dann war es plötzlich ruhig.

»Die Nachbarn schöpfen Verdacht«, sagte Valerie.

Sie hatten keine Zeit zu verlieren. Nach Mitternacht, als die Straßen leer waren und aufgrund der einsetzenden Regenschauer niemand mehr vor die Türe ging, flohen sie erneut. Um den Polizeistreifen zu entgehen, die in Nippes patrouillierten, quetschten sie sich in Hauseingänge und suchten hinter Müllcontainern Schutz. Sie begegneten wenigen Passanten, niemand beachtete sie. Zum Glück war es nicht weit in die Sechzigstraße, wo Jasmina, die Sprechstundenhilfe, und Theo, ihr Chef, ein Liebesnest besaßen. Laut Johans letzten Erkenntnissen hatte Theo wieder eine Phase ehelicher Treue, die Beziehung lag auf Eis. Es war ein unsicheres und schäbiges Versteck, der Schlüssel lag auf dem Türrahmen. Zum Essen gab es Kekse und Süßigkeiten. Sie mussten leise sein wie zuvor, durften nur ganz sachte auftreten, konnten die Toilettenspülung nur vorsichtig betätigen, wenn überhaupt. Sie hatten keine Wahl.

Johans einziges Gepäckstück war ein schwerer Aktenkoffer. Man konnte ihn an der oberen Seite mitsamt dem Griff aufklappen. Er enthielt zehn Milchtüten mit Schraubverschluss. Darin befand sich keine Milch, sondern alles, was bei Mattes und Thierry an brennbaren Substanzen aufzutreiben gewesen war. Brennspiritus, Lampenöl, zerkleinerte Grillanzünder, Terpentin, Farbverdünner und mehrere Flaschen edlen Whiskys mit etwa 60 Prozent Fassstärke, wie es auf dem Etikett hieß. In jedem Tütenverschluss steckte ein Wattebausch, den Johan nur noch mit ein paar Spritzern Feuerzeugbenzin tränken musste. Der Koffer war der Beweis von Johans Treue. Kein Abschied konnte sie erschüttern.

19. Dezember

EFFIE BONGARTZ WARF einen kurzen Blick auf die Wohnung. »Sie waren hier.«

Nach einem Vergleich der ersten Fingerabdrücke war sie sich sicher. Johan Land und Valerie Braq hatten bei zwei verreisten Webdesignern in der Neusser Straße Zuflucht gesucht. Land hatte die beiden anscheinend lange Zeit observiert. Ihre Wohnung gehörte zu den dunklen Fenstern. Leider hatten die Leute, die über ihnen wohnten, erst am Morgen die Polizei verständigt, obwohl sie schon am Vorabend Verdacht geschöpft hatten.

Wieder zu spät. Wieder eine Niederlage. Raupach beschloss, die Netze sofort weiter zu ziehen. Er rief Caberidis an und legte seine Absichten dar.

»Wir können nicht über ein ganzes Stadtviertel den Ausnahmezustand verhängen, Herr Kommissar. Die Morde kann man mit viel gutem Willen den internen Konflikten einer radikalen Musikgruppe zuschreiben. Oder sie gehen auf persönliche Rachemotive zurück. Daneben haben wir die Briefe eines Irren und Brände, wie sie andauernd vorkommen. Wir sind in Köln, da schlagen die Wellen gern hoch. Sie stammen aus der Provinz, nicht wahr?«

»Und das Feuer in der Linie 5?« Raupach ignorierte die Anspielung auf seine Herkunft.

»Hatte nicht die Allgemeinheit zum Ziel«, sagte Caberidis. »Was wollen Sie überhaupt? Ich dachte, Sie sind sicher, dass Land am 23. Dezember um 18 Uhr 33 zuschlagen wird, am Rudolfplatz. Das verschafft Ihnen einen entscheidenden Vorteil. Lassen Sie Land nur kommen, dann sind wir dieses Problem los.«

»Uhrzeit und Ort sind nur eine Vermutung. Wir können uns nicht darauf verlassen.«

»Aber das Datum geht aus seinem ersten Drohbrief hervor. Davon wird er am allerwenigstens abweichen. Er hat es angekündigt, Leute wie Land halten an ihren Obsessionen fest, sonst würden sie sich lächerlich machen. Für uns heißt das: höchste Alarmbereitschaft am Dreiundzwanzigsten, wie gehabt.«

»Sie möchten es klein halten?«, fragte Raupach. Da Himmerich wohl zu viel Skrupel besaß, schien er Caberidis zum Abwiegeln vorgeschickt zu haben.

»Das habe ich nicht gehört.« Der Staatsanwalt machte eine Pause. »Lösen Sie den Fall mit einem angemessenen Polizeieinsatz. Das sollte doch möglich sein.«

Raupachs Widerspruchs-Gen gegen die Obrigkeit regte sich. Er hasste es, wenn die Politik ihm ins Handwerk pfuschte. Sie verlangte stets nach Ergebnissen, die mit dem Machbaren im Widerstreit standen. Überhaupt war die Politik bei jeder Form von Aufklärung ein schlechter Berater. Sie diente nur sich selbst, egal, was sie behaupten mochte.

»Lassen Sie mir die Leute, die ich habe«, sagte Raupach. »Bis zum 23. Dezember.«

»Und danach?«

»Können Sie mit der U-Bahn nach Hause fahren und Ihren Christbaum schmücken.«

»Das wird den Innenminister freuen«, erwiderte Caberidis, der darauf spekulierte, Staatssekretär in der nächsten Landesregierung zu werden. »Sie lassen Köln wie einen Polizeistaat aussehen, Raupach. Damit richten Sie eine Menge Schaden an. Hören Sie auf damit.«

Ein Anruf bei Himmerich ging ins Leere. Er berief sich auf Caberidis und schloss sich seiner Meinung an. Vorderbrügges Verrat hatte nicht das Geringste geändert. Die Polizeipräsenz sollte kurz vor Weihnachten auf ein Minimum heruntergeschraubt werden. Himmerich und Caberidis fürchteten um ihre Positionen, sie scheuten den Wirbel, den ein Großeinsatz erzeugte. Der Feuerteufel von Köln war von einer neuen Krise im Nahen Osten und einer Entlassungswelle bei verschiedenen

Banken überlagert worden. Da in Köln seit dem 8. Dezember nichts Gravierendes mehr passiert war, glaubte Himmerich, die Sache eingedämmt zu haben, zumindest nach außen hin.

Im Laufe des Tages kehrten Mattes Messkirch und Thierry Sandigmann aus London zurück. Zuerst waren sie entsetzt über die Neuigkeiten, die sie erwarteten. Dann protestierten sie ebenso heftig wie die anderen Bewohner ihres Hauses gegen den Polizeieinsatz. Woytas übernahm es, die Leute zu beschwichtigen und eine gewundene Presseerklärung abzugeben. Die beiden Designer bekamen ein Hotelzimmer zur Verfügung gestellt, bis die Beweisaufnahme in ihrer Wohnung abgeschlossen war. Sie regten sich noch ein bisschen auf, waren dann aber ganz froh darüber. Es schlief sich schlecht neben den Spuren eines Verrückten.

BEI SICH ZU HAUSE in der Gneisenaustraße packte Raupach Toilettenartikel und Wäsche zum Wechseln in einen kleinen Rucksack. Er hörte den Anrufbeantworter ab. Seine Schwester Sigrid hatte eine Nachricht hinterlassen, ein halbherziger Versuch, kurz vor Weihnachten die Familienbande wiederzubeleben. Sie fühlte sich dazu verpflichtet, vielleicht weil sie die Ältere der beiden Geschwister war.

Raupach machte sich nichts vor. Er hatte in den letzten Jahren zahlreiche Brücken hinter sich verbrannt, im Grunde war er zum absoluten Einzelgänger geworden. Sigrid und Marit, der Mann und der Cockerspaniel, sie kamen ohne ihn besser klar. Außerdem widerstrebte es ihm, für Weihnachten eine Verabredung zu treffen, die er vielleicht nicht einhalten konnte. Wie auch immer dieser Fall ausging, er konnte kaum hoffen, nach dem 23. Dezember Festtagsstimmung zu verbreiten oder auch nur so zu tun, damit er zumindest dem Kind nicht die Laune verdarb. Er würde Sigrid eine Weihnachtskarte schreiben, zu mehr sah er sich nicht imstande.

Die nächste Nachricht stammte von Tante Luise. Mit ihr würde er wie mit Sigrid verfahren. Das bedauerte er. Sie war die Einzige in der Familie, die ihn verstand. Aber dies war keine Zeit, um darauf zu spekulieren, nach getaner Arbeit an ihrem viel zu großen Kamin zu sitzen und Tante Luises Portweinsammlung durchzuprobieren. Er durfte gar nicht daran denken.

Als Letztes hatte sich Katharina, die Frau vom Gedächtnistraining, gemeldet. Sie schlug vor, einen Kaffee trinken zu gehen und über ungemalte Bäume zu sprechen. Katharina schien ein Gespür dafür zu besitzen, wie man einen alten Griesgram wie ihn zum Lächeln brachte. Sollte er sie zurückrufen? Am Ende hatte sie eindeutige Absichten. Aber wie konnte er jetzt etwas Neues anfangen, da ihm sogar die alten Verpflichtungen zu viel wurden? Er lebte nicht gern allein, hatte sich aber in langen durchwachten Nächten daran gewöhnt.

Am Nachmittag fuhr er zum Rudolfplatz. In einer leer stehenden Verkaufsstelle der KVB richtete er sich häuslich ein. Sie lag auf der Zwischenebene, bevor es zu den Bahnsteigen nach unten ging. Raupach begab sich ins Zentrum des Geschehens. Dafür musste er den Taubenschlag verlassen. Für Himmerich mochte das wie Führungsschwäche aussehen. Vermutlich dachte er, dass Raupach sich nach der ereignislosen Arbeit im Archiv zurücksehnte, nach wenig Verantwortung und geringen Risiken, bevor es zum letzten Treffen kam. Dass er deshalb unter die Erde ging.

Vielleicht war es so. Raupach verspürte wenig Lust, sich selbst zu analysieren. Er gab einer anderen Erklärung den Vorzug. Er war jetzt ein Spurenleser ohne Spur, und als solcher ging er seiner Arbeit am besten am Rudolfplatz nach, dem Ort des angekündigten Todes. Immer wieder befuhr er denjenigen Teil des Liniennetzes, den er für besonders gefährdet hielt, und ließ den Dingen ansonsten ihren Lauf. An diesem Punkt der Ermittlung konnte er nichts erzwingen. Zu einem geringen Teil hatte Caberidis Recht.

Natürlich stand er mit dem Präsidium in Kontakt, die Fahndung nach Aalund, Land, Valerie und Sheila Braq lief nach den Razzien weiter wie zuvor. Heide und Photini hielten ihm den Rücken frei. Sie riefen ihn nur an, wenn sich etwas Wichtiges ergab. Dazu gehörte zum Beispiel, dass die beiden Webdesigner normalerweise werktags mit der U-Bahn nach Hause fuhren, meist gegen 18 Uhr 30. Dadurch waren sie in Lands Koordinatensystem geraten. Photini legte eine Liste an mit allen Bewohnern von Nippes und Umgebung, die zur fraglichen Zeit regelmäßig die U-Bahn nahmen. Dreiundzwanzig Personen hatte sie bereits ausfindig gemacht. Ein paar von ihnen erinnerten sich sogar an den Mann im Dufflecoat. Sie fügten der Personenbeschreibung weitere Details hinzu.

Am Abend ging Raupach wieder ins Delphi und traf sich mit Heide und Photini. Jakub lag mit einer schweren Grippe im Bett, Effie Bongartz war noch mit den Spuren in Lands letztem Unterschlupf beschäftigt. Sie hatte bereits mehrere leere Flaschen sichergestellt, in denen hoch entzündliches Material enthalten gewesen war. Land hatte offenbar einen Brandsatz angefertigt. Valerie Braq war nach wie vor bei ihm. Wahrscheinlich hatte sie keine Ahnung, dass Sheila ihrer Anweisung, nach Norddeutschland zu fahren, nicht gefolgt war, denn die Telefongesellschaft hatte keine ausgehenden Anrufe registriert. Valerie und Land hatten in getrennten Zimmern übernachtet, es gab keine Hinweise auf intime Kontakte.

Raupach fragte sich, ob das ein gutes oder schlechtes Zeichen war. Wenn die beiden kein Liebespaar waren, bestand die Hoffnung, dass Valerie vor dem Dreiundzwanzigsten die Nerven verlor und versuchte, sich von Land abzusetzen, egal, was er über sie wusste. Wenn sie sich jedoch näher kommen würden, was schon vorgekommen war zwischen Menschen in einer sich zuspitzenden Zwangslage, wenn Valerie Lands Vertrauen gewann, dann brachte sie ihn vielleicht von seinem Vorhaben ab, oder er würde zumindest unvorsichtig werden. Aber lag das in Valeries Interesse? Wenn sie sich im Klaren darüber war, dass Land sie wegen des Mordes an Jef Braq belastete, war es aus ihrer Sicht dann nicht besser, ihn den Anschlag ausführen zu lassen? Dabei konnte viel passieren, Land setzte sein Leben aufs Spiel. Einen Brandsatz zu zünden war gefährlich, unverletzt davonzukommen noch schwieriger, dafür musste er den U-Bahn-Wagen rechtzeitig verlassen und sich der Festnahme entziehen. Wollte Land den Anschlag überhaupt überleben? Er hatte schon früher suizidale Tendenzen gezeigt. Raupach fiel der Selbstmord der jungen Babette wieder ein. Ein Selbstmord, der keiner war. Wie viele Menschen gingen in den Freitod, ohne es wirklich zu wollen? Wenn Land seinen Tod jedoch einkalkulierte …

»Mir stehen diese Wenns bis hier«, sagte Heide und nippte an ihrem Wasserglas. Das Kölsch hatte sie bis auf weiteres gestrichen, nicht wegen der Ermittlung, sondern weil sie eine weitere »beziehungstechnische Ernüchterung« hinter sich hatte, wie sie sich ausdrückte. Paul hatte Schluss gemacht, und zwar auf die übelste Art, die sie sich vorstellen konnte. Sie wollte nicht darüber sprechen. Raupach sah ihr an, dass sie es auf ihr Alter zurückführte. Deswegen war sie so übertrieben geschminkt. Mit den dicken schwarzen Rändern um ihre Augen sah sie aus wie eine Schauspielerin in einem Stummfilm.

Sie aßen schwiegend. Das Delphi war am letzten Freitag vor Weihnachten brechend voll. An einer langen Tafel in der Mitte der Gaststube fand eine Betriebsfeier statt. Die Polizisten saßen an einem kleinen runden Tisch direkt neben dem Bartresen. Dort war es etwas ruhiger.

Rula servierte den besten Fisch, den sie in der Kühlung hatte, irgendetwas mit See- als Vorsilbe. Teufel, Wolf, Barsch, oder war es Hecht? Jedenfalls hatte sie sich selbst übertroffen, trotz des starken Andrangs.

»Wer arbeitet, muss essen«, sagte sie und lud dem Chef ihrer Cousine ein Exemplar auf, das Homer zu einer weiteren Seemonstersage inspiriert hätte. Sie war vermutlich die Einzige der Anwesenden, die an eine Lösung des Falles glaubte.

Photini verkündete, dass sie nicht länger gedächte, im Polizeipräsidium zu bleiben. Raupach hatte seine Entscheidung ja schon stillschweigend getroffen. »Caberidis!«, stieß sie abfällig hervor. »Kaum schlägst du der Schlange den Kopf ab, wachsen zwei neue nach. In welchem Land leben wir eigentlich?«

Es widerte sie an, eine bevorstehende Katastrophe zu verwalten – und nichts anderes als eine Katastrophe kam auf sie zu. Ein leidlich rehabilitierter Kommissar, der langsam, aber sicher zum Sündenbock gemacht wurde – sie wies auf Raupach. Eine ungelittene Schreibtischermittlerin mit Liebeskummer – ein Blick zu Heide, die nicht widersprach. Und ein Erster KHK auf Abruf – damit begrüßte sie Woytas, der gerade eingetreten war und sich durch die eng stehenden Stuhlreihen kämpfte. »Damit ist wohl kein Staat zu machen.«

»Ich kann's dir nicht verdenken, Fofó«, wandte Raupach ein. »Aber wenn wir nun einmal nicht mehr haben …«

»Dann machen wir's auf die alte Tour«, erwiderte Photini. Sie wollte ihn wieder aus der U-Bahn herauskriegen. Potenzielle Tatorte abzuklappern war die reine Selbstzerfleischung. »Zieh all die Bullen aus Nippes ab, Klemens. Wir sprechen selber mit den Leuten. Mach es zu einem einfachen Fall!«

»Das kann ich nicht.« Raupach löste ein Stück Fisch von den Gräten und probierte es. Er schmeckte nach Anis.

»Was wollen Sie hier?«, fragte Heide müde.

Woytas blieb vor ihrem Tisch stehen. Ganz gegen seine Art trug er feste Winterkleidung und robuste Trekkingschuhe. Er wirkte wie jemand, der in die falsche Party geraten war. »Ich kam gerade vorbei und dachte mir, ich lese Sie auf.«

»Wofür?« Photini traute Woytas nicht, egal, was Raupach inzwischen von ihm hielt. Das zeigte sie dem Ersten KHK auch. »Auf welcher Seite stehen Sie eigentlich?«

»Wie?«

»Was versprechen Sie sich von dem Fall?«

»Nichts. Genau wie Sie, nehme ich an.« Woytas wurde es warm, er öffnete den Reißverschluss seiner Jacke. »Oder meinen Sie, bei dieser Sache lässt sich etwas gewinnen?«

»Sie können Ihren neuen Job verlieren.«

»Sie auch.«

»Die meisten von uns«, ergänzte Heide. Bei Licht betrachtet, war sie hier die Einzige, die nicht befördert worden war.

Woytas seufzte. »Bei jedem schwierigen Fall geraten sich die Ermittler an einem bestimmten Punkt in die Haare. Die äußere Gewalt richtet sich nach innen. Das ist ein irritierendes Phänomen. Als würde sich Lands zerstörerische Energie auf uns übertragen.«

Raupach aß seinen Fisch. Dieses See...tier war butterweich und behielt dennoch seine Form. Er hatte selten Gelegenheit zu einer exquisiten Mahlzeit und wollte sie nicht unterbrechen.

»Was tun Sie, wenn wir Land nicht kriegen?«, bohrte Photini.

»Das glaube ich nicht. Wir kriegen ihn.«

»Bisher haben Sie sich ziemlich rausgehalten.«

»Aus Gründen, die Ihnen bekannt sind. Ohne Ihren Chef stände ich nicht hier.« Woytas bat den Mann hinter der Bar um Leitungswasser. Rulas Cousin, der auch Photinis Cousin war, runzelte die Stirn, schenkte ihm aber ein Glas ein. Das Kölner Wasser enthielt genug Kalk, um eine Tropfsteinhöhle in Jahresfrist zuwuchern zu lassen. Raupach hütete sich, den Kopf zu heben. Das war Woytas' Auftritt.

»Warum sind Sie so sicher?« Photini fand Gefallen an der Unterhaltung.

Das Leitungswasser kam. Woytas trank das Glas in einem Zug aus. »Weil ich denke, dass wir nicht besser aufgestellt sein könnten, um diesen komplexen Fall zu lösen. Lassen Sie sich nicht entmutigen. Rückschläge gehören dazu. Sie sind das Wesen unseres Berufs.«

Woytas fand die Worte, die Raupach nicht von den Lippen gingen. Sie waren etwas steif, aber gerade deshalb entfalteten sie ihre Wirkung. »Wir sind wie diese Sagengestalt, die einen großen Stein einen Hügel hinaufrollen muss«, fügte Woytas hinzu.

»Sisyphos«, ergänzte Rampach. »Aber es gelingt ihm nie. Der Stein rollt immer wieder hinunter.«

»Weil nach diesem Fall schon der nächste kommt. Das große Rätsel werden wir nie lösen können: Warum die Menschen Verbrechen begehen. Wir haben viele Erklärungen dafür, aber keine zufriedenstellende Begründung.«

»Und was ist dann unser Beruf?«, fragte Heide.

Woytas blickte zu Raupach. Der ließ sein Besteck sinken und

wischte sich mit einer Papierserviette den Mund ab. Dann sagte er: »Lüge von Wahrheit zu scheiden. Wenn es den Leuten da draußen immer schwerer fällt, müssen wir es tun.«

Er stand auf und angelte unter dem Tisch nach seiner Jacke.

»Nun sagen Sie schon, Woytas. Was ist los?«

»Kommen Sie mit. Es gab einen weiteren Brand.«

DIE SIMONSKAUL war eine abgelegene Verbindungsstraße zwischen Mauenheim und Longerich, nördlich von Nippes. Kleingartenanlage konnte man die Grundstücke nicht nennen, die sich zu beiden Seiten der Straße erstreckten. Es waren vereinzelte baufällige Buden inmitten einer Gegend, die an Trostlosigkeit kaum zu überbieten war. Die Bebauung hörte am Anfang der Brache auf, ein Niemandsland am Rande der Stadt.

Seit einer Stunde regnete es. Der Wind fing sich in Raupachs abnehmbarer Kapuze, die er vor einigen Tagen wieder an den Jackenkragen geknöpft hatte. Schlechtes Wetter, um Spuren zu suchen. Ideal, welche zu finden.

Die Techniker hatten das Gelände taghell erleuchtet. Ein ausgebrannter Lieferwagen. Die Plane, mit der er abgedeckt gewesen war, hatte das Feuer verstärkt. Die Fahrgestellnummer stimmte mit dem Kleinbus überein, der auf Raimund Lübben zugelassen gewesen war. Es war der Tourbus von Barbarossa.

Daneben befanden sich die Überreste eines Gartenhäuschen. Als Besitzerin stellte sich laut Grundbuch eine Frau namens Karin Dott heraus. Sie war seit zwei Jahren verstorben, das Haus galt als unbewohnt. Eine Polizeistreife war auf den Lichtschein aufmerksam geworden, viel zu spät, denn als die Feuerwehr eingetroffen war, hatte es so gut wie nichts mehr zum Löschen gegeben.

Effie Bongartz hatte Ringe unter den Augen.

»Schaffen Sie das?«, fragte Raupach. »Wo ist Hattebier?«

»Keine Ahnung. Ich bin ja da.«

»Und Ihre Leute?«

»Kommen noch. Einer nach dem anderen.« Sie hielt einen Styroporbecher mit Kaffee hoch. »Das hält mich wach.«

»Sagen Sie mir, was ich tun muss.« Photini streifte Latexhandschuhe über. »Ich habe keine Expertenausbildung, aber für ein paar Abstriche sollte es reichen.«

Effie reichte ihr mehrere Plastikröhrchen und Abstrichpapier.

»Am besten, ihr fangt mit den Blutspuren an«, rief Heide. Mit einer starken Taschenlampe untersuchte sie den Weg, der in die Simonskaul einmündete. Sie bewegte sich Zentimeter für Zentimeter, um keine Spur zu zerstören. »Und dann kommen diese Reifenabdrücke dran.« Heide deutete auf ein Stück Matsch. Mit Dreck war sie vertraut. Sie las darin wie in der Seele dieses Mistkerls, der ihr die große Liebe vorgegaukelt hatte. Jetzt hatte sie mit Paul eine Rechnung offen.

»Was sehen Sie?«, rief Effie ihr zu.

»Einen PKW und ein Fahrrad. Mountainbike, dem Profil nach zu urteilen.«

»Hier.« Effie warf Heide ein Bündel mit langen Markierungsstäben zu. »Kommen Sie zurecht?«

»Ich liebe dieses Wetter.« Heide deutete in den Nachthimmel. Der Vollmond hatte Mühe, durch die Wolkenschichten hindurchzuschimmern. »Nur damit keine Missverständnisse aufkommen: Das da drüben ist die Schreibtischermittlerin.« Sie wies auf Photini. »Hat nur ihre Tastatur im Kopf.«

Raupach stand neben Woytas auf der Straße und verfolgte die Arbeit seiner Leute. »Sie haben Recht. Ich würde sie um nichts in der Welt eintauschen.«

»Was ist hier passiert?«, fragte Woytas. Nach seinen Äußerungen im Delphi hatte er genug von Sentimentalitäten.

»Vorsätzliche Beseitigung von Beweismaterial.« Raupach betrachtete das Wrack des Lieferwagens. »Lübben war das einzige Opfer, dessen genaue Todesumstände wir nicht kannten. Es war sein Bus. Ich bin mir sicher, dass er darin auch starb. Einige Tage später legte jemand die Leiche in der Unterführung in Longerich ab. Der Wagen blieb hier versteckt, bis jemand die Gelegenheit gekommen sah, alle Indizien zu vernichten.«

»Der Täter?«

»Mag sein.«

»Haben Sie Zweifel?«, fragte Woytas.

»Vielleicht gab es am Tatort noch mehr Spuren. In diesem Bus kann sich alles Mögliche zugetragen haben.«

»Denken Sie an das Mädchen?«

»Öfter, als mir lieb ist. Außerdem gibt es ja noch die Blutspuren, die wir an Lübbens Leiche gefunden haben. Wir konnten sie noch nicht zuordnen.«

Raupach betrachtete den Bus. Seine verkohlten Türen standen offen, als wollte er sein Geheimnis preisgeben. Auf der Ladefläche befand sich eine Matratze, die Sprungfedern waren noch zu erkennen. Wenn es stimmte, was er von Sheila annahm, hatte sich in diesem Wagen Schreckliches zugetragen.

»War es Aalund?«, fragte Woytas.

»Dann müsste er Lübben und vermutlich auch Materlink und Tiedke umgebracht haben. Dann ist er unser Trittbrettfahrer. Weil er seine Mitwisser aus dem Weg schaffte.«

»Das Gartenhaus könnte sein Versteck gewesen sein.«

»Möglich.«

»Hat Sheila Braq sich ihm angeschlossen?«

»Das kann ich mir beim besten Willen nicht vorstellen.« Raupach schüttelte den Kopf. »Nein, ich kenne sie ein wenig.« Er dachte an ihr Eingreifen auf der Eisbahn. »Wenn sie wirklich von Aalund und den anderen missbraucht wurde, wird sie ihn meiden. Sie wäre seine letzte Mitwisserin. Und Valerie auch, aus Aalunds Sicht. Ich fürchte zwar, dass Valerie gar nichts von den Vergewaltigungen weiß, aber wegen des Mordes an Jef können wir nicht sicher sein, das ist ein großes Druckmittel.«

»Wenn Aalund alle möglichen Mitwisser umbringen wollte, hätte er Valerie Braq im Sonnenstudio beseitigt.« Woytas überlegte. »Vielleicht hat er nur versucht, die Spuren der Vergewaltigungen in dem Bus auszulöschen?«

»Das kommt mir am wahrscheinlichsten vor. Ich glaube nicht, dass Aalund ein Mörder ist. Vergewaltiger, ja. Mörder, nein.«

»Könnte Land den Brand gelegt haben?«

»Dafür sehe ich kein Motiv. Noch einmal: Wir konnten die Blutspuren an Lübben nicht identifizieren. Sie gehören weder zu Aalund noch zu Land. Wir haben einen Unbekannten in der Gleichung. Seit langem schon.« Raupach deutete auf Heide. »Zwei Menschen waren hier, einer mit dem Fahrrad, der andere mit einem Pkw Wir brauchen hier möglichst schnell jeden, der in der Spurensicherung Beine hat.«

Heide trat neben ihn. Sie hatte eine Patronenhülse in der Hand und schnupperte daran. »Frisch«, sagte sie.

VON AUSSEN SAH der Schuppen so unbewohnt aus wie diese Gartenlaube in Mauenheim. Es war erstaunlich einfach gewesen, Aalund dorthin zu locken. Luzius hatte eine Nachricht auf einen Zettel geschrieben und ihn in den Werkzeugkasten gelegt, den Aalund am Kai stehen gelassen hatte. Es war ein guter Plan. Luzius glaubte den Mann zu kennen. Er hatte ihn lange genug beobachtet. Aalund verließ sein Versteck selten. Aber einmal war ihm Luzius bis zu der Gartenlaube gefolgt. Das war bei Tag gewesen, in einer nahe gelegenen Parzelle hatten Leute Weihnachtsbäume geschlagen. Grundsätzlich schien die verlassene Gegend im Norden der Stadt aber der geeignete Ort zu sein, um einige Dinge klarzustellen.

Jetzt tat Luzius die Seite weh. Nestor hatte ihm eine Adresse gegeben, wo ein schweigsamer Arzt den Schusskanal gereinigt und das Loch über dem Beckenkochen mit einer sauberen Naht verschlossen hatte. Luzius hatte schon Schlimmeres überstanden als einen glatten Durchschuss. Solange er sein Fahrrad benutzen konnte, machte er sich keine Sorgen.

Sheila reagierte sofort auf sein Klopfzeichen. Luzius machte, dass er vom Hinterhof verschwand. In der Christinastraße war er in eine Polizeikontrolle geraten. Er hatte sich ausgewiesen und durfte weiterfahren, weil die Personenbeschreibung nicht auf ihn passte. Gut, dass er eine schwarze Jeans getragen und seine Jacke nicht hatte ausziehen müssen.

Sheila schöpfte keinen Verdacht. »Du bist so blass«, sagte sie nur und schrieb es dem Schein der Neonleuchte zu. Luzius hatte das einzige Fenster mit dunkler Folie und Silikon abgedichtet. Auf dem Boden stand ein Feldbett, um Sheila das Schlafen auf einer Matratze zu ersparen.

Er stellte die Thermoskanne auf die Werkbank. Der Raum konnte mit einem Radiator beheizt werden. Aber da Sheila die künstlich angewärmte Luft aus dem Gebläse hasste, waren es in dem Schuppen nur knapp über zehn Grad.

»Gerade genug für die Oleander«, sorgte sich Luzius.

»Die haben sich auf die Kälte eingestellt. Temperaturschwankungen sind Gift für sie.« Sie strich über die Blätter. Ihre Kanten wirkten scharf, die Spitze piekte. Wieder einmal wunderte sie sich, was Luzius an solchen Gewächsen fand: Je wärmer es war, desto widerstandsfähiger zeigten sie sich. Aber bei zunehmender Kälte wurden sie empfindlich. Ein Frost genügte, und sie gingen ein. »Ich mag Oleander nicht. Man muss sich ständig um sie kümmern. Sie stellen ziemlich hohe Ansprüche.«

»Weil sie sich nicht anpassen. Was soll daran falsch sein?«

In Sheilas Leben hatte es schon so früh viel zu viel zu sehen und zu erleben gegeben, dachte Luzius. Und je mehr es davon gab, desto weniger Zeit stand ihr zur Verfügung, alles wahrzunehmen und zumindest einen Teil davon zu begreifen. Es fiel ihm ja schon selber schwer genug, sich ein Urteil zu bilden und all die Belanglosigkeiten auszusondern, die auf ihn einstürmten. Dieser Mann, der jetzt mit Valerie zusammen war, hatte für klare Verhältnisse gesorgt: Zerstöre, was dich krank macht! Angeblich litt er unter einer Persönlichkeitsspaltung, wie es im Radio hieß. Es konnte aber auch sein, dass Größe und Elend bei diesem Menschen Hand in Hand gingen.

Sheila wollte wissen, wann es endlich so weit sei. Luzius müsse seine Nachforschungen über Gunter abschließen. Sie hätten nicht mehr viel Zeit. Im neuen Jahr wollte Sheila bereits in Lüttich zur Schule gehen.

Luzius schlug vor, Gunter an einem Tag zu töten, an dem die Aufmerksamkeit auf den öffentlichen Verkehrsnetzen lag. Dafür war der 23. Dezember am besten geeignet.

»Wo ist er, nun sag schon!«, fragte sie ungeduldig. »Falls es dich beruhigt: Ohne dich gehe ich hier bestimmt nicht weg.«

»Er lebt auf einem Boot.«

Sheila stutzte. »Am Rhein?«

»In einem der Flusshäfen. Mehr sage ich nicht.«

Luzius spürte, wie ihm die Beine den Dienst versagten. Der Blutverlust, nahm er an und setzte sich auf Sheilas Feldbett. Die Kleine schien das zu missdeuten.

»Magst du noch bleiben?«, fragte sie. »Du brauchst nicht gleich wieder zu gehen.« Sheila versuchte, die trübe Stimmung zu vertreiben. Sie war dreizehn. Sie wusste, was Männer taten, wenn sie von einem Mädchen mehr wollten. Luzius machte nie derlei Anstalten. Sie würde ihn gerne dazu bewegen, mit ihr zu machen, was die anderen erzwungen hatten, zumindest probeweise. Was würde sie darum geben! Ihr Verstand verlangte nach einer Pause von vielen Jahren, bevor sie sich wieder von einem Mann berühren ließ. Ihr Herz wollte nichts davon wissen. Sie spürte, wenn nicht bald eine neue Erfahrung an die Stelle der alten träte, wäre sie vielleicht niemals mehr in der Lage, Genuss dabei zu empfinden. So war es doch: Es wurde alles besser, oder?

Das Wundfieber kam. Luzius hatte damit gerechnet. Als die Kugel eingeschlagen und der Schuss unter dem düsteren Himmel verhallt war, hatte er gewusst, dass sein Plan gescheitert war. Der Mann, der ihn angeschossen hatte, hatte trotz der Dunkelheit genau gewusst, dass Luzius hinter dem Lieferwagen gekauert hatte. Nachdem er den Schuss abgefeuert hatte, war er wieder verschwunden. Dadurch war Luzius mit dem Leben davongekommen.

Luzius war in seine eigene Falle gegangen. Mit einer Waffe, die er nicht einmal hatte abfeuern können, so schnell war alles gegangen.

Er sank zur Seite. Das nächste Mal würde er es besser machen. Sheila kümmerte sich um ihn.

20. Dezember

»DAS IST NICHT WAHR.«

»Der Bericht blieb bei Vorderbrügge hängen«, erwiderte Woytas. »Ich kann nichts daran ändern.«

Raupach las die entsprechenden Zeilen laut vor, damit es alle mitbekamen: »Aufgrund der vorhandenen Druckstellen (Totenflecken) liegt es im Bereich des Möglichen, dass sich die Tötung von Raimund Lübben in mehreren Schritten vollzogen hat. Ungewöhnliche Hämatome im Bereich der unteren Halswirbel lassen eine weitere Obduktion als angezeigt erscheinen.« Raupach rollte mit den Augen. Für manche Mediziner war sprachliche Verständigung so kompliziert wie eine Organverpflanzung.

»Wer hat das unterschrieben?«

»Die Signatur sieht nach Professor Wassenhoven aus«, sagte Woytas. »Der Bericht stammt vom 6. Dezember.«

»Ein Tag nach der Weihnachtsfeier im Präsidium«, warf Photini ein. »Am 5. haben wir Lübbens Leiche gefunden.«

»Eigentlich ist es eine Ergänzung.« Woytas wies auf die eingetragene Uhrzeit: 17 Uhr 10. »Das offizielle Gutachten hat Wassenhoven schon gegen zwölf Uhr Mittag abgegeben. Dann hatte er vor, zu einem Kongress in Berlin zu fahren. Und danach in Urlaub.«

Raupach musste sich beherrschen. »Sie meinen, Wassenhoven ist … nach Diktat verreist?«, sagte er leise.

»Aber er kam am Nachmittag noch einmal in die Pathologie zurück, offenbar um seinem Bericht etwas hinzuzufügen.«

»Den Vorderbrügge liegen ließ. Oder übersah. Unterschlug?«

»Schwer nachzuweisen. Wahrscheinlich ging der Nachtrag einfach unter. Jedenfalls wurde die zweite Obduktion nicht vorgenommen.«

»Warum landete der Bericht überhaupt bei Vorderbrügge?«

»Ich nehme das auf meine Kappe, Raupach. Ich hätte mich persönlich darum kümmern müssen.«

»Sie hätten den richtigen Leute trauen sollen«, sagte Heide Thum.

»Ich werde es mir merken.«

Heide schob ihm ihren Notizblock hin. »Am besten, Sie schreiben es sich auf.«

»Es ist nun einmal geschehen.« Raupach stand auf und durchquerte den Taubenschlag. Dort war etwas Ruhe eingekehrt. Immer weniger Hinweise aus der Bevölkerung gingen ein, der Brand an der Simonskaul war nicht an die Öffentlichkeit gedrungen. Es schien, als duckten sich die Leute in Erwartung eines Schlages, den sie nicht kommen sehen wollten. Die Kölner hatten sich von dem Feuerteufel einige Tage in Atem halten lassen. Jetzt drängten wieder andere Probleme in den Alltag, ältere, persönlichere. Kaum eines davon würde in der kurzen Zeit bis zum Heiligen Abend zu lösen sein, aber man konnte ja mal so tun als ob.

Es hatte keinen Sinn, sich länger als nötig mit Vorderbrügges Intrigen aufzuhalten. Der Mann hatte schon genug Schaden angerichtet. Raupach überließ es Woytas, Himmerich zu unterrichten und für die nötigen Konsequenzen zu sorgen. Ein wenig gab er auch sich selber die Schuld. Die Berichte über Materlink und Tiedke hatte Clausing, einer von Wassenhovens Stellvertretern, angefertigt. Raupach hatte dem keine Beachtung geschenkt, weil er Clausing ohnehin für den kompetenteren Mediziner hielt und zu diesem Zeitpunkt noch nicht Leiter der Sonderkommission war.

»Die Obduktion findet umgehend statt«, sagte er schließlich. »Ich will wissen, ob Lübben in diesem Lieferwagen ermordet wurde oder woanders. Ich will den genauen Ablauf: Welche Wirbel brachen in welcher Reihenfolge und in welchem zeitlichen Abstand? Wenn mehrere Personen daran beteiligt waren …«

»… ist Land gefährlicher, als wir dachten«, vollendete Photini.

»Oder ein anderer. Mit wie vielen Mördern haben wir es hier zu tun?« Raupach erwartete keine Antwort. Die Anwesenden schwiegen.

»Zumindest mit ein und demselben Verletzten.« Effie Bongartz öffnete einen Ordner mit ihren Analysen. »Dieselbe Person, die bei dem Gartenhaus in Mauenheim angeschossen wurde, hat auch Blutspuren an Lübben hinterlassen. Kein Zweifel möglich.«

»Wie schwer verletzt?«, fragte Raupach.

»Der Mann konnte mit dem Fahrrad fliehen, das ist schon mal klar«, sagte Effie. »Wir haben ein Projektil gefunden, Vollmantelgeschoss, scheint nicht viel Schaden angerichtet zu haben. Es stammt mit ziemlicher Sicherheit aus einer Glock.«

»Österreichisches Fabrikat.« Photini besaß ein profundes Wissen über Faustfeuerwaffen, obwohl sie die meisten Modelle nur vom Schießstand kannte. »Wenig gebräuchlich.«

»Wär dir eine Sig Sauer oder eine Walther lieber?«, fragte Heide.

»Ja«, konterte Photini. »Dann könnte es ein Bulle sein.«

»Oder einer, der für einen Bullen gehalten werden will.«

»Was haben wir sonst noch?«, unterbrach Raupach.

»Nur Reifenspuren eines Kleinwagens und Abdrücke von schweren Profilstiefeln, wie sie derzeit Mode sind. Wir sind dran. Ist nicht einfach bei diesem Matschwetter.«

»Informieren Sie die Streifendienste und unsere Befragungsgruppen.«

»Wer war da draußen?«, fragte Heide. »Was ist dort passiert?«

Raupach nahm seine Jacke von der Stuhllehne. »Spuren werden getilgt. Dafür tauchen ein paar auf. So ist das, wenn man etwas entfernt. Etwas anderes bleibt zurück.«

»Wohin gehst du?«

»Zu Clausing in die Gerichtsmedizin. Und dann wieder in die U-Bahn. Ihr braucht mich hier nicht.«

»Aber der Fall fliegt uns gerade um die Ohren!«, protestierte Heide.

»Tut er das? Ich finde, langsam ergibt er einen Sinn.«

»Sprich nicht in Rätseln, Klemens. Werd nicht selbstgefällig.«

»Mach deine Arbeit, Heide. Geht nach Mauenheim. Sprecht mit den Leuten. Befragt die Angehörigen von Karin Dott. Macht eine vernünftige Tatortanalyse. Übt euch in Geduld.«

»Wir haben nicht mehr viel Zeit!«

»Die anderen auch nicht. Sie läuft uns allen davon.«

ES WAR SEIN DRITTER Kaffee an dem Kiosk. Er schmeckte so bitter, wie er befürchtet hatte. Über ihm rollte der Verkehr der Neusser Straße, ein ruheloses Ungeheuer ohne Kopf und Schwanz. Die U-Bahn-Haltestelle Florastraße war eine Durchgangsstation mit nur zwei Schienensträngen. Sie wurde von den Linien 6, 12 und 15 angefahren, Raupach gelangte von hier aus zum Dienst. Meistens fuhr er bis zum Rudolfplatz und stieg in die 1 nach Kalk um. So ähnlich wie Land, nur dass der Buchhändler für gewöhnlich am Neumarkt ausstieg. Zu Zeiten, die einem geordneteren Tagesablauf folgten als die seinen, nahm Raupach an. Schemenhaft erinnerte er sich an einen Mann im Dufflecoat, vielleicht war er ihm gelegentlich begegnet. Aber das konnte er sich auch nur einbilden. In einer Stadt wie Köln konnte man in der gleichen Straße wohnen und sich nie über den Weg laufen. Oder sich andauernd sehen, beim Bäcker, im Supermarkt, am Stand des Fischhändlers Krusenbaum, wo Raupach selten etwas anderes als Hering kaufte.

Die Frau hieß Cecilie Güsgen. Sie hatte den Kiosk seit der Wiedervereinigung gepachtet, Ende der achtziger Jahre, aber sie könne sich auch irren. Jahreszahlen seien nicht ihre Stärke und auch völlig nutzlos, um den Tag zu bemessen. Unter der Erde zählten nur die Tage, die Zeit folgte hier einem kürzeren Takt. Nach dem Tod ihres Mannes sorgte sie selber für ihr Auskommen. Jupp Güsgen hatte im Ford-Werk Köln-Niehl gearbeitet, zu kurz für eine anständige Rente, zu lange für eine intakte Gesundheit.

Frau Güsgen besaß ein tief verwurzeltes Misstrauen gegenüber der Polizei, unter anderem, weil sie die Hälfte ihrer Einkünfte dem Staat verschwieg. Die Befragungsgruppen hatten sie nur als verschlossenes Orakel kennen gelernt.

Raupach hatte mehr Glück. Bevor er in den Polizeidienst eingetreten war, hatte er ein halbes Jahr bei Ford Kotflügel ausgestanzt. Er hatte an einem riesigen Stempel gestanden, Blech für Blech eingelegt und seine Hände in Sicherheit gebracht, als das Ding mit einem Gewicht von zwanzig Tonnen niedersauste. Damals mit 22, nachdem er sein Studium geschmissen hatte und es mit ehrlicher Arbeit versuchen wollte, hatte er sich keine großen Gedanken darüber gemacht.

Jupp Güsgen war in der Lackiererei beschäftigt gewesen. Später machten Spritzroboter seine Stelle überflüssig, aber das erlebte er nicht mehr. Er hatte lange genug Farbdämpfe eingeatmet, um mit 57 das Zeitliche zu segnen. Krebs konnte viele Ursachen haben. Wenn Cecilie Güsgen einen Ford sah, verkniff sie es sich meist, einen Kratzer in den Lack zu machen. Hin und wieder tat sie es doch. Die beiden hatten keine Kinder zusammen gehabt, aber eine unerschütterliche Liebe. »Dat wor jet ganz Besonderes. Dat künnt ehr jung Lück üch gar nit mih vürstelle.«

An Gesprächsstoff fehlte es Raupach mit ihr also nicht. Natürlich kenne sie Johan Land, sagte die Frau. Schließlich habe sie Augen im Kopf. Sie deutete auf zwei Brillengläser, die sie aussehen ließen wie eine drogensüchtige Eule. Sie rauchte Camel ohne Filter. Ihre Stimme klang verbraucht.

Raupach kaufte ein Brötchen mit Käse und Schinken. Sie schaute kritisch, offenbar verdiente sie nicht viel daran. Er nahm ein Fläschchen Korn dazu. Sie lächelte und kippte den Inhalt in seinen Kaffee.

»Öm Veedel vür sibbe, häs de gesaht …«

»18 Uhr 43, laut Fahrplan der Linie 15.« Um diese Zeit kam die Bahn, die um 18 Uhr 33 am Rudolfplatz losfuhr, in der Florastraße an.

»Meins de, ich han hee en Stechuhr?«

»So was Ähnliches.«

Übler Husten, vor allem, wenn sie lachte. »Höösch, Jung. Ich ben nit der ganzen Dag am Luure, wä us der KVB kütt. Usserdäm han ich eesch zick Nikolaus en Stund länger op.«

»Sie lesen doch Zeitung?«

»Dat lööt sich nit vermeide.« Sie beugte sich vor und hielt ein Boulevardblatt hoch. »Denk bloß nit, dat ich dat Zeug gään verkloppe. Die maachen op katholisch, wann der Papst kütt, ävver üvverall nor Nackige un dreckelige Inserate. Dat es en Schand! Kanns de do nit ens jet dran maache, als eine vun der Polizei?«

»Leider nein, bedaure. Pressefreiheit.«

»Wo häs de dann su fing Maniere her?«, wunderte sie sich.

»Wer höflich fragt …«

»… gläuv noch an et Chresskind. No jo, es god. Deis jo bloß ding Arbeid.«

»Genau.« Raupach nahm einen Schluck von dem Kaffee. Der Schnaps machte ihn noch ungenießbarer.

»Drink et us, dann es et fott.«

Er befolgte ihren Rat und kniff die Augen zu.

»Schmeck wie dat Veedel, oder? Ävver wat frögs de üvverhaup? Kenns dich doch selver us en der Florastroß! Ich han dich jedenfalls off genog gesinn mem Geschlepps om Rögge wie unse Herr Jesus.«

»Wie bitte?«

»Do häs et ärme Dier!«

»Sie meinen, ich bin melancholisch.« Raupach mochte den Kölner Dialekt, auch wenn er mitunter nicht alles verstand. Er klang nach einer Kreuzung von Deutsch und Französisch. Seine eigene Mundart hatte er sich schon vor langer Zeit mit Bedauern abgewöhnt. »Kennen Sie mich?«

»Manchmal seh ich dich in weiblicher Begleitung.« Frau Güsgen versuchte, Hochdeutsch zu sprechen. »Die kleine Griechin is der zu jung, wat? Sprich für dich, aber wat is mit der Älteren? Quasselt für zwei, trinkt für vier, aber hält sich frisch. Extra für dich?«

»18 Uhr 43. Es geht um Johan Land.«

»Läss dich nit ablenken, ne? Bis de ene gute Bulle?«

»Ich versuch's. Wenn Sie mir dabei helfen.«

»Na, wenn du so freundlich fragst …«

Für Cecilie Güsgen waren Tageszeiten wichtig. Sie zeigten ihr an, wann ein Geschäft zu machen war. Mit wem sie ein Schwätzchen halten konnte. Wen sie mochte. Oder verachtete. Sie kannte Valerie Braq, »e Flaschenkind«. Aber davon gebe es jede Menge im Viertel. Nur sie, die Güsgen, sehe es ihnen an unter ihrer Solariumhaut oder ihren Kopftüchern, je nachdem. Sie wisse genau, wer von diesen gut aussehenden Mädchen mit dem Herz auf Halbmast nach Hause kam. Der Gang, die Schultern, wie sie den Kopf hielten. Und natürlich die Hände. Hände sagten alles. Wie oft sie sich ans Gesicht fassten. Prüfende Griffe. Wo saß der Bluterguss unter dem Make-up? Deutsche, Türken, es machte keinen Unterschied. Schweine gab es genug in dieser Welt. Eckensteher, die sich von der Mauer lösten, wenn ein »lecker Mädche« wie Sheila vorbeilief.

Es sei immer der gleiche Mann gewesen. Wartete, bis das junge Ding vorbeikam, und nichts wie hinterher. Zu alt, um einem Mädchen wie Sheila hinterherzusteigen. Und sie viel zu jung. Braucht man kein Bulle sein, um da was zu vermuten. »Da macht sich unsereins Sorgen. Aber dat Sheila weiß sich zu wehren. Vor kurzem hatt dä Typ ene Blötsch am Hinterkopp. Hätt ruhig noch düchtiger ausfallen können.«

»Meinen Sie Gunter Aalund? Haben Sie die Fahndungsanzeigen gelesen?«

Sie nickte. »Dä is nit ausem Veedel. Hab schon mein Fühler ausgestreck, aber an dä Kerl komm ich nit eran. Dä kriss de nit zu fassen.«

»Wann haben Sie ihn zuletzt gesehen?«

»Vor zwei Wochen.«

»Und da hatte er eine Beule am Kopf?«

»Jo.«

Raupach kam wieder auf Johan Land zu sprechen. »18 Uhr 43, Frau Güsgen. Es geht um den Mann im Dufflecoat. Das ist so eine Jacke mit …«

»Ich bin nit beklopp, Herr Kommissar. Obwohl ich noch nit weiß, zu wat für ener Sort Bullen de gehörs. Offen für alle Seiten, wat?«

»Ich ergreife für niemanden Partei.«

»Dein Wort in Gottes Ohr.«

»Ich wohne in der Gneisenaustraße.«

»Dat is mein Revier. Wat glaubs de, warum ich überhaup mit dir rede?« Cecilie Güsgen holte ein kleines Spiralbuch aus den Tiefen ihres Strickponchos.

Die Frau hatte alles penibel notiert, in halbstündigen Abständen. Wer wann die U-Bahn betrat und verließ, mit Vor- und Nachnamen, der Himmel wusste, woher sie die alle hatte. Die Seite, die mit »19 Uhr« überschrieben war, hatte sie erst vor kurzem angelegt. Darauf befanden sich außer Johan Land viele bekannte Namen. Valerie Braq. Mattes Messkirch. Thierry Sandigmann. Judy Blaschke. Yilmaz Babacan. Überraschenderweise auch Gabor Siklossy. Vielleicht waren sie Zeugen von Martas Tod gewesen. Oder sie hatten nur das Pech, zur falschen Zeit die U-Bahn zu benutzen.

Wie auch immer: Lands Anschlag auf die Kinderspielhöhle war eine Art Übung gewesen mit einem tieferen Sinn. Er wusste genau, wer im Viertel die Bahn benutzte, hatte sich seine Zielpersonen bereits ausgesucht. Er wollte am 23. Dezember nicht nur die Allgemeinheit bestrafen, sondern ganz bestimmte Menschen.

Raupach hielt Lands Todesliste in der Hand. Die Frage war nur: Würde er daran festhalten, nach allem, was er über den Stand der Ermittlungen wissen musste? War er völlig verrückt oder nur ein bisschen? Wo versteckte er sich?

Raupach gab Photini die Liste durch. Sie hatten wieder konkrete Ziele, die Kreise wurden kleiner. Als er Frau Güsgen einen Fünfziger hinschob, rümpfte sie beleidigt die Nase. Dann ließ sie den Schein in ihrem Strickponcho verschwinden.

»Firma dankt.«

»Passen Sie auf sich auf«, sagte Raupach.

Sie wies auf einen nagelneuen Feuerlöscher. Er hing in Griffweite neben der Kasse. »Sicher dat.«

»DU HAST MIR meine Frau genommen!«

Speichel spritzte in Valeries Ohr. Es war wie Säure.

Die Flucht aus der Wohnung von Mattes und Thierry, eng aneinander geklammert, jeder Schritt ein gemeinsamer. Sie hatte sich gefühlt, als wollte er sie in Sicherheit bringen. Ein bisschen war es auch so.

Nach allem, was sie über das Gesetz wusste, war Johan nicht schuldfähig. Es gab viel extremere Fälle, bei denen die Täter mit ein paar Jahren Psychiatrie davonkamen. Valerie selbst war ein Entführungsopfer, eigentlich hatte sie nichts zu befürchten. Aber da waren immer noch Jef und das Kissen. Dieser Kommissar hatte ihr Leben sicher schon auf den Kopf gestellt, ihre Schonzeit war vorüber. Sie war eine Mörderin. Das würden sie garantiert ausgraben, es war nicht mehr zu ignorieren. Zur Polizei konnte sie nicht gehen.

»Du hast Marta vertrieben!« Seine Hand an ihrem Nacken. Er packte sie wie ein Kaninchen.

Sie musste nur das Tagebuch irgendwie an die Zeitungen verhökern. Informantenschutz. Doch was sollte sie bis dahin tun? Sie musste auf den richtigen Zeitpunkt warten, um zu verschwinden. Aber was, wenn dieser Zeitpunkt nicht kam? Wenn Johan sie in seinen aberwitzigen Anschlag hineinzog? Dann konnte alles passieren.

War es besser, ihn von seinem Vorhaben abzubringen? Sie befand sich bereits auf dem besten Weg, hatte sein Vertrauen gewonnen. Das schwankte zwar beträchtlich –

Ein Schlag mit der flachen Hand. Ihre Wange brannte. »Wegen dir hab ich sie fortgeschickt.«

Mach weiter, Val. Rühr bloß nicht den Aktenkoffer an, den er mit sich herumschleppt. Zeig guten Willen.

»Nein, Johan, jetzt ist es anders.« Er hob wieder den Arm. Sie hielt sein Handgelenk fest und brachte ihr Gesicht dicht vor seines. Sie wusste, dass sie derzeit kein schöner Anblick war. »Du brauchst sie nicht mehr.«

Sie hatten es schon einmal probiert, dachte sie. Damals hatte Marta noch zwischen ihnen gestanden.

»Sie ist weg«, setzte sie hinzu. »Hab keine Angst.«

Langsam entspannte er sich. In dem Zimmer in der Sechzigstraße befand sich kaum mehr als ein luxuriöses Bett mit Messinggestell, daneben stand ein billiger Radiowecker. Das Haus war baufällig, es sollte abgerissen werden, Jasmina und ihr Arzt würden sich bald etwas Neues suchen müssen.

Valerie machte es nichts aus, dass er sie geschlagen hatte. »Siehst du den Mond?« Sie deutete auf einen Spalt zwischen Vorhängen, die seit langer Zeit nicht mehr gewaschen worden waren. »Sonst gibt es nichts da draußen.«

Johan war nicht Jef. Er war verrückt, aber das ließ sich ein Stück weit geradebiegen. Darin war sie gut, stellte sie überrascht fest. Sie hatte schon viel erreicht. Aus Ehrgeiz. Oder Selbstschutz.

»Lehn dich zurück.«

Würde sich das strafmildernd auswirken? Bestimmt. Tat sie es unter Zwang? Nein. Sie mochte ihn, trotz allem, konnte nicht aus ihrer Haut. An Kummer war sie gewohnt. Es war wie ein Leben am Fuße eines aktiven Vulkans. Sheila war gut in Geographie, sie hatte all die Namen in der Schule gelernt, Ätna, Vesuv, Stromboli. Valerie dachte an die Sauna. An die Massage. An Johans Hände, die zärtlich sein konnten, wenn sie genau wussten, wen sie berührten. Auch ihre Hände konnten zärtlich sein.

»Gut so?«

Sie würde es sich niemals verzeihen, wenn sie es nicht ein letztes Mal versucht hätte. War das erniedrigend? Die meisten Frauen, die sie kannte, machten es aus weitaus geringeren Gründen. Einfach so, um nicht als Zicken dazustehen. Um jede Gelegenheit zu ergreifen. Oder aus schierer Verzweiflung. Für ein bisschen Lust und in der Hoffnung auf die Dinge danach. Die selten kamen.

Johan verzog das Gesicht und drehte sich auf die Seite. Die Bettfedern ächzten.

Sie ließ ihren Fingern freien Lauf. Betrachtete das Lilienmuster auf der Tapete. Die Risse in der Decke. »Wen willst du? Die Frau im Tunnel? Oder die Frau neben dir?« Er hatte die Wahl.

»Weiß nicht.« Er ließ sie machen.

Valerie knöpfte mit der anderen Hand ihre Bluse auf, schob das Hemd an seinem Rücken hoch und rieb sich an ihm, ließ ihn ihre Haut spüren. Sprach Worte in sein Ohr, die er noch nie gehört hatte. Sie verfluchte die Vergangenheit, mit den schlimmsten Verwünschungen, die ihr einfielen. So war sie Jef losgeworden, als das gerichtliche Verfahren eingestellt worden war. Wär doch gelacht.

Als er sich umdrehte, hatten beide gewonnen. Mit den Kleidungsstücken, die sie noch anhatten, hielten sie sich nicht lange auf. Sie staunte, wie vorsichtig er trotz aller Eile war. Dann nannte er sie beim Namen. Leise, sie durften keinen Lärm machen.

»Valerie.«

Er sagte es noch einige Male. Es strömte aus ihm heraus. Sie hätte es auch dann gehört, wenn er nur die Lippen bewegt hätte.

Sie biss in das Kopfkissen, wieder und wieder. Es ging in Fetzen. Federn stoben hoch und blieben an ihren Körpern kleben. Valeries Keuchen hielt einige von ihnen in Bewegung. Sie verharrten in der Luft, die Schwerkraft schien aufgehoben.

Als sich die Sekunden wieder zu Minuten dehnten, hatte Valerie zum ersten Mal in ihrem Leben das Gefühl, dass der richtige Mann auf ihr lag. In einem heruntergekommenen Zimmer, das von der Abrissbirne bedroht war. Er küsste sie auf eine Stelle ihres Gesichts, die nicht wehtat, und setzte sich auf.

Sie hatten noch drei Tage. Warum nur drei?

Johan riss eine Seite aus seinem Notizbuch. Er begann einen neuen Brief.

21. Dezember

»LÜBBEN WURDE das Genick zweimal gebrochen.« Clausing referierte vor der Sonderkommission. Er musste selten derartige Auftritte absolvieren und war entsprechend nervös. »Es gibt unterschiedliche Druckstellen. Würgemale, wenn man so will. Ich würde es eher als Griffe bezeichnen, wie beim Ringen.«

»Und nach wie vor keine identifizierbaren Fingerabdrücke?«, griff Heide vor.

»Leider nicht.«

»Wie ist Lübben gestorben?«, fragte Raupach.

»Der erste Griff hat den zweiten und dritten Halswirbel aus der Position gedrückt. Das machte Lübben bewegungsunfähig, vielleicht bewusstlos durch den traumatischen Schock. So konnte der Täter den Eindruck gewinnen, dass Lübben tot war. Aber der Wirbelkanal, der das Rückenmark enthält, war nicht beschädigt.«

»Und weiter?« Heide betrachtete die Schautafel, die Clausing zur Erläuterung mitgebracht und an ein Flipchart geklemmt hatte. Die Wirbelsäule war ein seltsam archaischer Teil des Körpers. Sie sah aus wie das Skelett eines Reptils.

»Nach ungefähr einer halben Stunde wurde ein ähnlicher Griff angewendet, allerdings in Gegenrichtung. Man muss das Kinn und den Nacken fixieren und den Kopf mit großem Kraftaufwand herumreißen. Die läsierten Wirbel brachen, Rückenmark trat aus. Das hat Lübben endgültig den Hals gebrochen. Es ist schwer nachzuvollziehen, aber offenbar wollte jemand ganz sichergehen.«

Clausing wies auf die Schautafel, um seine Diagnose zu veranschaulichen. »Aufgrund der Druckstellen denke ich, dass wir es mit zwei Tätern zu tun haben.«

»Schon der erste hatte eine klare Tötungsabsicht«, sagte Raupach. »Der zweite machte dem Ganzen ein Ende.«

»Richtig.«

»Und wo passierte es?«

»Schwer zu sagen«, erwiderte Clausing. »Lübben lag auf jeden Fall mehrere Tage in dem abgebrannten Lieferwagen. Die Rippen der Ladefläche haben Abdrücke hinterlassen.«

»Keine DNS-Spuren, abgesehen von dem Blut eines Unbekannten? Fremde Haare, Hautzellen?«

»Das stellte Professor Wassenhoven bereits zweifelsfrei fest.« Clausing räusperte sich. »Aber ich habe das Scheidensekret des Mädchens, mit dem Lübben kurz vor seinem Tod Verkehr hatte, mit einer DNS-Probe von Sheila Braq verglichen. Diese Probe haben wir erst seit einigen Tagen.« Er nickte Effie Bongartz zu. »Die genetische Signatur stimmt überein.«

»Wie wir befürchtet haben«, sagte Raupach ohne jedes Triumphgefühl. »Lübben hat Sheila missbraucht.«

»Wie Aalund«, sagte Photini.

»Aber wer hat Lübben umgebracht?«, fragte Heide. »Die anderen beiden, Materlink und Tiedke?«

»Sei nicht albern«, sagte Raupach. »Die hatten nicht die körperlichen Voraussetzungen. Johan Land auch nicht.«

»Wahnsinn vervielfacht die Kräfte.«

»Aber er liefert uns kein Motiv.«

»Vielleicht wollte Land Sheila helfen?«, mutmaßte Heide.

»Das hatte der Täter mit Sicherheit vor. Er beschützte Sheila. Deshalb müssen wir vor allem in ihrem Umfeld suchen.«

»Um den ersten Täter zu finden«, sagte Photini. »Erinnerst du dich an die Eisbahn, Klemens? Die Jungen, die damals mit Sheila zusammen gewesen waren?«

»Von denen hat sich noch keiner gemeldet.«

»Der Große könnte kräftig genug sein. Mio, war das sein Name?«

»Ja, ich glaube schon.«

»Hat er schon eine Aussage gemacht?«

Raupach zog den Ordner mit den Vernehmungsprotokollen zu Rate und überflog die Namensliste. »Nein. Aber vielleicht ist Mio nur ein Spitzname.«

»Das klären wir noch«, sagte Photini. Dann ging sie zu dem Flipchart und schlug das Blatt mit der Wirbelsäulendarstellung um. Sie zog einen senkrechten Strich aufs weiße Papier und schrieb »Hilfe« in die linke Spalte. »Welches Motiv hatte der zweite Täter?« Sie drehte sich wieder um. »Das gleiche wie der erste?«

»Es gibt viele Auffassungen von Gerechtigkeit«, sagte Raupach. »Einen Vergewaltiger zu bestrafen gehört sicher dazu.«

»Und es gibt viele Gründe für einen Mord.« Heide klang nicht überzeugt. »Manche Leute finden einfach Gefallen daran. Sie fangen durch einen dummen Zufall damit an und kommen nicht mehr davon los.«

»Wir können Land nicht völlig ausschließen, ebenso wenig Valerie Braq. Vielleicht wusste sie doch von dem Missbrauch ihrer Tochter.« Raupach konnte sich nur schwer vorstellen, dass einer Mutter so etwas entging. Waren ihr Sheilas Unterwäscheberge nicht aufgefallen? Oder war der Schrank ihrer Tochter für sie tabu? Wenn Sheila jeden Slip, den sie vor und nach einem Missbrauch trug, in die Mülltonne warf, konnte Valerie Braq tatsächlich ahnungslos sein.

»Und Aalund?«, fuhr Raupach fort. »Er hat den Lieferwagen verschwinden lassen. Dadurch hat er den Mord an Lübben vertuscht. Er ist der Hauptverdächtige. Mit ihm hat sich der Unbekannte bei dem Gartenhaus in Mauenheim angelegt. Aalund hat ihn angeschossen.«

»Die übliche Palette, erweitert um den Unbekannten«, sagte Heide. »Es gibt einen ersten Mörder, vielleicht einen zweiten, dritten.«

»Oder einen vierten. Bei allen Todesfällen können mehrere Personen beteiligt gewesen sein. Nichts spricht dagegen.«

»Wir drehen uns wieder im Kreis.«

»In einer ganzen Menge Kreise«, sagte Raupach.

DIE ERMITTLER begaben sich wieder nach Nippes. Photini, Heide und Woytas teilten das Viertel und einen Teil der angrenzenden Bezirke unter sich auf. Sie wollten jeder für sich arbeiten und verzichteten darauf, in Gruppen loszuziehen. Nach den Razzien würde ein großes Polizeiaufgebot die Leute noch mehr verunsichern und sie nicht gerade auskunftsbereiter machen.

Photini hatte eine gehörige Wut im Bauch. Sie würde diesen Mio finden. Caberidis, Vorderbrügge und Himmerich legten die Regeln nach Belieben aus. Karrierestreben, Korruption und Inkompetenz – aus diesen Zutaten setzte sich jene Polizei zusammen, die sie verachtete. Photini wollte die Regeln aus anderen Gründen brechen. Und mit anderen Mitteln.

Sie wartete, bis Lili Kallrath das Haus verließ. Das Mädchen, das auch auf der Eisbahn gewesen war, Sheilas beste Freundin. Sie hatte Mio in ihrer Aussage mit keinem Wort erwähnt. Photini folgte ihr. Es war Sonntagnachmittag, die Kinder hatten bereits Weihnachtsferien. Lili war allein unterwegs. Ihr Gang war zielstrebig.

RAUPACH FÜHRTE ein vertrauliches Gespräch mit Effie Bongartz. Sie klärte ihn über ein Indiz auf, das er am 8. Dezember eigenmächtig in seinen Besitz gebracht hatte. In der Nähe des ausgebrannten Wagens der Linie 5 war ihm auf dem Rasen ein dunkler Fleck aufgefallen, umgeben von unregelmäßigen Löchern im Boden. Es war Motorenöl, wie ihm Effie jetzt versicherte, und zwar synthetisches. Gut für häufige Kaltstarts im Winter, mit hoher Viskositätsspanne, ideal für Motorräder. Raupach bat Effie um noch genauere Angaben. Ob sie im Labor die Sorte des Motoröls herausfinden könne. Er musste sichergehen, bevor er weitere Schritte unternahm.

»Das dauert.«

»Hoffentlich nicht länger als zwei Tage. Es ist dringend. Und behalten Sie es weiter für sich.«

»Und die Tatortanalyse in Mauenheim?«, fragte Effie.

»Drängt auch.«

Gegen Mittag wollte er mit Heide unter vier Augen reden. Für ein gemeinsames Essen in der Kantine fehlte die Zeit. Heide war nur ins Präsidium gekommen, um sich mit einer Kanne Kaffee und einem gewissen geheimen Vorrat aus ihrem Spind zu versorgen.

Sie standen auf dem Parkplatz des Präsidiums. Heide roch nach Schnaps.

»Ich hab's versucht, Klemens. Drei lange Tage hab ich durchgehalten. Es ist schrecklich, seine Sorgen im Alkohol zu ertränken.« Sie holte einen Flachmann aus ihrem Mantel und nahm einen kräftigen Schluck. »Nimm's mir nicht übel, du weißt, dass ich auch so funktioniere.«

»Was ist los?«

»Das willst du nicht wissen.«

»Es ist wegen Paul. Es geht dir nahe.«

»Ja doch!« Sie stieß ihn weg. »Was interessiert es dich?«

»Das fragst du?«

Heide lächelte wie ein Gefangener, dem der Freigang im Hof gestrichen worden war. Es war keine schöne Grimasse. »Ich bin ihm zu alt und zu langweilig. So lautet seine Begründung, wortwörtlich. Paul ist ein Kotzbrocken, aber wenigstens ein ehrlicher.«

»Nicht gerade die feine englische.«

»Deshalb war ich ja mit ihm zusammen! Raue Schale, du verstehst? Hey, Klemens, ich hab nicht die Brüste von Effie oder den Hintern von Fofó. Ich bin nun mal kein Teenager mehr.«

»Das würde auch kein normaler Mann von dir verlangen.«

Sie machte eine Pause und nickte dann heftig. »Danke. Ich glaub, Paul tickt nicht richtig.«

Jede Menge verletzter Stolz, dachte Raupach. Zu Unrecht verletzt. Mit Absicht. »Lass uns ein wenig spazieren gehen.«

»Hier?« Sie betrachtete die neu angelegte Straße, der ein Witzbold aus der Stadtverwaltung den Namen Barcelonaallee gegeben hatte. Der grüne Turm des Präsidiums war der einzige Farbtupfer weit und breit, abgesehen von einigen Pkws. Es nieselte. Der Parkplatz war der ungemütlichste von ganz Köln.

»Warum nicht?«

Sie setzten sich in Bewegung. »Das da drüben ist sein Wagen.« Heide deutete auf einen amerikanischen Geländewagen. Er kam anscheinend frisch aus der Waschstraße, glänzte wie neu. »Das ist ein SUV – Sports Utility Vehicle. Wusstest du das?«

Raupach ging weiter.

»He, wo willst du hin?«, fragte Heide.

»Zu den Motorradstaffeln.«

»Aber die Mittagspause ist gleich vorbei. Wir laufen Paul direkt über den Weg.«

»Eben.«

Sie kamen zu den grün-silber lackierten Fahrzeugen, von denen momentan nur wenige im Einsatz waren. Der Bereich war überdacht. Heide fühlte sich unwohl. »Was willst du hier?«

»Nach dem Rechten sehen.« Sie erreichten Pauls BMW. Raupach bückte sich und machte sich unter der Maschine zu schaffen.

»Lass ihm die Bremsflüssigkeit ab«, sagte Heide und schaute sich verstohlen um. »Damit es ihn anständig auf die Fresse haut.«

»Schon passiert«, sagte Raupach und richtete sich wieder auf.

»Dann denk dir eine Erklärung aus.« Heide wies mit Kopf zum Hinterausgang des Präsidiums. »Da kommt er nämlich schon.«

Sie hakte sich bei Raupach unter und verfiel in einen Schlenderschritt. »Zur Not können wir ja auf Pärchen machen.«

»Ist schließlich nur zehn Jahre her«, meinte er.

»Für eine reife Frau hat eine Dekade gar nichts zu bedeuten. Lächerlich.«

»Du hast's kapiert.«

»Von Clarissa bist du hoffentlich endgültig kuriert?«, fragte Heide. Die Gelegenheit war günstig, ihn auf seine Ex anzusprechen. Raupach hatte sechs Jahre mit ihr zusammengelebt. »Bei der Unterführung in Longerich hatte ich jedenfalls den Eindruck, dass du es überwunden hast.«

»Da bin ich schwach geworden«, sagte Raupach. »Kommt nicht wieder vor.«

»Schade.« Heide blieb stehen. Aus den Augenwinkeln sah sie, wie Paul zu ihnen herüberblickte. »Ich küsse dich jetzt. Geht das in Ordnung?«

»Nur zu.«

Sie strengte sich mächtig an. Paul konnte sie gar nicht übersehen. Vor einem Blumenkasten aus Beton, in dem ein paar Koniferen verdorrten, musste ihre Umarmung besonders leidenschaftlich wirken – es war kaum etwas da, wohin man sonst schauen konnte. Heide hielt durch, bis Paul auf seine BMW gestiegen und mit brüllendem Motor weggefahren war.

Sie holte tief Luft. »Wenn ich's nicht besser wüsste, würde ich es ja noch mal mit dir versuchen.«

Das war Heides Art, ihm ein eindeutiges Angebot zu machen. Raupach spürte den Flachmann in ihrer Manteltasche. Nicht, dass *ihm* das etwas ausmachte, aber vielleicht würde *sie* bald bereuen, was sie da sagte.

»Bist du sicher, dass dies der richtige Zeitpunkt für Liebesschwüre ist?«, fragte er und wich zurück. Er musste vorsichtig sein. Wenn Heide den richtigen Ton traf, konnte er ihr nichts abschlagen.

»In drei Tagen ist Weihnachten. Ich will dir nichts vormachen: Jetzt brauche ich jemanden, der ein bisschen nett zu mir ist. Möglichst die ganze Nacht über.«

Er überlegte eine Weile. »Vielleicht haben wir Paul eifersüchtig gemacht.«

»Das ist keine Antwort.«

»Ich glaube, ich hab die Frage verpasst.«

Sie löste sich von ihm. »Vergiss es. War 'ne blöde Idee.«

Wie sollte er es ihr nur sagen? »Gib nicht dir die Schuld, Heide. Ich fürchte, auf Paul hast du keinen Einfluss.«

»Wer spricht denn von Paul?«

»Wir müssen über ihn sprechen. Aus Gründen, die wichtiger sind als deine oder meine Gefühle.«

»Was meinst du, zum Teufel?«

»Er hat dich ausgenutzt.«

»Darauf kannst du Gift nehmen!«

»Vielleicht in mehr als nur einer Hinsicht.« Er schaute sich um. »Wo steht dein Wagen?«

»Da drüben«, sagte sie verstört. »Du kennst ihn doch.«

»Setzen wir uns einen Augenblick rein.« Er dirigierte sie auf die Beifahrerseite. »Hast du ein Pfefferminzbonbon?«

LILI VERSCHWAND in einer Eckkneipe. Das Lokal befand sich an einer Straßenkreuzung, der Photini mit ihrem olivfarbenen Teint und ihren schwarzen Locken ungern nahe kam. Sie verzog den Mund und stellte sich vor, wie sie am Schießstand die Waffe hob und sich auf den Rückstoß gefasst machte. Dann schob sie einen schweren Vorhang beiseite und folgte dem Mädchen.

Lili saß bereits an einem Tisch mit mehreren Jugendlichen. Die meisten Gäste waren Halbwüchsige. Trotz der Kälte draußen trugen sie ärmellose Shirts mit unmissverständlichen aggressiven Aufdrucken. Sie musterten Photini, als kauten sie auf einem zähen Stück Fleisch herum.

Prompt wurde sie angemacht. Von einem Jungen, der genug getrunken hatte, um vor den anderen seinen Mut zu beweisen. Sein Name war Jens.

Photini kam sich schrecklich alt vor. Aber sie machte gute Miene und ließ sich von Jens zu einem Caipirinha einladen – anerkennende Blicke von seinen Freunden, skeptische von dem kahl rasierten Barkeeper.

Der Billardtisch war frei. Sie schlug Jens eine Partie vor. Der Junge ging darauf ein. Er wusste noch nicht, ob er lieber spielen oder den Ernst des Lebens in Angriff nehmen sollte. Bei Fofó, wie die Frau hieß, schien er Glück zu haben. Ein Glück, auf das er nicht vorbereitet gewesen war.

Als Photini die dritte Kugel versenkte, kam Mio in die Kneipe. Verdammt, sie wusste gar nicht, wie der Schuppen überhaupt hieß. Ihr Handy hatte hier keinen Empfang. Mio setzte sich zu zwei Männern in eine Nische. Sie waren um die dreißig. Nicht der Umgang, den Jugendliche normalerweise pflegten.

Photini verlangte die Rechnung, aber der Barkeeper war verschwunden. Sie schaute sich suchend um. Einer der Männer, die mit Mio am Tisch saßen, stand auf und kam auf sie zu. Er trug eine Bomberjacke und eine schmale Brille mit blau getönten Gläsern.

»Was hast du hier verloren?«

Jens protestierte, aber der Mann brachte ihn mit einem Blick zum Schweigen, worauf er sich zu seinen Freunden setzte.

»Caipi trinken?«, versuchte es Photini. Sie hatte keine Ahnung, wie sie sich verhalten sollte.

»Der ist alle.« Der Mann kippte den Inhalt ihres Glases auf den Fußboden und tat überrascht. »So eine Sauerei! Kannst du nicht aufpassen?«

Der Barkeeper erschien wieder und schob einen Lappen über den Tresen. Alle Blicke richteten sich auf Photini.

»Eigentlich bin ich wegen meinem Kumpel hier«, sagte sie und deutete auf Mio. Er starrte sie verblüfft an. Von der Eisbahn schien er sie nicht wiederzuerkennen.

»Was willst du von ihm?«, fragte der Mann in der Bomberjacke, trat aber einen Schritt zurück.

»Reden. Falls ihm danach ist.«

»Woher kennt ihr euch denn?«

»Vom Schlittschuhlaufen.« Sie zwinkerte ihm zu. »Nun komm schon, Mio. Wir haben was Wichtiges zu besprechen.«

Photini drehte sich etwas zu Seite und ließ den Mann ihren Ausweis und ihr Schulterholster sehen. Darin steckte eine Sig Sauer. Sie hatte die Waffe noch nie im Einsatz benutzt. Und auch noch nicht damit gedroht.

»Vielleicht will er sich nicht mit dir unterhalten«, sagte der Mann mit gesenkter Stimme und bedeutete Mio, sitzen zu bleiben. »Wahrscheinlich muss er das auch gar nicht, sonst wärst du in Begleitung hier.«

»Ist nichts Persönliches. Es geht um eine gemeinsame Bekannte.«

»Darf man erfahren, wie sie heißt?«

»Sheila Braq.«

Der Mann dachte eine Weile nach. »Das Mädchen, das gesucht wird? Damit hat Mio nichts zu tun.«

»Mag sein. Aber er kennt sie. Vielleicht hat er etwas gesehen.«

»Bekommt er Ärger?«

Photini begriff. »Nicht, dass ich wüsste.«

Der Mann schien das Für und Wider abzuwägen. Wie viel Ärger er selber bekommen würde, wenn er dieses tat und jenes unterließ. Das hing davon ab, was er zu verbergen hatte.

»Nun mach schon, Mio«, rief er schließlich, worauf sich der Junge sofort erhob. »Und das nächste Mal passt du auf, mit wem du Bekanntschaft schließt.«

»Aber –«

»Deine Freundin wartet auf dich.«

Photini stand am Eingang.

»Mach uns bloß keine Schande!«

AN PAUL WESENDONK war im Grunde wenig auszusetzen. Raupach hatte seine Personalakte vor sich liegen. Er war vor Wochen nicht dazu gekommen, sie sich von Onkel Osterloh besorgen zu lassen. »Wat soll dä Käu?«, hätte Osterloh wohl gesagt und auf diese Weise zum Ausdruck gebracht, dass er Raupachs Ansinnen für Quatsch hielt.

Paul war ein guter Polizist, er hatte ihnen bei der Ermittlung geholfen, und zwar schon bevor Raupach rehabilitiert worden war. Er galt als äußerst zuverlässig, im Dienst hatte er sich nie etwas zuschulden kommen lassen. Nur weil er Heide auf unsanfte Weise den Laufpass gegeben hatte, machte ihn das nicht verdächtig.

Der Ölfleck und die Abdrücke von dem Motorradständer deuteten darauf hin, dass er an der Endstation in Ossendorf gewesen sein konnte, vermutlich an dem Tag, an dem Chris Tiedke in der Linie 5 verbrannt war. So war es sogar ausgemacht gewesen: Er sollte Raupach und Heide über weitere Brände auf dem Laufenden halten. Aber Paul hatte nichts von dem Anschlag erzählt. Oder war das im Zuge von Raupachs kurzzeitiger Suspendierung untergegangen?

Laut den Dienstplänen und Berichten der Motorradstaffel war es möglich, dass Paul am Tatort gewesen war. Bei den schlechten Straßenverhältnissen waren so gut wie keine anderen Motorradfahrer unterwegs. Es war nur ein vager Verdacht, gespeist aus Raupachs zunehmenden persönlichen Vorbehalten.

Er konnte Paul einfach danach fragen, bezweifelte jedoch, ob das klug war. Heide hatte in ihrem Auto anders reagiert als erwartet. Plötzlich verteidigte sie Paul. Das mochte an dem Inhalt ihres Flachmanns liegen. An Raupachs zögerlichem Verhalten nach dem Kuss auf dem Parkplatz. Oder sie weigerte sich, eine noch größere Niederlage einzugestehen als die, welche sie schon jetzt kaum verkraften konnte.

Die letzte Sitzung des Gedächtnistrainings musste gerade begonnen haben. Raupach erwog einen Moment lang hinzufahren. Die Versuchung war groß, ein wenig Abstand zu gewinnen. Er brauchte ja nicht lange zu bleiben. Vielleicht gelang es ihm, Katharina in einer Pause abzupassen und ein Treffen mit ihr zu vereinbaren. Aber für wann? Für einen Tag nach Weihnachten? Konnte er davon ausgehen, den Fall bis dahin abgeschlossen zu haben?

Es war vermessen, sein Privatleben zu planen, bevor er nicht wieder Fuß gefasst hatte bei der Polizei. Das genau war der Grund gewesen, aus dem Clarissa sich von ihm getrennt hatte. Er hatte das Leben in der Gegenwart vertagt auf bessere Zeiten in einer ungewissen Zukunft. Doch die besseren Zeiten waren nicht gekommen. Sie waren nicht einmal näher gerückt. Er hatte Akten aus dem Archiv mit nach Hause gebracht und dadurch alles nur noch verschlimmert. Die Zeiten waren schlechter geworden. Clarissa hatte die Hoffnung verloren. Er auch. Als sie ausgezogen war, hatte er nicht einmal ein Abschiedswort für sie gehabt.

Das durfte sich nicht wiederholen. Er brauchte Zeit, wenn das etwas werden sollte mit Katharina oder mit irgendeiner anderen Frau. Diese Zeit hatte er nicht. Nicht jetzt. Sein Dilemma würde weiter bestehen. Weil Raupach Verbrecher fangen musste. Das hatte er einmal sehr gut gekonnt.

Was taten die Verbrecher jetzt? Saßen sie in ihrem Versteck und rieben sich die Hände wie in einem alten Kolportageroman? Was fühlte ein Mörder vor der Tat? Stille Genugtuung? Gespannte Erwartung? War ein nervöses Leuchten in ihm wie bei einem Schauspieler kurz vor dem Auftritt? Welche Gedanken verbanden einen Mörder mit seinem Opfer? Es mussten nicht nur schlechte sein.

Dann traf Photini im Taubenschlag ein. Sie hatte einen jungen Mann dabei. Höttges führte ihn am Arm, als habe er Billy the Kid festgenommen. Höttges war der erste Polizist gewesen, den Photini per Handy erreicht hatte.

»Was wollen Sie?«, hatte Mio vor der Eckkneipe gefragt und seine Pudelmütze aufgesetzt. Da schnappten schon die Handschellen zu. Er wehrte sich, aber Photini war gut in Form. Was sollte sie auch tun, wenn sie abends nach Hause kam und ihre erfolglosen Arbeitstage verfluchte? Ihre Übungen verliehen ihr einen Hauch Gewissheit, das Richtige zu tun.

Ohne Höttges wäre sie in Schwierigkeiten geraten. Mio machte zu viel Lärm. Einer der Männer aus der Billardkneipe kam nach draußen. Höttges nahm schnell die Nickelbrille ab, fragte ihn nach Gunter Aalund und hielt ihm einen Fahndungszettel mit Aalunds Bild unter die Nase. Dabei ließ er mehrmals das Wort »Mordverdacht« fallen. Das und seine Leibesfülle, die gar nicht so selten für Muskelmasse gehalten wurde, erzielten Wirkung, bis ein Streifenwagen eintraf.

RAUPACH ERKANNTE den Jungen und nickte stumm. Höttges führte Mio Blönner in das Vernehmungszimmer.

Der Raum war bislang nicht gebraucht worden. Er sah aus wie ein ganz normales Büro, selten benutzt, mit einem Schreibtisch und zwei identischen gepolsterten Stühlen. Ausblick auf die Silhouette des Doms. Es roch nach Kleister und Fugenkitt. Die Glasscheibe, die nur von außen blickdurchlässig war, sollte noch eingesetzt werden. An ihrer Stelle befand sich einstweilen eine Wand aus Rigips. Das Zimmer wirkte anonym, aber nicht einschüchternd. Jakub hatte hier Hand angelegt.

»Lass uns die kleineren Delikte der letzten Monate durchgehen«, sagte Photini. »Drogen, Diebstahl, ich bin sicher, wir stoßen auf etwas.«

»Warum er sich nicht gemeldet hat?«, fragte Raupach.

»Weswegen wir ihn hierbehalten dürfen.«

»Und so lange soll er sich schon mal Gedanken machen über das, was er uns nicht sagen will?«

»Genau.«

»Wo hast du ihn gefunden?«

»In einer Kneipe im Viertel. Übler Schuppen. Wenig Griechinnen.« Photini ging zur Kaffeemaschine. »Sein Dealer oder Hehler war auch da. Hat ihn nicht gerade lange in Schutz genommen.«

»Du hast etwas getrunken, Fofó, das rieche ich.«

»Einen Caipi. Berufsrisiko.«

»Diese Sauferei, wenn es eng wird. Wo soll das hinführen?«

»Meinst du Heide?«

»Uns alle. Außer Woytas.«

»Du zählst ihn zu uns?«, wunderte sich Photini. »Zum harten Kern?«

»So hart ist dieser Kern gar nicht, mach dir nichts vor. Woytas ist ein guter Mann. Das wirst du noch merken.«

»Wie kommt du denn darauf?«

»Er putzt seine Schuhe mit Spucke.«

»Mach ich auch!«

»Siehst du.«

Sie fanden tatsächlich etwas über Mio Blönner. Drei Diebstähle, kein Raub. Er schien nur mit Worten zu drohen, Gewaltanwendung wäre der nächste Schritt. Eine Lottoannahmestelle: 550 €. Der Besitzer hatte Zeitschriften eingeräumt und nicht auf die Kasse geachtet. 314 €, die Geldbörse einer Bedienung in einem Café. Und 1860 €, die Abendeinnahmen am Einlass einer Diskothek namens »Bass Club«, bei weitem der größte Brocken. Ein Angestellter des Clubs hatte den Täter verfolgt, aber nicht erwischt. Das war am 30. November gewesen. Alle Personenbeschreibungen trafen auf Mio zu – und auf viele andere Jungen in seinem Alter. Pudelmützen erfreuten sich gerade wieder einer zweifelhaften Beliebtheit.

Raupach begann ohne Photini mit der Vernehmung. Die Voraussetzungen waren ungünstig. Mio befand sich in der Defensive. Der Junge nahm sich fest vor, der Polizei nichts zu sagen. Raupach wusste aus Erfahrung, dass Mio entweder ganz schnell umfallen würde. Oder dass es sehr viel länger dauern würde. Er nahm die Kaffeekanne mit, stellte zwei Becher auf den neuen Schreibtisch und füllte sie mit der dampfenden Flüssigkeit. Der Geruch wirkte belebend. Er stellte sich vor, doch Mio erkannte ihn nicht wieder.

»Möchten Sie einen?«

»Wenn's sein muss.« In Mios Stimme war eine Spur Erleichterung. Er nahm den dampfenden Becher und umfasste ihn mit beiden Händen.

»Gut, dass Sie mitgekommen sind.«

»Soll das ein Witz sein?«

»Ich möchte mich mit Ihnen über eine ernste Sache unterhalten. Eine Sache, in der wir nicht weiterkommen.«

»Von mir aus.«

»Kennen Sie Sheila Braq?«

»Nein.«

»Die Medien bringen dauernd Suchmeldungen über sie. Das ist Ihnen vielleicht nicht entgangen.«

Mio zuckte mit den Schultern.

»Sie gehen mit ihr auf dieselbe Schule«, sagte Raupach.

»Wirklich?«

»Sie waren mit ihr Eislaufen, am 30. November.«

»Ich bin mit vielen Mädchen unterwegs. Kann mir nicht alles merken.« Ein Lachen, das männlich wirken sollte.

»Ein paar Stunden später wurden Sie im Bass Club gesehen.«

»Was ist das?«

»Eine Diskothek, die Sie um einen Batzen Geld erleichtert haben.«

»Kann ich nicht gewesen sein. Fragen Sie meine Mutter.«

»Ich glaube nicht, dass das nötig sein wird«, sagte Raupach. Er hatte Frau Blönner schon verständigt. Sie hatte gebeten, den Jungen gehörig in die Mangel zu nehmen, damit er zur Vernunft kam. »Darf ich ›Du‹ sagen?«

»Wenn's der Wahrheitsfindung dient.«

»Wo hast du denn das aufgeschnappt?« Raupach lachte. Ein Apo-Spruch aus den siebziger Jahren, vor seiner Zeit. »Hör zu, Mio. Deine Klauereien, von denen du einem freundlichen Herrn aus deiner Eckkneipe auch noch was abgeben musst, interessieren uns nicht. Das hat hier nichts verloren. Selbst wenn du es im Laufe unseres Gesprächs erwähnst, überhöre ich es einfach. Verstehst du?«

»Sie können mir viel erzählen. Ich will einen Anwalt.«

»Du kennst dich aus, Mio. Aber du stehst nicht unter Anklage.«

»Häh?«

»Du musst dich nicht verteidigen. Du sollst uns nur sagen, ob du Sheila Braq in letzter Zeit getroffen hast.«

»Warum?«

»Damit ihr nicht noch mehr zustößt.« Raupach sprach langsamer.

»Noch *mehr?*«

»Sie wurde vergewaltigt.«

»Sheila?«, fragte Mio ungläubig.

»Mehrmals. Oft. Immer wieder.«

»So?« Der Junge schien kurz die Fassung zu verlieren. Seine Überraschung war nicht gespielt.

»Sieht man ihr gar nicht an, oder?«

»N-nein.«

»Kannst du dich wieder an sie erinnern?«

»Nein! Ich hab mich nur gewundert.«

»Worüber?«

»Dass dieses Mädchen, das überall gesucht wird, vergewaltigt wurde. Davon kam nichts in den Nachrichten.«

»Weil es besser für sie ist, wenn wir es geheim halten.«

»Müssen Sie das nicht veröffentlichen?«

»Nicht, wenn's der Wahrheitsfindung dient.«

Mio schwieg betreten und starrte den Kommissar von unten herauf an, als wollte er herausfinden, worauf dieses Verhör hinauslief. Raupach war erleichtert. Die Reaktion des Jungen ließ erahnen, dass er mit den Vergewaltigungen nichts zu tun hatte.

»Du warst mit ihr am 30. November zusammen«, fuhr Raupach fort. »Auf der Eisbahn. Meine Kollegin Photini Dirou und ich können das bezeugen. Hör einfach auf, es zu leugnen. Sheila ist vor einer Woche verschwunden. Wir wissen weder, wo sie sich befindet, noch, was ihr passiert ist. Du bist der Einzige, der uns helfen kann.« Er hielt inne. »Willst du das tun?«

Mio dachte nach. »Wie denn?«

»Wart ihr öfter zusammen unterwegs?«

»Nein.«

»Hast du sie in letzter Zeit gesehen?«, wiederholte Raupach.

»Nein.«

»Hat sie ein Versteck, von dem nur ein paar Freunde etwas wissen?«

»Ein Versteck? Nicht, dass ich wüsste.« Mio erstarrte. Es war ihm so herausgerutscht.

»Also bist du einer ihrer Freunde?«

»Verdammt!«

»Hier geht es nicht um deine Haut, sondern um Sheilas. Wir suchen nach einer Person, bei der sich Sheila vielleicht aufhält. Zu der sie Vertrauen gefasst hat. Fällt dir dazu etwas ein?«

»Nein!«

»Warum willst du es nicht sagen?«

Mio schaute aus dem Fenster.

»Wenn du dich selber schützen willst, bringst du Sheila in Gefahr.«

Mio zuckte mit den Schultern. »Meinen Sie, ich bin bescheuert?«

»Ganz im Gegenteil.«

»Ich sage gar nichts.«
»Ist es das wert?«
»Ich will jetzt gehen.«
»Das kann ich nicht zulassen.«
»Wie lange wollen Sie mich festhalten?«
»Bis du die Wahrheit sagst.«
Mio drehte die Augen zur Decke.
»Mit sechzehn solltest du alt genug dafür sein.«
Raupach verließ den Vernehmungsraum. »Bleib sitzen«, rief er Mio zu und schloss die Tür. Er wartete einige Minuten und besprach sich mit Photini. Dann ließ er den Jungen in eine Zelle bringen.

Nach einer Stunde versuchte es Raupach erneut. Er vermied weitere Anspielungen auf die Diebstähle. Noch war es zu früh, Mio in die Enge zu treiben. Er übte sich in Geduld.

Es bereitete Mio wenig Probleme, jegliche Bekanntschaft mit Sheila abzustreiten und bis zum Abend dichtzuhalten. Wenn er sich in Widersprüche verstrickte, ärgerte er sich zwar, schlug Raupachs logische Schlussfolgerungen aber in den Wind. Seine Selbstsicherheit war aufreizend, weil sie keine erkennbare Grundlage besaß.

Woher kam diese Dreistigkeit?, fragte sich Raupach. Glaubte er, beliebig oft im Leben die »Reset«-Taste drücken zu können, wie bei einem Videospiel? Mios Willenskraft war nicht ungewöhnlich für einen Jungen in seinem Alter, zumal er auf eine Vernehmung vorbereitet zu sein schien und genau wusste, dass die Polizei Beweise brauchte und keine Vermutungen, so schlüssig sie auch waren.

Raupach kam nicht an ihn heran, Mio blockte ihn ab. Vielleicht würde eine Nacht hinter Gittern daran etwas ändern.

»Schlaf gut«, sagte Raupach. Zwei Kollegen führten den Jungen ab. Er grinste.
»Hey!«
Mio drehte sich um.
»Denk an Sheila«, sagte Raupach. »Falls sie noch am Leben ist.«

22. Dezember

ALLE ZEITUNGEN druckten es ab. Es war der letzte Aufreger vor den Feiertagen, gerade richtig, um die Leute mit einer gehörigen Portion Unsicherheit in die stille Zeit zu schicken. Denkt bloß nicht, Weihnachten gewähre euch Schutz. Der Feuerteufel ist unter uns. Er wartet nur darauf zuzuschlagen. »Köln in Flammen!« – »Morgen brennt's!« – »Er kommt wie ein Dieb in der Nacht.« Lustvoll vermischte die Skandaljournaille, was ihr an Bibelstellen und Gemeinplätzen in den Sinn kam. Wie auf Knopfdruck schien die Panik in der Bevölkerung zurückzukehren. Für Raupach, der gern Zeitung las und ein gemäßigtes überregionales Blatt abonniert hatte, war es ein Indiz manipulativer Macht.

Der Inhalt von Johan Lands neuem Brief passte eigentlich gar nicht zu der unheilvollen Stimmungsmache:

Bis die Glocke sich verkühlet,
Laßt die strenge Arbeit ruhn,
Wie im Laub der Vogel spielet,
Mag sich jeder gütlich tun.
Winkt der Sterne Licht,
Ledig aller Pflicht.

»Er bekommt Skrupel«, sagte Jakub und schneuzte sich, vollgestopft mit Antibiotika.

»Was bedeutet das?« Am vorigen Tag hatte Heide ihrem Flachmann noch ausgiebig zugesprochen, aber jetzt war sie klar im Kopf. Wie sie den Alkohol absorbierte, blieb ihr Geheimnis.

»Er ist nicht mehr so entschlossen wie zuvor. Er wünscht sich, dass alles schon vorbei wäre.« Jakub wurde ungehalten. »Muss ich denn jeden Scheiß erklären?« Seine Nerven waren strapaziert.

»Hat er es sich anders überlegt?«, fragte Raupach.

»Er benutzt immer noch seinen Code, die *Glocke*.«

»Hält er an dem Anschlag fest?«

»Wer kann das sagen? Er ist seit über einer Woche auf der Flucht. Mit einer Frau, die ganz anders ist als Marta Tobisch.«

»Sollen wir eine Anzeige veröffentlichen, um Valerie Braq den Rücken zu stärken?«, schlug Photini vor.

»Das könnte ihn abschrecken oder gegen Valerie einnehmen«, erwiderte Jakub. »Wir müssen ihn in Ruhe lassen.«

»Dann ist dieser Brief nur ein Aufschub?«, fragte Raupach. Im Taubenschlag lagen Tabakrauch, Übernachtungsschweiß und vergebens gewälzte Gedanken in der Luft.

»Eine Verzögerung?« Heide glaubte nicht daran. »Er will uns doch nur in Sicherheit wiegen.«

Woytas betrat den Raum, gefolgt von Himmerich, Caberidis, Wienhagen, dem Direktor der Kölner Verkehrs-Betriebe, sowie – dem Oberbürgermeister. Hoppla, sie nahmen die Sache wieder ernst, dachte Raupach. Lands Brief bewirkte zumindest etwas Gutes. Doch seine Hoffnung trog.

Zuerst wurde sein Vorschlag abgelehnt, in sämtlichen U-Bahn-Tunneln systematisch nach Brandsätzen zu suchen. Die Gefahr durch einen Brandsatz auf den Gleisen oder an den Tunnelwänden sei äußerst gering, sagte Wienhagen. Selbst wenn sich jemand an dem Sicherheitsdienst vorbei Zugang zum Tunnelsystem verschaffte und einen Brandsatz zum richtigen Zeitpunkt zündete, habe das nur einen geringen Effekt. Von außen waren die einzelnen Wagen nur schwer in Brand zu setzen, sogar wenn sie stoppten oder sehr langsam fuhren, was auf bestimmten Streckenabschnitten zwischen den Stationen manchmal vorkam.

Wienhagen machte sich nur Sorgen bei einem Anschlag, der direkt auf dem Bahnsteig oder schlimmstenfalls in einem der Wagen erfolgte. Dies sollten jedoch der private Sicherheitsdienst verhindern sowie mehrere Einsatzgruppen der Bereitschaftspolizei und verdeckte Ermittler aller Polizeistationen. Himmerich hatte angesichts des neuerlichen Drohbriefes höchste Alarmbereitschaft und doppelte Patrouillen angeordnet. Außerdem hatte Wienhagen in Zusammenarbeit mit der Feuerwehr die Brandschutzmaßnahmen verstärkt. Die Bevölkerung wurde durch Durchsagen und Faltblätter dauernd im Gebrauch der Feuerlöscher unterwiesen. In den U-Bahnen ging es schon wie im Flugzeug zu, wenn die Stewardessen die Anwendung von Schwimmweste und Sauerstoffmaske erklärten.

»Mit einem Satz: Es gibt keinen weiteren Handlungsbedarf«, sagte Himmerich. »Die Situation ist unter Kontrolle. Alle neuralgischen Punkte, die sich aus der Ermittlung ergeben haben, werden streng überwacht. Der Rudolfplatz wimmelt vor Sicherheitskräften.«

»Aber nicht die gesamte U-Bahn.« Raupach fühlte sich verpflichtet, eine Reihe von Einwänden vorzubringen. »Wir wissen doch gar nicht, wo Land zusteigen wird.«

»Das ist unmöglich.« Wienhagen schüttelte vehement den Kopf. Der Mann war ein Beamter alten Schlages, kein Managertyp. Er war dafür zuständig, die Dinge ohne Komplikationen funktionieren zu lassen.

»Bei dem Andrang, der morgen Abend herrschen wird, nützen uns reine Überwachungsteams gar nichts. Woran wollen Sie Land erkennen, wenn er sich verkleidet? Wir bräuchten Leibesvisitationen. Gepäckkontrollen.«

»Aufwändig und langwierig«, sagte Himmerich. »Dann bricht der gesamte Weihnachtsverkehr zusammen. Wir machen Stichproben, das muss reichen.«

»Die Lösung ist ganz einfach«, schaltete sich Heide ein. Die Köpfe drehten sich zu ihr. »Eine Totalsperrung der U-Bahn.«

»Was?«

»Der Betrieb wird eingestellt.«

Wienhagen rang um Fassung. »Wie stellen Sie sich das vor?«

»Sie machen die U-Bahn dicht.«

Die Ermittler nickten zustimmend. Darauf war noch keiner gekommen. Heides Vorschlag war brachial, aber wirkungsvoll.

»Keine Chance«, kam Caberidis dem sprachlosen Wienhagen zuvor.

»Mit einer Teilsperrung wäre uns auch gedient«, fügte Raupach hinzu. »Die wichtigsten Linien, von heute Nachmittag bis zum Heiligen Abend. Stellen sie zusätzliche Busse bereit, mobilisieren Sie die Taxidienste. Rufen Sie die Bevölkerung auf, private Fahrgemeinschaften zu bilden. Sagen Sie den Leuten, Sie sollen nach Hause laufen, wenn Sie es nicht allzu weit haben.«

»Wir haben diese Option bereits diskutiert«, sagte der Oberbürgermeister. Er hatte die Diskussion bislang schweigend verfolgt. Caberidis und Himmerich hatten ihn regelmäßig informiert. Er war zwar schon seit einigen Jahren im Amt, aber das Vertrauen in die Kölner Polizei war ihm im Laufe der Ermittlung verloren gegangen. Vor allem Vorderbrügges Enttarnung ließ ihn daran zweifeln, ob die jüngste Reorganisation der Ermittlungsbehörden ihren Zweck erfüllt hatte. »Eine Sperrung der U-Bahn kommt nicht in Frage. Das wäre eine Kapitulation.«

»Na und?«, fragte Heide. »Wenn wir damit den Anschlag verhindern?«

»Sie verhindern ihn vielleicht, zeitweise«, sagte Caberidis. »Aber fassen Sie den Täter dadurch auch?«

»Wenn wir unser wichtigstes ziviles Verkehrs- und Transportsystem freiwillig stilllegen«, hob der Oberbürgermeister an, »wenn wir die Lebensader unserer Gesellschaft kappen, dann laden wir Nachahmungstäter zu weiteren Anschlägen ein. Dann denken diese Leute: So einfach ist das also, diese Stadt lahmzulegen. Wir zündeln ein bisschen, schreiben ein paar beunruhigende Briefe, und schon geht Köln in die Knie.« Er machte eine Kunstpause, wie er es auch bei seinen Ansprachen tat. »Die U-Bahn fährt weiter wie gewohnt. Sonst machen wir uns zum Spielball eines Psychopathen – und vor der ganzen Nation zum Narren.«

»Die Schutzmaßnahmen reichen aus«, sagte Caberidis. »Wir wissen mit hoher Wahrscheinlichkeit, wann und wo Johan Land zuschlagen wird. Er dagegen weiß nicht, dass wir es wissen. Das sind doch die besten Voraussetzungen.«

»Wir sollen also alles auf eine Karte setzen?«, fragte Raupach. »18 Uhr 33 am Rudolfplatz?« Im Grunde war er mit Caberidis einer Meinung. Aber er musste sich absichern. Deshalb hatte er eine Sperrung der U-Bahn zur Disposition stellen müssen. Die ganze Aktion würde eine Gratwanderung werden zwischen Gefahrenabwehr und einer Falle.

Der Oberbürgermeister ergriff noch einmal das Wort: »Machen Sie Ihre Arbeit, Herr Kommissar. Alle, die hier am Tisch sitzen, vertrauen Ihnen und Ihren Leuten. Tun Sie, wofür Sie ausgebildet wurden. Fassen Sie diesen Mann. Überschreiten Sie Ihre Kompetenzen, wenn Sie es als notwendig erachten.«

»Wie soll ich das verstehen?«, wunderte sich Raupach.

»Bei dieser dummen Geschichte vor drei Jahren kamen viele ungünstige Umstände zusammen. Ich bin mir sicher, dass dieser Fall mit einem anderen Maß gemessen wird.«

»Wirklich?«

»Johan Land ist vermutlich nicht schuldfähig. Und die psychiatrischen Krankenhäuser des Landes sind chronisch überlastet.«

»Worauf wollen Sie hinaus?«

»Im Zuge einer Festnahme kommt es vielleicht zur Flucht. Ich möchte, dass Sie dann in erster Linie an die Sicherheit der Stadt denken.« Er blickte sich um. »Damit meine ich Sie alle.«

Es war nicht vorbei, dachte Raupach. Es kam zurück wie ein Bumerang. Sogar seine Rehabilitierung schien einem vorausschauenden Plan entsprungen zu sein, der nicht mehr nur ihn, sondern seine gesamte Gruppe betraf. Und die Zusicherung des Bürgermeisters war so allgemein gehalten, dass sie nicht das Streugut an den Sohlen seiner gefütterten Stiefel wert war.

DIE ZELLEN im Präsidium waren nur für den gelegentlichen Gebrauch vorgesehen. Sie sahen aus wie die Appartements in einem Studentenwohnheim. Die Mahlzeiten kamen aus der Polizeikantine. Mio hatte nicht darben müssen.

»Komm mit!«

Photini wartete, bis sich der Junge erhoben hatte. Er probierte einen harten Blick. Sie nahm ihn am Arm und führte ihn zu den Aufzügen.

»Nach der nächsten Vernehmung wirst du dem Haftrichter vorgeführt«, sagte sie. »Routineangelegenheit. Er überprüft die Beweise, die gegen dich vorliegen, und ordnet eine Untersuchungshaft an. Dauert zehn Minuten. Dann geht's in die JVA Ossendorf.«

»Was?«

»Dann kommen Gegenüberstellungen zur weiteren Beweisaufnahme. Nur zur Sicherheit, damit uns nichts entgeht, wir haben ja schon das meiste, was wir brauchen, Personenbeschreibungen, Zeugenaussagen, die Scheine in deiner Geldbörse mit jeder Menge Fingerabdrücken. Allerdings dauert das Ermittlungsverfahren ein paar Monate. Diebstahl steht nicht gerade ganz oben auf unserer Hitliste.«

Der Aufzug hielt mit einem digitalen Klingelton, die Türen öffneten sich. Photini schob Mio hinein. Er protestierte. »Aber Sie können mir nichts beweisen!«

»Um dich einzubuchten, reicht's.«

Die Türen schlossen sich.

»Wegen der Fluchtgefahr, du verstehst?« Photini tippte an ihre Schläfe. »Hättest dich besser melden sollen, als das Mädchen gesucht wurde.«

»Aber der Kommissar hat mir gesagt, dass er nichts von dem, was –«

»Raupach kann sich nur im gesetzlichen Rahmen taub stellen. Das hat er auch getan. Aber du hast nichts rausgelassen. Nach spätestens einem Tag will dich ein Richter sehen.«

»Was passiert dann?«

»Der sagt nur seinen Spruch auf. Aufgrund zwingender Verdachtsmomente wird Herr Mio Blönner in Gewahrsam genommen, bis die Ermittlungen abgeschlossen sind. So in der Art.«

»Und wie geht es weiter?«

»Dann gehörst du uns.« Photini schenkte ihm ein komplizenhaftes Lächeln. Dann betrachtete sie die Tasten für die verschiedenen Etagen. »So sind die Vorschriften, Herzchen. Ich hab sie nicht gemacht.«

Mio schwieg. Sein Blick wanderte die Aufzugswände hoch und runter, hoch und runter. Alles, was er sich vorgenommen hatte, glitt an ihm herab und verschwand in dem Schacht, der sich unter seinen Füßen befinden musste. In einer Tiefe, die wuchs und wuchs.

»Es hieß doch, wenn ich mit der Polizei zusammenarbeite –«, begann er.

»Wir sind da.«

Die Türen gingen auf. Der Gang zum Taubenschlag sah mit seinen herunterhängenden Kabeln abbruchreif aus.

»Raupach hat dir doch erzählt, was mit Sheila passiert ist. Hat dir das nicht zu denken gegeben?«

»Ja, schon. Aber ich kann doch nichts dazu!«

»Das wird sich noch herausstellen.«

»Sie wollen mir Angst einjagen. Die Tour kenne ich!«

»Weißt du, was Sheila zu ihrem Schutz gemacht hat?«, fragte Photini.

»Zum Schutz gegen was?«

»Gegen böse Männer.«

»Woher soll ich das wissen? Ist das schon das Verhör?«

»Vernehmung, nicht Verhör. Wir sind hier nicht beim Geheimdienst. Also: Was glaubst du, hat Sheila getan, um die Dinge, die sie über sich ergehen lassen musste, einigermaßen wegzustecken?«

Bevor Mio etwas erwidern konnte, öffnete Photini die Tür zum Vernehmungsraum und ließ ihn eintreten. Sie blieb auf der Schwelle stehen.

Überall lag Sheilas Unterwäsche. Sie hatten zwei Säcke voll aus der Asservatenkammer kommen lassen. Höschen und Slips bedeckten den Schreibtisch, die Fensterbretter, den Boden. Auf den beiden Stühlen lagen Dessous mit Bündchen aus Spitze.

»Sheila hatte einen ganzen Vorrat davon«, sagte Photini in Mios Rücken.

»Warum?« Er schien es nicht zu begreifen.

»Damit sie die gebrauchten Sachen in den Müll schmeißen konnte. Nach jedem erzwungenen Geschlechtsverkehr. Mit einer Dreizehnjähigen, die schon ein wenig nach Frau aussieht – oder auch nicht, je nach Geschmack.«

»Warum?«, wiederholte Mio.

»Wegen der Schande.«

Er wich zurück. »Sind das wirklich ihre …«

»Wir machen dir hier nichts vor, Mio. Wir sagen dir die Wahrheit. Wir zeigen sie dir. Du kannst sie sehen und anfassen.« Photini nahm ein Höschen in die Hand und reichte es ihm. Er wich zurück. »Für Sheila war das so etwas wie ein Küchenkrepp. Sie muss ihr ganzes Taschengeld dafür ausgegeben haben, wenn's überhaupt gereicht hat.«

Mio sackte auf einen Stuhl. »Es gab da einen Mann«, stammelte er. »Ich hab ihn nur einmal gesehen, nein, zweimal.«

Er bemerkte, dass er auf einem von Sheilas Slips saß, und zog ihn vorsichtig hervor. Es war, als entfernte er ein Tier, das er noch nie im Leben gesehen hatte. Er hatte Angst, dass es sich bewegte.

Photini setzte sich ihm gegenüber, die Kameras zeichneten alles auf. »Einmal, zweimal. An welches Mal willst du dich nicht erinnern?«

Unter dem Tisch schlug sie sich mit der Faust auf den Oberschenkel. Verdammt! Sie durfte Mio nicht so offensichtlich unter Druck setzen!

»Erzähl«, korrigierte sie. »Wenn du magst.«

Mio hatte ihren Fehler nicht mitbekommen. Er war mit seinem inneren Konflikt beschäftigt. »Ich hab die beiden vor einer Schneiderei gesehen. Von so einem Türken.«

»Wo war das?«

»In der Nähe der Schule. Er hat nach dem Schlussgong auf sie gewartet, glaub ich.«

»Wer hat auf Sheila gewartet?«

Mio senkte den Kopf und nahm ihn zwischen die Hände. Er schloss die Augen. Er öffnete sie. Auf dem Boden lag ein geblümter Slip, völlig belanglos, wenn man seine Geschichte nicht kannte.

»Der Türsteher vom Bass Club. Keine Ahnung, wie er heißt.«

»Wie sieht er aus?«

»Ihm fehlt ein Auge.«

»Und?«

»Groß. Muskeln. Kurze Haare. Wie so ein Typ eben aussieht.«

»Versuch dich zu erinnern.«

»Mehr weiß ich nicht!«

Photini öffnete die Tür. Raupach hatte über die Kameras alles verfolgt. Der Einfall mit den Slips, die Idee für die gesamte Aktion stammte von seiner ehemaligen Assistentin. Polizeikommissarin Dirou.

»GEH!«

Johan würde es nicht wiederholen. Valerie hatte verstanden.

»Jetzt schon?«, fragte sie trotzdem.

»Versteck dich noch so lange, bis es soweit ist. Du musst mich nicht bis zum Ende begleiten.«

»Ich will es aber!«

»Was wir wollen und was wir sind, stellen wir uns nur vor.«

»Das sagst ausgerechnet du.« Valerie versuchte, diesem Abschied etwas Humor abzugewinnen. Mit Johan leise zu lachen gehörte der Vergangenheit an. Sie hatte die letzten beiden Tage auf merkwürdige Weise als befreiend empfunden. Das Zimmer war wie eine Insel gewesen, mitten in einem sturmgepeitschten Meer.

»Du kannst dein Leben dabei verlieren.« Johan nahm seinen Koffer. »Kümmer dich um Sheila. Sei für sie da. Das wird nicht einfach sein. Sie hat eine Menge Probleme.«

»Wie meinst du das?«

»Die Menschen sind noch schlechter, als du denkst.«

»Nicht alle!«

»Die meisten. Man findet heutzutage nicht mehr viele nette Leute.«

Sie winkte ihm nur kurz zu, damit es niemand in der Straße

sah. Dann zog sie sich in den Hauseingang zurück. Das also war der Abschied. Valerie hatte Johan nicht davon abhalten können, sie zurückzulassen. Eigentlich sollte sie froh sein, dachte sie. Jetzt musste sie nur noch die Frist, die er gesetzt hatte, überstehen. Dann konnte sie mit ihrem Tagebuch an die Medien gehen.

Es regnete in Strömen. Was hätten sie nicht alles zusammen unternehmen können? Wenn sie aus Köln weggegangen wären, hätte ihnen die Welt offen gestanden. Dachte Valerie. Aber sie hatte wieder versagt. Keiner der Menschen, die sie liebte, tat, was sie für richtig hielt.

Sie ging nach oben und versuchte zu schlafen. Ihre Verletzungen meldeten sich wieder. Irgendwann, dachte sie, würde es nachlassen. Vielleicht nach einer Stunde. Doch ohne Johan wurde er nur noch schlimmer.

Nach einer Weile schlich Valerie sich auf die Straße hinunter. Da es in der Wohnung keinen Telefonanschluss gab, musste sie einen öffentlichen Fernsprecher benutzen. Zweihundert Meter, auf denen sie erkannt werden konnte. Sie begegnete einer älteren Frau und zwei Mädchen. Niemand schenkte ihr einen Blick.

Bei Gerlinde Kolb ging niemand ran. Vielleicht machte sie mit Sheila einen Ausflug, dachte Valerie und probierte es noch ein paar Mal. Dann ging sie in die Wohnung zurück.

»HALLO, PAUL!« Raupach hatte Wesendonk auf dem Parkplatz abgepasst. »Was willst du mit all diesen Kartons?«

»Versetzung. Man kann es sich nicht aussuchen, oder?«

»Das wusste ich gar nicht. Wohin geht's denn?«

»Duisburg.«

»Ausgerechnet jetzt?«

»Ich hab noch ein paar Wochen alten Urlaub. Der wartet nicht.«

»Da hast du wohl Recht.«

»Ist mit dir alles in Ordnung?«, fragte Paul.

»Warum fragst du?«

»Du hast doch was mit Heide?« Paul stellte die Kartons auf die Ladefläche. Er schien gute Laune zu haben.

»Hm.«

»Keine Angst, ich bin nicht neugierig. Ich frage mich nur, ob sie in guten Händen ist.«

»Sie beschwert sich schon, wenn's ihr nicht passt«, brummte Raupach.

»Das ist es ja gerade«, sagte Paul. »Heide beschwert sich nie. Sie frisst alles in sich rein.«

»Hört sich gar nicht nach ihr an«, sagte Raupach.

»Stimmt, aber es ist so. Wer wird schon aus den Frauen schlau?« Paul Wesendonk setzte sich hinter das Lenkrad seines Geländewagens. »Also dann.«

»Du hast uns sehr geholfen. Du warst an jedem Tatort, hast all unsere Debatten über dich ergehen lassen. Ich möchte mich bei dir bedanken.«

»Gern geschehen.«

»Schade, dass du jetzt aussteigst. Wir haben wieder eine heiße Spur.«

»Ihr kriegt ihn. Ihr dürft nur nicht zu lasch sein.« Paul schloss die Tür seines Geländewagens und fuhr ohne Eile davon. Er hob die Hand zum Gruß.

GEGEN ABEND hatten sie im Taubenschlag den Namen des Türstehers ermittelt. Er hieß Luzius Goodens. Raupach hatte zuerst das Gefühl, dass Mio ihn an der Nase herumführte. Dass er irgendeinen Menschen genannt hatte, um der Haft zu entgehen. Aber dem war nicht so. Goodens wohnte direkt unter Valerie und Sheila, es passte einfach zu gut. Raupach und Photini waren sogar vor einigen Tagen bei ihm gewesen und hatten seine Wohnung durchsucht. Wenn er das Mädchen versteckt hatte, wo zum Teufel war es gewesen?

Raupach holte seine Dienstwaffe aus dem Schreibtisch. Dann fuhr er mit Photini, Höttges und zwei weiteren Kollegen nach Nippes.

SHEILA NAHM ein Fahrrad aus dem Ständer im Hinterhof, Luzius machte sein Mountainbike bereit. Es schien ihm wieder besser zu gehen. »War wohl nur eine Magenverstimmung«, hatte er nach dem Aufstehen zu Sheila gesagt und sich mit hohlem Gesicht ins Badezimmer geschleppt.

Eine üble Nacht lag hinter ihm. Sheila hatte an seinem Bett gewacht. Luzius hatte phantasiert. Aber die Worte »Hafen« und »Mülheim« waren deutlich herauszuhören gewesen.

Ohne Polizeikontrolle auf die nahe gelegene Neusser Straße zu gelangen stellte kein Problem dar. Jetzt hieß es trampeln. Sheila hatte ihre Haare abgeschnitten und wie ein Junge frisiert. Die Jacke, die Luzius ihr bereits vor längerer Zeit aus dem Bass Club besorgt hatte, hielt warm. Man konnte die Kapuze bis zur Nasenspitze zuknöpfen. Sie lachte beim Fahren, ihr eigener Atem wärmte sie. An der Flora vorbei. Über die Zoobrücke. Dann waren sie schon fast da.

Sie stellten die Räder ab. Luzius schwankte ein wenig, sagte jedoch, es ginge ihm gut. Als er am Vormittag endlich eingewilligt hatte, war Sheila überglücklich gewesen. Es müsse allerdings heute noch sein, hatte Luzius zu bedenken gegeben. Sie mussten schnell vorgehen, die Zeit renne ihnen davon.

Vom Rheinpark gelangten sie über einen schmalen, selten benutzten Fußweg zum Hafenbecken, niemand sah sie. Jetzt mussten sie nur noch über einen mannshohen Drahtzaun klettern. Luzius stöhnte, schaffte es aber. Sie gingen weiter. Der Hafen lag vor ihnen. Im Sommer ging es hier betriebsam zu, es gab Bootshäuser und Lagerhallen, verschiedene Werkstätten und Reparaturanlagen, Wohncontainer und das eine oder andere alternative Projekt. Doch jetzt war alles still und weitgehend unbeleuchtet. Gunters Hausboot war im Schein des abnehmenden Mondes gerade noch zu erkennen.

In der vorderen Kabine sah man gedämpftes Licht. Das Überraschungsmoment war auf ihrer Seite.

Sie vermieden es, die kleine Gangway am Bug zu nehmen, und kamen über das Heck des Bootes. Mit ein wenig Anlauf sprang Luzius an Deck. Dann half er Sheila über die Reling an Bord.

Sie wollten den Laufsteg nehmen, der links und rechts an dem

Steuerstand vorbeiführte. Dann sollte sich Sheila an den Niedergang stellen und nach Gunter rufen. Wenn er nach oben kam, würde sie ihn ablenken, damit Luzius ihn von hinten niederschlagen konnte. Zu diesem Zweck hatte er einen Schlagstock dabei. Außerdem trug er eine Schusswaffe. Sheila hatte Angst, dass Luzius zu fest zuschlug. Gunter sollte später noch mitkriegen, was sie ihm zu sagen hatte.

Sheila nahm den linken Laufsteg, Luzius den rechten. Sie nickten sich einmal kurz zu, dann setzten sie sich so leise wie möglich in Bewegung. Luzius verschwand hinter dem Steuerhaus.

Einen Augenblick lang fragte sich Sheila, ob es eine gute Idee war, dass Luzius den rechten Weg nahm. Er war auf dem linken Auge blind. Spielte das eine Rolle für ihren Plan? Sie hielt sich an der Reling fest, setzte vorsichtig einen Fuß vor den anderen – und spürte, wie ihr Kopf explodierte.

Ein jäher, greller Schmerz. Ihr Mund öffnete sich zu einem Schrei. Eine Hand presste ein Stück Klebeband darauf. Ihr Kopf sackte zu Boden. Sie sah Lichtblitze in ständig wechselnden Farben. Jemand stieg über sie hinweg. Kurz darauf hörte sie einen dumpfen Schlag, dann ein Plumpsen, wie von einem schweren Körper, der ins Wasser fiel. Sie verlor das Bewusstsein.

RAUPACH KLINGELTE einmal. Dann ließ er die Tür von Goodens aufbrechen. Niemand zu Hause. Er ließ den Hausbesitzer kommen. Der Mann erzählte etwas von einem Schuppen im Garten, den Goodens zusätzlich angemietet hatte.

»Als Werkstatt. Und für seine Pflanzen. Damit sie über den Winter kommen.« Der Hausbesitzer sperrte den Schuppen auf.

Sie konnten es nicht fassen.

»Direkt vor unserer Nase!«, rief Photini. »Noch näher als Lands erstes Versteck.«

»Und deshalb so schwer zu finden.«

Sie schauten sich in dem Raum um. Auf dem Feldbett lagen Kleidungsstücke in Sheilas Größe. Skizzenblätter waren über eine Drehbank verstreut, mit der Schrift einer Dreizehnjährigen.

Raupach streifte Schutzhandschuhe über. Es waren Gebäudegrundrisse, Lagepläne. Auf jedem Blatt befanden sich drei Kreuze, daneben Namen: Sheila, Luzius, Ronny. Sheila, Luzius, Chris. Die Skizzen, die zuoberst lagen, zeigten den Ausschnitt eines Stadtplans. Aber es waren kaum Straßen eingezeichnet. Stattdessen zwei Brücken, ein Fluss und eine Landzunge, seltsam geformt, wie der Kopf eines Krokodils. Raupach kannte die Gegend.

Als sie schon wieder im Wagen saßen und nach Köln-Mülheim fuhren, kam ein Anruf von Heide. Raupachs Befürchtungen bestätigten sich. Sie überquerten die Zoobrücke. Es war kein Feuerschein zu sehen. An der Hafeneinfahrt wurden sie von einem Rettungsfahrzeug überholt. Photini ließ den Wagen passieren, Raupach klebte immer noch an seinem Handy. Sie mieden den Polizeifunk.

Dann erreichten sie das brennende Schiff. Die Löscharbeiten waren in vollem Gange. Brandmeister Foth dirigierte die Wasserstrahlen. In einigem Abstand saß Woytas auf dem Fahrersitz seines Dienstwagens. Eine Decke lag auf seinen Schultern, er hustete, wirkte abgekämpft.

Heide stand neben zwei Sanitätern und sprach weiter in ihr Headset, bis Raupach hinzukam. Auf einer Trage am Boden lag Sheila, umhüllt von einer glänzenden Rettungsdecke. Ihr Kopf war an beiden Seiten mit Schaumstoffpolstern fixiert. Der Notarzt stülpte dem Mädchen die Maske eines Beatmungsgeräts über. Dann brachten die Sanitäter sie in den Rettungswagen und machten eine Infusion bereit.

»Bleib bei ihr«, sagte Raupach zu Photini. »Weich ihr nicht von der Seite.«

»Verstanden.« Photini stieg vorne in den Rettungswagen ein.

»Alle Informationen gehen direkt an mich, ansonsten herrscht vollständige Nachrichtensperre.«

Der Notarzt sah kurz hoch. »Wir müssen jetzt los.«

»Wie ernst ist es?«

»Sie hat eine schwere Kopfverletzung und eine Rauchvergiftung. Hinzu kommt die Unterkühlung …«

»Fahren Sie!«, sagte Raupach.

»Wenigstens ist ihre Atmung stabil«, gab der Arzt zurück. Einer der Sanitäter schloss die Hecktüren. Dann fuhr der Krankentransport davon.

Höttges und seine beiden Kollegen trafen ein. Raupach wies sie an, den Hafen an der Einfahrt abzusperren und nur die Spurensicherung durchzulassen. Dann rief er in der zentralen Leitstelle an und koordinierte den weiteren Einsatz. Er wollte so wenig Polizisten wie möglich vor Ort haben, jeder wurde zu absolutem Stillschweigen verpflichtet.

Inzwischen war das Feuer weitgehend gelöscht. Das Gelände wurde von einem Lichtmast, den Foth zuallererst errichten ließ, taghell erleuchtet. Zwei Feuerwehrleute betraten das Boot und suchten nach übrig gebliebenen Brandherden. Ein Boot der Wasserschutzpolizei lag bereits vor Ort. Da der Brand jetzt unter Kontrolle war, machten sich die Kollegen daran, das Wasser im Hafenbecken abzusuchen.

Woytas ging es wieder etwas besser. Er hatte das Mädchen gerettet. »Sie lag direkt auf dem Laufsteg, Raupach. Es war halb so gefährlich, wie es sich anhört, das Boot war ja noch vertäut.«

»Dieser Pott hat gebrannt.«

»Ja, weiter vorn. Viel Qualm, da musste ich durch. Leider war das Heck abgetrieben, nur ein kleines Stück, aber ich kam mit Sheila nicht mehr von Bord. Heide hat den Rumpf dann an den Kai zurückgezogen.«

»Mit einem Regenschirm«, setzte sie hinzu und lächelte schief. »Wir waren als Erste am Tatort. Eine Frau, die in einem der Container auf der anderen Seite des Hafenbeckens wohnt, hat die Feuerwehr verständigt, und Foth hat mir sofort Bescheid gesagt.«

Die dunkelhäutige Zeugin hatte etwas abseits gewartet und den Einsatz verfolgt. Sie hatte Angst, offenbar besaß sie keine Aufenthaltserlaubnis. Raupach machte ihr klar, dass er nicht von der Ausländerbehörde kam. Er fragte sie nach ihrer Heimat: Elfenbeinküste. Sie hieß Zaida. Normalerweise kümmere sie sich nicht darum, was am Hafen geschieht, sagte sie auf Englisch. Aber als sie den Qualm gerochen habe, musste sie etwas unternehmen. Ein Bekannter, der gerade zu Besuch war, habe ihr ein Handy geliehen und ihr die Nummer der Feuerwehr gesagt. Erst als sie die Sirene gehört hatte, sei sie zur Hafeneinfahrt gegangen. Dann habe sie auch das brennende Schiff gesehen. Ob sie jetzt zurück nach Afrika müsse?

Raupach wollte wissen, wie viele der Container derzeit bewohnt waren, aber Heide unterbrach ihn.

Ein Taucher der Wasserschutzpolizei hatte eine Leiche gefunden. Gunter Aalund. Jemand hatte ihm den Schädel eingeschlagen. Eine halbe Stunde später wurde ein weiterer Körper aus dem Hafenbecken gefischt. Luzius Goodens. Er hatte eine ähnliche Verletzung am Kopf wie Aalund, doch die Wunde klaffte bei weitem nicht so stark auseinander.

Die Leute von der Spurensicherung waren inzwischen eingetroffen. Auf dem Deck des Bootes, in der Nähe des Niedergangs, fanden sich die mutmaßlichen Tatwaffen. Effie Bongartz deutete auf einen Baseballschläger und einen Schlagstock, die bereits in Plastikbeuteln steckten. Goodens hatte außerdem eine Pistole bei sich getragen, eine alte Walther. Zaida von der Elfenbeinküste hatte jedoch keinen Schuss gehört, da war sie sicher.

Raupach fragte sich, ob er dieses Blutbad hätte verhindern können, wenn er mit Mio strenger verfahren wäre. Wenn er hartnäckiger geblieben wäre und es aus dem Jungen herausgequetscht hätte. Er hatte geahnt, dass sie Aalund nicht lebend fangen würden. Aber Goodens? Offenbar hatte der Mann einen viel größeren Anteil an den zurückliegenden Morden, als Raupach angenommen hatte. Er schien Sheilas Verbündeter gewesen zu sein, Komplize, Mittäter, Henkersknecht, ohne eigenes Motiv. Die letzte Hinrichtung war ihm allerdings misslungen.

Kurz vor Mitternacht rief Photini aus dem Krankenhaus an. Sheila habe eine schwere Schädelfraktur und eine uble Platzwunde, sei aber außer Lebensgefahr.

23. Dezember

EIN BLASSER, TROCKENER Morgen zog herauf, fast eine Wohltat nach dem Regen der letzten Tage. Raupach war mit Heide und Woytas noch bis eins am Hafen gewesen. Es war ihnen klar geworden, warum sie Aalund nicht hatten finden können. Sein Unterschlupf war perfekt gewesen. Die meisten der Buden, Hütten und Verschläge, die den ungepflegten Kai säumten, waren unbewohnt, ebenso die wenigen Boote, die dort vor Anker lagen. Im Sommer war hier sicher mehr los. Es gab sogar eine Saisonkneipe namens Dock 9. Doch jetzt im Dezember war der Hafen Köln-Mülheim ein ungemütlicher, abweisender Ort.

Die Zeugin aus Afrika war inzwischen im Präsidium, Raupach konnte ihr das nicht ersparen, ihre Personalien mussten erfasst werden. Sie gehörte zu den wenigen bedauernswerten Geschöpfen, die hier ihr Leben fristeten, in Wohncontainern, deren Schlösser geknackt waren von irgendeiner Schleuserbande. Ihre Kolleginnen hatten sich im Laufe der Nacht still und leise aus dem Staub gemacht. Nur Zaida war geblieben. Raupach hatte keine Ahnung, wie er ihre Abschiebung verhindern sollte.

Er hatte Photini nach Hause geschickt und ein paar Stunden im Krankenhaus gedöst. Das Personal war instruiert, niemanden in Sheilas Zimmer zu lassen außer Raupach und Photini. Die Maßnahme war nicht ungewöhnlich, sie wurde bei wichtigen Zeugen sogar relativ oft angewandt. Ein Krankenhaus war ein weitgehend ungesicherter Bereich, da konnte jedermann hereinspazieren, der sich als Besucher ausgab.

Sheila war nicht ansprechbar und würde tagelang nicht vernehmungsfähig sein. Sie hatte großes Glück gehabt. Bei dem Schädelbruch war es zu keiner Hirnblutung gekommen. Dennoch hatte sie ein schweres Schädel-Hirn-Trauma. Jetzt war es wichtig, dass die betroffenen Bereiche abschwollen. Das Mädchen lag nicht im Koma, aber da sie Beruhigungsmittel bekam, schlief sie tief und fest.

Raupach machte sich am Waschbecken frisch. Dann betrachtete er Sheila und rief sich das Unvorstellbare noch einmal vor Augen. Bis vor kurzem hatte er keinen handfesten Beweis dafür gehabt, dass sie direkt an den Musiker-Morden beteiligt war. Sie konnte sich bei Goodens auch einfach versteckt haben, ohne zu wissen, dass sie von der Polizei gesucht wurde. Aber Sheilas Skizzen und die Tatsache, dass sie sich offenbar auf Aalunds Boot geschlichen hatte, zusammen mit Goodens, legten ein eindeutiges Tatschema nahe. Die beiden hatten die Morde gemeinsam geplant und ausgeführt.

Von der Pathologie kam um sieben Uhr früh eine weitere Bestätigung: Clausing hatte die Blutspuren an Lübbens Leiche mit Goodens' Blut verglichen. Der Türsteher hatte Lübben den Hals umgedreht. Wer später den Rest besorgt hatte, war nach wie vor unklar. Vielleicht war es doch Aalund gewesen, aus Angst, dass die Vergewaltigungen sonst herauskämen.

Um acht Uhr traf Photini ein. Ein junger Polizist namens Reintgen, der schon zu den Befragungsteams in Nippes gehört hatte, begleitete sie auf Raupachs Anordnung. Photini sollte hier nicht allein Wache schieben.

»Wir bleiben vorsichtig.« Der Kommissar zog seine Jacke an. »Wir wissen nicht, was das Mädchen gesehen hat und wer sonst noch am Hafen dabei war. Land läuft immer noch da draußen herum.«

»Dann verpasse ich ja das große Finale heute Abend«, sagte Photini bedauernd.

»Lass diese flapsigen Bemerkungen, Fofó.« Raupach schlug einen strengeren Ton an. »Du wirst hier gebraucht. Außerdem muss sich jemand um Sheila kümmern, wenn sie aufwacht. Wenn die Kleine erfährt, dass sie keinen Beschützer mehr hat ...«

»Ja, entschuldige.«

»Ich habe mit dem Arzt vereinbart, dass wir zu Sheilas Schutz hier sind. Wir werden ihre Fragen beantworten, wenn sie welche hat, mehr nicht. Daran halten wir uns. Keine Vernehmung.«

»Wird gemacht.«

ENDLICH HOB Gerlinde Kolb ab. Valerie hatte es am Tag zuvor noch zweimal probiert. Mit jeder Stunde, die Johan weg war, nahm ihre Sorge um Sheila zu. Sie hatte seit neun Tagen nichts mehr von ihrer Tochter gehört. In der vergangenen Nacht hatte sie einen schrecklichen Traum gehabt, konnte sich aber nicht mehr an seinen Inhalt erinnern, als sie schweißgebadet erwacht war.

Ihre Ängste hatten sie nicht getrogen. Sheila hatte sich nicht bei ihrer Großmutter gemeldet. Sie war nicht bei ihr angekommen. Valerie hatte keine Ahnung, wo sich das Mädchen befand.

Einen Moment lang hoffte sie, dass Sheila einfach in der Viersener Straße geblieben war. Aber was, wenn Aalund dort vorbeigekommen war und sie ihn hereingelassen hatte?

Valerie fasste ihren Entschluss schnell. Es war vorbei. Sie kehrte in die Wohnung zurück, putzte sich mit Jasminas Zahnbürste die Zähne, nahm ihr Tagebuch und ging wieder runter auf die Straße. Es dauerte quälend lang, bis sie einem Polizeiwagen begegnete. Valerie schwenkte die Arme.

»Ich werde gesucht«, sagte sie.

WOYTAS UND RAUPACH verteidigten die Nachrichtensperre vor der Presse. Was sich in der vergangenen Nacht im Hafen Köln-Mülheim zugetragen habe, unterliege höchster Geheimhaltung.

»Es hat wieder gebrannt!«, sagte ein Reporter von RTL. »Was gibt es da zu verheimlichen?«

Inzwischen war die gesamte deutsche Medienlandschaft angerückt. Ausgiebig wurden wieder alle Möglichkeiten durchdiskutiert, auch die eines Terroranschlags. Raupach hatte einen schweren Stand.

»Es gab einen Brand am Wasser, das ist richtig.« Raupach wartete auf das Zauberwort.

»Der Feuerteufel hat wieder zugeschlagen!«

»Damit ist zu rechnen.« Er stand auf, wie er es mit Woytas abgesprochen hatte. »Heute Abend werden wir alle klüger sein.« Die Pressekonferenz war beendet.

Kein Wort von Aalund und Goodens. Von den unterschiedlichen Analysen des Tathergangs. Wie es dazu gekommen war, dass beide im Wasser gelandet waren. Welche Rolle Sheila dabei gespielt hatte. Woytas, Heide und Raupach hatten jeder eine andere Theorie. Klar war laut Gerichtsmedizin nur, dass Goodens ertrunken war und Aalund an einem Schlag auf den Kopf gestorben war. Durch die Löschmaßnahmen und den Rettungseinsatz gab es am Kai keine verwertbaren Spuren. Aalund konnte Sheila außer Gefecht gesetzt haben. Als er sich dann Goodens zuwandte, konnten sich die beiden gegenseitig ins Jenseits befördert haben. Goodens hatte den härteren Schlag, aber die schwächere Konstitution. Wie sich herausstellte, war er mit einer Schussverletzung in die Auseinandersetzung gegangen. Vielleicht stammte sie von den Geschehnissen an der Simonskaul.

Heide fing Raupach ab, bevor er sich an den Spießrutenlauf durch die Mikrophone und Kameras machte. Sie flüsterte ihm ins Ohr, wer sich gerade freiwillig gestellt hatte. Eigentlich hatte er vorgehabt, zum Rudolfplatz zu fahren, wo er in der leer stehenden Verkaufsstelle der Verkehrs-Betriebe eine Einsatzzentrale errichtet hatte. Jetzt musste er seinen Plan ändern. Die Überwachung der U-Bahnen und Bahnhöfe lief auch ohne ihn. Raupach ging zu Woytas, schaltete das Mikrophon aus und gab ihm Instruktionen, am Rudolfplatz zu übernehmen. Dann fuhr er mit dem Aufzug nach oben und betrat den Vernehmungsraum.

Als die Frau ihn sah, hellte sich ihr Gesicht auf. Es war nicht dasselbe Gesicht, das Raupach in Erinnerung hatte. Valerie Braq war übel zugerichtet worden. Auf einer Wange befand sich ein großer Bluterguss, ihre Augenbraue war gespalten. Ihr Blick war wach und zugleich verängstigt, als fragte sie sich andauernd, was wohl im nächsten Moment geschehen würde. Sie hatte eine Menge durchgemacht.

Jakub saß neben ihr und versorgte sie mit Sandwiches, Kaffee und anderen kleinen Annehmlichkeiten, nach denen ihr der Sinn stand. Er besaß Erfahrung mit Entführungsopfern.

»Sie lassen mich zu meiner Tochter, nicht wahr?«

»Frau Braq weiß, dass Sheila im Krankenhaus liegt«, sagte Heide und setzte sich. Neben Jakub und Raupach sollte auch ein weiblicher Polizist anwesend sein.

»Natürlich dürfen Sie zu ihr«, antwortete Raupach und legte Valerie eine Hand auf den Arm. »Sheila geht es den Umständen entsprechend gut, ihr Zustand ist stabil. Machen Sie sich bitte keine Sorgen.«

Valerie Braq schüttelte den Kopf. »Ich hätte sie niemals verlassen dürfen. Was bin ich bloß für eine Mutter?« Sie schlug die Hände vors Gesicht.

»Hatten Sie denn eine Wahl?«, fragte Raupach.

Sie schluchzte auf und schwieg.

Raupach betrachtete ihre bebenden Schultern. Eine Minute verstrich, dann zwei. Die Zeit lief ihm davon, aber drängen durfte er diese Frau jetzt auf keinen Fall. »Wollen Sie darüber sprechen?«, begann er.

Sie blickte auf. Ihre Miene wirkte entschlossen. »Ich sage Ihnen alles, was Sie wissen wollen. Ich weiß nur nicht, wo ich anfangen soll.«

»Wie wäre es mit dem Ende?«

»Was meinen Sie damit?«

»Können Sie uns sagen, wo sich Johan Land aufhält?« Die erste von vielen dringlichen Fragen. Es war bereits kurz nach halb elf am Morgen.

»Das weiß ich nicht. Wir haben uns gestern getrennt.«

»Wo?«

»In Nippes, in der Sechzigerstraße. Ich nehme an, er hat jetzt ein neues Versteck.«

»Will er heute einen Brandanschlag verüben?«

»Das hatte er vor.«

»Was wissen Sie darüber?«

Valerie Braq griff nach hinten und holte ein kleines Heft aus der Gesäßtasche ihrer Jeans. »Das ist mein Tagebuch. Da steht alles drin.« Sie hielt kurz inne. »Mehr, als Sie sich vorstellen können.« Dann fügte sie hinzu: »Ich glaube nicht, dass er es tut.«

ES DAUERTE STUNDEN, bis Raupach, Heide und Jakub sich ein ungefähres Bild von der Entführung gemacht hatten. Sie gingen die Tagebucheinträge zusammen mit Valerie Braq der Reihe nach durch. Manchmal war die Frau eine große Hilfe, vor allem in Bezug auf Lands Motive und seine Absicht, heute Abend am Rudolfplatz zuzuschlagen. Sie hatte ähnliche Schlüsse gezogen wie die Ermittler, sie war eine gute Beobachterin. Den Koffer, in dem der Brandsatz versteckt war, beschrieb sie zum Beispiel sehr genau. Dann jedoch verhedderte sie sich in subjektiven, erlebnishaften Schilderungen, etwa von der anhaltenden Dunkelheit in ihrem ersten Versteck oder den Misshandlungen durch Aalund. Oder sie holte aus und erzählte von ihren ersten Begegnungen mit Johan, einem Besuch in der Sauna oder in einem Kino, dem Apollo, wo Land später Feuer gelegt hatte. Es ging alles durcheinander. Zu viel hatte sich in dieser Frau angestaut. Jetzt brachen die Dämme, hinzu kam der Schock über Sheilas Verletzung. Jakub bat oft um eine Pause.

Das Tagebuch vermittelte einen ähnlichen Eindruck. Es war ein Mischmasch aus nüchternen, präzisen Einträgen, in denen sie den Ablauf der Tage festhielt, und wirren Spekulationen über Lands Geisteszustand und das Verhältnis zu seiner verstorbenen Frau. Dabei fiel auf, dass ihr Wohlwollen für Johan Land zunahm. Tatsächlich schienen die beiden eine Liebesbeziehung angefangen zu haben. Stockholm-Syndrom, nannte das Jakub, Sympathie mit dem Entführer.

Die ganze Zeit über hatte Raupach einen Knopf im Ohr. Woytas übermittelte ihm die Lage im U-Bahn-Netz. Noch war es erstaunlich ruhig für den letzten Tag vor Weihnachten. Die Kölner schienen die Warnungen der vergangenen Tage ernst zu nehmen. Wer es sich leisten konnte, hatte schon Urlaub genommen und alle

Besorgungen erledigt, um die Ereignisse zu Hause in Sicherheit abzuwarten. Wer noch in der Stadt unterwegs war, versuchte, die U-Bahn zu meiden. Über der Erde brach langsam, aber sicher ein Verkehrschaos aus. Unter der Erde konnte man sich erstaunlich frei bewegen, wenn man von den Sicherheitskontrollen absah.

Während einer Pause erfüllte Raupach Valeries Wunsch, Sheila zu sehen. Er schilderte ihr in groben Zügen, was dem Mädchen passiert war. Dann vergewisserte er sich telefonisch bei Photini und ließ Valerie zu ihr ins Krankenhaus bringen.

Nach einer kurzen Wachphase am Vormittag, in der Sheila einigen Reaktionstests unterzogen worden war und benommen versucht hatte, sich zu orientieren, schlief sie wieder. Photini ließ Valerie für ein paar Minuten zu ihr. Valerie saß stumm an Sheilas Bett. Sie umfasste die Hand ihrer Tochter, als bäte sie um Verzeihung. Dann wurde sie ins Präsidium zurückgebracht.

Jakub bot ihr wieder Kaffee an. Valerie lehnte ab. Sie hatte ihre Jacke nicht ausgezogen, saß kerzengerade auf dem Stuhl. Sie nickte ein paar Mal, wie um sich Mut zu machen. Dann gestand sie den Mord an ihrem Mann Jef.

Valerie hatte ihn mit einem Kissen erstickt. Land hatte es durch sein Teleskop beobachtet, und deshalb hatte er Valerie in der Hand gehabt. Sheila musste den Mord ebenfalls mitbekommen haben. Sie hatte Aalund davon erzählt, Valerie hatte es von ihm selbst im Sonnenstudio erfahren.

Raupach schwieg. Es war wichtig, dies alles zu erfahren, aber sie konnten sich nicht lange damit aufhalten, momentan ging es darum, Lands Anschlag zu verhindern. Am meisten missfiel ihm, dass Valerie anscheinend immer noch nichts von den Vergewaltigungen wusste. Sie schien eine Ahnung zu haben, sprach sie aber nicht aus. Wenn er ihr jetzt davon erzählte, würde sie vermutlich zusammenbrechen und wäre ihnen keine Hilfe mehr. War es fair, es ihr deswegen zu verschweigen?

Raupach unterhielt sich in seinem Büro mit Jakub darüber. Der Psychologe war dagegen, es Valerie jetzt zu sagen. Zu viel stürmte momentan auf die Frau ein. Ein weiterer Schock konnte irreparablen Schaden anrichten. Jakub schlug vor, Valerie ein paar Tage in Ruhe zu lassen und sie dann behutsam aufzuklären. Besser wäre es, wenn Mutter und Tochter allein einen Anfang machten.

»Sprecht so lange mit ihr, wie du es verantworten kannst«, sagte Raupach. Er kam sich schlecht dabei vor, musste jetzt aber Prioritäten setzen. »Noch hat sie Redebedarf. Vielleicht erfahren wir mehr über Johan Land.«

Er machte Fotokopien von Valeries Tagebuch. Dann ließ er die Frau mit Heide und Jakub allein.

DIE ZWISCHENEBENE am Rudolfplatz wirkte wie ausgestorben. In der Einsatzzentrale überwachten Woytas und drei Kollegen die Monitore. Von außen sah der Raum nach wie vor wie eine alte Verkaufsstelle aus. Ständig kamen Meldungen der verschiedenen Sicherheitsteams herein. Man konnte leicht den Eindruck gewinnen, dass die Polizei das gesamte Liniennetz unter Kontrolle hatte. Doch Raupach wusste, dass dem nicht so war.

»Hier ist alles ruhig«, sagte Woytas.

»Das sehe ich.« Es gab viele Lücken. Am Rudolfplatz war wenig los, die Bevölkerung war wegen angeblicher Gleisarbeiten vor Verzögerungen an dieser Station gewarnt worden. Deshalb hatte sich der Verkehr auf eine andere Ader verlagert, auf die blauen Linien, 16 bis 19. Mit Ausnahme der 16 kamen sie von Mülheim über den Rhein, führten unter der Altstadt am Dom vorbei und verzweigten sich erst am Ring wieder in verschiedene Richtungen. Gerade kam eine Meldung vom Appellhofplatz herein. Ein Verdächtiger mit einer Aktentasche hatte im Laufschritt noch eine Bahn erwischen wollen. Der Mann wurde festgehalten und gründlich durchsucht, falscher Alarm.

»Unverständlich, warum die Leute heute U-Bahn fahren.« Woytas schüttelte den Kopf.

»Viele sind darauf angewiesen«, sagte Raupach, nahm den Knopf aus dem Ohr und legte ein unauffälliges Headset an, dessen Mikro er im Kragen seiner Jacke versteckte. »Die U-Bahn ist nun mal die schnellste und direkteste Verbindung in Köln. Am Tag vor Weihnachten hat es jeder eilig.«

»Sind die Leute denn blind? Unsere Aufrufe hängen überall.«

»Wer liest schon Aufrufe? Ich bin mir sicher, dass eine Menge Kölner gar nicht wissen, was heute hier läuft.«

»Oder sie ignorieren es.«

»Nicht aus Dummheit«, sagte Raupach. »Vielleicht aus Stolz. Oder in der Annahme, mit einem Verrückten schon irgendwie fertig zu werden.«

»Es werden jedenfalls immer mehr.« Woytas rief die stündlichen Berichte ab. Jetzt war es schon 17 Uhr. Trotz der Warnungen drängten die Menschen plötzlich wieder in die U-Bahnen. Die Straßen waren hoffnungslos verstopft, viele Leute ließen ihr Auto stehen. Vergessen waren die guten Vorsätze, wenn ein wichtiger Termin anstand. Der 23. Dezember war der letzte volle Geschäftstag, er fiel auf einen Dienstag.

»Ich gehe zum Bahnsteig runter und sehe mich um«, sagte Raupach. Er tippte an das Headset und verließ die Einsatzzentrale.

Auf dem Bahnsteig standen drei Personen. Zwei junge Frauen in Businesskostümen und engen modischen Mänteln und ein Rentner mit einer Schiffermütze und einem Stock. Raupach wartete, bis die nächste Bahn einfuhr. Es war die Linie 6. Eine Hand voll Passagiere stieg aus, fünf Leute insgesamt, normalerweise wären es mindestens dreißig gewesen. Sie strebten sofort zur Treppe.

Raupach gab Woytas Bescheid und stieg ein. Er fuhr drei Stationen zum Hansaring. Dann wechselte er den Bahnsteig und kehrte mit der 12 zurück.

Die meisten Leute waren auf der Hut. Sie warfen sich gegenseitig Blicke zu, wie man es in der U-Bahn sonst immer vermied. Alle bewegten sich schneller als sonst.

Die Sicherheitskräfte, die am Rudolfplatz Dienst taten, waren angewiesen, sich möglichst unauffällig zu verhalten. Im Gegensatz zu den Kollegen in den meisten anderen Stationen trugen sie

Zivil. Raupach wollte Johan Land nicht abschrecken. Er sollte den Eindruck bekommen, der Polizei immer noch ein Schnippchen schlagen zu können.

In der Einsatzzentrale berichtete Woytas von zwei weiteren Kontrollen, beide negativ. Die Anspannung wuchs, es war jetzt kurz vor 18 Uhr.

Raupach setzte sich in eine Ecke und wartete. Nach einer Weile stöberte er ein wenig herum, um sich zu beschäftigen. Die Polizisten teilten sich den Raum mit einem privaten Sicherheitsdienst, der von Anfang an dabei war. Diese Männer – und eine ganze Reihe von Frauen – hatten eine erstaunlich gute Ausrüstung, nicht so martialisch und einschüchternd wie die Bereitschaftspolizei. Nach anfänglichen Berührungsängsten waren sie in der Bevölkerung beliebt. Offiziell durften sie keine Waffen tragen, aber in einer Alukiste entdeckte Raupach Spraydosen mit Betäubungsgas und sogar eine Elektroschockpistole.

Einem Mann vom Sicherheitsdienst war die Sache peinlich. »Keine Ahnung, wie der Taser da hineingeraten ist.«

»Wurden die Dinger nicht in Berlin getestet?«, fragte Raupach.

»Mit Erfolg«, schaltete sich Woytas ein. »In Amerika gehört das zur Standardausrüstung.« Er veränderte die Einstellung an einem Bildschirm. »Wird sicher bald bei uns eingeführt.«

Die Elektroschockpistole sah aus wie eine normale Pistole. Anstelle eines Laufs besaß sie eine Art Schlitz.

»Da kommen zwei Metallnadeln raus«, sagte der Mann vom Sicherheitsdienst. »An denen hängen Drähte, die mit dem Taser verbunden sind. Wenn sich Nadeln in der Haut oder in der Kleidung der Zielperson verhaken, wird ein Stromstoß ausgelöst.«

»Wie stark?«, fragte Raupach.

»50 000 Volt. Legt das zentrale Nervensystem lahm.«

»Ganz schön viel Saft.«

»Ach was, das hinterlässt keine bleibenden Schäden. Wenn Sie's nicht mit dem Herzen haben.«

»Reichweite?«, wollte Raupach wissen.

»Ungefähr zehn Meter.«

»Wem gehört dieser ... Taser?«

Der Mann vom Sicherheitsdienst zögerte. »Es ist meiner. Sie wollen ihn doch nicht konfiszieren?«

»Ehrlich gesagt, weiß ich gar nicht, ob ich das darf«, sagte Raupach und wog die Pistole in der Hand. »Borgen Sie mir das Ding?«

Widerstrebend willigte der Mann ein. Er gab Raupach eine Visitenkarte und fachsimpelte noch etwas über den neuartigen Taser. Dann beendete er seine Pause und verließ die Einsatzzentrale, um den Posten am Ausgang zur Aachener Straße zu verstärken.

18 Uhr 15. Falls Johan Land die Station Rudolfplatz zu Fuß betreten wollte, musste er es bald tun.

Raupach starrte auf die Überwachungsmonitore. Woytas und die anderen sprachen immer weniger. Jetzt war jede Person verdächtig, die sich in der Station aufhielt.

Die Sicherheitskräfte leisteten gute Arbeit. Für einen Außenstehenden waren sie nicht von normalen Passanten zu unterscheiden. Die Falle war gestellt. Jetzt musste Johan Land nur noch hineingehen, und sie schnappte zu.

Hatten sie zu viel für die öffentliche Sicherheit getan? Schreckten sie Land dadurch ab? Oder war es zu wenig? Saß er bereits in einer Bahn, mit seinem Koffer zwischen den Beinen und einem Feuerzeug in der geschlossenen Faust?

Der Zeiger auf Raupachs Armbanduhr rückte auf 18 Uhr 23 vor. Die 15 Richtung Chorweiler fuhr pünktlich ein, kurz darauf auch die Bahn in der Gegenrichtung zum Ubierring. Unter den Passagieren befand sich ein junger Mann mit Wollmütze und einem Rucksack. Er stieg aus und ging zügig weiter.

Raupach konnte in dreißig Sekunden unten am Bahnsteig sein. Er machte sich bereit.

18 Uhr 26. Jetzt kam die 6, eine schon ziemlich betagte Bahn, viel Sperrholz, enge Sitzordnung, ideal für einen Brandanschlag. In jedem Wagen fuhr ein verdeckter Ermittler mit. Die Bahnen

trafen gleichzeitig ein. Auf den Bahnsteigen warteten etwa zwanzig Personen. Raupach verließ die Einsatzzentrale und ging nach unten auf den Bahnsteig Richtung Nippes, wo Marta Tobisch gestorben war. Blitzschnell kontrollierte er die Gesichter. Die Leute strömten an ihm vorbei. Dann war die Bahn weg.

Raupach warf den Sicherheitsleuten am Anfang und am Ende des Bahnsteigs Blicke zu, die sie mit einem Nicken erwiderten. Drei Minuten. Er ging langsam auf und ab, musterte die Leute, die den Bahnsteig betraten. Es waren viel mehr, als er angenommen hatte. Vielleicht dachten sie, die Bedrohung sei schon vorbei? Sie kannten ja nur den Tag und nicht die Stunde und die Minute.

Um 18 Uhr 30 kam die 12, mit leichter Verspätung. Diesmal waren es nur wenig Passagiere, die Wagen waren innen gut beleuchtet. Raupach konnte niemanden entdecken, von dem Gefahr ausging. Eine größere Gruppe Jugendlicher, die vermutlich aus Zollstock kam. Auch hier saßen in jedem Wagen Polizisten.

Dann war es so weit. Die Linie 15 sollte um 18 Uhr 33 eintreffen. Um 18 Uhr 31 hielt sie am Zülpicher Platz, der letzten Station vor dem Rudolfplatz. Dort konnte Land seinen Brandsatz klarmachen, ihn auf der Fahrt zum Rudolfplatz zünden, und der Wagen würde bereits brennend einfahren. Wenn es die verdeckten Ermittler, die in der 15 saßen, nicht verhinderten.

Oder er tat es hier auf dem Bahnsteig. Während er einstieg. Raupach sah sich um. Auf dem gegenüberliegenden Bahnsteig gab es einen Tumult. Ein Mann wurde in den Polizeigriff genommen und gefilzt. »Wieder nichts«, gab Woytas kurz darauf durch. Sie durften jetzt nicht die Nerven verlieren.

Raupach hörte das ferne Zischen der 15. Er ging langsam an den wartenden Leuten vorbei, suchte nach rotblonden Koteletten und einer hoch gewachsenen Statur. Fieberhaft schloss er aus: zu klein, zu jung, zu alt, kein Handgepäck. Er spürte den Luftzug der U-Bahn und drehte sich um. Sah Wagen um Wagen passieren. Die Bahn hielt. Leute stiegen ein und aus, es wirkte wie ein natürlicher Vorgang, alle Bewegungen waren aufeinander abgestimmt, niemand hielt den anderen auf. Ein Schwarm von Fischen.

Dann war der Bahnsteig wieder leer.

Johan Land war nicht gekommen.

Raupach blieb stehen und wartete auf die Linie 6. Sie hielt planmäßig um 18 Uhr 36.

Johan Land war wieder nicht dabei. Sollte Raupach erleichtert sein oder enttäuscht? Er wusste es nicht.

Auch in der nächsten Bahn saßen mehrere Polizisten. Fehlanzeige um Fehlanzeige. Bis 18 Uhr 59 fuhr nur noch ein verdeckter Ermittler mit. Danach konzentrierte sich die Überwachung, wie vorgesehen, wieder auf die Bahnsteige. Raupach hatte keine Ahnung, wie oft er in der Station auf und ab lief.

Allmählich gaben die anderen U-Bahn-Stationen Entwarnung. Kein Brand, keine Festnahme. Johan Land tauchte nirgendwo auf. Raupach sank auf einen Wartesitz und beobachtete den reibungslosen Verkehr.

Es wurde 19 Uhr 30. Dann 20 Uhr. Woytas kam zum Bahnsteig herunter und schüttelte bedauernd den Kopf.

Raupach konnte sich den Hohn der Presse schon vorstellen: Viel Lärm um nichts. Außer Spesen nichts gewesen. Während der Feiertage hatten die Journalisten genug Zeit, ihre Messer zu wetzen. Er verübelte es ihnen nicht einmal. Wenn er die Kosten des Einsatzes überschlug, wurde ihm schlecht.

Um neun kam Heide und setzte sich wortlos neben ihn. Valerie Braqs Vernehmung war vorläufig beendet. Ohne weitere Ergebnisse.

Sie starrten eine Weile auf die blauen Fliesen an den Wänden. Auf einen Werbebildschirm zwischen den Gleisen: »Last-Minute-Reisen: Silvester am Polarkreis.« Auf den Boden zwischen ihren Füßen.

»Wann gehen eigentlich die Sterne auf?«, fragte Raupach.

»Warum?«

»*Winkt der Sterne Licht, ledig aller Pflicht.* So gingen doch die letzten Gedichtzeilen, die uns Land geschickt hat. Ich hab sie mir gemerkt.«

»Heute gehen die Sterne nicht auf. Der Himmel ist bewölkt.«

»Und wann gehen sie normalerweise auf? Ich meine, ab wann kann man sie in Köln sehen?«

»Ab jetzt, würde ich sagen.« Heide lachte. »Du gibst nicht auf, wie?«

»Nein.« Es klang weder starrköpfig noch entmutigt. »Noch haben wir den Tag vor der Geburt des Erlösers.«

»Und solange der nicht vorbei ist, willst du hier warten?«

»Ich weiß nicht.« Raupach überlegte. »Land hat seinen Plan auf jeden Fall geändert.«

»Valerie Braq glaubt, dass er es nicht mehr tun wird. Sie glaubt, sie habe ihn davon abgebracht.«

Raupach holte die Fotokopien des Tagebuchs aus seiner Jacke. »Sie denkt, dass sie ihn kennt. Wie viele Frauen glauben das von ihren Männern?«

»Sie hat herausgefunden, dass Land an einer Folie à deux leidet, auch wenn sie mit dieser Bezeichnung nichts anfangen kann. Sie hat ihn von Marta Tobischs Einfluss geheilt. Jakub sagt, ein Therapeut hätte es kaum besser machen können. Rollentausch nennt man das.«

»Bewundernswert, wenn es stimmt.«

»Sie glaubt an einen Neuanfang. Zusammen mit ihm.«

Raupach erstarrte. »Ein Neuanfang«, sagte er langsam. »Danach würde ich mich an seiner Stelle auch sehnen.«

»Dann wartest du am falschen Ort. Hier«, Heide sah sich um, »gab es für Johan Land nur den Tod.«

»Wo lernte er Marta kennen?«

»In Köln. Valerie hat es doch heute erzählt.«

»Und wo genau?«

»Es steht bestimmt in ihren Aufzeichnungen.«

Raupach begann, in den Fotokopien zu blättern. »Das dauert eine Ewigkeit. Ich kann die Schrift ja kaum entziffern.«

»Soll ich Jakub anrufen? Der weiß es bestimmt.«

»Tu das.«

Heide wählte die Nummer. »Moment mal, jetzt fällt's mir ein. Sie haben sich am Hauptbahnhof kennen gelernt. Unter dem Bahnhof. In der U-Bahn.«

»Bist du sicher?«

»Ja. Ich dachte noch, wie passend, wo sollten sich die beiden sonst begegnet sein?«

Raupach sprang auf. Als er loslief, gab er durch, was er vorhatte. Heide folgte ihm.

»Ich verständige die Kollegen am Hauptbahnhof«, sagte Woytas. »Aber ich fürchte, da ist jetzt nur noch die Bahnpolizei.«

Raupach zog das nutzlos gewordene Mikro aus dem Kragen seiner Jacke. »Verdammt!«

JOHAN NAHM am Ebertplatz die Linie 18. Er hatte die vergangene Nacht in dem Zelt des Obdachlosen am Baudriplatz verbracht. Anscheinend lag der Mann nach seinem Beinbruch noch im Krankenhaus. Seine Behausung war nicht entfernt worden, dafür hatte der Pfarrer Sorge getragen. Für Johans Zwecke war es ideal gewesen. Die Kälte hatte ihm nichts ausgemacht.

In der U-Bahn-Station Dom/Hauptbahnhof stieg Johan aus. Ein Passant starrte ihn an, als habe er etwas verbrochen. Johan fragte ihn nach dem Weg zu den Toiletten. Der Mann entspannte sich, als er sah, dass Johan nichts bei sich trug. Er wies zur Rolltreppe und wandte seine Aufmerksamkeit anderen Leuten zu.

Als Johan die Toilette verließ, ging er zu dem Bahnsteig zurück. Ein intensiver Geruch nach Südfrüchten umfing ihn.

Der Mann, der ihn so misstrauisch gemustert hatte, war nicht mehr da. Es waren überhaupt nur wenig Leute unterwegs. Die Menschen hatten ihren letzten Arbeitstag vor Weihnachten hinter sich gebracht. Offenbar verspürten sie keine Lust auszugehen.

Johan setzte sich auf einen Schalensitz am Ende des Bahnsteigs, direkt hinter einen Fahrkartenautomaten. Dort wartete er und dachte nach.

Er befand sich jetzt wieder am Anfang. Wo er die Frau, die er nicht mehr beim Namen nennen wollte, zum ersten Mal gesehen hatte. Ihr Gesicht konnte er sich schon lange nicht mehr vorstellen. Ihr Körper war zu Staub zerfallen. Der Klang ihrer Stimme war nur noch ein fernes Murmeln, wenn Johan sich anstrengte, einen Nachhall davon wahrzunehmen.

Sie hatte keine Macht mehr über ihn. Er hatte sie mit Valeries Hilfe fortgeschickt, es war vorbei.

Fast. Johan lächelte. Ein Letztes war noch zu tun. Er hatte es versprochen. Das Futter seiner weiten Jeansjacke roch nach dem Duftstoff des Lampenöls. Die vier leeren Milchtüten, die damit gefüllt gewesen waren, lagen im Abfalleimer der Herrentoilette. Das Öl war überall, in seinen Socken, seiner Unterwäsche, seinem Pullover. In seinen Haaren und in der Mütze auf seinem Kopf. Zitrone. Er starrte geradeaus.

Eine U-Bahn fuhr ein. Der letzte Wagen hielt auf Johans Höhe. Eine Frau entstieg ihm. Dann war der Wagen leer. Wie Johan gehofft hatte.

Es waren nur drei oder vier lange Schritte. Johan legte sie in seinem normalen Tempo zurück, stieg ein und ging ohne zur Seite zu schauen nach hinten durch. Er setzte sich in die letzte Reihe.

Dann bemerkte er den Polizisten. Er trug einen Helm und einen Einsatzanzug. Bei Großdemonstrationen oder Atomtransporten gehörte das zur Ausrüstung. Der Helm war weiß und besaß ein Visier, in dem sich die Deckenbeleuchtung spiegelte. Der grüne Anzug und vor allem die schwarze Weste sahen aus, als seien sie aus mehreren steifen Platten zusammengesetzt, wie die Rüstung eines modernen Ritters. Vermutlich war er aus einem feuerfesten Material. Der Mann trug eine Maschinenpistole.

Die Türen der U-Bahn schlossen sich.

Der Polizist war eingestiegen, ohne dass Johan es bemerkt hatte. Er blieb im Mittelgang stehen und schwenkte den Lauf seiner Waffe in Johans Richtung. Seine Gestalt wirkte groß und drohend. Johan konnte den Blick nicht von ihm wenden.

Er fragte sich, ob der Mann abdrücken würde. Aber er tat es nicht.

Vielleicht hatte er den Gurt seiner Waffe nur zurechtgerückt und zielte durch Zufall auf ihn? Seine Augen waren durch das Visier nicht zu erkennen.

Die U-Bahn fuhr los.

Der Polizist drehte den Kopf leicht weg. Johan nahm das Streichholz in die Hand und riss es an.

Der Mann ließ ihn weiter gewähren. Wartete er darauf, was als Nächstes passieren würde?

Das Streichholz stammte aus einer lange zurückliegenden Reise nach Griechenland. Der Kopf enthielt weißen Phosphor, deshalb ließ es sich an jeder rauen Fläche entzünden. Seine Flamme war deutlich zu sehen.

Der Polizist zeigte immer noch keine Reaktion.

Plötzlich hörte Johan einen lauten Knall. Etwas Seltsames passierte mit dem Mann. Er ließ die Maschinenpistole fallen und kippte ganz langsam um. Johan sah einen Draht in seiner Backe stecken. Ein bläulicher Lichtschein waberte über sein Gesicht. Es gelang ihm trotzdem, die Hand zu heben.

Das Streichholz war ausgegangen. Johan nahm ein neues.

»Tun Sie es nicht.«

Die Stimme kam Johan bekannt vor.

»Denken Sie an Valerie!«

Johan dachte dauernd an sie. Das Streichholz zündete. Er würde Valerie niemals vergessen.

Die Stichflamme war entsetzlich.

Raupach warf die Elektroschockpistole weg. Er hatte den Wagen durch die zweite Tür weiter vorn betreten und sich hinter dem Fahrkartenautomaten verborgen gehalten, bis ihm klar geworden war, was hier geschah. Jetzt riss er den Feuerlöscher aus der Halterung, zog den Sicherungsstift heraus und richtete ihn auf die menschliche Fackel. Für einen Moment schien es, als verlöschten die Flammen im CO_2-Nebel. Aber dann bekamen sie neue Nahrung und schlugen stärker hoch als zuvor.

Raupach zerrte Paul Wesendonk aus der Gefahrenzone. Dann stürzte er ans andere Ende des Wagens, fand einen zweiten Feuerlöscher und lief zurück.

Inzwischen brannten schon die stoffbezogenen Sitze, Johan Land war auf die Seite gesunken. Die Hitze war spürbar gestiegen, sie saugte den Sauerstoff aus dem U-Bahn-Wagen.

Die erste Ladung aus dem Feuerlöscher verpuffte einfach. Raupach schnappte nach Luft, aber es gab nichts mehr zu atmen. Er probierte es weiter und verwandelte Johans Körper in ein qualmendes Etwas. Dann fand er einen plombierten Sicherheitshammer und schlug eine Scheibe ein. Der Unterdruck entwich. Raupach fächelte Johan Land Luft zu.

Dann stoppte die Bahn. Heide war in dem ersten Wagen mitgefahren. Sie sprang heraus und lief zu dem hinteren Wagen, um Raupach zu Hilfe zu eilen. Gemeinsam gelang es ihnen, die Flammen zu ersticken.

Heide hatte einen Notruf abgesetzt. Trotzdem dauerte es kostbare Minuten, bis die Sanitäter vor Ort waren. Als sie eintrafen, war Johan Land nicht mehr am Leben.

27. Dezember

DIE VERNEHMUNGEN zogen sich über die gesamten Feiertage hin. Paul Wesendonks Wohnung in der Pionierstraße am Zoologischen Garten wurde durchsucht. Er hatte seine Sachen bereits für den Umzug nach Duisburg gepackt. Von der Glock, mit der er Luzius Goodens angeschossen hatte, hatte er sich offensichtlich nicht trennen können. Neben einer Sammlung anderer Faustfeuerwaffen fand sich auch ein Nachtsichtgerät. Und ein unbenutzter Brandsatz in der Art eines Molotow-Cocktails.

Raupach und Heide holten es nach und nach aus ihm heraus, wie Schrotkörner aus einem Stück Wildbret. Er wollte keinen Anwalt, stritt zunächst alles ab. Als Alibi schob er stets den Dienst vor. Aber sein Auftritt als Bereitschaftspolizist mit Helm und MP hatte das ganze Gebäude zum Einsturz gebracht. Als er schließlich erfuhr, dass Sheila noch lebte, verriet er sich mit einer unbedachten Äußerung und spuckte schließlich alles aus. Dabei hatte das Mädchen ihn gar nicht gesehen, wie sich bei ihrer Aussage herausstellte.

Sheila verschwieg nichts. Am 26. Dezember war sie vernehmungsfähig. Sie gab alles zu. Haarklein schilderte sie, wie sie und Goodens vorgegangen waren.

Sheilas und Valeries verspätete Kooperation würden sich positiv auf ihr Gerichtsurteil auswirken, mutmaßte Raupach. Lange Zeit konnte das Mädchen nicht glauben, dass Luzius Goodens seine Unschuld behalten und letztlich keinen Menschen umgebracht hatte. Keinen der Musiker, korrigierte Raupach, denn Goodens hatte laut Strafregister eine Jugendsünde begangen. Er hatte nicht auf dem Rummel gearbeitet, wie Sheila vermutet hatte, sondern war in Italien wegen Mordes an seinem Vater verurteilt worden.

In Bozen hatte er im Jahre 1985 eine Jugendstrafe abgebüßt. Seine Personalien befanden sich nicht in der Datenbank des BKA, ebenso wenig wie seine DNS.

Raupach fasste die Ermittlungsergebnisse auf einer Pressekonferenz zusammen. Er las einfach den Bericht vor.

Paul Wesendonk war durch Heide Thum stets über den Stand der Ermittlungen unterrichtet gewesen. Er wusste auch von Valeries Mord an Jef, weil er an der Untersuchung des Falles damals mitgearbeitet hatte. Er kannte sogar Sheilas Leidensgeschichte, besaß aber keine Beweise dafür. Bis zu dem Tag, als er den halbtoten Lübben in dem Barbarossa-Bus fand. Da hatte Wesendonk vollendet, was Goodens nicht vollständig gelungen war. Um den Lieferwagen und die Leiche hatte sich Aalund kümmern müssen, als er den Wagen am nächsten Tag benutzen wollte. Aalund hatte selber genug zu verbergen.

Daraufhin hatte Wesendonk Sheila Braq immer dann beschattet, wenn es sein Dienst zuließ. Bald hatte er gemerkt, was das Mädchen und sein Begleiter planten. Bei Materlink war es genauso wie mit Lübben gewesen: Goodens hatte es vermasselt, vielleicht bekam er Skrupel. Daraufhin brachte Paul Wesendonk die Sache zu Ende. Diesmal legte er Feuer am Tatort. Auf diese Idee war er nach Johans Briefen und dem Brand der Kinderspielhöhle gekommen.

Tiedkes Sitz in der Linie 5 mit einem geruchlosen Brennstoff zu präparieren und die Türen mit Klebeband zu verschließen, nachdem der Mann wieder in der Fahrerkabine Platz genommen hatte, war am riskantesten gewesen. Über seiner Motorradkombi hatte Paul eine orange Jacke wie das Reinigungspersonal getragen. Er hatte gewartet, bis Sheila, Luzius, die beiden Putzleute der KVB und dann auch Tiedke den U-Bahn-Wagen verlassen hatten. Den Brandsatz hatte er unter dem Sitz angebracht. Paul hatte ihn mit einem simplen mechanischen Zeitzünder versehen. Das Feuer wurde ausgelöst, als Tiedke nach seiner Pinkelpause zurückgekommen war.

Dass Sheila beabsichtigt hatte, Tiedke durch Gift in seinem

Kaffee umzubringen, verschwieg Raupach den Medien. Das Mädchen hatte alles gestanden. Nach Raupachs persönlicher Version hatte Tiedke gar nicht von seinem Becher getrunken, was auch immer darin gewesen war.

Bei Aalund hatte Paul Wesendonk mehr Geduld aufbringen müssen, zumal Goodens sich einschaltete und Aalund zur Simonskaul lotsen wollte. Paul hatte die Nachricht abgefangen und den lange vermissten Tourbus entdeckt. Mit Hilfe eines Nachtsichtgeräts hatte er Goodens überlistet. Eigentlich hatte Paul den Mann gar nicht verletzen, sondern nur reizen wollen. Den Tourbus anzuzünden gehörte wieder zum bekannten Feuerteufel-Szenario.

Goodens ließ sich nicht von seinem Vorhaben abbringen. Schließlich ging er doch auf das Wagnis ein, Aalund auf dessen eigenem Terrain anzugreifen. Jetzt konnte Paul einschreiten. Dass Goodens dabei von Aalund am Kopf verletzt und ins eiskalte Wasser geworfen wurde, wo er nach dem Kälteschock jämmerlich ertrank, war nicht eingeplant gewesen. Es warf sogar Paul Wesendonks ganzen Plan um, denn Luzius und Sheila mussten unentdeckt bleiben, damit Pauls Rechnung aufging. Oder sie mussten beide sterben, wie er jetzt erkannte. Deshalb ließ er Sheila auf dem brennenden Boot zurück. Danach musste Johan Land nur noch seinen Anschlag verüben, und Paul Wesendonk hätte in Duisburg seinen Dienst antreten können, ohne dass die Ungereimtheiten der verschiedenen Fälle je geklärt worden wären. Vermutlich, so dachte er, wurden sie Aalund oder Land angehängt. Tote reden nicht.

Raupach wartete, bis die Journalisten alles verdaut hatten. Dann fuhr er fort. Paul Wesendonk hatte es nicht für Sheila getan. Es war ihm völlig gleichgültig, was mit ihr passierte. Er wollte, dass die Musiker ihre verdiente Strafe bekamen. Er beging keine »eigenen« Morde, sondern führte das weiter, was andere seiner Meinung nach dilettantisch angefangen und nicht richtig zu Ende gebracht hatten. Nach dem Mord an Lübben hätte er aussteigen können. Aber er fand Gefallen an der Rolle des Vollstreckers. Es wurde allerdings schwieriger, sein Eingreifen zu verschleiern. Vor allem hatte er eines nicht bedacht: Er musste in dem Maße aktiver werden, in dem Sheila und Goodens zögerten und aus seiner Sicht schwach wurden, skrupulös, nachlässig. Paul Wesendonk war der wahre Trittbrettfahrer. Auf sein Konto gingen die Morde an Lübben, Materlink, Tiedke und Aalund. Das Mädchen, Sheila, hatte sich nur des versuchten Mordes oder der Beihilfe schuldig gemacht.

Damit war Raupachs Auftritt fast beendet. Andere Erklärungen habe er nicht, sagte er. Eigentlich habe er überhaupt keine Erklärung für Mord. Es passierte und würde wieder passieren. Aus nahe liegenden Gründen wie bei Valerie. Oder wie bei Goodens, der sich einst an seinem gewalttätigen Vater gerächt hatte. Oder aus komplizierteren wie bei Paul Wesendonk – und wie bei Johan, der niemanden außer sich selbst umgebracht hatte. Er war der vierte Mörder, wenn man bei diesem Fall Wert auf die chronologische Reihenfolge legte.

»Vier Mörder, die aber untereinander keine Komplizen waren«, sagte ein Mann vom *Stadt-Anzeiger*. »Finden Sie das nicht ungewöhnlich?«

»Es ist nur eine Zahl. Jeder dieser Fälle hat seine eigene Erklärung. Die Wege der Mörder haben sich gekreuzt. Ob das ungewöhnlich ist oder ob mehr dahintersteckt, überlasse ich Ihrer Phantasie.«

»Vielleicht zieht ein Verbrechen ein anderes an?«, fragte der Journalist.

»Das wollen wir nicht hoffen. Sonst müsste die Mordrate steigen.«

»Tut sie das nicht?«

»Nicht, wenn die Polizei etwas dagegen unternimmt«, erwiderte Raupach.

»Ist es wirklich so einfach?«

»Es ist nicht leicht, wenn Sie das meinen.«

Befreites Lachen. Die Medien hatten ihre Schlagzeilen.

HIMMERICH ÜBERSCHLUG sich vor Glückwünschen. Nach der Pressekonferenz bot er Raupach die Leitung der Kölner Mordkommissionen an.

»Aus welchem Grund?«, fragte der Kommissar.

»Sie haben den Fall aufgeklärt.«

»Ich konnte keinen Mord verhindern.«

»Das ist auch gar nicht Ihre Aufgabe.«

Raupach hoffte, dass Himmerichs Tage als Polizeipräsident gezählt waren. Tatsächlich wurde Himmerich versetzt. Im Innenministerium konnte er weniger Schaden anrichten. Woytas wurde wieder normaler Hauptkommissar. Das Amt des Ersten KHK blieb bis auf weiteres vakant. Raupach nahm die Leitung der Mordkommission schließlich an. Auf Photinis Rat. Damit sie ihre Fälle künftig ohne Heimlichtuerei lösen konnten.

Dann holte er Weihnachten nach. Er fuhr zu Tante Luise nach Rodenkirchen. Heide nahm er mit, sie konnte etwas Abwechslung gebrauchen. Die beiden Frauen spielten bis zum Morgengrauen Backgammon, ein Zeitvertreib, von dem Raupach gedacht hatte, dass ihm nur seine verschrobene Tante etwas abgewinnen konnte. Die vielen Spielsteine verwirrten ihn.

Luise Raupach war 72 und schrieb seit Jahrzehnten eine Partnerschaftskolumne für eine Frauenzeitschrift. Es war der erfolgreichste Text des ganzen Heftes. Da sie noch ein paar schräge Formulierungen für die Neujahrsausgabe brauchte, unterhielt sie sich mit Heide pausenlos über Männer.

Diese Kombination, Backgammon und frühere Eroberungen, trieb Raupach an den Rhein. Dort ging er die Uferstraße stundenlang auf und ab und suchte nach passenden Motiven. Heide hatte ihm eine Staffelei geschenkt. Er malte ein Bild mit dem Fluss in der Mitte und Köln zu beiden Seiten, darüber einen hohen, nicht endenden Himmel.

Tante Luise freute sich trotzdem, dass er gekommen war. Aus ihrer Tiefkühltruhe zauberte sie eine Ente hervor und bereitete sie nach allen Regeln der Kunst zu. Heide vergaß Paul. Und Raupach dachte nicht mehr an Katharina oder Clarissa, an die nahe oder die ferne Vergangenheit. Tante Luise sah den beiden dabei zu, wie sie sich satt aßen. Das schien selten vorzukommen. Als sie beim Portwein angekommen waren, brachten sie keinen Ton mehr hervor. Sie genossen das Schweigen.

Aus der weißen Weihnacht war nichts geworden. Raupachs Bild zeigte die Landschaft so, wie sie den größten Teil des Jahres über war, unscharf und grau.

Einen Tag später kam Photini nach Rodenkirchen. Sie hatte einen Brief dabei, Johans letzten. Er hatte ihn kurz vor seinem Selbstmord aufgegeben.

Leergebrannt
Ist die Stätte,
Wilder Stürme rauhes Bette,
In den öden Fensterhöhlen
Wohnt das Grauen,
Und des Himmels Wolken schauen
Hoch hinein.

»Was hat sich Johan Land wohl am meisten gewünscht?«, fragte Photini.

»Freiheit.« Raupach las die Zeilen noch einmal. Dann warf er den Brief ins Kaminfeuer.

»Das ist ein Beweisstück!«

»Jetzt nicht mehr.«